UNE ... JUSTICE

Couronnée «nouvelle ... ns (le *Time Magazine* lui a ... 1986), l'Anglaise P.D. James ... eur de plusieurs romans, to... le, ses intrigues imprévisibl... es, ont fait d'elle la virtuose du roman polic...

Paru dans Le Livre de Poche :

LA PROIE POUR L'OMBRE

L'ÎLE DES MORTS

MEURTRE DANS UN FAUTEUIL

LA MEURTRIÈRE

UN CERTAIN GOÛT POUR LA MORT

SANS LES MAINS

UNE FOLIE MEURTRIÈRE

MEURTRES EN BLOUSE BLANCHE

MORT D'UN EXPERT

À VISAGE COUVERT

PAR ACTION ET PAR OMISSION

LES FILS DE L'HOMME

PÉCHÉ ORIGINEL

LES ENQUÊTES D'ADAM DALGLIESH
(*La Pochothèque, 2 vol.*)

ROMANS
(*La Pochothèque*)

P.D. JAMES

Une certaine justice

ROMAN TRADUIT DE L'ANGLAIS PAR DENISE MEUNIER

FAYARD

Titre original :

A CERTAIN JUSTICE
édité par Faber and Faber Limited, Londres.

À mes petits-enfants avec toute mon affection,
Katherine, Thomas, Eleanor, James et Beatrice

NOTE DE L'AUTEUR

Je suis très reconnaissante à nombre d'amis spécialistes de médecine et de droit qui ont consacré de leur temps précieux à m'aider dans la rédaction de ce livre et en particulier au docteur Caroline Finlayson et à ses collègues, ainsi qu'à l'alderman* Gavyn Arthur dont les avis si opportuns sur les procédures à l'Old Bailey** m'ont épargné beaucoup d'erreurs gênantes. Si certaines demeurent, la responsabilité m'en revient entièrement.

Singulière façon de reconnaître ces bontés : j'ai brutalement démoli une partie de Fountain Court dans le Middle Temple*** pour y édifier ma Pawlet Court imaginaire et la peupler de gens de loi fort peu conformistes. Si certains des lieux évoqués dans ce roman sont évidemment réels, y compris la belle et historique Temple Church, tous les personnages sont fictifs, sans aucun rapport avec quelque personne vivante que ce soit. En particulier seule l'imagination trop ardente d'un auteur de romans policiers aurait pu concevoir qu'un membre de l'Honorable Société du Middle Temple nourrît des pensées peu charitables envers un autre membre.

* Magistrat municipal prenant rang immédiatement après le lord-maire. *(N.d.T.)*

** Principal tribunal de Londres en matière criminelle (cour d'assises). *(N.d.T.)*

*** À l'origine, maison des Templiers. Regroupe deux des *Inns of Court* auxquels appartiennent les avocats. Les quatre *Inns of Court* sont les écoles de droit de Londres qui seules confèrent le droit d'être avocat. *(N.d.T.)*

On me dit que ce genre de dénégation si usuel n'offre guère de protection sur le plan légal, mais je ne l'en fais pas moins figurer parce que c'est la vérité, toute la vérité et rien que la vérité.

P. D. James, 1997

LIVRE PREMIER

L'avocat de la défense

1

En général, les assassins ne préviennent pas leurs victimes. Si terrible que puisse être l'ultime seconde de compréhension atterrée de celles-ci, les affres de l'anticipation leur sont miséricordieusement épargnées. Quand, dans l'après-midi du mercredi 11 septembre, Venetia Aldridge se leva pour procéder au contre-interrogatoire du principal témoin à charge dans le procès « Regina contre Ashe », il lui restait quatre semaines, quatre heures et cinquante minutes à vivre. Quand, après sa mort, ceux qui l'avaient admirée – et ils étaient nombreux –, comme ceux qui l'avaient aimée – et ils l'étaient beaucoup moins – cherchèrent une réaction plus personnelle que les qualificatifs standard d'horreur et d'indignation, ils se retrouvèrent en train de marmonner que Venetia avait été contente de voir son dernier procès criminel jugé à l'Old Bailey, théâtre de ses plus grands triomphes, et dans sa salle d'audience favorite.

Mais une certaine part de vérité était contenue dans cette platitude.

La première chambre l'avait fascinée depuis qu'étudiante elle y était entrée pour la première fois. Elle avait toujours essayé de discipliner cette partie de son esprit qu'elle soupçonnait de pouvoir être séduite par la tradition ou l'histoire ; pourtant, cet élégant décor de boiseries provoquait chez elle une satisfaction esthétique et un regain d'entrain qui étaient l'un des plaisirs les plus vifs de sa vie professionnelle. Il y avait là une justesse dans les dimensions et les proportions, une dignité parfaitement appropriée dans le blason richement sculpté au-dessus du dais et l'épée de justice étincelante du XVIIe siècle suspendue au-dessous, un contraste piquant entre la barre des témoins surmontée d'un dais comme une chaire miniature et le large banc sur lequel l'accusé était assis, à la même hauteur que le juge. Comme tous les cadres parfaitement adaptés à leur fonction, sans rien qui manquât, sans rien de superflu, ce lieu dégageait une impression de calme intemporel, voire l'illusion que les passions des hommes pouvaient être ordonnées et contrôlées. Une fois, par curiosité, Venetia était montée s'asseoir à la tribune du public pour regarder pendant un instant la salle vide au-dessous d'elle et il lui avait semblé qu'à cet endroit seulement, là où les spectateurs étaient serrés les uns contre les autres, l'air était appesanti par des décennies de terreur, d'espoir et de désespoir humains. Et voilà qu'elle se trouvait une fois de plus en ce lieu où elle se sentait chez elle. Elle ne s'était pas attendue à ce que l'affaire fût jugée dans la salle la plus célèbre de l'Old Bailey, ni par un magistrat de la Haute Cour, mais l'affaire précédente avait été reportée, obligeant à réorganiser les audiences du juge et l'attribution des salles. Heureux présage. Il lui était arrivé de perdre dans cette salle, mais le souvenir des défaites n'était pas amer. Le plus souvent, elle avait gagné.

Ce jour-là, comme toujours devant un tribunal, elle réserva ses regards pour le juge, le jury, les témoins. C'est à peine si elle s'entretint avec son assistant, s'adressa à l'avoué d'Ashe, ou fit attendre la cour, fût-ce un instant, pendant qu'elle cherchait dans ses papiers. Jamais avocat de la défense ne se présenta mieux préparé devant un tribunal. Elle avait rarement un coup d'œil pour son client et dans ce cas, elle évitait autant que possible de tourner trop visiblement la tête vers le banc des accusés. Mais cette présence silencieuse s'imposait à son esprit comme à celui de la cour, elle le savait. Garry Ashe, vingt et un ans, accusé d'avoir tué sa tante, Mrs Rita O'Keefe, en lui ouvrant la gorge. Une seule entaille bien nette qui avait tranché les vaisseaux. Et puis les coups répétés, frénétiques, sur le corps à moitié nu. Souvent, surtout dans le cas d'un meurtre particulièrement brutal, l'accusé semblait presque pathétique d'insuffisance, si ordinaire, l'air si lamentablement incapable comparé à la violence délibérée de son acte. Mais celui-là n'avait rien d'ordinaire. Il semblait à Venetia que, sans se retourner, elle pouvait se rappeler le moindre détail de son visage.

Brun, les yeux sombres sous des sourcils droits et épais, le nez pointu et étroit, la bouche large mais les lèvres minces, inflexible. Le cou long et très mince donnait à la tête l'apparence hiératique d'un oiseau de proie. Non seulement il ne s'agitait jamais, mais il bougeait à peine, assis très droit au milieu du banc entre les policiers qui le surveillaient. Il regardait rarement le jury dans son box, à gauche. Une fois seulement, pendant le discours d'ouverture de l'accusation, elle l'avait vu lever les yeux vers la tribune du public et parcourir les rangs du regard, avec une légère moue de dégoût, comme s'il déplorait la qualité de l'auditoire qu'il avait attiré, avant de revenir au juge et de s'y arrêter. Mais son immobilité n'avait rien de tendu, ni d'anxieux. Bien au contraire, il donnait l'impression d'être habitué à se produire en public, jeune prince assistant, escorté de ses paladins, à quelque réjouissance officielle subie par devoir plutôt que goûtée avec plaisir. C'était le jury, habituel pot-pourri d'hommes et de femmes assemblés pour le juger, qui semblait être pour Venetia un groupe bizarrement assorti de mécréants entassés dans leur stalle pour entendre la sentence. Quatre d'entre eux, chemise à col ouvert et chandail, avaient l'air sur le point de laver leur voiture. L'accusé, au contraire, était vêtu avec soin : complet rayé bleu marine et chemise d'une blancheur si éblouissante qu'elle ressemblait à une réclame pour de la lessive. Le complet était bien repassé mais mal coupé, et les épaules trop rembourrées donnaient au jeune corps vigoureux quelque chose de la fragilité dégingandée de l'adolescence. Avec sa suggestion de dignité personnelle et de vulnérabilité mêlées, c'était un bon choix que Venetia espérait bien exploiter.

Elle avait du respect mais aucune sympathie pour Rufus Matthews, l'avocat de l'accusation. Le temps de l'éloquence flamboyante dans le prétoire était passé et, de toute façon, elle n'avait jamais convenu à un réquisitoire, mais Rufus aimait gagner. Il l'obligerait à se battre sur chaque point. En ouvrant le débat, il avait rapporté les faits avec une concision et une clarté sans emphase qui laissaient l'impression qu'aucun effet oratoire n'était nécessaire pour soutenir une cause si manifestement juste.

Garry Ashe avait vécu avec sa tante maternelle, Mrs Rita O'Keefe, au 397 Westway, pendant un an et huit mois avant la mort de celle-ci. Au cours de son enfance, passée à l'Assistance publique, il avait été placé chez huit parents nourriciers entre les périodes en foyer d'accueil. Plus tard, il avait habité deux appartements à Londres et travaillé pendant un temps dans un bar à Ibiza avant de s'installer chez sa tante. Les rapports entre celle-ci et son neveu ne pouvaient vraiment pas être considérés comme normaux. Elle avait l'habitude de recevoir de nombreux amants et Garry était obligé ou consentait à la photographier en train de faire l'amour avec eux. Des clichés que l'accusé reconnaissait avoir pris seraient présentés comme pièces à conviction.

La nuit du meurtre, le vendredi 12 janvier, Mrs O'Keefe et Garry avaient été vus ensemble de dix-huit à vingt et une heures dans un café des Cosgrove Gardens, le *Duc de Clarence*, à quelque deux kilomètres et demi de Westway. Il y avait eu une dispute et Garry était parti peu après vingt et une heures en disant qu'il rentrait à la maison. Sa tante, qui buvait sec, était restée. Vers vingt-deux heures trente, le tenancier avait refusé de continuer à la servir et deux de ses amis l'avaient aidée à monter dans un taxi. À ce moment-là elle était ivre, mais nullement incapable de se soutenir et ses amis la jugèrent en état de rentrer par ses propres moyens. Le chauffeur du taxi la déposa au nº 397 et la vit entrer par une porte latérale vers vingt-deux heures quarante-cinq.

À minuit dix, Garry Ashe avait appelé la police depuis la maison de sa tante pour dire qu'il avait découvert son corps en revenant de promenade. Quand les policiers étaient arrivés, à minuit vingt, ils avaient trouvé Mrs O'Keefe allongée sur un divan une place dans la salle de séjour, pratiquement nue. Elle avait eu la gorge tranchée et le corps lacéré à coups de couteau après sa mort – neuf blessures au total. Selon l'opinion du médecin légiste qui avait vu le corps à minuit quarante, Mrs O'Keefe était morte très peu de temps après être rentrée chez elle. Aucun indice d'effraction, ni rien qui pût donner à penser qu'elle avait reçu ou attendu un visiteur cette nuit-là.

Une tache de sang dont on avait établi par la suite qu'il était celui de Mrs O'Keefe avait été relevée sur la pomme de la douche dans la salle de bains et deux autres sur le tapis de l'escalier. On avait découvert un grand couteau de cuisine sous la haie de troènes d'un jardin devant une résidence à moins de cent mètres du 397 Westway : il portait une encoche triangulaire au manche et l'accusé ainsi que la femme de ménage l'avaient identifié comme venant d'un tiroir de la cuisine de Mrs O'Keefe. Toutes les empreintes digitales avaient été essuyées.

L'accusé avait dit à la police qu'il n'était pas revenu directement chez lui en quittant le café : il avait marché dans les rues derrière Westway en descendant jusqu'à Shepherd's Bush avant de rentrer après minuit pour découvrir le corps de sa tante. Mais la cour entendrait le témoignage d'une voisine habitant tout à côté et qui disait avoir vu Garry Ashe sortir du 397 Westway à onze heures et quart la nuit du crime. La thèse de l'accusation était qu'en fait Garry Ashe était rentré directement chez lui en venant du *Duc de Clarence,* qu'il avait attendu le retour de sa tante et l'avait tuée avec le couteau de cuisine, alors que lui-même était sans doute nu. Il s'était ensuite douché et habillé avant de quitter la maison à vingt-trois heures quinze pour parcourir les rues dans le dessein de se créer un alibi.

Les derniers mots de Rufus Matthews étaient presque de pure forme : si les jurés étaient convaincus, sur la foi des preuves qui leur étaient présentées, que Garry Ashe avait assassiné sa tante, leur devoir serait de le déclarer coupable. Si, cependant, à la fin du procès il leur restait un doute raisonnable sur sa culpabilité, alors l'accusé avait droit à être acquitté de l'assassinat de Mrs O'Keefe.

Le troisième jour des audiences, le contre-interrogatoire de Stephen Wright, tenancier du *Duc de Clarence*, n'avait pas présenté de grande difficulté pour Venetia qui n'en attendait d'ailleurs aucune. Il était arrivé à la barre des témoins en plastronnant comme un homme décidé à montrer que les perruques et les toges écarlates des juges ne l'impressionnaient pas, puis avait prêté serment avec une nonchalance qui indiquait assez clairement ce qu'il pensait de ce rite archaïque. Venetia avait répondu à son sourire légèrement égrillard par un long regard froid. L'accusation l'avait fait comparaître pour ajouter du poids à sa thèse : selon elle, les rapports entre Ashe et sa tante avaient rapidement dégénéré jusqu'à l'acrimonie pendant qu'ils étaient ensemble au café et Mrs O'Keefe avait eu peur de son neveu. Mais ce témoin peu convaincant et partial n'avait pu ébranler de façon significative le témoignage des autres personnes présentes au café, qui assuraient qu'Ashe avait en fait peu parlé et moins bu encore. « Il avait l'habitude de rester assis bien peinard », déclara Wright à qui son outrecuidance était montée à la tête et qui se tournait vers les jurés pour les mettre dans la confidence : « Un calme dangereux si vous voulez mon avis. Et puis l'air qu'il avait pour la regarder fixement. Il avait pas besoin de boire pour être dangereux. »

Venetia s'était bien amusée pendant qu'elle interrogeait à son tour Stephen Wright, et lorsqu'elle en eut fini, elle ne put s'empêcher de lancer un regard de commisération à Rufus quand il se leva pour tenter de réparer une partie des dégâts. Ils savaient l'un et l'autre que ce n'était pas seulement la crédibilité d'un témoignage qui avait été mise à mal pendant ces quelques minutes. Chaque fois qu'un témoin à charge était discrédité, c'était tout le dossier de l'accusation qui se trouvait entaché de soupçon. Et puis elle savait qu'elle avait dès le départ un grand avantage : la victime n'inspirait aucune sympathie instinctive. Montrez aux jurés des images du corps violé d'un enfant mort, tendre comme un oisillon, et une voix intérieure, atavique, chuchotera toujours : « Il faut que quelqu'un paie ça. » Le besoin de vengeance, si facile à confondre avec l'impératif de la justice, opérait toujours en faveur de l'accusation. Les jurés ne voulaient pas condamner un innocent, mais ils avaient besoin de condamner quelqu'un. Les témoignages invoqués par l'accusation se trouvaient renforcés par le besoin de les croire vrais. Mais là, les photographies brutales de la victime prises par la police, le ventre flasque et pendant, les seins écroulés, voire les vaisseaux tranchés rappelant si horriblement une carcasse de porc pendue à un croc de boucher, tout cela provoquait le dégoût plutôt que la pitié. Sa réputation avait été détruite, comme cela arrive fréquemment dans une affaire de meurtre, la victime n'étant pas là pour se défendre. Rita O'Keefe avait été une quinquagénaire dipsomane, sans attraits et querelleuse, douée d'un insatiable appétit pour le gin et le sexe. Quatre des jurés étaient jeunes et deux d'entre eux tout juste majeurs. Or les jeunes sont rarement indulgents envers l'âge et la laideur. Ceux-ci ne manqueraient pas de se dire intérieurement : « Elle n'a que ce qu'elle mérite. »

Et c'était ce jour-là, le septième de la deuxième semaine du procès, qu'on en arrivait à ce qui pour Venetia était le contre-interrogatoire crucial d'un témoin à charge : Mrs Dorothy Scully, voisine de la victime, veuve de soixante-neuf ans, celle qui avait dit à la police, puis répété devant la cour, qu'elle avait vu Garry Ashe sortir du 397 à vingt-trois heures quinze la nuit du crime.

Venetia l'avait observée pendant l'interrogatoire général, notant ses faiblesses, mesurant sa vulnérabilité. Elle savait ce qu'elle avait besoin de savoir sur la dame ; elle avait fait le nécessaire pour cela. Veuve, vivant d'une retraite, elle était pauvre, mais non pas dans la misère. Westway, après tout, avait été une enclave relativement prospère occupée par une petite bourgeoisie honorable, respectueuse des lois, propriétaire de ses maisons, fière de ses rideaux de dentelle bien propres et de ses jardins soigneusement entretenus dont chacun représentait un petit triomphe de l'individualisme sur la terne conformité. Mais ce monde s'écroulait avec les maisons, en soulevant d'énormes nuages de poussière ocre suffocante. Seules quelques-unes subsistaient tandis que se poursuivait l'inexorable élargissement des rues. Jusqu'aux protestations peintes sur les palissades séparant les parcelles vacantes de la voie publique qui commençaient à s'effacer. Bientôt il n'y aurait plus que le macadam et le rugissement incessant de la circulation se ruant vers l'ouest pour échapper à Londres. Avec le temps, la mémoire elle-même deviendrait incapable d'évoquer ce qui avait été. Mrs Scully serait l'une des dernières à partir. Ses souvenirs seraient édifiés sur de l'air. Elle arrivait à la barre accompagnée de son passé sur le point d'être effacé, de son avenir incertain, de sa respectabilité et de son honnêteté. Armure bien insuffisante pour affronter une des virtuoses les plus redoutables du pays en matière de contre-interrogatoire.

Venetia vit qu'elle ne s'était pas acheté de manteau neuf pour la circonstance. C'eût été une dépense considérable que seuls un hiver particulièrement froid ou l'usure du prédécesseur eussent justifiée, mais le chapeau avait visiblement été choisi pour ce jour-là : un feutre bleu pâle à petit bord orné d'une énorme fleur blanche qui imposait une note de frivolité discordante au-dessus du tweed fait pour durer.

Elle avait prêté serment nerveusement, presque inaudible, et par deux fois pendant son témoignage le juge s'était penché vers elle pour lui demander de sa vieille voix courtoise de parler plus fort. Mais à mesure que l'interrogatoire se poursuivait, elle avait retrouvé un peu d'assurance. Rufus avait essayé de lui faciliter la tâche en répétant parfois une question avant qu'elle y eût répondu. Mais Venetia pensait que le témoin en avait paru plus dérouté qu'aidé. Elle devinait aussi que Mrs Scully trouvait déplaisantes la voix trop forte, légèrement impérieuse de ce représentant des classes supérieures, ainsi que son habitude d'adresser ses remarques à un point situé en l'air, quelques pieds au-dessus des têtes des jurés. Rufus avait toujours donné son maximum dans le contre-interrogatoire d'un témoin hostile. Mrs Scully, vieille, pathétique, un peu dure d'oreille, faisait ressortir la brutalité qu'il avait en lui. Mais elle avait été un bon témoin, répondant simplement et de façon convaincante.

Sa soirée, à partir de dix-neuf heures, avait été occupée à dîner, puis à regarder une cassette vidéo de *La Mélodie du bonheur* avec une amie, Mrs Pierce, qui habitait cinq maisons plus loin dans la même rue. Elle-même n'avait pas de magnétoscope mais son amie louait une cassette toutes les semaines et l'invitait en général à passer la soirée pour qu'elles la regardent ensemble. Normalement, elle ne sortait pas le soir, mais Mrs Pierce habitait si près qu'elle n'hésitait pas à parcourir la courte distance qui les séparait et d'ailleurs la rue était bien éclairée. Elle était sûre de l'heure. Le film terminé, son amie et elle avaient remarqué qu'il était bien plus tard qu'elles ne pensaient. À la pendule, sur la cheminée de son amie, il était vingt-trois heures dix et elle avait regardé sa propre montre tant elle était étonnée que le temps eût passé si vite. Elle connaissait Garry Ashe depuis qu'il était venu habiter chez sa tante et elle était sûre que c'était lui qu'elle avait vu sortir du 397. Il avait parcouru très vite la courte allée du jardin et tourné à gauche dans Westway en s'éloignant rapidement d'elle. Elle l'avait suivi du regard jusqu'à ce qu'il disparût, surprise qu'il sortît si tard. Elle était ensuite rentrée chez elle au 396. Elle ne se rappelait pas s'il y avait eu des lumières allumées dans la maison voisine. Elle pensait plutôt qu'elle était dans l'obscurité.

C'est vers la fin de l'interrogatoire de Rufus que la note fut passée à Venetia. Ashe avait dû faire signe à son avoué qui s'était approché de lui et avait ensuite fait passer le billet à Venetia. Écrit en lettres fines mais d'une main ferme au stylo bille noir, il n'avait rien d'un griffonnage fait sous l'empire d'une quelconque impulsion: «Demandez-lui quelles lunettes elle portait la nuit du crime.»

Venetia prit soin de ne pas regarder l'accusé. C'était, elle le savait, un de ces moments décisifs d'où pouvait dépendre l'issue du procès. Il renvoyait tout droit à la première règle du contre-interrogatoire apprise alors qu'elle était étudiante: ne jamais poser une question à moins de connaître déjà la réponse. Elle avait cinq secondes pour trancher avant de se lever pour interroger le témoin. Si elle posait cette question et que la réponse fût mauvaise, Ashe serait condamné. Mais elle était sûre de deux choses. La première, c'est qu'elle connaissait déjà la réponse. Ashe n'aurait pas écrit cette note s'il n'en avait pas été certain. La deuxième était aussi essentielle: il lui fallait dans toute la mesure du possible discréditer Mrs Scully. Son témoignage, apporté avec une si évidente sincérité, une telle assurance, avait été accablant.

Elle glissa la note sous ses papiers comme s'il s'agissait d'une chose peu importante dont elle s'occuperait à loisir et prit tout son temps pour se lever.

«Est-ce que vous m'entendez bien, Mrs Scully?»

La femme hocha la tête et chuchota: «Oui.» Venetia lui sourit. Brièvement, mais c'était suffisant. La question, le sourire encourageant, la voix chaleureuse disaient tout: je suis femme, nous sommes du même bord. Ces hommes pompeux ne nous effraient pas. Vous n'avez rien à craindre de moi.

Venetia passa le témoignage en revue tranquillement pour que, au moment où elle déciderait de porter l'estocade, la victime fût benoîtement consentante. La dispute qu'elle avait entendue dans la maison voisine, une voix masculine, l'autre très irlandaise, identifiable – celle de Mrs O'Keefe. Mrs Scully avait pensé que c'était la voix du même homme, mais Mrs O'Keefe recevait continuellement des amis. Il serait peut-être plus exact de dire des « clients ». Pouvait-elle être sûre que la voix était celle de Garry? Mrs Scully ne pouvait pas en être sûre. Le doute était habilement semé : une antipathie naturelle envers la tante n'aurait-elle pas débordé pour inclure le neveu ? Ce n'était pas le genre de voisins auxquels Mrs Scully était habituée.

« Nous en arrivons maintenant, Mrs Scully, à votre identification de l'accusé, comme étant le jeune homme que vous avez vu sortant du 397, la nuit du meurtre. Vous voyiez souvent Garry sortir de la maison par la porte de devant ?

– Non. D'habitude il passait par la porte de derrière et la barrière du jardin à cause de sa moto.

– Donc vous le voyiez partir en poussant sa moto par la barrière du jardin ?

– Parfois. Je pouvais le voir par la fenêtre de ma chambre qui donne sur l'arrière.

– Et comme il garait sa motocyclette dans le jardin, c'était sa façon toute naturelle de sortir ?

– Je suppose.

– Est-ce que vous l'aviez vu parfois sortir par la barrière derrière la maison, même quand il n'avait pas sa moto avec lui ?

– Une ou deux fois, je suppose.

– Une ou deux fois en tout, ou bien une ou deux fois par semaine ? Ne vous inquiétez pas si vous ne pouvez pas être absolument précise. Après tout, ce n'est pas quelque chose que vous auriez noté par écrit.

– Je suppose que je l'ai vu sortir par la porte de derrière à peu près deux ou trois fois par semaine. Parfois avec sa moto et parfois sans.

– Combien de fois l'avez-vous vu sortir par la porte de devant ?

– Je ne peux pas me rappeler. Une fois il avait fait venir un taxi. Ce jour-là il est sorti par la porte de devant.

– On s'y serait attendu. Mais l'avez-vous vu souvent passer par la porte de devant ? Voyez-vous, ce que j'essaie d'établir, parce que je pense que cela aidera le jury, c'est si normalement Garry utilisait la porte de devant ou celle de derrière quand il sortait de la maison.

– Je crois qu'ils utilisaient surtout celle de derrière, l'un comme l'autre.

– Je vois. Ils utilisaient surtout la porte de derrière. » Puis, toujours tranquillement, sur le même ton intéressé, plein de sympathie : « Les lunettes que vous portez, Mrs Scully, est-ce qu'elles sont neuves ? »

La femme y porta la main, comme si elle se demandait si elle les avait encore.

« Toutes neuves. Je les ai eues pour mon anniversaire.

– Qui était ?

– Le 16 février. C'est pour ça que je m'en souviens.

– Et vous êtes tout à fait sûre de la date ?

– Oh, oui ! » Elle se tourna vers le juge, soucieuse de s'expliquer. « J'allais prendre le thé avec ma sœur et je suis entrée dans le magasin pour les prendre en passant. Je voulais savoir ce qu'elle pensait des nouvelles montures.

– Et vous êtes tout à fait sûre de la date, le 16 février – cinq semaines après l'assassinat de Mrs O'Keefe ?

– Oui, tout à fait sûre.

– Est-ce que votre sœur a trouvé que vos nouvelles montures vous allaient bien ?

– Elle a trouvé qu'elles étaient un peu trop fantaisie, mais j'avais envie de changer. On se lasse des vieilles, toujours les mêmes. J'ai pensé que j'allais essayer quelque chose de différent. »

Et maintenant la question dangereuse, mais Venetia savait ce que serait la réponse. Les femmes qui luttent pour se tirer d'affaire avec des revenus très bas ne paient pas inutilement un examen de la vue et ne considèrent pas leurs lunettes comme un accessoire de mode.

Elle demanda : « C'est pour cela que vous avez changé vos lunettes, Mrs Scully ? Parce que vous vouliez essayer des montures différentes ?

– Non. Je ne voyais plus bien avec les vieilles. C'est pour ça que je suis allée consulter l'oculiste.

– Très précisément, qu'est-ce que vous ne pouviez pas voir ?

– Eh bien, la télévision, en fait. J'en arrivais à ne plus voir les visages.

– Où est-ce que vous regardez la télévision, Mrs Scully ?

– Dans la salle de séjour, sur le devant de ma maison.

– Elle a les mêmes dimensions que celle d'à côté ?

– Forcément. Toutes les maisons sont pareilles.

– Donc, elle n'est pas grande. Les jurés ont vu des photographies de cette pièce chez Mrs O'Keefe. Environ dix mètres carrés à votre avis ?

– Oui, je suppose. À peu près.

– Et à quelle distance de l'écran vous asseyez-vous ? »

Premier petit signe de détresse, un regard inquiet vers le juge, puis : « Eh bien, je suis assise à côté du radiateur à gaz et la télé est dans le coin en face, près de la porte.

– Ce n'est jamais confortable, n'est-ce pas, d'être trop près de l'écran. Si je peux me permettre, Votre Honneur » – elle regarda le juge et reçut un signe de tête affirmatif. Elle se pencha alors vers l'avoué d'Ashe, Neville Saunders. « Si je demande à ce monsieur de s'approcher lentement de Son Honneur, voudrez-vous me dire à quel moment la distance entre eux est à peu près celle qu'il y a entre vous et l'appareil ? »

Neville Saunders, un peu étonné, mais prenant

aussitôt l'air grave et compassé approprié au rôle plus actif qu'il allait jouer dans la procédure, se leva et entama sa lente progression. Quand il fut arrivé à trois mètres environ du siège du juge, Mrs Scully intervint.

« À peu près là.

– Trois mètres, ou un peu moins. »

Elle se tourna de nouveau vers la femme : « Mrs Scully, je sais que vous êtes un témoin honnête. Vous essayez de dire la vérité pour aider la cour et vous savez combien cette vérité est importante. La liberté, tout l'avenir d'une jeune vie en dépend. Vous avez dit à la cour que vous ne pouviez pas voir confortablement votre écran de télévision à trois mètres. Vous avez affirmé sous la foi du serment que vous aviez reconnu l'inculpé à six mètres par une nuit sombre, à la seule lumière des réverbères de la rue. Pouvez-vous être absolument sûre que vous ne vous êtes pas trompée ? Pouvez-vous être certaine que ce n'était pas un autre jeune homme qui est sorti de la maison ce soir-là ? Quelqu'un ayant approximativement le même âge et la même taille ? Prenez votre temps, Mrs Scully. Essayez de vous rappeler. Rien ne presse. »

Le témoin n'avait que quelques mots à dire : « C'était bien Garry Ashe. Je l'ai vu nettement. » Un criminel professionnel les aurait dits, il aurait su que lors d'un contre-interrogatoire on s'en tient avec acharnement à son histoire, sans la modifier ni l'embellir. Mais Mrs Scully souffrait de nombreux désavantages : elle était honnête, nerveuse et voulait faire plaisir. Il y eut un silence, puis : « J'ai pensé que c'était Garry Ashe. »

Fallait-il en rester là, ou faire un pas de plus ? C'était toujours le danger dans les contre-interrogatoires. Venetia dit : « Parce que c'était sa maison, il habitait là, vous vous attendiez à ce que ce soit Garry. Mais est-ce que vous y voyiez bien nettement, Mrs Scully ? Est-ce que vous pouvez être vraiment sûre ? »

La femme la regardait fixement. Enfin, elle dit :

« Je suppose que ça aurait pu être quelqu'un qui lui ressemblait. Mais j'ai pensé à l'époque que c'était Garry.

– Vous avez pensé à l'époque que c'était Garry, mais cela aurait pu être quelqu'un qui lui ressemblait. Précisément. Une erreur très naturelle, Mrs Scully, mais je vous suggère que c'était une erreur. Merci. »

Bien entendu, Rufus ne pouvait pas laisser les choses en l'état. Autorisé à réinterroger sur un point nécessitant une clarification, il se leva, l'air assez sinistre, retroussa sa robe, puis fixa l'espace au-dessus de la barre des témoins avec l'air chagrin d'un homme qui s'attend à un changement de temps. Mrs Scully le regardait avec l'anxiété d'un enfant coupable qui sait qu'il a déçu les grandes personnes. Rufus essaya, non sans succès, de modifier son ton.

« Je suis désolé de vous retenir, Mrs Scully, mais il y a un point sur lequel les jurés, à mon avis, risquent d'être quelque peu désorientés. Lors de l'interrogatoire général, vous avez dit que vous n'aviez aucun doute à ce sujet, c'était bien Garry Ashe que vous aviez vu quitter la maison de sa tante à vingt-trois heures quinze la nuit du meurtre. Mais pendant l'interrogatoire mené par mon éminente consœur, vous avez dit, et je vous cite : "Je suppose que ça aurait pu être quelqu'un qui lui ressemblait, mais j'ai pensé à l'époque que c'était Garry." Vous vous rendez bien compte, j'en suis sûr, que les deux déclarations ne peuvent pas être exactes l'une et l'autre. Les jurés auront peut-être peine à comprendre exactement ce que vous dites. Je dois avouer que je me trouve moi-même assez désorienté. Alors je n'ai qu'une question à vous poser, une seule : l'homme que vous avez vu sortir du 397 cette nuit-là, qui croyez-vous qu'il était ? »

Et maintenant elle n'avait qu'un désir, pouvoir quitter la barre, ne plus avoir l'impression d'être tiraillée entre deux personnes qui l'une et l'autre voulaient d'elle une réponse claire, mais pas la même. Elle regarda le juge comme si elle espérait qu'il répondrait à sa place, ou du moins l'aiderait à prendre une décision. La cour attendait. Alors la réponse vint et elle vint avec la force désespérée de la vérité.

« Je crois que c'était Garry Ashe. »

Venetia savait que Rufus n'avait guère d'autre possibilité que d'appeler son témoin suivant, Mrs Rose Pierce, pour confirmer l'heure à laquelle Mrs Scully était partie de chez elle. Le facteur temps était essentiel. Si Mrs O'Keefe avait été tuée immédiatement ou peu après être arrivée chez elle en venant du café, Ashe aurait eu trente minutes pour tuer, se doucher, s'habiller et partir faire sa promenade.

Mrs Pierce, rondelette, joues rouges, yeux vifs, engoncée dans un manteau de laine noir surmonté d'un chapeau plat, s'ajustait aussi confortablement à la courbure de la barre des témoins que Mme Noé à la cabine de son arche. Sans aucun doute, se dit Venetia, il y avait des lieux que la dame pouvait trouver intimidants, mais la première chambre du tribunal de l'Old Bailey n'était pas du nombre. Elle indiqua comme profession nourrice à la retraite : « Une nounou, Votre Honneur » – donnant l'impression qu'elle était tout aussi capable de venir à bout des sottises adultes du sexe mâle que des désobéissances de l'enfance autrefois. Rufus lui-même, qui lui faisait face, sembla visité par d'inconfortables souvenirs de nurseries disciplinaires. Il posa peu de questions et elle y répondit avec assurance. Mrs Scully était partie de chez elle juste avant que la pendulette offerte par un de ses employeurs eût sonné vingt-trois heures quinze.

Venetia se leva pour poser son unique question.

« Mrs Pierce, vous rappelez-vous si Mrs Scully s'est plainte d'avoir des difficultés à voir la vidéo, ce soir-là ? »

La surprise déclencha chez Mrs Pierce une loquacité inattendue.

« C'est drôle que vous me demandiez ça, madame l'éminente avocate. Dorothy s'est justement plainte que l'image n'était pas nette. Remarquez bien que c'était quand elle avait ses vieilles lunettes. Elle disait depuis un bout de temps qu'elle devrait se faire examiner les yeux et je lui ai dit que le plus tôt serait le mieux et on a discuté pour savoir si elle allait garder les mêmes montures, ou essayer quelque chose de différent. Essayez donc quelque chose de nouveau, que je lui ai dit. Au diable l'avarice. On vit qu'une fois. Alors elle a eu les lunettes neuves le jour de son anniversaire et depuis elle a plus d'ennuis. »

Venetia la remercia et s'assit. Elle plaignait un peu Rufus. La nuit du meurtre aurait si facilement pu être celle où Mrs Scully ne s'était pas plainte de sa mauvaise vue. Mais seuls les plus naïfs croyaient encore que la chance ne jouait aucun rôle dans le système de la juridiction pénale.

Le lendemain, jeudi 12 septembre, Venetia ouvrit l'audience pour présenter le dossier de la défense. Elle avait déjà posé de solides jalons lors de ses contre-interrogatoires. Ce jour-là, au début de l'après-midi, elle n'avait plus qu'un témoin à appeler : l'accusé.

Elle savait qu'elle était obligée de le faire. Lui-même l'aurait exigé. Dès le début de leurs relations professionnelles, elle avait décelé la vanité, le mélange de prétention et de bravade qui même maintenant pouvait encore réduire à néant tous les résultats obtenus par ses interrogatoires des témoins à charge. Il n'allait pas se laisser priver de cette ultime performance en public. Toutes ces heures passées assis patiemment au banc des accusés n'étaient pour lui que le prélude à l'instant où il pourrait enfin plaider pour lui-même, où le procès serait gagné ou perdu. Elle le connaissait assez pour savoir que ce qu'il avait le plus abominé, c'était l'obligation de rester passif pendant que d'autres parlaient, que d'autres défendaient leur cause. Dans cette salle d'audience il était le personnage le plus important. C'était pour lui qu'un juge de la Haute Cour en robe rouge siégeait à côté des armoiries royales, pour lui que douze hommes et femmes suivaient patiemment les débats depuis des heures, pour lui que les éminents membres du barreau en robe et perruque interrogeaient, réinterrogeaient et discutaient. Venetia savait qu'il était facile pour l'accusé d'avoir l'impression de n'être que l'objet négligeable des préoccupations des autres, que le système qui s'était emparé de lui l'utilisait, qu'il était exhibé là pour que d'autres fassent la démonstration de leur intelligence, de leur talent. Maintenant il allait avoir sa chance. Elle savait que c'était un risque ; si sa vanité, son goût de la provocation s'avéraient plus forts que son sang-froid, ils risquaient de sérieux ennuis.

Quelques minutes après le début de son interrogatoire, elle savait déjà que ses craintes étaient inutiles. Sa performance – et elle ne doutait pas que c'en fût une – était admirablement équilibrée. Il s'attendait bien sûr à la première question, mais Venetia ne s'attendait pas à la réponse.

« Garry, est-ce que vous aimiez votre tante ? »

Un bref silence, puis : « Je l'aimais bien et je la plaignais. Ce que les gens appellent l'amour, je crois que je ne sais pas ce que c'est. »

C'étaient les premiers mots qu'il prononçait devant la cour depuis qu'il avait plaidé non coupable, d'une voix basse mais ferme. La salle était parfaitement silencieuse. Les mots tombèrent dans l'air appesanti par l'attente. Venetia sentait la réaction des jurés. Bien sûr qu'il ne savait pas, comment aurait-il pu savoir ? Un garçon qui n'avait jamais connu son père et que sa mère avait jeté dehors avant ses huit ans, recueilli par l'Assistance publique, ballotté de parents nourriciers en parents nourriciers, transféré d'un foyer d'accueil à un autre, considéré comme un gêneur depuis le jour de sa naissance. Il n'avait jamais connu ni tendresse, ni sécurité, ni affection désintéressée. Comment aurait-il pu connaître le sens du mot aimer ?

Pendant qu'elle l'interrogeait, elle éprouva l'impression extraordinaire qu'ils travaillaient de concert, comme deux acteurs qui, jouant ensemble depuis des années, reconnaissent leurs signaux, jugent chaque silence à son efficacité, attentifs à ne pas gâcher les meilleurs effets de l'autre. Non pas par affection ni même respect mutuel, mais parce qu'il s'agit d'un duo dont le succès dépend de cette entente instinctive au sein de laquelle chacun contribue au résultat désiré. L'histoire du garçon avait le mérite de la cohérence et de la simplicité. Ce qu'il avait dit à la police, il le répéta à la cour sans modification ni embellissement.

Oui, sa tante et lui s'étaient disputés pendant qu'ils étaient au *Duc de Clarence*. Résurgence du vieux différend : elle voulait qu'il continue à la photographier pendant qu'elle faisait ça avec ses clients et lui voulait arrêter. Un désaccord plutôt qu'une dispute violente, mais elle était ivre et il avait jugé sage de s'éloigner et de marcher seul dans la nuit pour réfléchir, se demander si le moment n'était pas venu pour lui de partir.

« Et c'est ça que vous vouliez ? Quitter votre tante ?

– Une partie de moi-même le voulait, une partie de moi-même souhaitait rester. J'avais de l'affection pour elle. Je crois qu'elle avait besoin de moi et puis c'était mon chez-moi. »

Il avait donc arpenté les rues derrière Westway jusqu'à Shepherd's Bush avant de revenir. Il y avait des passants, mais pas beaucoup. Il n'avait remarqué personne en particulier. Il n'était pas même sûr des rues qu'il avait parcourues. Il était arrivé chez lui juste après minuit pour trouver le corps de sa tante gisant sur le divan dans la salle de séjour et téléphoné tout de suite à la police. Non, il n'avait pas touché le cadavre. Il avait vu immédiatement en entrant dans la pièce qu'elle était morte.

Il resta impavide pendant le contre-interrogatoire de Rufus, n'hésitant jamais à répondre qu'il ne se rappelait pas, ou qu'il n'était pas certain. Pas une fois il ne regarda les jurés, mais eux, groupés à sa droite, ne le quittaient pas des yeux. Quand enfin il quitta la barre des témoins, elle se demanda pourquoi elle avait jamais douté de lui.

Dans son ultime plaidoirie, elle reprit un à un chacun des points évoqués par l'accusation et les réfuta de manière convaincante. Elle s'adressa aux jurés comme si elle leur confiait la vérité dans une affaire qui, non sans raison, les avait préoccupés tout comme elle, mais qui pouvait désormais être vue sous son vrai jour, raisonnable et essentiellement innocent. Où était le mobile ? On avait suggéré qu'il espérait hériter de sa tante, mais tout ce que Mrs O'Keefe pouvait escompter, c'était le produit de la vente forcée de sa maison le moment venu ; or il ne suffirait pas à payer ses dettes. Son neveu savait qu'elle dépensait inconsidérément, en particulier pour la boisson, que ses créanciers se faisaient pressants, que les agents de recouvrement sonnaient chez elle. Que pouvait-il espérer de sa tante ? Non seulement sa mort ne lui avait rien rapporté, mais elle lui avait fait perdre un toit. Et puis il y avait cette unique petite éclaboussure du sang de Mrs O'Keefe sur la pomme de la douche et les deux taches dans l'escalier. On avait suggéré qu'Ashe avait tué sa tante étant nu, puis s'était douché avant de quitter la maison pour faire une promenade destinée à lui fournir un alibi. Mais un visiteur, surtout un client régulier, aurait connu la maison et su que le robinet du lavabo de la salle de bains était très dur et son débit incertain. Quoi de plus naturel que d'aller laver ses mains tachées de sang sous la douche ?

L'accusation reposait en grande partie sur un seul témoin, la voisine, Mrs Scully, qui avait dit lors de l'interrogatoire général qu'elle avait vu Garry quitter la maison par la porte du devant à vingt-trois heures quinze. Les jurés avaient vu Mrs Scully à la barre. Elle leur avait peut-être semblé, comme sans aucun doute à tous ceux qui l'avaient entendue, être un témoin honnête cherchant à dire la vérité. Mais ce qu'elle avait vu pendant un bref instant, c'était une silhouette masculine, dans la nuit, sous des lumières haut perchées, faites pour éclairer largement la rue passante, mais bien propres à projeter des ombres trompeuses sur les façades des maisons. À ce moment-là, elle portait des lunettes qui ne lui permettaient même pas de distinguer nettement les visages sur son écran de télévision à moins de trois mètres. Lors du contre-interrogatoire, elle avait dit : « J'ai pensé à l'époque que c'était Garry. Je suppose que ça aurait pu être quelqu'un qui lui ressemblait. » Les jurés estimeraient peut-être qu'il n'était pas possible de se fier à cette identification de Garry, base de toute la thèse de l'accusation.

Elle conclut : « Garry Ashe vous a dit qu'il avait fait cette promenade nocturne parce qu'il ne pouvait pas affronter sa tante revenant chez elle du *Duc de Clarence* ivre comme il savait qu'elle devait l'être. Il avait besoin de temps pour réfléchir à leur vie commune, à son avenir, se demander si le moment était venu de partir. Selon ses propres termes à la barre des témoins : "Il me fallait décider de ce que j'allais faire de ma vie." En vous rappelant ces photographies obscènes qu'à mon vif regret vous avez été obligés d'examiner, vous vous étonnez peut-être qu'il ne soit pas parti plus tôt. Il vous en a dit la raison. Elle était sa seule parente en vie. L'intérieur qu'elle lui offrait était le seul qu'il eût jamais connu. Il pensait qu'elle avait besoin de lui. Mesdames et messieurs les jurés, il est difficile d'abandonner quelqu'un qui a besoin de vous, si gênant, si pervers que puisse être ce besoin.

« Il a donc marché, sans voir ni être vu dans la nuit, puis il est revenu pour découvrir l'horreur de cette salle de séjour éclaboussée de sang. Aucune preuve scientifique n'établit un lien entre lui et le crime. La police n'a trouvé de sang ni sur ses vêtements ni sur sa personne et le couteau ne portait pas ses empreintes. N'importe lequel des nombreux clients de sa tante aurait pu venir ce soir-là.

« Mesdames et messieurs les jurés, personne ne mérite d'être assassiné. Une vie humaine est une vie humaine, que la victime soit une prostituée ou une sainte. Dans la mort comme dans la vie nous sommes tous égaux devant la loi. Mrs O'Keefe ne méritait pas de mourir. Mais Mrs O'Keefe, comme toutes les prostituées – et c'est bien, mesdames et messieurs les jurés, ce qu'elle était –, s'exposait à des risques particuliers du fait de son genre de vie. On vous a expliqué ce qu'il était. Vous avez vu les photographies que son neveu était incité ou contraint à prendre. C'était une femme aux appétits sexuels voraces, qui pouvait être affectueuse et généreuse, mais aussi grossière et violente quand elle avait bu. Nous ne savons pas qui elle a introduit chez elle cette nuit-là, ni ce qui s'est passé entre eux. L'expertise médicale indique qu'elle n'a eu aucun rapport sexuel immédiatement avant sa mort. Mais n'est-il pas infiniment probable, mesdames et messieurs les jurés, qu'elle ait été assassinée par un de ses clients, tuée par jalousie, rage, frustration, haine ou pulsion de mort ? Le meurtre a été d'une grande brutalité. À moitié ivre, elle a ouvert la porte à son assassin. Là a été son drame. C'est aussi un drame pour le jeune homme qui comparaît aujourd'hui au banc des accusés devant cette cour.

« Dans son exposé d'ouverture, mon éminent confrère vous a exposé l'affaire clairement. Si vous êtes convaincus au-delà de tout doute raisonnable que mon client a assassiné sa tante, alors vous devez le déclarer coupable. Mais si, après avoir dûment examiné tous les éléments de preuve, vous doutez raisonnablement que ce soit sa main qui ait frappé Mrs O'Keefe, alors ce sera votre devoir de le déclarer non coupable. »

Tous les juges sont des acteurs. La spécialité du président Moorcroft, un rôle qu'il jouait depuis tant d'années qu'il était devenu instinctif, c'était une modération courtoise parfois relevée par les flèches d'un esprit mordant. Pendant qu'il résumait les débats, il avait l'habitude de se pencher vers les jurés, un crayon en équilibre délicat sur l'index de chaque main, et de s'adresser à eux comme à des égaux qui avaient obligeamment accepté de donner de leur précieux temps pour l'aider à résoudre un problème difficile certes, mais, comme toutes les affaires humaines, accessible à la raison. Le résumé, comme toujours avec ce juge, était exemplaire de minutie et d'équité. Avec lui, pas de possibilité d'appel pour indications erronées données au jury ; il n'y en avait jamais.

Les jurés l'avaient écouté le visage impassible et Venetia, qui les regardait, se disait, comme elle le faisait souvent, que c'était un curieux système mais qui fonctionnait remarquablement bien à condition que le souci premier fût la protection de l'innocent plutôt que le châtiment du coupable. Ce système n'était pas destiné – comment aurait-il pu l'être ? – à faire éclater la vérité, toute la vérité et rien que la vérité. Même le système inquisitorial du continent ne le pouvait pas. Si tel n'avait pas été le cas, son client aurait été en fâcheuse posture.

Désormais, elle ne pouvait plus rien pour lui. Les jurés, ayant reçu les recommandations d'usage, étaient sortis à la queue leu leu. Le juge se leva, la cour salua et attendit debout qu'il eût quitté la salle. Venetia entendit au-dessus d'elle murmures et froissements tandis que se vidait la tribune du public. Il ne lui restait plus qu'à attendre le verdict.

2

Dans Pawlet Court, à la lisière ouest du Middle Temple, les réverbères à gaz s'allumaient. Hubert St. John Langton, directeur des Chambers*, regardait à sa fenêtre comme il le faisait chaque soir depuis qu'il travaillait là, c'est-à-dire depuis quarante ans. C'était le moment de l'année et l'heure du jour qu'il préférait. La petite cour, une des plus ravissantes du

* Immeuble regroupant des cabinets de consultation d'avocats administré par un conseil et son directeur. *(N.d.T.)*

Middle Temple, reflétait la douce lumière d'une soirée d'automne commençant; les rameaux du grand marronnier avaient l'air de prendre consistance sous ses yeux; les rectangles de lumière dans les fenêtres georgiennes accentuaient l'ambiance de calme ordonné, presque familiale, du XVIIIe siècle. Au-dessous de lui, les cailloux entre les dalles de pierre du Yorkshire reluisaient comme s'ils avaient été astiqués. Drysdale Laud s'approcha de lui et pendant un moment ils restèrent ainsi en silence. Puis Langton se détourna.

Il dit: « C'est ça qui me manquera le plus, les réverbères qui s'allument. Mais ce n'est plus tout à fait la même chose maintenant qu'ils ont été automatisés. J'aimais guetter l'allumeur quand il entrait dans la cour. Quand il n'est plus venu, il m'a semblé que c'était toute une époque qui avait pris fin. »

Donc, il s'en allait, il avait enfin arrêté sa décision. En prenant soin de bannir surprise et regret de sa voix, Laud dit: « Vous allez manquer aussi à cet endroit. »

Il pensa qu'il ne pouvait guère y avoir échange plus banal à propos d'une décision qu'il attendait depuis plus d'un an avec une impatience grandissante. Il était temps que ce vieil homme s'en allât. Non pas qu'il fût si vieux, à peine soixante-treize ans, mais au cours de la dernière année, Laud avait suivi d'un œil anticipatoire la progressive mais inexorable dégradation de ses forces physiques et mentales. Ce soir-là, il regarda Langton s'asseoir lourdement au bureau qui avait été celui de son grand-père et où il avait espéré voir un jour son fils. Mais cet espoir, comme tant d'autres, avait été balayé par l'avalanche de Klosters.

Il dit: « Je suppose qu'il faudra supprimer l'arbre un jour ou l'autre. Les gens se plaignent qu'il prenne trop de jour pendant l'été. Je serai heureux de ne pas être là quand ils y mettront la hache. »

Laud éprouva une petite bouffée d'irritation. Cette sentimentalité était quelque chose de nouveau chez Langton. Il dit: « Ce ne sera pas une hache, ce sera une scie circulaire gros modèle et je pense qu'on ne le fera pas. L'arbre est protégé. » Il attendit un instant, puis ajouta avec une indifférence très étudiée : « Quand envisagez-vous de partir ?

– À la fin de l'année. Une fois qu'une décision de ce genre est prise, mieux vaut ne pas faire traîner les choses en longueur. Je vous en parle maintenant parce qu'il faut penser à mon successeur. Il y aura une réunion des Chambers en octobre, je me suis dit que nous pourrions en discuter à ce moment-là. »

Discuter ? Qu'est-ce qu'il y avait à discuter ? Lui-même et Langton avaient dirigé les Chambers à eux deux pendant les dix dernières années. Est-ce qu'on ne les avait pas surnommés les deux archevêques ? Leurs collègues pouvaient utiliser le terme avec une nuance de léger ressentiment, voire de dérision, mais il exprimait une réalité. Il décida d'être franc. Langton était devenu de plus en plus vague et hésitant, mais sûrement pas sur ce sujet-là. Il fallait qu'il sût ce qu'il en était. S'il devait y avoir un combat à livrer mieux valait être préparé.

Il dit : « J'avais un peu pensé que c'était moi que vous vouliez comme successeur. Nous travaillons bien ensemble. Je pensais que les Chambers en étaient arrivées à croire la chose réglée.

– Que vous étiez le prince héritier ? Je le pense aussi. Mais ce ne sera peut-être pas aussi facile que je m'y attendais. Venetia s'intéresse à l'affaire.

– Venetia ? Première nouvelle. Elle n'a jamais fait montre du moindre intérêt pour le poste de directeur des Chambers.

– Jusqu'à maintenant, non. Mais le bruit court qu'elle a changé d'avis. Et bien entendu, elle est la plus ancienne. De justesse, mais enfin c'est ainsi. Elle a été inscrite au barreau un trimestre avant vous. »

Laud dit : « Venetia a exposé sa position avec une clarté parfaite il y a quatre ans quand vous avez été absent pendant deux mois avec une fièvre infectieuse et que nous avons eu une réunion aux Chambers. Je lui ai demandé si elle voulait présider et je me rappelle parfaitement sa réponse : "Je n'ai nulle ambition d'occuper ce siège, ni à titre temporaire, ni quand Hubert décidera de le quitter." Quelle part a-t-elle jamais prise dans la gestion des Chambers, les corvées les plus assommantes et même les finances ? C'est entendu, elle vient aux réunions et elle proteste contre tout ce que les autres proposent, mais qu'est-ce qu'elle fait réellement ? Sa carrière est toujours passée en premier.

– C'est peut-être justement de sa carrière qu'il s'agit. Je me demande si elle n'aurait pas l'ambition de devenir juge. Elle semble prendre beaucoup de plaisir à remplir le rôle de *recorder** adjoint. Dans ce cas, me succéder comme directeur des Chambers serait important pour elle.

– C'est important pour moi aussi. Seigneur ! Hubert, vous ne pouvez pas la laisser m'évincer parce qu'il se trouve que j'ai eu l'appendicite au mauvais moment. La seule raison de son ancienneté, c'est que le jour où elle s'est inscrite au barreau je passais sur le billard ; ça m'a retardé d'un trimestre. Je ne crois pas que les Chambers vont la choisir parce qu'elle s'est inscrite pendant le trimestre de la Saint-Michel et que moi j'ai été obligé d'attendre le carême. »

Langton dit : « Mais ça lui donne le pas sur vous et si elle veut la place ce sera gênant de l'évincer.

– Parce que c'est une femme ? Je pensais bien que nous allions y arriver. Évidemment, ça peut terrifier les membres les plus timides des Chambers, mais je crois qu'ils feront passer l'équité avant le politiquement correct. »

Langton répliqua doucement : « Mais il ne s'agit pas de ça, bien sûr. Nous avons une politique. Il y a un code de bonne conduite au sujet de la discrimination sexuelle. C'est de cela que ça aura l'air si nous passons par-dessus sa tête. »

Essayant de maîtriser la colère qui durcissait de

* Avocat nommé par la Couronne pour remplir dans certaines villes les fonctions de juge au civil et au pénal. *(N.d.T.)*

plus en plus sa voix, Laud demanda : « Elle vous a parlé ? Est-ce qu'elle vous a dit explicitement qu'elle voulait le poste ?

– Pas à moi. Quelqu'un – je crois que c'était Simon – a dit qu'elle y avait fait allusion devant lui. »

Évidemment, ça devait être Simon Costello, se dit Laud. Le 8 Pawlet Court, comme toutes les Chambers, était un nid de commérages, mais la contribution de Costello était connue pour son inexactitude. Si vous vouliez des informations sûres, vous ne vous adressiez pas à lui.

Il dit : « Pure hypothèse. Si Venetia voulait lancer une campagne, elle ne commencerait pas par Costello. C'est une de ses bêtes noires. » Il ajouta : « C'est important d'éviter un heurt, s'il y a la moindre possibilité. Ce serait fatal de s'abaisser à des questions de personnes. Les Chambers pourraient devenir une vraie fosse aux ours. »

Langton fronça les sourcils. « Oh, je ne crois pas. Si nous devons voter, nous le ferons. Les gens accepteront la décision de la majorité. »

Et toi tu ne t'en soucies plus, songea Laud avec amertume. Tu ne seras plus là. Dix années de travail en commun, d'efforts pour couvrir tes indécisions, te donner des conseils sans en avoir l'air, et toi tu ne fais rien. Tu ne te rends donc pas compte que pour moi cette défaite serait une humiliation intolérable.

Il dit : « Je ne pense pas qu'elle puisse avoir beaucoup de partisans.

– Oh, je ne sais pas. C'est sans doute notre plus remarquable juriste.

– Oh, vous plaisantez, Hubert ! C'est Desmond Ulrick qui est notre plus remarquable juriste, sans discussion possible. »

Langton eut recours à l'évidence : « Mais le moment venu, Desmond ne voudra pas de la place. Je doute qu'il s'aperçoive même du changement. »

Laud faisait ses calculs. Il dit : « Ceux de l'annexe de Salisbury et ceux qui travaillent surtout chez eux s'en soucieront sans doute moins que ceux qui se trouvent physiquement aux Chambers, mais je doute qu'il y ait plus d'une minorité pour souhaiter Venetia. Elle n'est pas douée pour la conciliation.

– Mais est-ce cela dont nous avons besoin? Il va falloir qu'il y ait des changements, Drysdale. Je suis heureux de penser que je ne serai plus là pour les voir, mais je sais qu'ils auront lieu. Les gens parlent de gérer le changement. Il y aura de nouvelles personnalités aux Chambers, de nouveaux systèmes.

– Gérer le changement. C'est le jargon à la mode. Venetia pourrait en être capable, certes, mais est-ce que ce sera le changement que veulent les Chambers? Elle peut gérer des systèmes; pour ce qui est du relationnel, elle serait désastreuse.

– Je croyais que vous l'aimiez bien. Je vous avais toujours considéré comme – eh bien, je suppose, comme... des amis.

– Oui, je l'aime bien. Si elle a un ami ici, c'est bien moi. Nous partageons un goût marqué pour l'art du milieu du XXe siècle, nous allons parfois au théâtre, nous dînons au restaurant en moyenne tous les deux mois. J'apprécie sa compagnie et je suppose que la réciproque est vraie. Cela ne signifie pas que je l'estime en mesure de faire une bonne responsable des Chambers. D'ailleurs, est-ce que nous souhaitons un pénaliste? Ils sont en minorité ici. Nous n'avons jamais cherché de leur côté pour trouver un directeur. »

Langton répondit à une objection implicite mais inexprimée: « Est-ce que ce n'est pas un point de vue un peu snob? Je pensais que nous nous débarrassions de ça. Si la loi, c'est ce qui concerne la justice, le droit des gens, leur liberté, ce que fait Venetia n'est-il pas plus important que la passion de Desmond pour les subtilités du droit maritime international?

– C'est possible. Nous ne sommes pas en train de discuter d'importance relative, mais de choisir le directeur des Chambers. Venetia serait un désastre. Et puis il y a une ou deux questions qu'il nous faudra discuter en réunion et où elle fera des difficultés. Quels étudiants prendre comme locataires*, par exemple. Elle ne voudra pas de Catherine Beddington.

– Elle est pourtant son patron.

– Ce qui ne fera que donner plus de poids à ses objections. Et puis il y a encore autre chose. Si vous espériez obtenir une prolongation du contrat de Harry, vous pouvez en faire votre deuil. Elle veut supprimer le premier secrétaire et nommer un administrateur. Ce sera le moindre de ses changements si elle a les coudées franches. »

Nouveau silence. Langton restait assis à son bureau, comme épuisé. Puis il dit : « Elle avait l'air un peu sur les nerfs ces dernières semaines, il me semble. Changée. Est-ce que vous savez s'il y a quelque chose qui ne va pas ? »

Donc il l'avait remarqué. C'était cela l'ennui avec la sénilité précoce. On ne savait jamais si les rouages du cerveau n'allaient pas se remettre à fonctionner, et le vieux Langton à s'affirmer de façon tout à fait déconcertante.

Laud lui répondit : « Sa fille est rentrée à la maison. Octavia a quitté son pensionnat en juillet, et je crois savoir qu'elle n'a rien fait depuis. Venetia lui a laissé l'appartement au sous-sol pour qu'elles ne se gênent pas, mais ce n'est pas facile. Octavia n'a pas encore dix-huit ans, elle a besoin d'une certaine surveillance, de conseils. Une éducation au couvent n'est pas vraiment la meilleure préparation pour courir Londres sans mentor. Venetia est trop occupée, elle n'a pas besoin de ce souci. D'ailleurs, elle n'a pas la fibre maternelle. Ces deux-là ne se sont jamais entendues. Elle aurait été une assez bonne mère pour une fille belle, intelligente et ambitieuse, mais ce n'est pas ce qu'elle a eu.

* Les avocats des Chambers accueillent des étudiants en droit avancés qui, lorsqu'ils ont fait leurs preuves, peuvent devenir associés et, à leur tour, louer un bureau dans les Chambers. *(N.d.T.)*

– Qu'est devenu le mari après le divorce ? Est-ce qu'il compte encore pour elle ?

– Luke Cummins ? Je crois qu'elle ne l'a pas revu depuis des années. Je ne suis même pas sûr qu'il voie Octavia. Je crois qu'il s'est remarié et qu'il vit quelque part dans l'Ouest. Il a dû épouser une femme qui fait de la poterie, ou du tissage. Un genre d'artisan. J'ai comme l'impression qu'ils ont peu de moyens. Venetia ne parle jamais de lui. Elle a toujours implacablement fait passer ses échecs aux profits et pertes.

– Je suppose qu'il n'y a que ça qui la tracasse, les difficultés avec Octavia ?

– Cela m'aurait paru suffisant, mais ce n'est qu'une supposition. Elle ne m'en parle pas. Notre amitié ne va pas jusqu'aux confidences personnelles. Le fait que nous allons parfois ensemble à des expositions ne signifie pas que je la comprends, ni elle ni une autre femme d'ailleurs. Mais c'est intéressant de voir le pouvoir qu'elle exerce ici. Avez-vous remarqué qu'une femme, quand elle est puissante, l'est plus qu'un homme ?

– Elle l'est différemment, peut-être. »

Laud dit : « C'est un pouvoir en partie fondé sur la peur. Peut-être est-ce affaire d'atavisme, les souvenirs de la petite enfance. Ce sont les femmes qui changent les couches, qui donnent le sein, ou le refusent. »

Langton sourit faiblement. « Plus maintenant, semble-t-il. Les pères changent aussi les couches. Et en général, il y a des biberons.

– Mais j'ai raison, Hubert, pour ce qui concerne la puissance et la peur. Je ne le dirais pas en dehors de ces murs, mais la vie aux Chambers serait beaucoup plus facile si Venetia tombait sous cet autobus numéro onze, si commode. » Il se tut, puis posa la question pour laquelle il avait besoin d'une réponse : « Donc, je peux compter sur vous, n'est-ce pas ? Je peux être assuré que je suis votre candidat à la succession comme directeur des Chambers ? »

La question avait déplu. Les yeux las le regardèrent en face et Langton parut se recroqueviller dans son fauteuil comme s'il s'attendait à une agression physique. Et quand il parla, la note d'irascibilité chevrotante n'échappa pas à Laud.

« Si tel est le souhait des Chambers, bien entendu, vous aurez ma voix. Mais si Venetia veut le poste, je ne vois pas comment elle pourrait raisonnablement être rejetée. C'est une question d'ancienneté, et là elle vous bat. »

Ce n'est pas suffisant, se dit amèrement Laud. Nom d'un chien, ce n'est pas suffisant.

Il resta planté à regarder l'homme qu'il avait cru être un ami et, pour la première fois au cours de cette longue association, c'était un regard plus critique qu'affectueux. Comme s'il voyait Langton par les yeux lucides d'un étranger, notant avec un détachement intéressé les premiers ravages du temps impitoyable. Les traits énergiques et réguliers se décharnaient. Le nez était plus aigu et il y avait des creux sous les pommettes saillantes. Les yeux enfoncés étaient moins clairs et commençaient à receler la résignation confuse du grand âge. Un frémissement mouillé détendait parfois la bouche autrefois si ferme, si implacable. C'était une tête qui avait paru faite pour une perruque de juge. Et c'était sûrement ce que Langton avait toujours souhaité. Malgré le succès, la satisfaction de succéder à son grand-père à la tête des Chambers, avaient toujours persisté autour de lui des relents inconfortables d'espoirs déçus, d'un talent qui avait promis plus qu'il n'avait tenu. Et comme son grand-père, il était resté trop longtemps.

L'un comme l'autre, en outre, n'avaient pas eu de chance avec leur unique descendant. Le père d'Hubert était revenu de la Première Guerre mondiale les poumons à moitié détruits par les gaz et l'esprit torturé par des horreurs dont il n'avait jamais pu parler. Il avait eu assez d'énergie pour engendrer son seul enfant, mais, incapable de se remettre au travail, il était mort en 1925. Le seul fils d'Hubert, Matthew, aussi intelligent et aussi ambitieux que son père dont il partageait la passion pour le droit, avait été tué par une avalanche alors qu'il skiait, deux ans après son inscription au barreau. C'est après cette tragédie que l'ultime petite flamme d'ambition avait semblé vaciller puis s'éteindre chez Hubert.

Laud se dit : Oui, mais elle n'est pas morte en moi. Je l'ai soutenu pendant ces dix dernières années, j'ai pallié ses insuffisances, fait ses corvées les plus assommantes. Il peut bien se dégager de ses responsabilités, mais il n'échappera pas à celle-là.

Pourtant, le cœur serré comme dans un étau, il ne faisait que plastronner et il le savait. Il n'avait aucun moyen de gagner. S'il poussait à un affrontement, les Chambers seraient entraînées dans des dissensions acrimonieuses qui pourraient durer des dizaines d'années et devenir un scandale public. Et s'il l'emportait avec une courte marge, quelle légitimité cela lui conférerait-il ? Dans un cas comme dans l'autre, on ne lui pardonnerait pas facilement. Et s'il ne luttait pas pour le poste, Venetia Aldridge serait la prochaine responsable des Chambers.

3

Impossible de prévoir le temps qu'un jury mettrait à délibérer. Parfois un dossier qui avait paru si bien ficelé que la culpabilité de l'accusé ne pouvait souffrir aucun doute demandait des heures d'attente, alors qu'un autre apparemment complexe et douteux était réglé avec une rapidité étonnante. Les avocats avaient diverses façons d'occuper ce temps mort. Parfois des paris sur le temps que le jury allait mettre pour arriver à une conclusion fournissaient du moins une diversion. Certains jouaient aux échecs ou au Scrabble ; d'autres descendaient dans les cellules pour partager le suspense avec leur client, pour encourager, soutenir, voire avertir, alors que d'autres passaient en revue les témoignages avec leurs collègues et réfléchissaient aux possibilités de faire appel si le verdict leur était défavorable. Venetia préférait rester seule.

Jeune assistante, elle avait parcouru les couloirs de l'Old Bailey, passant du baroque édouardien du bâtiment ancien à la simplicité du nouveau, avant de descendre jusqu'à la splendeur marmoréenne du Grand Hall pour faire les cent pas sous ses lunettes et ses mosaïques bleues en contemplant une fois encore les monuments familiers tandis qu'elle chassait de son esprit les choses qu'elle aurait pu faire mieux ou plus mal, et se préparait au verdict.

Désormais, cette déambulation était devenue pour elle une défense trop évidente contre l'anxiété. Elle préférait s'asseoir dans la bibliothèque et ce penchant si fortement marqué pour la solitude lui assurait en général une tranquillité parfaite. Elle prenait un volume au hasard sur un rayon et l'emportait à une table sans aucune intention de le lire.

« Garry, est-ce que vous aimiez votre tante ? » La question lui rappelait celle qui avait été posée – quand donc ? – quatre-vingt-quatre ans plus tôt, en mars 1912, lorsque Frederick Henry Seddon avait été reconnu coupable du meurtre de sa logeuse, Miss Eliza Barrow. « Seddon, aimiez-vous Miss Barrow ? » Et comment aurait-il pu affirmer cela avec quelque apparence de vraisemblance, à propos d'une femme qu'il avait spoliée de sa fortune et enterrée dans la fosse commune ? Cette affaire avait fasciné le Crapaud qui l'avait utilisée pour démontrer l'effet dévastateur qu'une seule question pouvait avoir sur le résultat d'un procès. Il avait donné d'autres exemples encore : le spécialiste, témoin de la défense dans l'affaire Rouse – voiture incendiée –, qui avait été discrédité parce qu'il n'avait pas pu donner le coefficient de dilatation du cuivre ; le juge Darling, penché en avant pour intervenir dans le procès du major Armstrong en demandant pourquoi le prévenu, qui assurait que l'arsenic qu'il avait acheté était destiné à détruire des pissenlits, l'avait divisé en petits paquets. Et elle, gamine de quinze ans assise dans le petit studio à peine meublé, avait dit : « Parce qu'un témoin a oublié une donnée scientifique, un juge décide d'intervenir ? C'est ça la justice ? »

Pendant un instant le Crapaud avait semblé peiné parce qu'il avait besoin de croire à la justice, il avait besoin de croire au droit. Le Crapaud. Edmund Albert Froggett. Improbable détenteur d'un diplôme de droit, obtenu en tant qu'auditeur libre d'une université non précisée. Edmund Froggett qui avait fait d'elle un avocat. Elle reconnaissait cette vérité avec un sentiment de gratitude envers ce petit homme bizarre, mystérieux et pathétique, mais elle l'invitait rarement à prendre place dans ses pensées. Le souvenir du jour où leurs rapports avaient pris fin était si pénible que la gratitude était presque submergée par l'embarras, la peur et la honte. Si elle pensait à lui, c'était, comme en ce moment, parce que la mémoire faisait intrusion dans le présent et qu'elle avait de nouveau quinze ans, assise dans le studio du Crapaud, en train d'écouter ses histoires, d'apprendre le droit pénal.

Ils étaient assis de chaque côté de son petit radiateur à gaz sifflant dont un seul élément était allumé parce qu'il fallait mettre des pièces dans le compteur et que le Crapaud était pauvre. Mais il y avait à côté du radiateur un réchaud sur lequel il faisait du chocolat pour eux deux, fort et pas trop sucré comme elle l'aimait. Elle avait sûrement dû être là avec lui en été, au printemps et en automne, mais dans le souvenir c'était toujours l'hiver, les rideaux sans doublure tirés, les bruits de l'école amortis puisque les gamins étaient couchés. Ses parents au salon dans la partie principale de la maison ne s'inquiétaient pas pour elle, car elle était censée finir ses devoirs dans sa chambre. À neuf heures elle interromprait l'entretien pour descendre dire bonsoir et répondre aux questions prévisibles sur son travail et l'emploi du temps du lendemain. Mais toujours elle retournait dans la seule pièce de la maison où elle avait jamais été heureuse, avec le sifflement du radiateur, le fauteuil rendu confortable malgré ses ressorts cassés, parce que le Crapaud prenait un oreiller de son lit pour le lui mettre derrière le dos, le Crapaud assis en face d'elle sur sa chaise droite avec les six volumes des *Causes célèbres en Grande-Bretagne* empilés par terre à côté de lui.

Il avait été le moins considéré et le plus exploité des professeurs dans l'école primaire privée suburbaine du père de Venetia, Danesford, où il enseignait l'anglais et l'histoire, requis en fait pour presque n'importe quelle tâche selon la fantaisie du directeur. Ce petit homme soigné, menu, au nez camus, avec de petits yeux vifs derrière de grosses lunettes rondes et une frange de cheveux roux, avait inévitablement été surnommé le Crapaud par les garçons. Il aurait pu faire un bon professeur si on lui en avait donné la possibilité, mais les petits barbares savaient dépister la victime toute désignée dans leur jungle juvénile et la vie du Crapaud était un enfer patiemment supporté d'insurrections bruyantes et de cruauté calculée.

Lorsqu'un ami ou une connaissance de Venetia l'interrogeait sur son enfance – c'était rare – elle avait une réponse toute prête, toujours exprimée dans les mêmes termes et toujours sur un ton désinvolte très efficace pour prévenir toute nouvelle question.

« Mon père dirigeait une école privée pour garçons. Pas vraiment le Dragon ou Summerfields. Un de ces établissements moins chers où les parents envoient leurs enfants quand ils veulent s'en débarrasser. Je ne sais pas qui la détestait le plus, les élèves, le personnel ou moi. Mais je pense qu'être élevée avec une centaine de jeunes garçons n'a pas été une mauvaise préparation pour une pénaliste. En fait, mon père était un assez bon professeur. Les élèves auraient pu tomber plus mal. »

Pour elle, rien n'aurait pu être pire. À l'origine, l'école, prétentieuse résidence en brique rouge d'un notable et ancien maire du XIXe siècle, avait été construite à quelque trois kilomètres d'une plaisante agglomération du Berkshire qui n'était guère plus qu'un village à l'époque. Mais quand Clarence Aldridge l'avait achetée en 1963 avec l'héritage de son père, le village était devenu une petite ville qui gardait pourtant encore son caractère individuel et le sens de son identité. Dix ans plus tard, c'était devenu une banlieue-dortoir qui s'étendait sur les champs verts comme un cancer rongeant de brique rouge et de béton – propriétés pour cadres, petits centres commerciaux, bâtiments officiels et immeubles locatifs. Les champs entre Danesford et la ville avaient été achetés par la municipalité pour y construire des logements, mais l'argent ayant manqué alors que seule une partie du projet avait été réalisée, le reste de l'espace était resté vacant, désert inculte, hérissé de broussailles et d'arbres brisés, terrain de jeux et dépotoir des lotissements environnants. Elle le traversait à bicyclette pour aller à l'école secondaire, trajet qu'elle en était arrivée à redouter mais qu'elle suivait inévitablement parce que l'autre était deux fois plus long et suivait la grande route que son père lui avait interdite. Une fois elle avait désobéi et un des amis de celui-ci l'avait dépassée dans sa voiture. La colère de son père avait été terrible, douloureuse et prolongée. La traversée quotidienne de la brousse au-dessus du pont du chemin de fer qui la séparait de la ville et du lotissement était une épreuve. Tous les jours elle était en butte aux provocations et vociférations obscènes provoquées par la vue de son uniforme d'écolière. Tous les jours elle essayait de voir quelles étaient les rues les plus dégagées, d'éviter les garçons les plus grands et les plus effrayants, accélérant ou ralentissant pour déjouer l'attente de la meute, pleine de mépris pour elle-même et de haine pour ses persécuteurs.

L'école était un refuge et pas seulement contre le lotissement. Elle y était heureuse, du moins autant qu'elle pouvait l'être. Mais sa vie y était si distincte de celle qu'elle menait à Danesford comme fille unique de ses parents qu'elle avait la sensation de vivre entre deux mondes. L'un auquel elle se préparait quand elle mettait l'uniforme vert foncé, nouait la cravate aux couleurs de l'école secondaire, puis dont elle prenait possession matériellement quand elle descendait de bicyclette et franchissait les portes de l'établissement. L'autre reprenait possession d'elle chaque fin d'après-midi, composé de voix de garçons, de pieds résonnant sur les planchers, de pupitres claqués, d'odeurs de cuisine, de lessive en train de sécher, de jeunes corps mal lavés et, dominant le tout, de relents d'anxiété, d'échec cuisant et de peur. Mais là aussi il y avait un remède. Elle allait le chercher tous les soirs dans le petit studio à peine meublé du Crapaud.

Utilisant ses six volumes des *Causes célèbres* en guise de manuels et d'exercices pratiques, il plaidait pour l'accusation et elle pour la défense, après quoi ils intervertissaient les rôles. Tous les personnages du procès lui devenaient familiers, tous les meurtres projetaient une image plus vraie que nature, nourrissant une imagination fertile, certes, mais toujours bridée par le sens de la réalité. Elle avait besoin de savoir que ces hommes et ces femmes désespérés, certains enfouis dans la chaux du cimetière de la prison, n'étaient pas des créatures qu'elle avait imaginées, qu'ils avaient vécu, respiré et cessé de vivre, que leurs tragédies pouvaient être analysées, discutées et expliquées. Alfred Arthur Rouse et sa voiture flambant comme un fanal mortel sur un chemin du Northamptonshire ; Madeleine Smith offrant une tasse de chocolat, et peut-être d'arsenic, entre les barreaux d'un sous-sol de Glasgow ; George Joseph Smith jouant de l'harmonium dans un garni de Highgate pendant que la femme qu'il avait séduite et assassinée gisait dans une baignoire à l'étage au-dessus ; Herbert Rowse Armstrong tendant à son rival le scone assaisonné à l'arsenic et lui disant : « Excusez-moi de le tenir avec les doigts » ; William Wallace traversant consciencieusement la banlieue de Liverpool à la recherche de l'inexistant Menlove Gardens East.

L'affaire Seddon était de celles qu'ils trouvaient

particulièrement fascinantes. Le Crapaud résumait les faits avant qu'ils en reviennent une fois de plus aux minutes du procès.

L'année : 1910. L'accusé : Seddon Frederick Henry, cupide, ladre, obsédé par l'argent et le profit. Vit avec sa femme, Margaret Anne, et leurs cinq enfants, son vieux père et une petite servante à Torrington Park, Islington. Affaires florissantes avec la London and Manchester Industrial Insurance Company. Propriétaire de sa maison et de plusieurs petits biens immobiliers dans différents quartiers de Londres. Le 25 juillet 1910, il prend une locataire, Eliza Mary Barrow, quarante-neuf ans, aussi peu attirante dans sa personne que dans son comportement, mais riche. Elle amène un orphelin de huit ans, Ernie Grant, enfant d'un ami, qui emménage avec elle et partage son lit. Sans doute l'aimait-il – il était le seul. L'oncle d'Ernie, Mr Hook, et sa femme s'étaient aussi installés chez les Seddon, mais pas pour longtemps. Ils partirent à la suite d'une querelle avec Miss Barrow et d'une scène avec Seddon qu'ils accusèrent de vouloir mettre la main sur la fortune de sa locataire. Exactement ce qu'il fit au bout d'un an ou guère plus. Or le magot n'était pas négligeable. Nous sommes en 1910, ne l'oubliez pas. Mille six cents livres en fonds indiens à trois et demi pour cent, la licence d'un café et un salon de coiffure, deux cent douze livres déposées sur un compte d'épargne, des pièces d'or et des billets qu'elle avait sous son lit. Tout cela avait été transféré à Seddon en échange d'une annuité d'à peine plus de cent cinquante livres. Cela signifiait que Seddon prenait tout l'argent et promettait de lui verser cette somme chaque année tant qu'elle vivrait.

Venetia dit : « Elle avait fait tout ce qu'il fallait pour être tuée, n'est-ce pas ? Une fois qu'il avait mis la main sur tous ses biens elle n'était plus qu'une gêne.

– Certainement, aucun homme de loi ne lui aurait conseillé de faire montre d'une telle confiance. Mais être insensible et âpre au gain ne fait pas de vous un criminel. Il faut essayer de rester impartial si l'on veut plaider pour la défense.

– Je dois croire qu'il est innocent, c'est ce que vous voulez dire ?

– Non, il ne s'agit pas de ce que vous croyez. Votre tâche, c'est de convaincre le jury que l'avocat général n'a pas réussi à justifier ses accusations de façon à éliminer tout doute raisonnable. Mais il ne faut jamais tirer une conclusion sur quoi que ce soit avant d'avoir d'abord examiné les faits.

– Comment s'y est-il pris ? Bon, comment l'accusation prétend-elle qu'il s'y est pris ?

– Avec de l'arsenic. Le 1er septembre 1911, Miss Barrow s'est plainte de douleurs d'estomac, de nausées et autres symptômes gênants. Un médecin appelé alors l'a suivie régulièrement pendant deux semaines, mais tôt dans la matinée du 14 septembre, Seddon a appelé chez le praticien pour dire qu'elle était morte.

– Le médecin n'a pas ordonné une autopsie ?

– Je suppose qu'il n'en a pas vu la nécessité. Il a délivré un permis d'inhumer indiquant que Miss Barrow était morte de diarrhée épidémique. Ce même matin, Seddon l'a fait enterrer dans une fosse commune et a demandé une commission à l'entrepreneur des pompes funèbres pour lui avoir procuré le travail.

– La fosse commune était une erreur, n'est-ce pas ?

– De même que la façon dont il a traité la famille de Miss Barrow quand elle a commencé à poser des questions. Il se montra arrogant, sans cœur et insultant. Comme on pouvait s'y attendre, cela provoqua des soupçons et les parents décidèrent de prendre contact avec le directeur des poursuites judiciaires*. Le corps de Miss Barrow fut exhumé et on y retrouva de l'arsenic. Seddon fut arrêté, ainsi que sa femme six mois plus tard, et tous deux furent accusés de meurtre. »

Elle avait dit : « Est-ce qu'il n'a pas été pendu parce qu'il était avare et rapace, et non parce que l'avocat

* Qui décide si une affaire passera ou non devant les tribunaux. *(N.d.T.)*

général avait vraiment un dossier en béton ? Il était censé avoir envoyé sa fille Maggie, quinze ans, acheter de l'arsenic, mais elle l'a nié. Je ne crois pas qu'on puisse se fier au témoignage de ce pharmacien... Mr Thorley, n'est-ce pas ? Vous ne croyez pas que vous auriez pu le faire acquitter ? »

Le Crapaud avait eu un petit sourire, non dépourvu de satisfaction. Il avait ses petites vanités et elle s'amusait parfois à les flatter.

Il avait dit : « Vous me demandez si j'aurais pu faire mieux qu'Edward Marshall Hall. Voilà un avocat merveilleux. J'aurais voulu l'entendre, mais bien sûr il est mort, en 1927. Pas un grand juriste, on disait qu'il redoutait la cassation. Mais un des grands avocats, magnifiquement éloquent, une facilité d'élocution étonnante. Évidemment aujourd'hui ça ne passerait pas. Ce genre de plaidoirie théâtrale, grandiloquente n'a plus sa place dans une cour moderne. Mais il a dit une chose que je n'ai jamais oubliée et je vais vous l'écrire : "Je n'ai pas de décor pour m'aider, ni de mots écrits pour que je les prononce. Il n'y a pas de rideau. Mais à partir du rêve éclatant de la vie d'un autre, je dois créer une atmosphère parce que c'est cela la tâche de l'avocat." À partir du rêve éclatant de la vie d'un autre. J'aime la formule. »

Elle avait dit : « Moi aussi. »

Le Crapaud avait repris : « Je crois que vous aurez une bonne voix. Évidemment, vous êtes encore jeune. Elle ne se développera peut-être pas.

– Une bonne voix, qu'est-ce que c'est ?

– Agréable à entendre. Pas stridente. Nuancée, chaude, parfaitement modulée et contrôlée. Persuasive... avant tout persuasive.

– C'est si important ?

– Essentiel. Norman Birkett avait une voix comme ça. J'aurais bien voulu avoir l'occasion de l'entendre. La voix est aussi importante pour un avocat que pour un acteur. J'aurais pu appartenir au barreau si j'avais eu une voix. Mais j'ai bien peur que la mienne ne manque de force. Elle ne porterait même pas jusqu'aux travées du jury. »

Venetia avait penché la tête sur les *Causes célèbres* pour qu'il ne la voie pas sourire. Il ne s'agissait pas seulement de sa voix haut perchée, affectée, avec parfois ce couic de souris si déconcertant ; se représenter une perruque sur ce chaume sec de cheveux roux, ou une robe sur ce corps petit, sans grâce, était risible. Et puis elle avait trop souvent entendu les commentaires péjoratifs de son père sur le manque de qualifications du Crapaud pour ne pas être persuadée qu'il avait bien peu de chances de réussir dans la vie. Mais elle appréciait ses louanges et le jeu qu'ils jouaient ensemble lui était devenu indispensable. Il satisfaisait son besoin d'ordre et de certitude. Le studio du Crapaud, avec sa légère odeur de gaz et ses deux sièges délabrés, était pour elle un refuge plus rassurant encore que son pupitre à l'école. Chacun donnait à l'autre ce dont il avait besoin : lui était un maître merveilleux, elle une élève intelligente et enthousiaste. Soir après soir, elle se hâtait de finir ses devoirs et choisissait son moment pour se glisser sans être vue depuis le bâtiment principal de l'école jusqu'à l'annexe et à l'escalier couvert de linoléum qui menait au studio afin d'écouter les histoires qu'il lui racontait et s'adonner à leur commune obsession.

Le jeu prit fin trois jours après son quinzième anniversaire. Le Crapaud avait emprunté à la bibliothèque locale un compte rendu du procès de Florence Maybrick dont ils devaient discuter le soir. Il lui avait laissé le livre jusqu'au lendemain, mais elle ne voulait ni l'emporter à l'école ni le laisser dans sa chambre où il pourrait éveiller la curiosité d'une des deux femmes de service, ou être découvert par ses parents. Elle ne se fiait pas du tout à la discrétion de son entourage. Elle décida donc de laisser le volume dans le studio du Crapaud. Elle frappa par acquit de conscience, ne pensant guère le trouver là. Il était sept heures et demie, il devait donc être en train de surveiller le petit déjeuner des garçons. La porte, comme elle s'y attendait, n'était pas fermée à clef.

À son grand étonnement, le Crapaud était là, une grande mallette de toile sur le lit, son couvercle déglingué ouvert. Un amas de chemises, pyjamas et sous-vêtements en désordre jonchait le couvre-lit, seules les chaussettes étaient soigneusement roulées en boules. Il lui sembla qu'elle prenait en même temps conscience de l'expression d'horreur que provoquait son irruption dans la pièce et d'une paire de caleçons salis à l'entrejambe que, suivant le regard de la jeune fille, il enfonçait avec des mains tremblantes sous le couvercle de la valise.

Elle dit : « Où allez-vous ? Pourquoi faites-vous vos bagages ? Vous partez ? »

Il se détourna, si bien qu'elle entendit à peine ce qu'il disait : « Si je vous ai peinée, je suis désolé. Je ne voulais pas... Je ne m'étais pas rendu compte... Je vois maintenant que c'était imprudent, égoïste de ma part.

– Me peiner ? Qu'est-ce que vous voulez dire ? Qu'est-ce qui était imprudent ? »

Elle entra dans la pièce et, refermant la porte derrière elle, s'appuya contre le battant, obligeant l'homme, par la force de sa volonté, à la regarder. Mais quand il le fit, elle lut sur son visage un embarras honteux, et un appel désespéré à la pitié qu'elle savait dépasser tout autant sa compréhension que ses possibilités d'aide. Une terrible appréhension, une crainte pour elle-même, durcit sa voix plus qu'elle ne s'en rendit compte.

« Me peiner ? Vous ne m'avez pas peinée ! Qu'est-ce que ça signifie, tout ça ? »

La formule protocolaire de sa réponse avait quelque chose de pathétique : « Il semble que votre père se soit trompé sur la nature de nos rapports.

– Qu'est-ce qu'il vous a dit ?

– Aucune importance, il n'y a rien à faire. Il ne veut plus me voir ici. Je dois partir avant que les classes reprennent. »

Elle dit, tout en sachant que ses mots étaient creux et ses promesses vaines: «Je vais lui parler. Je lui expliquerai. J'arrangerai ça.»

Il secoua la tête. «Non, je vous en prie Venetia, ça ne ferait qu'aggraver la situation.» Il se détourna et elle le regarda plier une chemise, puis la mettre dans la mallette. Elle vit le tremblement de ses mains, elle entendit la résignation honteuse dans sa voix: «Votre père m'a promis de bonnes références.»

Bien sûr, les références. Sans elles, il n'aurait eu aucun espoir de retrouver un autre poste d'enseignant. Son père avait le pouvoir de faire plus encore que de le jeter dehors. Rien d'autre à dire, rien qu'elle pût faire, mais pourtant elle s'attardait, sentant le besoin d'un geste, d'un mot d'adieu, de quelque espoir qu'ils se retrouveraient un jour. Mais non, ils ne se reverraient jamais et ce qu'elle éprouvait pour l'heure était non pas de l'affection mais de la crainte et de la honte. Il emballait ses volumes des *Causes célèbres*. La mallette était déjà trop pleine et elle se demanda si elle pourrait contenir ce poids supplémentaire. Un volume restait encore sur le lit et il le lui tendit. L'affaire Seddon. Il dit sans la regarder: «S'il vous plaît, prenez-le. J'aimerais que vous l'ayez.»

Toujours sans la regarder il murmura: «Je vous en prie, partez. Je suis désolé. Je ne m'étais pas rendu compte.»

Le souvenir était comme un film composé d'images extrêmement nettes, la scène arrangée et brillamment éclairée, les personnages disposés en bon ordre, les dialogues appris et immuables mais sans épisodes de liaison. À présent, assise devant un livre sur le droit des obligations qu'elle avait ouvert mais ne lisait pas, elle se revoyait à sa place, en face de son père, dans cette salle à manger encombrée de meubles, respirant la puissante odeur matinale du café, du pain grillé et du bacon. Il y avait là de nouveau la table de chêne massif avec, lui appuyant inconfortablement contre les genoux, l'abattant que l'on pouvait relever pour en augmenter la largeur et les fenêtres à meneaux qui excluaient la lumière plutôt qu'elles ne la faisaient entrer, le dressoir très orné aux pattes bulbeuses, les plaques chauffantes et les plats couverts. Son père avait vu autrefois une pièce de théâtre dans laquelle les classes supérieures se servaient à une desserte. Il lui avait semblé que c'était là le summum de l'élégance et il en avait instauré l'habitude à Danesford, bien que le choix se limitât invariablement aux œufs et bacon ou saucisses et bacon. Vraiment bizarre qu'elle pût encore éprouver une bouffée de ressentiment devant la sottise de cette prétention et le travail supplémentaire qu'elle occasionnait à sa mère.

Ce jour-là, elle prit du bacon et se contraignit à regarder son père. Il mangeait avec appétit, ses yeux allant de son assiette très garnie au *Times* plié au carré à côté d'elle. Sa bouche, sous la petite moustache hirsute, était humide et rose. Il coupait de petits carrés de toast, les recouvrait de beurre et de confiture d'oranges, puis les engouffrait dans cette caverne palpitante de chair nue qui semblait avoir une existence propre. Ses mains étaient carrées et robustes, le dos des doigts hérissé de poils noirs. Venetia avait une peur panique de son père. Elle en avait toujours eu peur et avait toujours su qu'elle ne pouvait pas faire appel pour la soutenir à sa mère qui avait encore plus peur qu'elle. Alors qu'elle était enfant, il l'avait battue pour la moindre infraction aux règlements de la maisonnée, aux normes de comportement et de réussite qu'il avait élaborées. Les châtiments n'étaient pas sévères mais ils avaient été intolérablement humiliants. Chaque fois elle prenait la résolution de ne pas crier, terrorisée à l'idée que les garçons pourraient l'entendre. Mais ces tentatives de courage étaient vaines parce qu'il continuait la punition jusqu'à ce qu'elle crie. Et le pire de tout, c'est qu'elle savait qu'il en jouissait. Quand elle parvint à la puberté, il les cessa, mais ce fut un petit sacrifice de sa part. Après tout, il avait encore les garçons.

Maintenant, assise en silence dans la bibliothèque, elle revoyait le visage aux larges pommettes tavelées, sous des yeux dont elle ne se rappelait pas avoir jamais reçu un regard tendre. Après la distribution des prix, une de ses maîtresses à l'école lui avait dit que son père devait être très fier d'elle. La remarque lui avait paru extraordinaire à l'époque et c'était toujours vrai à l'heure présente.

Elle avait essayé de garder un ton calme et sans crainte : « Mr Froggett dit qu'il s'en va. »

Son père ne levait toujours pas la tête. Il déclara tout en continuant à mâcher : « Tu n'aurais pas dû le voir avant qu'il parte. J'espère que tu ne lui as pas promis d'écrire, ou de le contacter ?

– Bien sûr que non, papa. Mais pourquoi est-ce qu'il s'en va ? Il a dit que c'était quelque chose qui me concernait. »

Sa mère s'arrêta de manger, lança un regard effrayé, implorant à Venetia et se mit à réduire son toast en chapelure. Son père ne relevait toujours pas la tête. Il tourna une page de son journal.

« Je m'étonne que tu aies besoin de le demander. Mr Mitchell a jugé bon de m'avertir que ma fille passait toutes ses soirées jusqu'à une heure tardive dans la chambre d'un jeune professeur. Si tu n'avais aucun sens de ta position dans cette école, tu aurais pu au moins penser à la mienne.

– Mais nous ne faisions rien, nous parlions simplement. Nous parlions de livres, de droit. Et puis, ce n'est pas une chambre, c'est son studio.

– Je ne souhaite pas discuter avec toi. Je ne te demande même pas ce qui se passait entre vous. Si tu as quelque chose à confier, je te suggère d'en parler à ta mère. En ce qui me concerne l'affaire est réglée. Je ne veux plus entendre prononcer le nom d'Edmund Froggett dans cette maison et à partir d'aujourd'hui, tu feras tes devoirs ici sur cette table et non pas dans ta chambre. »

Elle se demanda si c'était ce jour-là ou plus tard qu'elle s'était rendu compte pour la première fois de ce qu'il y avait en dessous de tout cela. Son père avait cherché une excuse pour se débarrasser du Crapaud.

Il travaillait dur, mais ne savait pas maintenir la discipline, les garçons ne l'aimaient pas et on ne savait pas où le mettre aux fêtes de l'école. Il ne coûtait pas cher, mais c'était encore trop. L'école perdait de l'argent et c'est seulement plus tard qu'elle sut combien. Il fallait que quelqu'un s'en allât et on pouvait se passer du Crapaud. Son père avait bien joué d'ailleurs. Son accusation imprécise sans doute dans les détails, mais horriblement claire pour l'essentiel, était de celles que le Crapaud n'oserait jamais réfuter en public.

Après cela elle ne l'avait jamais revu et n'avait plus entendu parler de lui. La gratitude pour ce qu'il lui avait apporté – et qu'elle reconnaissait – avait toujours été masquée par la honte de la trahison et de la faiblesse dont elle s'était rendue coupable. Fascinée par le jeu qu'ils avaient joué, elle ne l'avait jamais été par l'homme. Et elle savait qu'elle aurait eu honte si l'une de ses camarades de classe les avait vus ensemble.

Savoir qu'elle ne s'était pas battue pour lui, qu'elle ne l'avait pas défendu avec vigueur et encore moins avec passion, qu'elle avait éprouvé plus de honte pour elle et de peur de son père que de compassion restait gravé dans son esprit, souillant le souvenir de ces soirées passées ensemble. Elle ne pensait plus que rarement à lui. Parfois elle se surprenait à se demander s'il était encore en vie, et alors des images déconcertantes et étonnamment colorées lui passaient devant les yeux : le Crapaud se jetant de Westminster Bridge cependant que des spectateurs incrédules se penchaient au-dessus du parapet pour regarder les eaux bouillonnantes, ou se bourrant la bouche de cachets d'aspirine qu'il faisait descendre avec du vin bon marché, assis sur le lit étroit d'un studio sous les toits.

Elle se demandait ce que cette enfant de quinze ans avait pu éprouver pour lui. Pas de l'amour, certainement. De l'affection, oui, le besoin d'une compagnie, d'une stimulation et l'impression qu'on avait besoin d'elle. Peut-être avait-elle plus souffert de la solitude qu'elle ne s'en était doutée. Mais elle savait non sans honte ce qu'elle avait toujours su : elle l'avait utilisé. Si elle l'avait rencontré en se promenant avec ses rares amies après la classe, elle aurait fait semblant de ne pas le voir.

Un esprit porté à la superstition aurait pu voir un châtiment divin dans le fait qu'après le départ du Crapaud le déclin de l'école s'accéléra. Elle aurait pu survivre cependant, voire retrouver une certaine prospérité, les parents, de plus en plus déçus par l'école publique de l'endroit et à la recherche de quelque prestige imaginaire, d'une apparence de discipline et de bonnes manières, voyant dans Danesford la solution raisonnablement bon marché à des problèmes familiaux. Mais le suicide mit fin à tout espoir. Le cou distendu de ce jeune corps pendu aux balustrades de l'annexe, le mot écrit avec soin, l'orthographe de « hontteux » scrupuleusement corrigée comme si la colère du directeur dominait jusqu'à cet ultime geste d'une rébellion pathétique, n'étaient pas de ces choses que l'on peut couvrir ou expliquer. Il semblait à Venetia qu'en coupant ce cordon de pyjama tendu on avait fait tomber plus que le jeune corps. Les semaines qui suivirent, l'enquête, l'enterrement, les commentaires dans les journaux, les accusations de mauvais traitements et de sévérité excessive se trouvèrent submergés dans le spectacle de voitures qui démarraient, de petits garçons serrant leurs valises bourrées et se dirigeant l'air honteux ou triomphant vers les autos qui attendaient. L'école périt dans la puanteur du scandale, de la tragédie, et finalement ce fut presque un soulagement quand, l'agonie terminée, le fourgon des pompes funèbres se présenta enfin devant la porte.

La famille se rendit à Londres. Elle se dit que son père, comme tant d'autres avant lui, avait peut-être vu la grande ville sous l'aspect d'une jungle urbaine où la solitude s'accompagnait au moins de la sécurité de l'anonymat, où l'on ne posait pas de questions sans y être invité et où les prédateurs avaient des proies plus satisfaisantes qu'un maître d'école en disgrâce. La vente des bâtiments de l'école qui devaient être convertis en motel rapporta une somme suffisante pour acheter une petite maison en terrasse derrière Shepherd's Bush et fournir des revenus qui vinrent augmenter le maigre gain de quelques travaux intermittents. Au bout de quelques mois, il trouva un poste mal payé de correcteur pour une école par correspondance, tâche qu'il accomplit avec autant de conscience que celle d'enseignant. Quand cette école ferma, il passa quelques annonces pour recruter des élèves. Certains reconnurent la qualité de son enseignement, d'autres trouvèrent trop lugubre la petite pièce sombre que ni Aldridge ni sa femme n'avaient le courage d'aménager et que Venetia n'était pas autorisée à toucher.

Elle se rendait à pied tous les jours à l'école mixte du quartier. Parmi les premières créées à Londres, celle-ci devait servir de vitrine à la nouvelle politique en matière d'enseignement. Bien que les premières années grisantes d'optimisme doctrinaire eussent été balayées par les problèmes habituels d'une grosse école suburbaine, un enfant intelligent et travailleur pouvait y obtenir de bons résultats. Pour Venetia le changement par rapport à une école provinciale pour jeunes filles, établie de longue date avec ses conventions un peu snobs et ses traditions locales, se révéla moins pénible qu'elle ne s'y était attendue. Il était aussi facile de s'isoler dans le nouvel établissement que dans l'ancien. Elle dompta les quelques brutaux grâce à une langue assez mordante pour les réduire au silence ; il y avait après tout plus d'une façon de se faire redouter. Elle travailla dur à l'école et plus dur encore chez elle. Elle savait très précisément où elle voulait aller. Ses excellentes notes lui valurent une place à Oxford où son diplôme de première classe fut suivi par un succès tout aussi brillant aux examens d'entrée au barreau. Au moment où elle partit pour Oxford, elle pensait savoir tout ce qu'elle avait besoin de savoir sur les hommes. Les forts pouvaient être moralement des démons ; les faibles étaient des lâches. Il y aurait peut-être des hommes qu'elle désirerait sexuellement, qu'elle admirerait, qu'elle en arriverait à trouver sympathiques, voire qu'elle souhaiterait épouser. Mais jamais dorénavant elle ne se mettrait à la merci de l'un d'eux.

La porte s'ouvrit, la rappelant au moment présent. Elle regarda sa montre. Presque deux heures. Le jury délibérait donc depuis si longtemps ? Son assistant essayait de contenir sa surexcitation.

« Ils sont revenus.

– Avec une question ?

– Non, pas de question. Nous avons un verdict. »

4

Lentement, en évitant soigneusement toute dramatisation ou toute anxiété trop évidente, la cour se réunit pour attendre le jury et l'entrée du juge. C'est à ce moment que Venetia se rappela son maître. Il avait été de ces traditionalistes pour qui une femme portant perruque était un anachronisme à supporter stoïquement, à condition que le visage surmonté par la perruque fût joli, le comportement, doux et déférent et que l'intelligence ne fit courir aucun danger à la leur. La surprise avait été générale dans les Chambers quand il avait accepté de former une étudiante ; ce ne pouvait être qu'afin d'expier une infraction trop grave pour être effacée par des moyens moins draconiens. Quand elle se souvenait de lui, c'était avec respect plutôt qu'affection, mais il lui avait donné deux conseils dont elle lui était reconnaissante.

« Gardez tous vos carnets bleus après un procès. Pas seulement pendant le temps réglementaire, mais toujours. C'est utile d'avoir des notes sur les affaires, et on peut tirer des leçons des erreurs précédentes. »

Et le deuxième était aussi utile : « Il y a des moments où il est indispensable de regarder les jurés, des moments où c'est à conseiller et des moments où il faut éviter le moindre coup d'œil. Un de ces derniers, c'est dans la salle d'audience, quand ils reviennent avec le verdict. Ne jamais manifester d'anxiété devant la cour. Si vous vous êtes bien battue et qu'ils ne vous aient pas suivie, les regarder ne fera que les embarrasser. »

Ce dernier avis était difficile à suivre dans la première chambre de l'Old Bailey, où le jury était placé juste devant les avocats. Pendant que, selon la procédure habituelle, le greffier priait le président du jury de se lever, Venetia fixa le siège du juge sans regarder la cour. Un homme d'âge moyen, l'air d'un universitaire, habillé de façon plus soignée que les autres obéit à l'injonction et Venetia se dit qu'il était tout désigné pour être président.

Le greffier demanda : « Êtes-vous arrivés à une conclusion ?

– Oui, monsieur.

– Trouvez-vous que l'accusé Garry Ashe est coupable ou non coupable du meurtre de Mrs Rita O'Keefe ?

– Non coupable.

– Et c'est votre verdict unanime ?

– Oui. »

Aucun bruit parmi les membres de la cour, mais elle entendit dans la tribune du public un murmure sourd, entre un gémissement et un sifflet qui pouvait exprimer la surprise, le soulagement ou le dégoût. Elle ne leva pas la tête. C'est seulement après le verdict qu'elle pensa à l'auditoire, à ces bancs surchargés où la famille et les amis de l'accusé, les aficionados du crime, les intermittents et les habitués, les morbides et les curieux étaient restés assis, impassibles, pendant que la cour exécutait son majestueux ballet, avançant et reculant. Maintenant tout était fini et ils allaient se bousculer dans le morne escalier sans tapis pour respirer un air plus pur et jouir de leur liberté.

Elle ne regarda pas Ashe, tout en sachant bien qu'elle serait obligée de le voir. Difficile d'éviter ne serait-ce que quelques mots avec un client qui a été acquitté. Les gens avaient besoin d'exprimer leur joie, parfois leur gratitude, encore qu'elle soupçonnât que celle-ci ne durait jamais longtemps et pour certains pas au-delà de la présentation des honoraires. C'était pour les seuls clients condamnés qu'elle éprouvait une trace d'affection ou de pitié. Dans ses moments d'introspection la plus critique, elle se demandait si elle ne nourrissait pas une culpabilité subconsciente qui, après une victoire et surtout une victoire arrachée de haute lutte, se transformait en ressentiment envers le client. L'idée l'intéressait mais sans l'inquiéter. D'autres avocats pouvaient considérer que soutenir, encourager, consoler, faisaient partie de leur tâche. Elle voyait la sienne en termes moins ambigus : il s'agissait simplement de gagner.

Eh bien, elle avait gagné et elle fut alors envahie, comme si souvent après la passagère exultation du triomphe, par une lassitude épuisante, autant physique que morale. Cela ne durait jamais longtemps, mais parfois, après une affaire qui avait traîné des mois, les réactions de triomphe et d'épuisement l'accablaient presque et elle devait faire un effort pour rassembler ses papiers, se mettre debout et répondre aux murmures de félicitations de son assistant et des avoués. Ce jour-là, il lui sembla que les compliments étaient nuancés par un bémol. Son second, encore jeune, avait du mal à se réjouir d'un verdict qu'il jugeait erroné. Cependant pour une fois la fatigue fut passagère et elle sentit force et énergie inonder de nouveau ses muscles et ses veines. Mais jamais encore elle n'avait éprouvé une telle répulsion à l'égard d'un client. Elle avait beau espérer ne jamais avoir à le rencontrer de nouveau, cette dernière entrevue était inévitable.

Et le voilà qui s'avançait, escorté de son avoué, Neville Saunders, l'air selon son habitude d'un maître d'école réprobateur sur le point de mettre son client en garde contre la répétition des événements qui les avaient mis en présence. Avec son demi-sourire glacé il tendit la main et dit : « Félicitations. » Puis, se tournant vers Ashe : « Vous êtes un jeune homme très chanceux. Vous devez beaucoup à Miss Aldridge. »

Les yeux sombres regardaient droit dans ceux de Venetia qui crut y déceler pour la première fois une lueur d'humour. Le message implicite était clair : « Nous nous comprenons. Je sais ce qui m'a tiré d'affaire et vous aussi. »

Mais tout ce qu'il dit, ce fut : « Elle aura ce qui lui est dû. J'ai l'assistance judiciaire. N'oubliez pas, c'est pour ça que c'est fait. »

Tout rouge, Saunders ouvrit la bouche pour protester, mais avant qu'il pût parler, Venetia dit : « Au revoir à tous deux », et se détourna.

Il lui restait moins de quatre semaines à vivre. Et elle ne lui demanda jamais, ni ce jour-là ni par la suite, comment il avait su quel genre de lunettes Mrs Scully portait la nuit du crime.

5

Le même soir, Hubert Langton quitta les Chambers à six heures. C'était son heure habituelle et au cours des récentes années les petits conforts de la vie étaient devenus une obsession pour lui. Mais ce jour-là il ne semblait avoir aucune raison de rentrer chez lui pour affronter les longues heures solitaires qui l'attendaient. Presque sans y penser, il tourna à droite, traversa Middle Temple Lane, passa sous l'arche de Pump Court et traversa les cloîtres jusqu'à Temple Church. L'église était ouverte et il franchit la grande porte normande au son de l'orgue. Quelqu'un s'exerçait. La musique moderne lui écorchait les oreilles, mais il s'assit néanmoins dans la stalle côté Évangile qu'il avait occupée dimanche après dimanche pendant près de quarante ans, et laissa la lassitude et l'ennui qui l'avaient menacé toute la journée prendre totalement possession de lui.

« Soixante-douze ans, ce n'est pas vieux. » Il avait dit les mots tout haut, mais ils tombèrent dans l'air désencombré moins comme une petite affirmation provocante que comme un faible gémissement de désespoir. Était-il possible que ce moment affreux dans la douzième chambre, trois semaines plus tôt seulement, lui eût tant enlevé en un seul instant ? Le souvenir, sa torture le hantaient presque à chaque minute. Soudain, son corps se raidit sous l'effet de la terreur remémorée.

Il était au milieu de son discours de clôture dans une affaire plus intéressante au point de vue purement légal que difficile, un dossier lucratif confié par une société internationale qui tenait autant de l'établissement d'une jurisprudence que du conflit d'intérêts dramatique. D'une seconde à l'autre, sans avertissement, la parole lui fit défaut. Les mots qu'il s'apprêtait à dire n'étaient plus là, ni dans son esprit ni sur sa langue. La salle familière qu'il avait vue pendant plus de quarante ans était devenue une fosse aux lions, étrangère et terrifiante. Il ne se rappelait plus rien, ni le nom du juge, ni celui des parties, de son assistant, ou de l'avocat qui s'opposait à lui. Pendant une demi-minute, il sembla que tous les souffles étaient suspendus, tous les yeux de la salle fixés sur lui avec surprise, mépris ou curiosité. Il parvint à finir sa phrase et s'assit. Au moins pouvait-il encore lire. Les mots écrits avaient encore un sens. Il prit son dossier avec des mains qui tremblaient si violemment qu'elles avaient dû clamer sa détresse à toute la cour. Mais personne ne dit mot. Après un court silence, l'avocat de la partie adverse lui jeta un coup d'œil et se leva.

Mais il ne fallait pas que cela se reproduisît. Il ne pourrait plus supporter de nouveau cet embarras, cette panique. Il était allé trouver son généraliste et lui avait parlé en termes généraux de trous de mémoire, de la crainte qu'il pût s'agir de quelque chose de plus grave. Il s'était forcé à prononcer le mot redouté d'Alzheimer. L'examen pratiqué ensuite n'avait rien révélé d'anormal. Le médecin avait parlé sur un ton rassurant de surmenage, de la nécessité de ralentir un peu le rythme, de prendre un peu de vacances. Avec l'âge, les synapses du cerveau devenaient moins efficaces, il fallait bien s'y attendre – on lui rappela le mot du docteur Johnson : « Si un jeune homme égare son chapeau, il dit : "J'ai égaré mon chapeau." Le vieil homme dit : "J'ai perdu mon chapeau. Je dois me faire vieux." » Il soupçonna l'anecdote d'être servie régulièrement aux patients âgés pour les rassurer. Lui ne l'avait pas été – et il ne s'y était pas attendu.

Oui, il était temps de prendre sa retraite. Il n'avait pas eu l'intention de s'engager envers Drysdale Laud et s'était repenti de ses paroles dès qu'il les avait prononcées. Il s'était trop pressé. Mais en fait, il avait été plus avisé qu'il ne l'avait pensé. Il était bien de laisser la place à un homme plus jeune à la tête des Chambers. Ou à une femme plus jeune. Drysdale ou Venetia, il se souciait peu de savoir qui lui succéderait. D'ailleurs, lui-même souhaitait-il tant que cela continuer ? Même les Chambers avaient changé. Maintenant c'était moins une bande de camarades qu'un ensemble de pièces commodes bien que surpeuplées où des hommes et des femmes vivaient séparément leur vie professionnelle, passant parfois des semaines sans se rencontrer. Il regrettait amèrement le temps d'autrefois, l'époque où il était devenu membre ; il y avait moins de spécialisation alors, les collègues passaient sans façon d'un bureau dans l'autre pour parler d'un dossier ou de points de droit délicats, demander conseil, mettre des plaidoiries au point. Un monde plus doux. Maintenant les hommes de système avaient pris le dessus avec leurs ordinateurs, leur technologie, leur obsession de résultats. Ne valait-il pas mieux pour lui prendre ses distances ? Mais où aller ? D'ailleurs, pour lui il n'y avait rien en dehors de ce quadrilatère de rues étroites et de cours où le fantôme d'un petit garçon avec ses rêves romantiques et ses ambitions naïves parcourait le Middle Temple.

Depuis le jour de sa naissance, son grand-père, Matthew Langton, avait décidé qu'il serait avocat. Malgré son nom évocateur de dignités ecclésiastiques*, la famille était pauvre ; l'arrière-grand-père tenait une quincaillerie à Sudbury dans le Suffolk, cependant que son arrière-grand-mère était au service d'une famille aristocratique du même comté. Ils se tiraient d'affaire, mais sans jamais d'argent à mettre de côté. Seulement, leur unique enfant s'était révélé très intelligent, ambitieux et décidé à faire son droit. Des bourses avaient été remportées, des sacrifices faits et la famille de la grande maison où sa mère travaillait avait apporté son appui. À vingt-quatre ans, Matthew Langton avait été reçu au Middle Temple.

Et désormais la mémoire, telle un projecteur, se déplaçait, délibérément semblait-il, sur le désert de la vie d'Hubert, s'arrêtait pour éclairer d'une lumière sans ombre un instant de temps immobile, puis, comme mue par quelque déclic du ressouvenir, se déplaçait de nouveau. Lui-même, à l'âge de dix ans, traversant les jardins du Middle Temple avec son grand-père et essayant de faire coïncider son pas avec les enjambées plus longues du vieil homme, entendait l'appel des noms célèbres d'hommes qui avaient été membres de leur vénérable société : sir Francis Drake, sir Walter Raleigh, Edmund Burke, le patriote américain John Dickinson, les grands chanceliers, les premiers présidents, les écrivains – John Evelyn, Henry Fielding, William Cowper, De Quincey, Thackeray. Avec son grand-père ils s'arrêtaient devant chaque bâtiment pour l'identifier grâce à l'insigne des Templiers, l'agneau pascal portant la bannière de l'innocence dans une croix rouge sur fond de nimbe blanc. Il se rappelait son triomphe quand il le décou-

* Stephen Langton, archevêque de Canterbury et cardinal, participa à l'élaboration de la Grande Charte (1215). *(N.d.T.)*

vrait au-dessus d'une porte ou sur une canalisation. On lui racontait l'histoire, les légendes. Ensemble ils comptaient les poissons rouges dans le bassin de Fountain Court et se tenaient, main dans la main, sous la charpente à blochets du toit vieux de quatre siècles du Middle Temple Hall. C'est là, pendant ces années d'enfance, qu'il s'était imprégné de l'histoire, du romantisme, des fières traditions de cette antique société, sûr qu'un jour il en ferait partie.

Il devait avoir huit ans, peut-être même encore moins quand son grand-père lui montra pour la première fois Temple Church. Ils avaient marché tous les deux entre les effigies des chevaliers du XIIIe siècle, il avait appris leurs noms comme s'il s'agissait d'amis – William Marshall, comte de Pembroke, et ses fils William et Gilbert, Guillaume le Maréchal, conseiller du roi Jean avant la Grande Charte, Geoffrey de Mandeville, comte d'Essex avec son casque cylindrique – et les avait récités de sa voix haute, enfantine. Cet exploit de mémoire avait fait plaisir à son grand-père et avec une grande audace, il avait posé ses petites mains sur la pierre froide comme si ces visages plats, impassibles, recelaient quelque profond secret dont il était l'héritier. L'église leur avait survécu, à eux et à leurs existences turbulentes, comme elle lui survivrait. Elle survivrait aux incessants coups de boutoir du millénaire contre ses murs comme à cette nuit du 10 mai 1941, quand les flammes avaient rugi avec les voix d'une armée à l'assaut; la chapelle était alors devenue une fournaise, les piliers de marbre avaient craqué et le toit explosant dans une gerbe de feu était retombé en débris incandescents sur les statues. Il avait semblé alors que sept cents ans d'histoire tombaient en flammes. Mais les piliers avaient été remplacés, les statues réparées, de nouvelles stalles rangées selon l'ordre des préséances là où autrefois il y avait eu des boiseries victoriennes, et lord Glentanar avait fait don de son superbe orgue Harrison pour remplacer celui qui avait été détruit.

Maintenant, devenu vieux à son tour, Hubert soupçonnait son grand-père d'avoir essayé de maîtriser la fierté passionnée que lui inspirait la carrière qu'il avait réussie et sa vénération pour l'antique société dont il faisait partie ; c'était sans doute seulement avec l'enfant qu'il se sentait libre d'exprimer des émotions dont la force lui faisait presque honte. Il avait raconté ses histoires sans beaucoup les embellir, mais à mesure que l'imagination débordante de l'adolescence avait remplacé l'acceptation toute simple de l'enfance, Hubert avait revêtu l'histoire des couleurs du roman. Il avait senti sa veste effleurée par les robes somptueuses de Henry III et de ses nobles, tandis que leur procession pénétrait dans Round Church le jour de l'Ascension 1240 pour la consécration du splendide chœur nouveau, entendu les gémissements faiblissants d'un chevalier condamné mourant de faim dans la chambre de pénitence, longue de un mètre cinquante. Le gamin de huit ans avait trouvé le récit plus intéressant qu'horrifiant.

« Qu'est-ce qu'il avait fait, grand-père ?

– Enfreint une des règles de l'ordre. Désobéi au grand maître.

– Est-ce qu'on met encore les gens dans des cachots aujourd'hui ? » Il avait regardé les deux fentes qui tenaient lieu de fenêtres, s'imaginant qu'il pouvait voir des yeux désespérés qui le regardaient.

« Plus aujourd'hui. L'ordre a été dissous en 1312.

– Mais les avocats ?

– Heureusement, le grand chancelier se contente de mesures moins draconiennes. »

Hubert sourit, perdu dans ses souvenirs, immobile et silencieux comme si lui aussi était taillé dans la pierre. La voix de l'orgue s'était tue, sans qu'il pût se rappeler quand ni depuis combien de temps il était assis là. Que s'était-il passé pendant toutes ces années ? Où étaient-elles, les décennies écoulées depuis qu'il marchait avec son grand-père entre les chevaliers de pierre et assistait avec lui, dimanche après dimanche, aux matines ? La simplicité et la superbe ordonnance du service, la splendeur de la musique lui avaient semblé représenter la profession dans laquelle il était né. Il assistait encore à l'office tous les dimanches. Cela faisait partie de sa routine, tout comme l'achat des deux mêmes journaux du dimanche à la même boutique en rentrant chez lui, le déjeuner sorti du frigidaire et réchauffé selon les instructions écrites d'Erik, la courte promenade dans le parc l'après-midi, puis l'heure de sommeil et la soirée devant la télévision. La pratique de sa religion, qui n'avait jamais été plus que l'affirmation d'un ensemble de valeurs transmises, n'était guère maintenant qu'un exercice dépourvu de sens destiné à donner forme à la semaine. L'émerveillement, le mystère, le sens de l'histoire – tout avait disparu. Le temps qui emportait tant de choses avait emporté celles-là comme il était en train d'emporter sa force et même son esprit. Non, pitié mon Dieu, pas son esprit. Tout mais pas ça. Il se sentit prier avec Lear : « Ô, fais que je ne devienne pas fou, pas fou, ciel miséricordieux ! Garde-moi sain d'esprit ; je ne veux pas être fou. »

Et puis il lui vint à l'esprit une prière d'acceptation, ou plus encore de soumission : « Entends ma prière, ô Seigneur, et de tes oreilles considère mon appel. Car je suis un étranger avec toi, et un passant comme l'ont été tous mes pères. Ô épargne-moi un peu, que je puisse recouvrer mes forces avant que je m'en aille et qu'on ne me voie plus. »

6

Il était quatre heures ce mardi 8 octobre quand Venetia remonta sa robe plus solidement sur les épaules, rassembla ses papiers et quitta la cour de l'Old Bailey pour ce qui devait être la dernière fois. La partie agrandie en 1972, avec ses rangées de bancs recouverts de cuir, était vide. Dans l'air le calme suspendu d'une activité normalement soutenue et purifiée de son humanité débordante s'installait, préparant la paix du soir.

Le procès ne lui avait pas imposé beaucoup d'efforts, mais elle se sentait soudain lasse et ne souhaitait rien tant que d'aller dans le vestiaire des avocats déposer pour une journée encore ses vêtements de travail. Elle ne s'était pas attendue à ce que l'affaire aboutisse au Bailey. Brian Cartwright, accusé de sévices graves, devait primitivement passer devant le tribunal de Winchester, mais en définitive son procès avait été plaidé à Londres en raison des préjugés locaux contre le prévenu. Plus irrité que satisfait de ce changement, il s'était plaint amèrement pendant les deux semaines du procès de l'incommodité du lieu choisi et du temps que les trajets entre son usine et Londres lui faisaient perdre. Elle avait gagné et pour lui tous les désagréments étaient oubliés. Volubile et encombrant dans la victoire, il n'avait aucune envie de précipiter son départ, mais pour Venetia, pressée de ne plus le voir, l'affaire avait été peu satisfaisante, mal préparée par le ministère public, présidée par un juge qu'elle soupçonnait d'antipathie à son égard – il n'avait que trop clairement manifesté son désaccord avec le verdict de la majorité –, et rendue assommante par un procureur incapable de croire qu'un jury pouvait comprendre le moindre fait si on ne le lui avait pas expliqué trois fois.

Et voilà que Brian Cartwright trottait à côté d'elle dans le corridor avec la persistance bruyante d'un chien trop affectueux, dans l'euphorie d'une victoire que même avec tout son optimisme il avait à peine osé espérer. Au-dessus du col raide d'amidon et de la vieille cravate soigneusement nouée aux couleurs de son école, les pores dilatés de son visage rouge taillé à coups de serpe sécrétaient une sueur aussi grasse qu'un onguent.

« Eh bien, on les a eus ces minables, hein ! Du beau

travail, Miss Aldridge. J'ai été bien à la barre, n'est-ce pas ? »

Lui, le plus arrogant des hommes, il était soudain comme un enfant avide d'approbation.

« Vous êtes arrivé à répondre aux questions sans trahir votre forte antipathie à l'égard du lobby contre les sports violents, oui. Nous avons gagné parce qu'aucune preuve irréfutable que c'était votre fouet qui avait aveuglé le jeune Mills n'a été apportée et parce que le témoignage de Michael Tewley a été jugé peu fiable.

– Pour ça, il l'était, et bougrement ! Et Mills n'a perdu qu'un œil. Désolé pour le gamin, bien sûr. Mais ces gens-là ont vite fait d'agresser les autres et après ça ce sont eux qui hurlent quand ils prennent des gnons. Tewley ne peut pas me piffer. Il y avait de l'animosité, vous l'avez dit vous-même, et le jury vous a suivie. De l'animosité. Ces lettres à la presse. Ces appels téléphoniques. Vous avez prouvé qu'il était décidé à avoir ma peau. Vous lui avez bien rivé son clou et j'ai aimé cette dernière phrase dans votre plaidoirie : "Si mon client avait un tempérament si irascible, une telle réputation de violence gratuite, vous trouverez peut-être étonnant, mesdames et messieurs du jury, qu'arrivé à l'âge de cinquante-cinq ans il n'ait jamais été condamné en cour d'assises." »

Elle commençait à s'éloigner, mais il restait collé contre l'épaule de Venetia qui avait l'impression de sentir l'odeur de son triomphe.

« Je ne pense pas qu'il soit utile de plaider le procès une deuxième fois, Mr Cartwright.

– Vous n'avez pas dit que je n'avais jamais comparu devant un tribunal, hein ?

– Ç'aurait été un mensonge. Les avocats ne mentent pas à la cour.

– Mais ils peuvent économiser un peu sur la vérité, n'est-ce pas ? Pas coupable cette fois-là, et pas coupable la dernière fois. Une veine pour moi. Ça n'aurait pas été fameux de me présenter devant la cour avec un pedigree. Je ne pense pas que les jurés ont remarqué exactement quels mots vous avez employés.» Il rit. Ou pas employés.»

Elle pensa, mais sans le dire : Le juge, si. Et le procureur aussi.

Comme s'il avait lu dans ses pensées, il poursuivit : «Seulement ils ne pouvaient pas piper, hein ? J'avais été reconnu non coupable.» Il baissa la voix et regarda autour de lui le hall presque vide. «Vous vous rappelez ce que je vous ai dit à propos de la dernière fois, comment je m'en suis tiré.

– Je me rappelle, Mr Cartwright.

– Je n'en ai jamais parlé à âme qui vive. Mais j'ai pensé que vous aimeriez le savoir. L'information, c'est la puissance.

– Il y a des informations qui sont dangereuses. J'espère dans votre propre intérêt que celle-là, précisément, vous la garderez pour vous. Vous recevrez la note de mes honoraires en temps voulu. Je n'ai pas besoin de paiement supplémentaire sous forme de renseignements privés.»

Mais les petits yeux porcins injectés de sang étaient perçants. Stupide pour certaines choses, il ne l'était pas pour toutes. Il dit : «Pourtant ça vous intéresse. Je le pensais bien. Après tout Costello est dans vos Chambers, c'est votre voisin. Et puis ne vous inquiétez pas. Je l'ai bouclée pendant quatre ans. Je ne suis pas du genre à jaspiner. On ne monte pas une affaire qui marche bien si on ne sait pas quand il faut se taire. Pas le genre de truc que je vendrais aux hebdos du dimanche, hein ? D'ailleurs, ils n'auraient pas la preuve. J'ai payé largement la dernière fois, comme je paierai sans hésiter cette fois-ci. J'ai dit à la bourgeoise : "Je me paie le meilleur avocat de Londres. Je donnerai ce qu'il faudra. Jamais économiser sur l'essentiel. On va liquider ces salopards." De la vermine des villes, voilà ce que c'est. Pas même assez dans le moulin pour monter un âne sur la plage. Je voudrais bien les voir sur un pur-sang. Ils ne connaissent rien à la campagne. Ils se fichent des animaux. Ce qu'ils détestent, c'est de voir les gens s'amuser. Méchanceté et envie, pas autre chose. » Il ajouta sur un ton de triomphe étonné, comme si les mots lui étaient inspirés : « Ils n'aiment pas les renards, ils haïssent les humains.

– Oui, j'ai déjà entendu cet argument, Mr Cartwright. »

Il semblait maintenant se presser contre elle. Elle sentait presque la chaleur désagréable de son corps à travers le tweed.

« Le reste de l'équipage ne sera pas trop content du verdict. Certains veulent me sortir. Ça ne leur aurait pas déplu de voir ce saboteur gagner. Ils ne se sont pas précisément bousculés à la barre comme témoins de la défense, hein ? Eh bien, s'ils veulent chasser sur mes terres, ils feront bien de s'habituer à me voir en habit rose. »

Comme il est prévisible ! se dit-elle. Le type même du prétendu gentleman campagnard, gros cavalier, gros buveur, gros amateur de femmes. N'était-ce pas Henry James qui avait écrit : « Ne croyez jamais tout savoir sur le cœur humain » ? Mais c'était un romancier dont le métier était de trouver des complexités, des anomalies, des subtilités insoupçonnées partout dans la nature humaine. Venetia, elle, à mesure qu'elle avançait dans l'âge moyen, avait l'impression que les hommes et les femmes qu'elle défendait, les collègues avec qui elle travaillait, devenaient non pas moins mais plus prévisibles. Il était rare désormais qu'elle fût surprise par un acte totalement étranger au caractère de son auteur. On eût dit que l'instrument, la clef, la mélodie avaient été déterminés pendant les premières années de la vie, après quoi, si ingénieuses et variées que pussent être les cadences, le thème restait invariablement le même.

Pourtant, Brian Cartwright avait ses qualités. Fabricant de pièces détachées pour matériel agricole, il avait monté une affaire florissante, ce qui prouvait qu'il n'était pas idiot. Il fournissait des emplois. On le disait généreux comme employeur. Elle se demanda quels talents cachés, quels enthousiasmes pouvaient se trouver sous cette veste de tweed bien coupée. Il avait eu au moins le bon sens de s'habiller discrètement pour se présenter à la barre ; elle avait craint qu'il n'arborât des carreaux trop voyants. Il avait peut-être la passion des lieder ? de la culture des orchidées ? de l'architecture baroque ? Peu probable. Au nom du Seigneur, qu'est-ce que sa bourgeoise pouvait bien lui trouver ? Le fait qu'elle n'avait pas paru à l'audience était-il significatif ?

Venetia était arrivée à la porte du vestiaire des avocates. Enfin, elle allait être débarrassée de lui. Se tournant, elle risqua une fois de plus l'étreinte en étau de sa main, puis le regarda partir. Elle espérait bien ne jamais le revoir, mais c'est ce qu'elle éprouvait à la fin de tous les procès qu'elle gagnait.

Un employé du tribunal l'attendait. « Dehors, il y a un groupe important de saboteurs hostiles à la chasse. Ils ne sont pas satisfaits du verdict. Ce serait peut-être sage de sortir par l'autre porte.

– La police est là ?

– Il y a deux agents. Je crois qu'ils sont plus bruyants que violents. Les manifestants, je veux dire.

– Merci, Barraclough. Je sortirai comme j'ai l'habitude de le faire. »

C'est alors, en traversant le hall pour arriver au grand escalier, qu'elle les vit. Octavia et Ashe. Ils se tenaient debout à côté de la statue de Charles II, regardant fixement le grand hall dans sa direction. Même d'aussi loin, elle voyait qu'ils étaient ensemble, que ce n'était pas une rencontre fortuite mais un rendez-vous concerté, en un temps et un lieu qu'ils avaient choisis. Il y avait en eux une manière de tranquillité inhabituelle chez sa fille, mais connue et reconnue chez Ashe. Pendant une seconde, pas plus, elle hésita, puis se dirigea résolument vers eux. Arrivée à portée de voix, elle vit Octavia avancer sa main vers celle d'Ashe, puis, comme il ne réagissait pas, la retirer tout aussi discrètement. Mais la jeune fille ne baissa pas les yeux.

Il portait une chemise blanche qui semblait amidonnée de frais, des jeans bleus et une veste de coutil dont Venetia vit bien qu'elle n'était pas bon marché. Il s'était procuré de l'argent d'une façon ou d'une autre. À côté de cette élégance pleine d'assurance, Octavia paraissait très jeune et assez pathétique. La longue chemise de coton qu'elle portait en général sur un tee-shirt était plus propre qu'à l'accoutumée, mais elle lui donnait toujours l'air d'une orpheline victorienne récemment libérée d'une maison pour enfants. Sur le tee-shirt elle portait la veste d'un tailleur de tweed. À ses pieds, les gros trainings semblaient trop lourds pour ses chevilles étroites et ses jambes minces, ajoutant ainsi à l'apparence d'une enfant vulnérable. Le mince visage sagace, qui prenait si facilement une expression de ruse ou de ressentiment révolté, avait l'air calme, presque heureux et, pour la première fois depuis des années, elle regardait sa mère bien en face avec ces yeux d'un brun foncé velouté, seul trait qu'elles avaient en commun.

Ashe fut le premier à parler. Tendant la main, il dit : « Bonjour, Miss Aldridge, et félicitations. Nous étions dans la tribune du public. Nous avons été impressionnés, n'est-ce pas, Octavia ? »

Venetia ne prit pas la main, tout en sachant que c'était à la fois ce qu'il attendait et ce qu'il souhaitait. Sans le regarder, les yeux toujours fixés sur sa mère, Octavia inclina la tête.

Venetia dit : « J'aurais pensé que vous aviez assez fréquenté le tribunal pour le restant de vos jours. Je suppose que vous vous connaissez. »

Octavia dit simplement : « Nous nous aimons. Nous pensons nous fiancer. »

Les mots jaillirent, pressés, de sa voix enfantine haut perchée, mais la note de triomphe n'échappa pas à Venetia.

Elle dit calmement : « Vraiment ? Alors je te suggère d'y repenser. Tu n'es peut-être pas particulièrement intelligente, mais je présume que tu as un certain instinct de préservation. Ashe n'a absolument rien de ce qu'il faut pour être ton mari. »

Il n'y eut aucune protestation véhémente de la part d'Ashe, mais elle n'en avait pas attendu non plus. Il restait là à la regarder avec ce même demi-sourire ironique, provocant, teinté de mépris.

Il dit : « C'est à Octavia d'en décider. Elle est majeure. »

Sans s'occuper de lui, Venetia s'adressa directement à sa fille : « Je rentre aux Chambers. Je veux que tu viennes avec moi. De toute évidence, nous avons à parler. »

Elle se demanda ce qu'elle ferait si Octavia refusait, mais celle-ci regarda Ashe qui inclina la tête et dit : « Je te vois ce soir ? À quelle heure veux-tu que je vienne ?

– Viens dès que tu pourras. Six heures et demie. Je ferai quelque chose pour le dîner. »

Venetia reconnut l'invitation pour ce qu'elle était, un défi. Ashe lui prit la main et la porta à ses lèvres. Venetia comprit que cet échange si protocolaire, toute cette comédie, lui était destiné, de même que le baiser, et elle fut prise d'une colère et d'un dégoût tels qu'elle dut crisper les mains pour ne pas le gifler. Des gens passaient, des avocats qu'elle connaissait et saluait d'un bref sourire. Il leur fallait sortir de l'Old Bailey.

Elle dit : « Bon. Nous partons ? » et, sans plus regarder Ashe, montra le chemin.

Dehors, la rue était presque vide. Ou les protestataires s'étaient lassés de l'attendre, ou ils s'étaient contentés de huer Brian Cartwright. Toujours sans mot dire, elle et Octavia traversèrent la rue.

Elle avait l'habitude de revenir à pied aux Chambers quand elle avait fini une affaire au tribunal. Parfois elle variait l'itinéraire, mais le plus souvent elle quittait Fleet Street à Bouverie Street, puis descendait Temple Lane pour entrer dans l'Inner Temple par Tudor Street. Après cela, elle parcourait Crown Office Row, et traversait Middle Temple Lane pour arriver à Pawlet Court. Cet après-midi-là, comme toujours, Fleet Street était animée et bruyante, et le trottoir si encombré qu'il leur était difficile de marcher de front toutes les deux et impossible de s'entendre avec les grincements et grondements de la circulation. Ce n'était pas le moment d'entamer une conversation sérieuse.

Même dans le calme relatif de Bouverie Street, elle attendit. Mais une fois arrivée dans l'Inner Temple, elle dit sans se tourner vers Octavia : « Je dispose de trente minutes. Nous allons marcher dans les jardins du Temple. Alors, raconte-moi. Quand l'as-tu rencontré ?

– Il y a trois semaines à peu près. Je l'ai rencontré le 17 septembre.

– Il t'a draguée, je suppose. Où ça ? Un pub ? Un club ? Tu ne vas pas me dire que vous avez été présentés dans les formes à une réunion des jeunes conservateurs. »

Les mots n'étaient pas plus tôt prononcés qu'elle se rendait compte de son erreur. Dans ses confrontations avec Octavia, elle n'avait jamais pu résister au persiflage vulgaire, au sarcasme facile. Déjà elle devinait que leur conversation – si on pouvait lui donner ce nom – était condamnée à un échec acrimonieux.

Octavia ne répondit pas et Venetia répéta en gardant son calme : « Je te demande où tu l'as rencontré.

– Il a démoli sa bicyclette au bout de notre rue et il m'a demandé s'il pouvait la laisser au sous-sol. Il ne pouvait pas la monter dans un autobus, et il n'avait pas assez d'argent pour un taxi.

– Alors tu lui as prêté dix livres et, surprise, surprise, il est revenu le lendemain te les rendre. Et la bicyclette, qu'est-ce qu'elle est devenue ?

– Il l'a jetée. Il n'en a pas besoin. Il a une moto.

– Elle avait rempli son office, je suppose ? Une coïncidence étonnante, non, cet accident juste devant ma maison ? »

Ma maison, pas notre maison. Autre erreur. De nouveau Octavia garda le silence. Cela avait-il été une coïncidence ? De plus étranges se sont produites. On ne peut pas être pénaliste sans rencontrer presque toutes les semaines ce phénomène capricieux qu'est le hasard

Octavia dit, maussade : « Oui, il est revenu. Et après ça il est revenu parce que je l'ai invité.

– Donc, tu l'as rencontré il y a moins d'un mois, tu ne sais rien de lui et tu me racontes que vous êtes fiancés. Tu n'es pas assez stupide pour croire qu'il t'aime. Même toi, tu ne peux pas t'illusionner à ce point. »

La réponse d'Octavia fut comme un cri de douleur : « Si, il m'aime. Ce n'est pas parce que toi tu ne m'aimes pas que personne d'autre ne le fera jamais. Ashe m'aime. Et je le connais. Il m'a tout raconté. J'en sais plus sur lui que toi.

– J'en doute. Qu'est-ce qu'il t'a dit de son passé, de son enfance, de ce qu'il a fait ces sept dernières années ?

– Je sais qu'il n'a pas de père et que sa mère l'a rejeté alors qu'il avait sept ans et a forcé les autorités locales à le prendre en charge. Elle est morte maintenant. Il a été placé jusqu'à l'âge de seize ans. On appelle ça être placé. Lui, il dit que c'est être jeté en enfer.

– Sa mère l'a mis dehors parce qu'elle n'arrivait pas à le mater. Elle a dit aux autorités qu'elle avait peur de lui. Peur d'un enfant de sept ans, ça ne te dit rien ? Sa vie a été une suite d'échecs répétés, de famille adoptive en institution d'accueil, chacune s'en débarrassant dès qu'elle trouvait quelqu'un qui acceptait de le prendre. Bien entendu, rien de tout cela n'était sa faute. »

Octavia avait la tête penchée au point que ses mots étaient à peine audibles. Elle dit : « Je pense que tu aurais bien voulu en faire autant avec moi, me placer. Seulement tu ne pouvais pas parce que ça aurait fait causer. Alors au lieu de ça tu m'as mise en pension. »

Venetia fit un effort pour rester calme. « Vous avez dû passer trois semaines charmantes, tous deux installés dans l'appartement que je te fournis, à manger mes provisions, à dépenser l'argent que j'ai gagné et à échanger des histoires horrifiques sur vos souffrances. Est-ce qu'il t'a parlé du meurtre ? Tu sais, je suppose, qu'il a été accusé d'avoir tué sa tante à coups de couteau et que je l'ai défendu. Tu te rends compte que le crime a été commis il y a neuf mois seulement ?

– Il m'a dit que ce n'était pas lui. C'était une horrible femme qui avait toujours des hommes chez elle. C'est l'un d'eux qui l'a tuée. Lui n'était même pas près de l'endroit où ça a eu lieu.

– Je connais la thèse de la défense. C'est moi qui l'ai exposée.

– Il est innocent. Je sais qu'il est innocent. Tu as dit à la cour qu'il ne l'avait pas fait.

– Je n'ai pas dit à la cour qu'il ne l'avait pas fait. Je t'ai déjà expliqué tout ça, seulement tu ne t'y es jamais assez intéressée pour écouter. La cour ne se soucie nullement de ce que je pense. Je ne suis pas là pour donner mon opinion. Je suis là pour tester le dossier de l'accusation. Le jury doit être convaincu sans qu'il y ait place pour un doute raisonnable. J'ai pu montrer qu'il y avait un doute raisonnable. Il avait le droit d'être acquitté et il l'a été. Tu as parfaitement raison, il n'est pas coupable de ce crime. Pas coupable aux yeux de la loi. Cela ne signifie pas que ce soit un mari convenable pour toi... ni pour une autre femme. Sa tante n'était pas une personne agréable, mais quelque chose les liait. Presque certainement, ils couchaient ensemble. Il n'était qu'un individu parmi beaucoup d'autres, mais pour lui, c'était gratuit. »

Octavia s'écria : « Ce n'est pas vrai ! Ce n'est pas vrai ! Et puis tu ne peux pas m'empêcher de me marier. J'ai plus de dix-huit ans.

– Je sais que je ne peux pas t'en empêcher. Ce que je peux et *dois* faire, parce que je suis ta mère, c'est te signaler les dangers. Je connais ce jeune homme. Je fais en sorte de savoir autant de choses que possible sur mes clients. Garry Ashe est dangereux. Il est peut-être même pervers, quel que soit le sens que le mot peut avoir.

– Alors pourquoi est-ce que tu l'as fait acquitter ?

– Tu n'as pas compris un mot de ce que je t'ai dit, n'est-ce pas ? Bon, alors abordons les questions pratiques. Quand as-tu l'intention de te marier ?

– Bientôt, dans une semaine, peut-être. Peut-être deux, peut-être trois. Nous n'avons pas décidé.

– Vous faites l'amour ? Mais oui, bien sûr.

– Tu n'as pas le droit de demander ça.

– Non, désolée. Tu as tout à fait raison. Tu es majeure. Je n'ai pas le droit de te demander ça. »

Octavia dit, boudeuse : « De toute façon, c'est non. Pas encore. Ashe pense que nous devons attendre.

– Comme c'est habile de sa part ! Et comment se propose-t-il d'assurer ton existence ? Puisque c'est mon futur gendre, je suppose que j'ai le droit de poser cette question-là.

– Il travaillera. J'ai l'annuité que tu as constituée sur ma tête. Tu ne peux pas me l'enlever. Et puis nous vendrons peut-être notre histoire aux journaux. Ashe croit que ça les intéresserait.

– Oh, sûrement. Vous n'en tirerez pas une fortune, mais vous en tirerez quelque chose. J'imagine très bien le ton : "Jeune homme d'un milieu défavorisé, accusé d'un crime abominable. Avocat brillant. Acquittement triomphal. Aube d'un jeune amour." Oui, ça pourrait vous rapporter une livre ou deux. Évidemment, si Ashe était prêt à avouer le meurtre de sa tante, vous pourriez même demander plusieurs zéros supplémentaires. Pourquoi pas ? Il ne peut pas être rejugé. »

Elles déambulaient ensemble dans le jour qui tombait, la tête penchée, proches l'une de l'autre et pourtant si éloignées. Venetia s'aperçut qu'elle tremblait d'émotions qu'elle ne pouvait ni expliquer ni contrôler. Il vendrait l'histoire si un journal lui en donnait assez. Il n'éprouvait pas plus de loyauté envers elle qu'elle n'avait éprouvé de sympathie envers lui. Il avait eu besoin d'elle ; peut-être avaient-ils eu besoin l'un de l'autre. Et ensuite, dans ce bref entretien, elle avait vu le mépris dans ses yeux, sa vanité, et senti que ce qu'il éprouvait pour elle, c'était non pas de la gratitude mais du ressentiment. Oh oui, il l'humilierait volontiers s'il en avait la possibilité. Et il l'avait. Mais pourquoi était-ce pire d'envisager la sentimentalité et la vulgarité de cet étalage dans la presse, la pitié et l'amusement de ses collègues, que d'affronter l'idée de ce mariage avec Octavia ? Est-ce que vraiment une partie de son esprit – cet esprit dont elle était si fière – se souciait plus de sa réputation que de la sûreté de sa fille ?

Il lui fallait faire encore un effort. Elles étaient en train de sortir du jardin.

Au bout d'un moment, elle reprit : « Il y a une chose qu'il a faite, peut-être pas la pire, mais pour moi elle est cruciale. Elle explique pourquoi je le juge pervers, terme que normalement je n'emploie guère. À quinze ans, il était dans une maison pour enfants du côté d'Ipswich. Il y avait là à demeure un travailleur social – il s'appelle Michael Cole – qui s'intéressait vraiment à lui. Il passait beaucoup de temps avec lui, croyait pouvoir l'aider, l'aimait peut-être. Ashe essaya de le faire chanter. Il dit que si Coley, comme il l'appelait, ne lui donnait pas une partie de son salaire hebdomadaire, il l'accuserait d'agressions sexuelles. Cole refusa et fut dénoncé. Il y eut une enquête officielle. Et rien ne fut prouvé, mais les autorités estimèrent plus prudent de le muter à un autre poste où il ne travaillerait pas avec les enfants. Il sera tenu en suspicion pendant tout le reste de sa vie professionnelle – s'il en a encore une. Pense à Coley avant de t'engager dans le mariage. Ashe a brisé le cœur de tous ceux qui ont essayé de l'aider.

– Je n'en crois rien. Et il ne me brisera pas le cœur. Je suis peut-être comme toi. Je n'en ai peut-être pas. »

Soudain, elle se détourna et se mit à courir dans le jardin vers la porte du quai, avec les mouvements maladroits d'une enfant affolée, les jambes minces comme des baguettes au-dessus des lourdes chaussures de sport, la veste flottant au vent. En se tournant pour la suivre des yeux, Venetia éprouva, le temps d'un éclair, une émotion qui ressemblait à de la tendre pitié. Mais cela ne dura pas et aussitôt ce furent la colère brûlante et un sentiment d'injustice aussi réel physiquement qu'un nœud douloureux sous le cœur. Il lui sembla qu'Octavia ne lui avait jamais procuré un moment de satisfaction sans mélange, ni à plus forte raison de joie. Qu'est-ce qui était allé de travers, se demandait-elle. Quand et comment ? Bébé, elle résistait déjà aux tentatives de sa mère pour la cajoler et la caresser. Le petit visage aux traits anguleux – elle avait toujours eu un visage d'adulte – se tordait en un masque violacé et hurlant de haine, les petites jambes étonnamment fortes s'arc-boutaient contre son ventre pour écarter le corps arqué et rigide. Et puis, à l'école, toutes les crises semblaient avoir été programmées pour rendre la vie professionnelle de Venetia plus difficile. Toutes les distributions de prix, toutes les représentations théâtrales tombaient des jours où elle ne pouvait se rendre libre, ajoutant ainsi à la rancœur d'Octavia et à son propre sentiment de culpabilité rongeante.

Elle se rappelait le jour où, engagée dans une des affaires de fraude les plus compliquées qu'elle eût jamais plaidées, elle avait été appelée aussitôt après la fin de l'audience, un vendredi, pour apprendre qu'Octavia était renvoyée de son deuxième pensionnat. Elle se rappelait parfaitement chaque mot de sa conversation avec Miss Egerton, la directrice.

« Nous n'avons pas pu la rendre heureuse.

– Je ne vous l'ai pas envoyée pour qu'elle soit heureuse, mais pour qu'elle soit instruite.

– Les deux choses ne sont pas incompatibles, Miss Aldridge.

– Non, mais c'est aussi bien de savoir laquelle a la priorité dans vos plans. Alors c'est le couvent qui hérite de vos échecs ?

– Il n'existe pas d'arrangement formel entre nous, mais nous le recommandons effectivement aux parents de temps en temps. Je ne voudrais pas que vous ayez une impression inexacte. Il ne s'agit pas d'une école pour enfants à problèmes, au contraire.

Et les résultats des examens terminaux sont tout à fait honorables. Il y a des élèves qui poursuivent jusqu'à l'université. Mais elle s'adresse à des jeunes filles qui ont besoin d'une formation plus proche de la nature, moins académique que celle que nous pouvons assurer.

– Ou que vous voulez assurer.

– Notre école est d'un niveau intellectuel très élevé, Miss Aldridge. Nous éduquons la jeune fille en son entier, pas seulement son intelligence ; mais celles qui réussissent le mieux ici sont en général celles qui ont une intelligence brillante.

– Épargnez-moi le prospectus de l'école. Je l'ai lu. Est-ce qu'elle vous a dit pourquoi elle avait fait ça ?

– Oui. Pour se faire renvoyer.

– Elle l'a reconnu ?

– Pas dans ces termes.

– Dans quels termes, Miss Egerton ?

– Elle a dit : "J'ai fait ça pour me tirer de ce foutu bahut." »

Venetia s'était dit : Enfin j'en ai tiré une réponse sincère.

Miss Egerton avait enchaîné : « Le couvent est dirigé par des religieuses anglo-catholiques, mais je ne crois pas que vous ayez à redouter le moindre prosélytisme. La mère supérieure veille scrupuleusement à respecter la volonté des parents.

– Octavia peut faire des génuflexions devant le saint sacrement jour et nuit si cela lui procure la moindre satisfaction et lui vaut de bons résultats aux examens de sortie. »

Mais l'entretien lui avait donné espoir. Une fille qui pouvait faire usage de ce vocabulaire devant Miss Egerton avait au moins du cran. Peut-être dans quelque brousse aride et désolée de l'esprit elle et Octavia pourraient-elles trouver un terrain d'entente. Peut-être pourrait-il y avoir respect, voire sympathie à défaut d'amour. Mais le trajet de retour à la maison avait suffi à prouver que rien n'avait changé. Les yeux d'Octavia affrontaient toujours les siens avec cette même expression d'antagonisme buté.

Le couvent avait rempli sa tâche, en ce sens qu'Octavia y était restée jusqu'à dix-sept ans et avait obtenu quatre modestes réussites aux examens terminaux. Mais Venetia s'était toujours sentie mal à l'aise lors de ses rares visites, surtout avec la révérende mère. Elle se rappelait ce premier entretien.

« Il nous faut accepter le fait, Miss Aldridge, qu'Octavia, en tant qu'enfant de parents divorcés, souffrira toute sa vie d'un handicap.

– Étant donné que c'est un handicap qu'elle a en commun avec des milliers d'autres enfants, mieux vaut qu'elle apprenne à s'en accommoder.

– C'est ce que nous essaierons de l'aider à faire. »

Venetia avait eu du mal à ne pas montrer son irritation. Cette femme au visage spongieux troué de petits yeux implacables derrière des lunettes cerclées de fer allait-elle bien oser assumer le rôle de procureur ? Et puis elle se rendit compte qu'aucune critique n'avait été adressée, aucune défense attendue, aucun adoucissement sollicité. Simplement la mère supérieure vivait selon des règles et l'une de celles-ci stipulait que les actes avaient des conséquences.

Pour l'heure, obsédée par ce dernier imprévu, furieuse contre Octavia et contre elle-même, confrontée à une calamité à laquelle elle ne pouvait trouver aucune réponse, elle se rappelait à peine le court trajet qui, à travers Pawlet Court, menait aux Chambers. Visage de marbre, Valerie Caldwell était derrière son bureau à la réception ; elle leva les yeux quand Venetia entra.

Celle-ci demanda : « Savez-vous si Mr Costello est chez lui ?

– Oui, je crois, Miss Aldridge. Il est rentré après le déjeuner et je ne pense pas qu'il soit ressorti. Et Mr Langton m'a demandé de lui faire savoir quand vous rentreriez. »

Donc, Langton souhaitait la voir. Autant commencer par lui, Simon Costello pouvait attendre.

Quand elle entra chez Hubert, elle trouva Drysdale avec lui, ce qui ne l'étonna pas. En général les archevêques agissaient ensemble.

Laud dit : « C'est au sujet de la réunion du 31. Vous y serez, Venetia ?

– Est-ce que ça n'est pas mon habitude ? Je ne crois pas en avoir manqué plus d'une depuis que vous les tenez deux fois par an. »

Langton dit : « Il y a quelques affaires pour lesquelles j'ai pensé qu'il pourrait être utile de connaître votre opinion.

– Vous voulez dire vous livrer à un petit lobbying préliminaire pour boucler la réunion avec un minimum de discussions ? À votre place je ne serais pas trop optimiste. »

Drysdale Laud prit le relais : « Il nous faut d'abord décider des personnes que nous prendrons comme locataires. Nous sommes convenus que nous pourrions en accueillir deux de plus ; ils nous seraient utiles. Ce n'est pas un choix facile.

– Vraiment ? Ne me dites pas que vous n'avez pas réservé une place pour Rupert Price-Maskell. »

Langton dit : « Son directeur de thèse lui a donné d'excellentes références et il est très apprécié dans les Chambers. Bien entendu, son cursus universitaire est remarquable. Boursier à Eton, boursier à King's, toujours classé en tête. »

Venetia enchaîna : « Et puis c'est le neveu d'un lord juriste, son arrière-grand-père a été président de ces Chambers et sa mère est la fille d'un comte. »

Langton fronça les sourcils : « Vous ne voudriez pas laisser entendre que nous sommes... que nous sommes... » Il s'arrêta un instant, l'embarras peint sur son visage. Puis il conclut : « Que nous sommes sous influence ?

– Non. Un préjugé contre les anciens d'Eton est tout aussi illogique et indéfendable qu'un préjugé contre n'importe quel autre groupe. Il est commode que votre candidat se trouve être l'un des mieux qualifiés. Inutile de me persuader de voter pour Price-

Maskell ; je l'aurais fait de toute façon. Dans vingt ans il sera aussi pontifiant que son oncle, mais si nous tenions compte de la vanité, nous ne nommerions jamais un seul représentant de votre sexe. Je pense que Jonathan Skollard a la seconde place ? Il est apparemment moins brillant, mais je ne suis pas sûre qu'il ne se révélera pas plus intelligent et plus endurant. »

Laud alla jusqu'à la fenêtre et dit d'une voix calme, sans insister : « Nous pensions à Catherine Beddington.

– Aux Chambers, les hommes passent beaucoup de temps à penser à Catherine Beddington, mais il ne s'agit pas d'un concours de beauté. Skollard est le meilleur juriste. »

Au fond, c'était cela bien sûr dont il était question. Elle l'avait compris en entrant chez Hubert.

Langton intervint : « Je ne crois pas que le directeur de thèse de Catherine serait nécessairement de cet avis. Il a fait un rapport excellent à son sujet. Elle a une grande intelligence.

– Évidemment. Elle n'aurait pas été acceptée comme élève dans ces Chambers si elle avait été stupide. Catherine sera un membre décoratif et efficace du barreau, mais comme légiste elle ne vaut pas Jonathan Skollard. Je suis son patron, ne l'oubliez pas. Je m'intéresse à elle et j'ai vu certains de ses travaux. Elle n'est pas aussi impressionnante que Simon veut bien le dire. Par exemple quand en conférence j'analyse des points de droit concernant l'homicide, je m'attends à ce qu'un élève fasse le rapprochement avec "Dawson et Andrews". Ce sont des affaires qu'elle aurait dû étudier avant d'entrer aux Chambers. »

Laud dit, sans insister : « Vous terrifiez cette petite, Venetia. Avec moi, elle est parfaitement compétente.

– Si je la terrifie, je la plains quand il faudra qu'elle plaide devant le président Carter Wright un jour où ses hémorroïdes le mettent au supplice. »

Combien de temps, se demanda-t-elle, vont-ils tourner autour du vrai problème ? Ils détestent toutes les discussions dans les Chambers, tout vrai désaccord. Il est caractéristique qu'Hubert ait eu besoin du soutien de Drysdale, les deux archevêques agissant de concert, comme toujours. N'était-ce pas aussi un moyen de lui faire savoir que Drysdale était l'héritier présomptif et qu'elle pouvait renoncer à l'espoir de succéder à Hubert à la tête des Chambers ? Mais, au moins dans cette affaire, savaient-ils que sa voix aurait de l'influence et plus que de l'influence – elle emporterait probablement la décision.

Elle vit le rapide coup d'œil qu'ils échangeaient, puis Drysdale dit : « Est-ce que ça n'est pas une question d'équilibre ? Je croyais que nous étions convenus, à une réunion au printemps de 94 me semble-t-il, que si nous avions deux candidats pour une place aux Chambers, un homme et une femme, tous deux également qualifiés... »

Venetia coupa : « Ils ne sont jamais également qualifiés. Les gens ne sont pas des clones. »

Laud poursuivit comme si elle ne l'avait pas interrompu : « Si nous concluions qu'il n'y a pas à choisir l'un plutôt que l'autre, alors dans l'intérêt de l'équilibre, nous prendrions la femme.

– Quand les gens disent qu'il n'y a pas à choisir, cela signifie qu'ils veulent éviter la responsabilité du choix. »

Le ton de Langton se fit obstiné : « Nous étions convenus que nous prendrions la femme. » Il marqua un arrêt puis ajouta : « Ou le Noir, si nous avions un étudiant noir. »

C'en était trop. La colère soigneusement maîtrisée de Venetia éclata. « Une femme ? Un Noir ? Comme c'est commode de nous mettre dans le même panier ! Dommage que nous n'ayons pas une lesbienne noire mère célibataire handicapée. Comme ça, vous pourriez satisfaire à quatre exigences du politiquement correct d'un seul coup. Et puis c'est bougrement condescendant à mon égard. Est-ce que vous croyez que les femmes qui ont réussi apprécient qu'on leur fasse sentir qu'elles sont là uniquement parce que les hommes ont été assez bons pour les favoriser indûment ? C'est Jonathan Skollard le meilleur juriste et vous le savez. Lui aussi. Vous croyez que ça aidera la carrière de Catherine Beddington s'il peut se répandre en disant qu'on l'a privé d'un poste qui lui revenait parce que nous le réservions à une femme moins qualifiée ? Qu'est-ce que ça apporte à la cause de l'égalité des chances ? »

Langton, après un coup d'œil à son collègue, poursuivit : « Je ne suis pas sûr que cela fasse grand bien à la réputation des Chambers si on nous voit comme une coterie de misogynes qui ont perdu tout contact avec les changements dans la société et dans la profession.

– Notre réputation est fondée sur l'excellence professionnelle. Nous sommes petits, mais nous n'avons pas un seul tocard. Au contraire, nous avons certains des meilleurs dans leur domaine à Londres. Et puis de quoi avez-vous peur ? Quelqu'un vous attaque ? »

Il y eut un silence. Langton dit : « Des représentations officieuses ont été faites.

– Vraiment ? Puis-je demander par qui ? De toute façon, ce ne sera pas ce groupe de pression féministe. Ce sont les femmes qu'elles visent, celles qui à leur avis n'en font pas assez pour donner sa chance à leur sexe. Banquiers, femmes d'affaires, juristes, éditeurs, consultants de haut niveau. Elles sont en train de composer une liste de femmes qui ne se mobilisent pas assez pour aider leurs semblables. J'y figure, ce qui n'étonnera personne. Je suppose que quelqu'un vous a envoyé un exemplaire de leur torchon, *Redress*. Je suis nommée dans le dernier numéro. Cela pourrait être diffamatoire. Je prends l'avis de Henry Makins. S'il me dit qu'il y a matière à poursuites, je les poursuivrai. »

Laud dit : « Est-ce que ce serait sage ? À moins qu'ils ne soient assurés, vous n'aurez rien. Est-ce qu'ils valent cette dépense de temps et d'argent ?

– Sans doute pas, mais avec une partie de la presse aussi malintentionnée et vicieuse qu'elle l'est aujourd'hui, il est imprudent de laisser se répandre l'idée que vous ne voulez pas vous donner la peine de poursuivre en justice. Vous savez aussi bien que moi que, en général, on laisse tranquilles ceux qui ne reculent pas devant un litige. Regardez Robert Maxwell. Et puis je peux m'offrir Henry Makins. Eux pas. Si vous vous souciez de la réputation de notre corporation, pourquoi ne réfléchissez-vous pas au traitement de cette inégalité ? Combien vous faites-vous payer une heure de votre temps, Drysdale ? Quatre cents livres, n'est-ce pas ? Cinq cents ? Voilà qui met évidemment la justice hors de portée de la plupart des gens. Tenter d'y remédier est un peu plus difficile que de pousser des femmes dans des postes pour lesquelles elles sont insuffisamment qualifiées et cela dans l'intérêt de l'équilibre... »

Elle s'arrêta. Aucun des hommes ne dit mot. Alors elle reprit : « Maintenant, quel est votre autre problème ? Vous aviez dit qu'il y en avait deux. C'est la retraite de Harry Naughton, je suppose. »

Langton dit : « Harry aura soixante-cinq ans à la fin du mois. Son contrat expire à ce moment-là, mais il souhaiterait beaucoup rester encore trois ans. Son fils Stephen a pu entrer à l'université Reading. Il commence juste sa première année. C'est très important pour eux. Mais cela signifie, bien sûr, que le garçon ne gagnera rien et ils se font du souci. Ils peuvent y arriver. Mais ce serait plus facile si Harry pouvait rester ici encore un an ou deux. »

Laud ajouta : « Il peut bien tenir encore trois ans au moins. Soixante-trois ans, c'est jeune pour mettre à la retraite un homme en bonne santé qui souhaite continuer à travailler. Nous pourrions prolonger son contrat pour un an renouvelable et voir comment ça marche. »

Venetia dit : « Il est parfaitement compétent comme premier secrétaire. Il est consciencieux, méthodique, précis et il fait rentrer l'argent au jour dit. Je n'ai rien contre lui, mais les choses ont changé depuis qu'il a succédé à son père ici. Il n'a fait aucun effort pour assimiler les nouvelles techniques. Alors que Terry et

Scott, les deux jeunes secrétaires, l'ont fait. Ça vient tout naturellement à leur génération. Nous n'avons rien perdu et j'ai de la sympathie pour Harry. J'aime assez son tableau mural et ses fiches personnelles et ses petits drapeaux pour indiquer l'endroit où nous sommes. Mais il faut qu'il parte quand il doit partir. Comme nous tous. Vous connaissez mon point de vue. Ce qu'il nous faut ici, c'est un administrateur. Si nous devons nous développer – et c'est ce que nous sommes en train de faire –, son poste et les services ont besoin d'être modernisés.

– Ce sera très dur pour lui. Il a donné trente-neuf ans aux Chambers et son père avait été premier secrétaire avant lui. »

Venetia s'écria : « Grand Dieu ! Hubert, vous ne le flanquez pas dehors. Il a eu trente-neuf bonnes années et il est arrivé à l'âge de la retraite. Il aura sa pension et sans aucun doute un petit quelque chose pour aller avec. Bien sûr, vous voudriez qu'il reste, comme ça vous pourriez différer un autre choix difficile. Pendant trois ans encore, vous n'auriez pas à décider ce dont les Chambers ont vraiment besoin et à retrousser vos manches pour faire le nécessaire. Et maintenant, si vous voulez bien m'excuser, j'ai du travail. Vous avez eu vos réponses. Si j'ai la moindre influence ici, Jonathan Skollard aura la deuxième place vacante et Harry n'aura pas de prolongation. Et puis pour l'amour du ciel, un peu de nerf, vous deux ! Pourquoi ne pas prendre une décision en fonction de ses seuls mérites ? Ça vous changerait. »

Ils la regardèrent sans mot dire se diriger vers la porte. Dieu, se disait-elle, quelle affreuse journée ! Et maintenant, il lui fallait s'expliquer avec Simon Costello. Bien entendu, cela pouvait attendre, mais elle n'était pas d'humeur à attendre, pas d'humeur à témoigner la moindre clémence à quelque homme que ce fût. Mais elle avait encore une chose à dire aux archevêques. Elle se retourna sur le seuil et regarda Laud :

« Si vous avez peur que les Chambers aient une

réputation de misogynie, rassurez-vous. Je suis la plus ancienne ici, après Hubert. La présence d'une femme à leur tête devrait remédier à cela. »

7

Il avait dit qu'il serait chez elle, à Pelham Place, à six heures et demie, et dès six heures Octavia était prête et l'attendait en tourniquant sans relâche entre la petite cuisine à gauche de la porte et la salle de séjour d'où elle pouvait voir depuis la fenêtre, entre les grilles du sous-sol. Ce serait le premier repas qu'elle aurait préparé pour lui, la première fois qu'il entrerait dans l'appartement. Jusqu'à maintenant il était venu la chercher, mais quand elle l'invitait à entrer, il disait, mystérieux : « Pas encore. » Elle se demandait ce qu'il avait attendu. Une plus grande certitude, un engagement plus positif, le bon moment pour faire une entrée symbolique dans sa vie ? Mais elle ne pouvait pas être plus engagée qu'elle ne l'était pour l'heure. Elle l'aimait. Il était son homme, son amoureux. Ils n'avaient jamais fait l'amour, mais cela viendrait. Pour ça aussi il y aurait le bon moment. Pour l'heure, la certitude d'être aimée lui suffisait. Elle voulait que le monde entier le sût. Elle voulait l'emmener avec elle au couvent pour l'exhiber, pour faire savoir à ces filles méprisées et arrogantes qu'elle aussi pouvait avoir un homme. Elle voulait toutes les choses conventionnelles : la bague de fiançailles, un mariage à préparer, un intérieur à créer pour lui. Il avait besoin qu'on s'occupe de lui, il avait besoin qu'on l'aime.

Et il exerçait encore une autre emprise sur elle, une emprise qu'elle n'admettait qu'à moitié. Il était dangereux. Elle ne savait pas jusqu'à quel point, ni de quelle façon, mais il n'était pas de son monde. Il n'était d'aucun monde qu'elle eût jamais connu, ni pensé connaître. Avec lui il n'y avait pas seulement l'urgence et l'excitation du désir grandissant, il y avait un *frisson* de danger qui satisfaisait la rebelle en elle, lui donnait pour la première fois de sa vie l'impression d'être vraiment vivante. Ce n'était pas qu'une histoire d'amour, c'était une camaraderie dans le combat, une alliance offensive et défensive contre le conformisme qui régnait chez elle, contre sa mère et tout ce que sa mère représentait. Et la moto en était indissociable. Quand, les bras autour de la taille du jeune homme, elle se sentait giflée par l'air froid de la nuit, quand elle voyait la route se dérouler comme un ruban gris sous leurs roues, elle aurait voulu pousser des cris d'exultation et de triomphe.

Jamais elle n'avait connu quelqu'un comme lui. Son attitude envers elle était d'une courtoisie pointilleuse. Il se penchait et l'embrassait sur la joue quand ils se rencontraient, ou lui baisait la main. Sinon il ne la touchait jamais, alors qu'elle commençait à le désirer avec une impatience qu'elle avait de plus en plus de mal à dissimuler. Elle savait qu'il n'aimait pas être touché et pourtant elle pouvait difficilement ne pas porter les mains sur lui.

Il ne lui disait jamais où il l'emmenait et elle s'était satisfaite de cette ignorance. C'était invariablement dans un pub à la campagne ; il semblait ne pas aimer ceux de Londres et ils y allaient rarement. Mais il dédaignait les établissements chic avec leurs rangées de Porsche et de BMW soigneusement garées à l'extérieur, leurs paniers fleuris suspendus, le bar avec son feu dans la cheminée et des objets artistiquement disposés pour fournir une rusticité artificielle, le restaurant séparé servant une cuisine sans génie, les braiments des voix assurées des classes supérieures. Il s'arrêtait toujours dans des endroits plus tranquilles, moins à la mode, où les gens du pays venaient consommer, et là il l'installait dans un coin, puis allait chercher le madère ou le demi de blonde allemande qu'elle avait demandé et son demi de bière à lui. Ils mangeaient ce qu'il y avait au bar, en général du fromage ou du pâté avec de la baguette et elle parlait tandis qu'il écoutait. Il disait peu de chose sur lui. Elle sentait qu'il souhaitait qu'elle connût l'horreur de ses premières années, tout en rejetant toute pitié comme intolérable. Si elle le questionnait, il répondait, mais brièvement, parfois d'un seul mot. L'impression qu'il donnait était celle de quelqu'un qui dominait la situation, qui l'avait toujours dominée, restant dans une famille d'accueil aussi longtemps qu'il l'avait décidé et pas un jour de plus. Elle avait appris à reconnaître le moment où elle se trouvait sur un terrain dangereux. Après le repas, ils se promenaient une demi-heure dans la campagne environnante avant de rentrer à Londres, lui marchant à grandes enjambées et elle trottinant pour le rattraper.

Parfois ils poussaient jusqu'à la côte. Il aimait Brighton et ils fonçaient sur la route de Rottingdean, avec son vaste point de vue sur la Manche, trouvaient un petit café, mangeaient, puis traversaient les Downs. S'il n'aimait pas les endroits chic, il était cependant très difficile pour la nourriture. Un petit pain rassis, du fromage sec ou du beurre rance étaient sommairement écartés.

Il disait : « Ne mange pas cette cochonnerie, Octavia.

– Ce n'est pas si terrible, mon chéri.

– Laisse ça. On achètera des chips en revenant. »

C'est ce qu'elle aimait plus que tout, être assise au bord de la route pendant que les voitures passaient en coup de vent, l'odeur des chips et du papier sulfurisé chaud, l'excitation de se sentir libre et sans entraves sur la route, et pourtant en sûreté dans un univers à eux. La Kawasaki violette était à la fois l'instrument de leur liberté et son symbole

Mais ce jour-là, pour la première fois, elle allait lui préparer un repas. Elle avait opté pour un steak. Sûrement tous les hommes aiment le steak. Selon le conseil du boucher, elle avait acheté du filet et les deux épais morceaux de viande rouge étaient posés sur un plat, prêts à être passés sous le gril à la dernière minute. Chez Marks and Spencer, elle avait pris des légumes tout lavés et préparés – petits pois, carottes, pommes de terre nouvelles –, et comme dessert ce serait de la tarte au citron. La table était mise. Elle avait acheté des bougies et pris deux chandeliers d'argent dans le salon. Elle les emporta dans la cuisine en sous-sol où l'employée de maison de sa mère, Mrs Buckley, épluchait des pommes de terre et lui dit : « Si ma mère veut savoir où sont ses chandeliers, vous lui direz que je les ai empruntés. »

Sans attendre la réponse, elle alla au placard des boissons et prit la première bouteille de bordeaux qui lui tomba sous la main, en soutenant le regard désapprobateur de Mrs Buckley. La femme ouvrit la bouche pour protester, puis se ravisa et se pencha de nouveau sur son travail.

Octavia se dit : Vieille bique, qu'est-ce que ça peut lui faire ? Elle guettera sans doute derrière les rideaux pour voir qui va venir. Et ensuite elle se faufilera chez Venetia Eh bien, qu'elle y aille. Aucune importance maintenant.

Arrivée sur le seuil avec ses bougeoirs dans une main et la bouteille de vin dans l'autre, elle dit : « Voudriez-vous m'ouvrir la porte ? Vous ne voyez pas que j'ai les mains occupées ? »

Sans un mot, Mrs Buckley se leva et vint ouvrir. Octavia sortit rapidement et entendit le battant se refermer derrière elle.

En bas, dans sa salle de séjour, elle regarda la table avec satisfaction. Les bougies changeaient tout. Et elle avait même pensé à acheter des fleurs, un bouquet de chrysanthèmes cuivrés.

La pièce, qu'elle n'avait jamais aimée, avait pris un air de fête, accueillant. Peut-être ce soir feraient-ils l'amour.

Mais quand il arriva, à l'heure, sans un sourire comme toujours, et qu'elle ouvrit la porte, il n'entra pas.

« Prends tes affaires de moto. Je veux te montrer quelque chose.

– Mais mon chéri, j'avais dit que je ferais le dîner. J'ai des steaks.

– Ils attendront. On les mangera quand on rentrera. Je les ferai cuire. »

Quand elle revint quelques minutes plus tard, son casque à la main, en tirant sur la fermeture éclair de sa veste de cuir, elle demanda : « Où allons-nous ?

– Tu verras.

– À t'entendre, on croirait que c'est important.

– C'est important. »

Elle ne posa plus de questions. Un quart d'heure plus tard, ils étaient arrivés au rond-point de Holland Park et se dirigeaient vers Westway. Encore cinq minutes et ils s'arrêtaient devant l'une des maisons : elle savait où ils étaient.

C'était un spectacle de désolation totale, rendu plus bizarre et irréel par la lumière crue des réverbères. Des deux côtés les maisons s'alignaient, fermées par ce qui ressemblait à des feuilles de métal couleur rouille. Identiques, accolées par deux, elles avaient des entrées sur le côté et des perrons en retrait, des bow-windows à trois panneaux au rez-de-chaussée ainsi qu'au premier, et un pignon triangulaire barré par des lames de bois foncé. Portes et fenêtres étaient barricadées. Les clôtures des jardins avaient été arrachées et les petits carrés d'herbe sèche, dont certains étaient jonchés de branches brisées de rosiers et d'arbustes, s'ouvraient béants sur la rue.

Il poussa son engin jusqu'à l'entrée du 397 et elle le suivit. Il lui dit : « Attends là », puis sauta sur le mur d'un seul élan, apparemment sans effort, et escalada la barrière. Une seconde plus tard, elle entendit le verrou qu'il tirait et elle tint la barrière ouverte pendant qu'il poussait la moto dans le jardin derrière la maison.

Elle demanda : « Qui habitait à côté ?

– Une femme qui s'appelait Scully. Elle est partie maintenant. C'est la dernière maison à raser.

– Elle t'appartient ?

– Non.

– Mais tu y habites ?
– Pas pour longtemps.
– Il y a encore l'électricité ?
– Pour le moment. »

Elle ne voyait pas grand-chose du jardin. À peine la silhouette d'une petite cabane. Elle se dit que c'était peut-être là qu'il garait sa moto. Elle crut distinguer une table en plastique blanc retournée et les contours anguleux de chaises de jardin qui gisaient cassées sur le sol. Il y avait eu un arbre, mais seul en subsistait le tronc noir déchiqueté dont les éclats perçaient le bleu et le cramoisi hurlants du ciel vespéral. L'air chargé de poussière lui obstruait les narines, empesté par l'odeur âcre des débris de brique et de bois brûlé.

Ashe prit une clef dans sa poche, ouvrit la porte de derrière et tendit la main vers un interrupteur. Aussitôt la cuisine apparut dans la lumière crue. Elle vit le petit évier en grès, le dressoir bon marché dont la moitié des crochets manquaient, la table recouverte d'un plastique taché et déchiré, les quatre chaises de pacotille. Et là l'odeur était différente, plus ancienne, plus viciée, celle qu'avaient laissée des années de nettoyages insuffisants, d'aliments tournés, de vaisselles pas lavées. Elle voyait qu'il avait essayé de nettoyer et, sachant comme il était méticuleux, se doutait du dégoût que l'endroit avait dû lui inspirer. Il avait fait usage d'un désinfectant dont l'odeur désagréable persistait. Mais les autres n'étaient pas si faciles à effacer.

Elle ne savait que dire, mais il ne semblait pas s'attendre à des commentaires et n'en fit aucun. Puis il lui dit : « Viens voir l'entrée. »

Celle-ci n'était éclairée que par une seule ampoule nue suspendue très haut. Quand Ashe tourna le bouton, Octavia poussa un cri de stupeur. Des deux côtés du corridor les murs avaient été recouverts d'illustrations colorées manifestement découpées dans des livres et des magazines, somptueux collage d'images brillantes qui, tandis qu'elle regardait, stupéfiée, de côté et d'autre, semblaient l'encercler de leurs couleurs vibrantes, scintillantes. Collées sur de douces vues de montagnes, de lacs, de cathédrales, de piazzas, des femmes nues ouvraient les jambes, seins et fesses nues, lèvres boudeuses, et des torses mâles exhibaient leurs parties génitales enfermées dans des sacs noirs brillants, le tout surimposé sur des guirlandes de fleurs d'été, des jardins classiques avec leurs perspectives et leurs statues, des cottages, des animaux et des oiseaux. Et puis il y avait des visages graves, doux et arrogants, découpés dans des reproductions de chefs-d'œuvre mondiaux, des visages placés de telle façon qu'ils semblaient regarder avec dégoût ou un dédain aristocratique le déballage du sexe le plus cru. Pas un centimètre des murs qui ne fût recouvert. Sur le devant, la porte d'entrée, avec ses panneaux de verre masqués à l'extérieur et de lourds verrous en haut et en bas, provoqua chez Octavia un moment de gêne claustrophobique.

Le premier choc de la surprise passé, elle dit : « C'est dingue, mais c'est merveilleux. C'est toi qui as fait tout ça ?

– Tatie et moi. J'ai mis le schéma au point, mais c'est elle qui a eu l'idée. »

C'était étrange, cette façon qu'il avait de toujours dire Tatie, sans nom, juste Tatie. Il y avait là quelque chose de faux, une note de mépris subtil, d'émotion soigneusement contrôlée. Et puis il y avait autre chose encore : il prononçait le mot comme un avertissement.

Elle dit : « J'aime ça. Mon Dieu, que c'est habile. Nous pourrions faire quelque chose comme ça dans l'appartement. Mais ça a dû prendre des mois.

– Deux mois et trois jours.

– Où as-tu trouvé toutes ces illustrations ?

– Dans des revues surtout. Les hommes de Tatie les lui apportaient. J'en ai aussi volé quelques-unes.

– Dans des bibliothèques ? »

Elle se rappelait avoir lu l'histoire de deux hommes, un auteur dramatique et son amant, qui avaient fait cela. Ils avaient recouvert les murs de leur appartement avec des gravures découpées dans des livres de prêt volés et s'étaient fait pincer. Est-ce qu'ils n'avaient pas fait de la prison ?

Il dit : « Trop risqué. J'ai volé les livres aux étalages. Plus sûr, plus facile et ça prend moins de temps.

– Et dire qu'on va bientôt démolir tout ça ! Tu ne regrettes pas, après tout ce travail ? »

Elle se représentait l'énorme boule balancée contre les murs, les nuages de gravier et de poussière qui s'élevaient, suffocants, les images dissociées comme un puzzle brisé.

Il dit : « Ça ne me fait rien. Je ne regrette rien de cette maison. Il est temps qu'elle soit démolie. Regarde par ici. C'était la chambre de Tatie. »

Il ouvrit une porte à droite et tendit de nouveau la main vers l'interrupteur. La pièce fut baignée d'une lumière rouge qui provenait non pas d'une ampoule centrale mais de trois lampes munies d'abat-jour en satin volanté dans diverses teintes d'écarlate et posées ici et là sur des tables basses. L'air était imprégné de rouge ; c'était comme respirer du sang. Quand elle regarda ses mains, elle s'attendait à voir la chair teintée de rose. Les lourds rideaux tirés sur les fenêtres à barreaux étaient en velours rouge, et les murs recouverts d'un papier constellé de roses. Le long sofa avachi devant la fenêtre et les deux fauteuils qui encadraient le radiateur à gaz étaient couverts de jetés en cotonnade indienne dans des rouges, violets et ors somptueux. Contre le mur faisant face au radiateur un divan recouvert d'une couverture grise apportait la seule note sombre dans cette extravagance criarde. Sur une table basse devant le feu, un jeu de cartes et une boule de verre.

Il dit : « Tatie disait la bonne aventure.

– Pour de l'argent ?

– Pour de l'argent. Pour la carambole. Pour s'amuser.

– Elle faisait l'amour dans cette pièce ?

– Sur ce divan. C'était sa place. Tout se passait ici.

– Où étais-tu ? Je veux dire, qu'est-ce que tu faisais pendant ce temps-là ?

– J'étais là aussi. Elle aimait que je sois là. Que je regarde. Ta mère ne t'en a pas parlé ? Elle le savait. Ça a été dit au procès. »

Impossible de savoir, d'après sa voix, ce qu'il éprouvait. Elle frissonna. Elle aurait voulu dire : « Et toi, ça te plaisait ? Pourquoi restais-tu ? Est-ce que tu avais de l'amitié pour elle ? De l'amour ? » Mais elle n'aurait pas pu prononcer ce mot-là. Amour. Elle n'avait jamais très bien su ce qu'il signifiait, si ce n'est que jusqu'à ce moment elle ne l'avait jamais connu. Ce qu'elle savait bien, c'est qu'il n'avait rien de commun avec cette pièce.

Elle demanda, presque dans un murmure : « C'est ici que ça s'est passé ? Qu'elle a été tuée ?

– Sur le divan. »

Elle le regarda, fascinée, et dit avec une sorte d'émerveillement : « Mais il a l'air si propre, si ordinaire.

– Il était couvert de sang, mais ils ont enlevé la housse du matelas avec le corps. Si tu soulèves cette couverture tu verras encore les taches.

– Non, merci. » Elle essayait de prendre un ton léger. « Tu as mis cette couverture sur elle ? »

Il ne répondit pas, mais elle sentait qu'il la regardait. Elle voulait s'approcher de lui, le toucher, tout en se rendant compte que ce serait imprudent – plus peut-être, qu'il risquait de la repousser. Elle avait conscience de sa propre respiration précipitée, d'un mélange de peur et d'excitation ainsi que d'une autre sensation, aussi exaltante que honteuse. Elle voulait qu'il la portât sur le divan et fît l'amour avec elle. Elle se dit : J'ai peur, mais au moins j'éprouve quelque chose. Je vis.

Il la regardait toujours. Il lui dit : « Il y a autre chose que je pourrais te montrer. Tu veux voir ? »

Soudain, elle eut besoin de quitter cette pièce. Tant de rouge commençait à lui faire mal aux yeux.

Elle dit négligemment : « O.K. Pourquoi pas ? » Puis ajouta : « C'était ta maison, là où tu vivais. Je veux tout voir. »

Il monta devant elle au premier. L'escalier était couvert d'une moquette au dessin tout effacé, feutrée par la crasse et complètement déchirée par endroits, si bien qu'Octavia se prit le pied dans un accroc et dut se rattraper à la rampe pour ne pas tomber. Ashe ne se retourna pas. Elle le suivit jusque dans une pièce à l'arrière de la maison, assez petite pour servir de débarras mais qui était peut-être destinée à l'usage de chambre à coucher. L'unique fenêtre haute était couverte d'un épais drap noir cloué sur l'encadrement de bois. Au-dessus, trois rayonnages. À droite, monté au-dessus d'un banc, un appareil de grande taille qui lui fit penser à un microscope géant. Posés sur le banc lui-même, trois plateaux rectangulaires en plastique étaient remplis de liquide. Elle sentit l'odeur, mélange d'ammoniaque et de vinaigre, un peu gazeux.

Il lui demanda : « Tu as déjà vu une pièce comme ça ?

– Non. C'est une chambre noire, n'est-ce pas ? Je ne sais pas à quoi ça sert.

– Tu ne connais donc rien à la photo ? Tu n'avais pas d'appareil ? Tous les gens comme toi en ont.

– Les autres filles à l'école en avaient. Mais moi je n'en voulais pas. Qu'est-ce qu'il y avait à photographier ? »

Elle avait toujours détesté ces jours de fête – distribution des prix, garden-party de l'été, chants de Noël, représentation théâtrale annuelle. Elle revoyait le jardin au cœur de l'été avec la révérende mère riant en compagnie des parents, les anciennes avec leurs filles désormais à l'école, la bousculade autour d'elle des enfants qui sautaient en braquant leurs appareils : « Regardez par ici, ma mère ! Oh, maman, tu ne regardes pas l'objectif. » Venetia n'y était pas. Venetia n'y était jamais. Il y avait toujours quelque chose qui ne pouvait pas être remis, une audience au tribunal, une réunion aux Chambers. Elle n'avait même pas assisté à la représentation du *Conte d'hiver* quand Octavia avait été choisie pour jouer Paulina.

Elle dit : « Nous n'avions pas de chambre noire à

l'école. On envoyait les films chez Boots ou ailleurs pour les faire développer. C'est ta tante qui t'a donné ça ?

– Exact. Tatie a payé l'appareil, l'installation de la pièce et le matériel. Elle voulait que je prenne des photos.

– De quelle sorte ?

– Quand elle faisait l'amour avec ses types. Elle aimait les regarder après. »

Elle demanda : « Qu'est-ce qu'ils sont devenus, les clichés que tu as pris ?

– C'est mon avoué qui les a. Pièces à conviction pour la défense. Je ne sais pas où ils sont maintenant. Ils ont servi à prouver que Tatie avait des amants. La police les a vus. Ils ont essayé de retrouver les hommes pour les éliminer de leur enquête. Ils n'en ont identifié qu'un et il avait un alibi. Je ne crois pas qu'ils se soient donné beaucoup de peine pour chercher les autres. Ils m'avaient, n'est-ce pas ? Ils avaient bouclé leur dossier. Ils n'allaient pas perdre leur temps à chercher des preuves qu'ils n'avaient pas envie de trouver. C'est comme ça qu'ils travaillent. Ils se font une conviction, et puis ils cherchent les preuves. »

Elle se représenta soudain, colorée, indécente, mais honteusement excitante, la scène qui devait se dérouler dans la pièce au luxe criard à l'étage au-dessous, deux corps nus qui se tordaient et gémissaient sur le divan, Ashe debout au-dessus d'eux qui mettait au point, tournait, s'accroupissait pour prendre les vues qu'il voulait. Elle faillit demander : « Pourquoi as-tu fait ça ? Comment est-ce qu'elle pouvait t'y obliger ? » Mais elle savait que c'étaient des questions qu'elle ne pouvait pas poser. Elle se rendait compte qu'il la regardait attentivement, d'un air concentré et grave.

Il posa la main sur le gros appareil et demanda : « Tu sais ce que c'est ?

– Bien sûr que non. Je t'ai déjà dit que je ne connaissais rien à la photo.

– C'est un agrandisseur. Tu aimerais voir comment ça marche ?
– Si tu veux.
– On sera dans le noir pendant un moment.
– Je n'ai pas peur du noir. »
Il alla jusqu'à la porte et éteignit l'électricité, puis revint là où elle était et leva le bras. Une ampoule rouge s'alluma, épais bâton d'écarlate translucide qui lui tacha les doigts. Une autre lumière, petite et blanche celle-là, se mit à briller sur l'agrandisseur. Il prit une enveloppe dans sa poche et en tira un court fragment de film, un simple négatif.
Il dit : « Trente-cinq millimètres. Je le mets dans un châssis et le châssis dans l'agrandisseur. »
Une image qu'elle ne put déchiffrer tomba sur une plaque blanche striée de bandes de métal noir comme des règles. Elle ne lui trouva pas plus de sens, tandis qu'il l'examinait à l'aide de ce qui semblait être un petit télescope.
Elle dit : « Qu'est-ce que c'est ? Je n'y vois rien.
– Tu vas voir dans un instant. »
Il éteignit la lumière de l'appareil, si bien qu'ils restèrent dans l'obscurité, mis à part ce cylindre rouge qui luisait. Elle le regarda prendre une feuille de papier dans une boite sur le rayon le plus bas et la glisser dans le châssis puis ajuster les barres de métal.
Elle dit : « Explique-moi ce que tu fais. Je veux savoir.
– Je choisis le format. »
Il alluma la lampe sur l'agrandisseur pendant cinq à six secondes, sembla-t-il, puis enfila rapidement une paire de gants en plastique, souleva le châssis et fit tomber le papier dans le premier bain en agitant doucement le liquide. La feuille se mit à onduler et à sinuer comme un reptile vivant. Elle le fixait, fascinée.
« Maintenant, attention. Regarde bien. » C'était un ordre.
Et presque aussitôt l'image se mit à apparaître en noir et blanc fortement contrastés. Il y avait le divan, mais recouvert cette fois d'un dessus orné de carrés et

de ronds. Et, sur le divan, le corps d'une femme couchée sur le dos, nue à l'exception d'un mince négligé qui s'était ouvert pour révéler la tache noire des poils pubiens, les seins blancs et lourds comme d'énormes méduses. La chevelure ressortait, crêpelure emmêlée sur la blancheur de l'oreiller. La bouche était entrouverte, la langue légèrement saillante, comme si elle avait été étranglée. Les yeux étaient ouverts, noirs et fixes, mais c'étaient des yeux morts. Les coups de couteau sur le torse et sur le ventre avaient ouvert des blessures qui bâillaient comme des bouches dont le sang sourdait, semblable à de noirs crachats. Une seule entaille à la gorge où le sang avait jailli – il semblait même jaillir encore tandis qu'elle regardait –, jet ruisselant qui inondait les seins et dégouttait du divan sur le sol. L'image palpitait dans le plateau au point qu'elle crut presque que le sang en filtrait pour teinter le liquide de rouge.

Octavia entendait les battements rythmés de son cœur. Il devait sûrement les entendre aussi. Ils semblaient impulser leur énergie à la petite pièce étouffée, comme une dynamo. Elle demanda dans un murmure : « Qui l'a prise ? »

Il resta un moment sans répondre, examinant le tirage comme s'il vérifiait sa qualité.

Puis, toujours en agitant doucement le liquide, il dit tranquillement : « Moi. Je l'ai photographiée quand je l'ai trouvée en rentrant.

– Avant que tu appelles la police ?

– Bien sûr.

– Mais pourquoi ?

– Parce que je photographiais toujours Tatie sur ce divan. C'était ce qu'elle aimait.

– Tu n'avais pas peur que la police trouve la pellicule ?

– Un petit bout de film, c'est facile à cacher, et puis ils avaient les photos qu'ils voulaient. Ils ne cherchaient pas ça. Ils cherchaient le couteau.

– Ils l'ont trouvé ? »

Il ne répondit pas et elle répéta : « Ils l'ont trouvé, le couteau ?

– Oui, ils l'ont trouvé. Il l'avait jeté dans un jardin quatre maisons plus loin, caché sous la haie de troènes. C'était un couteau de la cuisine. »

De ses mains gantées il sortit l'épreuve du premier plateau, la fit tomber dans le deuxième dont il la sortit aussitôt pour la passer dans le troisième. Il alluma le plafonnier. Prenant la feuille de manière que le bord ruisselant se trouvât au-dessus d'un récipient, il sortit de la pièce presque en courant. Elle le suivit dans la salle de bains attenante. Là, il y avait un autre plateau dans la baignoire et un tuyau en caoutchouc fixé au robinet y faisait couler un filet d'eau froide.

Il dit : « Je suis obligé d'utiliser la salle de bains. Il n'y a pas l'eau courante à côté.

– Pourquoi mets-tu des gants ? Ce liquide est dangereux ?

– Pas le genre de truc à se mettre sur les mains. »

Alors qu'ils regardaient tous les deux l'image qui ondulait et se balançait sous le jet dans toute son horreur crue, sans concession, Octavia se dit : Il avait organisé tout ça avant de venir me chercher ce soir. Forcément. Il voulait que je le voie. Il l'avait prévu comme un test.

Elle détourna les yeux et tenta de se concentrer sur la pièce, petite cellule étroite, sans confort, la baignoire tachée avec son auréole de crasse, la fenêtre sans rideaux aux vitres opaques, le linoléum brun qui se roulait autour du pied du lavabo. Mais toujours ses yeux revenaient à cette image qui bougeait doucement. Elle se disait : Elle était vieille. Vieille, laide, horrible. Comment pouvait-il vivre avec elle ? Elle se rappelait la voix de sa mère : « Sa tante n'était pas une personne agréable, mais quelque chose les liait. Presque certainement, ils couchaient ensemble. Il n'était qu'un parmi beaucoup d'autres, mais pour lui c'était gratuit. » Elle pensa : Ce n'est pas vrai. Elle a dit ça pour me détourner de lui. Mais maintenant elle ne peut plus rien faire. Il m'a montré ça, il me fait confiance, nous appartenons l'un à l'autre.

Soudain il y eut des voix, des cris stridents, un craquement dans la porte de derrière comme si quelqu'un essayait de l'enfoncer. Sans un mot, Ashe descendit en trombe. Octavia, paniquée, saisit l'épreuve et la jeta dans la cuvette des w.-c. Sous l'eau elle la déchira en deux, puis une fois encore et actionna la chasse. Il y eut un glouglou, un mince filet d'eau, puis plus rien. Avec un sanglot de désespoir elle tira de nouveau sur la chaîne, et au bout d'une seconde l'eau ruissela et les fragments de l'image brillante disparurent dans le tourbillon. Elle reprit son souffle et courut en bas.

Dans la cuisine Ashe avait poussé un jeune garçon contre le mur et tenait un couteau de cuisine appuyé sur son cou. Le drôle riboulait des yeux, dans un mélange de supplication et de terreur.

Ashe dit : « Si toi ou tes copains vous escaladez encore une fois cette barrière, je le saurai. Et la prochaine fois, je pique. Je connais un endroit où je pourrai enterrer ton corps et personne ne le retrouvera jamais. Compris ? »

Le couteau s'écarta imperceptiblement du cou et le gamin, terrifié, fit signe que oui. Ashe le lâcha et il se précipita hors de la cuisine avec une telle hâte qu'il dérapa contre le montant de la porte.

Très calme, Ashe remit le couteau dans un tiroir et dit : « Un des gosses du lotissement. Tous des sauvages. » Puis il vit le visage d'Octavia : « Grand Dieu, tu as l'air terrorisée. Tu croyais que c'était qui ?

– La police. J'ai déchiré la photo et je l'ai jetée dans les w.-c. J'avais peur qu'on la trouve. Désolée. »

Soudain elle eut peur de lui, de son mécontentement, de sa colère, mais il haussa les épaules et eut un petit rire sans joie. « Même s'ils l'avaient vue, aucune importance. T'aurais même pu la vendre à un journal à scandale et ils n'auraient rien eu à dire. On ne peut pas être jugé deux fois pour le même motif. Tu ne savais pas ça ?

– Je pense que si. Je n'y ai pas songé, c'est tout. »

Il alla à elle et, lui prenant la tête dans les mains, il se pencha et l'embrassa sur les lèvres. C'était la première fois. Il avait des lèvres fraîches et étonnamment douces, mais le baiser était ferme et la bouche fermée. Elle se rappela d'autres baisers baveux et comme elle les avait détestés. Le goût de la bière et des aliments mouillés, la langue qui plongeait jusque dans sa gorge. Ce baiser-là, elle le savait, c'était une affirmation. Elle avait subi l'épreuve avec succès.

Puis il prit quelque chose dans sa poche et leva la main gauche d'Octavia. Elle sentit le froid de la bague avant de la voir, c'était un lourd anneau d'or vieilli, serti d'une pierre rouge sang entourée de perles. Octavia la regarda tandis qu'il attendait sa réaction et soudain elle frissonna, le souffle coupé, comme si l'air était devenu glacial. Veines et muscles crispés par la terreur, elle entendait battre son cœur. Elle avait déjà vu cette bague, au petit doigt de la tante morte. De nouveau la photo passa devant ses yeux, les blessures béantes, la gorge tranchée.

Elle savait que sa voix était cassée, mais elle s'obligea à dire : « Ce n'était pas la sienne, n'est-ce pas ? Elle ne la portait pas quand elle est morte ? »

Mais voilà que sa voix à lui était douce comme elle ne l'avait encore jamais entendue.

« Est-ce que je te ferais ça à toi ? Elle en avait une comme celle-là, mais avec la pierre d'une autre couleur. Je l'ai achetée exprès pour toi. Elle est ancienne. J'ai pensé qu'elle te plairait. »

Elle dit : « Oh oui, elle me plaît ». Elle la fit tourner sur son doigt. « Elle est un peu trop grande.

– Porte-la au doigt du milieu pour le moment. On la fera rétrécir.

– Non, je ne l'enlèverai jamais. Et je ne la perdrai pas. Elle est au bon doigt. Elle prouve que nous nous appartenons l'un à l'autre.

– Oui, dit-il. Nous nous appartenons l'un à l'autre. Nous sommes en sûreté. Maintenant, nous pouvons aller à la maison. »

8

Il n'avait pas emménagé depuis un an dans la maison de Pembroke Square avec Lois que Simon Costello dut le reconnaître : cet achat avait été une erreur. Un bien qui ne peut être acquis qu'au prix d'économies féroces et calculées, mieux vaut ne pas l'acquérir du tout. Mais à l'époque la décision avait semblé judicieuse aussi bien que souhaitable. Il avait gagné une suite de procès et les affaires lui étaient proposées avec une rassurante régularité. Lois, qui était retournée à son travail dans l'agence de publicité deux mois après la naissance des jumelles, avait eu une augmentation portant son salaire à trente-cinq mille livres. C'était elle qui avait plaidé le plus énergiquement en faveur de la décision, mais il n'avait pas opposé beaucoup de résistance à ses arguments qui à l'époque paraissaient décisifs : ils avaient besoin de plus de place, d'un jardin, d'un logement indépendant pour la jeune fille au pair. Tout cela bien sûr aurait pu être trouvé en banlieue, ou dans un quartier de Londres moins chic que Pembroke Square, mais Lois n'ambitionnait pas seulement un supplément de place. Mornington Mansions n'avait jamais été une adresse acceptable pour un jeune avocat plein d'avenir et une femme qui réussissait dans les affaires. Lois ne la donnait jamais sans avoir l'impression que le seul fait de prononcer ces mots rabaissait son standing socialement et économiquement.

Elle se faisait, il le sentait, une idée extrêmement nette de leur vie de couple renouvelée. Il y aurait des dîners privés, certes préparés par des traiteurs ou à partir de plats tout prêts de chez Marks and Spencer, mais avec des invités élégants, choisis pour qu'ils animent des conversations stimulantes et spirituelles, l'ensemble étant vu comme une célébration culinaire de l'harmonie conjugale et du succès professionnel.

Les choses ne s'étaient pas passées ainsi. Tous deux étaient trop fatigués à la fin de leur journée de travail pour faire plus qu'un repas vite préparé, mangé sur la table de la cuisine ou assis avec un plateau devant la télévision. Et ni l'un ni l'autre n'avait eu idée de ce qu'allaient être les exigences des jumelles quand, émergeant de leurs premiers maillots passivement acceptés et de l'immobilité lactée du berceau, elles deviendraient de turbulents châteaux branlants de dix-huit mois qui sembleraient réclamer avec une inlassable énergie d'être nourris, consolés, changés et amusés.

Une succession de jeunes filles au pair, dotées de degrés de compétence variables, dominait sa vie et celle de Lois. Il lui semblait parfois qu'ils étaient plus soucieux du confort et du bonheur des « au pair » que du leur. La plupart de leurs amis n'avaient pas d'enfant et les avertissements qu'ils leur avaient parfois donnés sur la difficulté de trouver des aides fiables avaient semblé motivés plus par une jalousie inavouée de la grossesse de Lois que par une expérience personnelle. Mais ils ne s'étaient révélés que trop exacts. Ils avaient parfois l'impression que les jeunes filles, loin de diminuer leurs responsabilités, les rendaient plus lourdes ; il y avait une personne de plus dans la maison à prendre en compte, à nourrir et à ménager.

Quand l'une d'elles donnait satisfaction, ils redoutaient continuellement qu'elle ne s'en aille. C'était d'ailleurs inévitablement ce qu'elle faisait ; Lois était trop exigeante. Quand il était nécessaire d'en renvoyer une, ils discutaient pour savoir qui s'en chargerait et se tourmentaient à l'idée des difficultés pour la remplacer. Au lit, ils discutaient continuellement des défauts et faiblesses de celle qui était en place, chuchotaient dans le noir comme s'ils avaient peur que leurs critiques ne fussent entendues deux étages plus haut où elle couchait dans une chambre à côté de la nursery. Est-ce qu'elle buvait ? Difficile de marquer le niveau dans les bouteilles. Est-ce qu'elle recevait des petits amis pendant la journée ? Impossible d'inspecter les draps. Est-ce que les enfants restaient seules ? L'un d'entre eux devrait peut-être rentrer de temps en temps à l'improviste pour vérifier. Mais lequel ? Simon déclarait qu'il ne pouvait pas quitter le tribunal. Lois ne pouvait absolument pas prendre de congé ; la hausse de salaire était chèrement payée par plus d'heures de présence et plus de responsabilités. Elle avait un nouveau patron qu'elle n'aimait pas. Il serait trop content de dire qu'on ne pouvait décidément pas compter sur les femmes mariées avec des enfants.

Lois avait décidé qu'une des économies nécessaires serait que l'un d'eux prît les transports en commun. Comme elle avait son bureau dans le quartier des Docks, c'était naturellement Simon qui devait économiser. Le trajet dans un métro bondé, commencé dans le ressentiment jaloux, était devenu une demi-heure de rumination stérile sur les insatisfactions de l'heure. Il se rappelait la maison de son grand-père à Hampstead où il avait vécu enfant, le flacon de madère à portée de la main, l'odeur du dîner mijotant dans la cuisine, l'insistance mise par sa grand-mère pour que le chef de famille revenant fatigué d'une journée épuisante au tribunal fût assuré de trouver la paix et quelques douces gâteries, parfaitement à l'abri de tous les petits soucis domestiques. Une vraie épouse des Chambers, infatigable pour toutes les bonnes causes, élégamment présente à toutes les réceptions officielles, apparemment satisfaite par le milieu de vie qu'elle avait fait sien. Eh bien, ce monde-là avait définitivement disparu. Lois avait bien fait comprendre dès avant leur mariage que sa carrière était aussi importante que celle de Simon. Il est à peine besoin de dire qu'il s'agissait d'un mariage moderne. Sa situation était importante pour elle et pour le ménage. La maison, la jeune fille au pair, tout leur niveau de vie dépendait de ce double salaire. Et voilà que leur réussite encore si précaire risquait d'être anéantie par cette sacrée femelle imbue d'elle-même qui fourrait son nez partout.

Venetia qui avait dû venir tout droit du tribunal aux Chambers était d'humeur belliqueuse. Quelque chose ou quelqu'un avait dû la contrarier. Mais le mot était bien trop faible pour décrire l'intensité du dégoût furieux avec lequel elle l'avait affronté. Quelqu'un avait dû la pousser à la limite de l'endurance. Il se maudit. Si seulement il n'avait pas été dans son bureau, si seulement il était parti une minute plus tôt, la rencontre n'aurait pas eu lieu, elle aurait eu la nuit pour repenser à cette affaire et à ce qu'elle devait faire. Sans doute rien. La matinée l'aurait peut-être ramenée à la raison. Il se rappelait chaque mot de son accusation véhémente.

« J'ai défendu Brian Cartwright aujourd'hui. J'ai gagné. Il m'a dit que lorsque vous aviez été son avocat, il y a quatre ans, vous saviez avant le procès qu'il avait suborné trois membres du jury. Vous n'avez rien fait. Vous avez poursuivi la procédure. Est-ce exact ?

– Il ment. Ce n'est pas vrai.

– Il a dit aussi qu'il avait passé quelques actions de sa société à votre fiancée. De même avant le jugement. Est-ce exact ?

– Je vous dis qu'il ment. Rien de tout ça n'est vrai. »

La dénégation avait été aussi instinctive qu'un bras levé pour parer un coup et avait sonné de façon aussi peu convaincante à ses oreilles. Toute son attitude avait été celle d'un coupable. Au froid de la première horreur qui lui avait blêmi le visage avait succédé une rougeur brûlante ramenant des souvenirs honteux du bureau de son directeur d'école, de la terreur de l'inévitable rossée. Il s'était contraint à la regarder dans les yeux et y avait vu leur expression de scepticisme méprisant. Si seulement il avait eu un avertissement. Il savait maintenant ce qu'il aurait dû dire : « Cartwright m'en a parlé après le jugement, mais je ne l'ai pas cru. Il dirait n'importe quoi pour se rendre important. »

Mais son mensonge avait été plus direct, plus dangereux et elle avait compris que c'était un mensonge. Même ainsi, pourquoi cette colère, pourquoi ce dégoût ? En quoi ce vieil écart de conduite la concernait-il ? Qui avait institué Venetia Aldridge gardienne de la conscience des Chambers ? Ou de celle d'un confrère d'ailleurs ? Sa conscience à elle était-elle si immaculée, son comportement devant la cour si irréprochable ? Avait-elle le droit de briser une carrière ? Et elle serait brisée. Il ne savait pas exactement ce qu'elle pouvait faire, ni jusqu'où elle était décidée à aller, mais s'il se répandait ne fût-ce qu'une rumeur de cette histoire, il ne serait jamais nommé conseiller de la reine*.

Dès qu'il ouvrit sa porte, des braillements l'accueillirent. Une fille inconnue descendait l'escalier en tenant Daisy dans des bras inexpérimentés. Instantanément convaincu de sa dangereuse incompétence – tignasse rouge hérissée, jeans sales, boutons fichés dans le lobe de l'oreille, sandales à talons hauts en équilibre instable sur les marches sans tapis –, il se précipita et lui arracha presque des bras une Daisy hurlante.

« Qui diable êtes-vous ? Où est Estelle ?

– Le copain tombé de moto. Allée voir à l'hôpital. Très mauvais. Je m'occupe des bébés jusqu'à Mrs Costello arrive. »

Une odeur familière confirma une des causes du drame : le bébé avait besoin d'être changé. La tenant presque à bout de bras, il la monta à la nursery. Amy, encore en salopette, était debout dans son berceau, accrochée aux barreaux et pleurnichante.

« Elles ont été nourries ? » On aurait cru qu'il parlait d'animaux.

« J'ai donné lait. Estelle a dit attendre Mrs Costello. »

Il fourra Daisy dans son berceau, ce qui eut pour effet d'accroître le volume des hurlements. Il avait

* Conseiller de la reine ou C. R. : titre honorifique équivalent à celui d'avocat émérite. *(N.d.T.)*

l'impression qu'il s'agissait moins de détresse que de colère. Ses yeux n'étaient plus que des fentes par lesquelles elle le fixait avec une hostilité concentrée. Amy, ne voulant pas être en reste, entama des pleurs plus lamentables qui ne tardèrent pas à se changer en cris perçants.

C'est avec soulagement qu'il entendit claquer la porte d'entrée et les pas de Lois sonner dans l'escalier. Allant à sa rencontre, il lui dit : « Pour l'amour du ciel, fais quelque chose ! Estelle est partie avec un copain amoché et elle a laissé une espèce de hippie à sa place. J'ai besoin de prendre un verre. »

Le placard des alcools était dans le salon. Il jeta son veston sur un fauteuil et se versa une bonne rasade de whisky. Mais les bruits arrivaient jusqu'à lui : la voix de Lois en colère qui montait de plus en plus, les enfants qui pleuraient, des pas dans l'escalier, d'autres voix dans le hall.

La porte s'ouvrit. « Il faut que je la paie. Elle veut vingt livres. Tu as de la monnaie ? »

Il sortit deux billets de dix livres et les lui tendit en silence. La porte d'entrée se referma avec un bruit sec et au bout de quelques minutes un silence béni s'installa. Mais quarante minutes se passèrent avant que Lois reparût.

« Je les ai couchées. Tu n'as pas fait grand-chose. Tu aurais au moins pu les changer.

– Je n'ai pas eu le temps. J'allais le faire quand tu es rentrée. Qu'est-ce qui est arrivé à Estelle ?

– Dieu seul le sait. Je n'avais jamais entendu parler de ce copain. Elle va bien reparaître, je pense, probablement au moment du dîner. Cette fois-ci la mesure est comble ! Il va falloir qu'elle décampe. Quelle journée ! Donne-moi quelque chose à boire. Pas de whisky. Je voudrais un gin-tonic. »

Il lui porta le verre là où elle se trouvait, affalée dans un coin du divan. Elle portait ce qu'il considérait comme ses vêtements de travail. Il les détestait : la jupe noire fendue au milieu, la veste bien coupée, le doux reflet du chemisier en soie, les escarpins tout simples. Ils représentaient la Lois dont il se sentait de plus en plus éloigné et un monde aussi important pour elle que menaçant pour lui. Seules la moiteur de la peau, la rougeur qui s'effaçait peu à peu du front trahissaient la crise récente. Bizarre, se dit-il, comme on peut s'habituer à la beauté. Autrefois il avait pensé qu'il paierait n'importe quel prix pour la posséder, s'en nourrir, en être réconforté, exalté, voire sanctifié. Mais on ne pouvait pas plus posséder la beauté que quelque être humain que ce fût.

Elle vida rapidement son verre, se leva et dit : « Je vais me changer. Spaghetti bolognese pour le dîner, et si Estelle revient, je ne veux pas m'expliquer avec elle avant d'avoir mangé. »

Il dit : « Attends un moment. Il faut que je te dise quelque chose. »

Ce n'était pas le bon moment pour annoncer la nouvelle, mais quand y en aurait-il un ? Mieux valait en finir. Il lui dit ce qui s'était passé sans fioritures.

« Venetia est entrée dans mon bureau avant que je parte. Elle venait de défendre Brian Cartwright. Il lui a dit que je savais que trois jurés avaient été subornés quand je l'ai défendu dans cette histoire de coups et blessures en 1992. Il lui a aussi parlé des actions de Cartwright Agricultural Company qu'il t'avait passées avant le procès. Je ne crois pas qu'elle va s'en tenir là.

– Qu'est-ce que tu entends par là ?

– Je suppose qu'au pire elle pourrait me dénoncer au conseil de l'ordre ou à ma confrérie.

– Elle ne peut pas. C'est passé. Ça ne la concerne en rien.

– Ce n'est pas ce qu'elle a l'air de croire.

– Je suppose que tu as nié ? » Sa voix se durcit : « Tu as bien nié, j'espère ?

– Évidemment.

– Alors tout est bien. Elle ne peut rien prouver. C'est ta parole contre celle de Cartwright.

– Pas si simple. Pour ce qui est des titres, elle pourrait trouver des preuves, j'imagine. Et si Cartwright est poussé dans ses derniers retranchements il donnera probablement le nom des jurés.

– Ce n'est pas son intérêt. D'ailleurs, pourquoi diable lui a-t-il parlé de ça ?

– Dieu sait. Sa façon de donner un pourboire pour service rendu, je suppose. La vanité, peut-être. Il voulait se vanter, lui dire que c'était son habileté à lui et pas celle de son avocat qui l'avait tiré d'affaire la dernière fois. Pourquoi est-ce que les gens font des choses pareilles ? Et puis, quelle importance ça peut avoir ? Il l'a fait, c'est ce qui compte.

– Et après ? Même s'il donne des noms c'est toujours sa parole et la leur contre la tienne. Et pourquoi est-ce qu'il ne m'aurait pas donné ces titres ? Tu sais très bien comment ça s'est passé. Je suis venue te voir aux Chambers juste au moment où il allait partir et nous avons bavardé un peu. Nous avons sympathisé. Toi tu es resté et j'ai pris un taxi avec lui. Il m'a bien plu. Nous avons parlé investissements et une semaine après, il me donnait ces titres. Tu n'avais rien à y voir. Nous n'étions pas mariés.

– Nous allions l'être. Une semaine après.

– Mais c'est à moi qu'il les a donnés. Personnellement. Il n'y a rien d'illégal à ce qu'un ami me donne quelques titres, je suppose. Tu es complètement en dehors de ça. Il me les aurait donnés même si nous n'avions pas été fiancés.

– Crois-tu ?

– De toute façon, je pourrais dire que tu n'étais pas au courant. Je ne t'en ai jamais parlé, un point c'est tout. Et tu pourrais dire que tu n'avais pas cru l'histoire de Cartwright à propos de la subornation. Tu avais pensé qu'il voulait plaisanter. Personne ne pourrait rien prouver. Est-ce que le droit ce n'est pas uniquement une question de preuves ? Eh bien, là, il n'y en a pas. Venetia Aldridge sera la première à le constater. Elle est censée être une juriste si brillante, n'est-ce pas ? Elle laissera tomber. Et maintenant j'ai besoin d'un autre verre. »

Lois n'avait jamais rien compris au droit. Elle

aimait le prestige d'un mariage avec un avocat, et au début de leur mariage, elle avait parfois assisté à ses plaidoiries, jusqu'à ce que l'ennui la fasse fuir.

Il répéta : « Pas si simple. Elle n'a pas besoin d'une preuve du genre qui tiendrait le coup devant un tribunal. Si la rumeur se répand, je peux dire adieu à toutes mes chances de devenir conseiller de la reine ».

Cette fois le coup porta. Elle se tourna vers lui, bouteille de gin en main, et demanda d'un ton incrédule : « Tu veux dire que Venetia Aldridge pourrait t'empêcher de devenir C. R. ?

– Si elle voulait s'en donner la peine, oui.

– Alors il faut que tu l'en empêches. » Il ne répondit pas. Elle dit : « Il faut que quelqu'un l'en empêche. Je vais en parler à oncle Desmond. Il en fera son affaire. Tu as toujours dit que c'était l'homme le plus respecté des Chambers. Il saura bien la mater. »

Il réagit vivement : « Non, non, Lois, il ne faut pas lui en dire un mot. Tu ne vois donc pas ce que cela signifierait. C'est la dernière chose que Desmond Ulrick admettrait.

– Peut-être pas pour toi. Mais pour moi.

– Je sais, tu crois qu'il ferait n'importe quoi pour toi. Je sais qu'il est complètement toqué de toi. Je sais que tu lui as emprunté de l'argent.

– Nous lui avons emprunté de l'argent. Nous n'aurions pas cette maison sans le prêt qu'il nous a consenti. Sans intérêt. Les actions Cartwright et le prêt d'oncle Desmond, voilà ce qui a permis le premier versement, ne l'oublie pas.

– Ça ne risque pas. Et pas grande chance qu'il soit jamais remboursé.

– Il ne compte pas être remboursé. Il a appelé ça un prêt pour ménager ta fierté. »

Cela n'avait rien ménagé du tout. Même en ce moment d'angoisse paroxysmique, la vieille jalousie, irrationnelle mais sans cesse présente, le harcelait comme l'élancement d'une douleur familière. Qu'Ulrick fût fou de Lois, qui mieux que lui pouvait le comprendre ? Mais ce qui lui répugnait c'était l'exploitation qu'elle en faisait, la façon qu'elle avait de s'en repaître.

Il reprit : « Ne lui en dis pas un mot. Je te le défends, Lois. La pire chose serait de se confier à qui que ce soit, surtout quelqu'un des Chambers. Notre seul espoir est d'étouffer l'affaire. Cartwright ne l'ébruitera pas. Il ne l'a pas fait. Depuis quatre ans il se tait et d'ailleurs ce n'est pas dans son intérêt. Je parlerai à Venetia.

– Tu feras bien et sans tarder. Tu ne peux pas continuer à compter sur mon salaire.

– Il n'y a pas que moi. Nous comptons sur ton salaire. Et c'est toi qui as le plus insisté pour travailler.

– Eh bien, je n'insisterais plus autant aujourd'hui. J'en ai plein le dos de Carl Edgar. Il devient insupportable. Je cherche une autre situation.

– Tu ferais bien de garder soigneusement celle que tu as. Ce n'est vraiment pas le moment de rendre ton tablier.

– J'ai bien peur que ce soit trop tard. Je l'ai déjà fait, cet après-midi. »

Ils se regardèrent, atterrés, puis elle répéta : « Donc, il faut que tu fasses quelque chose à propos de Venetia Aldridge, n'est-ce pas ? Et vite. »

9

L'appel retentit dans la maison de Mark Rawlstone à Pimlico juste au moment où s'achevait le bulletin d'informations de vingt et une heures à la BBC. Il n'y avait rien eu d'important au Parlement et, avec un discours à préparer pour le débat de la semaine suivante, il avait dîné seul chez lui. Lucy était allée voir sa mère à Weybridge et elle y passerait la nuit. Mère et fille avaient après tout bien des choses à se dire, surtout en ce moment. Mais comme d'habitude elle avait laissé un dîner tout prêt pour lui – émincé de canard qu'il suffisait de réchauffer, salade très simple à laquelle il ne manquait que l'assaisonnement, fruits et fromage. Il attendait plus ou moins un coup de fil, celui de Kenneth Maples qui dînait au Parlement mais avait dit qu'il passerait peut-être ensuite pour prendre une tasse de café et bavarder. Il devait téléphoner pour confirmer. Ken faisait partie du gouvernement fantôme et la causerie pouvait être importante. Tout ce qui se passerait jusqu'aux élections d'ailleurs pouvait être important.

Mais au lieu de Ken disant qu'il venait, ce fut la voix de Venetia qu'il entendit. « Je suis contente de vous joindre. J'avais essayé à la Chambre ; écoutez, j'ai besoin de vous voir, c'est urgent. Pouvez-vous venir une petite demi-heure ?

– Ça ne peut pas attendre ? J'attends un appel téléphonique.

– Non, ça ne peut pas attendre. Sinon je ne vous aurais pas appelé. Laissez un message sur votre répondeur. Je ne vous retiendrai pas longtemps. »

La brusque poussée d'irritation avait laissé place à la résignation. « C'est bon, dit-il de mauvaise grâce. Je vais prendre un taxi. »

Tout en reposant le combiné, il se dit qu'il était bien exceptionnel que Venetia téléphonât chez lui. En fait, il ne se rappelait même pas quand elle l'avait fait pour la dernière fois. Elle s'était montrée tout aussi attentive que lui à maintenir soigneusement leur liaison bien distincte de leur vie privée, tout aussi obsédée par le secret et la sécurité – non pas qu'elle eût autant à perdre que lui, mais par répugnance à l'idée que sa vie sexuelle pût faire un sujet de commérages aux Chambers. Qu'il eût été membre de Lincoln's Inn et non pas du Middle Temple avait facilité les choses, de même que le mode de vie d'un membre du Parlement avec ses horaires imprévisibles et ses longues séances, les navettes avec sa circonscription des Midlands qui fournissaient des occasions de rencontres secrètes, voire de nuits passées ensemble à Pelham Place. Mais pendant les six derniers mois, les rendez-vous avaient été moins fréquents, et c'était plus souvent Venetia qui en prenait l'initiative. La liaison commençait à subir certaines des longueurs du mariage, mais sans la rassurante sécurité et le confort de l'institution. Et pas seulement parce que l'excitation en avait disparu. Difficile désormais de se rappeler ces premières semaines enivrantes alors que leur liaison se nouait; impossible de retrouver ce mélange d'ensorcellement sexuel épicé de danger, la satisfaction exaltante de savoir que cette superbe femme à succès le trouvait désirable. Était-ce encore vrai? N'était-ce pas devenu une affaire d'habitude pour chacun d'eux? Tout, même la passion adultère, a une fin naturelle. Au moins cette liaison, contrairement à certaines de ses précédentes escapades si inconsidérées, saurait-elle s'achever dans la dignité.

Il avait eu l'intention d'y mettre fin avant même que Lucy lui eût annoncé sa grossesse. La situation devenait trop dangereuse et le mot «affaire» trop à la mode. Le public britannique, et la presse en particulier avec son habituel génie pour l'hypocrisie, avait décidé qu'une certaine licence dans les mœurs, permise pour les journalistes, était honteuse et impardonnable chez les hommes politiques. Ces derniers, qui n'avaient jamais été populaires, se trouvaient désormais dans une position carrément inconfortable du fait de cette exigence nouvelle: une vie sexuelle irréprochable. Et il était bien persuadé que sa liaison ferait les premières pages si elle était révélée un jour creux: jeune député travailliste, promis à un rang de ministre, épouse fervente catholique, maîtresse comptant parmi les avocats les plus en vue du pays. Il ne prendrait certainement pas part à la dégradante mascarade habituelle, la rétractation publique avec tous les accessoires au grand complet, photo de l'aventurier repentant, et la petite épouse loyale prenant noblement la défense de son conjoint volage. Il n'infligerait pas cela à Lucy, ni maintenant ni plus tard, jamais. Venetia entendrait raison. Il n'avait pas affaire à une exhibitionniste jalouse, vindicative, et ne pensant qu'à elle. Un des avantages de choisir comme maîtresse une femme intelligente et indépendante était la certitude que la liaison pouvait toujours être dénouée avec dignité.

Lucy avait attendu que sa grossesse fût certaine et bien installée avant de lui en parler. Très caractéristique, cette façon qu'elle avait de pouvoir attendre, de savoir ce qu'elle voulait faire, de mettre au point très précisément ce qu'elle voulait dire. En la prenant dans ses bras, il avait senti renaître une passion à demi oubliée, un vieil amour protecteur. L'absence d'enfant avait été un chagrin pour elle, un regret pour lui. En cet instant, il s'était rendu compte avec une clarté aveuglante que lui aussi avait désiré un enfant avec un peu du désespoir qu'elle éprouvait : c'était seulement parce que l'échec lui avait toujours été intolérable qu'il avait étouffé un espoir qu'il avait fini par croire irréalisable. Se libérant des bras de son mari, Lucy avait lancé son ultimatum.

« Mark, cela va faire une différence pour nous, pour notre mariage.

– Ma chérie, un enfant fait toujours une différence. Nous allons former une famille. Mon Dieu, c'est merveilleux ! C'est une nouvelle merveilleuse ! Je ne sais pas comment tu as pu la garder pour toi pendant quatre mois. »

Il n'avait pas fini la phrase qu'il s'était rendu compte de son erreur. C'était un secret qu'elle n'aurait pas trouvé si facile à garder au temps où ils étaient proches l'un de l'autre. Mais elle laissa passer.

Elle reprit : « Je veux dire que cela fait une différence pour nous dès maintenant. Qui que ce soit que tu aies fréquenté – je ne veux pas connaître son nom, je ne veux rien savoir d'elle –, il faut que ça cesse. Tu comprends bien ? »

Et il avait répondu : « C'est fini. Ce n'était pas important. Je n'ai jamais aimé que toi. »

Sur le moment, il l'avait cru. Il le croyait toujours :

dans la mesure où il était capable d'aimer, c'était elle qui avait son cœur.

Il y avait un codicille tacite à leur accord et tous deux le savaient. Le dîner prévu pour le vendredi en faisait partie. Lucy ferait ce que l'on attendait d'elle et elle le ferait bien. Elle s'intéressait peu à la politique, le monde dans lequel il luttait avec ses intrigues, ses stratégies pour la survie, ses coteries, ses rivalités et ses ambitions frénétiques était étranger à sa nature raffinée. Mais elle s'intéressait sincèrement aux gens, apparemment peu soucieuse des questions de classe, de rang ou d'importance, et ils avaient toujours bien réagi à son regard doucement interrogateur, à l'aise dans son salon où ils se sentaient en sécurité. Il se disait que le monde avait besoin de Lucy, que lui-même avait besoin de Lucy.

Quand le taxi tourna le coin pour entrer dans Pelham Place, il vit un jeune homme à moto qui quittait tout juste la maison de Venetia. Sans doute un ami d'Octavia. Il avait oublié qu'elle logeait maintenant au sous-sol. Autre raison pour mettre fin à la liaison. Au moins quand elle était à l'école pouvaient-ils être sûrs, pendant la plus grande partie de l'année, qu'elle ne les dérangerait pas. C'était une enfant peu attirante et il n'en voulait pas dans sa vie, même par procuration.

Il sonna. Venetia ne lui avait jamais donné une clef, même quand leurs rapports avaient été les plus intenses. Il se disait, non sans un rien de ressentiment, qu'elle avait toujours eu des jardins secrets qu'elle n'abandonnerait jamais. Il avait été admis dans son lit, mais pas dans sa vie.

Ce fut elle, et non pas Mrs Buckley, l'employée de maison, qui vint lui ouvrir et le fit monter au salon. Le flacon de whisky était déjà disposé sur la table basse devant le feu. Il se dit alors, comme il l'avait déjà fait mais moins nettement, qu'il n'avait jamais aimé cette pièce, ni la maison. Elle manquait de confort, de personnalité, de chaleur. On eût dit que Venetia avait décidé qu'une maison de ville georgienne devait être meublée de façon classique et avait fait le tour des ventes pour acquérir le minimum de meubles appropriés. Il soupçonnait que rien dans la pièce ne provenait du passé de la propriétaire ; que rien non plus n'avait été acheté parce qu'elle y tenait vraiment – la chaise longue capitonnée qui avait bonne apparence sans être réellement confortable, la table avec quelques pièces d'argenterie de qualité achetées, il le savait, un après-midi aux Silver Vaults*. L'unique tableau, un Vanessa Bell au-dessus de la cheminée, témoignait au moins d'un goût personnel : elle aimait la peinture du XXe siècle. Mais il n'y avait jamais de fleurs. Mrs Buckley avait autre chose à faire et Venetia n'avait pas le temps de les acheter puis de les arranger.

Il se rendit compte après coup que, dès le premier instant, il avait mené leur entretien en dépit du bon sens. Oubliant que c'était elle qui l'avait appelé pour avoir un avis, il avait dit : « Désolé, je ne peux pas m'attarder, j'attends Kenneth Maples. Mais j'avais l'intention de venir chez vous. Il est arrivé une telle foule d'événements dans ma vie ces dernières semaines que je suis un peu débordé. Il y a une chose que je voulais vous dire. Je crois que nous ne devrions pas continuer à nous voir. Cela devient trop difficile, trop dangereux pour l'un comme pour l'autre. Et depuis un certain temps j'ai l'impression que vous pensez de même. »

Elle ne buvait jamais de whisky, mais il y avait une carafe de vin rouge sur le plateau en argent et elle s'en versa un verre. La main était parfaitement assurée, mais les yeux sombres, brun mélasse, le fixaient avec un tel mépris accusateur qu'instinctivement il recula. Qu'est-ce qu'elle avait ? Jamais encore il n'avait eu l'impression qu'elle ne gardait son sang-froid qu'à grand-peine.

Elle dit : « C'est donc pour cela que vous avez

* Musée pour touristes où sont fabriquées des pièces d'argenterie que l'on peut acheter. *(N.d.T.)*

condescendu à venir jusqu'ici au risque de manquer Kenneth Maples. Vous me dites que vous voulez mettre fin à notre liaison. »

Il dit : « Je pensais que c'était aussi votre avis. Nous ne nous sommes guère vus au cours de ces dernières semaines. »

Il entendit avec horreur dans sa voix comme un appel presque humiliant. Il poursuivit avec une sorte d'assurance désespérée : « Écoutez, nous avons eu une liaison. Je n'avais fait aucune promesse et vous non plus. Nous n'avons jamais prétendu être follement épris. Cela ne se situait pas sur ce plan-là.

– Sur quel plan pensiez-vous très exactement que ça se situait ? Non, dites-moi, ça m'intéresse.

– Le même que pour vous, j'imagine. L'attirance sexuelle, le respect, l'affection. L'habitude en fait, je suppose.

– Une habitude bien commode. Une partenaire disponible à la demande, à laquelle vous pouviez faire confiance parce qu'elle avait autant à perdre que vous et que vous n'étiez pas obligé de payer. C'est une habitude que votre sexe prend très facilement, surtout parmi les hommes politiques.

– Voilà qui est indigne de vous. Et en plus c'est injuste. Je croyais que je vous rendais heureuse. »

Et la voix prit alors une dureté qui glaça le sang de l'homme.

« Vraiment, Mark ? Vous l'avez vraiment cru ? Vous êtes donc arrogant à ce point-là ? Me rendre heureuse n'est pas si facile que ça. Il y faut plus qu'un zob impressionnant et un minimum de technique sexuelle. Vous ne m'avez pas rendue heureuse, vous ne m'avez jamais rendue heureuse. Ce que vous avez fait, c'est me procurer de temps en temps – quand c'était commode, quand votre femme n'avait pas besoin de vous pour recevoir les invités, quand vous aviez une soirée libre – un instant de plaisir sexuel. J'aurais pu en faire autant pour moi, encore que moins efficacement. N'appelez pas ça me rendre heureuse. »

Essayant de reprendre pied dans ce qui semblait

être une fondrière de non-sens, il dit : « Si je vous ai mal traitée, j'en suis désolé. Je ne voulais pas vous blesser. C'est bien la dernière chose que je voulais.

– Vous ne comprenez pas, Mark, n'est-ce pas ? Vous n'écoutez pas. Vous êtes incapable de me faire du mal. Vous n'êtes pas important pour moi. Aucun homme ne l'est.

– Alors de quoi vous plaignez-vous ? Nous avons eu une liaison. Nous la souhaitions tous les deux. Elle nous convenait. Maintenant elle est finie. Si je n'avais pas d'importance pour vous, où est le mal ?

– Je me plains de la façon extraordinaire dont vous croyez pouvoir traiter les femmes. Vous avez trompé la vôtre parce que vous vouliez de la variété, du sexe pimenté de danger, et parce que vous saviez que j'étais discrète. Maintenant vous avez besoin de Lucy. Tout d'un coup elle est importante. Vous avez besoin de respectabilité, d'une femme irréprochable qui vous aime, d'un atout politique. Alors Lucy promet de passer sur l'infidélité, de vous soutenir pendant votre campagne et jusqu'à l'élection, d'être une femme de député parfaite en échange sans aucun doute de votre promesse que notre liaison est terminée. "Je ne la reverrai jamais. Ces relations n'ont jamais rien signifié pour moi. C'est vous que j'ai toujours aimée." Est-ce que ça n'est pas ainsi que les godelureaux se réconcilient avec leur nana ? »

Soudain il trouva le réconfort de la colère : « Ne mêlez pas Lucy à tout cela. Elle n'a besoin ni de votre sollicitude, ni de votre foutue sympathie condescendante. C'est un peu tard pour vous poser en défenseur du sexe féminin. Je m'occuperai de Lucy. Notre mariage n'a rien à voir avec vous. D'ailleurs les choses ne se sont pas passées comme ça. Votre nom n'a pas été prononcé. Lucy n'est pas au courant de notre liaison.

– Vraiment ? Ne faites donc pas l'enfant. Si elle ne sait pas que c'était moi, elle sait que c'était quelqu'un ; les épouses le savent toujours. Si Lucy n'a rien dit, c'est parce que c'était son intérêt de ne rien dire et qu'elle le savait. Vous n'alliez pas rompre le mariage, n'est-ce pas? C'était juste une petite distraction en supplément. Les hommes font parfois ce genre de choses.

– Lucy est enceinte. »

Pourquoi avait-il dit cela? Il ne le savait pas, mais les mots avaient été dits.

Il y eut un silence. Puis elle dit, calmement : « Je croyais que Lucy ne pouvait pas avoir d'enfants.

– C'est ce que nous pensions. Nous sommes mariés depuis huit ans. Au bout de ce temps, on commence à perdre espoir. Lucy ne voulait pas subir tous les tests et traitements contre la stérilité, elle trouvait que ce serait trop humiliant pour moi. Eh bien, cela n'a pas été nécessaire. Le bébé est prévu pour le 20 février.

– Comme c'est commode. Tout ça par la prière et les cierges, je suppose. Ou est-ce que c'est une conception immaculée ? »

Elle se tut et lui tendit la bouteille de whisky, qu'il refusa. Elle remplit son verre de vin à elle et dit, sur un ton délibérément désinvolte : « Elle est au courant de l'avortement ? Pendant ce petit dialogue de réconciliation, avez-vous pensé à lui dire qu'il y a douze mois j'ai avorté de votre enfant ?

– Non, elle ne sait pas.

– Bien sûr. C'est le seul péché que vous n'oseriez pas avouer. Un petit écart sexuel, une petite distraction, c'est pardonnable, mais tuer un enfant à naître ? Non, elle ne considérerait pas ça avec autant de charité. Catholique fervente, adepte bien connue du mouvement Laissez-les vivre, et maintenant enceinte elle-même. Cette nouvelle si intéressante jetterait comme une ombre sur les mois à venir, non ? Est-ce qu'il n'y aurait pas un petit frère ou une petite sœur, invisible, silencieux, réprobateur, qui grandirait avec votre fils ou votre fille ? Est-ce que ça n'est pas ainsi qu'elle verrait la chose ? Est-ce qu'elle ne sentirait pas le fantôme de cet enfant mort avant d'être né chaque fois que vous tiendriez votre bébé ?

– Ne lui faites pas ça, Venetia. Un peu de fierté. Ne parlez pas comme un maître chanteur au rabais.

– Oh, pas au rabais, Mark. Le chantage n'est jamais au rabais. Vous qui plaidez au pénal, vous devez savoir ça. »

Et voilà qu'il en était réduit à supplier, se haïssant lui-même, la haïssant elle aussi.

« Elle ne vous a jamais fait de mal. Vous ne lui feriez pas ça.

– Peut-être pas, mais vous n'en serez jamais sûr, n'est-ce pas ? »

Il aurait dû en rester là. Après coup il maudit sa folie. Ce n'était pas seulement lors des interrogatoires qu'il fallait savoir s'arrêter. Il aurait dû maîtriser sa fierté, lui lancer un ultime appel et partir. Mais l'injustice de toute cette affaire l'avait rendu furieux. Elle parlait comme si la responsabilité ne revenait qu'à lui, comme si elle avait été forcée d'avorter.

Il dit : « C'est vous qui vous étiez mis dans la tête que la pilule était dangereuse et qu'il valait mieux vous en abstenir pendant un temps. C'est vous qui avez pris le risque. Et vous teniez autant que moi à en finir. Vous avez été horrifiée quand vous vous êtes aperçue que vous étiez enceinte. Un enfant illégitime aurait été un désastre. N'importe quel enfant d'ailleurs, vous l'avez dit vous-même. Et vous n'en vouliez pas d'autre. Vous ne vous souciez même pas de celle que vous avez. »

Elle ne le regardait plus. L'expression des yeux qui voyaient plus loin que lui passa de la fureur à la terreur et il se retourna pour suivre son regard. Octavia se tenait debout sur le seuil, silencieuse, un bougeoir en argent dans chaque main. Personne ne dit mot. Mère et fille étaient figées comme dans un tableau. Il marmonna : « Désolé » et, repoussant Octavia, descendit l'escalier presque en courant. Pas le moindre signe de Mrs Buckley, mais la porte n'était pas fermée à clef, ce qui lui épargna l'ignominie d'attendre qu'on le fasse sortir.

C'est seulement arrivé à plusieurs mètres de la maison, alors qu'il se mettait à courir en cherchant désespérément un taxi, qu'il s'en rendit compte : il n'avait pas demandé à Venetia ce qu'elle avait voulu lui dire.

10

Drysdale Laud constatait que ses amis jugeaient, non sans une pointe de ressentiment, sa vie assez bien organisée ; il était d'ailleurs de cet avis et en tirait même une certaine fierté. En tant qu'avocat à succès, spécialisé dans les affaires de diffamation, sa profession lui donnait maintes occasions de voir le gâchis que certains faisaient de leur vie, gâchis qu'il considérait avec toute la sympathie professionnelle voulue, mais avec un étonnement plus grand encore devant des êtres humains qui, ayant le choix entre l'ordre et le chaos, la raison et la stupidité, pouvaient agir avec une telle méconnaissance de leurs intérêts. Mis au défi, il aurait admis qu'il avait toujours eu de la chance. Enfant unique très gâté de parents fortunés, intelligent et remarquablement beau, il était allé de succès en succès aussi bien à l'école qu'à Cambridge, remportant un diplôme avec mention en études classiques avant même d'aborder le droit. Son père, bien que n'appartenant pas à ce milieu, avait des amis et le jeune Drysdale n'avait eu aucun mal à trouver un directeur de thèse adéquat. Il était devenu membre des Chambers au moment voulu et conseiller de la reine à la première occasion.

Son père était maintenant mort depuis dix ans, et sa mère, à qui celui-ci avait laissé une confortable aisance, ne lui imposait pas de devoirs filiaux bien lourds, puisqu'elle lui demandait seulement de passer dans sa maison du Buckinghamshire un week-end par mois pendant lequel elle donnait un dîner privé. Sa part dans ce marché tacite était d'être présent, celle de sa mère d'assurer une table excellente et de réunir des amis qu'il ne trouverait pas ennuyeux. Les visites comportaient aussi les gâteries de son ex-gouvernante, restée auprès de sa mère comme factotum, ainsi que la possibilité d'une partie de golf ou d'une promenade sportive dans la campagne. Un sac de chemises sales était lavé et superbement repassé, ce qui revenait moins cher que de les porter à la laverie en face de chez lui et gagnait du temps. Comme sa mère était férue de jardinage, il rapportait fleurs, fruits et légumes de saison à son appartement sur la rive sud de la Tamise, près de Tower Bridge.

Sa mère et lui éprouvaient une affection réciproque fondée sur le respect de l'égoïsme essentiel de l'autre. La seule critique qu'elle risquât, plus insinuée qu'explicite d'ailleurs, était le peu d'enthousiasme qu'il mettait à se marier. Elle voulait avoir des petits-enfants ; son mari aurait attendu de lui qu'il perpétue le nom familial. Une succession de jeunes filles « bien sous tous rapports » étaient invitées à ces dîners. Parfois, pour lui faire plaisir, il en revoyait une ensuite. Moins souvent, le fameux dîner aboutissait à une brève liaison, mais celle-ci s'achevait habituellement par des récriminations. Quand la dernière candidate lui eut demandé amèrement au milieu d'un flot de larmes : « Votre mère, qu'est-ce qu'elle est ? Un genre d'entremetteuse ? » il décida que le gâchis et les bouleversements émotionnels étaient sans commune mesure avec le plaisir, et revint à son précédent arrangement très satisfaisant bien qu'extrêmement coûteux, avec une dame qui savait se montrer exigeante dans le choix de ses clients, pleine d'imagination dans les services rendus et parfaitement discrète. Tout cela se payait, mais il n'avait jamais pensé prendre son plaisir à bon compte.

Il savait que sa mère, qui gardait un préjugé démodé envers les divorcés, surtout quand ils avaient des enfants, et qui avait trouvé Venetia antipathique lors de leur unique rencontre, avait craint qu'il pût l'épouser. Il y avait pensé aussi, mais pendant une heure, pas plus. Il la soupçonnait d'avoir déjà un amant, bien qu'il n'eût jamais eu la curiosité de chercher à découvrir son nom. Il savait que leur amitié était la source de commérages dans les Chambers, mais en fait, ils n'avaient jamais été amants. Physiquement, les carriéristes à succès, les femmes de pouvoir ne l'attiraient pas et il se disait parfois, avec un sourire en coin, que coucher avec Venetia ressemblerait trop à un interrogatoire dans lequel ses performances seraient soumises à un rigoureux contre-interrogatoire.

Une fois par mois sa mère, encore énergique et élégante à soixante-cinq ans, venait à Londres voir une amie, faire des achats, visiter une exposition ou suivre un traitement dans un institut de beauté, après quoi elle venait chez lui, comme elle l'avait fait ce soir-là. Ils dînaient ensemble, généralement dans un restaurant au bord de l'eau, après quoi il la mettait dans un taxi pour Marylebone et son train habituel. Il était typique de son caractère indépendant, se disait-il, qu'elle commençât à se demander si ce détour était raisonnable à la fin d'une journée chargée. Tower Bridge n'était pas d'un accès facile quand on venait du West End et, surtout en hiver, elle n'aimait pas rentrer tard chez elle. Il se doutait que l'arrangement ne durerait plus très longtemps et que sa cessation ne serait pour l'un comme pour l'autre qu'une cause de regrets très atténués.

Le téléphone sonna au moment où il rentrait dans son appartement. Il entendit la voix de Venetia. Le ton était péremptoire.

« J'ai besoin de vous voir ce soir. C'est possible ? Vous êtes seul ? »

Il dit, prudent : « Oui, je viens de mettre ma mère dans son taxi. Ça ne peut pas attendre ? Il est plus de onze heures.

– Non, ça ne peut pas attendre. J'arrive. »

Une demi-heure plus tard, il la faisait entrer. C'était la première fois qu'elle venait dans son appartement.

Invariablement pointilleux dans ce domaine, il venait la prendre chez elle quand ils avaient rendez-vous et la reconduisait chez elle ensuite. Mais elle entra sans manifester le moindre intérêt ni pour la pièce, ni pour la vaste étendue d'eau scintillante devant les fenêtres, ni pour la merveilleuse illumination de Tower Bridge. Il éprouva un instant d'irritation en constatant que cette pièce pour laquelle il s'était donné tant de mal était ainsi ignorée. Sans un regard pour la vue qui normalement attirait les visiteurs vers les fenêtres, elle retira brusquement son manteau, et le lui tendit comme à un domestique.

Il dit : « Qu'est-ce que vous voulez boire ?

– Rien. N'importe quoi. Qu'est-ce que vous prenez ?

– Du whisky. »

Il savait qu'elle ne l'aimait pas. Elle dit : « Du vin rouge, alors. N'importe quoi qui soit déjà entamé. »

Il n'avait rien d'entamé, mais il alla chercher une bouteille d'hermitage, lui en versa un verre et le posa devant elle sur la table basse.

Sans y toucher, elle lança, à brûle-pourpoint : « Désolée de vous prendre de court, mais j'ai besoin de votre aide. Vous vous rappelez ce garçon, Garry Ashe, que j'ai défendu il y a trois ou quatre semaines ?

– Bien sûr.

– Eh bien, je l'ai vu au tribunal après l'audience aujourd'hui. Il s'est lié avec Octavia. D'après elle, ils sont fiancés.

– C'est rapide. Quand se sont-ils rencontrés ?

– Après le procès bien sûr, quand voulez-vous que ce soit ? Visiblement c'est une manœuvre de sa part à lui et je veux que ça cesse. »

Il dit en pesant ses mots : « Je comprends bien que ça vous déplaise, mais je ne vois pas comment vous pouvez l'empêcher. Octavia est majeure, n'est-ce pas ? Et même si elle ne l'était pas, vous auriez des difficultés. Qu'est-ce que vous pourriez alléguer contre lui ? Il a été acquitté. »

Il aurait aussi bien pu ajouter : « Grâce à vous » tant le sens de ce non-dit était clair.

Il demanda : « Vous avez parlé à Octavia ?

– Bien sûr. Elle est intraitable. Forcément. Une partie du charme qu'il a, c'est le pouvoir qu'il lui donne de me faire du mal.

– Est-ce que ça n'est pas un peu injuste ? Pourquoi voudrait-elle vous faire du mal ? Elle peut avoir une affection sincère pour lui.

– Oh, je vous en prie, Drysdale, un peu de réalisme. Follement éprise, peut-être. Intriguée, peut-être. Le piment du danger – je comprends ça, il est dangereux. Mais lui ? Vous n'allez pas me dire qu'Ashe est amoureux et cela au bout de trois semaines. C'est un coup monté, manigancé par l'un d'eux ou tous les deux. Il est dirigé contre moi.

– Par Ashe ? Mais pour quelle raison ? Je l'aurais cru reconnaissant.

– Il n'est pas reconnaissant, et je n'attends ni ne souhaite qu'il le soit. Je veux l'éliminer de ma vie. »

Drysdale dit tranquillement : « Est-ce qu'il n'est pas dans celle d'Octavia plutôt que dans la vôtre ?

– Je vous l'ai dit, ça n'a rien à voir avec Octavia. Il se sert d'elle pour m'atteindre. Ils envisagent même de s'adresser à la presse. Vous imaginez ça ? Une photo romantique dans les feuilles de chou du couple s'étreignant : "Maman a sauvé mon ami de la prison. La fille d'une avocate célèbre raconte l'histoire de leur amour."

– Elle ne ferait sûrement pas ça.

– Oh que si ! »

Drysdale dit alors : « Si vous n'intervenez pas, ça passera probablement. L'un ou l'autre s'en fatiguera. S'il la plaque, elle souffrira dans son amour-propre, mais ce sera tout. Est-ce que le principal n'est pas d'éviter de la heurter ? De lui faire sentir que vous serez là si elle a besoin de vous. Vous n'avez pas un ami de la famille, un notaire, un médecin, quelqu'un comme ça ? Une personne plus âgée et qu'elle respecte qui pourrait lui parler ? »

Il avait peine à croire que c'était lui qui s'exprimait ainsi. Il se dit qu'il ressemblait à une spécialiste des courriers du cœur servant le brouet convenu aux filles rebelles et à leurs mères ulcérées. La violence du flot de ressentiment contre Venetia qui l'envahit l'étonna. Il était bien la dernière personne à pouvoir aider quiconque dans ce genre de problème. Entendu, ils étaient amis, ils s'appréciaient mutuellement. Il aimait être vu en public avec une jolie femme. Elle ne l'ennuyait jamais et les têtes se tournaient quand ils entraient ensemble dans un restaurant. Il aimait cela, tout en se méprisant un peu pour cette vanité si facile, si commune. Mais jamais ils n'avaient été impliqués dans leurs vies personnelles. Il voyait rarement Octavia qu'il trouvait dans ses occasions-là froide, boudeuse et hostile. Elle avait un père quelque part, qu'il prenne ses responsabilités. Il était ridicule que Venetia comptât sur lui pour intervenir.

Elle disait : « Il n'y a qu'une chose qui pourrait l'arrêter. L'argent. Il croyait hériter de sa tante. Celle-ci aimait donner l'impression qu'elle avait des moyens et dépensait assez largement. Pour lui aussi d'ailleurs. Le matériel photographique, la moto – rien de tout cela n'était bon marché. Mais elle est morte en laissant des dettes. Elle avait emprunté de grosses sommes sur le montant du dédommagement touché pour l'expropriation de la maison. La banque en prendra la plus grande partie. Il n'aura pas un penny. Soit dit en passant, ils étaient presque certainement amants. »

Il dit : « Rien de tout cela n'a été révélé au procès, n'est-ce pas, qu'Ashe et sa tante étaient amants ?

– Il y a beaucoup de choses sur Garry Ashe qui n'ont pas été révélées au procès. » Elle le regarda bien en face. « Je pensais que vous pourriez le voir, savoir combien il veut, et l'acheter. Je consentirais à aller jusqu'à dix mille livres. »

Il fut atterré. L'idée était insensée. Et dangereuse aussi. Qu'elle pût même l'avoir eue montrait bien à quel point elle était désespérée. Qu'elle ait pu sérieusement compter qu'il s'impliquerait était dégradant pour l'un comme pour l'autre. Il y a des choses que l'amitié n'a pas le droit de demander.

Il répondit en s'efforçant de rester calme : « Désolé, Venetia. Si vous voulez l'acheter, il faudra que vous le fassiez vous-même, ou que vous demandiez à votre avoué d'essayer. Je ne peux pas m'en mêler. Je ferais d'ailleurs plus de mal que de bien. Si vous redoutez la publicité, pensez à la couverture de la presse si l'affaire tournait mal. "L'ami d'une avocate célèbre essaie d'acheter l'amant de sa fille." Ils s'en donneraient à cœur joie. »

Elle reposa son verre et se leva.

« Donc vous ne voulez pas m'aider.

– Ce n'est pas que je ne veux pas. Je ne peux pas. »

Ne tenant pas à se heurter au mépris furieux qui se lisait dans ses yeux, il alla jusqu'aux fenêtres. Au-dessous de lui, le courant du fleuve était puissant, ses remous et ses tourbillons incendiés par les langues argentées des rayons dansants. Le pont avec ses tours et ses arcs-boutants ourlés de lumière semblait, comme toujours la nuit, aussi miroitant et irréel qu'un mirage. C'était une vue qui l'avait consolé, verre en main, soir après soir à la fin d'une journée chargée. Maintenant elle la lui avait gâtée et il éprouvait quelque chose du ressentiment impétueux d'un enfant.

Sans se retourner, il dit calmement : « Au fond, quelle importance cela a-t-il pour vous ? Qu'est-ce que vous accepteriez de donner en échange ? Votre situation ? La présidence des Chambers ? »

Il y eut un silence, puis elle dit, sans élever la voix : « Ne soyez pas ridicule, Drysdale. Il ne s'agit pas d'un marchandage. »

Il se retourna : « Je ne dis pas cela. Je me demandais seulement quelles étaient vos priorités. Si vous êtes au pied du mur, qu'est-ce qui compte vraiment pour vous ? Octavia ou votre carrière ?

– Je n'ai l'intention de sacrifier ni l'une ni l'autre. Mais j'ai bien l'intention de me débarrasser d'Ashe. »

De nouveau un silence, puis elle reprit : « Vous me dites que vous ne voulez pas m'aider.

– Désolé, je ne peux pas être impliqué.

– Vous ne pouvez pas ou vous ne voulez pas ?

– Les deux, Venetia. »

Elle prit son manteau : « Eh bien, vous avez au moins eu le cran d'être honnête. Ne vous dérangez pas. Je sortirai bien toute seule. »

Mais tandis qu'il la suivait jusqu'à la porte, il lui demanda : « Comment êtes-vous venue ? Est-ce que je peux vous appeler un taxi ?

– Non, merci. Je traverserai le pont et j'en prendrai un là-bas. »

Il descendit avec elle dans l'ascenseur, puis resta un moment à la regarder tandis qu'elle longeait le quai dans les reflets des réverbères. Elle ne se retourna pas. Son pas était comme toujours vigoureux, assuré. Et puis, tandis qu'il regardait, il lui sembla qu'elle hésitait. Son corps s'affaissa et il se rendit compte, avec le premier élan de pitié sincère qu'il avait éprouvé depuis son arrivée, qu'il regardait le pas d'une vieille femme.

LIVRE II

Mort aux Chambers

11

À sept heures trente le jeudi 10 octobre, Harold Naughton quitta sa maison de Buckhurst Hill, parcourut les quatre cents mètres jusqu'à la gare de Buckhurst Hill et prit juste avant sept heures quarante-cinq un train qui le mènerait, par Central Line, directement à Chancery Lane. C'était un trajet qu'il avait fait pendant près de quarante ans. Ses parents avaient vécu dans cette même banlieue et, quand il était enfant, elle gardait encore quelques-uns des caractères qui font l'originalité d'une petite ville de province. Maintenant ce n'était plus qu'une cité-dortoir, sentinelle avancée de la métropole, mais on retrouvait pourtant un certain calme campagnard dans ses rues plus feuillues et ses chemins bordés de maisons rappelant des cottages. Margaret et lui avaient commencé leur vie conjugale dans ce qui était alors un des rares îlots d'appartements modernes.

Il avait épousé une jeune fille de l'Essex ; Epping Forest, pour elle, c'était la campagne, Southend Pier, la vue et l'odeur de la mer ; la Central Line jusqu'à Liverpool Street et au-delà ne l'emmenait que rarement jusqu'aux dangereuses délices de Londres. Il avait perdu son père, mort moins d'un an après sa retraite, et après la mort de sa mère, trois ans plus tard, il avait hérité de la petite maison où il avait été élevé dans le monde étouffant, clos et surprotégé d'un enfant unique. Mais le succès venait, il y avait Stephen et Sally qui avaient besoin de leur chambre à eux, Margaret qui espérait un plus grand jardin. La maison familiale avait donc été vendue et l'argent consacré à un premier versement pour la maison mitoyenne moderne que Margaret ambitionnait. Le jardin en longueur avait été agrandi quelques années plus tard quand leur voisin âgé, qui avait besoin d'argent et trouvait son lopin trop fatigant à cultiver, avait été content de le leur vendre.

À cette maison, à son confort, à l'éducation de leurs enfants, au jardin avec sa serre, à la paroisse du quartier et à ses travaux de patchwork Margaret avait joyeusement consacré sa vie. Elle n'avait jamais souhaité prendre un travail et il appréciait trop le confort de son intérieur pour l'inciter à en chercher un. Quand, à un moment difficile, alors que son traitement aux Chambers avait diminué, elle avait suggéré, sans insister, qu'elle pourrait rafraîchir ses connaissances d'ancienne secrétaire, il avait dit : « On s'arrangera. Les enfants ont besoin de toi ici. »

Et ils s'étaient arrangés. Mais ce jour-là, tandis que le train roulait à grand bruit dans l'obscurité du tunnel après l'éclat momentané de la gare de Stratford, il restait immobile, son *Daily Telegraph* encore plié, en se demandant comment ils allaient s'arranger cette fois. À la fin du mois, après la réunion du conseil aux Chambers, il saurait si on lui accordait une prolongation de son contrat, trois ans s'il était chanceux, ou peut-être un an renouvelable. Si la réponse était non, qu'est-ce qu'il deviendrait ? Depuis près de quarante ans les Chambers étaient sa vie. Il leur avait consacré – pour son besoin à lui plus que pour le leur – tout son temps, son énergie et son dévouement. Il n'avait pas de distraction favorite, il n'en avait pas le temps sauf pendant les week-ends ; il les avait passés à dormir, regarder la télévision, promener Margaret en voiture dans la campagne environnante, tondre la pelouse et aider aux gros travaux dans le jardin. Et quels passe-temps pourrait-il trouver ? Il y aurait peut-être quelque chose à faire pour l'église, mais Margaret faisait déjà partie du conseil paroissial, des équipes qui s'occupaient par roulement des fleurs et du nettoyage, ainsi que du secrétariat de l'Association féminine du mercredi.

L'idée d'aller trouver le curé en suppliant lui répugnait : « Trouvez-moi un travail, s'il vous plaît. Je deviens vieux. Je ne sais rien faire. Je n'ai rien à offrir. Aidez-moi à me sentir de nouveau important, je vous en prie. »

Il y avait toujours eu deux mondes, le sien et celui de Margaret. Le sien – elle était arrivée à le croire ou elle avait décidé de le croire – était une enclave mystérieusement masculine dont son mari figurait, tout de suite après le directeur des Chambers, le personnage le plus important. Ce monde ne réclamait rien d'elle, pas même qu'elle s'y intéressât. Elle ne se plaignait jamais des contraintes qu'il imposait à son mari, les départs tôt le matin, les retours tard le soir. Il n'omettait jamais de téléphoner avant de quitter le bureau si le retard était exceptionnel et elle prévoyait à la minute près le réchauffage du ragoût, le moment où le rôti pourrait être sorti du four, l'allumage du gaz sous les légumes afin qu'ils soient exactement comme il les aimait. Son travail à lui était important et il devait être servi parce qu'il fournissait les revenus sans lesquels son univers à elle s'écroulerait.

Mais quelle place y avait-il pour lui dans cet univers ? Le seul intérêt qu'ils avaient eu en commun était l'éducation des enfants, et encore avait-elle été surtout la responsabilité de Margaret. Sally et Stephen étaient couchés quand il rentrait. C'était leur maman qui les faisait souper, leur lisait leur conte du soir et, quand ils étaient arrivés à l'âge scolaire, écoutait les récits de leurs petits triomphes ou de leurs malheurs. Quand ils auraient eu besoin de lui – mais était-ce jamais arrivé ? – il n'était pas là. Ils représentaient encore un souci partagé – les enfants le restent toujours. Stephen avait atteint de justesse le niveau nécessaire pour gagner sa place à Reading et ils se demandaient avec angoisse s'il survivrait à la première année. Sally, l'aînée, avait suivi une formation de physiothérapeute et travaillait dans un hôpital à Hull. Elle venait rarement les voir, mais téléphonait à sa mère au moins deux fois par semaine. Margaret, qui désirait avoir des petits-enfants, craignait qu'il n'y eût pas d'homme dans la vie de sa fille, ou, s'il y en avait un, qu'elle estimât ne pas pouvoir le présenter à ses parents. Quand les enfants étaient à la maison, Harold s'entendait bien avec eux. Il n'avait jamais eu de difficulté à s'entendre avec les étrangers.

Son père, du temps où il faisait le même trajet depuis Buckhurst Hill, descendait à la gare de Liverpool Street et prenait un autobus qui suivait Fleet Street pour déboucher dans Middle Temple Lane. Lui préférait aller trois stations plus loin, puis marcher dans Chancery Lane. Il aimait la fraîcheur du petit matin dans la City, les premiers frémissements de vie comme si un géant venait de s'éveiller et commençait à s'étirer, l'odeur réconfortante du café au moment où les bars s'ouvraient pour les travailleurs matinaux ou ceux qui terminaient des postes de nuit. Les vitrines familières et les édifices publics de Chancery Lane étaient comme de vieux amis : les Silver Vaults de Londres ; Ede et Ravenscroft, fabricants de perruques et de toges avec les armes royales au-dessus de la porte, la devanture ennoblie par l'écarlate et l'hermine des grandes cérémonies ; l'impressionnant hôtel des Archives devant lequel il ne pouvait jamais passer sans se rappeler qu'il abritait la Magna Carta, les bureaux de la Law Society*, avec ses grilles de fer et ses têtes de lions dorées.

L'itinéraire normal d'Harold consistait à traverser Fleet Street pour rejoindre Middle Temple Lane par la porte Wren. Quand il passait sous la voûte de cette dernière, il ne manquait jamais de lever les yeux vers l'effigie de l'agneau pascal tenant la bannière de l'innocence. C'était sa seule superstition, ce bref regard vers l'antique symbole. Il se disait parfois que c'était sa seule prière. Mais depuis quelques mois l'accès à Middle Temple Lane par Fleet Street était fermé

* Organisation de *solicitors* (notaires et avoués) qui cumule à l'échelle nationale des fonctions de la Chambre des notaires et de la Chambre des avoués. *(N.d.T.)*

pour travaux et il devait aller jusqu'à l'étroite ruelle en face des Royal Courts of Justice près du pub *George* et de la petite porte noire encastrée dans la plus grande.

Ce matin-là, en arrivant à la ruelle, il sentit qu'il n'était pas prêt à affronter une journée de travail et presque sans marquer d'arrêt il poursuivit son chemin d'un bon pas vers Trafalgar Square. Il lui fallait le temps de réfléchir, il avait besoin aussi de la libération physique qu'était la marche pendant qu'il essayait de mettre un peu d'ordre dans ce mélange confus d'anxiété, d'espoir, de culpabilité et de craintes à demi formulées. Si on lui proposait de rester, fallait-il accepter ? Ne serait-ce pas seulement différer lâchement l'inévitable ? Et Margaret, que voulait-elle exactement ? Elle avait dit : « Je ne sais pas comment les Chambers s'en tireront sans toi, mais il faut que tu fasses ce que tu juges bon. Nous pourrons nous en sortir avec ta retraite et il est temps que tu aies une vie à toi. » Quelle vie ? Il aimait Margaret, il l'avait toujours aimée bien qu'il fût difficile désormais de croire qu'ils étaient encore ce même couple qui, aux premiers jours du mariage, n'attendait que l'heure du coucher pour tomber dans les bras l'un de l'autre. Aujourd'hui faire l'amour était devenu une habitude aussi rassurante, confortable et peu stressante que le repas du soir. Ils étaient mariés depuis trente-deux ans. La connaissait-il donc si peu ? Était-il vraiment en train de se dire que la vie chez lui avec Margaret serait intolérable ? Une bribe de conversation surprise après l'eucharistie chantée du dimanche précédent lui retomba comme une pierre dans l'esprit : « J'ai dit à George : il faudra que tu trouves quelque chose à faire. Je ne te veux pas dans les jambes toute la journée. »

Mais Margaret avait raison. Ils pouvaient s'en tirer avec sa retraite. Avait-il été honnête en disant à Mr Langton que cela leur serait impossible ? Il ne lui avait encore jamais menti. Ils étaient entrés dans les Chambers en même temps, Mr Langton comme avocat récemment promu, lui-même comme assistant de son père. Ils avaient vieilli ensemble. Il ne pouvait pas imaginer les Chambers sans Mr Langton. Mais quelque chose n'allait plus. Au cours des derniers mois, la force, l'assurance, voire l'autorité du directeur semblaient lui avoir échappé. Et puis il n'avait pas bonne mine. Quelque chose le préoccupait. Dissimulait-il une maladie mortelle ? Ou bien se préparait-il à la retraite, confronté aux mêmes problèmes d'un avenir inconnu et sans but ? Et s'il se retirait effectivement, qui lui succéderait ? Si c'était Miss Aldridge, souhaiterait-il vraiment rester ? Non, cela du moins était certain. Il ne voudrait pas être premier secrétaire si elle était à la tête des Chambers. Et d'ailleurs elle ne voudrait pas de lui. Il savait que la seule voix hostile qui s'élèverait serait la sienne. Non pas qu'elle le jugeât antipathique personnellement. Bien qu'il eût un peu peur d'elle, de cette voix rapide, autoritaire, cette exigence d'une réponse immédiate, il ne la détestait pas vraiment. Il ne voulait pas servir sous ses ordres ; mais ce ne serait pas elle, l'idée était ridicule. Les Chambers, qui ne comptaient que quatre pénalistes, voudraient certainement qu'un civiliste prît la suite. Le candidat qui s'imposait, c'était Mr Laud. Après tout, les archevêques dirigeaient déjà les Chambers à eux deux. Mais si Mr Laud accédait au poste, serait-il assez fort pour s'imposer face à Miss Aldridge ? S'il prenait sa retraite, alors elle aurait les coudées franches, elle réclamerait plus énergiquement encore la nomination d'un administrateur, de nouvelles méthodes, de nouvelles technologies. Y avait-il une place pour lui dans ce monde moderne où les systèmes avaient plus d'importance que les gens ?

Il marchait depuis plus d'une demi-heure, sans bien se rappeler l'itinéraire qu'il avait suivi, mais il savait pourtant qu'il avait arpenté nerveusement les quais, puis dépassé Temple Place avant de remonter en direction du nord une rue oubliée jusqu'à l'Aldwych et suivi le Strand jusqu'aux Royal Courts of Justice. Il était maintenant l'heure de commencer la journée de travail et il avait enfin pris sa décision. Si on le lui demandait, il resterait encore un an, mais pas davantage, et pendant cette année il déterminerait ce qu'il voulait faire du reste de sa vie.

Pawlet Court était désert. Seules les quelques fenêtres de bureaux au rez-de-chaussée des Chambers contiguës dessinaient un puzzle de lumières là où des secrétaires aussi ponctuels que lui avaient déjà commencé leur journée de travail. L'air sentait plus le brouillard que dans le Strand, comme si la petite cour conservait encore un peu de l'humidité crue d'une nuit d'octobre. Autour du tronc puissant d'un marronnier, les premières feuilles tombées gisaient dans un désordre inerte. Il sortit son trousseau de clefs, chercha du doigt le bord droit de celle qui ouvrait la serrure de sécurité Banham, puis, juste au-dessus, la plus petite Ingersoll, qu'il tourna pour ouvrir la porte. Aussitôt le système d'alarme lança son avertissement aigu et insistant. Il avança sans se presser, sachant à la seconde près le temps qu'il avait pour allumer la lumière dans la pièce de réception et insérer la plus petite clef dans le tableau de contrôle pour arrêter l'alarme. À côté du tableau, un panneau en bois portait les noms des membres écrits sur des réglettes mobiles pour indiquer ceux qui étaient présents et ceux qui étaient sortis. Ce matin-là, tous étaient sortis. Ils n'usaient pas toujours de ce dispositif avec beaucoup de rigueur, mais en théorie le dernier qui sortait devait pousser sa réglette à fond, puis brancher l'alarme. Arrivées à huit heures et demie le soir, Mrs Carpenter et Mrs Watson, les femmes de ménage, étaient en général les dernières personnes dans les locaux. Toutes deux veillaient scrupuleusement à brancher l'alarme avant de partir à dix heures.

Il lança un coup d'œil critique à la pièce de réception qui était aussi la salle d'attente. Sous sa housse, la machine à traitement de texte de Valerie Caldwell était posée très exactement au milieu de son bureau. Le divan à deux places, les deux fauteuils et les deux chaises à dossier droit pour les visiteurs étaient bien là où ils devaient être, les revues disposées en ordre parfait sur l'acajou bien ciré de la table. Tout était comme il s'était attendu à le trouver, à un détail près : il semblait que ni Mrs Carpenter ni Mrs Watson n'avaient passé l'aspirateur sur le tapis. L'engin acheté six mois auparavant possédait une puissance aussi redoutable que ses émissions sonores et laissait en général des sillons révélateurs sur le poil du tapis. Mais le parquet semblait propre. L'une d'elles l'avait peut-être aspiré. Ce n'était pas son travail de surveiller les femmes de ménage et en général, avec l'admirable agence de Miss Elkington, il n'y en avait nul besoin, mais il aimait bien garder un œil sur ce qui se passait. C'était cette pièce qui introduisait le visiteur dans les Chambers, et les premières impressions sont importantes.

Il regarda ensuite brièvement la bibliothèque et la salle de conférences à droite de la porte principale. Là aussi tout était en ordre. L'ambiance de la pièce rappelait celle d'un club de gentlemen, sans sa confortable intimité certes, mais même ainsi, elle ne manquait pas de charme. À droite et à gauche de la cheminée en marbre, les dos en cuir des livres luisaient derrière les vitres des bibliothèques du XVIIIe siècle, chacune surmontée d'un buste, Charles Dickens à gauche et à droite Henry Fielding, tous deux membres de l'Honorable Société du Middle Temple. Les rayonnages sans vitre sur le mur face à la porte supportaient un assortiment plus utilitaire de recueils de jurisprudence, actes du Parlement, *Halsbury's Laws of England*, ainsi que des ouvrages sur divers aspects du droit civil et pénal. Rangés sur les rayons inférieurs, des volumes de *Punch* reliés en rouge pour les années 1880 à 1930, cadeau d'adieu d'un ancien membre des Chambers : son épouse, assurait-on, avait exigé leur disparition avant d'emménager dans une maison plus petite après la retraite.

Les quatre fauteuils de cuir étaient disposés dans la pièce sans le moindre égard pour les commodités d'une conversation intime. La majeure partie de l'espace au sol était occupée par une grande table rectangulaire en chêne, que l'âge avait rendue presque noire, avec dix chaises assorties. La pièce était rarement utilisée pour les réunions consacrées aux Chambers ; Mr Langton préférait les tenir chez lui et s'il n'y avait pas assez de chaises ses collègues apportaient les leurs et s'asseyaient en cercle sans façon. Mais les propositions épisodiques de mettre la salle de conférences à la disposition d'un nouveau membre dans l'intérêt d'un usage productif de l'espace avaient toujours été repoussées. La table, autrefois propriété de John Dickinson, était l'orgueil des Chambers et aucune autre pièce ne pouvait l'accueillir comme il convenait.

Des doubles portes s'ouvraient entre la réception et le secrétariat, mais elles servaient rarement et l'entrée se faisait normalement par le hall. En entrant il entendit le bip intermittent du télécopieur qui crachait les jugements de la veille. Il s'approcha pour lire les messages, puis ôta son pardessus qu'il mit sur le cintre en bois portant son nom accroché à la patère derrière la porte. Là, dans cet espace bourré de meubles, encombré mais ordonné, il avait trouvé son sanctuaire, son royaume, la centrale et le cœur même des Chambers. Comme tous les secrétariats qu'il avait vus, celui-ci était trop exigu. Il y avait là son bureau et ceux de ses deux assistants dotés chacun d'une machine à traitement de texte. Là, l'ordinateur auquel il s'était enfin habitué, tout en continuant à regretter sa petite promenade matinale jusqu'aux Law Courts et la conversation avec le greffier du rôle. Il y avait là le tableau mural qui indiquait dans sa petite écriture précise les procès où figurait chacun des membres des Chambers qui travaillaient à Pawlet Court. Là, rangés dans le grand placard contre le mur, les rouleaux des dossiers, noués d'un ruban rouge pour la défense, et blanc pour l'accusation. La pièce, son odeur, son désordre organisé, le fauteuil dans lequel son père s'était assis, le bureau sur lequel son père avait travaillé lui étaient plus familiers que sa propre chambre à coucher.

Le téléphone sonna. Il était rare qu'on l'appelât si tôt. La voix lui était inconnue, une voix de femme, aiguë, anxieuse, avec un soupçon d'hystérie naissante.

« Mrs Buckley à l'appareil. Je suis l'employée de maison de Miss Aldridge. Je suis bien contente qu'il y ait quelqu'un chez vous. J'avais essayé encore plus tôt. Elle me disait toujours que vous ouvriez le bureau juste après huit heures et demie s'il y avait quelque chose d'important. »

Sur la défensive, il répondit : « Les Chambers n'ouvrent pas à huit heures et demie, mais je suis en général arrivé à ce moment-là. Je peux vous aider ?

– C'est Miss Aldridge. Est-ce qu'elle est là ?

– Non, personne n'est encore arrivé. Elle avait dit qu'elle serait ici de bonne heure ?

– Vous ne comprenez pas. » Cette fois le ton était carrément celui de l'hystérie. « Elle n'est pas rentrée à la maison la nuit dernière, c'est pour ça que je suis si inquiète.

– Elle a peut-être passé la nuit avec des amis.

– Elle ne l'aurait pas fait sans me le dire. Il était dix heures et demie quand j'ai eu fini mon service et je suis montée dans ma chambre. Elle ne comptait pas rester dehors toute la nuit. Je l'ai bien guettée, mais elle ne fait jamais de bruit quand elle rentre et parfois je ne l'entends pas. J'ai monté son thé à sept heures et demie et le lit n'était pas défait. »

Il dit : « Je pense qu'il est encore un peu tôt pour s'inquiéter sérieusement. Je ne crois pas qu'elle soit ici. Il n'y avait pas de fenêtres éclairées en façade quand je suis arrivé, mais je vais jeter un coup d'œil. Voulez-vous attendre un instant ? »

Il monta jusqu'à la pièce que Miss Aldridge occupait au premier. La lourde porte extérieure en chêne était fermée à clef, ce qui en soi n'était pas particulièrement étonnant : certains membres des Chambers qui voulaient laisser des papiers importants dans leur bureau le fermaient parfois à clef avant de partir. Mais il était plus courant de laisser le battant de chêne ouvert et de verrouiller seulement la porte intérieure.

Il redescendit dans son bureau et reprit l'appareil : « Mrs Buckley, je ne crois pas qu'elle soit dans son bureau mais je vais ouvrir la porte qui est fermée à clef. Il ne me faudra pas longtemps. »

Il avait une clef pour chaque pièce, jalousement gardée, étiquetée et rangée dans le tiroir du bas de son bureau. Celle qui ouvrait les deux portes de Miss Aldridge y était. De nouveau il monta l'escalier, conscient cette fois des premiers picotements de l'inquiétude. Il se disait pourtant que c'était bien inutile. Un membre des Chambers avait choisi de découcher. C'était son affaire et non pas celle du secrétaire des Chambers. Il était probable que, à l'instant même, elle mettait la clef dans sa serrure.

Il ouvrit le battant de chêne, tourna la clef dans la porte intérieure et comprit aussitôt que quelque chose n'allait pas. Il y avait une odeur dans la pièce, faible, insolite, mais cependant horriblement familière. Il tendit la main vers le bouton et quatre des appliques murales s'allumèrent.

Le spectacle que ses yeux découvrirent était si bizarre dans son horreur que pendant une demi-minute il resta figé sur place, incapable d'y croire, son esprit rejetant ce que ses yeux voyaient si nettement. Ce n'était pas vrai. Cela ne pouvait pas être vrai. Pendant ces quelques secondes d'incrédulité hébétée, il fut incapable d'éprouver fût-ce de la terreur. Mais ensuite il comprit que c'était vrai. Son cœur se remit à bondir et commença à battre avec une telle force que tout son corps en était secoué. Il entendit de sourds gémissements incohérents et se rendit compte que cet étrange bruit désincarné était sa propre voix.

Il s'avança lentement, comme inexorablement tiré par un fil invisible. Elle était assise dans le fauteuil pivotant derrière son bureau qui, à gauche de la porte, faisait face aux deux hautes fenêtres. Sa tête était affaissée sur sa poitrine, les bras pendaient inertes sur les accoudoirs incurvés du fauteuil. Il ne pouvait voir le visage, mais il savait qu'elle était morte.

Elle avait sur la tête une perruque carrée dont les boucles raides en crin de cheval n'étaient qu'une masse de sang rouge et brun. S'approchant d'elle, il lui posa le dos de la main gauche sur la joue. Froide comme glace. Sûrement, même de la chair morte ne pouvait pas être aussi froide. L'affleurement, si léger qu'il eût été, délogea une goutte de sang qu'il vit, horrifié, rouler par brèves saccades sur la joue cadavérique avant de s'arrêter, tremblante, au bord du menton. Il poussa un gémissement terrifié. Il se dit : Ô Dieu, elle est froide, froide comme la mort, mais le sang est encore visqueux. Instinctivement il empoigna le dossier du fauteuil pour se soutenir et le vit avec horreur qui pivotait lentement jusqu'à ce qu'elle fût face à la porte, les pieds traînant sur le tapis. Il recula, le souffle coupé, les yeux fixés sur sa main, comme s'il s'attendait à la voir poissée de sang. Puis il se pencha pour essayer de voir le visage. Le front, les joues et un œil étaient couverts de sang coagulé. Seul l'œil droit était épargné ; sans regard, fixant quelque énormité lointaine, il semblait receler une terrible méchanceté.

Hypnotisé, il recula lentement et parvint à franchir le seuil. Avec des mains tremblantes, il ferma et verrouilla les deux portes derrière lui – soigneusement, silencieusement, comme si un geste maladroit eût pu réveiller cette terrible chose à l'intérieur. Puis il mit la clef dans sa poche et se dirigea vers l'escalier. Il était glacé et se demandait si ses jambes pourraient le porter, mais il parvint jusqu'en bas en chancelant et son esprit au moins était miraculeusement clair. Quand il prit le téléphone il savait déjà ce qu'il avait à faire. Il avait l'impression que sa langue était trop grosse et trop raide pour une bouche soudain crispée et sèche, et si les mots vinrent bien, ils sonnèrent rauques et insolites.

Il dit : « Oui, elle est ici, mais on ne peut pas la

déranger. Tout va bien. » Puis il raccrocha avant qu'elle ait pu répondre ou poser d'autres questions. Impossible de lui dire la vérité, tout Londres l'aurait apprise aussitôt. Elle saurait tout en temps voulu. Pour l'heure, il y avait une urgence plus grande : prévenir la police.

Il tendit de nouveau la main vers le téléphone, puis hésita. Il se représenta soudain avec une netteté absolue les cars de police arrivant à toute allure par Middle Temple Lane, les voix fortes des membres des Chambers trouvant la cour bouclée. Il y avait une priorité plus urgente encore, il lui fallait avertir le directeur des Chambers. À son appel une voix masculine répondit que Mr Langton était parti pour les Chambers dix minutes plus tôt.

Il sentit ses épaules libérées d'un poids énorme. Le président serait là dans une vingtaine de minutes. Mais la nouvelle serait un choc affreux pour lui. Il aurait besoin d'aide, de soutien. Il aurait besoin de Mr Laud. Harry appela l'appartement de Shad Thames et entendit la voix familière.

Il dit : « Ici Harry Naughton aux Chambers, monsieur. Je viens de téléphoner à Mr Langton. Est-ce que vous pourriez venir tout de suite, s'il vous plaît ? Miss Aldridge est morte dans son bureau. Ça n'est pas une mort naturelle, monsieur. Il semble qu'elle ait été assassinée, j'en ai bien peur. » Il fut étonné que sa voix fût si forte et si ferme. Il y eut un silence pendant lequel il se demanda si Mr Laud avait bien compris, si le choc l'avait rendu muet, ou s'il avait même entendu le message. Il recommença, hésitant : « Mr Laud, c'est Harry Naughton... »

Et alors la voix répondit : « Je sais. Je vous ai entendu, Harry. Dites à Mr Langton quand il arrivera que je viens immédiatement. »

Il avait téléphoné de la réception, mais il retourna ensuite dans le hall et attendit. Il y eut des pas, mais plus lourds que ceux de Mr Langton. La porte s'ouvrit et Terry Gledhill, un de ses assistants, entra, portant comme d'habitude une serviette bourrée qui contenait ses sandwiches, un thermos et des revues d'informatique. Il jeta un coup d'œil au visage de Harry.

« Qu'est-ce qui se passe ? Vous n'êtes pas fatigué, Mr Naughton ? Vous êtes aussi blanc que cette porte.

– C'est Miss Aldridge. Elle est morte dans son bureau. Je l'ai trouvée en arrivant.

– Morte ? Vous êtes sûr ? »

Terry esquissa un geste en direction de l'escalier, mais instinctivement Harry lui barra le passage.

« Évidemment je suis sûr. Elle est froide. Inutile de monter. J'ai fermé la porte à clef. » Il s'interrompit et dit : « Ce... ce n'était pas naturel, Terry.

– Mon Dieu ! Vous voulez dire qu'elle a été assassinée ? Qu'est-ce qui est arrivé ? Comment le savez-vous ?

– Il y a du sang. Beaucoup de sang, Terry. Et elle est froide. Froide comme glace. Mais le sang est visqueux.

– Vous êtes sûr qu'elle est morte ?

– Mais oui, je vous l'ai déjà dit, elle est froide.

– Vous avez prévenu la police ?

– Pas encore. J'attends Mr Langton.

– Qu'est-ce qu'il peut faire ? Si c'est un meurtre, c'est la police qu'il vous faut et nous devrions l'appeler tout de suite. Inutile d'attendre que tout le personnel soit là. Ils pourraient bousiller les lieux, détruire des indices. Il faudra toujours appeler la police et le plus tôt sera le mieux. Ça semblera bizarre si vous ne téléphonez pas tout de suite. Et puis nous ferions bien d'avertir aussi le service de sécurité. »

Les mots résonnaient inconfortablement en écho aux propres craintes de Harry. Mais il perçut dans sa voix le ton de l'autojustification. Il songea qu'il était premier secrétaire et n'avait pas à expliquer ses actes au personnel. Il dit : « Mr Langton est le directeur ici. Il devait être prévenu le premier et il est en chemin. J'ai appelé son appartement et j'ai téléphoné aussi à Mr Laud. Il va venir aussi tôt que possible. Ce n'est pas comme si l'on pouvait encore aider Miss Aldridge. »

Il ajouta, sur un ton plus sec : « Allez donc au bureau, Terry, et attaquez la journée. À quoi bon arrêter le travail ? Si la police veut que nous vidions les lieux quand elle arrivera, ils sauront bien nous le dire.

– Plus probablement, ils voudront nous garder tous ici pour nous interroger. Dites-moi, si je faisais une tasse de thé ? Ça ne serait pas du luxe pour vous. Seigneur ! Un assassinat et dans les Chambers ! »

Il posa la main sur la rampe et leva les yeux vers le haut de l'escalier avec une fascination mi-horrifiée mi-curieuse.

Harry dit : « Oui, faites-nous un peu de thé. Mr Langton aura besoin de prendre quelque chose quand il arrivera. Mais il vaudra mieux en faire du frais pour lui. »

Ni l'un ni l'autre n'entendit les pas qui s'approchaient. La porte s'ouvrit et la secrétaire des Chambers, Valerie Caldwell, la referma et s'appuya contre elle. Ses yeux s'arrêtèrent d'abord sur le visage de Harry, puis sur celui de Terry avec ce qui semblait être une interrogation délibérée. Aucun ne parla. Harry eut l'impression que le temps s'était arrêté, pris dans les glaces : Terry la main sur la rampe, lui-même le regard fixe et horrifié, comme un écolier pris en train de commettre quelque méfait juvénile. Il comprit avec une certitude atterrante qu'il n'y avait rien à dire. Il vit le sang se retirer du visage de Valerie, devenu vieux, étranger, comme s'il assistait à l'acte de mort lui-même. N'en pouvant plus, il dit : « Vous lui expliquez. Faites ce thé, moi je monte. »

Harry ne savait trop où il allait ni ce qu'il allait faire. Il savait seulement qu'il lui fallait s'éloigner d'eux. Mais il était à peine arrivé au palier qu'il entendit un bruit mou et la voix de Terry : « Venez m'aider, Mr Naughton, elle s'est évanouie. »

Il redescendit et à eux deux ils portèrent Valerie à la réception où ils l'assirent sur le divan. Là, Terry lui posa la main sur la nuque et l'obligea à mettre la tête entre les jambes. Au bout d'une demi-minute qui leur parut bien plus longue, elle poussa un petit gémissement.

Terry, qui semblait avoir pris la direction des opérations, dit alors : « Ça va mieux. Allez donc lui chercher un verre d'eau, Mr Naughton, et puis je ferai ce thé – bien corsé et bien sucré. »

Mais avant qu'ils aient pu faire un mouvement ils entendirent le bruit de la porte du devant qui se fermait et virent Hubert Langton sur le seuil. Sans attendre qu'il dît un mot, Harry le prit par le bras et le mena doucement jusqu'à la salle de conférences de l'autre côté du hall. Sans réaction, Langton, stupéfait, se laissa faire comme un enfant. Harry referma la porte et prononça les mots qu'il avait déjà répétés dans son for intérieur.

« Désolé, monsieur, mais j'ai à vous annoncer quelque chose de très bouleversant. C'est Miss Aldridge. Quand je suis arrivé ce matin, son employée de maison m'a appelé pour me dire qu'elle n'était pas rentrée chez elle hier soir. Les portes de son bureau étaient fermées à clef toutes les deux, mais j'ai une clef. J'ai bien peur qu'elle soit morte, monsieur. Ça ressemble à un crime. »

Mr Langton ne répondit pas. Son visage était un masque qui ne trahissait rien. Puis il dit : « Il faut que je voie ça. Vous avez appelé la police ?

– Pas encore, monsieur. Je savais que vous étiez en route pour venir ici, alors j'ai pensé qu'il valait mieux attendre. J'ai téléphoné à Mr Laud et il a dit qu'il venait immédiatement. »

Harry suivit Mr Langton dans l'escalier et constata que si celui-ci se tenait à la rampe, son pas était assuré. Il attendit calmement, le visage toujours sans expression, pendant que Harry prenait la clef dans sa poche, ouvrait les deux portes et en tenait les battants.

Pendant une seconde, le temps que la clef tournât, ce dernier avait été saisi d'une certitude irrationnelle : il allait apparaître que tout cela était une erreur et la tête gorgée de sang un fantasme malsain, le tout dans une pièce vide. Mais la réalité fut encore plus horrible que la première fois. Il n'osa même pas regarder Mr Langton. Puis il l'entendit parler. La voix était calme, mais c'était celle d'un vieil homme.

« C'est une abomination, Harry.

– Oui, monsieur.

– Et c'est comme ça que vous l'avez trouvée ?

– Pas tout à fait, Mr Langton. Elle regardait vers le bureau. J'ai touché le siège, par inadvertance en fait, et elle a pivoté.

– Vous avez parlé aux autres – Terry, Valerie – du sang et de la perruque ?

– Non, monsieur, j'ai simplement dit que je l'avais trouvée morte. J'ai dit que ça ressemblait à un meurtre. Oh, et j'ai dit à Terry qu'il y avait du sang frais. C'est tout ce que je lui ai dit.

– C'était très judicieux de votre part. Gardez les détails pour vous. Les médias se régaleront si ça s'ébruite.

– Ça arrivera forcément tôt ou tard, Mr Langton.

– Alors ce sera tard. Maintenant je vais appeler la police. » Il fit un pas vers le téléphone sur le bureau, puis dit : « Mieux vaut le faire de mon bureau. Moins nous touchons de choses ici et mieux ça vaut. Je vais me charger de la clef. »

Harry la lui remit. Langton éteignit la lumière et referma les deux portes à clef. Tout en le regardant, Harry se disait que le vieil homme encaissait le choc mieux qu'il n'avait osé l'espérer. C'était bien le directeur des Chambers qu'il connaissait, calme, plein d'autorité, prenant les initiatives. Mais alors il regarda le visage de son compagnon et comprit avec un élan de pitié ce que ce calme lui coûtait.

Il dit : « Qu'est-ce que nous faisons pour le reste du personnel, monsieur ? Et puis il y a les autres membres des Chambers. Mr Ulrick arrive toujours de bonne heure le jeudi s'il est à Londres. Ils voudront aller dans leurs bureaux.

– Je n'ai pas l'intention de les en empêcher. Si la police veut fermer la maison pour la journée, c'est son affaire. Peut-être pourriez-vous venir avec moi pendant que je téléphone, et après ça il vaudra mieux que vous restiez auprès de la porte. Prévenez le personnel à mesure qu'il arrive, mais en lui en disant le moins possible. Essayez de les empêcher de paniquer. Demandez aux membres d'avoir la bonté de venir me voir immédiatement dans mon bureau.

– Oui, monsieur. Il y a aussi Mrs Buckley, l'employée de maison. Et puis la fille. Il va falloir que quelqu'un le lui dise.

– Ah, oui, la fille. Je l'avais oubliée. Nous laisserons ça à la police et à Mr Laud. Il connaît la famille. »

Harry dit : « Miss Aldridge devait plaider à dix heures devant le tribunal de Snaresbrook. Elle pensait que l'affaire serait bouclée cet après-midi.

– Il faudra que son assistant se débrouille. C'est Mr Fleming, n'est-ce pas ? Appelez-le chez lui. Il faudra lui dire qu'on a trouvé Miss Aldridge morte dans son bureau, mais donnez aussi peu de détails que possible. »

Ils étaient arrivés dans le bureau de Mr Langton. Hubert s'immobilisa un instant, la main hésitant au-dessus du téléphone, et il dit avec une sorte de stupéfaction : « Je n'ai jamais eu à faire ça jusqu'à maintenant. Le 999 ne semble pas très indiqué. Je ferais mieux d'essayer le bureau du préfet de police... Ou alors je connais quelqu'un au Yard, pas très bien, mais enfin nous nous sommes déjà rencontrés. Ce n'est peut-être pas une affaire pour lui, mais si ça ne l'est pas, il saura ce qu'il faut faire. Il a un nom facile à retenir : Adam Dalgliesh. »

12

Le rendez-vous fixé aux inspecteurs Kate Miskin et Piers Tarrant pour passer leur test de qualification au stand de tir de Londres ouest devait avoir lieu à huit heures. Prévoyant quelque difficulté pour se garer, Kate était partie de son appartement au bord de la Tamise à sept heures, arrivant trois quarts d'heure plus tard. Elle avait achevé les préliminaires, remis la carte rose indiquant les résultats de ses tirs précédents et déclaré, comme on le lui demandait, qu'elle n'avait pas absorbé d'alcool depuis vingt-quatre heures ni de drogues prescrites par un médecin quand elle entendit le bruit d'un ascenseur, et Piers Tarrant franchit le seuil à l'heure précise. Ils se saluèrent brièvement, mais sans entamer la conversation. Il restait rarement longtemps silencieux, mais elle avait remarqué lors de leurs exercices de tir un mois plus tôt qu'il n'avait pas dit un mot, si ce n'est pour la féliciter brièvement à la fin. Elle appréciait ce silence; parler n'était pas recommandé. Un stand de tir n'est pas le lieu pour bavarder et badiner. Il y règne toujours une ambiance de danger qui rôde, d'hommes sérieux engagés dans une entreprise sérieuse. Les officiers du groupe du commandant Dalgliesh tiraient à Londres ouest par autorisation spéciale. Normalement le stand n'était utilisé que par les officiers chargés de la protection des membres de la famille royale et de missions exceptionnelles. Plus d'une vie pouvait dépendre de la rapidité de leurs réactions.

Kate avait tendance à juger ses collègues masculins d'après leur attitude au tir. Massingham ne pouvait pas supporter qu'elle fût meilleure que lui, et elle ne l'était pas souvent. Cette épreuve de qualification n'était pas une compétition, les officiers étant censés s'occuper uniquement de leurs propres résultats. Mais Massingham n'avait jamais pu s'empêcher de jeter un rapide coup d'œil à la carte de Kate et ne faisait aucun effort de générosité si elle le battait. Pour lui, le succès au tir avait été une affirmation de sa virilité. Élevé au milieu de fusils, il trouvait intolérable qu'une femme et, qui plus est, une femme issue de la ville comme Kate, pût savoir manier une arme avec quelque efficacité. Daniel Aaron, au contraire, avait considéré les exercices de tir comme une partie intégrante du travail, sans trop se soucier que Kate obtînt de meilleurs résultats que lui du moment qu'il passait le test. Piers Tarrant, qui lui avait succédé trois mois plus tôt, s'était déjà montré meilleur que chacun de ses deux rivaux. Elle ne savait pas encore dans quelle mesure il était important pour lui qu'elle pût encore le battre.

Ce n'était qu'une des choses parmi tant d'autres qu'elle n'avait pas encore saisies à son sujet. Certes, ils ne travaillaient ensemble que depuis trois mois et aucune affaire importante n'avait éclaté, mais elle le trouvait toujours étrange. Il était arrivé dans le groupe du commandant Dalgliesh en venant de la brigade des arts et antiquités chargée des enquêtes sur les vols d'œuvres d'art. Cette dernière était considérée comme une formation d'élite et pourtant Tarrant avait, semblait-il, demandé à être muté. Elle connaissait certaines choses sur lui, car dans la police il était difficile de préserver son intimité personnelle. Bavardages et rumeurs avaient vite fait d'étaler au grand jour ce que la réticence espérait garder secret. Elle savait qu'il avait vingt-sept ans, qu'il était célibataire et habitait dans la City un appartement d'où il allait à bicyclette jusqu'à New Scotland Yard, disant qu'il y avait bien assez d'automobiles dans le métier sans en utiliser une pour se rendre au travail. Le bruit courait qu'il était très calé sur les églises de Wren dans la City. Il prenait les activités de la police très à la légère, plus parfois que Kate, dans son engagement total, ne le jugeait convenable. Elle restait perplexe aussi devant ses sautes d'humeur entre un amusement gentiment cynique et, comme à ce moment-là, une quiétude concentrée qui sans rien avoir de la morosité contagieuse ne l'en rendait pas moins inabordable.

Debout à la porte du bureau fermé par une cloison de verre de l'officier responsable des armes à feu, elle détaillait Piers qui achevait les préliminaires, comme si elle le voyait pour la première fois. Il n'était pas grand – moins d'un mètre quatre-vingts – mais, malgré une démarche légère, ses épaules et ses longs bras avaient une dureté forgée dans la rue qui le faisait ressembler à un boxeur. La bouche bien dessinée était sensible et pleine d'humour. Même quand elle était serrée comme alors, elle suggérait un amusement intérieur tout juste contenu. Il y avait quelque chose – à peine perceptible – du comédien dans le nez un peu rond et les yeux profondément enfoncés sous des sourcils arqués. Ses cheveux châtains étaient vigoureux, une mèche indisciplinée lui tombait sur le front. Il était moins beau que Daniel, mais dès leur première rencontre elle s'était rendu compte qu'il était l'un des officiers les plus attirants sexuellement avec qui elle avait jamais travaillé. Révélation désagréable, mais elle n'avait pas l'intention de la laisser devenir un problème. Kate était d'avis de ne pas mélanger vie sexuelle et vie professionnelle. Elle avait vu trop de carrières, trop de ménages, trop d'existences gâchés pour suivre cette voie dangereusement séduisante.

Il n'avait rejoint l'unité que depuis un mois quand elle lui demanda, impulsivement : « Pourquoi la police ? » Elle n'avait pas l'habitude de forcer les confidences, mais il avait répondu sans rancœur :

« Pourquoi pas ?

– Oh, je vous en prie, Piers ! Un diplôme de théologie à Oxford ? Vous n'êtes pas le flic typique.

– Est-ce que je suis obligé de l'être ? Et vous ? D'ailleurs qu'est-ce que c'est qu'un flic typique ? Moi ? Vous ? A. D. ? Max Trimlett ?

– Trimlett, on sait ce que c'est. Un salopard de sexiste mal embouché. Il aime le pouvoir et il a pensé qu'entrer dans la police était le moyen le plus facile de se le procurer. Il n'aurait certainement pas assez d'intelligence pour y arriver autrement. Il aurait dû être balancé après cette dernière plainte. Nous ne parlons pas de Trimlett, nous parlons de vous. Mais si la question ne vous plaît pas, O.K. C'est votre vie. Je n'avais pas le droit de demander ça.

– Pensez aux autres possibilités. L'enseignement ? Pas avec les jeunes tels qu'ils sont aujourd'hui. Si je dois être tabassé par des brutes, je préfère l'être par un adulte que je pourrai tabasser en retour. Le droit ? Encombré. La médecine ? Dix ans de travaux forcés pour finir dans un cabinet à distribuer des ordonnances à une tapée de névropathes déboussolés. D'ailleurs, je suis trop dégoûté. Les corps morts ça m'est égal, mais je n'aime pas les voir mourir, simplement. La City ? Précaire. Et puis je ne sais pas faire les additions. L'administration ? Rasoir et respectable, mais on ne voudrait sans doute pas de moi. D'autres suggestions ?

– Mannequin, vous pourriez essayer ça. »

Elle se demanda si elle n'était pas allée trop loin, mais il avait répondu : « Pas assez photogénique. Et vous ? Pourquoi vous êtes-vous engagée ? »

La question était justifiée et elle aurait pu y répondre. Pour échapper à cet appartement au septième étage d'Ellison Fairweather Buildings. De l'argent à moi. L'indépendance. La possibilité de me sortir de la pauvreté et du gâchis. Laisser loin derrière moi l'odeur de l'urine et de l'échec. Le besoin de faire un travail qui m'offre des possibilités et qui, d'après moi, mérite d'être fait. Pour l'assurance, la sécurité que donnent l'ordre et la hiérarchie. Au lieu de cela, elle répondit : « Pour gagner honnêtement ma vie.

– C'est comme ça que nous commençons tous. Peut-être même Trimlett. »

L'instructeur vérifia qu'ils allaient bien tirer non pas avec des Glocks mais avec des Smith et Wesson à six coups, leur donna des protège-oreilles, leurs armes et les premières balles pour chargement manuel ; s'y ajoutèrent étui, cartouchière et chargeur ; puis il les regarda de sa fenêtre se rendre au stand où son collègue attendait. Toujours sans parler, ils nettoyèrent leurs armes avec le chiffon réglementaire et introduisirent à la main les six premières balles dans les chambres.

L'officier responsable demanda : « Tout va bien, madame ? Tout va bien, monsieur ? Alors soixante-dix coups, distance trois à vingt-cinq mètres, deux secondes pour viser. »

Ils ajustèrent leurs protège-oreilles et le rejoignirent sur la ligne des trois mètres, un à sa droite, l'autre à sa gauche. Devant le mur rose foncé, la rangée des onze cibles, silhouettes noires tapies une arme à la main avec un trait blanc pour encercler la masse centrale visible, celle qu'il fallait viser. Les figures furent retournées de façon à ne montrer que les dos blancs. L'officier en charge hurla son commandement, les silhouettes accroupies jaillirent. L'air résonna de coups de feu; malgré les protège-oreilles cette première explosion de bruit surprenait toujours Kate par la force de sa réverbération.

Les six premiers coups tirés, ils s'avancèrent pour examiner les cibles et coller des ronds blancs sur chaque trou. Kate vit avec satisfaction que les siens étaient bien groupés au centre visible de la silhouette. Elle voulait toujours réaliser un dessin concentrique bien net et parfois elle y était presque parvenue. Jetant un coup d'œil à Piers qui s'affairait lui aussi à coller ses petits ronds, elle vit qu'il avait bien réussi.

Ils reculèrent sur la deuxième ligne et ainsi de suite jusqu'aux vingt-cinq mètres, vérifiant les impacts, rechargeant, revérifiant. Et à la fin du soixante-dixième, ils attendirent pendant que l'instructeur additionnait les points et enregistrait les résultats. Tous deux étaient reçus, mais Kate avait le total le plus élevé.

Piers parla presque pour la première fois: « Félicitations. Continuez comme ça et vous serez proposée pour assurer la sécurité royale. Pensez à toutes ces réceptions dans les jardins de Buck House. »

Ils remirent leurs armes, leur équipement, reçurent leurs cartes signées et arrivaient presque à l'ascenseur quand le téléphone sonna.

L'officier responsable du tir sortit la tête de son bureau et cria: « C'est pour vous, madame. »

Kate entendit la voix de Dalgliesh: « Piers est avec vous ?

– Oui, patron. Nous venons de finir l'épreuve de qualification.

– Mort suspecte au 8 Pawlet Court, dans le Middle Temple. Une femme, conseiller de la reine auprès du barreau des avocats pénalistes, Venetia Aldridge. Prenez votre équipement et venez me rejoindre là-bas. La grille de Tudor Street sera ouverte et on vous montrera où vous garer. »

Kate dit : « Le Temple ? Est-ce que ça n'est pas pour la City, patron ?

– Normalement, oui. Mais nous prenons l'affaire avec le soutien de la City. En fait la limite entre Westminster et la City passe juste au milieu du 8. Lord Boothroyd et sa femme ont leur appartement au dernier étage, et on dit que la chambre de lady Boothroyd est moitié sur Westminster et moitié sur la City. Ils sont tous les deux absents, ce qui fait une complication de moins.

– Très bien, patron, nous partons tout de suite. »

Tout en descendant en ascenseur, elle mit Piers au courant. Il dit : « Alors, comme ça, nous allons travailler avec ces géants de la City. Un mètre quatre-vingt-cinq au moins, Dieu sait où ils recrutent leurs gaillards. Ils en font l'élevage, probablement. Au fait, pourquoi est-ce pour nous ?

– Une avocate connue assassinée, un juge et sa femme qui habitent en haut, dans l'enceinte sacrée du Middle Temple. Pas exactement le cadre habituel pour les crimes. »

Piers dit : « Pas exactement le genre habituel de suspects. Ajoutez à ça que le directeur des Chambers connaît sans doute le préfet de police. Ce sera plaisant pour A. D. Entre ses interrogatoires musclés des membres du barreau, il pourra contempler les effigies du XIIIe siècle dans la Round Church. Ça devrait même lui inspirer une nouvelle plaquette de vers. Il serait temps qu'il nous donne quelque chose.

– Pourquoi est-ce que vous ne le lui suggérez pas ? J'aimerais voir sa réaction. Vous voulez conduire ?

– Non merci. À vous. Je veux arriver sain et sauf. Toutes ces pétarades m'ont secoué les nerfs. Je déteste les bruits très forts, surtout quand c'est moi qui les fais. »

En attachant sa ceinture de sécurité, Kate dit sans réfléchir : « Je voudrais bien savoir pourquoi j'aime ces exercices de tir. Je ne peux pas imaginer que je souhaiterais tuer un animal, et à plus forte raison un homme, mais j'aime les armes à feu. J'aime les utiliser. J'aime la sensation du Smith et Wesson dans ma main.

– Vous aimez tirer parce que c'est une technique et que vous y êtes très bonne.

– Il ne peut pas y avoir que ça. Je ne suis pas bonne qu'à ça. Je commence à croire que c'est une drogue. »

Il dit : « Pas pour moi, mais je ne suis pas aussi bon que vous. Tout ce que nous réussissons bien nous donne un sentiment de puissance.

– Donc, ça se résume à ça, la puissance ?

– Bien sûr. Vous tenez quelque chose qui peut tuer. Qu'est-ce que cela vous apporte sinon un sentiment de puissance ? Pas étonnant qu'il se crée une accoutumance. »

Cela n'avait pas été une conversation agréable. Au prix d'un effort de volonté, Kate chassa le tir de son esprit. Ils étaient en route pour une nouvelle tâche. Comme toujours, elle sentait dans ses veines le pétillement d'exultation qui montait à chaque nouvelle affaire. Elle se dit, comme souvent, qu'elle avait bien de la chance. Un travail qu'elle aimait et qu'elle faisait bien, elle le savait, un chef qu'elle aimait et admirait. Et puis ce meurtre avec tout ce qu'il promettait d'excitation, de révélations sur la psychologie humaine, le défi des investigations, et, pour finir, la satisfaction du succès. Seulement, il fallait que quelqu'un mourût avant qu'elle pût éprouver ces sensations. Et cela non plus, ce n'était pas une idée agréable.

13

Dalgliesh arriva le premier au 8 Pawlet Court. La cour était vide et silencieuse dans la lumière qui se renforçait. L'air chargé de douceur était voilé par une brume légère, présage d'une nouvelle journée trop chaude pour la saison. Le grand marronnier était encore appesanti par la lourdeur du plein été. Seules quelques-unes de ses feuilles étaient recroquevillées dans la décrépitude brunie de l'automne. Tandis que Dalgliesh entrait dans la cour, portant sa trousse spéciale meurtre qui ressemblait tant à une serviette plus orthodoxe, il se demanda comment un passant indifférent le verrait. Probablement comme un avoué venant consulter au sujet d'un dossier. Mais il n'y avait pas de passant. La cour s'ouvrait au matin dans une calme expectative, aussi éloignée de la circulation grinçante de Fleet Street et des quais que l'enceinte d'une cathédrale en province.

La porte du 8 s'ouvrit dès qu'il l'atteignit. On l'attendait, bien sûr. Une jeune femme, dont le visage maculé et gonflé montrait qu'elle venait de pleurer, le fit entrer avec quelques mots de bienvenue inaudibles et disparut par une porte ouverte à gauche, où elle s'assit derrière le bureau de la réception, les yeux fixés dans le vide. Trois hommes sortirent alors d'une pièce à droite du hall et Dalgliesh vit avec surprise que l'un d'eux était le médecin légiste Miles Kynaston.

Tout en lui serrant la main, il lui demanda : « Qu'est-ce que ça veut dire, Miles ? Un pressentiment ?

– Non, une coïncidence. J'avais rendez-vous de bonne heure avec E. N. Mumford dans l'Inner Temple. On me demande d'intervenir pour la défense dans l'affaire Manning à l'Old Bailey la semaine prochaine. »

Se tournant, il présenta ses compagnons. Hubert Langton, directeur des Chambers, et Drysdale Laud, que Dalgliesh avait déjà rencontrés l'un comme l'autre en passant. Laud lui serra la main avec retenue, se demandant jusqu'à quel point il était prudent de montrer qu'il le connaissait.

Langton dit : « Elle est dans son bureau au premier. Juste au-dessus. Voulez-vous que je monte ?

– Plus tard, peut-être. Qui l'a trouvée ?

– Notre premier secrétaire, Harry Naughton, quand il est arrivé ce matin, vers neuf heures. Il est dans son bureau avec un de ses assistants, Terry Gledhill. Le seul autre membre du personnel présent est la secrétaire réceptionniste, Miss Caldwell, qui vous a fait entrer. Les autres, personnel et membres des Chambers, ne tarderont pas à arriver. Je ne crois pas que je pourrai empêcher les membres d'avoir accès à leurs bureaux, mais je suppose que les employés pourraient être renvoyés chez eux. »

Il regarda Laud comme pour chercher conseil. Celui-ci répondit sur un ton neutre : « Évidemment, nous coopérerons. Mais le travail doit se poursuivre. »

Dalgliesh dit calmement : « Mais l'enquête sur un meurtre – si meurtre il y a – a la priorité. Il va nous falloir fouiller les Chambers et moins il y aura de monde mieux cela vaudra. Nous n'avons pas l'intention de perdre de temps, ni le nôtre ni le vôtre. Y a-t-il une pièce que nous pourrons utiliser provisoirement pour les entretiens ? »

Ce fut Laud qui répondit : « Vous pouvez prendre mon bureau, deux étages au-dessus, à l'arrière du bâtiment. Ou alors la réception. Si nous fermons les Chambers pour la matinée, elle sera libre.

– Merci. Nous nous servirons de la réception. Entre-temps, ce serait bien que vous puissiez rester ici ensemble, jusqu'à ce que nous ayons jeté un premier coup d'œil au corps. Les inspecteurs Kate Miskin et Piers Tarrant sont en chemin avec l'équipe de soutien. Nous serons peut-être obligés de boucler une partie de la cour, mais pour peu de temps j'espère. En attendant, je serais heureux d'avoir la liste de tous les occupants des Chambers avec leur adresse, ainsi qu'un plan de Middle et Inner Temple avec toutes les entrées marquées, si vous en avez un. Cela nous serait commode aussi d'avoir un plan de ce bâtiment indiquant les occupants de chaque bureau. »

Langton dit : « Harry a un plan du Temple dans son bureau. Je crois qu'il indique toutes les entrées. Je vais demander à Miss Caldwell de vous taper la liste des membres. Et des employés aussi, évidemment. »

Dalgliesh demanda : « Et la clef. Qui est-ce qui l'a ? »

Langton la sortit de sa poche et la lui tendit en disant : « J'ai fermé à clef la porte intérieure et la porte extérieure après que nous avons vu le corps, Laud et moi. Cette seule clef ouvre les deux.

– Merci. » Dalgliesh se tourna vers Kynaston : « Nous montons, Miles ? »

Kynaston l'avait attendu pour examiner le corps. Intéressant mais pas surprenant. Comme médecin légiste, Miles avait toutes les qualités. Il arrivait rapidement. Il travaillait sans histoire ni récriminations, si incommode que fût le terrain ou repoussant le cadavre en décomposition. Il parlait peu, mais toujours à propos, et il était heureusement tout à fait indemne de cet humour sardonique au moyen duquel certains de ses collègues – et non des moindres parfois – essayaient de démontrer leur imperméabilité aux réalités les plus macabres de la mort violente.

Il était vêtu, comme en toute saison, d'un complet trois pièces en tweed avec une chemise de laine mince aux coins de col boutonnés. Tout en montant l'escalier derrière lui, Dalgliesh s'étonna une fois de plus du contraste entre ce pas trébuchant, cette solidité sans grâce, et la délicate précision avec laquelle Kynaston pouvait insinuer ses doigts gantés de leur seconde peau en latex blanc dans les cavités sans résistance du corps, le respect avec lequel il posait ces mains terriblement expertes sur la chair violée.

Les quatre pièces du premier étage avaient des portes extérieures en chêne massif bardées de fer. Derrière celle de Venetia Aldridge, la porte intérieure avait un trou de serrure mais aucun système de sécurité. La clef tourna facilement et en entrant Dalgliesh avança la main à gauche de la porte pour appuyer sur l'interrupteur.

Le tableau qui s'éclaira sous leurs yeux était si bizarre qu'il aurait pu figurer sur la scène du *Grand-Guignol,* délibérément agencé pour heurter, étonner et horrifier. Le fauteuil de bureau dans lequel elle était affaissée avait pivoté, si bien qu'elle leur faisait face quand ils entrèrent, la tête un peu penchée en avant, le menton pressé contre la gorge. Couvert de sang, le sommet de la perruque ne laissait apparaître que quelques boucles grises. Dalgliesh s'approcha. Le sang qui avait coulé sur le côté gauche du visage imprégnait la laine fine du cardigan noir et tachait de rouge-brun les bords d'un chemisier crème. L'œil gauche était masqué par des caillots de sang visqueux qui semblaient trembler et se solidifier pendant qu'il regardait. L'œil droit, vitré par la matité impassible de la mort, regardait fixement derrière Dalgliesh comme si sa présence n'était pas digne qu'on la remarquât. Les avant-bras reposaient sur les accoudoirs du fauteuil, les mains pendantes aux deux doigts du milieu un peu abaissés étaient figées dans un geste aussi gracieux que celui d'une ballerine. La jupe noire retroussée au-dessus des genoux laissait voir des jambes serrées l'une contre l'autre et inclinées vers la gauche dans une pose qui rappelait la provocation délibérée d'un modèle. Le collant de nylon très fin faisait miroiter les rotules et soulignait les courbures des longues jambes élégantes. Un des escarpins noirs était tombé, ou avait été arraché. Elle portait une étroite alliance, mais aucun autre bijou à l'exception d'une jolie montre carrée en or au poignet gauche.

Une petite table à droite de la porte était couverte de papiers et de dossiers noués de ruban rouge. Dalgliesh s'en approcha et posa sa trousse sur le seul espace disponible, puis il sortit ses gants en latex. Comme toujours, Kynaston avait sorti les siens de sa poche. Il arracha l'extrémité de la pochette et les enfila, puis s'avança tout près du corps, Dalgliesh à son côté.

Il dit : « Une simple évidence d'abord : ou le sang a été versé sur la perruque il y a moins de trois heures, ou il contenait un anticoagulant. »

Ses doigts effleuraient le cou, faisaient doucement tourner la tête, touchaient les mains. Puis, avec d'extrêmes précautions, il souleva la perruque, se pencha très bas sur les cheveux, renifla comme un chien, puis reposa la perruque. Il dit : « Rigidité avancée. Sans doute morte depuis douze ou quatorze heures. Pas de blessure visible. D'où qu'il vienne, le sang n'est pas le sien. »

Avec une délicatesse extraordinaire, les doigts boudinés défirent les boutons du cardigan de laine pour découvrir le chemisier. Dalgliesh vit une étroite coupure aux bords très nets juste au-dessous d'un bouton, sur le côté gauche. Elle portait un soutien-gorge. Le renflement des seins paraissait très blanc à côté des reflets crémeux de la soie. Kynaston glissa la main sous le sein gauche et le dégagea du bonnet du soutien-gorge. Là, une fente étroite, longue de vingt-cinq centimètres environ, causait une légère dépression d'où suintait un peu de liquide, mais pas de sang.

Kynaston dit : « Un coup au cœur. Il était ou très chanceux, ou très adroit. Je le confirmerai à l'autopsie, mais la mort a dû être à peu près instantanée. »

Dalgliesh demanda : « Et l'arme ?

– Longue, mince, un genre de rapière. Un poignard étroit. Peut-être un couteau mince, mais c'est peu probable. Les deux côtés étaient aiguisés. Éventuellement un coupe-papier en acier à condition qu'il soit coupant, pointu, fort, avec une lame longue de douze centimètres au moins. »

C'est alors qu'ils entendirent courir et la porte s'ouvrit avec violence. Ils se tournèrent vers elle en protégeant le cadavre de leur corps. L'homme qui se tenait sur le seuil tremblait littéralement de rage, un masque blanc d'indignation sur le visage. Il tenait une poche assez semblable à une bouillotte en plastique transparent qu'il secoua dans leur direction.

« Qu'est-ce qui se passe ici ? Qui a pris mon sang ? »

Sans répondre, Dalgliesh s'écarta. Dans d'autres circonstances, le résultat aurait été risible. Le nouveau venu regarda fixement le corps, parodie hagarde de l'incrédulité. Il ouvrit la bouche pour parler, se ravisa, pénétra dans la pièce avec la souplesse silencieuse d'un félin, comme si le cadavre n'était que le fruit de son imagination, et disparaîtrait si seulement il parvenait à le regarder en face. Quand enfin il parla, il maîtrisait bien sa voix.

« Quelqu'un a un sens de l'humour assez curieux. Et vous, qu'est-ce que vous faites ici ? »

Dalgliesh dit : « J'aurais pensé que c'était évident. Le docteur Kynaston est médecin légiste et moi je m'appelle Dalgliesh, de New Scotland Yard. Vous êtes membre de ces Chambers ?

– Desmond Ulrick. Et oui, je suis membre de ces Chambers.

– Et vous êtes arrivé quand ? »

Le regard d'Ulrick était toujours fixé sur le corps, mais selon Dalgliesh avec plus de curiosité fascinée que d'horreur. « Mon heure habituelle. Il y a dix minutes.

– Et personne ne vous a arrêté ?

– Pourquoi l'aurait-on fait ? Comme je vous l'ai dit, je suis membre de ces Chambers. La porte était fermée, ce qui est inhabituel, mais j'ai une clef. Miss Caldwell était à son bureau comme d'habitude. Personne d'autre ne se trouvait dans les parages, d'après ce que j'ai pu voir. Je suis descendu dans mon bureau. Il est au sous-sol, à l'arrière du bâtiment. Il y a quelques minutes j'ai ouvert mon réfrigérateur pour prendre un carton de lait. La poche et le sang en réserve avaient disparu. Le sang avait été prélevé il y a trois jours et mis de côté pour une petite opération que je dois subir samedi.

– Quand l'avez-vous mis dans le réfrigérateur, Mr Ulrick ?

– Lundi vers midi. Je revenais directement de l'hôpital.

– Et qui savait qu'il était là ?

– Mrs Carpenter, la femme de ménage. J'avais laissé un mot afin de lui recommander de ne pas ouvrir le réfrigérateur pour le nettoyage. J'ai prévenu Miss Caldwell au cas où elle aurait voulu y mettre son lait. Je suis bien sûr qu'elle a colporté la nouvelle à travers toutes les Chambers. Rien n'est secret ici. Vous n'aurez qu'à lui demander. » Il s'interrompit, puis reprit : « Je déduis de votre présence ici avec votre collègue que la police traite cela comme une mort suspecte.

– Nous traitons cela comme un assassinat, Mr Ulrick. »

Ulrick fit un geste comme pour s'approcher du corps, puis se tourna vers la porte.

« Comme vous le savez sans aucun doute, commandant, Venetia Aldridge s'occupait beaucoup d'assassinat, mais elle ne se serait pas attendue à y être aussi intimement mêlée. Elle manquera beaucoup. Et maintenant, si vous voulez bien m'excuser, je vais descendre chez moi. J'ai du travail. »

Dalgliesh dit : « Mr Langton et Mr Laud sont dans la bibliothèque. Je serais heureux que vous vous joigniez à eux. Il nous faudra examiner votre bureau et y relever les empreintes digitales éventuelles. Dès qu'il sera libre, je vous le ferai savoir. »

Il crut un instant qu'Ulrick allait protester, mais au lieu de cela il tendit la poche.

« Qu'est-ce que je dois en faire ? Elle ne me sert plus à rien. »

Dalgliesh, tendant ses mains gantées, lui dit : « Je vais la prendre, merci. »

Il la porta jusqu'à la table et, sortant un sac spécial, la mit dedans. Ulrick le regardait, semblant soudain peu désireux de partir.

Dalgliesh lui dit alors : « Pendant que vous êtes ici, vous pourriez peut-être me donner quelques indications sur cette perruque. Elle est à vous ?

– Non. Je n'ambitionne pas de devenir juge.
– Savez-vous si elle appartenait à Miss Aldridge ?
– Je ne pense pas. Peu d'avocats possèdent une perruque carrée. Elle en aura porté une le jour où elle est devenue conseiller de la reine. C'est sans doute celle d'Hubert Langton. Elle appartenait à son grand-père et il la garde ici pour la prêter à tous les membres qui deviennent C. R. Elle est rangée dans une boîte de fer-blanc dans le bureau de Harry Naughton. C'est notre premier secrétaire. Il pourra vous dire ce qu'il en est. »

Kynaston retirait ses gants. Sans prêter la moindre attention à Ulrick, il dit à Dalgliesh : « Je ne peux rien faire de plus ici. J'ai deux autopsies ce soir à huit heures, je pourrais la faire passer avec. »

Il se tourna pour sortir, mais trouva le passage provisoirement bloqué par Kate Miskin qui dit : « Les gars des premières constatations et les photographes sont arrivés, patron.
– Bien, Kate. Prenez le quart ici, voulez-vous ? Piers est avec vous ?
– Oui, patron. Il est avec le sergent Robbins. Ils sont en train d'isoler cette partie de la cour. »

Dalgliesh se tourna vers Ulrick : « Nous allons devoir fouiller votre bureau en premier. Voulez-vous avoir la bonté de vous joindre à vos collègues dans la bibliothèque ? »

Plus docilement que Dalgliesh ne s'y serait attendu, Ulrick sortit, se heurtant presque à Charlie Ferris sur le seuil. Celui-ci, inévitablement surnommé le Ferret, était l'un des officiers les plus expérimentés de la police scientifique, capable d'identifier à l'œil nu des fibres normalement visibles au seul microscope et de sentir un cadavre en décomposition à cent mètres. Il portait la nouvelle tenue qui avait remplacé au cours des derniers mois un accoutrement quelque peu excentrique composé de shorts blancs si courts que les jambes dépassaient à peine l'aine, et d'un sweat-shirt. Il portait désormais une veste de coton très ajustée, un pantalon et des tennis blancs, avec son habituel bonnet de bain en plastique, très ajusté lui aussi, pour éviter de contaminer le théâtre du crime avec ses propres cheveux. Il resta un moment sur le seuil comme s'il évaluait les possibilités de la pièce avant de commencer ses méticuleuses recherches à genoux.

Dalgliesh dit : « Le tapis est éraflé, juste à droite de la porte. Il est possible qu'elle ait été tuée là et traînée jusqu'au fauteuil. J'aimerais que ce coin-là soit photographié et protégé. »

Ferris marmonna : « Oui, chef », mais sans quitter des yeux la partie du tapis qu'il examinait. Les éraflures ne lui auraient pas échappé et il y serait venu en temps voulu. Il avait ses méthodes de travail.

Les photographes ainsi que les spécialistes des empreintes étaient arrivés et s'étaient mis au travail en silence. Les deux photographes formaient une équipe performante ; habitués à travailler ensemble, ils ne perdaient pas de temps en finesses, mais faisaient leur travail et s'en allaient. Quand il n'était encore que jeune enquêteur, Dalgliesh se demandait parfois comment ils supportaient cet enregistrement quasi quotidien de l'inhumanité de l'homme pour l'homme, et si les clichés qu'ils prenaient quand ils n'étaient pas en service – les innocentes images de vacances et de réunions familiales – n'étaient pas recouverts par ceux de si nombreuses morts violentes. Prenant garde à ne pas les gêner, Dalgliesh commença son examen de la pièce, Kate à ses côtés.

Le bureau en acajou massif, au dessus gainé de cuir, n'était pas moderne et des années d'astiquage en avaient patiné le bois. Les poignées de cuivre sur les deux rangées de trois tiroirs étaient visiblement d'époque. Le premier à gauche contenait un sac à main en cuir noir souple muni d'un fermoir en or et d'une mince courroie d'épaule. Quand il l'ouvrit, le policier y trouva un chéquier, un mince porte-cartes de crédit, un porte-monnaie contenant vingt-cinq livres en billets ainsi que quelques pièces de monnaie, un mouchoir propre en lin blanc encore plié et un trousseau de diverses clefs. En les examinant, il dit : « On dirait qu'elle avait mis les clefs de sa maison et de sa voiture à un autre anneau que celles d'ici, entrée et bureau. Curieux que le meurtrier ait verrouillé ces deux portes-là et emporté les clefs. On se serait attendu à ce qu'il les laisse ouvertes s'il voulait que le coup ait semblé venir de l'extérieur. Mais il a pu s'en débarrasser facilement. Elles sont probablement dans la Tamise, ou jetées à travers une grille. »

Il ouvrit les deux tiroirs du bas et n'y trouva pas grand-chose présentant un intérêt immédiat : des boîtes de papier à lettres et enveloppes, des blocs-notes, une boîte en bois contenant une collection de stylos à bille, et dans celui du bas deux essuie-mains pliés ainsi qu'une trousse de toilette avec savon, brosse à dents et tube de pâte dentifrice. Dans un sac à fermeture éclair plus petit, le maquillage de Venetia Aldridge : un petit flacon de lotion hydratante, une boîte de poudre compacte, un seul bâton de rouge.

Kate dit : « Le strict minimum, mais coûteux. »

Dalgliesh entendit dans cette voix ce qu'il avait lui-même ressenti si souvent. C'étaient les petits objets personnellement choisis de la vie quotidienne qui fournissaient les *memento mori* les plus poignants.

Le seul document intéressant dans le premier tiroir de droite était un exemplaire d'une mince brochure très mal imprimée et intitulée *Redress*. Apparemment distribuée par une organisation réclamant davantage de postes importants pour les femmes dans les professions libérales et l'industrie, elle consistait surtout en chiffres comparés dans certains des organismes et sociétés les plus en vue ; ils indiquaient le nombre total de femmes employées et de celles qui étaient parvenues à des postes de direction ou de responsabilité. Les quatre noms imprimés sous le titre ne disaient rien à Dalgliesh. La secrétaire était une certaine Trudy Manning, avec une adresse dans le nord-est de Londres. La brochure n'avait que quatre pages dont la dernière comportait un bref paragraphe : « Nous trouvons étonnant que les Chambers de

Mr Hubert Langton, 8 Pawlet Court, Middle Temple, n'emploient que trois avocats femmes sur un total de vingt et un membres. L'une d'elles n'est autre que Miss Venetia Aldridge, C. R., pénaliste distinguée. Pouvons-nous suggérer à Miss Aldridge qu'elle fasse montre d'un peu plus d'enthousiasme qu'elle ne l'a fait jusqu'à présent pour assurer un traitement équitable à son sexe ? »

Dalgliesh prit la brochure et dit à Ferris : « Mettez ça avec les pièces à conviction, voulez-vous, Charlie ? »

Venetia Aldridge était manifestement en train de travailler quand on l'avait tuée. Il y avait un dossier sur son bureau, calé par un gros tas de papiers. Un rapide coup d'œil révéla que c'était une affaire de coups et blessures qui devait être entendue deux semaines plus tard. Les seuls autres papiers sur le bureau : un numéro de la *Temple News Letter* et l'*Evening Standard* de la veille ; il semblait n'avoir pas été ouvert, mais Dalgliesh nota que le supplément financier rose « Business Day » manquait. Ouverte avec soin, une grande enveloppe adressée à Miss Venetia Aldridge, C. R., avait été jetée dans la corbeille à droite du bureau et Dalgliesh pensa qu'elle avait contenu la *Temple News Letter*.

La pièce, d'une quinzaine de mètres carrés, était peu meublée pour un cabinet d'avocat. À gauche, une élégante bibliothèque également en acajou tenait presque toute la longueur du mur faisant face aux deux fenêtres georgiennes, chacune avec ses douze carreaux. Elle contenait un petit choix d'ouvrages de droit et des recueils de lois reliés au-dessus d'une rangée des carnets de notes bleus de l'avocat. Dalgliesh en ayant tiré un ou deux au hasard vit avec intérêt qu'ils couvraient toute la carrière professionnelle de Venetia et qu'ils étaient méticuleusement tenus. Sur le même rayon, un volume des *Cause célèbres en Grande-Bretagne* traitait du procès de Frederick Seddon, ouvrage assez incongru dans une bibliothèque entièrement consacrée aux lois et statistiques pénales. En l'ouvrant, Dalgliesh vit une brève dédicace dans une petite écriture crispée: «À V. A. de la part de son ami et mentor E. A. F.»

Il alla vers la fenêtre de gauche. Dehors, dans la lumière matinale qui contenait déjà une promesse de soleil, il vit qu'une partie de la cour avait été bouclée. Personne en vue et pourtant il lui semblait sentir la présence d'yeux aux aguets derrière les fenêtres opaques. Brièvement, il passa en revue le reste des meubles. À gauche de la porte, un fichier en métal à quatre tiroirs et un étroit placard en acajou. Sur un cintre un manteau de belle laine noire, mais pas de toge. Peut-être était-elle au milieu d'un procès et l'avait-elle laissée avec sa perruque au vestiaire de la cour. Devant les fenêtres une petite table de conférence avec six chaises, tandis que les deux fauteuils devant la cheminée de marbre suggéraient une ambiance plus détendue pour les consultations. Les seuls tableaux étaient une rangée de caricatures du *Spy* représentant juges et avocats du XIXe siècle en robe et perruque, ainsi qu'une huile de Duncan Grant au-dessus de la cheminée. Sous un ciel d'été finissant elle représentait, traités à la manière impressionniste, une meule de foin et une charrette avec des bâtiments de ferme bas et un champ de blé à l'arrière-plan, le tout peint en couleurs claires et fortes. Dalgliesh se demanda si les caricatures avaient été là quand Miss Aldridge s'était installée. Le Duncan Grant semblait indiquer un goût plus personnel.

Les photographes en avaient fini pour l'heure, mais les experts de la dactyloscopie s'affairaient toujours autour du bureau et du montant de la porte. Dalgliesh ne pensait pas qu'on pût trouver des empreintes intéressantes. N'importe qui dans les Chambers avait très légitimement accès à la pièce. Il laissa les spécialistes à leur tâche et alla rejoindre le groupe dans la bibliothèque.

Ils étaient désormais quatre. Le nouveau venu était un homme roux à la carrure puissante, debout devant la cheminée.

Langton le présenta: «Simon Costello, membre des

Chambers. Il voulait rester et moi je n'entendais pas empêcher l'un quelconque de nos membres d'accéder à ce lieu. »

Dalgliesh dit : « S'il reste dans cette pièce, il ne gênera pas. J'avais plutôt pensé que des hommes très occupés préféreraient travailler ailleurs pendant la matinée. »

Desmond Ulrick, assis dans un fauteuil à haut dossier près de la cheminée, un livre ouvert sur ses genoux serrés l'un contre l'autre, avait l'air aussi docile et absorbé qu'un enfant obéissant. Langton était debout devant l'une des fenêtres et Laud devant l'autre ; quant à Costello, il avait commencé à arpenter nerveusement la pièce dès que Dalgliesh était entré. Tous sauf Ulrick fixèrent les yeux sur lui.

Dalgliesh dit : « Miss Aldridge a été poignardée en plein cœur. Je dois vous dire que nous avons presque certainement affaire à un meurtre. »

Le ton de Costello était rude, agressif : « Et l'arme ?

– Pas encore retrouvée.

– Alors pourquoi "presque certainement" ? Si l'arme n'est pas sur les lieux, comment pourrait-ce être autre chose qu'un meurtre ? Voulez-vous laisser entendre que Venetia s'est poignardée et qu'une autre personne a très obligeamment enlevé l'arme ? »

Langton s'assit à la table, comme si ses jambes ne le soutenaient plus, et regarda Costello, le suppliant silencieusement de faire montre d'un peu de tact.

Dalgliesh dit : « Théoriquement, Miss Aldridge aurait pu se poignarder et l'arme être retirée plus tard par une autre personne, peut-être celle qui lui a mis la perruque sur la tête. Mais je ne pense pas un instant que ce soit ce qui s'est produit. Nous considérons que nous avons affaire à un meurtre. L'arme est une lame très coupante, du genre stylet, quelque chose comme un petit poignard mince. Est-ce que quelqu'un d'entre vous a vu un objet de ce genre ? La question peut paraître absurde, mais elle doit évidemment être posée. »

Il y eut un silence, puis Laud dit : « Venetia avait

quelque chose de tout à fait semblable à ça. Elle s'en servait comme coupe-papier mais il n'était pas destiné à cet usage. C'est un poignard d'acier avec le manche et la garde en cuivre. Il m'avait été offert par un client reconnaissant encore que sans grand discernement quand j'ai été nommé C. R. Je crois qu'il l'avait fait faire exprès et s'imaginait que c'était une sorte d'épée de justice. Un objet embarrassant. Je n'ai jamais très bien su ce que je devais en faire. Je l'ai donné à Venetia, il y a deux ans environ. J'étais dans son bureau alors qu'elle ouvrait des lettres et son coupe-papier en bois s'est cassé. Alors je suis descendu chez moi et je lui ai apporté le poignard. Je l'avais mis dans le fond d'un tiroir de mon bureau et j'avais presque oublié son existence. En fait il faisait un coupe-papier extrêmement commode. »

Dalgliesh dit : « Il était bien affilé ?

– Mon Dieu oui, extrêmement bien affilé, mais il avait un étui. En cuir noir avec le bout en cuivre et une sorte de rosette en cuivre sur le dessus pour autant que je m'en souvienne. Et mes initiales étaient gravées sur le coupe-papier lui-même.

– Il n'est plus dans son bureau. Pouvez-vous vous rappeler quand quelqu'un l'a vu pour la dernière fois ? »

Pas de réponse. Laud dit alors : « Venetia le rangeait dans le premier tiroir de son bureau à droite quand elle n'était pas en train d'ouvrir des lettres. Je ne crois pas l'avoir vu entre ses mains depuis des semaines. »

Pourtant elle avait ouvert cette enveloppe épaisse la veille et le rabat était non pas déchiré mais coupé.

Dalgliesh dit : « Il va nous falloir le trouver. Bien entendu l'assassin a pu l'emporter. Si on le retrouve, on recherchera d'éventuelles empreintes. Ce qui signifie que nous avons besoin de celles de toutes les personnes qui ont été ou qui auraient pu être dans les Chambers hier soir. »

Costello dit : « Pour un processus d'élimination et ensuite, bien sûr, elles seront détruites.

– Vous êtes un pénaliste, n'est-ce pas, Mr Costello ? Je pense que vous connaissez la loi. »

Langton dit : « Je suis sûr que je parlerai au nom des Chambers dans leur entier si je vous dis que nous coopérerons par tous les moyens à notre disposition. Il est évident que vous avez besoin de nos empreintes. Évident aussi qu'il vous faut fouiller les Chambers. Nous serons heureux de pouvoir disposer de nos bureaux le plus vite possible, mais nous comprenons très bien la nécessité des délais. »

Dalgliesh dit : « Je ferai en sorte qu'ils soient réduits au minimum. Qui sont les plus proches parents, le savez-vous ? La famille a-t-elle été prévenue ? »

La question provoqua embarras, voire consternation lui sembla-t-il. Une fois encore personne ne répondit. Langton regarda de nouveau Laud qui dit :

« J'ai bien peur qu'avec le choc et la nécessité de vous faire intervenir aussi vite que possible nous n'ayons pas pensé à la parenté. Il y a un ex-mari, Luke Cummins, et un enfant unique, Octavia. À ma connaissance, Venetia n'avait pas d'autre famille. Elle était divorcée depuis onze ans et son ex-mari s'est remarié ; il vit à la campagne, dans le Dorset, je crois. Si vous voulez son adresse, je pense qu'elle est dans les papiers de Venetia. Octavia habite l'appartement du sous-sol dans la maison de sa mère. Elle est jeune, tout juste dix-huit ans. En fait, elle est née la première minute de la première journée du 1er octobre, d'où le prénom. Venetia a toujours aimé que la vie soit rationnelle. Oh, et puis il y a l'employée de maison, bien sûr, Mrs Buckley, qui a appelé Harry ce matin. Je suis étonné qu'elle ne se soit pas manifestée de nouveau. »

Langton intervint : « Est-ce que Harry n'a pas dit qu'il lui avait répondu que Miss Aldridge était ici ? Elle l'attend sans doute pour le dîner comme d'habitude. »

Dalgliesh dit : « Il faut prévenir la fille dès que possible. Je ne sais pas si un des membres des Chambers voudrait bien s'en charger ? De toute façon il faudra que j'envoie deux policiers au domicile de Miss Aldridge. »

Encore une fois un silence embarrassé. Encore une fois les trois autres hommes semblaient compter sur Laud pour prendre l'initiative. Il dit : « Je connaissais Venetia mieux que quiconque ici, mais je n'ai presque jamais rencontré sa fille. Personne d'entre nous ne la connaît et je ne crois pas qu'elle ait jamais mis les pieds aux Chambers. Quand nous nous sommes rencontrés, j'ai eu l'impression qu'elle ne m'aimait pas beaucoup. Si nous avions une femme parmi nos collègues ici nous pourrions l'envoyer, mais nous n'en avons pas. Il vaudrait peut-être mieux que ce soit quelqu'un de chez vous qui la prévienne. Venant de moi, je pense que la nouvelle ne passerait pas bien. Naturellement, je suis ici et si je peux aider... » Il jeta un coup d'œil autour de lui : « Comme nous tous. »

Dalgliesh demanda : « Normalement, est-ce que Miss Aldridge travaillait tard aux Chambers ? »

Ce fut encore Laud qui répondit : « Oui. Parfois même jusqu'à vingt-deux heures. Elle préférait ne pas travailler chez elle.

– Et quelle est la dernière personne qui l'a vue hier ? »

Langton et Laud se regardèrent. Il y eut un silence, puis Laud répondit : « Probablement Harry Naughton. Il dit qu'il lui a monté un dossier à dix-huit heures trente. À ce moment-là nous étions tous partis. Mais l'une des femmes de ménage l'a peut-être rencontrée. Mrs Carpenter ou Mrs Watson. Elles nous sont fournies par l'agence de Miss Elkington, et elles viennent toutes les deux de vingt heures trente à vingt-deux heures les lundis, mercredis et vendredis. Les deux autres jours, Mrs Watson travaille seule. »

Un peu étonné que Laud connût tous ces détails domestiques, Dalgliesh demanda : « Est-ce que l'une ou l'autre ou les deux ont la clef ? »

Ce fut toujours Laud qui répondit : « Celle de la porte principale ? Toutes les deux, de même que

Miss Elkington. Ce sont des personnes de confiance. Elles branchent l'alarme avant de partir. »

Langton rompit alors son silence : « J'ai une confiance absolue dans le sérieux et l'honnêteté des femmes de ménage. Une confiance absolue. »

Silence embarrassé. Laud parut sur le point de parler, se ravisa, puis regardant Dalgliesh bien en face : « Il y a quelque chose que je dois sans doute vous signaler. Je ne dis pas que cela ait le moindre rapport avec la mort de Venetia, mais c'est peut-être un élément de la situation. Je veux dire une chose que vos officiers auraient intérêt à savoir avant d'aller voir Octavia. »

Dalgliesh attendit, conscient d'un regain d'intérêt dans la pièce et d'une montée presque tangible de la tension. Laud poursuivit : « Octavia s'est liée avec Garry Ashe, le garçon que Venetia a défendu il y a un mois. Il était accusé du meurtre de sa tante dans une maison de Westway. Vous vous rappelez certainement l'affaire.

– Je me rappelle.

– Apparemment il a pris contact avec Octavia presque aussitôt après avoir été libéré. Je ne sais ni comment ni pourquoi, mais Venetia pensait que c'était un coup monté. De toute évidence, elle était affreusement inquiète. Elle m'a dit qu'ils songeaient à se fiancer, ou même qu'ils l'étaient déjà. »

Dalgliesh demanda : « Est-ce qu'elle vous a dit s'ils étaient amants ?

– Elle ne le pensait pas, mais elle n'était pas sûre. Bien entendu, c'était la dernière chose qu'elle aurait souhaitée. En fait c'était la dernière chose que des parents quels qu'ils soient auraient souhaitée. Je n'ai jamais vu Venetia aussi bouleversée. Elle voulait que je l'aide.

– Comment ?

– En achetant le garçon. Oui, je sais, c'était absurde et j'ai été obligé de le lui dire. Mais enfin la réalité est là, ou plutôt lui est là.

– Dans la maison ?

– Dans l'appartement d'Octavia la plupart du temps, je crois. »

Langton dit : « J'avais trouvé Venetia d'humeur très bizarre quand elle est revenue du tribunal, lundi. Je pense qu'elle se faisait du souci pour Octavia. »

C'est alors qu'Ulrick leva le nez de son livre et dit à Laud : « Ça m'intéresserait de savoir pourquoi cette liaison constitue un élément de la situation. C'est ce que vous avez dit, je crois. »

Laud répliqua sèchement : « Garry Ashe a été accusé de meurtre, nous sommes en présence d'un meurtre.

– Un suspect commode, certes. Mais je ne vois pas comment ou lui ou Octavia aurait pu savoir que j'avais du sang dans mon réfrigérateur, ni où la perruque était rangée. Je ne doute pas que vous ayez eu raison de porter le fait à la connaissance de la police, mais je ne vois pas pourquoi Venetia était si préoccupée. Sa défense avait été brillante, je crois. Elle aurait dû être contente qu'il veuille maintenir des liens avec la famille. »

Il retourna à son livre et Dalgliesh, s'étant excusé, prit Kate à part.

« Dites à Ferris ce que nous cherchons, puis demandez l'adresse des Aldridge à Harry Naughton et prenez Robbins avec vous. S'il y a la moindre chance de savoir sans trop la bouleverser ce que cette fille et Ashe faisaient la nuit dernière, faites-le. Et je veux voir les femmes de ménage ici, Mrs Carpenter et Mrs Watson. Comme elles travaillent le soir, il y a une bonne chance pour que l'une d'elles au moins soit chez elle. Oh, et puis laissez une femme agent et un homme chez elle, voulez-vous ? La fille aura peut-être besoin d'être protégée de la presse. Et parlez avec Mrs Buckley, en privé si vous en avez la possibilité ; elle pourrait nous être utile. Mais n'y passez pas trop de temps. Il faudra que nous y retournions plus tard et les vraies questions peuvent attendre que la fille ait surmonté le choc. »

Kate, il le savait, ne prendrait pas mal ces instructions et ne verrait pas ces tâches comme une interruption irritante de la véritable enquête. Elle ne s'offusquerait pas non plus qu'elles fussent considérées comme une besogne de femme. Il valait toujours mieux envoyer une femme auprès d'une autre femme et, à quelques notables exceptions près, elles savaient mieux que les hommes annoncer les mauvaises nouvelles. Peut-être au cours des siècles avaient-elles eu plus souvent l'occasion de s'exercer. Mais au moment même où elle réconfortait, Kate ne manquait pas d'observer, d'écouter, de réfléchir, d'estimer. Elle savait tout aussi bien que n'importe quel officier de police que la première rencontre avec les affligés était le plus souvent la première rencontre avec le coupable.

14

L'adresse donnée par Harry Naughton pour Miss Aldridge était Pelham Place, SW7. Après avoir vérifié la liste des adresses et consulté le plan avant de démarrer, Kate dit au sergent Robbins : « Quand nous aurons vu Octavia Cummins, à condition qu'elle soit chez elle, nous essaierons Mrs Carpenter, à Sedgemoor Crescent. C'est dans Earls Court. L'autre femme de ménage, Mrs Watson, habite Bethnal Green. Earls Court est plus près. Mais il nous faudra parler à l'une de ces personnes ou aux deux dès que possible. Nous pourrions téléphoner pour nous assurer qu'elles sont chez elles, mais il vaut mieux leur annoncer la nouvelle de but en blanc. »

Pelham Place était une rue agréable, bordée de maisons à terrasse anciennes également agréables, de maisons à trois étages étincelantes avec d'élégantes impostes, des jardins entourés de grilles et des sous-sols. Rue et bâtiments avaient une perfection presque intimidante. Pas une mauvaise herbe, se dit Kate, n'oserait pointer ses pousses sacrilèges dans ces petites pelouses bien peignées et ces massifs de fleurs. Remarquable absence de voitures aussi. Aucun signe de vie dans le calme du matin. Kate se gara devant la maison de Miss Aldridge, avec l'impression désagréable qu'elle risquait fort de retrouver sa voiture munie d'un sabot ou emmenée en fourrière quand elle reviendrait avec Robbins. Regardant la façade étincelante, les deux hautes fenêtres au premier avec leur balcon en fer forgé, Robbins dit : « Jolie maison. Rue agréable. Je ne pensais pas que les membres du barreau pénal pouvaient s'offrir ça.

– Tout dépend du membre. Venetia Aldridge ne comptait pas seulement sur l'assistance judiciaire – bien qu'elle ne soit pas si mal payée que les avocats veulent bien le dire. Elle avait toujours un certain nombre de riches clients privés. L'année dernière, il y avait eu cette affaire de diffamation et celle de fraude fiscale qui a duré trois mois. »

Robbins dit : « Elle ne l'a pas gagnée, n'est-ce pas ?

– Non, mais ça ne veut pas dire qu'elle n'a pas été payée. »

Elle se demanda pourquoi Venetia Aldridge avait choisi précisément cette rue, puis crut bien avoir trouvé la réponse. La station de métro de South Kensington était à quelques minutes de marche, à six arrêts seulement du Temple. Elle pouvait être aux Chambers en vingt minutes à peu près, quels que fussent les encombrements.

Robbins appuya sur un bouton étincelant. Ils entendirent le léger grattement de la chaîne et une femme d'un certain âge les dévisagea d'un air inquiet.

Kate lui montra sa plaque en disant : « Mrs Buckley ? Je suis l'inspecteur de police Miskin et voici le sergent Robbins. Pouvons-nous entrer ? »

La chaîne fut détachée, la porte s'ouvrit. Mrs Buckley se révéla être une femme mince, apparemment nerveuse, avec une petite bouche aux contours très nets entre des joues rebondies, ce qui lui donnait l'air d'un hamster, et cette expression que Kate avait déjà remarquée chez des personnes pas sûres d'elles, faite d'une respectabilité un peu désespérée tempérée par une recherche d'autorité.

Elle dit: «La police. C'est Miss Aldridge que vous voulez, je pense. Elle n'est pas ici, elle est aux Chambers, Pawlet Court.»

Kate dit: «C'est au sujet de Miss Aldridge que nous venons. Il faut que nous voyions sa fille. Une mauvaise nouvelle, j'ai bien peur.»

Aussitôt le visage inquiet pâlit. Elle dit: «Oh, mon Dieu! il est donc arrivé quelque chose.» Elle s'effaça, tremblante, et tandis qu'ils entraient leur montra sans mot dire une porte à droite.

Une fois à l'intérieur, elle chuchota: «Elle est là, Octavia, avec son fiancé. Sa mère est morte, n'est-ce pas? C'est ça que vous êtes venus nous dire?

– Oui, dit Kate. C'est malheureusement ça.»

Chose étonnante, Mrs Buckley ne fit pas mine de les précéder: elle laissa Kate ouvrir la porte et suivit, la dernière derrière le sergent Robbins.

Ils furent immédiatement accueillis par une forte odeur de breakfast: bacon et café. Une jeune fille et un garçon étaient assis à la table, mais ils se levèrent en les voyant et les fixèrent d'un air peu engageant.

Il ne s'était écoulé que quelques secondes avant que Kate parlât, mais ce bref instant avait suffi à ses yeux perçants pour photographier la fille, son compagnon et la disposition de la pièce. Elle était certainement double à l'origine mais une cloison avait été abattue pour en faire un long espace à deux usages. La partie du devant était la salle à manger avec une table rectangulaire en bois ciré, un dressoir à droite de la porte et à l'opposé une cheminée d'époque flanquée de rayonnages et surmontée d'une peinture à l'huile. La cuisine était située du côté droit du jardin et Kate remarqua que l'évier et le fourneau avaient été installés sur le mur de gauche de façon que rien ne gênât la vue que l'on avait de la fenêtre. De petits détails s'imposèrent à ses yeux et à sa mémoire. La rangée de pots en terre cuite avec leurs herbes aromatiques sous la fenêtre la plus éloignée, un assortiment de statuettes en porcelaine de toutes tailles et époques, placées plutôt que disposées sur les étagères, la tache de graisse laissée par les assiettes sales sur la table encombrée.

Si Octavia Cummins était maigre, elle avait une poitrine fort développée et le visage d'une enfant avertie. Ses yeux aux iris d'un brun chaud étaient légèrement étroits et obliques sous des sourcils qui semblaient avoir été épilés. Ils donnaient un cachet exotique à un visage qui aurait pu être jugé intéressant sinon joli, sans la moue boudeuse d'une bouche trop grande. Elle portait une longue robe de coton sans manches à dessins rouges sur une chemise blanche et toutes deux auraient eu besoin d'un bon lavage. Pour seul bijou, une bague avec une pierre rouge entourée de perles à l'annulaire.

Par contraste avec l'aspect assez crasseux de la demoiselle, le garçon paraissait presque agressivement propre. Il aurait pu poser pour un portrait en noir et blanc – cheveux foncés presque noirs, jeans noirs, visage pâle, chemise très blanche à col Danton. Les yeux sombres fixaient Kate d'un air mi-insolent mi-scrutateur, mais tandis qu'elle lui rendait regard pour regard, ils devinrent soudain vides, comme si elle n'existait pas.

Kate dit : « Miss Octavia Cummins ? Je suis l'inspecteur Miskin et voici le sergent Robbins. Je crains que nous ne venions vous annoncer une très mauvaise nouvelle. Miss Cummins, je crois qu'il vaudrait mieux vous asseoir. »

C'était toujours un avertissement utile en cas de désastre imminent, cette convention qui voulait qu'on n'accueillît jamais les mauvaises nouvelles debout.

La fille dit : « Je ne veux pas m'asseoir. Faites-le si vous voulez. C'est mon fiancé. Il s'appelle Ashe. Oh, et puis voilà Mrs Buckley. L'employée de maison. Vous n'avez pas besoin d'elle, je suppose ? »

Le ton de mépris blasé était évident et pourtant, se

dit Kate, il était impossible qu'elle ne se rendît aucun compte du sens de leur visite. Comme si la police venait souvent annoncer de bonnes nouvelles !

Ce fut l'employée de maison qui parla : « J'aurais dû le savoir. J'aurais dû prévenir la police hier soir quand j'ai vu qu'elle ne rentrait pas. Jamais elle ne restait dehors toute la nuit sans me le dire. Quand j'ai téléphoné ce matin, cet homme, le secrétaire, m'a dit qu'elle était aux Chambers. Comment est-ce qu'elle pouvait y être ? »

Les yeux sur la jeune fille, Kate dit : « Elle y était bien, mais elle était morte, hélas. Le secrétaire, Mr Naughton, a trouvé le corps quand il est arrivé à son bureau. Je suis désolée, Miss Cummins.

– Ma mère est morte ? Mais c'est impossible. Nous l'avons vue mardi. À ce moment-là elle n'était pas malade.

– Ce n'est pas une mort naturelle, Miss Cummins. »

Ce fut Ashe qui intervint : « Vous êtes en train de nous dire qu'elle a été assassinée. »

C'était une affirmation, pas une question. Sa voix intrigua Kate. Au premier abord, elle était assez ordinaire, et pourtant elle lui fit l'effet d'être artificielle, l'une parmi toutes celles qu'il pouvait prendre à sa guise. Ce n'était pas celle qu'il avait en naissant, mais que dire de la mienne, pensa Kate. Elle n'était plus la Kate Miskin qui hissait les courses de sa grand-mère jusqu'en haut des sept étages empestant l'urine dans les Ellison Fairweather Buildings. Elle ne lui ressemblait pas. Elle n'avait pas la même voix. Elle aurait parfois souhaité ne pas avoir les mêmes sentiments.

Elle dit : « J'ai bien peur que ça en ait toutes les apparences. Nous ne connaîtrons pas les détails avant l'autopsie. » Elle se tourna de nouveau vers la fille. « Y a-t-il quelqu'un que vous aimeriez avoir auprès de vous ? Voulez-vous que j'appelle votre médecin ? Voulez-vous une tasse de thé ? »

Une tasse de thé. Le remède anglais pour le chagrin, les chocs et la mort des humains. Elle avait fait le thé dans tant de cuisines pendant sa carrière de femme policier : dans des réduits sordides et puants où les assiettes sales s'empilaient sur l'évier et les ordures s'éparpillaient hors de la poubelle ; dans des cuisines bien rangées de banlieue, petits mausolées des vertus domestiques ; dans des pièces au design si élégant qu'il était difficile de croire qu'on y avait jamais cuisiné.

Mrs Buckley regarda vers la cuisine et demanda : « Je fais du thé ? » à Octavia qui répondit : « Je n'en veux pas. Et je ne veux personne d'autre. J'ai Ashe. Et je n'ai pas besoin d'un médecin. Quand est-elle morte ?

– Nous ne savons pas encore. Dans la soirée d'hier.

– Alors vous ne pourrez pas accuser Ashe comme vous l'avez fait la dernière fois. Nous avons un alibi. Nous étions en bas dans mon appartement et Mrs Buckley nous a préparé à dîner. Nous sommes restés ensemble ici pendant toute la soirée. Demandez-lui. »

C'était le genre de renseignement que voulait Kate, mais elle n'avait pas l'intention de le demander déjà. On n'annonce pas à une fille que sa mère a été assassinée en demandant dans le même temps si elle et son petit ami ont un alibi. Mais elle ne put résister à un mouvement de sourcil interrogateur en direction de Mrs Buckley. La femme inclina la tête : « Oui, c'est vrai. J'ai préparé un repas dans la cuisine en bas et nous sommes restés ensemble toute la soirée, jusqu'à ce que je monte me coucher. C'était après ma vaisselle. Ça devait être vers dix heures et demie, ou un peu plus. Je m'étais même dit, je m'en souviens, que mon heure habituelle était passée d'une demi-heure. »

Donc, cela mettait Ashe et la fille hors de cause. Ils n'auraient pas pu aller au Temple en moins de quinze minutes, même sur une moto rapide et en supposant que les rues aient été exceptionnellement dégagées. On pourrait vérifier les temps, mais à quoi bon ? À dix heures quarante-cinq, Venetia Aldridge était morte depuis longtemps.

Octavia dit : « Donc la question est réglée. Pas de

veine. Cette fois vous serez obligés de trouver le vrai meurtrier. Pourquoi ne pas essayer son amant ? Pourquoi ne pas questionner ce sacré Mr Mark Rawlstone, le député ? Demandez-lui pourquoi ma mère et lui se disputaient mardi soir. »

Kate se maîtrisa, non sans difficulté. Puis elle dit calmement : « Miss Cummins, votre mère a été assassinée. C'est à nous de découvrir le responsable. Mais pour le moment, mon premier souci est de m'assurer que vous êtes bien. Et c'est visiblement le cas.

– C'est ce que vous croyez. Vous ne savez rien de moi. Qu'est-ce que vous attendez pour vous en aller ? »

Soudain elle s'écroula sur une des chaises et éclata en sanglots bruyants, aussi incontrôlés et spontanés que ceux d'un petit enfant. Instinctivement Kate esquissa un mouvement vers elle, mais Ashe intervint et se glissa silencieusement entre elles. Puis il se posta derrière la chaise et mit les mains sur les épaules de la fille. La voyant secouée par une petite saccade convulsive, Kate crut d'abord qu'elle allait le repousser, mais elle se soumit à ces mains dominatrices et au bout de quelques instants les hurlements se changèrent en sanglots assourdis. La tête penchée en avant, les larmes tombaient en pluie incessante sur les mains crispées. Une fois encore les yeux sombres, sans expression, rencontrèrent ceux de Kate au-dessus de la tête d'Octavia.

« Vous avez entendu ce qu'elle a dit ? Pourquoi est-ce que vous ne partez pas ? On ne veut pas de vous ici. »

Kate dit : « Quand la nouvelle se répandra vous serez peut-être importunés par les médias. Si Miss Cummins a besoin de protection, vous nous le ferez savoir. Nous aurons besoin de nous entretenir avec vous deux. Est-ce que vous serez chez vous plus tard dans la journée ?

– Je suppose, oui, ici ou dans l'appartement d'Octavia. Il est au sous-sol. Vous pourriez tenter votre chance dans un endroit ou dans l'autre vers six heures.

– Merci. Cela nous aiderait si vous faisiez l'effort

d'être là. Nous éviterions de perdre notre temps en revenant. »

Kate et le sergent Robbins sortirent, suivis par Mrs Buckley. Sur le seuil, Kate se retourna vers elle.

« Nous aurons besoin de vous parler plus tard. Où pourrons-nous vous trouver ? »

Les mains de la femme tremblaient, ses yeux regardaient dans ceux de Kate avec un mélange de peur et de supplication qui n'était que trop familier. Elle dit : « Ici. Je veux dire que je suis en général ici à partir de six heures pour préparer le dîner de Miss Aldridge quand elle est à Londres. J'ai un petit studio avec une salle de bains en haut de la maison. Je ne sais pas ce qui va se passer maintenant. Je suppose que je serai obligée de m'en aller. Je ne veux pas travailler pour Miss Cummins. Je pense qu'elle vendra la maison. Ça a l'air affreux de penser à moi, mais je ne sais vraiment pas ce que je vais faire. J'ai tout plein d'affaires à moi ici, des petites choses en fait. Un bureau, quelques livres de mon défunt mari, une vitrine de porcelaines auxquelles je tiens. J'ai mis les grosses pièces au garde-meuble quand Miss Aldridge m'a engagée. Je ne peux pas croire qu'elle est morte. Et comme ça. C'est horrible. Le meurtre, ça change tout, n'est-ce pas ?

– Oui, dit Kate. Le meurtre change tout. »

Elle avait déjà décidé qu'il serait déplacé d'interroger la fille, mais avec Mrs Buckley c'était différent. Impossible de dire grand-chose sur le pas de la porte, mais l'employée de maison, comme si elle souhaitait prolonger l'entretien, se dirigea avec eux vers la voiture.

Kate dit : « Quand avez-vous vu Miss Aldridge pour la dernière fois ?

– Hier matin au petit déjeuner. Elle aime... elle aimait se le préparer elle-même. Juste du jus d'orange, du muesli et des toasts. Mais je descendais toujours lui demander quels repas elle prendrait ici et quelles instructions elle voulait me donner. Elle est partie juste avant huit heures pour aller au tribunal de Snaresbrook. Elle me disait en général si elle sortait de Londres, au cas où on l'appellerait en urgence ici au lieu des Chambers. Mais ce n'est pas la dernière fois que je lui ai parlé. J'ai téléphoné aux Chambers à huit heures moins le quart hier soir. »

Kate prit grand soin de parler calmement pour demander : « Vous êtes bien sûre de l'heure ?

– Oh, tout à fait. Je m'étais dit que j'attendrais sept heures et demie avant de la tracasser. Quand sept heures et demie est arrivé, j'ai pris l'appareil, mais je l'ai reposé. Je suis sûre que j'ai attendu jusqu'à huit heures moins le quart. Je suis tout à fait sûre de l'heure. J'ai regardé ma montre.

– Vous avez vraiment parlé à Miss Aldridge ?

– Oh, oui, je lui ai parlé.

– Comment paraissait-elle ? »

Avant que Mrs Buckley ait pu répondre, ils entendirent des pas et, se retournant, virent Octavia Cummins qui descendait l'allée du jardin comme une enfant furieuse.

Elle cria : « Elle a appelé ma mère pour se plaindre de moi. Et si vous voulez parler à mon employée de maison, faites-le dans la maison et pas dans la rue. »

Mrs Buckley poussa une exclamation effarée et sans un mot de plus pivota sur ses talons et rentra en toute hâte dans la maison. Après un dernier coup d'œil à Kate et Robbins, la fille la suivit. La porte fut énergiquement refermée.

Tout en attachant sa ceinture, Kate dit : « Nous nous y sommes mal pris, du moins moi. Désagréable petite rosse, hein ? On en arrive à se demander pourquoi les gens se donnent la peine de faire des enfants. »

Robbins dit : « Les larmes étaient sincères. » Puis il ajouta doucement : « Jamais le plus facile dans notre métier d'annoncer les mauvaises nouvelles.

– Des larmes provoquées par le choc, pas par le chagrin. Et puis est-ce que c'était de si mauvaises nouvelles ? Enfant unique, elle aura tout... la maison, l'argent, le mobilier et cette coûteuse toile au-dessus de la cheminée. Et il y en a autant sans aucun doute dans le salon du premier. »

Robbins dit : « On ne peut pas juger les gens d'après leur réaction à un meurtre. On ne peut pas savoir ce qu'ils pensent, ou ce qu'ils ressentent. Ils ne le savent pas toujours eux-mêmes. »

Kate dit : « C'est bon, sergent, nous savons tous que vous êtes le visage humain de la police, mais n'en faites pas trop quand même. Octavia Cummins ne s'est même pas donné la peine de demander comment sa mère était morte. Et puis, pensez à sa première réaction. Son seul souci, c'était que nous ne puissions pas en accuser son prétendu fiancé. Drôle d'arrangement d'ailleurs. Aujourd'hui les jeunes n'ont pas de fiancés, ils ont des partenaires. Et qu'est-ce qu'il recherche, lui, à votre avis ? »

Robbins réfléchit un moment, puis dit : « Je crois savoir qui est Garry Ashe. Il a été acquitté il y a quatre semaines du meurtre de sa tante. La femme avait été trouvée la gorge tranchée dans sa maison de Westway. Je me rappelle l'affaire parce que j'ai un ami enquêteur qui a travaillé dessus. Et il y a une autre chose intéressante : c'est Venetia Aldridge qui l'a défendu. »

La voiture était arrêtée à un feu. Kate dit : « Oui, je sais. Drysdale Laud nous l'avait dit. J'aurais dû vous le signaler en venant ici avant que nous entrions dans la maison. Je suis désolée, sergent. »

Elle était furieuse contre elle-même. Pourquoi diable n'en avait-elle pas parlé à Robbins ? Ce n'était pas le genre de renseignement qu'on oubliait facilement. Certes, elle ne s'était pas attendue à trouver Garry Ashe dans la maison, mais ce n'était pas une excuse. Elle répéta : « Désolée. »

La voiture redémarra. Ils suivaient maintenant Brompton Road. Il y eut un silence, puis Robbins demanda : « Vous croyez qu'il y a une chance de faire sauter cet alibi ? Mrs Buckley m'a paru honnête.

– À moi aussi. Non, elle disait la vérité. D'ailleurs, comment Ashe et la fille auraient-ils pu pénétrer dans les Chambers ? Et la perruque et le sang ? Est-ce qu'ils auraient su où les trouver ? On nous a dit qu'Octavia ne mettait jamais les pieds aux Chambers.

– Et cet amant supposé ? Malveillance ou vérité ?

– Un peu des deux, j'imagine. Il faudra le voir, c'est évident, et ça ne lui plaira pas. Député en pleine ascension. Pas dans le gouvernement fantôme, mais candidat possible pour un poste de second plan. Une majorité de moins de mille voix à défendre.

– Vous en savez des choses sur lui !

– Comme tout le monde. On ne peut pas tomber sur un programme politique sans le voir pontifier. Jetez un coup d'œil au plan, s'il vous plaît. Il est facile de se tromper dans ces rues. Je ne voudrais pas manquer l'embranchement vers Sedgemoor Crescent. Espérons que nous trouverons Mrs Carpenter chez elle. Plus tôt nous parlerons avec ces femmes et mieux ça vaudra. »

15

Dalgliesh et Piers virent Harry Naughton dans son bureau. Il semblait à Dalgliesh que le secrétaire serait plus à l'aise là, dans cette pièce où il avait travaillé pendant près de quarante ans. Terry Gledhill, l'assistant, avait été interrogé, puis autorisé à rentrer chez lui, Naughton restant sur place pour s'occuper d'éventuelles urgences. Il était maintenant assis à son bureau, les mains sur les genoux, comme un homme parvenu à l'extrême limite de l'épuisement. De taille moyenne, il paraissait plus petit et le visage fatigué, anxieux, plus vieux que le corps. Les cheveux gris qui se raréfiaient étaient soigneusement brossés en arrière pour dégager un front bossué. Les yeux avaient une expression tendue qui, d'après Dalgliesh, devait être plus ancienne que les résultats de la tragédie du jour. Mais il y avait dans son attitude la dignité innée d'un homme rompu à son travail, qui le fait bien et qui se sait apprécié. Il était habillé avec soin. Le complet classique était visiblement vieux mais le pli du pantalon impeccable et la chemise fraîchement blanchie.

Dalgliesh et Piers avaient pris les deux autres sièges et ils étaient réunis là dans l'encombrement apparemment désordonné de ce bureau, cœur des Chambers. Dalgliesh savait que l'homme en face d'eux pouvait sans doute lui en dire plus sur ce qui se passait dans la maison que n'importe lequel des autres locataires ; mais le voudrait-il ? C'était moins sûr.

Par terre, entre eux, la boîte de fer qui avait contenu la perruque carrée. Haute de soixante centimètres environ, très cabossée, elle portait sur le côté les lettres J. H. L. peintes sous des armoiries presque indéchiffrables. L'intérieur était garni d'une soie plissée fauve, avec une colonne centrale rembourrée pour soutenir la perruque ; le couvercle était ouvert, la boîte, vide.

Naughton dit : « Elle a toujours été rangée dans le bureau du secrétaire depuis que je suis ici, c'est-à-dire depuis aussi longtemps que Mr Langton – presque quarante ans. Elle appartenait à son grand-père à qui un vieil ami l'avait donnée quand il avait été nommé conseiller de la reine. C'était en 1907. Il y a une photographie qui le représente avec cette perruque chez Mr Langton. On la prêtait toujours aux membres des Chambers quand ils devenaient conseillers de la reine. Vous pouvez le voir d'après les photos. »

Les photos encadrées, certaines des anciennes en noir et blanc et les plus modernes en couleurs, étaient accrochées à la gauche du bureau de Mr Naughton. Les visages, tous masculins sauf un, graves, satisfaits, fendus de larges sourires, ou plus réservés dans leur jubilation, faisaient face à l'appareil, au-dessus de la soie et de la dentelle ; certains posaient avec leur famille, un ou deux étaient visiblement pris aux Chambers avec Harry Naughton à leur côté, raide de fierté réverbérée. Dalgliesh reconnut Langton, Laud, Ulrick et Miss Aldridge.

Il demanda : « La boîte était fermée à clef ?

– Pas de mon temps. Cela ne semblait pas nécessaire. Elle l'était du temps du vieux Mr Langton. Et puis le fermoir a été cassé, il y a environ huit ans je crois, peut-être plus, et on n'a pas jugé que c'était la peine de le faire réparer. La boîte est toujours fermée pour protéger la perruque et en général on ne l'ouvre que si un nouveau conseiller de la reine est nommé. Et puis parfois l'un d'eux l'emprunte s'il est invité au service annuel à la mémoire des juges.

– Et quand a-t-elle été portée pour la dernière fois ?

– Il y a deux ans, monsieur. Quand Mr Montague a été nommé. Il travaille dans l'annexe de Salisbury. Nous ne le voyons pas souvent ici. Mais ce n'est pas la dernière fois que je l'ai vue. La semaine dernière Mr Costello était dans mon bureau et il l'a essayée.

– C'était quand ?

– Mercredi après-midi.

– Et comment ça s'est-il passé ?

– Mr Costello était en train de regarder la photo de Miss Aldridge et Terry, mon assistant, a dit quelque chose comme : "Vous serez le prochain, monsieur." Mr Costello a alors demandé si nous avions toujours la perruque de Mr Langton. Terry a sorti la boîte du placard et Mr Costello l'a ouverte pour regarder et il a mis la perruque sur sa tête. Ça n'a duré qu'un instant. Il l'a ôtée et remise à sa place presque aussitôt. Je crois que c'était juste une manière de plaisanterie.

– Et à votre connaissance, la boîte n'a pas été ouverte depuis ?

– Pas que je sache. Terry l'a replacée tout de suite dans le placard et on n'en a plus parlé. »

Piers demanda : « Vous n'avez pas trouvé bizarre que Mr Costello vous demande si vous aviez encore la perruque ? Je croyais que tout le monde aux Chambers savait qu'elle était rangée dans votre bureau ?

– Je crois que c'était très généralement connu, oui.

Mr Costello voulait sans doute badiner. Je ne peux pas être absolument certain des mots exacts. Il a peut-être dit : "Vous avez encore la perruque carrée ici, n'est-ce pas ?" Quelque chose comme ça. Il sera sans doute plus précis. »

Ils revinrent ensuite sur le premier récit fait par Naughton de sa découverte du corps. Il avait surmonté les pires effets du premier choc, mais Dalgliesh remarqua que ses mains qui reposaient sur ses genoux avaient commencé à tripoter nerveusement le pli du pantalon.

Le policier lui dit : « Vous avez agi avec beaucoup de bon sens dans une situation épouvantable. Vous vous rendez bien compte que nous tenons toujours beaucoup à ce que l'affaire de la perruque et du sang ne soit pas ébruitée par les rares personnes qui ont vu le corps.

– Je n'en parlerai certainement pas, monsieur. » Il s'interrompit, puis reprit : « C'est le sang, c'est ça qui m'a bouleversé. Le corps était froid comme une pierre. On aurait cru toucher du marbre. Et pourtant le sang était humide, visqueux. C'est à ce moment-là que j'ai failli perdre la tête. Je n'aurais pas dû toucher le corps, bien sûr. Je m'en rends compte maintenant. Je pense que c'était instinctif, pour m'assurer qu'elle était morte.

– Il ne vous est pas venu à l'esprit que le sang pouvait être celui de Mr Ulrick ?

– Pas sur le moment. Ni plus tard, d'ailleurs. J'aurais dû comprendre tout de suite que ça ne pouvait pas être celui de Miss Aldridge. Ça semble bizarre maintenant, mais je crois que j'ai essayé de chasser le tableau de mon esprit, de ne pas y penser.

– Mais vous saviez que Mr Ulrick avait un demi-litre de sang en réserve dans son réfrigérateur ?

– Oui, je le savais. Il en avait parlé à Miss Caldwell qui me l'avait dit. Je crois que le lundi soir, tout le monde – c'est-à-dire le personnel des Chambers – était au courant. Mr Ulrick prend toujours grand soin de sa santé. Terry a dit quelque chose comme "Espérons qu'il n'aura jamais besoin d'une transplantation cardiaque, ou Dieu sait ce que nous trouverons dans son frigo". »

Piers dit : « Les gens avaient tendance à s'en moquer ?

– Pas exactement s'en moquer. Mais ça semblait une idée bizarre d'emporter son propre sang à l'hôpital. »

Dalgliesh, qui semblait s'arracher à une rêverie, demanda : « Est-ce que vous aimiez Miss Aldridge ? »

Question aussi inattendue que désagréable. Le visage pâle de Naughton s'empourpra : « Je n'éprouvais pas d'antipathie pour elle. C'était un excellent juriste et un membre respecté des Chambers. »

Dalgliesh dit doucement : « Mais ce n'est pas vraiment une réponse, n'est-ce pas ? »

Naughton le regarda : « Je n'avais pas à aimer ou ne pas aimer ; mon travail, c'était de veiller à ce qu'elle soit servie comme elle avait le droit de l'être. Je ne connais personne qui lui ait voulu du mal, moi y compris, monsieur. »

Dalgliesh dit : « Pouvons-nous revenir à hier ? Vous rendez-vous compte que vous êtes peut-être la dernière personne à avoir vu Miss Aldridge vivante ? Quand était-ce ?

– Juste avant dix-huit heures trente. Ross et Halliwell, les avoués qui lui donnaient beaucoup de travail, avaient envoyé un dossier. Elle l'attendait et m'avait appelé pour me demander de le monter dès qu'il arriverait. Ce que j'ai fait. Terry était sorti en courant pour acheter l'*Evening Standard* juste après six heures et je l'ai monté aussi.

– Et le journal était complet ? Personne n'en avait retiré une partie ?

– Je n'ai pas remarqué. Il avait l'air intact.

– Qu'est-ce qui s'est passé ?

– Rien. Miss Aldridge était assise à son bureau en train de travailler. Elle avait l'air parfaitement bien, comme d'habitude. Je lui ai souhaité le bonsoir et je l'ai laissée. J'étais le dernier du personnel à partir, mais je n'ai pas branché l'alarme. Je voyais de la lumière dans le bureau de Mr Ulrick en bas, je savais donc qu'il s'en irait après moi. La dernière personne sortie branche en général l'alarme et ensuite les femmes de ménage quand elles arrivent la déconnectent pendant qu'elles travaillent. »

Dalgliesh l'interrogea sur les dispositions prises pour le nettoyage et Naughton confirma ce que Laud lui avait dit. Le travail était confié à l'entreprise de Miss Elkington spécialisée dans l'entretien des bureaux d'hommes de loi et qui n'employait que des personnes absolument sûres. Leurs deux femmes de ménage, Mrs Carpenter et Mrs Watson, devaient être là hier soir, arrivées à l'heure habituelle, vingt heures trente. Elles venaient de vingt heures trente à vingt-deux heures les lundis, mercredis et vendredis.

Dalgliesh dit : « Nous allons bien entendu voir ces deux personnes. Un de mes officiers est allé les chercher. Elles nettoient tout le bâtiment ?

– Sauf évidemment l'appartement d'en haut. Elles ne s'occupent pas de l'appartement de lord et lady Boothroyd. Et parfois elles ne peuvent pas entrer dans l'un des bureaux ici, si un membre des Chambers décide de le fermer à clef. C'est très rare, mais ça peut arriver s'il y a des documents ultra-sensibles. Miss Aldridge le faisait de temps en temps.

– Sa porte a bien sûr une clef, mais pas de dispositif de sécurité.

– Elle n'aimait pas ces systèmes presse-bouton, elle disait qu'ils défiguraient les Chambers. Miss Aldridge avait toujours une clef et j'avais le double. J'ai le double des clefs pour toutes les portes dans ce placard-là. »

Pendant leur entretien des messages étaient parvenus par fax et Naughton commençait à regarder la machine avec anxiété. Mais il y avait une dernière question avant qu'ils le laissent aller.

Dalgliesh demanda : « Vous avez déjà décrit exactement ce qui s'est passé ce matin. Vous êtes parti de chez vous à Buckhurst Hill vers sept heures et demie pour prendre votre train habituel. Vous auriez donc dû être au bureau vers huit heures et demie, mais vous n'avez appelé Mr Langton qu'à neuf heures passées. Il semble y avoir une demi-heure de battement. Qu'avez-vous fait pendant ce temps-là ? »

Si gentiment qu'elle eût été posée, la question, avec ce qu'elle laissait entendre de faits dissimulés, de routine longuement établie rompue sans explications, n'aurait pas pu être plus fâcheuse. Même ainsi, la réaction fut étonnante.

Pendant un instant, Naughton parut aussi coupable que s'il avait été accusé du crime. Puis il se ressaisit et dit : « Je ne suis pas venu directement au bureau. Arrivé à Fleet Street, il y avait des choses auxquelles j'avais besoin de réfléchir. J'ai décidé de continuer à marcher un moment. Je ne me rappelle pas exactement où je suis allé, mais j'ai suivi les quais et je suis remonté vers le Strand.

– À quoi réfléchissiez-vous ?

– À des affaires personnelles. Familiales. » Il ajouta : « Surtout, je me demandais si j'accepterais un prolongement d'un an ici, au cas où il me serait proposé.

– Et il le sera ?

– Pas certain. Mr Langton y a fait allusion, c'est sûr, mais il ne peut rien promettre avant qu'on en discute à une réunion des Chambers.

– Mais vous ne vous attendiez pas à des difficultés ?

– Je ne saurais dire ; vous devrez demander ça à Mr Langton, monsieur. Il peut y avoir des membres qui pensent que le moment du changement est venu. »

Piers demanda : « Est-ce que Miss Aldridge était de ceux-là ? »

Naughton se tourna pour le regarder : « Je crois que son idée était d'avoir un administrateur au lieu d'un secrétaire. Une ou deux Chambers en ont nommé et je crois que ça marche bien.

– Mais vous espériez rester ? » Piers insistait.

« Je le pensais, oui, tant que Mr Langton était à la tête des Chambers. Nous sommes arrivés la même année tous les deux. Mais maintenant, c'est différent. Le meurtre change tout. Je ne pense pas qu'il souhaitera rester. Ça pourrait être sa fin. C'est terrible pour lui, terrible pour les Chambers. Terrible. »

L'énormité de la chose parut soudain l'accabler. Sa voix se brisa et Dalgliesh se demanda s'il n'allait pas pleurer. Il y eut un silence, interrompu par le bruit de pas précipités, et Ferris entra.

Contrôlant sévèrement sa voix, il dit : « Excusez-moi, patron, je crois que nous avons retrouvé l'arme. »

16

Les quatre membres des Chambers attendaient ensemble dans la bibliothèque, la plupart du temps sans parler. Langton avait pris place à la tête de la table, plus par habitude que par désir de présider. Il se surprenait à fixer le visage de chacun de ses collègues avec une intensité passagère, non sans redouter un peu qu'ils pussent la déceler et s'en offusquer. Il les voyait comme pour la première fois, sous l'aspect non pas de trois visages familiers, mais d'étrangers impliqués dans une catastrophe commune, échoués dans quelque aéroport, se demandant avec curiosité comment l'autre allait réagir et quelles étaient les circonstances qui les avaient réunis de façon si imprévue. Il se prit à penser : Je suis le responsable des Chambers et ceux-ci sont mes amis, mes frères dans le droit, et je ne les connais même pas. Je ne les ai jamais connus. Il se rappela un jour – il avait quatorze ans et c'était son anniversaire – où il avait regardé pour la première fois dans le miroir de la salle de bains et soumis chacun des détails de son visage à un long examen grave, sans sourire, se disant : C'est moi. C'est à ça que je ressemble. Et puis il s'était souvenu que l'image était inversée et que jamais de toute sa vie il ne verrait le visage que voyaient les autres, et qu'il n'y avait peut-être pas que ses traits qui étaient inconnaissables. Mais que pouvait dire un visage ? « Il n'est point d'art pour lire la structure de l'esprit sur le visage. C'était un gentilhomme sur qui j'avais fondé une foi absolue. » *Macbeth*. La pièce qui porte malheur, selon les acteurs. La pièce du sang. Quel âge avait-il quand ils l'avaient étudiée en classe ? Quinze ans ? Seize ? Curieux qu'il se rappelât cette citation, alors que tant d'autres choses avaient été oubliées.

Il regarda Simon Costello, assis à l'extrémité de la table, qui pressait continuellement son dos contre sa chaise comme s'il voulait se bercer jusqu'à retrouver la sérénité. Langton regarda le pâle visage carré si familier, les yeux qui semblaient trop petits sous les lourds sourcils, les cheveux blond-roux qui pouvaient flamber sous le soleil, les épaules puissantes. Il avait l'air d'un footballeur professionnel plutôt que d'un homme de loi, sauf quand il portait sa perruque. Alors le visage devenait un masque impressionnant de gravité judiciaire. Mais, se dit Langton, les perruques nous métamorphosent tous ; et c'est peut-être pour cela que nous hésitons tant à nous en débarrasser.

Il regarda de l'autre côté de la table Ulrick, son visage mince et délicat, la chevelure brune indisciplinée qui retombait sur le front haut, les yeux vifs et méditatifs derrière les lunettes cerclées de métal, qui avaient néanmoins une expression de douce mélancolie, voire de résignation. Ulrick qui pouvait ressembler à un poète et pourtant lancer des piques avec la venimeuse âcreté d'un maître d'école déçu. Il était toujours assis dans un des fauteuils à côté de la cheminée, le même livre ouvert sur ses genoux serrés l'un contre l'autre. Cela semblait être un ouvrage de droit et Langton constata qu'il était déraisonnablement curieux de savoir ce que son collègue était en train de lire.

Drysdale Laud regardait par la fenêtre, ne laissant voir qu'un dos habillé à la perfection. Et voilà qu'il se retourna, sans parler, et fronça brièvement un sourcil en signe d'interrogation, suivi par un haussement d'épaules presque imperceptible. Son visage était peut-être plus pâle qu'à l'accoutumée, sinon il avait l'air, comme toujours, élégant, sûr de lui, détendu. Langton se dit qu'il était sans conteste le plus bel homme des Chambers, voire du barreau où les beaux hommes sûrs d'eux n'étaient pas exceptionnels avant que le grand âge les figeât dans une arrogance grincheuse. La bouche énergique était sculptée sous le long nez droit, la chevelure, une calotte de chaume noir bien discipliné, tachetée de gris au-dessus d'yeux très enfoncés. Langton se demanda quels avaient été ses rapports réels avec Venetia. Amants ? Peu probable. Et puis le bruit ne courait-il pas que Venetia était occupée ailleurs ? Homme de loi ? Écrivain ? Politique ? Quelqu'un de connu. Il avait dû entendre quelque chose de plus précis que ce vague souvenir de vieux ragots, peut-être même un nom ? Dans ce cas, cela lui avait échappé comme tant d'autres choses. Que s'était-il encore passé, se demanda-t-il, dont il n'avait pas eu conscience ?

Baissant les yeux sur ses mains jointes pour ne plus regarder ses collègues, il songea : Et moi ? Comment me voient-ils ? Que sont-ils parvenus à savoir, ou à deviner ? Mais au moins, à l'occasion de cette urgence, il avait agi en directeur des Chambers. Les mots étaient venus quand il en avait eu besoin. L'événement si dramatique dans son horreur avait imposé sa propre réaction. Bien sûr Drysdale l'avait presque supplanté, mais pas tout à fait, pas complètement. Lui, Langton, était toujours directeur des Chambers et c'est vers lui que Dalgliesh s'était tourné.

Costello était le plus agité. Voilà qu'il se levait de sa chaise, la renversant presque, pour commencer à aller et venir délibérément le long de la table.

Il dit : « Je ne vois pas pourquoi nous sommes obligés de rester enfermés ici comme des suspects. Je veux dire, il est évident que c'est quelqu'un de l'extérieur qui est entré et qui l'a tuée. Cela ne signifie pas que ce soit la même personne qui l'ait décorée de cette sacrée perruque, sacrée en plus d'un sens d'ailleurs. »

Relevant la tête, Ulrick dit : « Quel qu'en soit le responsable, c'était une chose extraordinairement cruelle à faire. Il n'est pas particulièrement plaisant de se faire tirer du sang, je déteste l'aiguille. Et puis il y a toujours le risque d'infection, si minime soit-il. Bien entendu, je fournis mes propres aiguilles. Les donneurs de sang prétendent que l'opération est indolore et elle l'est sans doute, mais je ne l'ai jamais trouvée agréable. Maintenant je vais être obligé d'annuler l'intervention et de tout recommencer. »

Laud dit, mi-amusé, mi-indigné : « Grand Dieu, Desmond, quelle importance ? Tout ce que vous avez perdu, si gênant que ce soit, c'est un demi-litre de sang. Venetia est morte et nous avons un meurtre dans les Chambers. Je suis bien d'avis que c'eût été plus commode si elle était morte ailleurs. »

Costello arrêta sa déambulation.

« C'est peut-être ce qu'il s'est passé. Est-ce que la police est sûre qu'elle a été tuée là où on l'a trouvée ? »

Laud répondit : « Nous ne savons pas de quoi Dalgliesh est sûr. Il est peu probable qu'il se confie à nous. Jusqu'à ce qu'il connaisse l'heure de la mort et le temps pendant lequel nous devons être en mesure de fournir des alibis, je pense que nous devons être considérés comme des suspects. Mais elle a sûrement été tuée là où on l'a trouvée, non ? Je ne vois pas du tout un meurtrier traverser le Middle Temple en portant un cadavre simplement pour le déposer aux Chambers et nous compromettre. D'ailleurs, comment serait-il entré ? »

Costello recommença à arpenter la pièce avec vigueur : « Oh, ce ne serait pas bien difficile. Nous ne nous soucions guère de sécurité ici, hein ? Je veux dire, on peut difficilement penser que nous sommes dans un lieu sûr. Je trouve souvent la porte entrebâillée, voire carrément ouverte quand j'arrive. Je me suis plaint plus d'une fois, mais rien n'est fait. Même ceux qui ont un dispositif de sécurité sur leur porte intérieure négligent la moitié du temps de s'en servir. Venetia et vous, Hubert, vous avez refusé qu'on en pose chez vous. N'importe qui aurait pu entrer hier soir, traverser l'immeuble et monter chez Venetia. D'ailleurs il est évident que quelqu'un l'a fait. »

Laud dit : « C'est une idée réconfortante, mais est-ce que Dalgliesh croira que cet intrus criminel savait où trouver la perruque carrée ou le sang ? Je ne le crois pas. »

Costello dit : « Valerie Caldwell le savait, elle. Je me pose des questions à son sujet. Elle a été terriblement bouleversée quand Venetia n'a pas voulu s'occuper de l'affaire de son frère. » En regardant autour de lui, il vit les visages soudain sévères, celui de Laud, dégoûté, et dit faiblement : « Oh, c'était une simple idée. »

Laud dit : « Que vous ferez bien de garder pour vous. Si Valerie souhaite signaler le fait à la police, ça la regarde. Moi, je ne le ferai certainement pas. Laisser entendre que Valerie Caldwell pourrait avoir un rapport quelconque avec la mort de Venetia est ridicule. D'ailleurs, avec un peu de chance elle aura un alibi. Nous en aurons tous. »

Desmond Ulrick dit, non sans une certaine satisfaction : « Moi je n'en ai sûrement pas, à moins qu'elle n'ait été tuée après sept heures et quart. C'est juste après cette heure-là que j'ai quitté les Chambers ; je suis rentré chez moi pour me changer, déposer ma serviette et donner à manger au chat. Ensuite je suis reparti dîner chez Rules, dans Maiden Lane. Hier c'était mon anniversaire et je dîne chez Rules ce jour-là depuis ma jeunesse. »

Costello demanda : « Seul ?

– Bien sûr. Dîner seul achève dignement le jour de mon anniversaire. »

Costello avait l'air de mener un contre-interrogatoire : « Pourquoi avoir pris la peine de rentrer chez vous ? Pourquoi ne pas être allé directement d'ici au restaurant ? Est-ce que ça n'était pas se donner beaucoup de peine pour nourrir le chat ?

– Et pour déposer ma serviette. Je ne la dépose jamais au vestiaire quand j'ai des papiers importants dedans et je n'aime pas du tout la laisser sous ma chaise. »

Costello persista : « Vous aviez retenu ?

– Non. Je suis connu du Rules et ils s'arrangent en général pour me trouver une table. C'est ce qu'ils ont fait hier soir. J'y suis arrivé à huit heures et quart comme la police le confirmera certainement. Puis-je vous suggérer, Simon, de la laisser faire son travail ? »

Il retourna à son livre.

Costello dit, brièvement : « J'ai quitté les Chambers juste après vous, Hubert, à six heures, je suis rentré chez moi et j'y suis resté. Lois pourra confirmer. Et vous, Drysdale ? »

Laud dit, assez désinvolte : « Tout cela n'a pas grand sens, n'est-ce pas, tant que nous ne connaissons pas l'heure de la mort. Moi aussi je suis rentré chez moi et reparti ensuite pour voir *When We Are Married* au Savoy. »

Costello dit : « Je croyais que c'était à Chichester.

– La pièce est passée dans le West End pour huit semaines de représentations, jusqu'en novembre.

– Vous y êtes allé seul ? Vous n'allez pas au théâtre avec Venetia en général ?

– Pas cette fois-là. Comme je l'ai dit, j'y suis allé seul.

– En tout cas, c'était à une distance commode. »

Laud s'efforça de répondre calmement : « Commode pour quoi faire, Simon ? Est-ce que vous suggérez que j'aurais pu me précipiter dehors pendant l'entracte, tuer Venetia et revenir à temps pour le deuxième acte ? C'est une chose que la police vérifiera, je suppose. Je vois assez bien un des sbires de Dalgliesh jaillir de son siège et dévaler le Strand en minutant tout à la seconde près. Franchement, je ne crois pas que ce serait possible. »

C'est alors qu'ils entendirent un bruit de roues dans la cour. Laud alla à la fenêtre et dit : « Que ce fourgon a l'air sinistre! Ils sont venus l'emporter. Venetia quitte les Chambers pour la dernière fois. »

La porte d'entrée s'ouvrit, ils entendirent des voix masculines dans le hall, des pas mesurés dans les escaliers.

Langton dit: « Cela semble mal de la laisser partir comme ça.

Il se représentait ce qui se passait dans la pièce au-dessus d'eux, le corps enfilé dans le grand sac à fermeture éclair et posé sur une civière. Lui laisseraient-ils la perruque ensanglantée sur la tête, ou la transporteraient-ils à part? Et puis, est-ce qu'ils ne scotchent pas la tête et les mains? Il se rappelait avoir vu faire cela la dernière fois où il avait regardé une série policière à la télévision. Il répéta: « Cela semble mal de la laisser partir comme ça. J'ai l'impression qu'il y a quelque chose que nous devrions faire. »

Il alla rejoindre Laud à la fenêtre et entendit la voix d'Ulrick: « Faire quoi, exactement? Voulez-vous aller chercher Harry et Valerie, puis nous mettre tous en rang pour rendre les honneurs? Peut-être devrions-nous revêtir robes et perruques pour que le geste soit plus dans le ton. »

Personne ne répondit, mais tout le monde à l'exception d'Ulrick resta auprès de la fenêtre pour regarder. Le fardeau fut sorti de la maison et chargé dans le fourgon, vite et adroitement. Les portes se refermèrent doucement et ils restèrent là, immobiles, jusqu'à ce que le bruit des roues se fût éteint.

Langton rompit le silence en disant à Drysdale Laud: « Vous connaissez bien Adam Dalgliesh?

– Pas bien, non. Je doute que quiconque y ait réussi.

– Je croyais que vous vous étiez déjà rencontrés.

– Une fois, à un dîner donné par le précédent préfet de police. Dalgliesh est le joker du Yard. Toutes les organisations en ont besoin d'un, ne serait-ce que pour prouver aux critiques qu'elles sont capables d'inspiration. La police métropolitaine ne veut pas être considérée comme un bastion d'insensibilité masculine. Un rien d'excentricité contrôlée peut être utile à condition d'être alliée à l'intelligence. Dalgliesh leur est certainement utile. Il est conseiller du préfet de police pour commencer. Ce qui peut signifier n'importe quoi, ou rien du tout. Dans son cas, cela signifie sans doute plus d'influence qu'ils ne souhaiteraient l'admettre, l'un comme l'autre. Et puis il est à la tête d'une petite équipe dotée d'une appellation inoffensive créée pour enquêter sur des affaires criminelles particulièrement sensibles. Apparemment, la nôtre a été jugée digne de ce privilège. C'est sans doute pour qu'il ne perde pas la main. Il joue un rôle utile dans les commissions aussi. Actuellement, il achève son temps de présence au sein de ce comité consultatif que la police a créé pour discuter de la façon d'intégrer les espions du MI 5 dans la police classique. Il y a un joli nid à embrouilles qui se met en place, là. »

À la surprise générale, Ulrick releva la tête et demanda : « Il vous est sympathique ?

– Je ne le connais pas assez pour éprouver une émotion aussi marquée que la sympathie ou l'antipathie. J'ai un certain préjugé, irrationnel comme les préjugés le sont en général. Il me rappelle un sergent que j'ai connu quand je faisais ma période dans la territoriale. Il était parfaitement qualifié pour être officier, mais il préférait rester dans le rang.

– Snobisme à rebours ?

– Plutôt vanité à rebours. Il prétendait que rester sergent lui donnait une meilleure chance d'étudier les hommes ainsi qu'une plus grande indépendance. C'était sous-entendre qu'il méprisait trop les officiers pour vouloir se joindre à eux. Dalgliesh aurait pu être préfet de police, ou au moins commissaire central, alors pourquoi ne l'est-il pas ? »

Ulrick dit : « Il y a sa poésie.

– C'est vrai, et elle aurait peut-être plus de succès s'il se montrait un peu, s'il se faisait un brin de publicité. »

Costello dit : « Est-ce qu'il se rendra compte que le travail ici doit continuer ? Voilà ce que je me demande. Après tout, c'est la session de la Saint-Michel qui commence. Il faut que nous puissions accéder à nos bureaux. Nous ne pouvons pas recevoir des clients pendant qu'il y a des agents qui montent et descendent les escaliers à grand bruit avec leurs croquenots.

– Oh, il se montrera plein d'égards. S'il doit coller les menottes à l'un d'entre nous, il fera ça avec une certaine classe.

– Et si le tueur a les clefs de Venetia, Harry fera bien de veiller à ce que les serrures soient changées et le plus tôt sera le mieux. »

Ils étaient trop préoccupés pour prêter attention aux bruits à l'extérieur de la lourde porte. Or, voilà qu'elle s'ouvrit brutalement et Valerie Caldwell entra, chancelante, livide.

Elle bégaya : « Ils ont trouvé l'arme. Du moins ils croient que c'est l'arme. Ils ont trouvé le coupe-papier de Miss Aldridge. »

Langton demanda : « Où ça, Valerie ? »

Elle éclata en sanglots et se précipita vers lui. Il avait peine à comprendre ce qu'elle disait : « Dans le tiroir de mon fichier. Il était dans le tiroir du bas de mon fichier. »

Hubert Langton regarda Laud. Il y eut une seconde d'hésitation pendant laquelle il craignit presque que Drysdale ne réagisse pas, qu'il dise : « C'est vous le responsable des Chambers. Vous vous débrouillez. » Mais Laud s'approcha d'elle et lui entoura les épaules de son bras.

Il lui dit d'un ton ferme : « Voyons, voyons, ça ne tient pas debout, Valerie. Arrêtez de pleurer et écoutez-moi. Personne ne va croire que vous soyez pour quoi que ce soit dans la mort de Miss Aldridge simplement parce que le poignard a été retrouvé dans votre fichier. N'importe qui a pu l'y mettre. C'était l'endroit tout indiqué pour que le meurtrier s'en débarrasse en partant. Les policiers ne sont pas idiots. Donc, ressaisissez-vous et soyez raisonnable. » Il la poussa doucement vers la porte. « Ce dont nous avons tous besoin, vous y compris, c'est de café. Du vrai café tout frais, bien chaud et en quantité suffisante. Alors soyez gentille et occupez-vous de ça. J'espère que nous en avons ?

– Oui, Mr Laud, j'en ai acheté un paquet hier.

– Les policiers ne seront sans doute pas fâchés d'en prendre aussi. Apportez-nous le nôtre dès qu'il sera prêt. Et puis vous devez bien avoir quelque chose à taper. Occupez-vous et ne vous tourmentez pas. Personne ne vous soupçonne de quoi que ce soit. »

Sous l'influence apaisante de sa voix, la fille fit de valeureux efforts pour se dominer et parvint même à esquisser un sourire de remerciement.

Une fois la porte refermée derrière elle, Costello dit : « Elle a mauvaise conscience, je suppose, à cause de cette histoire avec son frère. C'était stupide d'en éprouver de la rancœur. Qu'est-ce qu'elle s'imaginait donc ? Que Venetia allait se présenter devant un tribunal de première instance dans le nord-est de Londres, avec son assistant, pour défendre un type accusé d'avoir fourgué quelques grammes de cannabis ? Valerie n'aurait jamais dû le lui demander. »

Laud dit : « Je crois savoir que Venetia le lui a fait comprendre un peu trop clairement. Elle aurait pu être plus gentille. La fille était sincèrement bouleversée. Il semble qu'elle soit profondément attachée à son frère. Et si Venetia ne pouvait, ou ne voulait pas l'aider, quelqu'un ici aurait pu faire quelque chose. Je ne peux m'empêcher de penser que nous avons laissé tomber cette fille. »

Costello se retourna contre lui : « Faire quoi, grand Dieu ? Ce garçon avait un avocat parfaitement compétent. S'il avait éprouvé le besoin de faire intervenir un C. R. il n'avait qu'à contacter Harry et l'un d'entre nous aurait pris l'affaire. Moi par exemple, si j'avais été libre.

– Vous m'étonnez, Simon. Je ne vous savais pas si désireux de paraître devant les tribunaux de première instance. Dommage que vous ne l'ayez pas proposé à l'époque. »

Costello se hérissa, mais avant qu'il pût riposter, Desmond Ulrick prit la parole et tous se tournèrent vers lui, comme étonnés de le trouver encore parmi eux. Sans lever le nez de son livre, il dit : « Maintenant que la police a découvert l'arme, croyez-vous qu'elle nous laissera retourner dans nos bureaux ? C'est extrêmement gênant d'en être exclu de la sorte. Je ne suis pas sûr qu'elle en ait le droit. Simon, vous qui plaidez au pénal, si j'exige d'avoir accès à mon bureau, est-ce que, légalement, Dalgliesh peut me le refuser ? »

Langton dit : « Je pense que personne n'a envisagé cela, Desmond. Il ne s'agit pas des pouvoirs de la police. Nous essayons simplement d'être raisonnablement coopératifs. »

Costello intervint : « Desmond a raison. Ils ont retrouvé le poignard. S'ils pensent que c'est bien l'arme qui a servi, alors il n'y a pas de raison que nous restions enfermés ici. Où est Dalgliesh d'ailleurs ? Vous ne pourriez pas demander à le voir, Hubert ? »

La nécessité de répondre fut épargnée à Langton car la porte s'ouvrit et Dalgliesh entra, tenant un objet dans un sac en plastique mince. S'approchant de la table, il le sortit du sac avec ses doigts gantés, puis tira lentement le poignard de son fourreau pendant qu'ils regardaient, comme si ce simple geste avait l'intense fascination d'un tour de prestidigitation.

Il demanda : « Pourriez-vous confirmer, Mr Laud, que c'est bien le coupe-papier en acier que vous avez donné à Miss Aldridge ?

– Bien sûr. Il ne pourrait guère y en avoir deux semblables. C'est le coupe-papier que j'ai donné à Venetia. Vous trouverez mes initiales sur la lame, au-dessous du nom du fabricant. »

Langton le regarda, l'identifia, et le reconnut pour ce qu'il était. Il l'avait vu assez souvent sur le bureau de Venetia ; il l'avait même en quelques occasions, désormais oubliées, regardée s'en servir pour ouvrir une enveloppe épaisse. Et pourtant il lui semblait le voir pour la première fois. C'était un objet assez impressionnant. Le fourreau en cuir noir renforcé de cuivre, le manche et la garde en cuivre aussi, l'ensemble avait des lignes à la fois élégantes et dépouillées. La longue lame d'acier était visiblement très coupante. Ce n'était pas un jouet. Fait par un armurier, c'était de toute évidence une arme.

Il dit avec une sorte d'émerveillement : « Est-ce que c'est vraiment ça qui l'a tuée ? Mais il est si propre. Il n'a pas l'air différent. »

Dalgliesh lui répondit : « Il a été soigneusement essuyé. Pas d'empreintes, mais nous n'en attendions pas. Nous devrons attendre l'autopsie pour être certains, mais il semble bien que ce soit l'arme. Vous avez tous été très patients et je suis sûr que vous avez hâte maintenant de retourner dans vos bureaux. Et nous n'aurons plus besoin d'isoler une partie de la cour, ce qui sera un soulagement pour vos voisins. Ce qui nous rendrait service, c'est que, avant de quitter les Chambers, vous voyiez un de mes officiers pour lui indiquer où vous vous trouviez hier soir à partir de dix-huit heures trente. Si vous pouviez noter les détails par écrit, cela ferait gagner du temps. »

Langton se sentit obligé de parler : « Je pense que nous pouvons tous nous engager à faire cela. Autre chose ? »

Dalgliesh dit : « Oui. Avant de partir, j'aimerais savoir tout ce que vous pouvez me dire de Miss Aldridge. Vous quatre, vous avez dû la connaître mieux que quiconque ici. Comment était-elle ? »

Langton demanda : « Vous voulez dire, comme avocate ?

– Je crois que je sais ce qu'elle était comme avocate. Comme femme, comme être humain. »

Le quatuor regarda Langton. Celui-ci fut envahi par un flot d'appréhension, presque de panique. Il se rendait compte qu'on attendait quelque chose de lui. L'heure exigeait plus que les platitudes du regret, mais alors quoi ? Il ne savait trop. Glisser dans le pathétique serait intolérablement embarrassant.

Enfin, il dit : « Venetia était une excellente professionnelle et si je mets cela en premier, c'est que c'était la chose la plus importante pour tous ceux qui doivent leur liberté et leur réputation à son talent. Mais je crois qu'elle-même en aurait fait autant. Je ne crois pas qu'on puisse séparer l'avocate de la femme. Le droit, c'est ce qui comptait le plus pour elle. En tant que membre des Chambers, elle pouvait être une collègue difficile. Ce n'est pas inhabituel. Nous avons la réputation d'être difficiles. Les Chambers réunissent un certain nombre d'hommes et de femmes intelligents, extrêmement indépendants, originaux, critiques et surmenés, des hommes et des femmes qui font profession d'argumenter. Ce serait un assemblage bien terne que celui qui ne comporterait pas sa part d'excentriques et de personnalités que l'on pourrait qualifier de difficiles. Venetia pouvait être intolérante, sarcastique, rébarbative, comme nous tous parfois. Elle était très respectée. Je ne crois pas qu'elle aurait tenu pour un compliment d'être décrite comme quelqu'un que l'on aimait beaucoup.

– Donc, elle se faisait des ennemis ? »

Langton répondit simplement : « Je n'ai pas dit cela. »

Laud jugea évidemment le moment venu de parler : « Être difficile ici, c'est pratiquement une forme d'art. Venetia le portait à un plus grand degré de perfection que la plupart, mais aucun d'entre nous n'aime vivre trop pacifiquement. Venetia se serait distinguée dans n'importe quel domaine du droit. Il s'est trouvé que le droit pénal lui convenait. Elle était brillante dans ses contre-interrogatoires, mais vous l'avez sans doute entendue au tribunal. »

Dalgliesh dit : « Parfois à mes dépens. Ainsi il n'y a rien d'autre que vous puissiez me dire ? »

Costello intervint, impatient : « Qu'est-ce qu'il y a d'autre à dire ? Elle accusait, elle défendait, elle faisait son métier. Et maintenant je voudrais bien continuer à faire le mien. »

C'est alors que la porte s'ouvrit et que Kate passa la tête en disant : « Je vous ai amené Mrs Carpenter, patron. »

17

Très tôt, Dalgliesh avait appris à ne pas juger avant d'avoir des éléments tangibles en mains, ce qui s'appliquait d'ailleurs autant aux apparences qu'aux caractères. Néanmoins, il fut étonné et un peu déconcerté quand Janet Carpenter entra dans la pièce avec une sereine dignité et lui tendit la main. Il se leva à son entrée, serra la main ouverte, présenta la dame à Kate, à qui elle adressa un petit signe de reconnaissance, et l'invita à s'asseoir. Elle était calme, mais le mince visage d'intellectuelle était très pâle et l'œil expérimenté du policier y discernait les ravages évidents du choc et de la détresse.

En la regardant s'asseoir, il ressentit la secousse d'un rappel familier : il l'avait déjà rencontrée sous divers aspects, partie intégrante de son enfance dans le Norfolk, au même titre que la sonnerie de cloches cinq minutes avant l'office du dimanche matin, la foire aux cadeaux de Noël, la garden-party d'été du presbytère. Elle portait les vêtements qu'il connaissait si bien : tailleur de tweed à veste longue et jupe marquée de trois plis devant, blouse à fleurs jurant avec le tweed, camée en broche au col, robustes collants un peu plissés autour des chevilles minces, chaussures de marche classiques, cirées comme des marrons neufs, gants de laine (posés sur les genoux ce jour-là), chapeau de feutre à large bord. Une de ces excellentes femmes dépeintes par Barbara Pym, espèce en voie de disparition à coup sûr, même dans les communautés rurales, mais qui faisait autrefois partie de l'Église d'Angleterre autant que les vêpres chantées, épreuve parfois pour l'épouse du curé, mais pilier indispensable de la paroisse : pour diriger l'école du dimanche, arranger les fleurs, astiquer les cuivres, terroriser les enfants de chœur et réconforter les vicaires privilégiés. Même les noms lui revenaient, triste rappel de regrets doucement nostalgiques : Miss Moxon, Miss Nightingale, Miss Dutton-Smith. Pendant une seconde il se divertit à imaginer que Mrs Carpenter allait se plaindre du choix des hymnes du dimanche précédent.

Le bord du chapeau empêchait le policier de bien voir le visage, mais quand elle releva la tête leurs yeux se rencontrèrent. Ceux de la nouvelle venue étaient doux mais intelligents, sous d'énergiques sourcils droits plus foncés que la chevelure grisonnante aperçue sous le chapeau. Plus âgée qu'il ne s'y était attendu, certainement soixante ans passés. Le visage sans maquillage était ridé, mais la mâchoire encore forte. Il se dit que c'était un visage intéressant, mais qu'un portrait-robot aurait eu bien du mal à le différencier d'un million d'autres. Elle se dominait, volontairement immobile et s'obligeait à contenir la peur et la détresse qu'il avait vues un instant dans ses yeux. Il y avait eu encore autre chose pendant un instant : une fugitive expression de honte ou de dégoût.

Il dit : « Je suis désolé que nous ayons dû vous ramener ici, en urgence et sans aucun doute à un moment très malcommode pour vous. L'inspecteur Miskin vous a dit que Miss Aldridge était morte ?

– Elle n'a pas dit comment. » La voix, plus grave qu'il ne s'y était attendu, n'était pas sans charme.

« Nous croyons que Miss Aldridge a été assassinée. Avant les résultats de l'autopsie, nous ne pouvons pas savoir exactement comment elle est morte ni à quelle heure à peu près, mais c'est sans doute hier soir. Pourriez-vous nous dire ce qui s'est passé précisément ici depuis le moment de votre arrivée ? À quelle heure, d'abord ?

– Vingt heures trente. C'est toujours vingt heures

trente. Je travaille les lundis, mercredis et vendredis jusqu'à vingt-deux heures.

– Seule ?

– Non, normalement avec Mrs Watson. Elle aurait dû être là hier, mais Miss Elkington a téléphoné juste après six heures pour me dire que le fils marié de Mrs Watson avait eu un accident de voiture, qu'il était grièvement blessé et qu'elle était partie aussitôt pour Southampton où habite la famille.

– Est-ce que quelqu'un, à part vous-même et Miss Elkington, savait que vous travailleriez seule hier soir ?

– Je ne vois pas comment ça aurait pu se faire, Miss Elkington m'a téléphoné dès qu'elle a eu le message. Il était trop tard pour trouver une remplaçante, alors elle m'a dit de faire ce que je pourrais. Elle fera certainement une déduction sur la facture des Chambers pour décembre.

– Donc vous êtes arrivée à l'heure habituelle. Par quelle entrée ?

– La grille des Juges dans Devereux Court. J'ai une clef pour cette grille-là. Je prends le métro de Earls Court jusqu'à la station Temple.

– Avez-vous vu quelqu'un de connaissance ?

– Seulement Mr Burch qui venait de Middle Temple Lane. Il est premier secrétaire des Chambers de lord Collingford. Parfois il travaille tard et quand je le vois partir nous avons pris l'habitude de nous saluer. Il m'a dit bonsoir. Il n'y a eu personne d'autre.

– Et quand vous êtes arrivée à Pawlet Court, qu'est-ce qui s'est passé ? »

Il y eut un silence. Dalgliesh surveillait les mains de Mrs Carpenter. Son corps était immobile, mais sa main gauche étirait méthodiquement ses doigts de gants, l'un après l'autre. Or, en cet instant, elle cessa ce manège, leva la tête et regarda plus loin que lui, avec la petite grimace de concentration de quelqu'un qui essaie de se rappeler une suite d'événements compliquée. Il attendit patiemment, sentant Kate et Piers assis tout aussi immobiles de chaque côté de la porte. Cela s'était passé hier, après tout. Il y avait quelque chose de théâtral dans cette tentative apparemment laborieuse de ressouvenir.

Puis elle dit: « Quand je suis arrivée, aucune des pièces n'était éclairée, sauf le hall. En général on ne l'éteint pas. J'ai déverrouillé la porte d'entrée. L'alarme n'avait pas été branchée mais cela ne m'a pas inquiétée. Parfois la dernière personne restée dans les Chambers oublie de le faire. Tout semblait être comme d'habitude. Il y a un dispositif de sécurité sur la porte qui mène à la réception et de là au bureau du secrétaire. Je connais la combinaison, Mr Naughton me prévient quand elle va être changée, mais on ne le fait qu'une fois par an à peu près. C'est plus commode pour tout le monde de garder la même combinaison de chiffres. »

Plus commode mais nettement moins efficace comme sécurité, se dit Dalgliesh qui ne s'en étonna pas. Les systèmes installés avec enthousiasme survivent rarement à plus de six mois d'usage consciencieux.

Mrs Carpenter poursuivait: « Trois autres portes ont des systèmes semblables, mais la plupart des membres ne prennent pas la peine de les utiliser. Ils ont tous des clefs pour la porte d'entrée et une autre pour les portes extérieure et intérieure de leur bureau. Mr Langton n'aime pas voir ces systèmes sur les portes et Miss Aldridge n'aimait pas ça non plus.

– Avez-vous vu Miss Aldridge ?

– Non. Il n'y avait personne dans les Chambers, du moins je n'ai vu ni entendu personne. Parfois un des avocats ou Mr Langton travaillent tard et alors je laisse leurs bureaux pour la fin, en espérant pouvoir entrer quand ils ne seront plus là. Mais hier tout le monde était parti. Du moins j'ai cru que tout le monde était parti.

– Et le bureau de Miss Aldridge ?

– La porte extérieure était fermée à clef. J'ai donc pensé, bien entendu, qu'elle était déjà rentrée chez elle et qu'elle avait verrouillé derrière elle. Elle le faisait parfois quand elle voulait laisser des papiers personnels, ou importants. Évidemment ça voulait dire que le bureau n'était pas fait, mais je ne crois pas qu'un peu de poussière inquiète les gens de loi ; certains ne sont pas très ordonnés non plus. Il faut s'habituer à leurs façons de faire si vous êtes chargée du ménage dans des Chambers.

– Et vous êtes sûre qu'il n'y avait aucune lumière visible dans son bureau ?

– Tout à faire sûre. Je l'aurais remarquée en arrivant. Son bureau est sur le devant. La seule lumière était celle du hall. Je l'ai éteinte en partant, après avoir branché l'alarme.

– Dans quel ordre faites-vous les bureaux ? Le mieux serait peut-être que vous nous décriviez votre travail habituel.

– J'ai pris mon chiffon et la cire dans le placard au sous-sol. Comme Mrs Watson n'était pas avec moi, j'ai décidé de passer simplement le balai mécanique et de laisser l'aspirateur de côté. Je me suis occupée du tapis de la réception et j'ai essuyé et rangé là d'abord. Après ça, j'ai nettoyé le bureau du secrétaire. Tout ça ne m'a pas pris plus de vingt minutes et ensuite je suis montée au premier où j'ai balayé et épousseté les bureaux qui étaient ouverts. C'est à ce moment-là que j'ai découvert que la porte de Miss Aldridge au premier était fermée à clef.

– Quelles sont les autres pièces où vous n'avez pas pu entrer ?

– Seulement la sienne et celle de Mr Costello au deuxième.

– Vous n'avez entendu de bruit ni dans l'une ni dans l'autre ?

– Rien. S'il y avait quelqu'un à l'intérieur, il avait éteint la lumière et se tenait bien tranquille. En dernier, je suis descendue au sous-sol et dans le bureau de Mr Ulrick. Je fais toujours le sous-sol en dernier. Il n'y a que le bureau de Mr Ulrick, les toilettes pour les dames et le débarras.

– Est-ce que ça faisait partie de vos tâches de nettoyer le frigidaire de Mr Ulrick ?

– Oh, oui. Il aime que je le nettoie à l'occasion et que je veille à ce qu'il ne reste rien qui risque de s'abîmer pendant le week-end. Il l'utilise surtout pour son lait, quelquefois ses sandwiches, et pour son eau de Malvern et de la glace. S'il achète quelque chose pour son dîner, il le met dans le frigo jusqu'à ce qu'il parte. Il fait très attention à la propreté et à la fraîcheur. Parfois il y garde une bouteille de vin blanc, mais pas souvent. Et puis, bien sûr, il a sa poche de sang en réserve pour le jour où il sera convoqué pour son opération. Le sang est dans un sac en plastique qui ressemble un peu à une bouillotte transparente. J'aurais eu un sérieux choc s'il ne m'avait pas prévenue

– Quand l'avez-vous vu pour la première fois ?

– Lundi. Il avait laissé une note sur son bureau adressée à moi et qui disait : "Le sang dans le réfrigérateur est pour mon opération. Prière de ne pas le toucher." C'était bien gentil à lui de me prévenir, mais j'ai tout de même eu un choc. Je croyais qu'il serait dans une bouteille et pas dans une poche en plastique. Bien entendu il n'avait pas besoin de me dire de ne pas y toucher. Je ne touche jamais les papiers, par exemple, même pour les remettre en place, sauf les journaux à la réception. Je ne toucherais certainement pas du sang de qui que ce soit. »

Dalgliesh ne marqua pas de pause avant de poser la question cruciale d'une voix soigneusement neutre qui ne donnait aucune idée de son importance : « Est-ce que la poche de sang était dans le réfrigérateur hier soir ?

– Eh bien, elle devait y être, n'est-ce pas ? Mr Ulrick n'a pas encore été opéré. Je n'ai pas regardé dans le frigo hier. Comme Mrs Watson n'était pas là, j'ai dû me dépêcher pour faire l'essentiel. Je savais que de toute façon je nettoierais le frigo à fond vendredi. Il y a un problème ? Le sang est bien toujours là ? Est-ce que vous voulez dire que quelqu'un l'a volé ? Ça, c'est extraordinaire, vraiment. Il ne pouvait servir à personne qu'à Mr Ulrick, n'est-ce pas ? »

Dalgliesh ne donna aucune explication. « Mrs Carpenter, je vais vous demander de réfléchir très soigneusement. Pendant que vous étiez en train de faire le ménage, est-ce que quelqu'un qui était déjà ici, peut-être dans un des bureaux fermés à clef, aurait pu quitter les Chambers sans que vous vous en aperceviez ? »

De nouveau cette petite grimace de concentration, puis : « Je crois que j'aurais remarqué pendant que je nettoyais la réception. J'avais laissé la porte ouverte et même si quelqu'un avait traversé le hall sans que je le voie, je crois que j'aurais entendu la porte d'entrée se fermer. Elle est très lourde. Je ne sais pas exactement à quelle heure je me trouvais dans le bureau du secrétaire. Quelqu'un aurait pu se glisser dehors à ce moment-là, je pense. Et bien entendu, si quelqu'un s'était trouvé dans la pièce de Mr Ulrick ou n'importe où au sous-sol, il aurait pu partir pendant que je faisais les étages. »

Elle s'interrompit, puis reprit : « Il y a une chose que je viens de me rappeler. Je ne sais pas si c'est important. Il a dû y avoir une femme dans les Chambers pas longtemps avant que j'arrive.

– Comment pouvez-vous en être sûre, Mrs Carpenter ?

– Parce que quelqu'un s'est servi des toilettes des dames au sous-sol. Le lavabo était encore humide et le savon reposait dans une petite mare d'eau. J'ai l'intention d'apporter un porte-savon pour ces toilettes-là. Si celles qui l'utilisent n'essuient pas le lavabo après usage – et, bien entendu, elles ne le font jamais –, le savon reste en général à fondre dans une mare à côté du robinet et c'est du gaspillage. »

Dalgliesh demanda : « Est-ce que le lavabo était très humide ? Avez-vous eu l'impression qu'il avait été utilisé tout récemment ?

– Eh bien, il ne faisait pas chaud, n'est-ce pas ? Donc il n'aurait de toute façon pas séché très vite. La vidange ne marche pas très bien non plus. L'eau met longtemps pour s'écouler. J'ai parlé à Miss Caldwell et à Mr Naughton de faire venir un plombier, mais ils n'ont pas encore pris de décision. Je crois qu'il y avait à peu près un bon centimètre d'eau dans le fond du lavabo. Je me rappelle que je me suis dit sur le moment que Miss Aldridge avait dû se servir des toilettes juste avant que j'arrive. Elle travaillait souvent tard le mercredi. Mais en fait, Miss Aldridge n'est pas partie.

– Non, dit Dalgliesh, Miss Aldridge n'est pas partie. »

Il ne dit rien de la perruque carrée. Demander si elle avait ouvert le frigo et vu le sang était important, mais moins elle en savait sur les détails de la mort de Venetia Aldridge et mieux cela valait.

Dalgliesh la remercia pour son aide et la laissa partir. Pendant tout l'entretien, elle était restée assise avec la docilité d'un demandeur d'emploi et elle s'en alla avec la dignité étudiée qu'elle avait eue en arrivant. Mais Dalgliesh sentit le soulagement dans l'allure plus assurée et une détente presque imperceptible dans la crispation des épaules. Témoin intéressant. Elle n'avait même pas demandé comment Venetia Aldridge était morte. Totalement dépourvue de la curiosité morbide, du mélange d'excitation et d'horreur feinte si fréquent chez les innocents mêlés à un crime. La mort violente, comme la plupart des désastres, apporte des satisfactions propres à ceux qui ne sont ni victimes ni suspects. Mrs Carpenter était certainement assez intelligente pour savoir qu'elle avait figuré dans la liste des suspects, au moins à ce premier stade. Cela seul pouvait suffire à expliquer la nervosité. Il se demanda lequel de ses collègues, Kate ou Piers, ferait remarquer comme elle ressemblait peu à l'image habituelle de la femme de ménage londonienne. Sans doute ni l'un ni l'autre, sachant combien il détestait cette façon irréfléchie de stéréotyper un témoin, aussi incompatible avec un bon travail de la police qu'avec le respect dû à l'infinie variété de la vie humaine.

Piers parla le premier: « Elle soigne ses mains, hein ? On ne devinerait jamais qu'elle gagne sa vie à faire des ménages. Je suppose qu'elle porte des gants de caoutchouc. D'ailleurs, aucune importance, les gants je veux dire. On pourra trouver ses empreintes dans toute la maison, elles ont bien le droit d'y être. Vous pensez qu'elle a dit la vérité, patron ?

– Le mélange habituel, à mon avis. Un peu de vérité, un peu de contrevérité et certaines choses passées sous silence. Elle cache quelque chose. »

Il avait appris à se méfier des intuitions autant que des jugements superficiels, mais il n'est guère possible à un enquêteur chevronné de ne pas savoir quand un témoin ment. Comportement qui n'est pas toujours suspect ni même significatif, d'ailleurs. Presque tout le monde a quelque chose à cacher. Et il serait bien optimiste d'attendre toute la vérité d'un premier entretien. Un suspect avisé répond aux questions et se garde d'en dire davantage ; seuls les naïfs confondent officier de police et travailleur social.

Kate dit: « Dommage qu'elle n'ait pas ouvert ce frigo, à supposer bien sûr qu'elle dise la vérité. Bizarre qu'elle n'ait pas demandé pourquoi nous nous intéressions tant au sang d'Ulrick. Mais si c'est elle qui l'a pris, alors elle risquait sans doute moins en affirmant qu'elle n'avait pas ouvert le frigo qu'en disant qu'elle l'avait fait et que le sang n'y était pas. Seulement si le sang n'y avait pas été, nous pourrions être certains qu'Aldridge était morte dans son bureau avant l'arrivée de Mrs Carpenter. »

Piers dit: « C'est aller un peu loin. Elle aurait pu être tuée à n'importe quel moment après qu'on l'a vue pour la dernière fois et le sang être versé sur elle ensuite. Mais il y a deux choses dont nous pouvons être sûrs: celui ou celle qui a décoré le cadavre de façon si théâtrale savait où la perruque carrée était rangée et savait qu'il y avait du sang d'Ulrick dans le frigo. Pour la perruque, Mrs Carpenter devait le savoir, et pour le sang elle admet qu'elle était au courant. »

Dalgliesh se tourna vers Kate : « Comment a-t-elle réagi quand vous et Robbins lui avez appris la nouvelle ? Elle était seule ?

– Oui, patron. Elle était dans un petit appartement au dernier étage, une salle de séjour et une chambre, je pense, mais nous ne sommes pas allés plus loin que la salle de séjour. Elle était seule et elle avait son manteau et son chapeau parce qu'elle se préparait à aller faire des courses. Je lui ai montré ma plaque et je lui ai indiqué sans aucun détail que Miss Aldridge avait été retrouvée morte, apparemment assassinée, et que cela nous aiderait si elle pouvait revenir aux Chambers répondre à quelques questions. Elle a été très choquée. Elle m'a regardée un instant comme si elle me croyait folle et puis elle est devenue très pâle et elle a chancelé. J'ai tendu la main pour la soutenir et je l'ai conduite jusqu'à un fauteuil. Elle s'est assise quelques minutes, mais elle s'est ressaisie rapidement. Après quoi elle a paru tout à fait maîtresse d'elle-même.

– Avez-vous eu l'impression que le meurtre était une surprise pour elle ? Je me rends compte que la question est tendancieuse.

– Oui, patron. Oui, il m'a semblé. Et je crois que Robbins dirait la même chose.

– Et elle n'a pas posé de questions ?

– Ni dans l'appartement ni pendant le trajet pour venir ici. Elle a juste dit : "Je suis prête, inspecteur. Je peux partir tout de suite." Nous n'avons pas parlé pendant le trajet. Je lui ai demandé si ça allait et elle m'a dit que oui. Elle est restée assise dans la voiture en regardant ses mains qu'elle avait croisées sur les genoux. Elle donnait l'impression de réfléchir. »

Le sergent Robbins passa la tête par la porte entrouverte.

« Mr Langton voudrait bien vous voir, patron. Il a peur que la presse s'empare de l'affaire et que la nouvelle se répande d'une manière ou d'une autre avant qu'il ait eu le temps de prévenir les autres membres des Chambers. Et il voudrait savoir combien de temps la maison va rester fermée. Apparemment ils ont des notaires qui doivent venir cet après-midi.

– Dites-lui que je le verrai dans dix minutes. Et puis appelez donc les relations publiques. À moins d'une nouvelle vraiment intéressante, cette affaire va sans doute faire la une. Et puis, Robbins, qu'est-ce que vous avez pensé de la réaction de Mrs Carpenter quand elle a appris la nouvelle ? »

Robbins prit son temps, comme toujours. « Surprise et choc, patron. » Il s'arrêta.

« Oui, Robbins ?

– J'ai pensé qu'il y avait autre chose. Culpabilité, peut-être. Ou honte. »

18

À trois heures, Dalgliesh avait une réunion au Yard avec le groupe de travail créé pour discuter des conséquences de la loi sur les services de sécurité, mais il avait prévu de rencontrer le notaire de Miss Aldridge à Pelham Place avec Kate à six heures, puis de pousser jusqu'à Pimlico pour voir Mark Rawlstone.

Quand le rendez-vous avait été pris, Kate s'était entretenue avec le notaire, un certain Mr Nicholas Farnham. Voix grave avec quelque chose de l'autorité mesurée de l'âge moyen finissant, si bien qu'elle s'attendait à rencontrer un tabellion du genre meuble de famille, prudent, conventionnel et sans doute enclin à jeter un regard soupçonneux sur toute activité policière dans la maison d'un client. Au lieu de cela, quand Nicholas Farnham gravit l'escalier quatre à quatre au moment où Kate sonnait, il se révéla être jeune, vigoureux, jovial et apparemment assez indifférent à la perte d'une cliente.

Mrs Buckley leur ouvrit la porte et leur dit que Miss Octavia était au sous-sol, mais qu'elle monterait les voir dans un moment. Après quoi elle les fit monter et entrer dans le salon.

Quand elle fut partie, Dalgliesh se tourna vers Nicholas Farnham : « Nous aimerions examiner les papiers de votre cliente maintenant si vous n'y voyez pas d'objection. C'est précieux de vous avoir ici. Je vous remercie de prendre ainsi sur votre temps. »

Farnham dit : « Je suis déjà venu, bien sûr, vers la fin de la matinée. Je voulais voir s'il y avait quelque chose que l'étude puisse faire pour la fille de Miss Aldridge et l'assurer que nous avions pris toutes dispositions pour que la banque lui verse de l'argent. C'est presque la première chose que demandent les affligés : "Comment je fais pour l'argent ?" C'est assez naturel. La mort met fin à une vie. Elle ne met pas fin à la nécessité de manger, de régler les factures, de payer les gages. »

Dalgliesh demanda : « Comment l'avez-vous trouvée ? »

Farnham hésita : « Octavia ? Je suppose que la réponse conventionnelle serait : Fait preuve d'un courage remarquable.

– Plus choquée que peinée ?

– Je ne suis pas sûr que ce serait équitable. Comment savoir ce qu'éprouvent les gens dans un pareil moment ? Sa mère n'était morte que depuis quelques heures, elle avait son fiancé avec elle, ce qui n'arrangeait rien. C'est lui qui a posé la plupart des questions. Il voulait connaître les dispositions du testament. Ma foi, je suppose que c'est naturel, mais cela m'a paru vraiment dépourvu de sensibilité.

– Miss Aldridge vous avait-elle consulté à propos des fiançailles de sa fille ?

– Non, elle ne l'a pas fait. D'ailleurs, il n'y a guère eu le temps. Et puis on ne voit pas à quoi cela aurait servi, n'est-ce pas ? Je veux dire, la fille est majeure. Qu'est-ce que nous aurions pu faire, nous ou qui que ce soit d'autre ? Quand j'ai été seul avec elle quelques instants ce matin, je lui ai bien murmuré que c'était imprudent de prendre des décisions importantes qui engagent tout l'avenir dans un état de grand chagrin ou de choc, mais la suggestion n'a pas été bien accueillie. Ce n'est pas comme si j'étais un vieil ami de la famille. Mon étude est en rapport avec Miss Aldridge depuis douze ans, mais surtout à propos du divorce et de transactions immobilières. Elle a acheté cette maison juste après son divorce.

– Et le testament ? C'est vous qui l'avez rédigé ?

– Oui. Pas celui qui date de son mariage, mais elle l'a modifié après le divorce. Il doit y en avoir un exemplaire dans ce tiroir. Sinon, je peux vous indiquer les dispositions principales. Il est très simple. Quelques dons à des institutions charitables. Cinq mille livres à son employée de maison, Rose Buckley, à condition qu'elle soit encore à son service au moment du décès. Deux de ses tableaux – celui des Chambers et le Vanessa Bell qui est ici – à Drysdale Laud. Le reste va à sa fille Octavia en fidéicommis jusqu'à sa majorité et ensuite en toute propriété. »

Dalgliesh dit : « Je crois savoir qu'elle est majeure.

– Dix-huit ans le 1er octobre. Ah oui, j'ai oublié... huit mille livres à son ex-mari, Luke Cummins. Si l'on considère que la valeur des biens, mis à part la maison, est de sept cent cinquante mille livres, il pourrait bien avoir l'impression que cela aurait dû être plus ou alors rien du tout.

– Est-ce qu'il a gardé le contact avec elle ou avec l'enfant ?

– Pas à ma connaissance. Mais comme je vous l'ai dit, je ne sais pas grand-chose sur cette famille. Je crois qu'il a été éjecté avec une certaine efficacité. Maintenant, il n'a peut-être pas eu besoin d'être poussé. Ce legs de huit mille livres a quelque chose de venimeux et elle ne m'avait jamais paru mesquine ni venimeuse. Mais je ne la connaissais pas vraiment. Une excellente juriste.

– Cela semble être son épitaphe. »

Farnham dit : « Oui, c'est vrai. Peut-être l'aurait-elle choisie elle-même. C'était ce qu'il y avait de plus important pour elle. Regardez cette maison. Elle n'a pas l'air habitée. Je veux dire, des pièces aussi conventionnelles ne vous disent pas grand-chose sur la femme. Sa vraie vie n'était pas ici. Elle était aux Chambers et dans les tribunaux. »

Dalgliesh tira une deuxième chaise près du bureau et commença avec Kate des recherches méthodiques dans les niches et les tiroirs. Farnham semblait se contenter de les laisser faire, errant à travers la pièce et inspectant chaque meuble avec l'air d'un commissaire-priseur évaluant un prix minimum possible.

Il dit : « Drysdale Laud devrait être heureux de son Vanessa Bell. Son travail est parfois bien bâclé, mais cette toile-là est l'une de ses meilleures. Bizarre que Miss Aldridge ait été si férue de ces peintres de Bloomsbury. Je me serais attendu à des goûts plus modernes. »

L'idée était déjà venue à Dalgliesh. Le tableau représentait agréablement une femme brune en longue jupe rouge debout devant la fenêtre ouverte d'une cuisine, en train de regarder un paysage agreste. Il y avait un dressoir contenant un assortiment de pots et un vase de bleuets sur l'appui de la fenêtre. Il se demanda si Drysdale Laud était au courant du legs ; il se demanda aussi pourquoi il avait été fait.

Farnham qui continuait ses déambulations dit tout à coup : « Drôle de travail que vous avez – fouiller les reliefs d'une vie – mais je suppose que vous vous y habituez. »

À quoi Dalgliesh répondit : « Pas complètement. »

Sa tâche et celle de Kate étaient presque terminées. Si Venetia avait prévu le moment exact de sa mort, elle n'aurait pu laisser ses affaires dans un ordre plus parfait. Un tiroir fermé à clef contenait les relevés de ses divers comptes bancaires, son testament et le détail de ses investissements. Elle payait ses factures rapidement, gardait les reçus six mois, puis, apparemment, les détruisait. Une chemise étiquetée «Assurances» contenait les polices pour la maison, ce qu'elle contenait et la voiture.

Il dit: «Je ne crois pas qu'il y ait un document quelconque que nous ayons besoin d'emporter, ni autre chose à faire ici. J'aimerais voir Miss Cummins et Mrs Buckley avant de partir.»

Farnham dit: «Bon, pour cela vous n'aurez pas besoin de moi, je vais donc me retirer. Si vous voulez savoir autre chose, vous me passez un coup de fil. Je ferais bien de dire deux mots à Octavia avant de partir. Je lui ai déjà indiqué les dispositions du testament, mais elle peut avoir des questions, et puis elle aura sans doute besoin d'aide et de soutien à l'enquête publique et aux funérailles. À propos, c'est quand?

– Dans quatre jours.

– Nous y serons évidemment, mais ce sera sans doute du temps perdu. Je suppose que vous demanderez un ajournement. Eh bien, au revoir et bonne chasse.»

Il serra la main de Dalgliesh et de Kate, puis ils l'entendirent descendre l'escalier en trois bonds et échanger quelques mots marmonnés avec Mrs Buckley. Il ne dut pas passer longtemps avec Octavia, car cinq minutes plus tard ils entendirent des pas et elle entra. Pâle, mais parfaitement calme. Elle s'assit sur le bord d'une chaise longue, comme une enfant à qui on a appris à se tenir chez les autres.

Dalgliesh dit: «Je vous remercie de votre coopération, Miss Cummins. Cela nous a été utile d'examiner les papiers de votre mère, mais je suis désolé d'avoir dû vous importuner si peu de temps après sa mort. J'aurais une question, si vous vous sentez capable de nous parler.»

Elle dit, assez désagréablement: «Je suis très bien.

– C'est au sujet de la querelle entre votre mère et Mr Mark Rawlstone. Vous rappelez-vous exactement ce qu'ils ont dit?

– Non, je n'ai pas entendu ce qu'ils disaient. J'ai seulement pu entendre qu'ils se querellaient. Je ne veux pas y penser et je ne veux pas me la rappeler. Et je ne vais pas répondre à d'autres questions.

– Je comprends très bien. C'est un moment terrible pour vous et nous sommes vraiment désolés. Si vous vous rappelez autre chose à ce sujet, faites-le-nous savoir, s'il vous plaît. Est-ce que Mr Ashe est ici ?

– Non, il n'est pas ici. Il ne raffole pas de la police. Ça vous étonne ? Vous l'avez épinglé pour le meurtre de sa tante. Pourquoi est-ce qu'il vous parlerait maintenant ? Il n'est pas obligé. Il a un alibi. On a déjà expliqué tout ça. »

Dalgliesh dit : « Si j'ai besoin de lui parler, je prendrai contact. Je voudrais voir Mrs Buckley avant de partir. Voudriez-vous avoir la bonté de la prévenir ?

– Vous pouvez essayer sa salle de séjour. Dernier étage. Mais à votre place, je ne ferais pas attention à ce qu'elle vous dira. »

Dalgliesh, qui commençait à se lever, se rassit et dit sur un ton calmement intéressé : « Vraiment ? Et pourquoi ça, Miss Cummins ? »

Elle rougit : « Eh bien, elle est vieille.

– Et donc incapable de raisonner de façon cohérente, c'est ça que vous voulez dire ?

– C'est comme je l'ai dit : elle est vieille. Ça ne signifiait rien. »

Kate vit avec satisfaction la déconfiture rageuse de la fille, mais se dit très vite qu'elle devait maîtriser son antipathie qui pouvait pervertir le jugement d'un officier de police aussi aisément que la sympathie. Et Octavia n'avait appris la mort de sa mère que quelques heures plus tôt. Quels qu'aient été leurs rapports, la fille devait être en état de choc.

Octavia, maussade, répéta ses derniers mots : « Ça ne signifiait rien. »

La voix de Dalgliesh était plus douce que ses mots : « Non ? Puis-je vous donner un conseil, Miss Cummins ? Quand vous parlez à un officier de police, en particulier au sujet d'un meurtre, il est sage de veiller à ce que vos mots signifient quelque chose. Nous sommes ici pour essayer de savoir comment votre mère est morte. C'est ce que vous voulez aussi, j'en suis sûr. Nous allons trouver le chemin du dernier étage. »

Ils montèrent l'escalier sans rien dire, Dalgliesh laissant Kate le précéder. Elle avait remarqué depuis son premier jour dans la brigade qu'il la faisait toujours passer devant, sauf en cas de danger ou de désagrément. Elle voyait là une marque de courtoisie instinctive, mais savait qu'elle aurait été plus à l'aise avec le machisme du policier mâle typique. Tout en montant l'escalier, consciente de cette proximité déconcertante derrière elle, elle pensa une fois de plus aux ambiguïtés de leurs relations. Elle avait de la sympathie pour lui – jamais elle ne se serait permis un mot plus fort –, elle l'admirait et le respectait. Ayant passionnément besoin de son approbation, elle s'insurgeait parfois contre ce besoin. Mais elle ne s'était jamais sentie complètement à l'aise avec lui, parce qu'elle ne l'avait jamais compris.

L'escalier montant au dernier étage était moquetté, mais Mrs Buckley avait dû entendre leurs pas. Quand ils arrivèrent au palier, elle les y attendait et les accueillit dans sa salle de séjour comme des invités très attendus. Elle était plus calme qu'au moment où Kate l'avait vue pour la première fois, peut-être parce qu'elle avait surmonté le choc initial du meurtre, peut-être aussi parce qu'elle était plus à l'aise avec eux, loin d'Octavia et sur son propre terrain.

« J'ai bien peur que ce ne soit un peu encombré, mais j'ai trois sièges. Si l'inspecteur Miskin veut bien prendre cette chaise basse – la chaise de nourrice de maman. Quand je suis arrivée, j'ai été logée dans l'appartement du sous-sol, mais Miss Aldridge m'avait expliqué que j'aurais peut-être à déménager par la suite si sa fille en avait besoin quand elle quitterait l'école. C'était tout naturel bien sûr. Est-ce que je peux vous offrir du café ? Miss Aldridge avait fait faire cette kitchenette pour moi dans ce qui était un placard. Je peux préparer des boissons chaudes et même un petit repas avec le micro-ondes. Cela m'évite de descendre dans la cuisine. Si Miss Aldridge a... avait... un invité le soir, je pouvais servir le plat principal et puis monter ici pour dîner. Si elle avait beaucoup de monde elle s'adressait en général à des traiteurs. Mon travail ici n'est pas vraiment pénible : les courses, préparer le dîner et un peu de ménage. Nous avons une femme de charge deux fois par semaine pour les gros travaux. »

Dalgliesh demanda : « Comment en êtes-vous venue à travailler pour Miss Aldridge ?

– Excusez-moi si j'attends d'avoir moulu le café. Avec le bruit, on n'entend rien. Ah, voilà qui est mieux. L'odeur est merveilleuse, n'est-ce pas ? S'il y a une chose sur laquelle mon mari et moi nous n'avons jamais économisé, c'est bien le café. »

Elle s'affaira avec bouilloire et percolateur tout en racontant son histoire. Assez banale dans ses grandes lignes, aussi lorsqu'elle semblait réticente, ni Dalgliesh ni Kate n'avait de difficulté à combler les vides. Veuve d'un curé de campagne mort huit ans auparavant, elle avait hérité de sa grand-mère une maison à Cambridge qu'elle avait vendue après la mort de son mari afin de pouvoir donner une somme importante à leur fils unique. Puis elle était allée s'installer dans un cottage du Hertfordshire rural, le comté où elle avait été élevée. Le fils avait acheté une maison, l'avait bien revendue et s'était expatrié moins de deux ans plus tard au Canada, apparemment sans intention de retour. À l'usage, le cottage s'était révélé décevant. Elle se sentait isolée au milieu d'inconnus et l'église du village sur laquelle elle avait fondé ses espoirs lui devenait étrangère sous la houlette d'un jeune curé nouvellement arrivé.

« Je sais que l'église doit attirer les jeunes et il y avait un lotissement à la lisière du village que le curé souhaitait vivement amener dans sa congrégation. Nous avions beaucoup de musique pop et de chœurs, et nous chantions *Happy Birthday To You!* quand un des fidèles fêtait son anniversaire cette semaine-là. La communion ressemblait plus à un concert qu'à un office et il n'y avait vraiment pas grand-chose à faire pour moi à la paroisse. Alors j'ai pensé que j'aurais peut-être une vie plus épanouie si j'allais à Londres. Je pourrais louer le cottage, ce qui me ferait une petite ressource supplémentaire. J'ai lu l'annonce pour cette place dans *The Lady* et Miss Aldridge m'a reçue. Elle a accepté que j'apporte certains de mes meubles et de mes affaires pour m'aider à me sentir comme chez moi. »

Kate se dit que la pièce était effectivement intime bien que très encombrée. Le grand bureau sur lequel le mari de Mrs Buckley avait dû écrire ses sermons, la vitrine bourrée de porcelaines à fleurs, la petite table vernie surchargée de photos de famille encadrées d'argent, la bibliothèque aux livres reliés protégés par des vitres et la rangée d'aquarelles un peu anémiques donnaient, même à elle qui était étrangère, une impression de continuité et de sécurité, celle d'une vie qui avait connu l'amour. Le lit-divan à une place, poussé contre le mur avec un petit rayonnage et une applique au-dessus, était recouvert d'un jeté en patchwork de soies fanées.

En regardant le visage grave et les longs doigts de Dalgliesh enroulés autour de la tasse de café, Kate se disait : Il est parfaitement à l'aise ici. Il a connu des femmes comme celle-là toute sa vie. Ils se comprennent.

Il demanda : « Vous avez été heureuse ici ?

– Satisfaite plutôt qu'heureuse. J'espérais suivre des cours du soir, mais ce n'est guère possible pour une femme d'un certain âge de sortir seule la nuit venue. Mon mari avait commencé son ministère à Londres, mais je ne m'étais pas rendu compte que les choses avaient tant changé. Cependant je vais au théâtre en matinée de temps à autre, et puis il y a les galeries d'art, les musées ; je suis près de St. Joseph et le père Michael est très gentil.

– Et Miss Aldridge ? Vous l'aimiez ?

– Je la respectais. Elle pouvait être un peu effrayante parfois, un peu impatiente. Si elle donnait des instructions elle n'aimait pas être obligée de les répéter. Très efficace elle-même, elle comptait que les autres le seraient aussi. Mais elle était très juste, très prévenante. Un peu lointaine, mais après tout elle avait passé une annonce pour une employée de maison et pas pour une demoiselle de compagnie. »

Dalgliesh dit : « Votre appel d'hier soir. Excusez-moi, mais est-ce que vous êtes tout à fait sûre de l'heure ?

– Tout à fait sûre. J'ai appelé à huit heures moins le quart. J'ai regardé ma montre.

– Pourriez-vous nous dire pourquoi vous avez appelé et ce qui a été dit exactement ? »

Elle resta un moment silencieuse et quand elle parla, ce fut avec une dignité pathétique. « Octavia a dit tout à fait vrai. C'était pour me plaindre d'elle. Miss Aldridge n'aimait pas que je lui téléphone aux Chambers sauf en cas de véritable urgence, et c'est pourquoi j'hésitais. Mais Octavia et ce jeune homme, son fiancé, sont montés du sous-sol pour exiger que je leur prépare à dîner. Elle n'est pas végétarienne, mais elle avait décidé ce jour-là qu'il fallait que ce soit un repas végétarien. En principe elle s'arrange toute seule dans l'appartement. Bien sûr, normalement je l'aurais bien volontiers aidé, mais elle avait été très péremptoire et je me disais que si je cédais une fois, elle compterait que je préparerais ses repas sur commande. Je suis donc montée de la cuisine jusque dans le bureau de Miss Aldridge et lui ai téléphoné aux Chambers pour lui expliquer le problème aussi brièvement que possible. Miss Aldridge m'a dit : "Si elle veut des légumes, cuisez-lui des légumes. Je lui parlerai et je réglerai ça en rentrant. Ce sera dans une heure à peu près. Je m'occuperai de mon dîner. Je ne peux pas discuter de ça maintenant, j'ai quelqu'un avec moi."

– Et c'est tout ?

– C'est tout. Elle avait l'air très impatiente, mais elle n'aimait pas du tout que je l'appelle à son bureau et bien sûr, quand elle avait quelqu'un ce n'était pas un bon moment du tout. Je suis descendue à la cuisine du sous-sol et je leur ai fait une tarte à l'oignon. C'est une recette de Delia Smith et Miss Aldridge l'aimait bien. Mais évidemment, il fallait d'abord que je fasse la pâte et elle doit reposer une demi-heure au frigo pendant qu'on prépare la garniture, donc ça n'est pas du vite fait. Ensuite ils ont voulu des crêpes avec de la confiture d'abricots. Je les ai préparées quand ils ont eu fini la tarte à l'oignon, et les leur ai servies sortant directement de la poêle. »

Kate demanda : « Vous pouvez donc être absolument sûre qu'ils sont restés tout le temps dans l'appartement, entre le moment de votre appel téléphonique, c'est-à-dire huit heures moins le quart, et le moment où vous êtes allée vous coucher, vers dix heures et demie ?

– Oh ! absolument sûre. Je n'ai fait qu'entrer et sortir pour les servir dans leur salle de séjour, ou changer les assiettes. Ils ont été tous les deux sous mes yeux pour ainsi dire pendant toute la soirée. Pas très agréable. Je crois qu'Octavia essayait d'impressionner le jeune homme. Je ne suis pas redescendue après les avoir quittés pour remonter ici. J'ai pensé que Miss Aldridge monterait si elle voulait me parler de quoi que ce soit ce soir-là. Je suis restée debout en robe de chambre jusqu'à plus de onze heures au cas où elle aurait eu besoin de moi, et puis je me suis couchée. Le matin, quand je suis entrée dans sa chambre, j'ai vu que le lit n'avait pas été défait et c'est alors que j'ai appelé les Chambers. »

Dalgliesh dit : « Nous avons besoin de savoir le plus de choses possible sur elle. Est-ce qu'elle donnait des dîners ? Est-ce que ses amis venaient souvent ici ?

– Non, pas très. Elle menait une vie très retirée en réalité. Mr Laud venait à peu près une fois tous les mois ou toutes les six semaines. Ils aimaient aller ensemble à des expositions ou au théâtre. En général je leur faisais un repas léger avant qu'ils partent et il la ramenait chez elle, mais je crois qu'il restait juste pour prendre un verre, pas davantage. Et parfois, ils sortaient dîner ensemble.

– Et est-ce qu'il y avait quelqu'un qui restait peut-être pour plus qu'un verre ? »

Elle rougit et parut hésiter à répondre. Puis elle dit : « Miss Aldridge est morte. Ça paraît terrible de la remettre en question et plus terrible encore de gloser sur sa vie. Nous devrions protéger les morts. »

Dalgliesh dit doucement : « Dans une enquête criminelle, protéger les morts signifie souvent mettre les vivants en danger. Je ne suis pas ici pour la juger. Je n'en ai pas le droit. Mais j'ai besoin de la connaître. J'ai besoin de faits avérés. »

Il y eut un petit silence, puis Mrs Buckley dit : « Il y avait un autre visiteur. Il ne venait pas très souvent, mais je crois qu'il restait parfois la nuit. C'était Mr Rawlstone, Mr Mark Rawlstone, un député. »

Dalgliesh lui demanda quand elle l'avait vu pour la dernière fois.

« Il y a deux ou trois mois, peut-être plus. Le temps passe vite, n'est-ce pas ? Je ne peux pas me rappeler. Mais bien sûr il a pu venir plus récemment un soir où j'étais déjà remontée dans ma chambre peut-être. Il partait toujours le matin de bonne heure. »

Avant qu'ils ne sortent, Dalgliesh posa encore une question : « Que pensez-vous faire maintenant, Mrs Buckley ? Rester ici ?

– Mr Farnham, ce très gentil notaire, m'a conseillé de prendre mon temps. C'est son étude et la banque de Miss Aldridge qui sont les exécuteurs testamentaires, donc je suppose qu'ils me paieront jusqu'à nouvel ordre. Je ne crois pas qu'Octavia souhaitera me voir rester – en fait je suis même sûre du contraire. Mais il faut bien qu'il y ait quelqu'un dans la maison avec elle et je pense que je vaux mieux que rien. Elle a parlé à son père, mais elle ne veut pas le voir. Je ne crois pas que je puisse la laisser, même si je l'irrite. Mais tout est si affreux en ce moment que je suis incapable d'avoir des idées claires.

– Bien sûr. Ça a été un choc épouvantable pour

tous. Vous nous avez été d'un grand secours, Mrs Buckley. Si vous pensez encore à quelque chose, prenez contact avec nous. Voici le numéro. Et si vous trouvez que les médias sont par trop envahissants, faites-le-moi savoir, je vous assurerai une protection. J'ai bien peur que vous ne soyez littéralement assiégée quand la nouvelle sera connue. »

Elle resta un moment en silence, puis : « J'espère que vous ne trouverez pas ma question déplacée, que vous n'y verrez pas une vulgaire curiosité. Mais pouvez-vous me dire comment Miss Aldridge est morte ? Pas les détails, non, je voudrais juste savoir si la fin a été rapide et si elle n'a pas souffert. »

Dalgliesh dit doucement : « La fin a été rapide et elle n'a pas souffert.

– Et il n'y avait pas beaucoup de sang ? Je sais que c'est stupide, mais je vois sans cesse du sang.

– Non, dit Dalgliesh. Il n'y avait pas de sang. »

Elle le remercia sobrement, les accompagna jusqu'à la porte, et resta en haut de l'escalier pour les voir monter en voiture. Puis, alors qu'ils démarraient, elle leva la main en un geste d'adieu pathétique, comme si elle prenait congé d'amis.

19

Il était à peine plus d'une heure quand la police avertit Valerie Caldwell que son interrogatoire était terminé pour le moment et Mr Langton lui proposa de rentrer chez elle. Un message serait laissé sur le répondeur afin d'avertir que les Chambers étaient fermées pour la journée. Elle se réjouit de la possibilité de quitter un endroit où tout ce qui avait été familier et confortable paraissait désormais étrange, menaçant et subtilement différent. Elle avait l'impression que les gens avec qui elle travaillait, qu'elle aimait bien et qui le lui rendaient – du moins le pensait-elle – étaient soudain des étrangers soupçonneux. Peut-être, se dit-elle, ont-ils tous cette même sensation. Peut-être était-ce cela que le crime faisait subir, même aux innocents.

Partir si tôt posait un problème. Sa mère qui souffrait d'agoraphobie, compliquée de dépression depuis l'emprisonnement de Kenny, serait inquiète si elle rentrait dans l'après-midi sans explication préalable. D'ailleurs, elle le serait encore plus quand elle saurait la raison ; néanmoins, mieux valait téléphoner auparavant. À son grand soulagement, ce fut sa grand-mère qui répondit. Impossible de savoir comment elle prendrait la nouvelle, mais au moins garderait-elle son calme et puis elle la transmettrait – avec tact, Valerie l'espérait – à sa mère avant qu'elle-même arrivât.

Elle lui dit : « Préviens maman que je serai là de bonne heure. Quelqu'un s'est introduit dans les Chambers et a tué Miss Aldridge. Poignardée. Oui, je vais très bien, mémé. Rien à voir avec le reste des Chambers, mais on ferme pour la journée. »

Bref silence, pendant que mémé digérait la nouvelle, puis : « Assassinée, hein ? Oh, bien, je peux pas dire que ça m'étonne. Toujours en cheville avec des criminels à les faire gracier. Je suppose qu'y en a un qu'elle a pas fait gracier qui est sorti de prison et qui lui a fait son affaire. Ta mère aimera pas ça. Elle va vouloir que tu laisses ta place pour venir marner dans le coin.

– Mémé, ne la laisse pas recommencer cette histoire-là. Dis-lui simplement que je vais bien et que je rentrerai tôt. »

Comme d'habitude, elle avait apporté des sandwiches pour le déjeuner, mais elle ne voulait pas les manger à son bureau. Être vue avec de la nourriture était sacrilège. Elle descendit donc Middle Temple Lane, obliqua vers l'ouest et alla s'asseoir dans les jardins sur les quais, face au fleuve. Elle n'avait pas faim, mais les moineaux affamés ne manquaient pas. Elle regarda leurs coups de bec saccadés, leurs brusques envolées agressives, leur façon de laisser parfois tomber une miette pour les oiseaux plus petits, plus timides, arrivés toujours trop tard pour grappiller quelque chose. Mais son esprit était ailleurs.

Elle leur en avait trop dit, elle s'en apercevait maintenant. Interrogée par le jeune enquêteur, beau garçon, et la femme, elle avait senti qu'en eux-mêmes ils étaient bien disposés à son égard. Mais bien sûr, tout cela c'était combiné. Ils s'étaient employés à gagner sa confiance et avaient réussi. Et puis c'était un soulagement de parler de ce qui était arrivé à Kenny avec des gens extérieurs aux Chambers, même si c'étaient des officiers de police. Elle s'était débondée.

Son frère avait été arrêté parce qu'il vendait de la drogue. Mais ce n'était pas un dealer, pas un vrai caïd comme ceux dont on parlait dans les journaux. Il n'avait pas de travail pour le moment, mais il partageait une maison avec des amis dans le nord de Londres et ils fumaient des joints quand ils se réunissaient. Kenny disait que tout le monde le faisait. C'était lui qui apportait le hasch pour toute la soirée. Et puis les autres lui remboursaient leur part. Tout le monde faisait comme ça. C'était la façon la plus économique de se procurer de la drogue. Mais il s'était fait épingler et, désespérée, elle avait demandé l'aide de Miss Aldridge. Elle avait peut-être choisi un mauvais moment. Elle savait maintenant que ç'avait été maladroit et même mal. Ses joues brûlaient quand elle se rappelait la réponse, la froideur dans la voix, le mépris dans les yeux.

« Je n'ai aucune intention de perturber le tribunal correctionnel de Londres nord en me présentant au grand complet avec mon assistant pour éviter à votre frère les conséquences de sa folie. Trouvez-lui un bon avoué. »

Et Kenny avait été condamné à six mois de prison.

La femme policier, l'inspecteur Miskin, avait dit : « C'est inhabituel pour un premier délit. C'était une récidive, n'est-ce pas ? »

Oui, elle convenait qu'il l'avait déjà fait, mais une seule fois et dans les mêmes circonstances. Et puis à quoi bon l'envoyer en prison ? Ça n'avait fait que l'aigrir. Il n'aurait pas été condamné si Miss Aldridge l'avait défendu. Elle avait tiré d'affaire des gens bien pires que Kenny – des assassins, des violeurs, de gros fraudeurs. Il ne leur arrivait rien. Kenny n'avait fait de mal à personne, il n'avait escroqué personne. Il était bon et gentil. Il n'était même pas capable d'écraser un insecte. Maintenant il était en prison et sa mère ne pouvait pas aller le voir à cause de l'agoraphobie et il ne fallait rien dire à mémé parce qu'elle critiquait toujours la façon dont ses petits-enfants avaient été élevés.

Les deux enquêteurs n'avaient ni discuté ni critiqué, ni manifesté ouvertement de sympathie. Mais elle ne savait trop comment, elle leur avait dit encore d'autres choses, des choses qui ne les regardaient pas, qu'ils n'avaient pas besoin de savoir. Elle leur avait confié les potins des Chambers, sur le successeur de Mr Langton, l'intérêt que Miss Aldridge aurait manifesté pour le poste, les changements qu'elle aurait peut-être apportés.

L'inspecteur Miskin avait demandé : « Comment savez-vous cela ? »

Mais bien sûr, elle le savait. Aux Chambers les rumeurs pullulaient. Les gens parlaient devant elle. Les bavardages imprégnaient l'air comme par un mystérieux processus d'osmose. Elle leur avait parlé de son amitié avec les Naughton. C'était Harry Naughton, premier secrétaire, qui lui avait procuré sa situation. Elle et sa mère et mémé habitaient près de lui et de sa famille, ils fréquentaient la même église. Elle cherchait du travail au moment où le poste s'était libéré aux Chambers et il l'avait recommandée. Au début, elle n'était que stagiaire, mais quand Miss Justin avait pris sa retraite au bout de trente ans, on lui avait proposé de prendre sa place, tandis qu'elle-même était remplacée par une intérimaire. La dernière n'avait pas donné satisfaction, si bien que depuis deux semaines elle se débrouillait toute seule. Elle était encore à l'essai, mais elle espérait bien que sa nomination serait confirmée à la prochaine réunion du conseil.

C'était l'inspecteur Miskin qui avait demandé : « Si Miss Aldridge avait été nommée à la tête des Chambers, croyez-vous qu'elle vous aurait proposée comme secrétaire ?

– Oh, non, je ne crois pas. Pas après ce qui s'est passé. Et je crois qu'elle voulait remplacer Harry par un administrateur et dans ce cas-là le nouveau aurait sûrement voulu dire son mot sur la gestion du personnel. »

Elle était stupéfaite de voir tout ce qu'elle leur avait confié. Mais il y avait deux choses qu'elle n'avait pas dites.

À la fin, elle avait balbutié en essayant de ne pas pleurer, de garder quelques lambeaux de dignité : « Je la détestais parce qu'elle n'avait pas aidé Kenny. Ou peut-être parce qu'elle avait été si méprisante – méprisante envers moi. Maintenant, je suis bourrelée de remords parce que je la détestais et qu'elle est morte. Mais je ne l'ai pas tuée. Je n'aurais pas pu. »

L'inspecteur Miskin avait dit : « Nous avons de bonnes raisons de croire que Miss Aldridge était encore en vie à huit heures moins le quart. Vous dites que vous êtes rentrée chez vous à sept heures et demie. Si votre mère et votre grand-mère le confirment, vous ne pouvez pas l'avoir tuée. Ne vous tourmentez pas. »

Donc, ils ne l'avaient jamais vraiment soupçonnée. Alors pourquoi un si long interrogatoire ? Pourquoi avaient-ils pris cette peine ? Elle se dit qu'elle en connaissait la raison et ses joues se mirent à brûler.

Impression étrange de rentrer ainsi à la maison au début de l'après-midi. Le métro était presque vide et quand il s'arrêta à Buckhurst Hill, une seule personne attendait la rame pour Londres sur le quai opposé. Dehors, la rue était aussi calme et silencieuse qu'un chemin de campagne. Même la petite maison du

32 Linney Lane avait un aspect peu familier et même un rien rébarbatif, comme si elle était en deuil. Les rideaux étaient tirés dans la pièce en bas et dans une autre encore. Elle savait ce que cela signifiait. Sa mère était en haut et se reposait – si l'on peut appeler ainsi rester allongée, crispée, les yeux ouverts en regardant l'obscurité. Sa grand-mère était devant la télévision.

Elle mit la clef dans la serrure et fut accueillie par des vociférations tonitruantes ponctuées de coups de feu. Mémé raffolait des polars et ne dédaignait ni le sexe ni la violence. Quand Valerie entra dans la salle de séjour, elle pressa la touche de la télécommande. Donc ce devait être une bande vidéo, sinon, elle n'aurait pas interrompu le spectacle.

Sans manifester le moindre intérêt pour l'arrivée de sa petite-fille, elle geignit : « La moitié du temps je ne comprends pas ce qu'ils disent. Tout ce qu'ils font c'est marmonner. Marmonner entre eux. Et avec ces Américains, c'est encore pire.

– Les acteurs font comme ça maintenant. Naturels, comme ils se parleraient dans la vie.

– Ça vous fait une belle jambe si vous n'entendez pas un traître mot. Et ça n'est pas la peine de monter le son, c'est encore pire. Et ils passent leur temps à foncer dans des night-clubs tellement sombres qu'on ne se voit pas à deux pas. Les vieux Hitchcock sont bien mieux. *Le crime était presque parfait,* j'aimerais bien le revoir celui-là. On ne perd pas un mot. Ils savaient parler dans ce temps-là. Et pourquoi est-ce qu'ils ne peuvent pas tenir la caméra droite ? Qu'est-ce qu'il a, le cameraman ? Il a bu ?

– C'est des effets artistiques, mémé.

– Ah, c'est ça ? Eh bien, c'est trop fort pour moi. »

La télévision était la distraction, la consolation et la passion de mémé. Pratiquement rien de ce qu'elle y voyait ne lui plaisait, mais elle la regardait sans arrêt. Valerie se demandait parfois si elle ne fournissait pas un exutoire commode à l'attitude combative de mémé en face de la vie. Elle critiquait le comportement, les paroles, la présentation et la diction des acteurs, politiciens et gros bonnets, sans crainte d'être contredite. Sa petite-fille s'étonnait parfois qu'elle parût incapable de se voir elle-même d'un œil critique. Les cheveux teints d'un orange incongru au-dessus et autour d'un visage de soixante-quinze ans que les épreuves avaient vieilli et marqué avant l'âge de profonds sillons et de bajoues tombantes étaient grotesques et embarrassants, tandis que la jupe étroite arrêtée trois centimètres au-dessus des genoux ne faisait que souligner la maigreur des cuisses marbrées. Mais Valerie admirait le cran de sa grand-mère. Elle savait qu'elles étaient dans le même camp, bien qu'elle ne pût s'attendre à un mot d'encouragement ou d'affection. Ensemble elles essayaient de faire face à l'agoraphobie et à la dépression de sa mère, aux courses que Mrs Caldwell ne pouvait pas faire, à la cuisine et au ménage, au paiement des factures, aux crises normales de la vie quotidienne. Sa mère mangeait ce qu'on lui mettait dans son assiette, mais ne s'intéressait nullement à la façon dont c'était arrivé là.

Et maintenant il y avait le problème de Kenny. Quand il avait été condamné, sa mère avait fait promettre à Valerie de ne pas le dire à mémé et la promesse avait été tenue. Seulement, cela rendait bien difficile les visites à la prison. Elle n'avait pu y aller que deux fois et chaque fois il avait fallu inventer sur une vieille camarade de classe à voir des histoires compliquées qui ne lui avaient pas paru convaincantes, même à elle.

Mémé avait dit : « Tu vas voir un homme, je suppose. Et les courses ?

– Je passerai au supermarché en revenant. Le samedi, il reste ouvert jusqu'à dix heures.

– Enfin, j'espère que tu auras plus de chance avec celui-là qu'avec celui d'avant. Je savais bien qu'il te plaquerait dès qu'il serait à l'université. Ça arrive tout le temps. D'ailleurs tu ne t'es pas beaucoup remuée pour le garder, je dois dire. Il faut montrer plus de cran que ça, ma fille. Les hommes aiment bien. »

Dans sa jeunesse, mémé avait toujours eu du cran et su exactement ce que les hommes aimaient.

Comme prévu, elle accueillit la nouvelle du meurtre sans ciller. Elle manifestait rarement le moindre intérêt pour les gens qu'elle n'avait pas rencontrés et elle s'était persuadée depuis longtemps que Pawlet Court était l'univers de sa petite-fille, trop éloigné du sien pour l'intéresser. Un meurtre réel, surtout celui de quelqu'un qu'elle ne connaissait pas, voilà qui était bien pâle comparé à ces images brillantes, violentes qui dynamisaient sa vie et lui fournissaient toute l'excitation dont elle était avide. Valerie était rarement accueillie par des questions intéressées sur la journée qu'elle avait eue, ce que les gens autour d'elle avaient dit ou fait. Mais cette indifférence se révéla précieuse quand enfin elles entendirent le pas lent de sa mère dans les escaliers et qu'il fallut annoncer la nouvelle.

Mrs Caldwell était dans un de ses mauvais jours. Préoccupée par ses propres misères, elle semblait à peine entendre ce qu'on lui disait. La mort d'une étrangère ne pouvait faire aucune impression sur quelqu'un qui vivait en enfer. Valerie savait ce qui allait se passer, le cycle était prévisible. Le généraliste de sa mère augmenterait la dose de médicaments, elle sortirait pour un temps de sa dépression, la réalité de ce qui s'était passé l'atteindrait de plein fouet et ce serait alors l'agitation, les soucis, la plainte cent fois répétée que ce serait tellement mieux pour tout le monde si Valerie pouvait trouver une place dans le quartier, éviter les transports, rentrer plus tôt. Mais cela, c'était dans l'avenir.

Les heures lentes de l'après-midi se traînèrent jusqu'au soir. À sept heures, alors que mémé et sa mère étaient toutes les deux devant la télévision, Valerie vida un carton de soupe aux carottes dans une casserole et passa la barquette de cannellonis au four. C'est seulement quand elles eurent fini le repas et qu'elle eut fait la vaisselle, puis aidé sa mère à s'asseoir avec mémé dans la pièce donnant sur la rue, qu'elle se rendit compte de ce qu'il lui fallait faire :

aller voir les Naughton. À cette heure-là, Harry serait rentré. Il fallait qu'elle pût s'asseoir avec lui et Margaret dans la chaude cuisine où elle s'était si souvent assise en rentrant chez elle le soir après l'école du dimanche pour festoyer avec de la citronnade faite maison et des petits pains au chocolat. Elle avait besoin du confort et des avis qu'elle n'avait aucun espoir de trouver chez elle.

Elles ne bronchèrent pas à l'annonce de son départ. Mémé dit seulement : « Tâche de ne pas rentrer trop tard », sans quitter l'écran des yeux. Sa mère ne tourna même pas la tête.

Elle parcourut les trois cents mètres à pied ; cela ne valait pas la peine de prendre la voiture et le trajet était bien éclairé. Malgré la proximité, la rue où habitaient les Naughton était très différente de Linney Lane. Harry ne s'était pas mouché du pied. Parce que les membres des Chambers l'appelaient tous par son prénom, c'est ainsi qu'elle pensait à lui désormais. Mais quand elle lui parlait, c'était toujours Mr Naughton.

On aurait cru qu'ils l'attendaient. Margaret Naughton lui ouvrit la porte et l'entraîna dans l'entrée en l'entourant de ses bras chaleureux.

« Ma pauvre petite. Entrez. Quelle journée pour vous deux !

– Mr Naughton est rentré ?

– Oui, il y a plus de deux heures. Nous sommes dans la cuisine, en train de débarrasser après le dîner. »

La cuisine sentait bon le ragoût et les restes d'une tarte aux prunes étaient sur la table. Harry était en train de charger le lave-vaisselle. Il avait quitté son costume de bureau pour enfiler un pantalon confortable surmonté d'un chandail tricoté et elle se dit que ça le changeait complètement, il avait l'air différent et plus vieux. Et quand il s'appuya sur le lave-vaisselle pour se redresser, elle se dit : Mais c'est un vieil homme, bien plus vieux qu'hier, et elle ressentit un grand élan de pitié. Ils passèrent ensuite dans la salle de séjour et Margaret apporta un plateau avec trois verres et une bouteille de xérès mi-sec, comme Valerie l'aimait. Totalement détendue, réconfortée et rassurée, elle s'épancha.

« Ils étaient très gentils, ces deux inspecteurs. Je vois bien maintenant qu'ils essayaient simplement de me mettre à l'aise. Je ne peux pas me rappeler la moitié de ce que je leur ai dit – sur Kenny, bien sûr, et que je détestais Miss Aldridge, mais que je ne l'avais pas tuée. Je ne tuerais personne. Et je leur ai parlé de ce qu'on racontait, qu'elle aurait peut-être été la prochaine responsable des Chambers et ce que ça pouvait signifier. Je n'aurais pas dû dire ça. Je n'aurais rien dû dire du tout. Ça ne me regarde pas. Et maintenant j'ai peur que Mr Langton et Mr Laud l'apprennent et ils sauront que c'était moi et je risque de perdre ma place. Je ne les blâmerais pas s'ils me mettaient dehors. Je ne sais pas comment ça s'est fait. J'ai toujours cru qu'on pouvait se fier à moi – pour être discrète, vous comprenez, ne pas parler de ce que j'apprenais aux Chambers. Miss Justin a bien insisté là-dessus quand je suis arrivée. Vous aussi, Mr Naughton, vous m'avez dit la même chose. Et voilà maintenant que j'ai fait la commère auprès de la police. »

Margaret dit : « Ne vous tourmentez pas. C'est leur métier d'embobiner les gens. Ils sont très forts pour ça. Et vous ne leur avez dit que la vérité. Ça ne peut faire de mal à personne. »

Mais Valerie savait que la vérité était parfois plus mortelle qu'un mensonge.

Elle dit : « Il y a deux choses que je ne leur ai pas dites. Je voulais vous en parler. »

Jetant un coup d'œil à Harry, elle vit soudain l'angoisse et, pendant une seconde, quelque chose qui ressemblait à de la terreur se répandre sur son visage.

Elle poursuivit : « C'est à propos de Mr Costello – du moins une des choses. Quand Miss Aldridge est revenue du tribunal, mardi, elle a demandé s'il était dans les Chambers et j'ai dit que oui. Plus tard j'ai eu des papiers à monter dans le bureau de Mr Laud, Miss Aldridge ouvrait tout juste la porte de Mr Costello et ils devaient se tenir très près l'un de l'autre. Je l'ai entendu dire très fort, crier en fait : "Ce n'est pas vrai. Rien de tout ça n'est vrai. Cet homme est un menteur qui essaie de vous impressionner avec une calomnie bien saignante. Jamais il ne le prouvera et si vous le mettez en face de ses propos il les niera. Qu'avez-vous à gagner, vous ou qui que ce soit d'autre, à faire un scandale nauséabond dans les Chambers ?"

« J'étais tout en haut de l'escalier à ce moment-là, alors je suis descendue très vite et puis remontée en faisant autant de bruit que possible. À ce moment-là, Miss Aldridge refermait la porte et elle est passée tout près de moi sans dire un mot, mais on voyait bien qu'elle était en colère. Est-ce que j'aurais dû en parler à la police ? Qu'est-ce que je fais s'ils me demandent ? »

Harry réfléchit un instant, puis dit tranquillement : « Je crois que vous avez eu parfaitement raison de ne rien dire. Au cas où on vous demanderait par la suite si vous avez jamais entendu Miss Aldridge et Mr Costello se quereller, alors je crois que vous devrez leur dire la vérité. Ne donnez pas trop d'importance à l'incident. Il pourrait signifier très peu de chose ou rien du tout, vous auriez pu mal l'interpréter. Mais je crois que si on vous pose la question, il faudra y répondre. »

Margaret dit : « Vous avez dit qu'il y avait deux choses.

– L'autre est très bizarre. Je ne sais pas pourquoi elle me paraît importante. Ils m'ont posé une question au sujet de Mr Ulrick : quand il est arrivé aux Chambers ce matin-là, est-ce que je me souvenais s'il portait sa serviette ?

– Qu'est-ce que vous leur avez dit ?

– Que je ne pouvais pas en être sûre, parce qu'il portait son imperméable sur le bras droit et il aurait pu cacher la serviette. Mais c'était une drôle de question, vous ne trouvez pas ? »

Margaret dit : « Je suppose qu'ils avaient une raison. Ne vous inquiétez pas. Vous avez dit la vérité.

– Mais c'était étrange. Je ne leur ai pas dit que c'était drôle, l'idée ne m'est venue que plus tard, mais Mr Ulrick s'arrête en général sur le pas de la porte et dit bonjour. Ce matin-là, il l'a bien dit, mais il est passé comme s'il était très pressé et je n'ai pas eu le temps de lui répondre. C'est une si petite chose. Je ne sais pas pourquoi elle me tracasse. Et puis il y a encore autre chose. Il a fait si beau ces derniers temps, presque comme en été. Pourquoi avait-il un imperméable ? »

Il y eut un silence, puis Harry dit : « Je ne crois pas que vous devriez vous inquiéter de détails comme ça. Tout ce que nous avons à faire, c'est de continuer à travailler le mieux possible, et à répondre honnêtement aux questions de la police. Nous n'avons pas à prendre les devants pour lui apporter des renseignements. Ce n'est pas notre travail. Et puis je crois qu'il nous faut éviter de parler à tort et à travers de ce meurtre aux Chambers. Je sais que ce sera difficile, mais si nous bavardons et discutons entre nous, si nous nous mettons à échafauder des théories, nous pourrions faire beaucoup de mal aux innocents. Voulez-vous me promettre d'être très discrète quand les Chambers rouvriront ? Il y aura forcément des commérages et des supputations. Il ne faut pas que nous en ajoutions. »

Valerie dit : « Je ferai de mon mieux. Merci de votre gentillesse. Cela m'a aidée de venir ici. »

Ils étaient bons et ils ne la pressèrent pas de partir, mais elle savait qu'elle ne devait pas rester trop longtemps. Margaret la raccompagna jusqu'à la porte et lui dit alors : « Harry m'a dit que vous vous étiez évanouie en apprenant la nouvelle ce matin. Je sais que c'était un choc, mais ce n'est pas normal, pour une jeune personne comme vous. Est-ce que vous vous sentez bien ? Vous êtes sûre ? »

Valerie avoua : « Je me sens très bien. C'est seulement que je suis un peu fatiguée ces temps-ci. Il y a beaucoup de travail à la maison et mémé n'est plus vraiment en état de le faire. Et puis l'obligation de ruser pour essayer de voir Ken les week-ends sans que mémé se doute de rien. Et puis peut-être qu'essayer de se passer d'une intérimaire au bureau n'était pas une très bonne idée. »

Margaret lui passa le bras autour des épaules en disant : « Nous allons essayer de voir si on ne pourrait pas avoir un peu d'aide du côté de l'Assistance sociale. Et puis je crois que vous devriez parler à votre grand-mère. Les personnes âgées sont beaucoup plus coriaces que vous ne le pensez. Je ne serais pas surprise du tout qu'elle soit déjà au courant, pour Ken. On ne peut pas lui cacher grand-chose, à votre mémé. Et vous avez de la chance qu'elle et votre mère aient été chez elles hier soir. Moi je ne peux pas en dire autant. Je suis allée à la réunion du parti conservateur, ensuite j'ai ramené Mrs Marshall chez elle et je suis restée bavarder. Bien sûr, j'avais laissé le dîner tout prêt pour Harry, mais je ne suis rentrée qu'à neuf heures et demie. Vous avez quelqu'un pour confirmer l'heure à laquelle vous êtes rentrée chez vous. Harry n'a personne. Enfin, s'il y a quelque chose que nous puissions faire pour vous aider, vous nous le direz, n'est-ce pas ? »

Rassurée par la voix très ferme et les bras maternels qui l'enlaçaient, Valerie assura qu'elle n'y manquerait pas et rentra chez elle à pied, réconfortée.

20

Il était sept heures cinq, un peu plus tard qu'à l'accoutumée, quand Hubert rentra dans l'appartement qu'il devait maintenant, du moins le supposait-il, appeler son chez-lui, mais où il se sentait aussi mal à l'aise qu'un invité qui commence à soupçonner qu'il devient importun. L'intérieur avait l'aspect encombré de la salle d'exposition d'une vente aux enchères : les meubles et les tableaux qu'il avait décidé de garder, loin de lui donner une impression de continuité familière et rassurante, avaient l'air d'attendre que tombe le marteau du commissaire-priseur.

Après la mort de sa femme, deux ans plus tôt, sa fille Helen avait fait irruption, au propre comme au figuré, pour l'aider à organiser sa vie. C'était une femme chez qui une certaine sensibilité, acquise plutôt qu'innée, était en conflit avec un autoritarisme naturel. Bien entendu, il devait être pleinement associé à toutes les décisions. Ne sentir en aucun cas que les autres prenaient le contrôle de sa vie. Pendant qu'il travaillait encore, il serait évidemment logique pour lui d'habiter Londres, de préférence à une distance commode du Temple. Mais ridiculement peu pratique – voire ruineux –, pour un veuf, d'entretenir deux résidences. Le message communiqué sans excès de subtilité était le suivant : on attendait de sa génération vieillissante qu'elle vendît la coûteuse maison familiale et donnât une partie de sa valeur (plus inflation) aux petits-enfants pour leur permettre de gravir le premier degré sur l'échelle de la propriété. Il n'opposa pas d'objection à des arrangements essentiellement faits pour profiter aux autres. Ce qui l'irritait parfois, c'est que l'on s'attendait à ce qu'il en fût reconnaissant.

L'appartement choisi par Helen était situé dans un immeuble de prestige des années trente, sur Duchess of Bedford's Walk à Kensington, et même après la signature du bail, elle continuait avec une agaçante persistance à en détailler les avantages :

« Un salon de belle taille, une salle à manger et deux chambres doubles, tu n'auras pas besoin de plus. Gardiennage vingt-quatre heures sur vingt-quatre et système de sécurité moderne. Pas de balcon, ce qui est dommage, mais enfin un balcon augmente toujours les risques de cambriolage. Tous les magasins dont tu as besoin dans Kensington High Street et tu peux aller aux Chambers en partant de la station de High Street sur Central Line. Tout près et ça descend. Si tu vas une station plus loin pour t'arrêter à Notting Hill Gate, tu prends la sortie de Church Street, ce qui t'évite de traverser une grande artère. » On aurait cru que Helen avait organisé le réseau du métro londonien pour la commodité de son père. « Et puis il y a un supermarché près des deux stations, et Marks and Spencer dans High Street, ce qui fait que tu peux facilement te procurer ce qu'il te faut. À ton âge, inutile de porter des choses lourdes. »

C'est Helen qui, par l'intermédiaire de ses réseaux compliqués de collègues et de relations, lui avait trouvé Erik et Nigel.

« Ils sont gay, bien sûr, mais ça ne doit pas t'inquiéter.

– Non. Pourquoi cela devrait-il m'inquiéter ? » Mais ni sa remarque ni la question n'avaient été entendues.

« Ils ont un magasin d'antiquités au sud de High Street, mais ils n'ouvrent pas avant dix heures. Ils accepteraient d'arriver de bonne heure pour préparer ton petit déjeuner, faire ton lit et donner un petit coup partout. Tu prendrais une femme de ménage pour les gros travaux. Ils ont proposé de revenir le soir pour le dîner… le souper serait peut-être plus juste. Rien de compliqué, une cuisine simple et bien préparée. Erik, l'aîné, est réputé pour être excellent aux fourneaux. Erik avec un k, n'oublie pas, il y tient. Je me demande d'ailleurs pourquoi puisqu'il n'est pas scandinave. Né à Muswell Hill, je crois qu'il m'a dit. Marjorie m'assure que Nigel est un garçon charmant. Très blond, mais je suppose que sa mère aimait le nom et ne connaissait pas l'étymologie, ou ne s'en souciait pas. Maintenant, parlons salaires. Évidemment, ce sera une entrave pour eux. Ce genre de service n'est pas bon marché. »

Il fut tenté de dire qu'il espérait que la famille lui laisserait assez d'argent sur la vente de la propriété à Wolvercote pour payer une aide ménagère à temps partiel.

L'arrangement avait bien marché et il marchait toujours bien. Erik et Nigel étaient gentils, efficaces et sûrs. Il se demandait maintenant comment il s'était débrouillé sans eux. Erik, la cinquantaine enveloppée, était très élégant, avec une bouche trop rose au dessin parfait au-dessus d'une barbe hirsute. Nigel était mince, très blond, le plus vif des deux. Ils travaillaient toujours ensemble, Erik préparant les repas tandis que Nigel, son acolyte, épluchait les légumes, faisait la vaisselle et assurait les commentaires admiratifs. Quand ils étaient dans l'appartement, il entendait depuis la cuisine l'incessant contre-chant de leurs voix, basse et plus lente pour Erik, soprano enthousiaste pour Nigel. Le bruit était agréable, il lui tenait compagnie et, quand ils étaient en vacances, leur joyeux pépiement lui manquait. La cuisine était devenue leur domaine, et même son odeur était inhabituelle, exotique. Il y entrait comme un étranger, hésitant à utiliser ses propres ustensiles de peur de gâter leur perfection, examinant avec curiosité les étiquettes sur l'extraordinaire variété de bouteilles et de bocaux qu'Erik jugeait nécessaire pour sa « bonne cuisine simple » : huile d'olive vierge extra, tomates séchées au soleil, sauce au soja. Il humait, presque honteux, les herbes aromatiques dans leurs pots alignés sur l'appui de la fenêtre.

Les plats étaient magnifiquement présentés avec un décorum qui parachevait la qualité du repas. C'était toujours Erik qui les apportait, Nigel guettant avec anxiété depuis le seuil comme pour s'assurer que leur perfection était bien reconnue. Ce soir-là, Erik annonça en posant le plat que Hubert allait manger du foie de veau au bacon avec de la purée de pommes de terre, des épinards et des petits pois, le foie coupé très mince et saisi plutôt que cuit, comme il l'aimait. C'était un de ses plats favoris et il se demanda comment il allait pouvoir le manger. Il prononça la phrase rituelle : « Merci, Erik, ça a l'air excellent. »

Erik se permit un bref sourire de satisfaction, Nigel rayonna. Mais il restait quelque chose à dire. Ils n'avaient de toute évidence pas encore appris le meurtre, mais la nouvelle se répandrait le lendemain. Cela semblerait étrange, voire suspect, s'il n'en disait rien en rentrant chez lui. Mais quand il parla, au moment précis où Erik arrivait à la porte, il se rendit compte que, malgré la nonchalance très étudiée de son ton, il n'avait pas dit ce qu'il fallait.

« Erik, vous rappelez-vous à quelle heure je suis arrivé, hier soir ? »

Ce fut Nigel qui répondit : « Vous étiez en retard, Mr Langton. De trois quarts d'heure. Nous étions un peu surpris que vous n'ayez pas téléphoné. Vous ne vous rappelez pas ? Vous nous avez dit que vous étiez allé faire un tour en sortant des Chambers. Ça ne faisait rien, notez, puisqu'Erik ne met jamais les légumes à cuire avant que vous ayez pris votre xérès. »

Erik dit calmement : « Vous êtes arrivé juste après sept heures et demie, Mr Langton. »

Il fallait dire quelque chose de plus. Quand la nouvelle du meurtre serait connue, sa question serait rappelée, analysée et son importance reconnue. Il tendit la main vers la bouteille de bordeaux, mais se rendit compte à temps qu'elle tremblait. Au lieu de cela il étendit la serviette sur ses genoux et, les yeux fixés sur son assiette, il dit d'une voix calme (trop calme ?) :

« Cela pourrait avoir quelque importance. Il est arrivé quelque chose de très épouvantable. Ce matin, une de mes collègues, Venetia Aldridge, a été retrouvée morte aux Chambers. La police ne sait pas encore de façon certaine comment ni quand elle est morte. Il faudra qu'on pratique une autopsie, mais il existe une forte probabilité – presque une certitude – pour qu'elle ait été assassinée. Si c'est prouvé, nous aurons tous ici, aux Chambers, à rendre compte de nos mouvements. Affaire de routine pour les enquêteurs. Rien de plus. Je voulais être sûr que mes souvenirs étaient exacts. »

Il s'obligea à lever les yeux vers eux. Le visage d'Erik était un masque, impassible. Ce fut Nigel qui réagit.

« Miss Aldridge ? Vous voulez dire l'avocate qui a fait acquitter ces terroristes de l'IRA ?

– Elle a en effet défendu trois hommes accusés de terrorisme.

– Un assassinat ! Mais c'est terrible. Épouvantable pour vous ! Ce n'est pas vous qui avez trouvé le corps, n'est-ce pas, Mr Langton ?

– Non, non. Je viens de vous l'expliquer. Le corps a été retrouvé ce matin de bonne heure avant que j'arrive. » Il ajouta : « Les grilles du Temple ne sont fermées qu'à huit heures du soir. Bien évidemment quelqu'un est entré.

– Mais la porte des Chambers n'aurait pas été ouverte, n'est-ce pas, Mr Langton ? Ça devait être quelqu'un qui avait une clef. Ou Miss Aldridge a peut-être fait entrer son assassin. Quelqu'un qu'elle connaissait. »

C'était affreux. Il dit d'un ton sévère : « Je ne crois pas qu'il puisse être utile d'échafauder des hypothèses. Comme je vous l'ai dit, la police n'a pas confirmé avec précision la manière dont elle est morte. Un décès suspect. C'est tout ce que nous savons vraiment. Mais la police pourra téléphoner, ou envoyer quelqu'un pour vous demander à quelle heure je suis rentré hier. Dans ce cas, bien sûr, vous devrez dire la vérité. »

Nigel ouvrit très grand les yeux et dit : « Oh, Mr Langton, je ne crois pas que ce soit jamais une bonne chose de dire la vérité à la police.

– C'en est une bien plus mauvaise de lui dire un mensonge. »

Sa voix avait dû être plus sévère qu'il n'en avait eu l'intention. Ils le quittèrent sans un mot. Cinq minutes plus tard ils entrèrent un instant dans la salle à manger pour lui dire bonsoir et il entendit la porte d'entrée se refermer. Il attendit quelques minutes par précaution, puis prit son assiette et vida les restes de son repas dans les w.-c. Il desservit la table et laissa dans l'évier la vaisselle sale dont Erik et Nigel s'occuperaient le lendemain matin, non sans l'avoir rincée d'abord pour éviter les odeurs la nuit. Il se dit, comme tous les soirs, qu'il aurait pu aussi bien finir le travail, mais cela ne faisait pas partie de l'arrangement mis au point par Helen.

Après cela, il s'assit dans le silence de son salon trop bien rangé à côté de la « flamme vive » du radiateur à gaz qui avait un air si naturel, donnant l'impression si réconfortante que quelqu'un avait disposé le petit bois et apporté le charbon, puis il laissa la chape étouffante de l'anxiété et du dégoût de soi peser sur son esprit.

Il se mit à penser à sa femme. Son mariage avait duré et, s'il ne lui avait pas apporté de joies extatiques, il ne lui avait pas infligé non plus beaucoup de souffrances aiguës. Chacun avait sympathisé avec l'autre plutôt que compris ou partagé les plus profondes préoccupations du partenaire. Les enfants et le jardin avaient absorbé la plus grande partie de l'énergie de Marigold, et lui ne s'était beaucoup intéressé ni aux uns ni à l'autre. Mais maintenant qu'elle était morte, il la regrettait et elle lui manquait plus qu'il ne l'aurait cru possible. Une épouse adorée n'aurait pu laisser derrière elle une si profonde affliction. Il se disait que, paradoxalement, une telle perte aurait été plus facile à accepter ; la mort aurait alors été considérée comme un achèvement, l'accomplissement de quelque chose de typiquement humain, une perfection d'amour ne laissant ni regrets, ni espoirs déçus, ni entreprise inachevée. Désormais, c'était toute sa vie qui lui semblait être une entreprise inachevée. L'horreur, l'abomination de cette perruque gorgée de sang étaient pour lui maintenant comme le commentaire grotesque mais non déplacé d'une carrière si pleine de promesses au début qui, tel un cours d'eau à la source trop faible, s'était perdue, triste fatalité, parmi les sables d'ambitions avortées.

Il vit avec une horrible clarté le reste de sa vie, ce long avenir de dépendance humiliante et d'inexorable sénilité. Son intelligence – qu'il avait tenue pour la meilleure et la plus sûre partie de lui-même – le trahissait. Et voilà que dans ses Chambers, il y avait eu ce meurtre sanglant, obscène, avec ses relents de folie et de vengeance pour démontrer la fragilité d'une passerelle d'ordre et de raison construite par le droit au cours des siècles, au-dessus de l'abîme du chaos social et psychologique. Or, il se trouvait que c'était lui, Hubert Langton, qui devait y faire face. Directeur des Chambers, c'était lui qui devait les protéger des pires intrusions de la publicité, coopérer avec la police, calmer les nerfs des affolés, trouver les mots appropriés à dire à ceux qui étaient affligés ou à ceux qui faisaient semblant de l'être. Horreur, choc, dégoût, étonnement, regret; les émotions les plus communes après le meurtre d'une collègue. Mais le chagrin? Qui éprouverait une peine sincère en apprenant la mort de Venetia Aldridge? Que ressentait-il pour l'heure, si ce n'est une peur voisine de la terreur? Il avait quitté les Chambers juste après six heures. Simon qui partait au même moment l'avait vu. C'est ce qu'il avait dit à Dalgliesh quand la police avait interrogé séparément chaque membre des Chambers. Il aurait dû être chez lui à six heures quarante-cinq au plus tard. Où était-il allé pendant ces quarante-cinq minutes manquantes? Cette perte totale de mémoire n'était-elle que le plus récent symptôme d'un mal dont il était atteint? Ou avait-il vu quelque chose – pis encore, fait quelque chose – de si terrible que son esprit en refusait la réalité?

21

Les Rawlstone habitaient une maison de style italien à la lisière est de Pimlico. Avec son vaste portique, sa peinture luisante et la tête de lion en cuivre de son heurtoir astiquée à en être presque blanche, l'ensemble donnait une impression de solide opulence qui évitait de justesse l'ostentation.

La porte fut ouverte par une jeune femme vêtue de façon classique : jupe noire au mollet, chemisier boutonné haut et cardigan. Kate se dit qu'elle aurait pu être secrétaire, employée de maison, documentaliste parlementaire, ou intendante. Elle les reçut avec prestesse et efficacité, mais sans sourire, disant d'une voix qui laissait percer un rien de désapprobation : « Mr Rawlstone vous attend. Voulez-vous monter, je vous prie ? »

Le hall était vaste et peu meublé mais impressionnant, très masculin, une série de gravures sur Londres au cours de l'histoire ornant seule les murs de la pièce et de l'escalier. Mais le salon du premier dans lequel ils furent introduits aurait pu appartenir à une autre maison. C'était une pièce conventionnelle dans les tons bleu-vert très doux. Les rideaux drapés qui encadraient les deux hautes fenêtres, le lin recouvrant le divan et les fauteuils, les petites tables élégantes, la somptuosité des tapis sur le bois pâle du parquet, tout cela témoignait d'une confortable aisance. La toile accrochée au-dessus de la cheminée représentait une mère édouardienne les bras passés autour de ses deux filles, la sentimentalité du sujet sauvée par le métier du peintre. Sur un autre mur, une série d'aquarelles ; sur un troisième, un méli-mélo de petits tableaux disposés avec habileté, mais qui révélaient un goût personnel satisfait sans grand souci du mérite artistique. Il y avait là des sujets religieux victoriens brodés en soie, de petits portraits dans des cadres ovales, des silhouettes et une adresse enluminée que Kate eut grande envie de regarder de plus près et de lire. Mais ce mur encombré évitait au salon d'être trop évidemment un modèle de bon goût conventionnel et lui donnait une personnalité attrayante parce que naturelle. Sur l'une des tables, une collection de petits objets en argent, sur l'autre un groupe de délicats personnages en porcelaine. Dans un angle, un piano à queue recouvert d'un châle en soie. Il y avait des fleurs : petits bouquets sur les tables basses et grand vase de lis sur le piano. Leur odeur était forte, mais sans rien de funèbre dans cette ambiance intime.

Kate demanda : « Comment peut-il s'offrir ça avec son traitement de député ? »

Dalgliesh, planté devant une fenêtre et apparemment perdu dans ses pensées, s'intéressait peu aux détails de la pièce. Il répondit tranquillement : « Il ne peut pas. Sa femme a de la fortune. »

La porte s'ouvrit et Mark Rawlstone entra. La première pensée de Kate en le voyant fut qu'il était plus petit et moins beau qu'à la télévision. Il avait ces traits fortement marqués que l'objectif fait bien ressortir, et peut-être aussi l'égotisme qui, s'il peut maîtriser le psychisme le temps d'une représentation pour émettre une aura d'assurance resplendissante, perd dans la réalité substance et vitalité. Elle se dit qu'il était sur ses gardes, mais pas particulièrement soucieux. Il serra la main de Dalgliesh très vite et sans un sourire, donnant intentionnellement l'impression, selon Kate, que ses pensées étaient ailleurs. Dalgliesh la présenta, mais elle dut se contenter d'un bref signe de tête.

Rawlstone dit : « Désolé de vous avoir fait attendre. Mais je ne pensais pas vous trouver ici. Le salon de ma femme n'est pas vraiment un endroit indiqué pour le genre de conversation que nous allons sans doute avoir. »

C'est le ton plus que les mots que Kate trouva offensant.

Dalgliesh répliqua : « Nous ne souhaitons contaminer aucune partie de la maison. Peut-être préféreriez-vous venir dans mon bureau au Yard ? »

Rawlstone avait trop de bon sens pour aggraver son erreur. Il rougit légèrement et sourit d'un air penaud qui le fit paraître à la fois plus jeune et plus vulnérable, ce qui pouvait expliquer en partie l'attrait qu'il exerçait sur les femmes. Kate se demanda s'il en usait souvent.

Il dit : « Voulez-vous monter dans la bibliothèque ? »

Elle était située à l'étage au-dessus et sur le derrière de la maison. Quand Rawlstone s'effaça pour les laisser passer, Kate fut étonnée de trouver une femme qui visiblement les attendait. Mince, le visage doux, elle avait une chevelure blonde nattée et enroulée qui semblait trop lourde pour ses traits délicats et son long cou. Mais les yeux qui fixèrent tout droit ceux de Kate dans un premier regard de franche curiosité étaient assurés, sans défi ni hostilité. Son apparente fragilité n'abusa pas Kate. Il y avait là une femme forte.

Les présentations faites, Rawlstone dit : « Je crois connaître le but de cette visite. Un collègue de mes Chambers m'a téléphoné juste avant que vous m'appeliez cet après-midi. Il m'a appris la mort de Venetia Aldridge. Comme vous pouvez l'imaginer, la nouvelle s'est assez vite répandue dans les Inns of Court. C'est à la fois choquant et incroyable. Mais enfin la mort violente l'est toujours quand elle touche quelqu'un que vous connaissez. Je ne vois pas en quoi je peux vous aider, mais bien évidemment, si je le peux, je le ferai volontiers. Il n'y a rien que vous ne puissiez me demander devant ma femme. »

Mrs Rawlstone dit alors : « Asseyez-vous, je vous en prie, commandant, inspecteur Miskin. Voulez-vous prendre quelque chose avant que nous commencions ? Un café, peut-être ? »

Dalgliesh la remercia puis, après un coup d'œil à Kate, déclina l'offre pour tous deux. Il y avait quatre sièges dans la pièce, un derrière le bureau, un petit fauteuil avec à côté une table et une lampe, et deux autres dont les dossiers droits sculptés et l'absence de coussins ne promettaient pas un grand confort. Ils ont été apportés ici pour cette conversation, se dit Kate. Il a toujours eu l'intention qu'elle se déroule ici.

Lucy Rawlstone s'assit sur le fauteuil bas, mais très en avant, les mains jointes sur les genoux. Son mari prit le fauteuil derrière le bureau, laissant Dalgliesh et Kate s'asseoir en face de lui. Cette dernière se demanda une fois encore si cela aussi était combiné. Ils auraient pu avoir l'air de deux candidats devant un éventuel employeur, si ce n'est qu'il lui était impossible de voir Dalgliesh dans un rôle de suppliant. Lui ayant jeté un coup d'œil, elle comprit qu'il avait éventé le stratagème et n'en était nullement perturbé.

Il demanda : « Vous connaissiez bien Venetia Aldridge ? »

Rawlstone prit une règle sur le bureau et se mit à frotter son pouce le long du bord, mais sa voix était calme et ses yeux restaient fixés sur le policier.

« En un sens très bien, pendant un certain temps. Il y a quatre ans environ, nous avons commencé une liaison. C'était bien entendu longtemps après son divorce. Elle s'est terminée il y a un peu plus d'un an. Je ne peux malheureusement pas vous donner la date précise. Ma femme était au courant depuis deux ans environ. Elle ne l'approuvait naturellement pas et il y a à peu près un an je lui ai promis d'y mettre fin. Par chance, le souhait de Venetia et le mien coïncidaient. En réalité, c'est elle qui a rompu. Si elle ne l'avait pas fait, je suppose que j'aurais pris l'initiative. Cette liaison ne peut pas avoir le moindre rapport avec sa mort, mais vous m'avez demandé si je la connaissais bien et je vous ai donné, confidentiellement, une réponse précise. »

Dalgliesh demanda : « Donc pas d'amertume au sujet de cette rupture ?

– Absolument aucune. Nous savions tous les deux depuis quelques mois que ce qui existait, ou que nous supposions exister entre nous, était mort. Nous étions trop fiers, l'un comme l'autre, pour nous disputer la carcasse. »

Et voilà, se dit Kate, le plaidoyer le plus soigneusement étudié que j'aie jamais entendu. Et pourquoi pas ? Il devait bien savoir que nous voulions le voir. Il a eu tout le temps de mettre sa justification au point. Et puis, c'est habile de sa part de ne pas avoir fait venir son avocat. Pourquoi en aurait-il eu besoin, d'ailleurs ? Il est assez habitué aux contre-interrogatoires pour être sûr de ne pas commettre d'erreurs.

Rawlstone reposa la règle et dit : « Je vois plus nettement maintenant comment cette liaison a pu se nouer. Venetia avait un homme séduisant, Drysdale Laud, pour l'accompagner au théâtre et aux dîners, mais elle voulait parfois un homme dans son lit. J'étais disponible et consentant. Je crois que rien de tout cela n'avait grand-chose à voir avec l'amour. »

Kate jeta un coup d'œil au visage de Lucy Rawlstone. Une brève rougeur se répandit sur les traits délicats ; elle décela une crispation de dégoût et se dit : « Il ne voit donc pas qu'elle trouve cette grossièreté avilissante et humiliante ? »

Dalgliesh dit : « Venetia Aldridge a été assassinée. Qui elle avait ou n'avait pas besoin d'avoir dans son lit ne me concerne pas, à moins que cela n'ait un rapport avec sa mort. » Il se tourna vers l'épouse : « La connaissiez-vous, Mrs Rawlstone ?

– Pas bien. Nous nous rencontrions de temps à autre, surtout aux cérémonies du monde judiciaire. Je ne pense pas avoir jamais échangé plus d'une douzaine de mots avec elle. Je trouvais que c'était une femme belle mais pas heureuse. Elle avait une très belle voix quand elle parlait et je me suis demandé si elle ne chantait pas. » Elle se tourna vers son mari : « Est-ce qu'elle chantait, mon chéri ? »

Il répondit brièvement : « Je ne l'ai jamais entendue. Je ne crois pas qu'elle était particulièrement musicienne. »

Dalgliesh se tourna de nouveau vers lui : « Vous vous trouviez chez elle mardi soir tard, la veille du jour de sa mort. Bien entendu, tout ce qui s'est passé pendant les jours précédant le drame nous intéresse. Pourquoi étiez-vous allé la voir ? »

Si la question le déconcerta, il n'en laissa rien voir. Mais, se dit Kate, il devait bien savoir qu'Octavia l'avait vu et avait surpris une partie de la dispute. Le nier eût été vain – et même imprudent.

Il répondit : « Venetia m'a appelé vers neuf heures et demie en me disant qu'elle avait quelque chose dont elle voulait me parler et que c'était urgent. Quand je suis arrivé chez elle, je l'ai trouvée dans un étrange état d'esprit. Elle m'a dit qu'elle envisageait de se présenter à la magistrature – est-ce que je pensais qu'elle ferait un bon juge ? Et est-ce que cela l'aiderait si elle succédait à Hubert Langton à la tête des Chambers ? Quant à cela, elle avait à peine besoin de me poser la question. Bien évidemment ce serait un atout. Quant à savoir si elle ferait un bon juge, je lui ai dit qu'à mon avis oui, mais était-ce vraiment ce qu'elle souhaitait et, surtout, en avait-elle les moyens ? »

Dalgliesh dit : « Vous n'avez pas trouvé curieux le fait d'être appelé tard dans la soirée pour discuter de choses dont elle aurait pu vous parler, à vous ou à d'autres, d'ailleurs, à une heure plus commode ?

– C'était bizarre en effet. En y réfléchissant pendant que je rentrais chez moi, j'en ai conclu qu'elle avait sans doute voulu aborder un sujet très différent, mais qu'elle avait changé d'avis en m'attendant, ou qu'elle s'était dit après mon arrivée que je ne pourrais pas l'aider et n'avait alors pas pris la peine de m'en parler.

– Et vous n'avez pas idée de ce que cela aurait pu être ?

– Aucune. Comme je vous l'ai dit, elle était étrange. Je suis reparti sans en savoir plus qu'à l'arrivée.

– Mais vous vous êtes querellés ? »

Rawlstone resta un instant silencieux, puis dit : « Nous avons eu un désaccord. Je ne parlerais pas de querelle. Je suppose que vous avez parlé avec Octavia. Vous n'avez pas besoin que je vous dise comme ce genre de renseignement glané en écoutant aux portes est peu fiable. Aucun rapport avec le dénouement de la liaison, ou du moins pas directement.

– De quoi s'agissait-il ?

– De politique surtout. Venetia n'était pas un animal politique, mais elle n'a jamais prétendu voter travailliste. Comme je vous l'ai dit, elle était d'humeur bizarre ce soir-là, et peut-être cherchait-elle l'affrontement. Dieu sait pourquoi. Nous ne nous étions pas revus depuis des mois. Elle m'a accusé de négliger les relations humaines pour poursuivre mes ambitions politiques. D'après elle, notre liaison aurait sans doute duré, elle aurait été moins désireuse d'y mettre fin, si je ne l'avais pas toujours fait passer après le parti. Ce n'était pas vrai, bien sûr. Rien n'aurait pu maintenir cette relation. Je lui ai répliqué que ce genre de critique venant d'elle ne manquait pas de saveur, alors qu'elle avait sacrifié sa fille à sa propre carrière. C'est probablement ce passage-là qu'Octavia a surpris. Nous l'avons vue debout sur le seuil de la porte ouverte. Dommage, mais elle n'a entendu que la vérité. »

Dalgliesh demanda : « Pouvez-vous me dire où vous vous trouviez hier soir entre sept heures et demie et dix heures ?

– Je vous assure que je n'étais pas au Temple. J'ai quitté mes Chambers de Lincoln's Inn peu avant six heures, rencontré un journaliste, Pete Maguire, à *la Perruque et la Plume* pour un verre et je suis rentré chez moi peu après sept heures et demie. J'avais rendez-vous avec quatre de mes électeurs dans la salle des pas perdus de la Chambre des communes à huit heures et quart. Des chasseurs passionnés qui voulaient me convaincre d'intervenir sur l'avenir de ce sport. Je suis parti d'ici à huit heures moins cinq pour aller à la Chambre à pied en passant par John Islip Street et Smith Square. » Il plongea la main dans un tiroir du bureau et en sortit un morceau de papier plié : « J'ai écrit ici les noms de mes électeurs pour que vous puissiez vérifier si vous en éprouvez le besoin. Dans ce cas, je vous serai obligé de le faire avec un certain tact. Je n'ai absolument rien à voir avec la mort de Venetia Aldridge et je jugerais grave que des commérages puissent faire croire le contraire. »

Dalgliesh dit : « Si commérages il y a, ils ne viendront pas de nous. »

Mrs Rawlstone, très calme, dit alors : « Je peux confirmer que mon mari est rentré à la maison juste avant sept heures et demie et reparti pour le Parlement avant huit heures. Il est revenu pour dîner une heure après. Personne n'est venu nous voir pendant la soirée. Il y a eu quelques coups de téléphone, mais ils étaient pour moi.

– Et il n'y a eu personne ici avec vous entre le moment où votre mari est rentré, c'est-à-dire sept heures et demie et celui où il est revenu, vers neuf heures ?

– Personne. J'ai une cuisinière qui loge ici et une femme de ménage. Le mercredi est la soirée de congé de ma cuisinière et la femme de ménage s'en va à cinq heures et demie. Je prépare toujours le dîner pour mon mari ce jour-là, s'il n'a pas un rendez-vous ailleurs, ou s'il n'est pas à la Chambre. Nous aimons mieux dîner chez nous que sortir. Nous en avons si rarement l'occasion. Et il n'a pas quitté la maison après que je suis allée me coucher, à onze heures. Il est obligé de passer par ma chambre pour arriver au palier et j'ai le sommeil léger. Je l'aurais entendu. » Elle regarda Dalgliesh bien en face et demanda : « Est-ce que c'est cela que vous voulez savoir ? »

Dalgliesh la remercia et se tourna de nouveau vers Mark Rawlstone : « Vous avez dû connaître Miss Aldridge pendant beaucoup plus que les quatre années qu'a duré votre liaison. Son meurtre vous a-t-il surpris ?

– Beaucoup. J'ai éprouvé les émotions habituelles – horreur, choc, chagrin devant la mort de quelqu'un qui m'était proche. Mais oui, j'ai été surpris. C'est toujours une surprise quand il arrive une chose bizarre et horrible à une de vos connaissances.

– Elle n'avait pas d'ennemis ?

– Pas au point d'être haïe. Elle pouvait être difficile, comme nous tous. L'ambition, le succès chez une femme attirent l'envie, le ressentiment, mais je ne connais personne qui souhaitait sa mort. Je ne suis sans doute pas le mieux à même de vous répondre. On pourrait sans doute vous en dire plus aux Chambers. Je sais que cela peut paraître bizarre, mais depuis deux ou trois ans, nous ne nous voyions pas souvent et quand cela arrivait, notre conversation – si nous parlions – n'était pas intime. Nous avions chacun une vie privée que nous souhaitions garder telle. Elle me parlait de son amitié pour Drysdale Laud et je savais qu'elle avait des ennuis avec sa fille. Mais qui n'a pas d'ennuis avec des filles arrivées à l'adolescence ? »

Rien d'autre à en tirer. Ils prirent congé de Lucy Rawlstone et son mari les accompagna jusqu'à la porte du devant. En l'ouvrant, il dit : « J'espère qu'il sera possible de ne pas divulguer cet entretien, commandant. Il ne concerne que ma femme et moi, personne d'autre. »

Dalgliesh lui répondit : « Si votre relation avec Miss Aldridge n'a rien à voir avec cette enquête, alors elle n'aura pas à être connue.

– Il n'y avait aucune relation. Tout était fini depuis plus d'un an. Je croyais que je m'étais fait clairement comprendre à ce sujet. Je ne veux pas de télescope pointé sur mes fenêtres et ma femme suivie partout, d'autant que maintenant certains éléments de la presse sont devenus très indiscrets et malintentionnés. Je suppose que nous devons croire désormais que tous les magnats de la presse ont vécu une vie irréprochable de chasteté avant le mariage et de fidélité après, et que chaque journaliste présente une note de frais qui peut soutenir l'examen le plus minutieux. Il doit sûrement y avoir une limite à l'hypocrisie. »

Dalgliesh dit : « Je n'en ai jamais trouvé. Merci de votre aide. »

Mais Rawlstone s'attardait à la porte. « Comment est-elle morte, exactement ? Il y a des rumeurs, évidemment, mais personne n'a l'air de savoir. »

Inutile de dissimuler une partie au moins de la vérité. La nouvelle se répandrait bien assez tôt.

Dalgliesh répondit : « Nous n'aurons une certitude absolue qu'après l'autopsie, mais il semble qu'elle ait reçu un coup de couteau dans le cœur. »

Rawlstone parut sur le point de parler, puis changea d'avis et les laissa partir. Au moment où ils tournaient l'angle de la rue, Kate dit : « Ni l'un ni l'autre n'ont fait montre de beaucoup de compassion. Mais enfin, ils ne nous ont pas dit que c'était une excellente juriste. Je commence à me lasser de cette morne épitaphe. Qu'est-ce qu'il vaut son alibi, patron ?

– Il ne sera pas facile à démolir. Mais si vous me demandez s'ils ont conspiré pour assassiner Venetia Aldridge, alors il faudra avancer beaucoup d'arguments pour me convaincre... de même qu'un jury. Lucy Rawlstone est un modèle de vertu, catholique fervente, engagée dans une demi-douzaine d'associations charitables qui s'occupent surtout des enfants ; elle passe d'ailleurs un jour par semaine dans une maison pour enfants ; effacée mais efficace et généralement considérée comme une épouse de député parfaite.

– Et une mère parfaite ?

– Ils n'ont pas d'enfant. J'imagine que ce pourrait être un crève-cœur pour elle.

– Et incapable de mentir ?

– Non, qui l'est ? Mais Lucy Rawlstone ne mentirait que pour ce qui serait un motif primordial à ses yeux.

– Comme par exemple éviter la prison à son mari ? L'histoire sur les raisons de cet appel lancé par Aldridge sonne faux. Elle ne lui aurait pas téléphoné le soir comme ça, à l'improviste, simplement pour lui demander si elle devait devenir juge. Mais quand vous le lui avez fait remarquer, son explication a été ingénieuse.

– Et peut-être vraie. Il est plus vraisemblable qu'elle ait voulu dire quelque chose d'important, d'urgent et puis qu'elle se soit ravisée.

– Comme les fiançailles d'Octavia ? Alors pourquoi n'a-t-il pas suggéré ça comme raison ? Oh, c'est vrai, si elle ne lui en a pas parlé, il n'est sans doute pas encore au courant. Je suppose qu'elle aurait pu avoir ça dans l'idée, et puis décider qu'il ne lui servirait à rien. Après tout, qu'est-ce qu'il pourrait faire ? Lui ou un autre d'ailleurs. Octavia est majeure. Mais on dirait que sa mère était assez désespérée. Elle a essayé d'obtenir de Drysdale Laud qu'il l'aide et n'a pas réussi. »

Dalgliesh dit : « Je voudrais bien savoir quand cette liaison a été rompue. Il y a plus d'un an, comme il l'a prétendu, ou mardi soir ? Sans doute deux personnes seulement connaissent-elles la réponse. L'une ne parle pas et l'autre est morte. »

22

En règle générale, Desmond Ulrick travaillait tard le jeudi et il n'avait vu aucune raison de changer ses habitudes. La police était partie après avoir bouclé et scellé la pièce du crime, Dalgliesh emportant un trousseau de clefs. Ulrick travailla donc sans arrêt jusqu'à sept heures, puis enfila son pardessus, fourra les papiers dont il avait besoin dans sa serviette et partit, non sans avoir branché le système d'alarme et fermé la porte à clef derrière lui.

Il habitait seul une charmante petite maison de Markham Street, dans Chelsea. Ses parents s'y étaient installés lors de la retraite de son père après une carrière en Malaisie et au Japon et il avait vécu avec eux jusqu'à leur mort, cinq ans plus tôt. Contrairement à la plupart des expatriés, ils n'avaient rapporté aucun souvenir de ces temps passés au-delà des mers, sauf quelques délicates aquarelles. Il en restait peu désormais. Lois s'était entichée des meilleures, et sa nièce avait un talent souverain pour s'approprier les objets de valeur qui lui avaient plu dans Markham Street.

Ses parents avaient meublé la maison en sortant du garde-meuble quelques pièces venant de ses grands-parents et en achetant ce dont ils avaient encore besoin dans les salles de ventes les meilleur marché de Londres. C'est ainsi qu'il se trouvait cerné par des meubles en acajou du XIXe siècle, des fauteuils et des armoires si chargées de sculptures et si lourdes qu'il semblait parfois que la délicate petite maison dût s'effondrer sous leur poids. Tout était resté tel quel depuis que l'ambulance avait emmené sa mère pour cette ultime opération. Il n'avait eu ni le désir ni la volonté de changer un pesant héritage qu'il ne remarquait plus et qu'il voyait même rarement, puisqu'il passait le plus clair de son temps dans son cabinet de travail au dernier étage. Il y avait là le bureau qui datait de ses années à Oxford, un fauteuil à oreilles, l'un des meilleurs achats de ses parents – et la bibliothèque méticuleusement cataloguée et rangée sur des rayonnages qui couvraient trois murs du plancher au plafond.

Là, rien n'était touché par Mrs Jordan qui venait faire le ménage trois jours par semaine, mais le reste de la maison faisait l'objet de son impitoyable attention. Cette forte femme taciturne avait une énergie féroce. Les meubles étaient cirés jusqu'à ce que les surfaces brillent comme des miroirs et l'odeur puissante de l'encaustique à la lavande qu'elle employait l'accueillait chaque fois qu'il ouvrait la porte, imprégnant toute la maison. Il se demandait parfois, mais sans grande curiosité, si ses propres vêtements la dégageaient aussi. Mrs Jordan ne faisait pas la cuisine. Il y avait peu de chances pour qu'une femme qui attaquait l'acajou comme pour le soumettre par la force fût une bonne cuisinière, et tel n'était pas le cas ; mais cela non plus ne l'inquiétait nullement. Le quartier était bien fourni en restaurants et il dînait seul le soir dans l'un ou l'autre de ses deux favoris, accueilli avec déférence et conduit à son habituelle table à l'écart.

Quand Lois dînait avec lui – et avant la naissance des jumelles c'était chaque semaine – ils mangeaient au restaurant qu'elle choisissait en général à une distance incommode, après quoi ils revenaient à la maison pour prendre le café qu'elle préparait. En portant le plateau dans le salon, elle disait : « Cette cuisine est antédiluvienne. Je dois dire que Mrs Jordan l'entretient très bien, mais tout de même ! Et puis, Duncs chéri, tu devrais vraiment faire quelque chose dans cette pièce, liquider toutes ces vieilleries de grand-mère. Elle pourrait être très élégante avec des meubles appropriés, et si tu changeais le papier et les rideaux. Je connais exactement le décorateur qu'il te faut. Ou alors, je noterai quelques idées, je combinerai une harmonie de couleurs et j'irai faire les achats avec toi, ce serait amusant.

– Non, merci, Lois. Je ne remarque même pas cette pièce.

– Mais mon chéri tu devrais. Tu en raffolerais une fois que je l'aurais refaite. »

Le jeudi était l'un des jours de Mrs Jordan et, tandis qu'il traversait l'entrée, il lui sembla que l'odeur était encore plus forte que d'habitude. Il y avait une note sur la table. « Mrs Costello a appelé trois fois. Elle vous demande de la rappeler. » Simon avait dû téléphoner chez eux ou au bureau de Lois pour annoncer la nouvelle. Oui, bien sûr, il l'avait certainement fait. Il n'aurait pas attendu d'être rentré et elle n'avait sans doute pas voulu téléphoner aux Chambers, de peur que la police n'y fût encore.

Il retourna la feuille de papier, fouilla dans ses poches à la recherche d'un crayon, et écrivit avec sa minutie habituelle : « Mrs Jordan. Merci. Mon opération prévue pour samedi a été différée, je n'aurai donc pas besoin que vous veniez les autres jours de la semaine pour nourrir Tibbles. » Il signa de ses initiales et se mit à monter lentement l'escalier en s'accrochant à la rampe comme un vieillard.

Arrivé à la dernière marche avant le premier palier, il trouva Tibbles dans sa posture favorite, pattes de derrière étendues, pattes de devant sur les yeux comme pour les protéger de la lumière. Il avait hérité de ses parents ce chat blanc à longs poils, qui après quelques expéditions manquées dans le voisinage avait condescendu à rester avec lui. Il ouvrit sa petite bouche rose dans un miaulement muet, mais ne bougea pas. Mrs Jordan lui avait donné à manger comme toujours vers cinq heures et aucune autre démonstration d'affection n'était nécessaire. Ulrick l'enjamba et poursuivit son chemin jusqu'au bureau.

Il était à peine entré que le téléphone sonna. Il prit l'appareil et entendit la voix de sa nièce :

« Duncs, j'ai essayé de te joindre toute la journée. Je ne voulais pas appeler les Chambers. Je pensais que tu rentrerais de bonne heure. Écoute, je n'ai pas beaucoup de temps, Simon est avec les jumelles, mais il va redescendre d'une minute à l'autre. Duncs, j'ai besoin de te voir. Je vais passer. Je trouverai bien un prétexte pour m'évader.

– Non, ne fais pas ça. J'ai du travail, j'ai besoin d'être tranquille. »

La note d'angoisse frisant la panique lui parvint très nette :

« Mais il faut que nous nous voyions, Duncs chéri, j'ai peur. Il faut que nous nous voyions.

– Non, répéta-t-il, nous n'avons rien à nous dire. Si tu as besoin de parler, parle à ton mari, parle à Simon.

– Mais Duncs, c'est un assassinat. Je ne voulais pas qu'elle soit assassinée. Et je crois que la police va venir ici. Ils vont vouloir me parler.

– Eh bien, parle-leur, alors. Et puis, Lois, je suis capable de pas mal de folies, mais est-ce que tu as vraiment cru que j'étais capable de commettre un meurtre pour ta convenance personnelle ? »

Il reposa l'appareil, puis au bout d'un instant se pencha, le débrancha et dit tout haut : « Duncs. » C'était ainsi qu'elle l'appelait depuis qu'elle était enfant. Oncle Desmond, Duncs. Duncs sur qui elle pouvait compter pour les cadeaux, les repas, un chèque en cas de besoin – le chèque dont on ne parlait pas à Simon –, et bien entendu d'autres marques moins tangibles de son aveuglement. Il posa sur le bureau sa serviette usagée et bourrée à craquer, choisit dans la bibliothèque le petit volume relié en cuir de Marc Aurèle qu'il lirait en dînant, et descendit se laver les mains dans la salle de bains à l'étage en dessous. Deux minutes plus tard, il refermait la porte de la maison derrière lui et se disposait à parcourir les quelque cinquante mètres jusqu'à son restaurant du jeudi et un repas solitaire.

23

Il était tout juste plus de dix heures. Dalgliesh, encore dans son bureau au septième étage de New Scotland Yard, referma le dossier sur lequel il travaillait, puis se rejeta en arrière et ferma les yeux pendant un instant. Piers et Kate n'allaient pas tarder à arriver pour faire le point de la journée. Il les avait laissés assister à l'autopsie prévue pour huit heures, et Miles Kynaston lui avait promis de faxer son rapport dès qu'il serait prêt. Il se rendit compte pour la première fois qu'il était fatigué. La journée, comme toutes ses pareilles chargées d'une multiplicité d'activités physiques et mentales, semblait avoir duré plus que les quinze heures pendant lesquelles il avait travaillé. Il se dit que, contrairement à l'opinion la plus répandue, le temps passait plus vite quand les heures étaient occupées par une routine prévisible.

Or, ce jour-là avait été rien moins que prévisible. La réunion de l'après-midi entre les cadres supérieurs du Yard et leurs homologues du ministère de l'Intérieur, pour étudier une fois de plus les répercussions de la loi sur les services de sécurité, avait été tendue ; des deux côtés on avait tourné sur la pointe des pieds avec une dextérité presque trop pointilleuse autour des terrains les plus dangereux ; mais les choses auraient peut-être été plus faciles si les paroles tues avec tant de soin avaient été prononcées. La coopération avait déjà prouvé sa valeur lors des récents succès contre l'IRA et personne ne souhaitait torpiller ce qui avait été si laborieusement acquis, mais comme deux régiments en cours d'amalgame, chacun apportait plus que ses insignes. Il y avait une histoire, une tradition, une façon de travailler différente, une perception différente de l'ennemi, voire une langue, un argot professionnel différents. Et puis toujours ce snobisme de classe présent à tous les niveaux dans la société anglaise, la conviction inexprimée que les hommes ne peuvent donner le meilleur d'eux-mêmes qu'en travaillant avec leurs semblables. La commission dont il faisait partie avait dépassé le stade intéressant et se débattait désormais laborieusement dans l'arrière-pays pesant de l'ennui.

Il avait été heureux de consacrer à nouveau pensées et énergie aux rites sans détours d'une enquête criminelle ; mais même là, il prenait conscience de complications inattendues. L'affaire aurait dû être assez simple – un petit groupe de gens, un bâtiment relativement sûr, une investigation sans difficulté particulière puisque le nombre des suspects était forcément limité. Mais dès le soir du premier jour, il commençait à se douter qu'elle pourrait se transformer en une de ces frustrations que les enquêteurs abominent : un cas où le criminel est connu, alors que les preuves ne sont jamais suffisantes aux yeux du procureur de la Reine pour justifier un procès. Or, la police avait affaire à des hommes de loi sachant mieux que quiconque que ce qui condamne un homme, c'est l'incapacité où il est de garder le silence.

Pas d'encombrement dans le bureau fonctionnel où il attendait, une pièce que seul un visiteur perspicace aurait pu trouver révélatrice d'un caractère, ne serait-ce qu'en raison de l'intention évidente de l'occupant qu'elle ne révélât rien. On y trouvait le minimum de mobilier jugé compatible avec le rang de commandant par la police métropolitaine : grand bureau et fauteuil, deux sièges confortables mais à dossier droit pour les visiteurs, petite table de conférence pour six et bibliothèque. En plus des ouvrages de référence habituels, les rayonnages contenaient des livres sur le droit civil et pénal, des manuels, des livres d'histoire, un choix de publications récentes du ministère de l'Intérieur, des actes du Parlement récents, ainsi que des projets de loi présentés aux députés – une bibliothèque de travail qui annonçait la nature du poste et définissait son rang. Trois des murs étaient nus, le quatrième présentait une suite de gravures sur la police londonienne au XVIIIe siècle, trouvaille heureuse dans un magasin de livres d'occasion et d'estampes non loin de Charing Cross Road, faite par Dalgliesh alors qu'il en était à ses débuts d'enquêteur, achetée après des calculs angoissés et dont la valeur avait maintenant décuplé. Il les aimait encore, mais moins que quand il les avait achetées. Certains de ses collègues imposaient dans leur bureau une célébration ostentatoire de camaraderie masculine, ornant les murs avec force insignes de polices étrangères, fanions, photographies de groupes, caricatures, sans oublier leurs placards de coupes et trophées sportifs. Dalgliesh trouvait l'effet lamentablement artificiel, comme si un décorateur de cinéma, peu sensible aux limites de sa mission, s'était laissé aller. Pour lui, le bureau ne se substituait pas à une vie privée, un foyer, une identité. Ce n'était pas le premier qu'il occupait au Yard, ce ne serait sans doute pas le dernier et il n'était chargé de répondre qu'aux seules nécessités de la tâche. Or celle-ci, malgré toute sa variété, ses incitations et sa fascination, n'était que cela et rien de plus. Pour Dalgliesh il y avait un monde ailleurs et il y en avait toujours eu un.

Il alla à la fenêtre et regarda Londres. Sa ville, aimée depuis qu'il l'avait vue pour la première fois, amené par son père pour y passer la journée comme cadeau d'anniversaire. Londres l'avait alors ensorcelé et si son histoire d'amour avec la ville avait connu, comme toutes les histoires d'amour, ses moments de désillusion, de déception et d'infidélité, le charme demeurait. Malgré tous les lents apports du temps et du changement, il restait, noyau massif comme l'argile londonienne, le poids de l'histoire et de la tradition qui donnait de l'autorité à la plus minable de ses rues. Le panorama sous ses yeux ne manquait jamais de l'enchanter. Il le voyait toujours comme un objet manufacturé, parfois lithographie colorée aux teintes délicates d'un matin de printemps, parfois dessin à la plume, chaque flèche, chaque tour, chaque arbre tracé avec amour, parfois peinture à l'huile vigoureuse. Ce soir-là, c'était une aquarelle psychédélique, éclaboussures d'écarlate et de gris striant le bleu-noir d'un ciel nocturne, rues changées en torrents de rouge et de vert en fusion au gré des feux de signalisation, bâtiments semblables, avec leurs carrés de fenêtres blanches, à des découpures colorées sur fond de rideau noir nocturne.

Il se demanda ce qui retenait Piers et Kate. Leur journée n'était pas encore terminée, mais ils étaient jeunes. Soutenus par un rush d'adrénaline, les journées de quinze heures avec des repas pris debout quand ils pouvaient être saisis au vol, voilà à quoi ils s'attendaient quand une enquête était en cours. C'était aussi, du moins le soupçonnait-il, ce qu'ils aimaient. Mais il s'inquiétait pour Kate. Depuis que Daniel Aaron avait quitté la police, remplacé par Piers, il avait senti un changement en elle, une légère perte de confiance, comme si elle se demandait un peu pourquoi elle était là, ou ce qu'elle était censée y faire. Il essayait de ne pas exagérer la différence et parfois il pouvait croire qu'elle n'existait pas, qu'elle était encore la Kate d'autrefois, assurée, entêtée, qui avait su allier l'enthousiasme presque naïf de la nouvelle recrue à l'expérience et la tolérance que donnent des années de pratique sur le terrain. Pensant qu'elle aimerait peut-être changer de travail pendant un certain temps, il lui avait suggéré quelques mois auparavant de s'inscrire à un concours d'entrée à l'université pour obtenir un diplôme, mais elle était restée un moment sans rien dire, après quoi elle avait lancé : « Vous croyez que ça ferait de moi un meilleur officier de police, patron ?

– Ce n'était pas ce que j'avais en vue. Je pensais que trois années à l'université, ce serait une expérience qui vous plairait.

– Et qui me donnerait plus de chances pour une promotion ?

– C'est vrai aussi, bien que ce n'ait pas été ma première pensée. Un diplôme aide, évidemment.

– J'ai fait partie du service d'ordre dans trop de manifestations d'étudiants. Si je voulais me colleter avec des gosses braillards, je demanderais la brigade des mineurs. Ces étudiants ont l'air de beaucoup aimer crier plus fort que tous ceux qui ne sont pas de leur avis pour les faire taire. Si l'université n'est pas là pour assurer la liberté de parole, à quoi sert-elle ? »

Elle s'était exprimée comme elle le faisait toujours, sans ressentiment apparent, mais il y avait eu quelque chose qui y ressemblait fort dans le ton ; il avait décelé une note de colère contenue qui l'avait surpris. La suggestion avait été plus qu'inopportune, elle avait blessé. Il s'était demandé à l'époque si sa réaction était vraiment provoquée par la liberté de parole et les éruptions de barbarie des surprivilégiés, ou par quelque objection plus subtile, moins aisée à formuler. Il se disait que ce léger affaissement de l'enthousiasme était peut-être dû à la perte de Daniel. Elle l'avait bien aimé. Jusqu'où ce sentiment était-il allé ? Il n'avait jamais jugé qu'il lui revînt de s'en enquérir. Peut-être le nouveau venu lui était-il antipathique et, étant honnête, elle savait que cette attitude n'était pas digne d'elle et tentait d'y remédier à sa manière. Il allait surveiller la situation de près, plus pour la brigade d'ailleurs que pour la jeune femme. Mais il avait de la sympathie pour elle. Il la voulait heureuse.

C'est au moment où il se détournait de la fenêtre qu'ils entrèrent ensemble. Piers portait son imperméable ouvert, une bouteille de vin logée dans une poche intérieure. Il l'en tira et la plaça avec une certaine solennité sur le bureau de Dalgliesh.

« Une partie de mon cadeau d'anniversaire, offert par un oncle compréhensif. Je pensais que nous le méritions, patron. »

Dalgliesh regarda l'étiquette : « Fichtre, ce n'est pas un vin qu'on peut avaler comme du vulgaire aramon.

Gardez-la pour un repas qui permettra de l'apprécier. Prenons plutôt un café. Judy a laissé le matériel dans la pièce à côté. Voulez-vous vous en occuper, Piers ? »

Piers lança un coup d'œil navré à Kate, remit la bouteille sans commentaire dans sa poche et sortit.

Kate dit : « Désolés d'être en retard, patron. Doc Kynaston a pris du retard à la morgue, mais il va envoyer son rapport d'une minute à l'autre.

– Des surprises ?

– Aucune, patron. »

Ils ne dirent plus rien jusqu'à ce que Piers revînt avec la cafetière, le lait, trois tasses et posât le plateau sur la table de conférence. C'est alors que le fax se mit à cliqueter et ils se dirigèrent ensemble vers la machine. Miles Kynaston tenait sa promesse.

Le rapport commençait par les habituels préliminaires : heure et lieu de l'autopsie, officiers présents, y compris les membres de l'équipe des enquêteurs, le photographe, l'officier chargé des premières constatations, l'officier de liaison avec le laboratoire de la police scientifique, ainsi que les techniciens de la morgue. Selon les instructions du pathologiste, les vêtements avaient été retirés et la perruque, dûment protégée, remise à l'officier responsable des pièces à conviction. Le laboratoire confirmait par la suite ce qu'ils savaient déjà : le sang était celui de Desmond Ulrick. Puis venait la partie du rapport qu'ils attendaient tous.

> Le corps était celui d'une femme caucasienne bien nourrie d'âge moyen. La raideur cadavérique, bien installée quand le corps a été examiné pour la première fois à dix heures ce matin, avait disparu dans tous les groupes de muscles. Les ongles étaient d'une longueur moyenne, propres et sans cassure. La chevelure naturelle était courte et brun foncé. Une seule petite blessure par perforation, en haut de la paroi thoracique antérieure, à 5 cm à gauche de la ligne médiane. Cette plaie, approximativement horizontale, mesurait 1,2 cm de long.

La dissection a montré que le trajet pénétrait directement dans la cavité thoracique entre les septième et huitième côtes, perforant le sac péricardique, entrant dans la paroi antérieure du ventricule gauche et y provoquant une blessure de 0,7 cm. La blessure se prolonge à travers la cloison du cœur jusqu'à une profondeur de 1,5 cm environ. La blessure elle-même et le sac péricardique présentent une hémorragie minimale. Mon avis est que la blessure a été causée par le coupe-papier en acier, dénommé Pièce à conviction A.

Il n'y avait pas d'autre blessure superficielle sauf une légère contusion de deux centimètres approximativement à l'arrière du crâne. Pas de traces de défense sur les mains ou les bras. La contusion est compatible avec le fait que la défunte a été repoussée contre le mur ou la porte avec une certaine force quand le couteau a été planté.

Suivait une longue liste des organes de Venetia Aldridge : système nerveux central, respiratoire, cardio-vasculaire, estomac et œsophage, intestins. Les mots apparaissaient les uns après les autres, toujours suivis du commentaire : normal.

Le rapport sur les organes internes était suivi par l'énumération des échantillons confiés à l'officier chargé des pièces à conviction, y compris prélèvements et échantillons de sang. Suivaient les poids des organes, ce qui n'avait pas grande importance pour le déroulement de l'enquête, mais les chiffres, indiqués sans commentaires, se superposaient dans l'esprit de Dalgliesh à l'image de l'assistant de Miles Kynaston, portant les organes sur la balance de ses mains gantées et sanglantes tel un boucher pesant des abats.

Puis venaient les conclusions.

La défunte était une femme bien nourrie sans trace de maladie naturelle ayant pu causer la mort ou y contribuer. La blessure à la poitrine est compatible avec une profonde incision provoquée par une arme à lame mince qui a lésé la cloison du cœur. L'absence de saignement le long du trajet de la lame indique que la mort a suivi très rapidement l'infliction de cette blessure. Aucune marque d'action défensive n'était présente. J'indique comme cause du décès un coup d'arme blanche porté au cœur.

Dalgliesh demanda : « Est-ce que le docteur Kynaston a donné une estimation plus précise pour l'heure de la mort ? »

Ce fut Kate qui répondit : « Il l'a confirmée, patron. Entre dix-neuf heures trente et vingt heures trente serait son hypothèse de travail. Je ne crois pas qu'il sera plus précis au tribunal, mais en privé, il pense qu'elle a dû mourir à vingt heures ou très peu après. »

Fixer l'heure de la mort est toujours délicat, mais à la connaissance de Dalgliesh, Kynaston n'avait jamais été pris en faute. Par instinct ou expérience, ou un mélange des deux, il semblait capable de flairer le moment exact du décès.

Ils allèrent à la table et Piers versa le café. Dalgliesh n'avait pas l'intention de les retenir longtemps. Il était inutile de transformer une enquête en épreuve d'endurance, mais important de passer en revue les progrès accomplis.

Il demanda : « Alors, où en sommes-nous, Kate ? »

Sans perdre de temps en préliminaires, elle aborda directement le meurtre : « Venetia Aldridge a été vue vivante pour la dernière fois par le premier secrétaire Harry Naughton, juste avant dix-huit heures trente, lorsqu'il lui a monté un dossier reçu par porteur et un numéro de l'*Evening Standard*. Elle était vivante à dix-neuf heures quarante-cinq quand son employée de maison, Mrs Buckley, lui a téléphoné pour se plaindre du fait qu'Octavia Cummins avait exigé un repas végétarien. Elle est donc morte après dix-neuf heures quarante-cinq, probablement vers vingt heures ou peu après. Quand Mrs Buckley lui a parlé, Aldridge avait quelqu'un avec elle. Évidemment cette personne pourrait être le meurtrier. Dans ce cas c'était soit quelqu'un des Chambers, soit un homme ou une femme qu'elle avait fait entrer elle-même et qu'elle n'avait pas de raison de craindre. Aucune personne appartenant aux Chambers ne convient avoir été avec elle à dix-neuf heures quarante-cinq. Tous prétendent qu'à cette heure-là ils étaient partis. Desmond Ulrick a été le dernier à s'en aller, juste après dix-neuf heures quinze selon lui. »

Piers déplia un plan du Temple sur la table et dit : « Si elle est morte à vingt heures à peu près, le meurtrier devait être dans le Temple avant. Toutes les grilles non gardées sont fermées à vingt heures ; donc, soit Aldridge l'a fait entrer, soit il ou elle se trouvait déjà dans le Temple au moment de la fermeture. L'entrée de Tudor Street a un portillon, elle est gardée vingt-quatre heures sur vingt-quatre et personne n'est passé par là après vingt heures. L'entrée du Strand par la Wren Gate qui donne dans Middle Temple Lane est provisoirement fermée pour travaux. Reste encore cinq grilles possibles, la plus vraisemblable étant celle de Devereux Court par la grille des Juges, qu'utilisent la plupart des membres des Chambers. Mais nous avons vérifié : elles étaient toutes fermées à vingt heures. Il ou elle aurait dû avoir une clef. Au fait, je refuse de continuer à répéter "il ou elle". Comment allons-nous appeler ce criminel ? Je propose MAA – meurtrier d'Aldridge, avocate. »

Dalgliesh demanda : « Comment voyez-vous l'assassinat lui-même ? »

Kate poursuivit : « Il a repoussé Aldridge contre le mur, ce qui a provoqué la contusion derrière la tête, puis lui a plongé le couteau droit dans le cœur. Ou il a eu de la chance, ou il connaît l'anatomie. Ensuite il a traîné le corps sur le tapis – on y relève des traces de talons – et il l'a assise dans le fauteuil. Son cardigan devait avoir été déboutonné quand il a donné le coup de couteau ; il l'a reboutonné en cachant la fente dans le chemisier, presque comme s'il essayait de lui donner un air confortablement soigné. Je trouve ça bizarre, patron. Il ne pouvait pas espérer faire croire à une mort naturelle. Il a enveloppé le couteau dans les pages en couleurs de l'*Evening Standard*, puis il est sans doute descendu dans les toilettes du sous-sol pour le laver, déchirer le journal et jeter les morceaux dans la cuvette des w.-c. Avant de partir, il a mis le couteau dans le tiroir du bas du fichier de Valerie Caldwell. À un moment quelconque, lui ou quelqu'un d'autre a pris la perruque carrée dans la boîte rangée dans le bureau du secrétaire et la poche de sang dans le réfrigérateur de Mr Ulrick pour décorer le cadavre. Si cela a été fait par le meurtrier, voilà qui restreint la liste des suspects. Il savait où trouver le couteau, la perruque et le sang ; or le sang n'a été mis dans le réfrigérateur que le lundi matin. »

Piers intervint, impatient : « Écoutez, il est bien évident que l'assassin et le mauvais plaisant sont une seule et même personne. Sinon, pourquoi prendre la peine de traîner le corps et de l'asseoir dans le fauteuil ? Pourquoi ne pas le laisser tout simplement sur le tapis, là où il était tombé ? Après tout, les bureaux étaient vides. Elle ne serait découverte que le lendemain matin. Inutile d'essayer de lui donner l'air d'être assise, vivante, dans ce fauteuil. Il l'a fait pour pouvoir la décorer de la perruque et du sang. Il faisait passer un message. Il a tué Aldridge à cause du métier qu'elle exerçait. Ce n'était pas à la femme qu'il en avait, mais à l'avocate. Cela devrait nous donner une indication sur les mobiles. »

Dalgliesh dit : « À moins que ce ne soit précisément ce que l'on souhaite nous faire croire. Pourquoi a-t-elle été tuée près de la porte ?

– Elle était peut-être en train de replacer un dossier dans le placard à gauche de la porte, ou d'accompagner le visiteur qui s'en allait. Sur un coup de tête, il empoigne le couteau et se rue sur elle au moment où elle se retourne. Dans ce cas, ce n'était pas un membre des Chambers. Elle n'aurait pas raccompagné un collègue jusqu'à la porte. »

Kate n'était pas d'accord: «Dans certaines circonstances, si. Ils se querellent, elle crie: "Sortez de mon bureau" et ouvre la porte brutalement. O.K., ce genre d'éclat théâtral ne concorde pas avec ce qu'on nous a dit d'elle, mais il est parfaitement possible. Après tout, elle était dans un état d'esprit bizarre ces derniers temps.

– Donc, quels sont nos principaux suspects, en admettant que criminel et mauvais plaisant soient une seule et même personne?»

Kate consulta ses notes: «Il reste vingt membres des Chambers. La City a vérifié pour nous la plupart des alibis. Tous bien entendu ont les clefs des Chambers, mais il semble que seize d'entre eux soient hors de cause. Nous avons leurs noms et adresses. Trois tournent en province, quatre travaillent hors de Londres dans l'annexe de Salisbury, les deux avocats internationaux sont à Bruxelles, cinq travaillent chez eux et peuvent fournir leur emploi du temps à partir de six heures trente; un est hospitalisé à St. Thomas, et un se trouve au Canada chez sa fille qui vient de mettre au monde son premier bébé. Il nous faudra faire encore quelques vérifications pour trois d'entre eux afin de voir si leurs alibis tiendront. Un des stagiaires, Rupert Price-Maskell, qui vient de se fiancer, était à un dîner pour célébrer l'événement à partir de dix-neuf heures trente. Au Connaught. Comme deux des invités étaient des juges à la Haute Cour et un autre membre du Conseil de la magistrature, nous pouvons admettre que Price-Maskell est hors de cause. Un autre élève, Jonathan Skollard, est en tournée avec son professeur. Je n'ai pas pu rencontrer la troisième, Catherine Beddington, elle est alitée avec un virus quelconque. Oh, et puis les deux secrétaires adjoints sont hors de cause également. L'un d'eux qui fait partie des Chambers de lord Collingford participait à un dîner d'hommes dans un pub de Earls Court Road; ils se sont réunis à dix-neuf heures trente et séparés à vingt-trois heures.»

Dalgliesh dit: «Donc, si nous envisageons maintenant les personnes qui avaient les clefs des Chambers, qui s'y trouvaient le mercredi et savaient où mettre la main sur la perruque et le sang, cela nous ramène à quelques noms : le premier secrétaire Hubert Naughton, la femme de ménage Janet Carpenter, et quatre des avocats : Hubert St. John Langton, Drysdale Laud, Simon Costello et Desmond Ulrick. Demain, notre première tâche sera de vérifier l'heure de l'entracte au Savoy, sa durée et si Drysdale Laud a eu le temps d'aller aux Chambers, de tuer Venetia Aldridge et de revenir à sa place avant que le spectacle reprenne. Arrangez-vous pour savoir s'il avait un siège à l'extrémité d'une rangée, et, si possible, qui était à côté de lui. Ulrick dit qu'il est d'abord rentré chez lui pour poser sa serviette et qu'il était chez Rules pour dîner à vingt heures quinze. Vérifiez ça avec le restaurant et demandez-leur s'il avait une serviette avec lui à table, ou déposée au vestiaire. Et il faudra voir Catherine Beddington si elle est en état d'être interrogée. »

Kate demanda : « Et Mark Rawlstone, patron ?

– Pour le moment, aucun fait matériel pour le relier au meurtre. Nous pouvons admettre, je crois, qu'il était au Parlement à vingt heures quinze. Il pourrait difficilement obtenir de quatre électeurs qu'ils mentent pour lui et il n'aurait pas donné leurs noms s'il n'avait pas été sûr qu'ils confirmeraient ses dires. Mais touchez-en un mot au policier de garde à l'entrée des députés. Il se rappellera probablement si Rawlstone est arrivé en taxi ou à pied et dans ce cas, de quelle direction. Peu de chose leur échappe. Et puis, il y a encore une démarche que vous pourriez ajouter à votre programme demain, si vous en avez le temps. J'ai de nouveau jeté un coup d'œil aux carnets bleus de Miss Aldridge avant de quitter les Chambers. Ses notes sur l'affaire Ashe sont instructives. Elle s'est donné une peine extraordinaire pour en savoir le plus possible sur l'accusé. Visiblement elle estimait, ce qui est peu banal chez un avocat, que la plupart des causes sont perdues en raison des insuffisances de la défense. Cela change agréablement. Je ne suis pas étonné qu'elle ait été atterrée par les fiançailles d'Ashe et d'Octavia ; elle en savait trop sur le jeune homme pour la tranquillité d'esprit de n'importe quelle mère. Et j'ai regardé aussi son dernier dossier, Brian Cartwright. Apparemment, elle était dans un état d'esprit bizarre quand elle est revenue du tribunal, lundi. Il semble peu probable qu'Ashe et Octavia se soient rendus à l'Old Bailey pour l'informer de leurs fiançailles ; il est donc possible qu'il se soit produit autre chose. L'hypothèse est risquée, mais ça vaut la peine de voir Cartwright pour savoir s'il est arrivé un incident à la fin du procès. Son adresse est dans le carnet bleu. Et puis, j'aimerais en savoir davantage sur Janet Carpenter, le bureau de placement pourrait nous aider. De toute façon, il nous faut interroger Miss Elkington. Après tout, elle et ses femmes de ménage ont les clefs des Chambers. Et puis essayez de nouveau avec Harry Naughton. Une nuit de sommeil lui aura peut-être éclairci les idées. Ce serait bien utile qu'il puisse produire quelqu'un – n'importe qui – qui l'ait vu pendant qu'il rentrait chez lui. »

Kate dit : « J'ai pensé au poignard. Pourquoi le mettre dans ce fichier ? À peine camouflé, n'est-ce pas ? Si nous ne l'avions pas trouvé assez vite, c'est Valerie Caldwell qui l'aurait fait. »

Dalgliesh dit : « Il l'a abandonné à l'endroit le plus commode en s'en allant. Il avait le choix entre le laisser aux Chambers, ou l'emporter. S'il le laissait, il était obligé de l'essuyer pour enlever toutes les empreintes. S'il l'emportait, peut-être avec l'idée de le jeter dans la Tamise – cela ne nous empêcherait pas de savoir que c'était l'arme du crime. Inutile d'essayer de trouver une bonne cachette. Cela aurait pris du temps et il n'en avait pas. Mrs Carpenter était attendue à vingt heures trente.

– Donc, vous pensez qu'il savait quand Mrs Carpenter allait arriver ?

– Oh, oui, dit Dalgliesh. Je pense que le MAA de Piers savait cela. »

Piers qui n'avait rien dit depuis plusieurs minutes intervint alors : « Pour moi, le suspect numéro un est Harry Naughton. Il connaissait l'histoire du sang, il savait où trouver la perruque, il admet que personne ne l'a vu ni quitter les Chambers ni arriver à la gare pour rentrer chez lui. Et puis, il y a son comportement extraordinaire, ce matin. Il a fait ce trajet depuis Buckhurst Hill pendant – combien de temps ? – presque quarante ans, et il est toujours allé tout droit jusqu'aux Chambers en suivant Chancery Lane. Alors pourquoi juge-t-il brusquement nécessaire de faire un détour ?

– Il a dit qu'il voulait réfléchir à des problèmes personnels.

– Voyons, Kate, il avait eu tout le trajet depuis Buckhurst Hill pour ses réflexions. Est-ce qu'il n'est pas possible qu'il n'ait tout simplement pas eu le courage de rentrer aux Chambers ? Il savait bien ce qui l'attendait. Son comportement, ce matin, était totalement irrationnel. »

Kate dit : « Mais les gens n'agissent pas toujours de façon rationnelle. Et puis pourquoi l'épingler, lui ? Voulez-vous dire que vous ne croyez pas un avocat de renom capable de commettre un meurtre ?

– Bien sûr que non, Kate. C'est complètement idiot. »

Dalgliesh coupa : « En voilà assez pour la journée. Je ne serai pas à Londres demain en début de matinée. Je vais dans le Dorset, voir l'ex-mari de Venetia Aldridge et sa femme. Il semble qu'Aldridge soit allée chez Drysdale Laud lui demander de l'aide au sujet des fiançailles de sa fille, mais sans succès. Elle a peut-être essayé Luke Cummins. De toute façon, il faut les voir. »

Piers dit : « Une région agréable et on dirait que vous allez avoir un beau temps pour y aller, patron. Je crois qu'il y a une intéressante petite chapelle à Wareham, vous trouverez sans doute le temps de la visiter. Et, bien entendu, vous pourriez aussi "faire" la cathédrale de Salisbury. » Il lança un clin d'œil rieur à Kate, sa bonne humeur apparemment revenue.

Dalgliesh répondit : « Vous pourriez "faire" la cathédrale de Westminster en allant à l'agence de Miss Elkington. Dommage que vous soyez trop pressé pour une prière rapide.

– Prier pour quoi ?

– De l'humilité, Piers, de l'humilité. Bon, en voilà assez pour aujourd'hui. »

24

Minuit tout juste passé, l'heure du dernier rite invariable de Kate pour la journée. Elle enfila la plus chaude de ses deux robes de chambre, se versa un modeste whisky et ouvrit la porte-fenêtre du balcon donnant sur la Tamise. Au-dessous d'elle, le fleuve, vide de toute circulation, était un désert noir d'eau palpitante, poudrée de vif-argent par les lumières. Depuis son appartement elle avait deux vues, l'une du balcon qui dominait le gigantesque crayon brillant de Canary Wharf ainsi que la ville de verre et de ciment des Docklands, et l'autre, celle qu'elle préférait, la vue sur le fleuve. C'était un moment que normalement elle savourait debout, verre en main, la tête appuyée contre le mur de brique rugueux, respirant la fraîcheur apportée par la marée, les yeux fixés sur les étoiles par les nuits claires, profondément unie au rythme de la ville jamais endormie et pourtant exaltée et à part, comme un spectateur privilégié, en sécurité dans son univers inviolé.

Mais ce soir-là, c'était différent. Ce soir-là, pas d'impression de contentement. Quelque chose, elle le savait, n'allait pas et il fallait qu'elle y remédiât car son univers, à la fois personnel et professionnel, était menacé. Ce n'était pas son travail en lui-même ; il conservait sa fascination, toujours maître de sa fidélité et de son dévouement. Elle en avait connu le meilleur et le pire à Londres et pouvait toujours éprouver quelque chose de son idéalisme initial, être convaincue que la tâche valait d'être accomplie. Alors pourquoi ce malaise ? Le goût de l'effort n'était pas mort. Elle ambitionnait toujours une promotion quand l'occasion se présenterait. Elle avait déjà obtenu tant de choses : grade, éloges, poste prestigieux avec un chef qu'elle aimait et qu'elle admirait ; cet appartement, sa voiture, plus d'argent qu'elle n'en avait jamais gagné. On eût dit qu'elle était parvenue à un relais de poste où elle pouvait se détendre et regarder le chemin parcouru, prendre plaisir aux difficultés surmontées et trouver des forces pour les défis à venir. Au lieu de cela, il y avait ce malaise persistant, comme si une préoccupation qu'elle avait pu chasser de sa pensée pendant les années les plus dures devait maintenant être regardée en face et dominée.

Bien sûr, Daniel lui manquait. Il n'avait pas donné signe de vie depuis qu'il avait quitté la police et elle n'avait aucune idée ni de l'endroit où il se trouvait, ni de ce qu'il faisait. Piers Tarrant avait pris sa place, avec le handicap du ressentiment qu'elle éprouvait et qui n'était pas plus facile à gérer parce qu'elle le savait injuste.

Elle avait demandé : « Pourquoi la théologie ? Vous vous prépariez à la prêtrise ?

– Grand Dieu, non ! Moi, prêtre ?

– Si vous n'aviez pas l'intention d'entrer dans l'Église, à quoi bon, alors ? Vous trouvez qu'elle vous est utile ?

– Oh, je ne l'ai pas étudiée pour son utilité. En fait, c'est une très bonne formation pour un officier de police. L'incroyable cesse de vous étonner. La théologie n'est pas si différente du droit pénal. Tous deux reposent sur un système compliqué de pensée philosophique qui n'a pas grand-chose à voir avec la réalité. Je l'ai étudiée parce que c'était un moyen plus facile d'accéder à Oxford que l'histoire ou la PPE* qui étaient mes autres options. »

Elle ne lui demanda pas ce qu'il entendait par PPE, mais se sentit froissée parce qu'il supposait évidemment qu'elle le savait. Elle se demanda si elle était jalouse de lui, non pas au point de vue sexuel, ce qui eût été dégradant et ridicule, mais jalouse de cette camaraderie facile qu'il avait avec Dalgliesh et dont elle se sentait, en tant que femme, subtilement exclue. Tous deux étaient parfaitement corrects avec elle comme entre eux. Il n'y avait rien de précis sur quoi elle pût mettre le doigt, mais l'impression de former une vraie équipe avait complètement disparu. Et elle se doutait que pour Piers rien n'était d'une importance irrésistible, rien ne pouvait être pris au sérieux, parce qu'il voyait la vie comme une blague, sans doute réservée à lui et à son dieu. Elle le soupçonnait de trouver quelque chose de risible, voire d'un peu ridicule aux traditions, conventions et hiérarchie de la police. Elle avait l'impression aussi que c'était là un point de vue que A. D. comprenait au moins en partie, même s'il ne le partageait pas. Mais elle ne pouvait vivre ainsi, elle ne pouvait pas traiter sa carrière aussi légèrement. Elle y avait travaillé trop dur, elle lui avait trop sacrifié ; elle l'avait utilisée pour se hisser hors de son ancienne vie de bâtarde sans mère dans un quartier misérable. Était-ce cela qui était au cœur de son actuelle insatisfaction ? Se sentait-elle pour la première fois désavantagée au point de vue culturel et social ? Mais elle repoussa résolument l'idée. Jamais elle n'avait cédé à cette contagion insidieuse et destructrice de l'envie et du ressentiment. Elle vivait encore de cette vieille citation, jamais oubliée, jamais identifiée :

Qu'importe ce qui est advenu avant ou après ?
Maintenant avec moi-même je vais commencer et finir.

* Philosophie, politique, économie. *(N.d.T.)*

Pourtant trois jours plus tôt, avant le début de l'affaire Aldridge, elle était retournée dans les Ellison Fairweather Buildings et, dédaignant l'ascenseur, avait monté l'escalier de ciment jusqu'au septième étage, comme elle l'avait si souvent fait dans son enfance quand le vandalisme avait mis l'ascenseur hors service, derrière sa grand-mère gémissante, écoutant la respiration pénible de la vieille femme chargée de leurs courses. La porte du 78 était bleu pâle maintenant; elle se la rappelait verte. Elle ne frappa pas, n'ayant aucune envie de revoir l'intérieur, même si les actuels propriétaires avaient bien voulu la faire entrer. Mais après un instant de réflexion, elle sonna au 79. Les Cleghorn seraient chez eux; avec l'emphysème de George, ils couraient rarement le risque de trouver l'ascenseur en panne.

Ce fut Enid qui ouvrit, son large visage n'exprimant ni bienvenue ni surprise. Elle dit seulement: «Tiens, tu es revenue. George, c'est Kate. Kate Miskin.» Puis de bon gré, puisque l'hospitalité doit être offerte: «Je vais mettre la bouilloire à chauffer».

L'appartement était plus petit qu'elle ne se le rappelait, mais c'était inévitable. Elle était habituée à son double living au-dessus de la Tamise. Et plus encombré. Jamais elle n'avait vu de téléviseur aussi gros. L'étagère à gauche de la cheminée était chargée de vidéocassettes. Il y avait une enceinte acoustique moderne. Le divan et les deux fauteuils étaient visiblement neufs. George et Enid s'en tiraient bien avec leurs deux retraites et un salaire de gardienne pour elle. Ce n'était pas le manque d'argent qui faisait de leur vie un enfer.

Pendant le thé, Enid demanda: «Tu sais qui règne en maître dans la cité, hein?

– Oui, les enfants.

– Les gosses. Ces sacrés gosses. Si tu te plains à la police ou à la mairie, tu écopes d'une brique dans ta fenêtre. Engueule-les et ils te répondent par une bordée d'injures et des chiffons enflammés dans la boîte aux lettres le lendemain. Toi et tes potes, qu'est-ce que vous faites ?

– C'est difficile, Enid. On ne peut pas invoquer la loi contre les gens sans preuve.

– La loi ? Me parle pas de la loi. Qu'est-ce qu'elle a jamais fait pour nous ? Trente millions dépensés pour essayer d'épingler ce Kevin Maxwell et les avocats qui s'engraissent avec ça. Et ce dernier crime où t'as été mêlée, il a dû coûter gros.

– Ce serait exactement la même chose si quelqu'un était assassiné dans la cité. Le crime a la priorité.

– Alors, tu attends que quelqu'un se fasse descendre ? Au train où ça va, t'attendras pas longtemps.

– Vous n'avez donc pas de vigile ? Il y en avait un autrefois.

– Pauvre baluchard ! Il fait ce qu'il peut, mais les gosses se fichent de lui. Ce qu'il faut ici c'est quelques pères qui tirent les oreilles par-ci par-là et qui sortent le fouet pour mater les gamins. Mais des pères, il y en a plus. Tringler les filles, faire un gosse et se tirer, c'est ça les jeunes d'aujourd'hui. C'est pas que les filles tiennent à les avoir dans les jambes d'ailleurs, et on les comprend. Vaut mieux toucher les allocs que d'avoir un œil au beurre noir tous les samedis quand c'est pas l'équipe de son homme qui gagne.

– Vous avez fait une demande de transfert ?

– Ça va pas la tête ? Toutes les familles convenables se sont fait inscrire, et il y en a des familles convenables.

– Je sais. J'ai habité ici avec mémé. On en était.

– Mais tu t'es tirée, hein ? Et tu t'es bien gardée de revenir. Le lundi, c'est le jour des poubelles, alors ils se précipitent de bonne heure pour les renverser et cochonner l'escalier. La moitié sait pas ce que c'est que des toilettes, ou ils s'en foutent. T'as senti l'ascenseur ?

– Il a toujours senti mauvais.

– Oui, mais c'était du pipi, pas autre chose. Et si on pince les petits salopards et qu'on les fait passer devant le tribunal pour enfants, tu sais ce qui se passe ? Que dalle. Ils rentrent en rigolant. Ils sont dans des gangs maintenant, dès huit ans. »

Bien sûr, pensa Kate. Comment survivraient-ils autrement ?

Enid dit : « Mais maintenant ils nous fichent la paix. J'ai trouvé un truc. Je leur glisse en douce que je suis une sorcière. Tu m'embêtes, moi ou George, et tu es mort.

– Ça leur fait peur ? » Kate avait peine à le croire.

« Vachement, oui. À eux et à leurs vieilles. Ça a commencé avec Bobby O'Brian, un gosse de l'immeuble qui avait la leucémie. Quand ils l'ont emmené dans l'ambulance, j'ai bien vu qu'il reviendrait pas. On n'arrive pas à mon âge sans reconnaître la mort quand on la voit en face. C'était le pire de tous avant qu'il tombe malade. Alors j'ai fait une croix à la craie sur sa porte et j'ai dit aux autres que je l'avais maudit et qu'il allait mourir. Il est parti plus vite que je croyais, trois jours. Depuis, plus d'ennuis. J'ai qu'à leur dire : celui qui me casse les pieds, une croix sur sa porte. J'ouvre l'œil. Il y a toujours un trouble-fête ici ou là que je vois venir, et j'ai ma craie toute prête. »

Accablée, Kate resta un instant silencieuse, redoutant que le dégoût qu'elle éprouvait devant cette exploitation de la souffrance d'un enfant, de la mort d'un enfant, ne se lût sur son visage. Peut-être était-ce le cas d'ailleurs. Enid la regarda attentivement, mais ne dit rien. Qu'y avait-il à dire ? Comme tous les autres habitants de la cité, Enid et George faisaient ce qu'il fallait pour survivre.

La visite n'avait rien arrangé. Pourquoi avait-elle cru que ce serait possible ? On ne peut exorciser le passé ni en y retournant ni en le fuyant. On ne peut décider de le chasser ni de l'esprit ni de la mémoire parce qu'il en fait partie. On ne peut le rejeter parce qu'il a fait de vous ce que vous êtes. Il faut se le rappeler, y penser, l'accepter, peut-être même lui rendre grâce puisqu'il vous a enseigné comment survivre.

Kate referma la fenêtre sur le fleuve et la nuit. Surgit alors dans son esprit l'image de Venetia Aldridge, des mains tombant avec un gracieux abandon sur les bras du fauteuil, de cet unique œil mort ouvert, et elle se demanda quel bagage celle-ci avait rapporté de son passé privilégié jusque dans cette vie pleine de succès, jusqu'à cette mort solitaire.

LIVRE III

Une lettre du royaume des morts

25

L'emplacement et l'aspect des bureaux de l'agence de Miss Elkington, dans une courte rue de jolis hôtels particuliers du XIXe siècle commençant, près de Vincent Square, étaient si inattendus que, sans la plaque de cuivre au-dessus des deux sonnettes, Kate se serait demandé si on leur avait bien donné la bonne adresse. Elle avait parcouru à pied avec Piers les quelque sept cents mètres depuis New Scotland Yard, en traversant l'agitation affairée et bruyante du marché de Strutton Ground. Les présentoirs de chemises et de robes en coton bariolées, les reflets lumineux des fruits et des légumes empilés, l'odeur de cuisine et de café, la camaraderie tonitruante d'un des villages de Londres vaquant à ses besognes quotidiennes, tout cela semblait ajouter encore à la bonne humeur de Piers. Il chantonnait doucement à mi-voix un air compliqué, vaguement familier.

Elle dit : « Qu'est-ce que c'est ? Samedi dernier à Covent Garden ?

– Non, ce matin sur Classic FM. » Il continua, puis : « J'attends cet entretien avec une certaine impatience. Je nourris de grands espoirs au sujet de Miss Elkington. Il est déjà étonnant qu'elle existe. On s'attendrait à apprendre que l'original est mort en 1890 et qu'Elkington n'est plus maintenant que la banale entreprise de nettoyage qui a gardé son nom. Vous savez, le genre de truc avec des locaux à façade de verre, dans une rue insalubre, une réceptionniste réduite à la soumission la plus abjecte par des maîtresses de maison mécontentes, l'employée de maison sinistre à la recherche d'un riche veuf sans famille.

– Dans la police, votre imagination n'a pas d'emploi. Vous devriez écrire des romans. »

La sonnette du haut disait : « Domicile », celle du bas : « Bureau ». Piers pressa sur cette dernière et la porte s'ouvrit presque aussitôt. Une jeune femme, visage avenant, cheveux courts, chandail rayé et minijupe noire, dansa une petite gigue de bienvenue sur le seuil et se jeta presque dans les bras de Piers tandis qu'elle les faisait entrer.

« Ne prenez pas la peine de me montrer vos plaques. Les policiers le font toujours, n'est-ce pas ? Ça doit devenir très ennuyeux. Nous savons qui vous êtes. Miss Elkington vous attend. Elle aura entendu la sonnette, elle l'entend toujours et elle descendra dès qu'elle le jugera bon. Asseyez-vous donc. Voulez-vous du café ? du thé ? Nous avons du Darjeeling, de l'Earl Grey, des tisanes. Rien ? Bien, alors je vais continuer ces lettres. Inutile de me cuisiner, soit dit en passant. Je suis l'intérimaire, ici depuis deux semaines tout juste. Drôle d'endroit, mais Miss Elkington est bien, si vous faites la part des choses. Oh, désolée, j'ai oublié. Je m'appelle Ardent, Alice Ardent. Ardent de nom, ardent de nature. »

Comme pour justifier son appellation, elle s'installa à sa machine et se mit à marteler les touches avec une énergique assurance qui prouvait qu'elle était efficace au moins pour une partie de son travail.

Le bureau, aux murs peints en vert clair, avait visiblement été autrefois le salon de la maison. Corniche et rosace du plafond semblaient être d'origine. Des bibliothèques flanquaient une cheminée élégante où les flammes du gaz léchaient les imitations de charbon. Deux tapis fanés couvraient le plancher de chêne. Peu d'ameublement : deux fichiers en métal à quatre tiroirs à droite de la porte et, mis à part le bureau avec le fauteuil de Miss Elkington ainsi que le bureau plus petit et plus fonctionnel de la dactylo, les seuls autres meubles étaient deux fauteuils et un divan contre le mur. Kate et Piers s'assirent. Les objets les plus incongrus étaient des affiches encadrées et apparemment d'époque – c'est-à-dire des années trente : un pêcheur exubérant avec bottes et casquette bondissant sur la plage de Skegness, si revigorante ; des randonneurs en short, sac au dos, qui montraient de leur canne des points de vue sur les falaises de Cornouailles ; des trains à vapeur haletant à travers un patchwork idéalisé de champs divers. Kate ne pouvait se rappeler quand elle avait vu ce genre d'affiches, mais elles étaient vaguement familières. Peut-être, se dit-elle, était-ce lors d'une visite avec son école à une exposition sur la vie et l'art des années trente. En les regardant, elle se sentait attirée dans une époque lointaine, inconnue et inconnaissable, mais curieusement réconfortante et nostalgique.

Ils attendaient très exactement depuis cinq minutes quand Miss Elkington entra d'un pas vif. Ils se levèrent et la laissèrent examiner leurs plaques, puis les regarder avec attention, bien en face, comme pour se convaincre par cette vérification personnelle qu'aucun n'était un imposteur. Puis elle leur fit signe de se rasseoir sur le divan et elle prit son propre fauteuil derrière le bureau.

Son aspect était aussi subtilement hors du temps que la pièce elle-même. Grande, mince, avec un rien de gaucherie, on eût dit qu'elle s'était habillée de façon à souligner sa taille. La jupe de fine laine beige était étroite et lui arrivait presque aux chevilles, assortie à un cardigan soyeux sur une blouse à col montant. Ses chaussures à barrette, brillantes de cirage, étaient étroites, longues et à bout légèrement pointu ; mais c'était sa coiffure qui accentuait l'impression d'une femme qui s'habillait de façon à personnifier, voire exalter, une époque plus détendue. Au-dessus d'un visage à l'ovale presque parfait et d'yeux gris très écartés, ses cheveux, partagés par une raie au milieu, étaient nattés en tresses serrées qui décrivaient des volutes compliquées autour de chaque oreille.

Alice Ardent, très occupée à se désolidariser de ce qui se passait, ne quittait pas sa machine des yeux.

Miss Elkington prit une enveloppe dans son tiroir de droite et, la lui tendant, dit : « Miss Ardent, auriez-vous la gentillesse d'aller chercher le nouveau papier à lettres chez John Lewis ? Ils ont téléphoné hier pour dire que la commande était prête. Vous pouvez aller à pied jusqu'à Victoria et prendre la ligne du Jubilé jusqu'à Oxford Circus. Mais il vous faudra un taxi pour revenir. Le paquet sera lourd. Prenez dix livres dans la caisse. N'oubliez pas de demander un reçu. »

Miss Ardent s'en alla avec force petits plongeons et remerciements. Sans aucun doute la perspective d'une heure hors du bureau compensait-elle son absence pendant ce qui pouvait être une conversation intéressante.

Miss Elkington entra dans le vif du sujet avec une admirable promptitude.

« Vous m'avez dit au téléphone que vous vous intéressiez aux clefs des Chambers et aux dispositions prises pour le nettoyage. Étant donné que ces dernières concernent deux de mes employées, Mrs Carpenter et Mrs Watson, je les ai appelées ce matin pour leur demander l'autorisation de vous donner tous les renseignements dont vous avez besoin sur leurs arrangements avec moi. Pour ce que vous voudrez savoir sur leur vie privée, il faudra leur parler personnellement. »

Kate dit : « Nous nous sommes déjà entretenus avec Mrs Carpenter. Je crois que vous avez un double des clefs des Chambers.

– Oui, pour la porte du devant et l'entrée de Devereux Court. J'ai les clefs des dix bureaux que nous nettoyons. C'est utile dans le cas où l'une des femmes est inopinément empêchée de faire ses heures et où il me faut une remplaçante. Certains bureaux me donnent très volontiers une clef supplémentaire dans ce but, d'autres non. Je garde toutes les clefs dans mon coffre-fort. Aucune ne porte de nom, comme vous voyez. Je peux vous assurer qu'aucune n'est sortie d'ici au cours du mois dernier. »

Elle alla à la bibliothèque à droite de la cheminée et, se penchant, toucha un bouton sous le rayonnage le plus bas. La rangée de livres visiblement factices pivota et découvrit un petit coffre fort moderne. Kate se dit que ce genre d'imitations ne pouvait tromper fût-ce le cambrioleur le plus inexpérimenté, mais le coffre-fort était d'un modèle qu'elle connaissait et qu'on ne forçait pas facilement. Miss Elkington tripota les boutons, ouvrit la porte et sortit une boîte de métal.

Elle dit : « Il y a dix trousseaux là-dedans. Celui-ci appartient aux Chambers de Mr Langton. Personne n'a accès à ces clefs sauf moi. Comme vous verrez, elles portent un numéro, mais pas de nom. J'ai le code dans mon sac. »

Piers demanda : « La plupart de vos femmes de ménage travaillent dans les Inns of Court, donc ?

– La majorité, oui. Mon père était juriste et c'est un milieu que je connais un peu. Ce que je fournis, c'est un service sûr, efficace et discret. Il est extraordinaire de voir à quel point les gens peuvent être négligents en ce qui concerne les nettoyages. Des hommes et des femmes qui ne voudraient pour rien au monde prêter les clefs de leur bureau fût-ce à leurs meilleurs amis, les confient sans une hésitation à leur femme de ménage. C'est pourquoi chacune de mes employées est garantie honnête et sérieuse. Je vérifie toutes les références. »

Kate dit : « Comme vous l'avez fait pour Mrs Carpenter. Pourriez-vous nous dire comment elle en est venue à être embauchée ? »

Miss Elkington alla au fichier tout proche et prit un dossier dans le tiroir du bas. Elle revint à son bureau, ouvrit le dossier devant elle et dit :

« Mrs Janet Carpenter est venue me trouver il y a plus de deux ans, le 7 février 1994. Elle a téléphoné au bureau pour demander un rendez-vous et quand elle est arrivée, elle m'a expliqué qu'elle s'était récemment installée dans le centre de Londres, venant de Hereford, qu'elle était veuve et avait besoin de quelques heures de ménage par semaine. Elle pensait qu'elle aimerait bien les Inns of Court parce qu'elle et son mari assistaient régulièrement au service du matin à Temple Church. Il semble qu'elle s'était adressée aux Chambers de Mr Langton pour demander s'ils avaient une place vacante et quelqu'un – la réceptionniste, j'imagine – me l'a envoyée. Il n'y avait pas de place disponible dans ces Chambers-là, mais j'ai pu la caser dans celles de sir Roderick Matthews. Elle y est restée environ six mois, mais quand j'ai eu une vacance chez Mr Langton, elle a demandé son changement. »

Kate demanda : « Vous a-t-elle donné une raison pour cette préférence ?

– Aucune, si ce n'est qu'elle avait été gentiment reçue quand elle s'était renseignée et que ce qu'elle avait vu de l'endroit lui avait plu. Elle était très appréciée chez Sir Roderick et on l'a beaucoup regrettée. Elle travaille maintenant avec Mrs Watson depuis plus de deux ans dans ses Chambers actuelles. Elles y vont toutes les deux les lundi, mercredi et vendredi de vingt heures trente à vingt-deux heures. Les mardi et jeudi, Mrs Watson fait toute seule un nettoyage moins à fond. Et je crois savoir que Mrs Carpenter a parfois donné un coup de main à Pelham Place quand l'employée de maison de Miss Aldridge était absente, ou avait besoin d'une paire de bras supplémentaire. Mais c'est un arrangement privé qui ne figure pas dans mes registres. »

Piers dit : « Et les références ? »

Miss Elkington tourna quelques pages : « J'en ai eu trois, une du directeur de sa banque, une du prêtre de sa paroisse et une d'un magistrat local. Pas de détails personnels, mais chacun a fait un éloge appuyé de sa probité, de son sérieux et de sa discrétion. Je lui ai demandé quelles étaient ses connaissances en matière de nettoyage, mais elle m'a objecté que n'importe quelle femme qui a fait le ménage chez elle et qui a la fierté de son intérieur est parfaitement capable d'entretenir un bureau, ce qui, bien sûr, est vrai. Je demande toujours à l'employeur s'il est satisfait au bout d'un mois et les deux Chambers ont parlé d'elle en termes très élogieux. Elle m'a dit qu'elle souhaitait interrompre son travail pendant un mois ou deux, mais j'espère qu'elle reviendra. Évidemment, ce meurtre a été un choc, mais je suis un peu étonnée qu'une personne aussi intelligente et ayant autant de caractère se soit laissé bouleverser ainsi. »

Kate demanda : « Est-ce que ce n'est pas quelqu'un d'un peu exceptionnel pour faire des ménages ? Quand nous l'avons interrogée, je me disais qu'une femme de ce genre aurait plutôt cherché un travail de bureau.

– Vraiment ? J'aurais pensé qu'un officier de police chevronné comme vous se méfierait de cette sorte de jugement. Il n'y a pas beaucoup d'avantages à un travail de bureau pour une femme d'âge mûr. Elle est en compétition avec des secrétaires beaucoup plus jeunes et nous ne sommes pas toutes des inconditionnelles de la technologie moderne. L'avantage du travail domestique, c'est que vous pouvez choisir vos heures, ne pas accepter de travailler pour n'importe quelle entreprise, et vous n'êtes pas surveillée. Cela m'a paru être un choix très naturel pour Mrs Carpenter. Et maintenant, à moins que vous n'ayez d'autres questions précises, je pense qu'il me faut poursuivre ma propre tâche. »

C'était une affirmation et cette fois il n'y eut aucune offre de thé ou de café.

Kate et Piers marchèrent en silence jusqu'à Horseferry Road et il dit alors : « Tout ça ne vous paraît pas un peu trop beau pour être vrai ?

– Qu'est-ce que vous voulez dire ?

– C'est presque irréel. La femme, son bureau, la distinction archaïque de tout le dispositif. On se serait cru revenu dans les années trente. Du pur Agatha Christie.

– Je ne pense pas que vous ayez jamais lu Christie, et puis qu'est-ce que vous connaissez des années trente ?

– Inutile de lire Christie pour connaître son monde et justement je m'intéresse assez aux années trente.

D'abord leurs peintres sont sous-évalués. Mais est-ce qu'elle est vraiment de cette époque-là ? Les vêtements sont plutôt 1910, je pense. Quel que soit le monde dans lequel elle vit, ce n'est pas le nôtre. Elle n'a même pas de machine à traitement de texte et Miss Ardent utilisait ce qui doit être une des premières machines à écrire électriques. Et puis pensez à la logistique d'une pareille entreprise. Comment rentre-t-elle dans ses frais, sans même parler d'un éventuel bénéfice ? »

Kate dit : « Cela dépend du nombre de femmes qu'elle a sur ses registres. Quand elle a ouvert le tiroir de ce fichier, il m'a paru bien plein.

– Seulement parce que certains de ces dossiers sont volumineux. Elle semble avoir l'œil sur le moindre détail. Quel directeur d'entreprise de nettoyage se donnerait cette peine ? À quoi bon ?

– Utile pour nous qu'elle l'ait fait. »

Il resta un moment silencieux, visiblement plongé dans ses calculs, puis annonça : « Supposons qu'elle ait trente femmes inscrites chez elle et qu'elles travaillent une moyenne de vingt heures par semaine chacune. Cela fait six cents heures. Elles sont payées six livres, ce qui est beaucoup, et si elle retient cinquante pence par heure, on arrive à un total de trois cents livres par semaine. Avec ça il faut qu'elle fasse fonctionner le bureau et qu'elle paie son assistante. Ce n'est pas viable.

– Ce ne sont que des hypothèses, Piers. Vous ne savez pas combien de femmes elle emploie, ni combien elle prend de commission. Mais, bon, supposons qu'elle ne gagne que trois cents livres. Et après ?

– Je me demande si ce n'est pas un genre de couverture. Ça pourrait être un petit racket juteux. Un groupe de femmes respectables, toutes soigneusement triées sur le volet, placées dans des points stratégiques et rapportant des renseignements de valeur. Ça me plaît... je veux dire, la théorie me plaît. »

Kate dit : « Si vous pensez au chantage, ça semble

peu probable. Qu'est-ce qu'elles pourraient trouver dans des bureaux d'hommes de loi ?

– Oh, je ne sais pas. Ça dépend de ce que cherche Miss Elkington. Certaines personnes donneraient gros pour avoir des documents officiels. L'opinion d'un conseiller de la reine, par exemple. Voilà une possibilité. Et si Venetia Aldridge avait découvert le racket, il y aurait là un mobile pour le crime. »

Impossible de savoir s'il était sérieux ; sans doute pas. Mais en regardant ce visage animé et rieur elle imaginait sans peine qu'il était en train de manigancer quelque plan ingénieux destiné à son propre divertissement, cherchant comment organiser le racket pour optimiser les gains et minimiser les risques.

Elle dit : « Tout ça est trop tiré par les cheveux. Mais nous aurions peut-être dû poser quelques questions de plus. Après tout, elle possède une clef. Nous ne lui avons même pas demandé si elle avait un alibi. Je ne suis pas sûre que A. D. trouvera que nous avons fait du beau travail. Nous l'avons interrogée sur Janet Carpenter, mais pas sur Miss Elkington. Nous aurions certainement dû lui demander où elle était mercredi soir.

– Alors, on y retourne ?

– Je crois que oui. Il ne faut pas laisser le travail à moitié fait. Voulez-vous prendre la parole ?

– C'est mon tour.

– Vous ne vous proposez pas de lui demander de but en blanc, je suppose, si l'agence Elkington sert de couverture au chantage, à l'extorsion de fonds et au crime ?

– Si je le faisais, ça ne la troublerait pas. »

Cette fois ce fut Miss Elkington elle-même qui ouvrit la porte. Elle ne parut pas surprise de les voir et les fit entrer dans le bureau sans dire un mot, puis s'assit à son bureau. Kate et Piers restèrent debout.

Piers dit : « Nous sommes désolés de vous déranger de nouveau mais nous avons oublié quelque chose. Une simple formalité. Nous aurions dû penser à vous demander où vous vous trouviez mercredi soir.

– Vous me demandez si j'ai un alibi ?

– On peut certainement présenter la chose ainsi.

– Je ne vois pas comment on pourrait la présenter autrement. Est-ce que vous suggérez que j'ai pris ma clef, que je suis allée aux Chambers de Mr Langton dans l'espoir de trouver comme par hasard Miss Aldridge seule dans son bureau, auquel cas je pouvais, bien sûr, l'assassiner commodément avant l'arrivée de Mrs Carpenter ?

– Nous ne suggérons rien, Miss Elkington. Nous vous posons une question très simple, celle que nous devons poser à toute personne ayant une clef des Chambers. »

Miss Elkington dit : « Il se trouve que j'ai effectivement un alibi pour la plus grande partie de la soirée de mercredi. À vous de décider si vous le jugez satisfaisant ou pas. Comme la plupart des alibis, il dépend de la confirmation d'une autre personne. Je me trouvais avec un ami, Carl Oliphant, le chef d'orchestre. Il est arrivé à sept heures et demie pour le dîner que j'avais préparé et il est parti aux petites heures. Comme vous ne m'avez pas indiqué l'heure approximative de la mort, je ne sais pas si ça a une valeur quelconque. Bien entendu, je vais prendre contact avec lui et s'il est d'accord, je vous donnerai son numéro. » Elle regarda Piers. « Et vous n'êtes revenus que pour ça, mon alibi ? »

Si elle avait espéré intimider Piers, elle s'était trompée. Il dit sans une ombre d'embarras : « C'est la raison pour laquelle nous sommes revenus, mais il y a autre chose que j'aimerais savoir. Vulgaire curiosité, j'en ai bien peur. »

Miss Elkington dit : « La vie doit être difficile pour vous, inspecteur, quand vous avez grande envie de savoir quelque chose sans aucune excuse valable pour questionner. Je suppose que les craintifs, le menu fretin ou les ignorants, vous les interrogez sans complexe et vous portez cela à leur futur passif s'ils vous disent de vous mêler de ce qui vous regarde. Eh bien, questionnez.

– Je me demandais comment vous parveniez à faire marcher une affaire avec des méthodes aussi peu orthodoxes.

– Et cela a un quelconque rapport avec votre enquête, inspecteur ?

– C'est possible ; n'importe quoi pourrait en avoir un. Pour l'heure cela paraît peu probable.

– Eh bien, vous avez au moins donné pour me poser la question une raison que je trouve convaincante : "vulgaire curiosité" et non pas "procédure policière de routine". Cette affaire m'a été léguée il y a une dizaine d'années par une tante célibataire qui portait le même nom. Elle était dans ma famille depuis les années vingt et j'ai continué à la faire marcher en partie par piété familiale, mais surtout parce que j'y prends plaisir. Elle me met en contact avec des gens intéressants bien que sans aucun doute l'inspecteur Miskin s'en étonnerait, puisque la plupart se contentent d'accomplir des travaux domestiques. Je gagne assez pour compléter des revenus personnels modestes et employer une assistante. Et maintenant si vous voulez bien m'excuser, j'ai du travail. Transmettez mes compliments au commandant Dalgliesh. Il devrait venir parfois en personne à ces interrogatoires de routine. S'il l'avait fait, je lui aurais posé une question au sujet d'un des poèmes de son dernier recueil. J'espère qu'il n'est pas en train de tomber dans l'erreur à la mode : l'obscurité impénétrable. Et vous pourrez lui assurer que je n'ai pas assassiné Venetia Aldridge. Elle n'était pas sur ma liste des personnes qui devraient être mortes pour le plus grand bien de l'humanité. »

Kate et Piers retournèrent vers Horseferry Road en silence. Elle vit qu'il souriait. Puis il dit : « Quelle femme extraordinaire ! Je pense que nous n'aurons plus la moindre excuse pour revenir la voir. C'est une des frustrations de ce boulot. Vous rencontrez des gens, vous les questionnez, ils vous intriguent, vous les éliminez de votre enquête et vous ne les revoyez jamais.

– La plupart, je suis très heureuse de ne pas les revoir et ça comprend Miss Elkington.

– Oui, vous ne vous êtes pas beaucoup appréciées, hein ? Mais elle ne vous a pas intéressée – en tant que femme, non pas comme suspect éventuel ou source de renseignements intéressants ?

– Elle m'a intriguée, oui. Certainement elle jouait un rôle, mais qui ne le fait pas ? Ce serait intéressant de savoir quel rôle précis, mais ce n'est pas important. Si elle veut vivre dans les années trente – à supposer que ce soit ce qu'elle fait – c'est son affaire. Je suis plus intéressée par ce qu'elle nous a dit sur Janet Carpenter. Elle était vraiment bien décidée, n'est-ce pas, à travailler dans ces Chambers ? Tout allait parfaitement bien avec sir Roderick. Pourquoi changer ? Pourquoi Pawlet Court ?

– Je ne trouve pas ça suspect. Elle y est allée par hasard, elle a aimé le secrétaire, elle a aimé l'endroit, elle a pensé que ce serait agréable d'y travailler. Alors quand l'occasion s'est présentée elle a demandé son changement. Après tout, si elle avait jeté son dévolu sur les Chambers de Langton pour avoir la possibilité de tuer Venetia Aldridge, pourquoi aurait-elle attendu deux ans avant de le faire ? Vous n'allez pas me dire que c'était la première fois, mercredi, que Mrs Watson n'a pas pu venir travailler. »

Kate dit : « Et puis elle semblait contente de travailler pour Miss Aldridge quand Mrs Buckley avait besoin d'aide. On dirait que Janet Carpenter usait de tous les moyens pour approcher Aldridge. Pourquoi ? La réponse pourrait se trouver dans son passé.

– À Hereford ?

– Possible. Je crois que quelqu'un devrait aller y fourrer un peu son nez. C'est une petite ville. S'il y a quelque chose à flairer, ça ne devrait pas prendre longtemps. »

Piers dit : « Ça n'est pas si petit. Il y a une cathédrale. Une journée à la campagne ne me déplairait pas, mais je suppose qu'il vaudrait mieux que ce soit un sergent et une femme de la police municipale. Vous voulez attendre que A. D. appelle ?

– Non, nous allons mettre ça sur pied tout de suite. J'ai l'impression que ça pourrait être important. Vous vous en occupez et moi je vais prendre Robbins pour interroger Catherine Beddington qui est si opportunément tombée malade. »

26

Catherine Beddington habitait une rue étroite de maisons à terrasse identiques, nichée derrière Shepherd's Bush Green. À l'origine, elle devait loger la respectable classe ouvrière victorienne, mais désormais elle était de toute évidence colonisée par de jeunes membres des professions libérales attirés par la proximité de la Central Line et, pour ceux qui travaillaient dans les médias, celle des studios et du siège de la BBC. La peinture des portes et des fenêtres étincelait, les bacs de fleurs faisaient éclater leur gaieté et les voitures étaient si serrées les unes contre les autres que Kate et Robbins durent tourner en rond pendant dix minutes avant de trouver une place.

La porte du 19 fut ouverte par une jeune femme grassouillette portant un pantalon et une ample chemise bleue. Ses cheveux frisés brun foncé partagés par une raie au milieu jaillissaient comme deux buissons jumeaux de chaque côté d'un visage aimable. Des yeux très brillants derrière des lunettes cerclées de corne jaugèrent les visiteurs en deux regards rapides et, avant que Kate ait pu achever les présentations, elle dit : « C'est bon, inutile de sortir vos plaques, ou ce que vous brandissez en pareille circonstance. Je sais reconnaître des policiers quand j'en vois. »

Kate répliqua doucement : « Surtout quand ils ont

téléphoné auparavant. Est-ce que Miss Beddington est assez bien pour nous recevoir ?

– C'est ce qu'elle dit. Je suis Trudy Manning, soit dit en passant. J'en suis à la moitié de mon contrat de formation. Et je suis aussi l'amie de Cathy. Je suppose que vous ne voyez pas d'inconvénient à ce que j'assiste à l'entretien ? »

Kate dit : « Aucun, si c'est ce que veut Miss Beddington.

– C'est ce que *moi* je veux. De toute façon, vous aurez besoin de moi. Je suis son alibi et elle est le mien. Je suppose que c'est pour ça que vous êtes venus, un alibi. Nous savons tous ce que la police veut dire quand elle parle d'aider aux investigations. Cathy est ici. »

La maison était chaude et plus accueillante que les propos de Trudy Manning. Elle les conduisit vers une pièce à gauche de l'entrée et s'effaça pour les laisser passer. Inondée de lumière, elle occupait toute la longueur de la maison. On avait ajouté une serre pleine de rayonnages blancs au fond et Kate apercevait un petit jardin clos de murs au-delà des pots de géraniums, de lierre et de lis divers. Un réchaud à gaz de boulets factices brûlait dans une grille d'époque, ses flammes éclipsées par la force du soleil. La pièce donnait une impression immédiate de confort, de chaleur et de sécurité.

Kate trouva que c'était un cadre bien approprié pour la jeune femme qui se leva de son fauteuil bas devant le feu pour les accueillir. Une vraie blonde. Des cheveux filasse, bien tirés en arrière du front et noués avec un foulard de mousseline rose, des yeux bleu-violet sous des sourcils arqués, les traits petits et réguliers. Pour Kate, sensible à la beauté dans l'un et l'autre sexe, il manquait quelque chose, cette étincelle d'individualité à nulle autre pareille, une charge plus positive de sexualité. Le visage était trop parfait. Peut-être le type de beauté féminine qui se fane rapidement pour devenir joliesse et avec l'âge nullité conventionnelle. Mais ce jour-là, même l'inquiétude et la marque persistante d'une récente maladie ne pouvaient détruire sa beauté sereine.

Kate dit : « Je suis désolée que vous ayez été souffrante. Êtes-vous sûre de vouloir nous recevoir maintenant ? Nous pourrions revenir.

– Non, je vous en prie. Je préfère de beaucoup que vous restiez. Je me sens bien. C'était seulement une forte crise de foie, quelque chose que j'ai mangé ou un virus. Et puis je veux savoir ce qui s'est passé. Elle a été poignardée, n'est-ce pas ? Mr Langton m'a téléphoné jeudi après-midi pour m'annoncer la nouvelle, et bien sûr elle est dans les journaux de ce matin, mais ils ne disent rien en réalité. Je vous en prie, asseyez-vous... Le divan est confortable. »

Kate répondit : « Il n'y a pas grand-chose à dire pour le moment. Miss Aldridge a été frappée en plein cœur après dix-neuf heures quarante-cinq mercredi soir, probablement avec son coupe-papier en acier. Vous rappelez-vous l'avoir vu ?

– Le poignard ? Il ressemblait plus à un poignard qu'à un coupe-papier. Elle le rangeait dans le tiroir du haut à droite et s'en servait pour ouvrir le courrier. Il était terriblement coupant. » Elle s'interrompit, puis murmura : « Un crime. Pas de doute, je suppose ? Je veux dire, ça ne peut pas être un accident ? Elle n'aurait pas pu le faire elle-même ? »

Leur silence était assez éloquent. Au bout d'un instant, elle poursuivit, d'une voix qui n'était guère qu'un murmure : « Pauvre Harry. Ça a dû être un choc épouvantable de la trouver. Mais c'est encore pire pour lui... Mr Langton, je veux dire. Et si près de la fin de son mandat. Son grand-père avait été directeur des Chambers avant lui. Le 8 Pawlet Court était toute sa vie. » Les yeux violets s'emplirent de larmes. « Ça le tuera. »

Peut-être pour détendre l'atmosphère, ou pour quelque autre raison connue de lui seul, Robbins lança soudain : « J'aime bien cette pièce, Miss Beddington. Difficile de croire que vous n'êtes qu'à quelques kilomètres de Marble Arch. Vous êtes propriétaire de la maison ? »

C'était une question que Kate avait eu envie de poser, tout en se rendant compte qu'elle n'avait guère d'excuse pour le faire. Les arrangements immobiliers de Miss Beddington ne regardaient pas la police. Mais Robbins était mieux placé pour se risquer, Robbins qui aurait pu être recruté (pensait-elle parfois) pour prouver aux timides ou aux cyniques que la police n'était peuplée que de fils qui avaient été chouchoutés par leur mère. Pilier de son église méthodiste locale, abstinent, non fumeur, et prédicant laïc à temps partiel. C'était aussi un des officiers les plus sceptiques avec lesquels Kate avait jamais travaillé ; son optimisme supposé concernant les possibilités de rachat de l'humaine nature se combinait avec la capacité apparente de s'attendre au pire et de l'accepter avec calme, sans jugement, mais sans compromission. Très peu de questions posées par Robbins étaient prises en mauvaise part ; très peu de réponses mensongères passaient sans être détectées.

Trudy Manning, assise en face de son amie, manifestement dans le rôle du chien de garde, parut sur le point de protester, puis se ravisa, pensant peut-être qu'il serait judicieux de réserver son indignation pour les questions plus sérieuses encore qui se préparaient sans doute.

Miss Beddington répondit : « En fait, elle appartient à papa. Il l'a achetée pour moi quand je suis entrée à l'université. Je la partage avec Trudy et deux autres amies. Nous avons chacune un studio et nous partageons la cuisine et la salle à manger au sous-sol. Nous l'avons choisie, maman et moi, parce qu'elle est près de la Central Line. Je peux descendre à Chancery Lane et aller à pied jusqu'aux Chambers. »

Trudy intervint : « Inutile de raconter ta vie, Cathy. Tu n'avertis pas tes clients que moins ils en disent à la police et mieux ça vaut ?

– Oh, Trudy, je ne suis pas si rigoriste. S'ils savent

à qui appartient la maison, qu'est-ce que ça peut faire ? »

Donc j'ai raison, se dit Kate. C'étaient après tout des dispositions courantes quand les étudiants ont un père riche ou des moyens personnels. La maison prenait de la valeur, Papa la revendrait avec bénéfice, l'étudiante échappait aux machinations financières ou sexuelles des loueurs et la partager permettait de couvrir les frais de chauffage et d'entretien, tout en garantissant que la petite fille à papa habiterait avec des jeunes personnes de son milieu. C'était un arrangement judicieux si l'on avait de la chance et Catherine Beddington était de celles qui en avaient. Mais Kate s'en était rendu compte dès qu'elle était entrée. L'ameublement pouvait bien être fait d'éléments vieillis dont on n'avait plus besoin à la maison, ils étaient soigneusement choisis et adaptés aux dimensions de la pièce. Et le divan, visiblement neuf, n'avait pas dû être bon marché. Les parquets de chêne étaient généreusement couverts de tapis, les photographies de famille sur une petite table encadrées d'argent, des coussins brodés empilés sur le divan recouvert de toile crème.

Kate remarqua que l'une des photographies était celle d'un jeune homme en soutane avec Catherine Beddington debout à côté de lui. Un frère ou un fiancé ? Elle avait remarqué que la jeune fille portait une bague de fiançailles, grenats entourés de petits diamants dans une monture ancienne.

Mais il était temps d'en venir aux affaires sérieuses. Kate demanda : « Pourriez-vous nous dire où vous étiez et ce que vous avez fait à partir de sept heures et demie mercredi soir ? Ce sont des questions que nous devons poser à tous ceux qui ont une clef des Chambers.

– J'étais au tribunal de Snaresbrook avec Miss Aldridge et son assistant. L'audience s'est terminée plus tôt que prévu parce que le juge ne voulait pas commencer son résumé de l'affaire avant le lendemain matin. Miss Aldridge est rentrée à Londres en voiture, moi j'ai pris la Central Line à la gare de Snaresbrook et je suis descendue à Chancery Lane. Papa n'aime pas que je conduise à Londres, alors je n'ai pas de voiture.

– Pourquoi n'êtes-vous pas revenue avec Miss Aldridge ? Ça n'aurait pas été normal ? »

Catherine rougit, regarda Trudy Manning et dit : « Si, je suppose. En fait, elle comptait que je rentrerais avec elle, mais j'ai pensé qu'elle aimerait mieux être seule, alors je lui ai dit que j'allais rejoindre une amie à la gare de Liverpool Street et que je prendrais le train.

– Et c'était vrai ?

– Non, c'était un prétexte. Il me semblait simplement que je serais plus à l'aise toute seule.

– Est-ce qu'il s'était passé quelque chose au tribunal ce jour-là qui vous avait troublée, vous ou Miss Aldridge ?

– Pas vraiment. Du moins rien de pire que d'habitude. » De nouveau elle rougit.

Trudy intervint : « Autant que vous sachiez la vérité. Venetia Aldridge était le patron de Cathy. C'est... enfin c'était... une très bonne juriste, tout le monde vous le dira. Je ne l'ai jamais rencontrée, donc je ne peux pas en juger, mais je connais sa réputation. Seulement ça ne veut pas dire qu'elle était bonne avec les autres, en particulier les jeunes. Elle n'avait aucune patience, une langue de vipère, et elle exigeait un niveau ridiculement élevé. »

Catherine Beddington se tourna vers elle pour protester : « Ce n'est pas tout à fait juste, Trudy. Elle pouvait être un merveilleux professeur, mais pas pour moi. J'avais trop peur d'elle et plus elle m'effrayait plus je commettais d'erreurs. C'était ma faute en réalité et pas la sienne. Parce qu'elle était mon patron, je crois qu'elle se croyait tenue de s'occuper de moi – bien que ce soit Mr Costello mon maître de stage. Les C. R. n'ont pas d'élèves. Tout le monde trouvait que j'avais beaucoup de chance de l'avoir comme patron.

Elle aurait été parfaite avec quelqu'un d'intelligent qui puisse lui tenir tête. »

Trudy ajouta : « Un homme de préférence. Elle n'aimait pas les femmes. Et puis tu es intelligente. Tu as eu ton diplôme avec mention, si je ne me trompe. Pourquoi diable les femmes se sous-estiment-elles toujours ? »

Catherine fit face à son amie : « Trudy, ce n'est pas juste – à propos des femmes qu'elle n'aimait pas. Elle ne m'aimait pas beaucoup, c'est vrai, mais ça ne veut pas dire qu'elle était contre les femmes. Elle était tout aussi féroce avec les hommes.

– Elle ne soutenait pas vraiment son sexe tout de même ?

– Elle pensait que nous devions lutter à armes égales.

– Ah, ouais ? Et depuis quand les femmes ont-elles les mêmes armes que les hommes ? En voilà assez, Cathy. Nous avons déjà discuté de ça. Elle aurait fait tout son possible pour t'empêcher d'être acceptée comme locataire.

– Mais elle avait raison. Je ne suis pas aussi brillante que les deux autres.

– Tu es tout aussi brillante, tu n'es pas aussi sûre de toi, c'est tout.

– Eh bien, c'est ce qui compte. À quoi bon un avocat qui n'est pas sûr de lui ? »

Kate se tourna vers Trudy Manning : « Vous êtes une des organisatrices de Redress, n'est-ce pas ? »

Si elle s'attendait à ce que Trudy soit désarçonnée, elle fut déçue. La jeune femme rit.

« Ah çà ! Je suppose que vous avez trouvé un exemplaire de notre feuille d'informations dans le bureau de Venetia Aldridge. Oui, c'est moi. Je l'ai créé avec trois amies dont l'une nous permet d'utiliser son adresse. Ça a été un vrai succès, beaucoup plus grand que nous ne l'escomptions. Le pays est pratiquement dirigé par des groupes de pression tonitruants, n'est-ce pas ? Et il se trouve que celui-là, j'y crois. Non pas que les femmes soient en minorité, c'est ce qui rend tout cela si exaspérant. Ce que nous essayons de faire, c'est d'inciter les employeurs à donner leur chance aux femmes et de suggérer à celles qui ont réussi qu'elles ont la responsabilité de soutenir leur propre sexe. Nous écrivons parfois aux entreprises. Au lieu de répondre qu'elles ont des méthodes parfaitement équitables pour procéder aux promotions et que nous serions bien aimables de nous mêler de ce qui nous regarde, elles nous envoient de grands rapports expliquant exactement ce qu'elles font pour promouvoir l'égalité des chances. Mais elles n'oublieront pas que nous avons écrit. Je veux dire que la première fois où il se présentera une possibilité de promotion, elles y regarderont sans doute à deux fois avant d'écarter une femme parfaitement qualifiée en faveur d'un homme. »

Kate dit : « Vous avez nommément désigné Venetia Aldridge dans votre feuille. Comment a-t-elle réagi ? »

De nouveau Trudy rit : « Elle n'a pas beaucoup apprécié. Elle en a touché un mot à Catherine – elle sait que nous sommes amies – et a fait de sombres allusions à la diffamation. Mais cela ne nous a pas inquiétées. Elle était bien trop intelligente pour se lancer dans cette voie-là. Ç'aurait été dégradant. Cependant, la nommer dans notre journal a été une erreur. Nous avons arrêté ça maintenant. Nous ne le faisons plus. C'est dangereux et contre-productif. Beaucoup plus efficace d'envoyer des lettres personnelles aux gens. »

Kate dit à Catherine : « Pourrions-nous revenir à mercredi soir ? Vous avez pris le train à la gare de Snaresbrook ?

– C'est cela. Elle est très commode pour le tribunal. J'étais de retour aux Chambers vers quatre heures et demie. Ensuite j'ai travaillé dans la bibliothèque jusqu'à six heures ou presque, quand Trudy est venue me chercher. Elle m'apportait mon hautbois de la maison et nous sommes allées toutes les deux à une répétition dans l'église du Temple. Je fais partie des Temple Players, un orchestre surtout composé de membres du Temple. La répétition était prévue de six à huit, mais en réalité nous avons fini juste avant huit heures. Je suppose qu'il était à peu près huit heures cinq quand nous avons quitté le Temple. »

Kate demanda : « Par quelle grille ?

– Comme d'habitude, celle des Juges, Devereux Court.

– Et vous êtes restées toutes les deux dans l'église pendant la durée de la répétition ? »

Ce fut Trudy qui répondit : « Oui. Je ne suis pas membre de l'orchestre, bien sûr, mais j'y étais allée parce que c'est toujours amusant d'observer Malcolm Beeston dans ces occasions-là. Il se prend pour Thomas Beecham avec un rien de la superbe de Malcolm Sargent. Et puis on jouait le genre de musique qui ne me dépasse pas trop. »

Catherine Beddington reprit : « Nous ne sommes pas mauvais, mais nous sommes des amateurs. Cette fois, le programme était entièrement en anglais. *En entendant le premier coucou du printemps* de Delius, *Sérénade pour cordes* d'Elgar et *Suite folklorique* de Vaughan Williams. »

Trudy dit : « Je m'étais assise tout à fait au fond pour ne pas gêner. Je suppose que j'aurais pu me glisser dehors sans être vue, traverser au galop Pump Court et Middle Temple Lane, pour entrer dans Pawlet Court, poignarder Venetia et me faufiler de nouveau dans l'église, mais je ne l'ai pas fait. »

Catherine l'interrompit : « Tu étais assise tout à côté de Mr Langton, n'est-ce pas ? Il pourra sans doute confirmer que tu es restée là au moins pendant la première partie de la répétition. »

Kate demanda : « Mr Langton était donc à la répétition ? Cela vous a étonnée ?

– Ma foi, un peu. Je veux dire, il n'avait encore jamais assisté à une répétition auparavant. Il vient en général au concert, mais cette année il ne pourra peut-être pas, alors il s'est rabattu sur la répétition. Mais il n'est pas resté très longtemps. Quand j'ai regardé au bout d'une heure, peut-être moins, il était parti. »

Kate se tourna vers Trudy : « Il vous a parlé ?

– Non, je le connais à peine, juste de vue. En fait, il avait l'air assez préoccupé. Je ne sais pas si c'était la musique. À un moment donné, j'ai cru qu'il s'était endormi. De toute façon, au bout d'une heure environ, il s'est levé et il est parti. »

Robbins demanda : « Et après la répétition, vous êtes allées dîner ?

– C'était notre projet, mais ça ne s'est pas fait. Cathy s'était senti le cœur barbouillé pendant toute la soirée. Nous avions eu l'intention de dîner à la rôtisserie du *Strand Palace Hotel*, mais une fois arrivées là, elle n'a pas pu s'attaquer à un repas complet et elle a dit qu'elle prendrait juste un potage pour me tenir compagnie. Seulement tout l'intérêt de la rôtisserie, c'est de stocker des protéines pour la semaine. C'est idiot de payer un prix fixe et de ne rien manger. Le plus raisonnable, c'était de rentrer chez nous et c'est ce que nous avons fait. Comme cela pouvait passer pour une urgence et que nous avions économisé le prix d'un repas, nous avons pris un taxi. La circulation était assez dense, mais nous étions revenues ici pour les infos de neuf heures. Du moins, moi je les ai regardées, mais Cathy a été aussitôt prise de vomissements violents et elle est allée tout droit se coucher. Je me suis fait des œufs brouillés, après quoi j'ai passé le reste de la nuit à lui tenir la tête et à apporter des bouillottes. »

Robbins demanda : « Dans quel ordre les morceaux ont-ils été répétés ?

– Delius, Vaughan Williams et Elgar. Pourquoi ?

– J'étais en train de me demander pourquoi vous n'étiez pas partie plus tôt puisque vous ne vous sentiez pas bien. Il n'y a pas de bois dans l'Elgar. On n'avait donc pas besoin de vous pour la dernière partie de la répétition. »

Kate, étonnée, s'attendait un peu à ce que la question provoquât de l'embarras ou une riposte furieuse de Trudy. Mais au lieu de cela, les deux jeunes personnes se regardèrent en souriant.

Ce fut Catherine qui dit : « Il est évident que vous n'avez jamais vu Malcolm Beeston en action. Il est roi et maître des opérations. On ne sait jamais s'il ne va pas changer l'ordre des morceaux. » Elle se tourna vers Trudy : « Tu te rappelles le pauvre Solly qui s'était glissé dehors pour une petite bière vite fait en pensant que les percussions ne seraient pas appelées ? » Elle imita une voix d'homme aiguë, impatiente : « Quand je décide une répétition, Mr Solly, je compte que tous les musiciens auront la courtoisie d'être présents pendant toute sa durée. Encore un geste d'insubordination et vous ne jouerez plus jamais sous ma direction. »

Kate interrogea ensuite, au sujet de la perruque et du sang, Catherine qui admit qu'elle était au courant pour les deux. Elle se trouvait dans le hall quand Mr Ulrick avait dit à Miss Caldwell qu'il avait mis du sang dans le réfrigérateur. Les jeunes filles, visiblement étonnées par ces deux questions, ne firent pourtant aucun commentaire. Kate avait beaucoup réfléchi avant de les poser, car ni la police ni les avocats de Pawlet Court ne souhaitaient rendre publique la profanation spectaculaire du corps. Mais par ailleurs il était important de savoir si Catherine était au courant de l'affaire du sang.

Elle posa sa dernière question : « Quand vous êtes partie par la grille de Devereux Court, vers huit heures cinq, avez-vous vu quelqu'un dans Pawlet Court ou en train d'entrer dans le Middle Temple ? »

La réponse fut nette : « Personne. Devereux Court et le passage menant au Strand étaient vides.

– Est-ce que l'une d'entre vous a remarqué s'il y avait des lumières dans Pawlet Court ? »

Elles se regardèrent, puis secouèrent la tête.

Catherine dit : « Malheureusement, nous n'avons pas fait attention. »

Il semblait ne plus rien y avoir à apprendre et le temps pressait. Trudy offrit de faire du café, mais

Kate et Robbins refusèrent et partirent peu après. Ils ne soufflèrent mot avant d'être dans la voiture et à ce moment Kate dit : « Je ne savais pas que vous étiez musicien.

– Pas besoin d'être musicien pour savoir qu'il n'y a pas de hautbois dans la *Sérénade pour cordes* d'Elgar.

– Bizarre qu'elles ne se soient pas éclipsées plus tôt. Personne ne l'aurait remarqué. Le chef faisait face à l'orchestre et les musiciens avaient les yeux fixés sur lui, pas sur le public, ou ce qu'il y en avait. Et Trudy Manning aurait certainement pu sortir une dizaine de minutes pendant la soirée sans être remarquée. Si elles étaient parties toutes les deux une fois que l'orchestre avait attaqué l'Elgar, est-ce que ça aurait eu une importance quelconque ? Si Beeston s'en était pris à Beddington par la suite, elle pouvait toujours dire qu'elle était malade. Grand Dieu ! ce n'était qu'une répétition, et elle aurait été là quand on avait besoin d'elle. Il ne lui aurait fallu que quelques minutes pour arriver à Pawlet Court en passant par l'arche de Pump Court entre Middle et Inner Temple. Beddington a la clef des Chambers. Elle savait qu'Aldridge travaillait tard. Elle savait où trouver le sang et la perruque. Elle savait exactement à quel point le poignard était coupant. Une chose est sûre : si elles sont parties tôt, séparément ou ensemble, jamais nous ne le ferons admettre à Trudy Manning. »

Comme Robbins ne répondait pas, Kate reprit : « Vous allez me dire, je pense, que l'exquise Miss Beddington n'est pas le genre de femme à commettre un crime ?

– Non, répliqua Robbins. J'allais dire que c'est le genre de femme pour qui on commet des crimes. »

27

C'était encore une journée d'automne parfaite et Dalgliesh éprouva une impression de libération en laissant enfin derrière lui les tentacules de l'ouest londonien. Dès qu'il vit des champs bien verts des deux côtés de la route, il arrêta la Jaguar le long du fossé et la décapota. Il y avait peu de vent, mais quand il eut redémarré, l'air lui ébouriffa les cheveux, semblant purifier plus que ses poumons. Le ciel était translucide, de légères traînées de nuages blancs se dissipaient comme des brumes dans un bleu lumineux. Certains des champs étaient nus, mais d'autres déjà fardés du vert délicat des blés d'hiver. Les remarques de Piers ne l'empêchèrent nullement de faire une courte visite à la cathédrale de Salisbury comme il en avait eu l'intention, malgré l'agacement et la difficulté de trouver un endroit pour garer la Jaguar. Au bout d'une heure il poursuivit sa route, traversa Blandford Forum, puis suivit les étroites routes de campagne vers le sud par Winterborne Kingston et Bovington Camp en direction de Wareham.

Mais soudain, il fut pris d'un besoin urgent de voir la mer et, traversant la grand-route, il se dirigea vers Lulworth Cove. Arrivé au sommet d'une colline, il arrêta la voiture à une barrière qu'il escalada pour entrer dans une prairie d'herbe rase où quelques moutons s'éloignèrent d'un pas maladroit à son arrivée. Il y avait là un affleurement rocheux sur lequel il s'assit, adossé contre une grosse pierre pour contempler le panorama – collines, champs verdoyants et petits bosquets jusqu'à la vaste étendue bleue de la Manche. Il avait apporté une collation composée de baguette croustillante, de fromage et de pâté. Il dévissa sa bouteille thermos de café en se disant qu'il ne regrettait pas l'absence de vin. Il n'avait besoin de rien pour accentuer son impression de bien-être total. Il sentait courir le long de ses veines un bonheur effervescent presque effrayant dans son intensité physique, cette joie qui prend si rarement possession de l'âme, une fois la jeunesse passée. Après le repas, il resta immobile pendant dix minutes dans un silence absolu, puis se leva pour partir. Il avait reçu ce dont il avait besoin et il en était reconnaissant. Encore quelques kilomètres en direction de Wareham et il était arrivé à destination.

Une flèche en bois blanc portant les mots « Poterie Perigold » peints en lettres noires était fixée à un poteau planté dans l'herbe du talus. Dalgliesh prit le virage indiqué, suivit lentement un étroit chemin entre de hauts buissons et la poterie apparut. Un cottage blanc couvert de tuiles qui se dressait isolé, à quelque cinquante mètres de la route sur un terrain en pente douce. On y accédait par un chemin gazonné qui s'élargissait en parking pour deux ou trois voitures. La Jaguar cahota presque sans bruit sur le terrain inégal. Dalgliesh la ferma à clef, puis se dirigea vers le cottage.

Il avait l'air paisiblement familial et sereinement désert sous le soleil de l'après-midi. Devant, un patio de pierre était garni par un assortiment de pots en terre cuite ; les plus petits étaient groupés, mais deux gros se dressaient de chaque côté de la porte, contenant des roses abricot qui portaient encore quelques boutons tardifs. Les hostas étaient finis, leurs feuilles ourlées de brun affaissées sur les bords du pot, mais un fuchsia était encore en fleur et les géraniums devenus ligneux survivaient. À droite du cottage il apercevait un potager et l'odeur rustique du fumier lui montait au nez. Les rames de haricots avaient été en partie arrachées, mais il restait des rangées d'épinards, de poireaux et de carottes derrière une touffe épaisse d'asters. Au-delà du jardin, dans un enclos grillagé, quelques poules affairées becquetaient la terre.

Aucun signe de vie, mais à gauche du bâtiment une grange avait été convertie en lieu d'habitation et par la porte ouverte, il entendait le ronronnement doux d'une roue qui tournait. Il avait levé la main vers le heurtoir – pas de sonnette – mais il la laissa retomber et traversa le patio vers ce qui était évidemment l'atelier.

La pièce était pleine de lumière. Celle-ci inondait le carrelage rouge par terre et emplissait tous les coins de la poterie de son doux rayonnement. La femme penchée sur la roue avait bien dû s'apercevoir de la présence de Dalgliesh, mais elle n'en manifestait rien. Elle portait un jean bleu constellé d'éclaboussures de glaise et une blouse de peintre plus claire. Sa tête était couverte d'un foulard de coton vert serré sur un haut front bombé et une longue natte d'or rouge pendait sur son dos. À côté d'elle, une petite fille de deux ou trois ans, dont les cheveux semblables à de la soie blanche encadraient un visage délicat, était assise à une table basse sur laquelle elle roulait un pâton de glaise en jabotant tranquillement.

La femme à la roue venait d'achever son pot. Quand la haute silhouette de Dalgliesh obscurcit l'ouverture de la porte, elle leva le pied et la roue s'arrêta lentement. Elle prit alors un fil de fer, détacha le pot de la roue et le porta avec précaution sur une table. C'est seulement alors qu'elle se tourna et le regarda longuement. Sous l'ampleur de la blouse, il vit qu'elle était enceinte.

Elle était aussi plus jeune qu'il ne s'y était attendu. Les yeux qui le jaugeaient calmement étaient très espacés, les pommettes hautes et proéminentes, la peau légèrement hâlée avec quelques taches de rousseur, la bouche magnifiquement dessinée au-dessus d'un menton à fossette. Avant qu'ils aient pu dire un mot, l'enfant se leva soudain, trottina vers Dalgliesh, le tira par son pantalon et lui tendit son morceau de glaise presque informe, attendant apparemment un commentaire ou un compliment.

Il dit : « Comme tu es adroite. Dis-moi ce que c'est.

– C'est un chien. Il s'appelle Peter et moi je m'appelle Marie.

– Moi, c'est Adam. Mais il n'a pas de pattes.

– C'est un chien assis.
– Où est sa queue ?
– Il n'a pas de queue. »

Elle retourna à sa table, dégoûtée semblait-il par l'incroyable stupidité de ce nouvel adulte.

Sa maman dit : « Vous devez être le commandant Dalgliesh. Je suis Anna Cummins. Je vous attendais. Mais est-ce que les policiers ne viennent pas en général à deux ?

– En général, oui. J'aurais peut-être dû amener un collègue. J'ai été tenté par cette journée d'automne et un besoin de solitude. Désolé de venir si tôt et plus désolé encore si j'ai gâché le pot. J'aurais dû frapper à la porte du cottage, mais j'ai entendu votre roue.

– Vous n'avez rien gâché et vous ne venez pas trop tôt. Je travaillais et j'ai oublié l'heure. Voulez-vous un peu de café ? » La voix était grave, agréable, un peu chantante, ce qui faisait penser au pays de Galles.

« Très volontiers, si ça ne vous dérange pas. » Il n'avait pas soif, mais il semblait plus courtois d'accepter que de refuser.

Elle alla à un évier et lui dit : « Vous voulez bien sûr parler à Luke. Je crois qu'il ne va pas tarder. Il est allé livrer des pots à Poole. Il y a un magasin là-bas qui en prend quelques-uns tous les mois. Il devrait rentrer bientôt s'il n'est pas retenu. Certaines personnes aiment lui parler, ou bien il va prendre un café, et puis il y a toujours quelques courses à faire. Asseyez-vous, je vous en prie. »

Elle lui montra un fauteuil en rotin rembourré de coussins avec un haut dossier à oreilles. Il dit : « Si vous voulez continuer votre travail, je pourrais aller me promener et revenir quand votre mari aura quelque chance d'être là.

– Je crois que ce serait une perte de temps pour vous. Il ne devrait pas tarder et en attendant je pourrais probablement vous dire ce que vous voulez savoir. »

Pour la première fois, il se demanda si l'absence du mari était préméditée. Les deux Cummins accueillaient sa visite avec un calme étonnant. La plupart des personnes qui ont un rendez-vous avec un officier de police gradé jugent prudent d'être à l'heure, surtout quand c'est eux qui l'ont choisie. Est-ce qu'ils avaient voulu qu'elle fût seule quand il arriverait ?

Il s'assit dans le fauteuil et la regarda faire le café. De chaque côté de l'évier, un placard bas dont l'un supportait une bouilloire électrique et l'autre un réchaud à gaz à deux brûleurs. Il la vit remplir la bouilloire, la brancher, prendre deux tasses de sa fabrication et un petit pot parmi ceux qui étaient rangés sur une étagère, puis se pencher et sortir du placard un sac de sucre cristallisé, un carton de lait et un bocal de café moulu. Il avait rarement vu une femme se mouvoir avec tant de grâce. Aucun geste n'était précipité, aucun n'était étudié ni « posé ». Loin d'être irrité par ce détachement, il le trouvait délassant. La pièce elle aussi était reposante. Le fauteuil de rotin avec son haut dossier et ses accoudoirs l'enfermait dans un confort séduisant.

Il écarta les yeux du bras nu taché de glaise qui se pliait pour ouvrir le bocal de café et se mit à examiner les détails de l'atelier. La roue mise à part, il était dominé par un gros poêle à bois, la porte ouverte, les allume-feu tout prêts pour la fraîcheur de l'automne. Un bureau à cylindre était adossé contre le mur nord, surmonté de trois rayonnages supportant des annuaires du téléphone, ce qui ressemblait à des livres de référence et des registres. Le mur le plus long en face de la porte était recouvert de rayons sur lesquels elle avait disposé ses poteries : tasses, petits bols, gobelets et pots. La couleur dominante était un bleu verdâtre, le décor agréable mais conventionnel. Sous les rayonnages, une table présentait des objets plus importants : plats, jattes à fruits et écuelles. Ceux-là témoignaient d'une créativité plus personnelle, plus travaillée.

Elle lui apporta sa tasse de café qu'elle posa sur la table basse à côté du fauteuil, puis s'assit dans un rocking-chair et regarda son enfant. Marie, qui avait démoli sa ménagerie, découpait un boudin de glaise en petits morceaux avec un couteau émoussé pour modeler des bols et des assiettes miniatures. Tous les trois, dont seule l'enfant était occupée, restaient silencieux.

Il était évident qu'aucune information ne serait donnée spontanément.

Dalgliesh dit : « Je souhaite bien entendu parler à votre mari de sa défunte femme. Je sais qu'ils ont divorcé il y a onze ans, mais il est possible qu'il ait sur elle, ses amis, sa vie, voire un ennemi, des renseignements qui pourraient nous être utiles. Dans une enquête criminelle il est important de savoir le plus de choses possible sur la victime. »

Il aurait pu ajouter que c'était son excuse pour s'échapper de Londres par cette merveilleuse journée d'automne.

Elle avait dû saisir ce qu'il n'avait pas exprimé car elle dit : « Et vous êtes venu en personne.

– Comme vous voyez.

– Je suppose que réunir des précisions sur les gens – même morts – est fascinant si vous êtes écrivain, ou biographe, mais c'est toujours de seconde main, n'est-ce pas ? On ne peut connaître la vérité tout entière sur personne. Pour certains, parents ou grands-parents, vous ne commencez à les comprendre que quand ils sont morts et alors c'est trop tard. Certains laissent après leur départ le souvenir d'une personnalité plus forte que celle qu'ils semblaient avoir eue de leur vivant. »

Elle parlait sans emphase, comme si elle révélait un fait intime et récemment découvert. Dalgliesh décida qu'il était temps d'aborder plus directement le sujet.

Il demanda : « Quand avez-vous vu Miss Aldridge pour la dernière fois ?

– Il y a trois ans, quand elle a amené ici Octavia qui devait passer une semaine avec son père. Elle n'est restée qu'une heure et elle n'est pas revenue la chercher. C'est Luke qui l'a mise dans le train à Wareham.

– Et elle n'est pas revenue – Octavia, je veux dire ?

– Non. J'avais pensé... c'est-à-dire nous avions

pensé qu'elle devrait passer un certain temps avec son père. C'est sa mère qui en avait la garde, mais un enfant a besoin de ses deux parents. Ça n'a pas été un succès. Elle s'ennuyait à la campagne et elle était brusque et impatiente avec le bébé. Marie n'avait que deux mois, et Octavia l'a même frappée. Pas fort, mais c'était fait exprès. Après ça, bien sûr, il fallait qu'elle s'en aille. »

Aussi simple que ça. Le rejet ultime. Il fallait qu'elle s'en aille.

Il demanda : « Et son père était d'accord ?

– Après qu'elle avait frappé Marie ? Bien sûr. Comme je vous l'ai dit, la visite n'a pas été un succès. Il n'a jamais été autorisé à être un père pour Octavia quand elle était enfant. À huit ans, elle a été mise en pension et après le divorce ils ont rarement été réunis. Je crois qu'elle n'a jamais tenu à lui. »

Ni lui à elle, se dit Dalgliesh. Mais c'était là un terrain dangereusement privé. Il était officier de police et non pas conseiller en thérapie familiale. Pourtant cela faisait partie de l'esquisse en noir et blanc de Venetia Aldridge qu'il avait besoin d'enrichir des couleurs de la vie.

« Et ni vous ni votre mari n'avez revu Miss Aldridge depuis ce moment ?

– Non. Évidemment je l'aurais vue le soir où elle est morte si elle était venue à la grille. »

La voix était douce, sans emphase. Elle parlait aussi tranquillement que si elle avait critiqué la force du café. Dalgliesh était entraîné à ne pas manifester d'étonnement quand un suspect faisait une révélation inattendue. Mais il ne l'avait jamais envisagée comme suspecte.

Il reposa sa tasse et demanda calmement : « Est-ce que vous voulez me dire que vous étiez à Londres ce soir-là ? Nous parlons de ce mercredi 9 octobre ?

– Oui, je suis allée voir Venetia aux Chambers. C'était à sa demande. Elle devait m'ouvrir la petite porte dans la grille à l'extrémité de Devereux Court, mais elle n'est pas venue. »

Ces mots firent voler en éclats la passivité indolente de Dalgliesh, bercé par la calme séduction de la pièce, la féminité féconde et sans exigences de son interlocutrice. Il n'avait pas attendu grand-chose de sa visite, si ce n'est des informations générales, la vérification quasi machinale d'un alibi jamais sérieusement mis en doute. Et voilà que son égoïste incursion dans la paix de la campagne se révélait toute différente. Une femme pouvait-elle vraiment être aussi naïve que cela ? Espérant que sa voix serait aussi calme et dénuée de critique, il demanda : « Mrs Cummins, vous ne vous êtes pas rendu compte que c'est là un renseignement important ? Vous auriez dû m'en parler plus tôt. »

Si elle ressentit les mots comme un reproche, elle n'en témoigna rien. « Mais je savais que vous veniez, vous aviez téléphoné. J'ai pensé qu'il valait mieux attendre que vous soyez ici. Ça ne faisait qu'un jour de retard... Est-ce que c'était mal ?

– Mal, peut-être pas. Mais gênant.

– Je regrette bien... mais enfin maintenant nous sommes en train d'en parler, n'est-ce pas ? »

À ce moment, l'enfant se glissa hors de sa chaise et vint vers sa mère en lui montrant sur sa paume grassouillette ce qui ressemblait à une tarte remplie de petites boules, peut-être destinées à représenter des groseilles ou des cerises. Elle la leva vers sa mère et attendit son approbation. Celle-ci se pencha et lui chuchota à l'oreille en l'attirant contre elle. Marie, toujours sans rien dire, hocha la tête, retourna à sa chaise et reprit le modelage qui l'absorbait tant.

Dalgliesh demanda : « Pouvez-vous me dire exactement ce qui s'est passé, depuis le début ? » Ce qui amenait forcément à se dire : quel début ? Jusqu'où remonte l'histoire ? À leur mariage ? leur divorce ? Il ajouta : « Pourquoi vous êtes allée à Londres. Ce qui s'est passé.

– Venetia a téléphoné tôt le mercredi matin, juste avant huit heures. Je n'avais pas encore commencé à travailler et Luke montait dans le camion pour aller dans une ferme, en dehors de Bere Regis, charger du fumier qu'on lui avait promis pour le jardin, et faire quelques courses à Wareham en revenant. Je suppose que j'aurais pu courir dehors et l'arrêter, mais je n'ai pas voulu. J'ai dit à Venetia que Luke était parti, alors elle m'a laissé le message. C'était au sujet d'Octavia. Elle était préoccupée par le garçon dont Octavia s'était entichée, quelqu'un qu'elle avait défendu et elle voulait que Luke intervienne.

– Elle avait l'air comment ?

– Plus en colère que bouleversée. Et très pressée. Elle m'a dit qu'elle était obligée de partir pour le tribunal. Si ça n'avait pas été Venetia, j'aurais dit qu'elle paniquait. Mais Venetia ne se laisse pas aller à la panique. Elle m'a dit que c'était très urgent, qu'elle ne pouvait pas attendre que Luke soit rentré, que je devais lui transmettre le message. »

Dalgliesh demanda : « Qu'est-ce qu'elle voulait que votre mari fasse ?

– Qu'il mette fin à cette histoire. Elle a dit : "Il est son père, qu'il prenne ses responsabilités, ça le changera. Donnez de l'argent à ce garçon pour qu'il disparaisse, emmenez Octavia à l'étranger pendant un certain temps. Je paierai." » Mrs Cummins ajouta : « Le garçon s'appelle Ashe, mais je pense que vous le savez.

– Oui, dit Dalgliesh, nous le savons.

– Venetia a encore ajouté : "Dites à Luke qu'il faut que nous en parlions. Personnellement. Je veux le voir dans mon bureau ce soir, aux Chambers. La grille du Middle Temple sera fermée, mais il pourra entrer par celle qui est à l'extrémité de Devereux Court." Elle m'a donné des indications très détaillées sur l'emplacement exact. Le passage – Devereux Court – est en face des Law Courts et il y a un pub qui s'appelle le *George* à l'extrémité. Vous remontez le passage, puis vous tournez à gauche et puis à droite et en face d'un autre pub, le *Devereux*, il y a une grille noire garnie de clous avec une porte ménagée dedans. Nous avons convenu que Luke serait là à huit heures et quart. Venetia a dit que la grille serait fermée à cette heure-là, mais qu'elle viendrait ouvrir. Elle a dit : "Je ne le ferai pas attendre et je compte que je n'aurai pas à attendre non plus." »

Dalgliesh dit : « Cela ne vous a pas semblé bizarre que le rendez-vous soit non pas chez elle mais aux Chambers, et à huit heures et quart, après la fermeture de la grille ?

– Elle n'aurait pas voulu voir Luke à Pelham Place et il n'aurait pas voulu y aller. Je pense qu'elle ne voulait pas non plus qu'Octavia sache qu'elle avait fait appel à son père, du moins pas avant qu'ils aient mis un plan au point. Et c'est moi qui ai fixé l'heure. Je ne voyais pas comment je pourrais prendre un train avant le dix-sept heures vingt-deux qui arrive à Waterloo à dix-neuf heures vingt-neuf. »

Dalgliesh dit : « Donc, vous aviez déjà décidé que ce serait vous qui iriez à Londres, plutôt que votre mari.

– Je l'avais décidé avant qu'elle ait fini de parler. Et quand Luke est rentré il a été d'accord. J'avais peur que Venetia ne le persuade de faire quelque chose qu'il ne voulait pas faire. Et d'ailleurs, qu'est-ce qu'il pouvait faire ? Elle ne l'a jamais traité en père quand Octavia était petite, alors à quoi bon lui demander son aide maintenant ? Octavia n'en aurait tenu aucun compte et pourquoi l'aurait-elle fait ? Et puis il n'aurait pas pu emmener Octavia à l'étranger, même si elle avait accepté d'y aller. Sa place est ici, avec sa famille. »

Dalgliesh dit : « Il est son père. »

Il n'avait aucune intention de porter un jugement. Les affaires conjugales de Venetia ne le concernaient que dans la mesure où elles avaient un rapport avec sa mort. Mais au regard de la loi, le divorce sépare mari et femme, non pas père et enfant. Il était étrange qu'une femme aussi maternelle que Mrs Cummins rejetât avec tant de désinvolture la demande de Venetia, qui souhaitait que son ex-mari s'intéressât au sort de sa fille. Pourtant elle s'était exprimée sans l'ombre d'une contrition ou d'un regret apparent. Elle semblait dire : Les choses sont ce qu'elles sont ; maintenant on n'y peut plus rien. Cela ne nous regarde plus.

Elle reprit : « Nous ne pouvions pas aller à Londres tous les deux à cause de Marie et de l'atelier. Les clients comptent nous trouver ouverts quand ils viennent. Je ne pense pas que Venetia ait pensé à ces difficultés-là quand elle a appelé.

– Comment a-t-elle réagi quand elle a su que son ex-mari ne viendrait pas ?

– Je ne le lui ai pas dit. Je lui ai laissé croire qu'il viendrait. Cela paraissait être la meilleure façon de procéder. Bien sûr, elle pouvait refuser de me voir, mais ça ne me paraissait pas vraisemblable. Je serais là et Luke n'y serait pas. Elle n'aurait pas vraiment eu le choix et j'aurais pu lui expliquer ce que je ressentais – ce que nous ressentions tous les deux.

– Qu'est-ce que vous ressentiez, Mrs Cummins ?

– Que nous ne pouvions pas nous imposer à Octavia ni intervenir dans sa vie. Si elle demandait notre aide, nous nous efforcerions de la lui donner, mais il était trop tard pour que Venetia commence à traiter Luke en père. Octavia a dix-huit ans, l'âge de la majorité légale.

– Donc, vous êtes allée à Londres. Cela nous rendrait service que vous me disiez exactement ce qui s'est passé.

– Mais il ne s'est rien passé. Comme je vous l'ai dit, elle n'est pas venue à la grille. J'ai pris le dix-sept heures vingt-deux à Wareham. Luke m'a conduite à la gare avec Marie. Je savais que je ne pourrais peut-être pas rentrer le soir même. Luke ne pouvait pas quitter Marie et je ne voulais pas qu'il l'emmène à la gare de Wareham, alors qu'elle aurait dû être couchée depuis longtemps. Je ne voulais pas dépenser le prix d'une nuit d'hôtel – Londres est si cher –, mais j'ai une vieille camarade de classe qui me permet d'utiliser son appartement près de la gare de Waterloo quand elle n'est pas là. Je ne m'en sers presque jamais, mais quand je le fais, je téléphone à son voisin pour qu'il sache que j'arrive. Au cas où il m'entendrait dans l'appartement et croirait qu'Alice est cambriolée. J'ai une clef, je peux donc entrer sans rien demander.

– Il vous a vue arriver ?

– Non. Mais je l'ai vu le lendemain matin, juste avant huit heures et demie. J'ai sonné pour lui dire que je m'en allais et que j'avais mis mes draps dans la machine à laver. Il a aussi une clef et il m'a dit qu'il irait dans un moment les mettre dans l'essoreuse. Il est très serviable pour les choses comme ça. C'est un vieux garçon qui aime bien Alice et qui s'intéresse à cet appartement comme si c'était le sien. Je lui ai dit aussi que j'avais laissé du lait dans le frigo et un petit pichet comme cadeau pour Alice. »

Ainsi se trouvait confirmée sa présence dans l'appartement le jeudi matin. Cela ne signifiait pas qu'elle y avait été seule. Son mari aurait pu sortir sans bruit avant huit heures et demie. Cet obligeant voisin aurait-il pu dire s'il avait entendu une ou deux personnes ? Tout dépendait de l'épaisseur des murs. Mais il y avait Marie. Impossible de la laisser. Si mari et femme étaient allés ensemble à Londres, il aurait fallu que quelqu'un s'occupât de l'enfant et il ne serait pas difficile de savoir qui. Ou alors l'avaient-ils prise avec eux ? Bien difficile de dissimuler la présence d'une enfant, si sage soit-elle, dans l'appartement. Mrs Cummins était-elle restée avec Marie pendant que son mari allait au rendez-vous – et tuait ? Mais la perruque et le sang ? Il aurait peut-être pu savoir où était la perruque, mais le sang ? Seulement c'était admettre que le meurtrier était aussi celui qui avait profané le corps. Et le mobile ? Dalgliesh n'avait pas encore rencontré Luke Cummins, mais il le supposait sain d'esprit. Est-ce qu'un homme sain d'esprit aurait tué pour éviter les importunités gênantes d'une ex-épouse – ex depuis onze ans ? Ou pour huit mille livres ? Cela aussi était intéressant. Par rapport à la fortune qu'elle avait, la somme était presque une insulte. Comme si elle avait dit : « Vous m'avez donné du plaisir. Tout n'a pas été désastreux. Je l'évalue à mille livres par an. » Une femme sensible aurait donné plus ou rien du tout. Que disait ce legs sur leurs relations ?

L'enchaînement des théories se déroula dans l'esprit de Dalgliesh en quelques secondes pendant qu'Anna Cummins se détendait avant de reprendre son récit en se balançant doucement dans son rocking-chair. Mais la pièce avait perdu son innocence et il voyait la femme avec d'autres yeux, plus critiques. L'icône de la maternité réconfortante et de la sérénité intérieure était brouillée par une autre, plus insistante, celle du corps de Venetia Aldridge, les mains pendantes, immobile et vulnérable, la tête penchée avec son casque de sang séché. Il aurait pu bien entendu demander si Marie était allée à Londres avec ses parents, mais il savait qu'il ne le ferait pas. L'idée d'un meurtre conjoint lui semblait désormais bizarre.

La voix chantante continuait, tranquille : « J'avais pris un morceau de quiche et un pot de yaourt pour manger dans le train, donc je n'avais pas à me préoccuper du dîner. Je suis allée directement de la gare à l'appartement où j'ai laissé mon nécessaire de nuit et je suis repartie aussitôt pour le Temple. Je voulais être sûre d'arriver bien à l'heure. J'ai eu de la chance, j'ai trouvé tout de suite un taxi au pont de Waterloo et j'ai demandé à être conduite en face des Law Courts. J'ai traversé la rue, trouvé le passage Devereux Court, parfaitement simple. Oh, j'ai oublié. Avant de quitter l'appartement, j'ai téléphoné aux Chambers. Je voulais être sûre que Venetia était là. Elle a décroché – j'ai simplement dit que nous allions arriver et raccroché. Mais je savais qu'elle était là, juste après sept heures et demie et je savais qu'elle m'attendait. »

Il posa la nécessaire question rituelle : « Et vous êtes sûre de l'heure ?

– Bien sûr. J'avais sans arrêt l'œil sur ma montre pour m'assurer que je ne serais pas en retard. En fait, j'étais en avance et comme je ne voulais pas me faire remarquer en traînant dans le passage, j'ai tué cinq minutes en marchant dans le Strand. J'étais devant la grille à huit heures dix. J'ai attendu jusqu'à neuf heures moins vingt, mais Venetia n'est pas venue. »

Dalgliesh demanda : « Vous avez vu d'autres personnes franchir les grilles ?

– Trois ou quatre, des hommes. Je crois que c'étaient des musiciens. Du moins ils avaient des boîtes à instruments avec eux. Je ne pense pas que je pourrais les reconnaître. Et puis à huit heures et quart, il est passé quelqu'un que je pourrais peut-être reconnaître. Solidement bâti, des cheveux d'un roux éclatant. Je me le rappelle particulièrement parce qu'il a ouvert la petite porte dans la grille – il avait une clef –, mais il n'est resté qu'une minute dans le Temple. Il est ressorti et s'est faufilé dans le passage. Il était à peine entré qu'il est ressorti. C'était bizarre.

– Et vous croyez que vous le reconnaîtriez si vous le voyiez de nouveau ?

– Je crois. Il y a une lampe au-dessus de la grille. Elle éclairait ses cheveux roux. »

Dalgliesh dit : « Je regrette de ne pas avoir su ça plus tôt. On vous avait dit que Miss Aldridge était morte, probablement assassinée, et vous n'avez vraiment pas eu l'idée que ce témoignage était important ?

– Je me rendais bien compte que vous auriez besoin de savoir ça, mais j'ai cru que vous étiez déjà au courant. Octavia ne vous l'a pas dit ? Je pensais que c'était pour ça que vous aviez pris rendez-vous avec nous, pour vérifier son histoire.

– Octavia était au courant de votre visite ? » Inutile de prétendre que ce n'était pas une nouvelle pour lui, mais il fit en sorte que sa voix n'en trahît rien.

« Oui, elle savait. Une fois revenue dans l'appartement d'Alice, j'ai pensé que Venetia n'était pas venue à la grille parce qu'elle avait eu un malaise. Bien peu probable, mais cela m'ennuyait d'aller me coucher sans prévenir quelqu'un. Venetia avait été si décidée, si précise au sujet de ce rendez-vous. J'ai appelé Pelham Place. Un homme a répondu – jeune, je crois – et puis Octavia a pris l'appareil. Je lui ai raconté ce qui s'était passé – pas la raison pour laquelle j'étais venue à Londres, mais le rendez-vous manqué. J'ai suggéré qu'elle téléphone pour voir si sa mère n'était pas malade, au cas où elle ne serait pas déjà rentrée. Octavia m'a dit : "Elle a dû décider qu'elle ne voulait pas vous voir. Personne d'entre nous ne veut vous voir. Et n'essayez pas de vous mêler de ma vie." »

Dalgliesh dit : « Ce qui semblerait indiquer qu'elle avait deviné la raison du rendez-vous.

– Ce n'était pas difficile, n'est-ce pas ? De toute façon, j'estimais avoir fait ce que je pouvais et je suis allée me coucher. Le lendemain matin je suis rentrée chez moi. Luke et Marie étaient venus me chercher au train. Une fois ici, nous avons eu un coup de fil de Drysdale Laud. Il avait essayé de nous joindre pour nous dire que Venetia était morte.

– Et vous n'avez rien fait ? Vous n'avez toujours pas parlé de votre visite ?

– Qu'est-ce que nous pouvions faire ? Octavia savait ce qui s'était passé. Nous pensions que la police prendrait contact pour confirmer son histoire et c'est bien ce que vous avez fait quand vous avez dit que vous alliez venir. Il semblait préférable d'attendre que vous soyez là. Je ne voulais pas parler de tout ça au téléphone. »

C'est à ce moment qu'ils entendirent le camion qui approchait : l'enfant se leva aussitôt de son siège et se précipita vers le seuil où elle exécuta une série de petits sauts en criant de plaisir à l'avance. Dès que le moteur s'arrêta, elle courut dehors comme en réponse à un signal. Après quoi il y eut le bruit de la porte qui claquait, une voix masculine et une minute plus tard Luke Cummins apparut, portant sa fille sur ses épaules.

Sa femme quitta son fauteuil et attendit debout, tranquille. Il reposa doucement Marie par terre et embrassa sa femme pendant que la petite fille, serrée contre lui, lui emprisonnait la jambe dans ses bras. Ils restèrent un instant ainsi immobiles, formant un tableau intime dont Dalgliesh se sentait exclu avec une force presque physique. Il étudia Luke Cummins, essayant de l'imaginer en mari de Venetia Aldridge, de le voir partie intégrante de l'univers et de la vie surmenée jusqu'à l'obsession qu'elle s'était faite.

Il était très grand, dégingandé, avec des cheveux clairs décolorés par le soleil et un visage d'adolescent basané, sensible, à l'ossature fine, mais la bouche donnait une impression de faiblesse. Le pantalon de gros velours côtelé et le chandail à col roulé des îles d'Aran donnaient du volume à un corps qui semblait avoir trop grandi dans l'adolescence. Il regarda Dalgliesh par-dessus l'épaule de sa femme et lui sourit brièvement avant de se pencher à nouveau vers sa famille. Dalgliesh crut qu'il le prenait pour un client. Il se leva et se dirigea vers la table d'exposition, non sans se demander si le mouvement était provoqué par une soudaine lubie de jouer le rôle du maître de maison, ou le désir de ne pas troubler leur intimité. Il entendit les mots dits très bas par Cummins.

« Bonne nouvelle, chérie. Ils veulent trois autres plats à fromages pour Noël, si tu peux y arriver. Ça sera possible ?

– La scène du jardin avec les géraniums et la fenêtre ouverte ?

– Un comme ça et les deux autres sont des commandes. Les clients veulent en parler avec toi pour t'expliquer ce qu'ils aimeraient. J'ai dit que tu appellerais pour prendre rendez-vous. »

Elle demanda d'un ton anxieux : « Le magasin ne les exposera pas ensemble, n'est-ce pas ? Ça leur donne toujours l'air d'être produits en série.

– Ils le comprennent très bien. Ils n'en montreront qu'un et ils prendront les commandes. Mais ça ne te laisse pas beaucoup de temps. Je ne veux pas que tu sois stressée.

– Non, ça ne risque pas. »

C'est seulement alors que Dalgliesh se retourna et Anna Cummins dit : « Chéri, voilà Mr Dalgliesh de la police métropolitaine. Tu te rappelles ? Nous savions qu'il allait venir. »

Cummins vint à lui, la main tendue, comme s'il accueillait un client ou une connaissance. L'étreinte était étonnamment ferme, celle d'une main de jardinier, forte et dure.

Il dit : « Désolé de ne pas avoir été là quand vous êtes arrivé. Je pense qu'Anna vous a dit tout ce que nous savions et ça n'est pas grand-chose. Nous n'avions eu aucune nouvelle de mon ex-femme depuis trois ans, mis à part cet appel téléphonique.

– Et vous n'étiez pas là pour le prendre.

– C'est exact. Et Venetia n'a pas rappelé. »

Et ça, se dit Dalgliesh, c'était étonnant en soi. Si le rendez-vous avait une telle importance, pourquoi Miss Aldridge ne l'avait-elle pas confirmé à Cummins lui-même ? Elle aurait sûrement trouvé une minute pendant la journée. Mais peut-être avait-elle à moitié regretté son appel par la suite. Il avait ressemblé plus à une brusque impulsion – voire à un mouvement de panique – qu'à une réaction raisonnable à son dilemme avec Octavia, même si elle n'était pas femme à paniquer facilement. Elle avait pu penser : Je ne m'humilierai pas en le rappelant. S'il vient, nous parlerons ; s'il ne vient pas, rien de perdu.

Anna Cummins dit : « Mr Dalgliesh avait proposé, il y a un moment, d'aller faire un tour. Pourquoi n'allez-vous pas tous les deux jusqu'au champ ? Tu lui montreras le point de vue et vous pourriez prendre le thé en revenant, avant qu'il parte. »

La proposition, faite d'une voix très douce, avait néanmoins la force d'un ordre. Dalgliesh dit qu'il aimerait beaucoup se promener, mais qu'il serait obligé de repartir sans prendre le thé. Cummins sortit avec Dalgliesh dans le jardin, ils dépassèrent le poulailler, provoquant l'irruption de divers volatiles qui s'approchèrent d'eux en caquetant, escaladèrent une barrière et passèrent dans un champ qui montait doucement à flanc de colline. Le blé d'hiver avait été semé depuis peu et Dalgliesh s'émerveilla, comme il le faisait toujours, que des pousses aussi délicates pussent se frayer un passage dans un sol si fort. Derrière une haie de ronces, de genêts et d'aubépines, un sentier caillouteux était assez large pour que les deux hommes pussent y marcher de front. Les mûres étaient bien noires, et de temps à autre Cummins tendait la main pour en cueillir et les manger.

Dalgliesh dit : « Votre femme m'a raconté sa visite à Londres. Si la rencontre avait eu lieu, elle n'aurait guère pu être agréable. J'ai été un peu surpris que vous la laissiez aller seule. » Il n'ajouta pas : « alors qu'elle est enceinte ».

Luke Cummins s'empara d'une branche élevée et la courba vers lui. « Anna a pensé que ça valait mieux. Je crois qu'elle avait peur que Venetia ne me bouscule. C'était assez son style. » Il sourit comme si l'idée l'amusait, puis ajouta : « Nous ne pouvions pas y aller tous les deux, à cause de Marie et des clients. Il aurait peut-être mieux valu que nous n'y allions ni l'un ni l'autre, mais Anna pensait qu'il était préférable de bien faire comprendre une fois pour toutes que nous ne pouvions pas nous en mêler. À dix-huit ans, selon la loi, Octavia est adulte. Elle ne m'a jamais prêté la moindre attention quand elle était enfant. Pourquoi le ferait-elle maintenant ? »

Il parlait sans amertume. Pas trace de regret, de justification, ni d'excuse d'ailleurs ; il exposait un fait, simplement.

Dalgliesh demanda : « Comment avez-vous rencontré votre première femme ? »

La question ne se justifiait guère, mais Cummins ne parut pas s'en offusquer.

« Dans la cafétéria de la National Gallery. Il y avait beaucoup de monde et Venetia était à une table pour deux. Je lui ai demandé si je pouvais m'y asseoir et elle a dit oui, mais sans presque me regarder. Je pense que nous ne nous serions rien dit si un jeune homme n'avait heurté notre table en passant et renversé le vin de Venetia. Il ne s'est pas excusé. Elle était indignée de ces mauvaises manières, alors je l'ai aidée en essuyant le vin répandu et en allant chercher un autre verre. Après ça, nous avons parlé. À l'époque j'enseignais à Londres dans une école secondaire et nous avons parlé de ce métier, des problèmes de discipline, etc. Elle ne m'a pas dit qu'elle était avocate, mais elle m'a dit que son père avait dirigé une école. Oh, et puis nous avons aussi parlé un peu des tableaux. Guère de nous-mêmes. C'est elle qui a suggéré que nous pourrions nous revoir. Je n'aurais pas eu assez de toupet. Six mois après nous étions mariés. »

Dalgliesh demanda : « Vous saviez qu'elle vous avait fait un legs ? Huit mille livres.

– Le notaire a téléphoné pour m'avertir. Je ne m'y attendais pas. Je ne sais pas si c'est une récompense pour l'avoir épousée, ou une insulte pour l'avoir quittée. Elle a été contente que notre mariage prenne fin, mais je crois qu'elle aurait aimé que la rupture vienne d'elle. » Il resta un moment silencieux, puis reprit : « Nous avons d'abord pensé refuser le legs. Je suppose qu'on peut ?

– Cela pourrait être embarrassant pour les exécuteurs testamentaires, mais vous n'êtes pas obligé d'utiliser l'argent pour vous si vous avez des scrupules.

– C'est ce qu'Anna pensait, mais je suppose bien que nous finirons par le prendre. On a de ces belles idées généreuses, mais en général on se ravise, n'est-ce pas ? Anna a bien besoin d'un nouveau four. »

Ils marchèrent en silence pendant quelques minutes, puis il dit : « Dans quelle mesure ma femme est-elle impliquée dans tout cela ? Je ne veux pas qu'elle soit bouleversée ou harcelée, surtout maintenant que le bébé va venir.

– J'espère qu'elle ne le sera pas. Nous aurons probablement besoin d'une déposition.

– Donc, vous reviendrez ?

– Pas nécessairement. Ce seront peut-être deux de mes collègues. »

Ils étaient désormais parvenus à l'extrémité du champ et, debout, regardaient ensemble le patchwork de la campagne. Dalgliesh se demanda si Anna les surveillait depuis sa fenêtre. Puis Cummins répondit à une question que son compagnon n'avait pas posée.

« J'ai été heureux d'abandonner l'enseignement, du moins à Londres, heureux d'être débarrassé du bruit, de la violence, de la politique en salle des profs, de la lutte continuelle pour maintenir l'ordre. Je n'ai jamais rien valu dans ce domaine. Je fais quelques remplacements ici, à la campagne, c'est différent. Mais je m'occupe surtout du jardin et de la comptabilité de l'atelier. » Il s'interrompit, puis dit tranquillement : « Je ne croyais pas qu'il était possible d'être aussi heureux. »

Ils redescendirent à travers champs, cette fois dans un silence étonnamment amical. En approchant de l'atelier ils entendirent le ronronnement de la roue. Anna Cummins était penchée sur une poterie. La glaise tournait, s'élevait et s'incurvait sous ses mains, et pendant qu'ils regardaient, ses doigts touchèrent délicatement le bord pour former les lèvres du vase. Mais soudain, sans raison apparente, elle joignit les mains et la glaise, tel un être vivant, se tordit et s'effondra en un petit tas gluant tandis que la roue s'arrêtait lentement. Elle leva les yeux sur son mari en riant.

« Mon chéri, ta bouche ! Toute barbouillée de violet et de rouge. Tu ressembles à Dracula. »

Quelques minutes plus tard Dalgliesh faisait ses adieux. Mari et femme avec l'enfant entre eux s'étaient groupés sans un sourire pour le voir partir. Regardant en arrière tandis qu'ils rentraient ensemble dans l'atelier, il eut l'impression qu'ils étaient heureux d'être débarrassés de lui ; il sentit le poids d'une mélancolie fugitive teintée de pitié. Cet atelier tranquille, les poteries si rassurantes dans leur conception et leur exécution, le petit essai d'autosuffisance représenté par le jardin et le poulailler, est-ce qu'ils ne symbolisaient pas une fuite, une paix aussi illusoire que l'ordre majestueux des cours du Temple au XVIIIe siècle, aussi illusoire que toutes les aspirations humaines à une vie bonne et harmonieuse ?

Il n'avait aucune envie de s'égarer dans les villages. Cherchant à gagner les routes principales le plus vite possible, il appuya sur le champignon. Le plaisir né de la beauté du jour avait cédé la place au mécontentement, du fait en partie des Cummins mais aussi de lui-même, chose qui l'irritait par son irrationalité. Si Anna Cummins avait dit la vérité – et il pensait que c'était le cas –, il y avait là au moins une cause de satisfaction. L'enquête avait progressé de façon significative. L'heure de la mort pouvait être située entre dix-neuf heures quarante-cinq, quand Mrs Buckley avait téléphoné aux Chambers, et vingt heures quinze, quand Venetia Aldridge ne s'était pas présentée pour ouvrir la grille des Juges, dans Devereux Court.

Une partie du témoignage de Mrs Cummins pourrait être vérifiée. Avant de partir, il avait pris le nom et l'adresse de l'amie qui possédait l'appartement près de Waterloo, ainsi que le nom du voisin obligeant; mais Luke Cummins n'avait pu fournir la confirmation de sa présence à la poterie. Aucun client n'était venu. Et puis il y avait l'homme aux cheveux roux qu'Anna avait vu entrer dans le Temple et en sortir. Si elle pouvait reconnaître formellement Simon Costello, il serait intéressant d'entendre l'explication que ce dernier fournirait.

Mais une question surtout l'intriguait: ni Luke Cummins ni sa femme n'avait demandé si l'enquête de la police progressait, ni l'un ni l'autre n'avait manifesté la moindre curiosité au sujet de l'identité de l'assassin. Était-ce parce qu'ils avaient délibérément pris leurs distances vis-à-vis des malheurs du passé et de la violence du présent, de tout ce qui menaçait leur univers clos? Ou parce qu'ils n'avaient pas besoin de questionner, puisqu'ils savaient déjà?

Après avoir conduit pendant une heure, il s'arrêta sur une aire de stationnement et appela la cellule de crise. Kate n'était pas là, mais il parla avec Piers et ils échangèrent les dernières nouvelles.

Piers lui dit: « Si c'était Costello que Mrs Cummins a vu entrer dans le Temple par la porte de Devereux Court et ressortir au bout d'une minute, ça le met hors de cause. Il n'aurait pas eu le temps d'aller jusqu'au 8 et à plus forte raison de tuer Aldridge. Et s'il l'avait tuée plus tôt, il aurait été idiot de revenir sur les lieux. Allez-vous convoquer Mrs Cummins à Londres pour une reconnaissance formelle ?

– Pas encore. Je vais d'abord parler à Costello et voir Mr Langton par la même occasion. Bizarre qu'il n'ait pas fait allusion à sa présence à cette répétition. Que disent ses deux aides ?

– Nous sommes allés au magasin d'antiquités qu'ils tiennent. Ils disent tous les deux que Mr Langton est rentré plus tard que d'habitude, mercredi. Mais ils ne peuvent pas dire de combien. Ils prétendent qu'ils ne se rappellent pas, ce qui ne tient pas debout. Ils préparaient le dîner, ils devaient savoir presque à une minute près quel était son retard. Mais il n'est pas très crédible comme suspect, sûrement ?

– Très peu crédible. Langton semble préoccupé et je crois que c'est personnel, mais s'il a quelque chose sur la conscience, je doute que ce soit le meurtre de Venetia Aldridge. Vous avez pu voir Brian Cartwright ?

– Oui, patron. Il a condescendu à nous accorder cinq minutes après le déjeuner à son club. Chou blanc, hélas. Il dit que rien ne s'est produit après son procès et que Miss Aldridge paraissait parfaitement normale à l'Old Bailey.

– Vous l'avez cru ?

– Pas complètement. J'avais l'impression qu'il cachait quelque chose, mais je suis peut-être injuste. Il m'a déplu. Il s'est montré entreprenant avec Kate et arrogant avec moi. Mais il m'a bien semblé au début de notre entretien qu'il se demandait ce qui serait le plus avantageux pour lui : aider la police en donnant des renseignements, ou éviter prudemment de se compromettre. C'est la prudence qui l'a emporté. Je crois que nous n'en tirerons rien maintenant, patron. Nous pouvons essayer de nouveau, insister davantage si vous pensez que c'est important. »

Dalgliesh dit : « Ça peut attendre. Votre entretien avec Miss Elkington était intéressant. Vous avez eu raison d'envoyer des officiers à Hereford. Prévenez-moi dès qu'ils auront fait leur rapport. Des nouvelles de l'alibi de Drysdale Laud ?

– Il a l'air d'être solide, patron, pour ce qu'on en sait. Nous avons vérifié au théâtre. La pièce a commencé à sept heures et demie et l'entracte était à neuf heures moins dix. Il n'aurait pas pu se trouver aux Chambers avant neuf heures. Le foyer n'a jamais été laissé sans surveillance et aussi bien le préposé à la location que le portier sont sûrs que personne n'a quitté le théâtre avant l'entracte. Je crois que son alibi tient, patron.

– À condition qu'il soit effectivement allé au théâtre. Vous vous rappelez le numéro de son fauteuil ?

– Le dernier de la cinquième rangée de fauteuils d'orchestre. J'ai vu les plans pour mercredi soir et là il y avait une seule place vendue, mais la fille n'a pas pu se rappeler si c'était à un homme ou à une femme. Je suppose que nous pourrions lui montrer une photo de Laud, mais je crois que ça ne donnerait rien. C'est un peu bizarre, non, d'aller au théâtre tout seul ?

– On peut difficilement arrêter quelqu'un parce qu'il a un étrange besoin d'être dans sa seule compagnie. Et l'alibi de Desmond Ulrick ?

– Nous avons vérifié chez Rules, patron. Il y était certainement à huit heures et quart. Il n'avait pas retenu, mais c'est un habitué, alors ils lui ont trouvé une table après cinq minutes d'attente. Il a laissé son pardessus et un numéro du *Standard* au vestiaire, mais pas de serviette. Le portier est tout à fait affirmatif. Il connaît bien Ulrick et ils ont bavardé ensemble pendant qu'il attendait sa table.

– Bien, Piers. Je vous vois dans deux heures à peu près.

– Encore autre chose. Un extraordinaire petit bonhomme s'est présenté il y a une heure pour vous voir. Apparemment il a connu Aldridge jeune fille, il enseignait dans l'établissement tenu par le père de celle-ci. Il est arrivé en pressant un grand paquet plat sur son cœur, comme un enfant avec un cadeau qu'il a peur de se faire voler. Je lui ai suggéré de parler à Kate, mais il n'a pas voulu en démordre, c'est vous qu'il veut voir. Vous avez rendez-vous avec le préfet de police et au ministère de l'Intérieur lundi matin, et il y a l'enquête publique l'après-midi ; je sais que c'est une simple formalité et que nous demanderons un ajournement, mais je n'étais pas sûr que vous vouliez y assister. Enfin, je lui ai dit de venir lundi vers dix-huit heures. Ce sera probablement du temps perdu pour vous, mais j'ai pensé que vous voudriez peut-être le voir. Il s'appelle Froggett, Edmund Froggett. »

28

La brigade avait fait des journées de seize heures depuis l'assassinat, mais le samedi fut plus calme, la plupart des suspects ayant quitté Londres pour le week-end, aussi Dalgliesh, Kate et Piers prirent-ils un jour de repos le dimanche.

Aucun des trois ne dit aux autres comment il comptait le passer. On eût cru qu'ils avaient besoin d'un répit, ne fût-ce que pour échapper à l'intérêt ou à la curiosité de leurs collègues. Mais le lundi, le calme fut rompu. Après une matinée de réunions, une conférence de presse fut convoquée pour le début de l'après-midi, et Dalgliesh qui les détestait décida d'y assister, parce qu'il jugeait injuste de ne pas prendre sa part. L'intrusion du crime au cœur même de l'institution judiciaire et la célébrité de la victime avaient un piquant qui garantissait un intérêt intense de la part des médias. Pourtant, à sa surprise et surtout à sa grande satisfaction, l'histoire de la perruque et du sang n'avait pas filtré. La police ne dit pas grand-chose, si ce n'est que la victime avait été poignardée et qu'aucune arrestation n'était imminente. Tout renseignement plus détaillé à ce stade de l'enquête ne pourrait que la gêner, mais d'autres informations seraient publiées dès qu'il y aurait quelque chose à signaler.

Après la brève formalité de l'enquête publique ajournée qui avait coupé la fin de l'après-midi, il avait oublié le visiteur de six heures, mais à l'heure précise Edmund Froggett fut introduit, accompagné par Piers, non pas dans une petite pièce réservée aux entretiens mais dans le bureau de Dalgliesh.

Il s'assit sur le siège que celui-ci lui désigna, plaça soigneusement sur le bureau le grand paquet plat bien ficelé, ôta ses gants de laine qu'il posa à côté de lui et se mit à dérouler une longue écharpe tricotée. Ses mains délicates comme celles d'un enfant étaient blanches et très propres. Ce petit homme peu séduisant n'était ni laid ni repoussant, peut-être à cause de son air calme et digne, celui d'un homme qui attend peu de chose du monde, mais dont l'acceptation indulgente n'a rien de servile. Il était enveloppé dans un lourd pardessus de gros tweed bien coupé et visiblement coûteux à l'origine, mais trop grand pour sa maigre carrure. Sous le revers bien repassé du pantalon en gabardine, les souliers étincelaient. Le pardessus trop lourd, le pantalon trop mince et les chaussettes d'été trop claires lui donnaient un air curieusement désassorti, comme si lui-même et ses vêtements avaient été assemblés à partir des restes d'autres personnes. Après avoir soigneusement plié son écharpe sur le dossier de son siège, il accorda toute son attention à Dalgliesh.

Derrière les verres épais, le regard était sagace mais méfiant. Quand il parlait, c'était d'une voix aiguë parfois entrecoupée par un bégaiement, une voix qu'il eût été désagréable d'écouter longtemps. Il ne présenta aucune excuse ni regret pour sa visite, visiblement persuadé que cette insistance pour rencontrer un officier supérieur serait justifiée.

Il dit : « Vous avez été averti, commandant, que je venais au sujet du meurtre de Miss Venetia Aldridge, C. R. Il me faut expliquer l'intérêt que je prends à cette affaire, mais je pense que vous aurez d'abord besoin de mon nom et de mon adresse.

– Merci, dit Dalgliesh. Cela nous rendrait service. »

Visiblement on comptait qu'il les écrirait. Il le fit donc, tandis que son visiteur se penchait pour le surveiller, comme s'il doutait que Dalgliesh fût capable de les noter exactement. « Edmund Albert Froggett, 14 Melrose Court, Melrose Road, Goodmayes, Essex. »

Le nom était presque ridiculement approprié à cette longue bouche aux coins tombants et ces yeux proéminents. Il avait certainement dû souffrir de la cruauté des jeunes dans son enfance et se construire une carapace défensive d'amour-propre et de légère solennité : comment les infortunés de ce monde pourraient-ils survivre autrement ? D'ailleurs, se dit Dalgliesh, comment n'importe qui pourrait-il survivre ? Aucun d'entre nous ne se présente psychologiquement nu aux flèches du monde.

Il dit : « Vous avez des informations sur la mort de Miss Aldridge ?

– Pas directement sur sa mort, commandant, mais plutôt sur sa vie. Dans le cas d'un meurtre les deux sont indissociablement liées, mais je n'ai pas besoin de vous dire cela. Le meurtre est toujours un aboutissement. J'ai pensé que je devais à Miss Aldridge et à la cause de la justice de vous apporter des informations qui, sans cela, risqueraient de ne pas vous parvenir, ou que vous passeriez beaucoup de temps à obtenir par d'autres moyens. Dans quelle mesure vous seront-elles utiles, ce sera à vous d'en juger. »

À cette allure-là, il allait vraisemblablement falloir passer beaucoup de temps aussi pour les obtenir de Mr Froggett, mais Dalgliesh était capable d'une patience qui étonnait parfois ses subordonnés, sauf avec les arrogants, les incompétents, ou les obtus volontaires. Déjà il discernait en lui le frémissement familier d'une pitié incommode, une pitié qui l'irritait un peu et qu'il n'avait jamais appris à discipliner, mais qu'il savait au fond de lui-même être aussi une sauvegarde contre l'arrogance du pouvoir. L'entretien menaçait de durer, mais il était incapable de brusquer rudement son visiteur.

« Peut-être pourriez-vous me dire d'entrée, Mr Froggett, quel est le renseignement que vous possédez et comment vous vous l'êtes procuré.

– Bien sûr. Il ne faut pas que je vous prenne trop de temps. Je vous ai dit que j'avais connu Miss Aldridge enfant. Son père – peut-être le savez-vous déjà – avait une école préparatoire de garçons à Danesford dans le Berkshire. J'y ai été pendant cinq ans son assistant, responsable de l'enseignement de l'anglais et de l'histoire aux plus grands. Il était prévu en fait que je lui succéderais à la tête de l'établissement, mais les événements en ont décidé autrement. Je me suis intéressé toute ma vie au droit, pénal surtout, mais je n'ai pas, hélas, ces qualités physiques et vocales qui contribuent tant au succès quand on fait partie du barreau. Cependant l'étude du droit pénal a toujours été mon principal hobby et je discutais avec Venetia des affaires concernant surtout la médecine légale et les problèmes psychologiques. Elle avait quatorze ans quand nous avons commencé nos leçons et même à cet âge-là elle manifestait déjà une remarquable capacité pour analyser les témoignages et saisir les points essentiels d'un dossier. Nous avions des discussions très intéressantes dans le salon de ses parents après le dîner. Ils écoutaient nos arguments, mais prenaient peu de part aux échanges. C'était Venetia qui se lançait avec beaucoup d'imagination et d'enthousiasme dans le débat. Bien entendu, je devais faire un peu attention ; dans l'affaire Rouse, par exemple, tous les détails n'étaient pas faits pour les oreilles d'une jeune fille. Mais je n'ai jamais rencontré une telle intelligence de la chose juridique chez une personne aussi jeune. Je crois que je peux dire sans vanité, Mr Dalgliesh, que c'est moi qui ai le plus contribué à faire d'elle une pénaliste. »

Dalgliesh demanda : « Était-elle enfant unique ? Nous ne lui connaissons pas de famille et sa fille dit qu'il n'y en a pas, mais les enfants ne sont pas toujours au courant.

– Oh, je crois que c'est exact. Elle était certainement enfant unique et je crois qu'il en allait de même pour ses parents.

– Une enfance très solitaire, donc ?

– Très solitaire. Elle fréquentait l'école secondaire locale, mais j'avais l'impression que ses amies, si elle en avait, n'étaient pas les bienvenues à Danesford. Son père trouvait peut-être qu'il voyait assez de jeunes pendant sa journée de travail. Oui, je crois que vous pouvez dire que c'était une enfant solitaire. C'est peut-être pour cela que ces discussions entre nous avaient tant d'importance pour elle. »

Dalgliesh dit : « Nous avons trouvé dans son bureau aux Chambers un volume des *Causes célèbres en Grande-Bretagne,* L'affaire Seddon. Il portait ses initiales et les vôtres sur la page de titre. »

L'effet produit sur le petit homme fut tout à fait extraordinaire. Ses yeux se mirent à briller et son visage devint rose de plaisir. « Alors, elle l'a gardé. Et aux Chambers. Voilà qui est vraiment flatteur, très flatteur. C'était un petit cadeau d'adieu quand je suis parti. L'affaire Seddon était de celles dont nous avions souvent parlé. Je pense que vous vous rappelez les mots de Marshall Hall : "L'affaire la plus noire que j'aie jamais eu à connaître."

– Vous avez gardé le contact après votre départ de l'école ?

– Non, nous ne nous sommes jamais revus. D'une part l'occasion ne s'est jamais présentée et d'autre part cela n'aurait pas été indiqué. Nous nous sommes complètement perdus de vue. Non, ce n'est pas tout à fait exact ; elle a cessé tout contact, moi pas. Assez naturellement, je me suis beaucoup intéressé à son cursus. Je me suis mis en devoir de le suivre de très près. On pourrait dire que la carrière de Miss Venetia Aldridge a été mon hobby pendant ces vingt dernières années. Et cela m'amène au but de ma visite. Ce paquet contient un album de coupures dans lequel j'ai collé tous les renseignements que j'ai pu obtenir sur toutes ses affaires importantes. Il m'est venu à l'esprit que le mystère de sa mort pourrait être lié à sa vie professionnelle, un client déçu, quelqu'un qu'elle aurait fait condamner, un ancien prisonnier rancunier. Je pourrais peut-être vous le montrer ? »

Dalgliesh acquiesça, les yeux dans des yeux où se lisait désormais un mélange de supplication et d'excitation. Il ne put se résoudre à lui dire que tous les renseignements nécessaires à la police pouvaient être trouvés dans les archives des Chambers. Mr Froggett avait eu besoin de montrer son album à quelqu'un dont on pouvait penser qu'il s'intéresserait à son travail, et la mort de Venetia Aldridge lui avait enfin fourni une excuse. Dalgliesh regarda les petits doigts habiles s'affairer autour d'une multitude sûrement inutile de nœuds. La ficelle récupérée fut soigneusement enroulée en écheveau et le trésor enfin révélé.

C'était certainement un document remarquable. Soigneusement collés sous des titres donnant la date et le nom de chaque affaire, on trouvait des photos, des coupures de presse, des comptes rendus judiciaires et des articles de revues suivant le verdict dans les procès les plus sensationnels. Froggett avait également inclus des pages d'un carnet utilisé après chaque procès pour noter en sténo ses propres commentaires sur le déroulement des audiences, commentaires soulignés par des traits appuyés et parfois des points d'exclamation. Il avait certainement écouté les témoignages avec l'attention bien disciplinée d'un élève des Chambers. Tout en tournant les pages, Dalgliesh constata que les affaires les plus anciennes comprenaient surtout des coupures de presse, alors que les deux dernières années étaient couvertes en détail. Froggett avait visiblement assisté aux audiences.

Il lui dit : « Vous avez dû avoir quelques difficultés pour savoir quand Miss Aldridge allait paraître en personne. Vous semblez avoir eu beaucoup de succès lors de ces dernières années. »

Il vit que la question sous-entendue déplaisait. Il y

eut un court silence avant que l'autre réponde : « J'ai eu de la chance, récemment. Je connais un greffier dans un des bureaux chargés du rôle et il a pu me donner des précisions sur les affaires en instance. Le public est bien entendu admis aux audiences, je ne considérais donc pas ces renseignements comme confidentiels. Je préférerais cependant ne pas vous donner son nom. »

Dalgliesh dit : « Je vous remercie d'avoir apporté cela. Je le garderai un peu, si vous permettez. Je vous donnerai évidemment un reçu. »

La satisfaction du petit homme fut manifeste. Il regarda Dalgliesh écrire le reçu.

Celui-ci dit : « Vous m'avez indiqué que vous deviez prendre la direction de l'école, mais que des événements étaient intervenus. Qu'est-ce qui s'est passé, exactement ?

– Oh, vous n'avez pas su ? Tout cela, c'est de l'histoire ancienne, maintenant, je suppose. Malheureusement, Clarence Aldridge avait des tendances sadiques. Plus d'une fois j'avais protesté contre la fréquence et la sévérité avec lesquelles les garçons étaient battus, mais je crains bien, malgré ma situation dans l'école, d'avoir eu peu d'influence sur lui. Personne n'en avait. J'ai décidé que je ne pouvais pas continuer plus longtemps à collaborer avec un homme pour qui j'avais de moins en moins de respect et j'ai donné ma démission. Un an après mon départ, bien sûr, ça a été la tragédie. Un des élèves, le jeune Marcus Ulrick, s'est pendu à la rampe d'escalier avec le cordon de son pyjama. Il devait être battu le lendemain. »

Enfin une information de valeur. Et sans sa patience, Dalgliesh l'aurait manquée. Mais il ne laissa pas voir que le nom signifiait quoi que ce fût pour lui.

Au lieu de cela, il demanda : « Et vous n'avez pas revu Miss Aldridge depuis ?

– Pas depuis que j'ai quitté l'école. Je pensais que ce n'était pas bien de prendre contact, ou de l'aborder. Il était extrêmement facile d'assister aux audiences sans qu'elle me voie. Heureusement, elle était de ces avocats qui ne regardent jamais le public et bien entendu je prenais soin de ne pas me mettre au premier rang. Je n'aurais pas voulu qu'elle pût penser que je la suivais en quelque sorte. Elle aurait même pu croire que je me comportais comme un chasseur à l'affût. Non, je n'avais aucune intention de m'immiscer dans sa vie, ni d'exploiter notre ancienne amitié. Et j'ai à peine besoin de dire que je ne lui voulais que du bien. Mais là vous êtes obligé de me croire sur parole, commandant. Je devrais peut-être fournir un alibi, pour le soir de sa mort. Cela me sera très facile. J'assistais à des classes du soir de six heures et demie à neuf heures et demie au Wallington Institute dans la City. J'y vais toutes les semaines. Nous étudions l'architecture de Londres entre six heures et demie et huit heures, après quoi j'ai ma classe d'italien de huit à neuf. J'espère aller à Rome pour la première fois l'année prochaine. Je peux bien entendu vous donner le nom des professeurs dans ces deux classes et ils seront en mesure, avec n'importe quelle autre personne présente, de confirmer que j'ai été là pendant tout le temps. Il m'aurait fallu au moins une demi-heure pour aller de l'institut au Temple, ce qui fait que si Miss Aldridge était morte à neuf heures et demie, je puis dire sans crainte, je crois, que je suis hors de cause. »

Il parlait presque avec regret, comme s'il était déçu de ne pas figurer parmi les premiers suspects. Dalgliesh le remercia gravement et se leva.

Mais le visiteur prit son temps. Il glissa le reçu de son album dans un portefeuille assez fatigué qu'il replaça soigneusement dans une poche intérieure de son veston, et tapota celle-ci pour s'assurer qu'il était bien en sûreté. Puis il serra gravement la main de Dalgliesh et de Piers comme si ce trio venait de mener à bien quelque transaction compliquée et strictement confidentielle. Il jeta un dernier coup d'œil à l'album posé sur le bureau de Dalgliesh et parut sur le point de dire quelque chose, évitant peut-être de justesse l'incorrection qui eût été de recommander à Dalgliesh d'y faire bien attention.

Piers l'accompagna jusqu'à l'escalier, puis, revenu dans le bureau en bondissant avec sa vigueur habituelle, il s'exclama : « Extraordinaire, ce type ! Vraiment très étrange. L'exemple de harcèlement le plus bizarre que j'aie jamais vu. Comment croyez-vous que ça a commencé, patron ?

– Il est tombé amoureux d'Aldridge quand elle était écolière et c'est devenu une obsession... centrée sur elle ou sur le droit pénal, ou peut-être les deux.

– Plutôt drôle comme hobby. Difficile de voir ce qu'il en retire. Il la considère visiblement comme sa protégée. Je me demande ce qu'elle en aurait pensé. Pas grand-chose d'après ce que nous savons d'elle. »

Dalgliesh dit : « Il ne lui faisait aucun mal. Il prenait grand soin qu'elle ne sache pas qu'il la suivait. En général ceux qui harcèlent importunent, mais pas lui. J'ai trouvé qu'il avait quelque chose d'assez sympathique.

– Moi pas. Franchement, je l'ai trouvé plutôt dégueulasse. Pourquoi est-ce qu'il ne vit pas sa propre vie au lieu de sucer celle d'une jeune femme comme une mouche repue ? Bon, d'accord, vous pouvez trouver ça pathétique, mais à mon avis, c'est obscène. Et je parie que ces séances n'avaient pas lieu dans le salon des parents. »

Dalgliesh fut étonné par la véhémence de Piers, généralement plus tolérant que ce franc dégoût ne le laissait supposer. Mais la réaction était proche de la sienne. Pour tous les hommes attachés au respect de leur intimité, l'idée qu'un autre être humain pût vivre au second degré leur propre vie soigneusement préservée était extraordinairement choquante. Harceler était déjà assez gênant, mais harceler en cachette était une abomination. Pourtant Froggett n'avait fait aucun mal à sa cible et n'avait eu aucune mauvaise intention. Piers avait raison de qualifier ce comportement d'obsessionnel, mais il ne tombait sous le coup d'aucune loi.

Piers dit : « Enfin, il nous a donné un renseignement que nous n'aurions sans doute pas pu avoir par un autre moyen. Ça n'est pas un nom courant. Si Marcus Ulrick était le frère cadet de Desmond Ulrick, ça nous donne au moins un mobile clair. Si c'est la même famille évidemment.

– Croyez-vous, Piers, après tant d'années ? Si Ulrick avait voulu tuer Aldridge pour se venger des actions de son père, pourquoi aurait-il attendu plus de vingt ans ? Et puis pourquoi s'en prendre à elle ? Elle n'était vraiment pas responsable. Mais enfin, il faut remonter la filière. En général, Ulrick travaille tard. Appelez les Chambers, voyez s'il est là et si oui dites-lui que je voudrais le voir. Langton et Costello aussi, s'ils sont dans la maison.

– Ce soir, patron ?

– Ce soir. »

Dalgliesh se mit à remballer l'album de Froggett. Au moment où Piers allait partir, il lui demanda :

« Quelles nouvelles de Janet Carpenter ? »

Piers parut surpris. Dalgliesh reprit : « J'avais demandé vendredi qu'on me prévienne si on découvrait quelque chose sur son passé. Au reste, qui est allé à Hereford ? Qui s'est occupé de ça ?

– Le sergent Pratt de la City et une femme policier. Désolé, patron. Je croyais qu'on vous avait fait un rapport. Casier judiciaire vierge. Elle enseignait l'anglais avant de prendre sa retraite. Elle est veuve et son fils unique est mort de leucémie il y a cinq ans. Elle habitait dans un village non loin de la ville avec sa bru et sa petite-fille. La petite-fille a été assassinée en 1993 et sa bru s'est suicidée peu après. Mrs Carpenter voulait rompre avec tout ce qui lui rappelait ce passé. L'affaire Beale, je ne sais pas si vous vous en souvenez. Il a été condamné à perpétuité. Le procès a eu lieu à Shrewsbury et Beale était défendu par Archie Curtis. Aucun rapport ni avec Londres ni avec Miss Aldridge. »

Cette tragédie expliquait quelque chose que Dalgliesh avait senti chez Mrs Carpenter. La résignation, la sérénité, preuve non pas de paix intérieure mais de souffrance intime patiemment supportée. Il demanda : « Depuis combien de temps sait-on tout cela ?

– Depuis neuf heures ce matin à peu près. »

Le ton de Dalgliesh ne changea pas pour dire : « Quand je demande des renseignements sur un suspect, veillez à ce qu'on me les communique dès qu'on les a, et non pas quand il se trouve que je les demande.

– Désolé, patron. C'est simplement qu'il y avait d'autres choses qui paraissaient plus importantes. Elle a un casier judiciaire vierge et l'assassinat de la petite fille n'a rien à voir ni avec Londres ni avec Aldridge. C'est une tragédie ancienne qui semblait n'avoir aucun rapport. » Il s'interrompit, puis conclut : « C'est inexcusable.

– Alors pourquoi vous excuser ? »

Nouveau silence, puis Piers demanda : « Voulez-vous que j'aille aux Chambers avec vous ?

– Non, Piers, je verrai Ulrick seul. »

Une fois le jeune policier sorti, Dalgliesh marqua une pause, puis ouvrit son tiroir et prit une loupe qu'il glissa dans sa poche. La porte s'ouvrit et Piers passa la tête.

« Ulrick est dans les Chambers, patron. Il dit qu'il sera ravi de vous voir. J'ai eu l'impression que le ton était sarcastique. Il était sur le point de partir, mais il a dit qu'il attendrait. Mr Langton et Mr Costello seront là-bas jusqu'à huit heures. »

29

Dalgliesh demanda : « Saviez-vous que Venetia Aldridge était la fille de Clarence Aldridge, directeur de l'école de Danesford ? »

D'abord Ulrick ne répondit pas et Dalgliesh attendit patiemment. La pièce en sous-sol où trois résistances du radiateur électrique étaient allumées était trop chauffée pour la soirée d'automne par laquelle Dalgliesh, portant l'album d'Edmund Froggett, avait traversé la cour sous la douce lueur des lampes à gaz ; il lui avait semblé sentir la chaleur attardée de l'été finissant dégagée par les vieilles pierres. Le bureau d'Ulrick était une cellule, non pas de moine mais d'universitaire. Les rayonnages bourrés de livres qui couvraient les quatre murs semblaient vouloir écraser Dalgliesh. Sur le haut bureau les papiers s'empilaient et Ulrick dut dégager un siège pour que le nouvel arrivé pût s'asseoir. C'était l'un des deux fauteuils presque dangereusement proches du feu et Dalgliesh eut l'impression d'être enveloppé dans la viscosité odorante du cuir chaud.

Comme s'il percevait la gêne de son visiteur, Ulrick s'agenouilla pour débrancher les deux premières résistances du radiateur. Il le fit avec la minutie étudiée d'un homme qui entreprend une tâche compliquée exigeant une grande précision pour éviter un désastre. S'étant assuré que le rougeoiement des résistances diminuait, il se leva et s'assit en faisant pivoter son fauteuil pour être en face de Dalgliesh.

Il dit alors : « Oui, je le savais. Je savais qu'Aldridge avait une fille prénommée Venetia et les âges coïncidaient. Quand elle est arrivée aux Chambers, ma curiosité a tout naturellement été éveillée. Je lui ai posé la question. Cela m'intéressait un peu, c'est tout.

– Vous rappelez-vous la conversation ?

– Je pense, oui. Elle n'a pas été longue. Bien entendu nous étions seuls dans son bureau à ce moment-là. Je lui ai demandé : "Êtes-vous la fille de Clarence Aldridge ?" Elle m'a regardé et elle m'a dit que oui. Elle semblait sur ses gardes, mais pas particulièrement inquiète. Je lui ai dit que j'étais le frère aîné de Marcus Ulrick. Elle n'a d'abord fait aucun commentaire, puis au bout d'un moment elle m'a dit : "Je pensais bien qu'il pouvait y avoir une parenté. Ce n'est pas un nom courant. Et il m'avait dit qu'il avait un frère aîné." Alors je lui ai dit : "Je pense que nous n'avons ni l'un ni l'autre à parler du passé."

– Qu'est-ce qu'elle a répondu à ça ?

– Je l'ignore. Je n'ai pas attendu de savoir. Je suis sorti de son bureau avant qu'elle ait eu le temps de répondre. Nous n'avons plus jamais fait mention de Danesford ni l'un ni l'autre. Cette contrainte ne m'a guère coûté. Je ne la voyais presque jamais. Elle a la réputation d'être difficile et j'évite soigneusement les personnalités ici. Je ne m'intéresse pas au droit pénal. Le droit devrait être une discipline intellectuelle et pas une représentation à l'usage du public.

– Est-ce que cela vous serait pénible que je vous demande ce qui s'est passé avec votre frère ?

– Vous en avez vraiment besoin ? » Au bout d'un moment, il ajouta : « Vous en avez besoin pour votre enquête ? »

Le ton n'était pas appuyé, mais dans les yeux gris qui rencontraient ceux de Dalgliesh on pouvait lire l'insistance d'une interrogation.

Dalgliesh dit : « Je ne sais pas. Sans doute pas. Dans le cas d'un meurtre, il n'est pas facile de savoir ce qui s'avérera pertinent. La plupart des affaires qui tournent mal le font parce qu'on n'a pas posé assez de questions et non parce qu'on en a posé trop. J'ai toujours éprouvé le besoin de savoir autant de choses que possible sur la victime et cela inclut son passé.

– Ce doit être plaisant d'avoir un travail qu'on peut utiliser pour justifier ce qui dans un autre cas pourrait s'appeler de la curiosité indiscrète. » Ulrick s'interrompit, puis reprit : « Marcus avait onze ans de moins que moi. Je n'ai pas été pensionnaire à Danesford. Mon père avait alors les moyens de m'envoyer à l'école où il était allé. Mais quand Marcus a eu huit ans, les choses avaient changé. Mon père travaillait à l'étranger, moi j'étais à Oxford et Marcus, confié à un oncle paternel pendant les vacances. Mon père avait perdu de l'argent et nous étions relativement pauvres. N'étant ni diplomate ni au service d'une entreprise internationale, les frais scolaires ne lui étaient pas remboursés, bien que son salaire ait comporté, je crois, une petite allocation. Danesford était bon marché, près du domicile de mon oncle et de ma tante, réputé pour assurer une bonne préparation aux universités, et son bulletin sanitaire était satisfaisant. Quand ils visitèrent l'école, mes parents eurent une bonne impression – au reste, étant donné les circonstances, ils auraient été bien embarrassés d'en avoir une mauvaise. Et tout particulièrement de découvrir qu'Aldridge était un sadique. »

Dalgliesh ne releva pas et Ulrick poursuivit : « Sa perversion est si répandue que le terme n'est peut-être pas approprié. Il aimait battre les petits garçons. Il avait un raffinement qui l'autorisait peut-être à se prévaloir d'une certaine originalité. Il prescrivait un certain nombre de coups, mais les administrait en public à heure fixe tous les jours, en général après le petit déjeuner. C'est cette attente quotidienne de l'humiliation et de la douleur que Marcus n'a pas pu supporter. C'était un petit garçon timide et sensible. Il s'est pendu à la rampe d'escalier avec le cordon de son pyjama. La mort n'a pas été rapide, il s'est étouffé. Le scandale qui s'en est suivi a achevé l'école et achevé Aldridge. Je ne sais pas ce qu'il est devenu. C'est un compte rendu bref, mais je crois complet, de ce que vous vouliez savoir. »

Dalgliesh lui dit : « Aldridge et sa femme sont morts tous les deux. » Il pensa, mais sans le formuler : en laissant une fille qui n'aimait pas les hommes, qui rivalisait avec eux dans leur univers, dont le mariage s'est achevé par un divorce et que sa propre fille n'aimait pas. Plus pour lui que pour Ulrick, il dit : « Ce n'était pas sa faute à elle.

– Faute ? Ce n'est pas un mot que j'emploie. Il sous-entend que nous exerçons un contrôle sur nos actes, ce qui, à mon avis, est dans une large mesure une illusion. Vous êtes policier. Vous êtes obligé de croire au libre arbitre. Le droit pénal repose sur un présupposé : que la plupart d'entre nous sommes maîtres de ce que nous faisons. Non, ce n'était pas sa faute. Son malheur, peut-être. Comme je vous l'ai dit, nous n'en avons jamais parlé. Mieux vaut tenir la vie privée en dehors des Chambers. Quelqu'un porte une lourde responsabilité dans la mort de mon frère, mais ce n'était – ce n'est pas Venetia Aldridge. Et maintenant, je voudrais bien être autorisé à rentrer chez moi. »

30

Simon Costello occupait une des plus petites pièces en façade au deuxième étage. En désordre mais confortable. Le seul objet personnel était une grande photographie de sa femme encadrée d'argent sur le bureau. Il se leva à l'entrée de Dalgliesh et lui fit signe de s'asseoir dans l'un des deux fauteuils placés, non pas devant la cheminée, mais de chaque côté d'une petite table près de la fenêtre. Dehors, les feuilles du grand marronnier éclairées par en dessous projetaient des dessins noir et argent sur les vitres.

En s'asseyant lui-même, il dit : « Je suppose qu'il s'agit d'une visite officielle bien que vous soyez seul. Mais enfin, quand votre venue n'est-elle pas officielle ? En quoi puis-je vous être utile ? »

Dalgliesh lui répondit : « Je suis allé vendredi à Wareham voir l'ex-mari de Venetia Aldridge et sa femme. Elle comptait rencontrer Miss Aldridge à l'entrée du Temple de Devereux Court, à huit heures et quart mercredi soir, mais celle-ci ne s'est pas présentée pour lui ouvrir. Elle dit qu'elle a vu un homme à la forte carrure, avec des cheveux d'un roux éclatant. J'estime très possible que, si nous la faisions venir à Londres, elle soit en mesure de vous identifier. »

Il ne savait pas comment il avait envisagé la réaction de Costello. De tous les membres des Chambers, l'homme lui avait semblé être le plus perturbé par le meurtre d'Aldridge. Il avait certainement été le moins coopératif. Mis en face de ce nouveau témoignage, il pouvait fanfaronner, réfuter l'accusation ou refuser de répondre tant que son avocat ne serait pas présent. Tout était possible et Dalgliesh savait qu'il prenait un risque en soulevant le sujet sans corroboration. Mais Costello fut surprenant.

Il dit tranquillement: «Oui, j'étais là. J'ai vu une femme qui s'attardait dans le passage, sans bien entendu savoir de qui il s'agissait. Elle était là quand je suis entré et elle était là quand je suis ressorti. Elle confirmera sans aucun doute que je suis resté moins d'une minute dans le Temple.

– Oui, c'est ce qu'elle m'a dit.

– Je me suis trouvé là parce que je voulais rencontrer Venetia. Il y avait des questions importantes dont je voulais lui parler. Elles touchaient à la possibilité de la voir prendre la responsabilité des Chambers et aux changements qu'elle comptait faire dans ce cas. Je savais qu'elle travaillait tard le mercredi, mais comme je l'ai dit, j'agissais plus ou moins sur un coup de tête. Je suis entré dans Pawlet Court, j'ai vu que sa lumière était éteinte. Cela signifiait bien entendu qu'elle avait dû partir, donc je n'ai pas perdu davantage de temps.

– Lors de votre première audition, vous nous avez dit que vous aviez quitté les Chambers à six heures pour rentrer chez vous et que, votre femme pourrait le confirmer, vous étiez resté à la maison toute la soirée.

– Elle aussi. En réalité, elle n'était pas bien et elle est restée dans la nursery ou sur son lit pendant une heure, ce soir-là. L'officier de police qui est venu – je crois qu'il était de la City – ne lui a pas demandé si elle m'avait eu sous les yeux sans interruption. Elle a pensé que je n'avais pas bougé de la maison pendant toute la soirée, ce qui en fait n'était pas exact. On ne m'a pas demandé non plus d'ailleurs si j'étais sorti ou pas. L'un de nous – ma femme – s'est trompé. Ni l'un ni l'autre n'a sciemment menti.»

Dalgliesh dit : « Vous avez bien dû vous rendre compte de l'importance de ce témoignage pour déterminer l'heure de la mort.

– Je savais que vous l'aviez déjà fixée ou à peu près. Vous oubliez, commandant, que je suis pénaliste. Je conseille à mes clients de répondre honnêtement aux questions de la police, mais sans jamais donner le moindre renseignement de leur chef. J'ai suivi mon propre conseil. Si je vous avais dit que je m'étais trouvé dans Pawlet Court après huit heures, vous auriez perdu un temps précieux à concentrer vos efforts sur moi comme suspect numéro un, en fouillant dans ma vie privée à la recherche d'incidents peu honorables, perturbant ma femme, compromettant mon ménage et détruisant probablement ma réputation professionnelle. Pendant ce temps-là, l'assassin de Venetia aurait couru en paix. J'ai préféré ne pas prendre ce risque. Après tout, j'ai vu ce qui peut arriver à l'innocent qui se montre trop confiant avec la police. Vous voulez monter ça en épingle ? Si vous le faites, ce sera une perte de temps. Au cas où vous décideriez de poursuivre dans cette voie, je devrais ne répondre aux questions qu'en présence de mon avoué. »

Dalgliesh dit : « Ce ne sera pas nécessaire pour le moment. Mais s'il y a autre chose que vous avez dissimulé, ou dit à moitié, ou sur quoi vous avez menti, je vous suggère de vous souvenir qu'il s'agit d'un meurtre et que le délit d'entrave à la police dans l'exercice de ses fonctions s'applique aux membres du barreau comme à toute autre personne. »

Costello répliqua tranquillement : « Certains de vos collègues considèrent ma profession d'avocat de la défense comme une entrave à la police dans l'exercice de ses fonctions. »

Il n'y avait plus rien à dire d'utile. Tout en descendant vers le bureau de Mr Langton, Dalgliesh se demanda combien de mensonges supplémentaires lui avaient été dits, ce qu'on lui avait caché, et il éprouva de nouveau la pénible certitude que cette affaire ne serait peut-être jamais tirée au clair.

Hubert Langton travaillait à son bureau. Il se leva, serra la main de Dalgliesh comme s'ils se voyaient pour la première fois, puis le conduisit à l'un des fauteuils de cuir devant la cheminée. En regardant le visage de son vis-à-vis, Dalgliesh se dit de nouveau qu'il avait terriblement vieilli depuis le crime. Les traits si marqués et dominateurs semblaient comme estompés par le grand âge. La ligne de la mâchoire était moins ferme, les poches sous les yeux commençaient à pendre, la chair était plus tavelée. Mais il y avait là davantage que des changements physiques. L'esprit lui-même avait perdu de sa vitalité. Dalgliesh lui dit ce que Kate et Robbins avaient découvert pendant leur visite chez Catherine Beddington.

Langton dit : « C'est donc là que j'étais ! À la répétition. Désolé de ne pas vous l'avoir dit. Mais la vérité, c'est que je ne le savais pas. La plus grande partie d'une heure, ce soir du mercredi, manque dans ma vie. Vous me dites qu'elles m'ont vu. Je devais donc y être. »

Dalgliesh se dit qu'il était aussi pénible pour lui de faire cet aveu que d'accepter une réalité plus compromettante.

La voix lasse poursuivit : « Je me rappelle être rentré chez moi trois quarts d'heure plus tard que d'habitude, mais c'est tout. Je ne peux comprendre ni comment ni pourquoi cela s'est passé. Je pense que je finirai par avoir le courage de consulter mon médecin, mais je doute qu'il soit capable de m'aider. Cela ne ressemble à aucune des formes d'amnésie dont j'ai entendu parler. » Il sourit puis reprit : « Je suis peut-être amoureux de Catherine en secret. C'est peut-être pour cela que je ne peux pas admettre que j'ai passé presque une heure à la regarder... si c'est bien ce que j'ai fait. Est-ce que ce n'est pas le genre d'explication qu'un psychiatre vous sortirait ? »

Dalgliesh demanda : « Vous rappelez-vous si vous êtes rentré directement chez vous en sortant de l'église ?

– Même pas ça, hélas. Mais je suis sûr que je suis

rentré avant huit heures, mes deux aides pourront vous le confirmer. Venetia a parlé au téléphone avec son employée de maison à huit heures moins le quart, n'est-ce pas ? Donc, je dois sûrement être hors de cause. »

Dalgliesh dit : « Je ne vous ai jamais considéré comme un suspect. Ce que je me demandais, c'est si vous aviez vu une personne de connaissance à l'église ou dans Pawlet Court quand vous êtes parti. Évidemment, si vous ne pouvez pas vous en souvenir, il est inutile de poursuivre.

– Je ne peux vous apporter aucune aide malheureusement. » Il marqua une pause, puis : « La vieillesse peut être très effrayante, commandant. Mon fils est mort jeune et à l'époque cela semblait être la pire chose qui pût arriver en ce monde – pour lui comme pour moi. Mais il a peut-être été privilégié. Bien entendu je quitterai mon poste de président des Chambers à la fin de l'année, et je cesserai toute activité au barreau. Un avocat sujet à de telles absences n'est pas seulement inefficace, il est dangereux. »

31

Dalgliesh n'était pas encore prêt à quitter les Chambers. Il lui restait quelque chose à faire. Il monta et ouvrit le bureau de Venetia Aldridge. Il n'y restait rien de sa présence. Il s'assit dans le confortable fauteuil et le fit pivoter pour ajuster la hauteur à son mètre quatre-vingt-six. Il revit un instant la scène décrite par Naughton découvrant le corps, le siège qui tournait sur lui-même pour lui faire face, les yeux morts révulsés. Mais la pièce ne provoqua aucun frisson d'horreur chez lui. Ce n'était qu'un bureau vide aux proportions élégantes, fonctionnel, attendant comme il l'avait fait depuis deux siècles que l'occupant suivant s'y installât afin d'y passer quelques courtes années de travail, avant de refermer finalement la porte sur le succès ou l'échec.

Il alluma la lampe sur le bureau, déballa l'album d'Edmund Froggett et se mit à tourner les pages, d'abord assez négligemment, puis avec une attention plus soutenue. C'était une pièce d'archives extraordinaire. Il s'était visiblement astreint pendant les deux dernières années à suivre tous les procès où Venetia Aldridge devait intervenir soit – rarement – pour les parties civiles, soit, le plus souvent, pour la défense. Il avait noté le lieu du jugement, le nom de l'accusé, du juge, des avocats de la défense et des parties civiles, enfin brièvement consigné les détails de l'affaire tels qu'ils étaient présentés par le ministère public. Les arguments des deux parties étaient eux aussi résumés avec quelques commentaires à l'occasion.

L'écriture était minuscule et pas toujours facile à déchiffrer, les lettres formées avec un soin extrême. Les comptes rendus témoignaient d'un sens remarquable des subtilités du droit. Froggett s'était concentré sur la réalisation du but de son obsession. Parfois ses commentaires trahissaient le pédagogue ; il aurait pu être un éminent avocat surveillant assidûment les progrès d'un assistant ou d'un stagiaire. Il avait dû avoir un petit carnet avec lui et noter les détails au tribunal même, ou dès qu'il était rentré chez lui. Dalgliesh se représentait le petit homme retourné à la solitude de son appartement vide, s'asseyant pour ajouter quelques pages d'analyses, de commentaires et de critiques à cet inventaire d'une vie professionnelle. Il était évident aussi qu'il aimait l'embellir avec des illustrations venues pour certaines des articles de journaux consacrés au crime et publiés après le verdict. Il y avait là des photos de presse des juges se rendant en procession au service religieux qui marque le début de la nouvelle année, avec un cercle autour de celui qui avait siégé lors du procès en cours. Il y avait même des photos de scènes en dehors du tribunal, presque certainement prises par Froggett lui-même.

Ce sont ces illustrations si méticuleusement collées et légendées dans cette petite écriture précise qui commencèrent à faire naître en Dalgliesh l'habituel mélange si inconfortable de pitié et d'irritation. Qu'est-ce que le petit bonhomme allait faire de sa vie maintenant que sa passion lui avait été brutalement arrachée, l'album n'étant plus qu'un pathétique *memento mori* ? Déjà certaines des coupures de presse étaient brunies par l'âge et le frottement. Et puis quelle était l'intensité de son chagrin ? Il s'était exprimé avec une dignité triste qui pouvait recouvrir une perte plus personnelle, mais Dalgliesh soupçonnait la réalité du meurtre de ne pas l'avoir encore atteint de plein fouet. Pour l'heure, il était emporté par l'excitation de l'événement, l'importance que lui donnait la remise de son album à la police, l'impression qu'il avait encore un rôle à jouer. Ou alors s'intéressait-il plus au droit qu'à l'avocat ? Continuerait-il à fréquenter régulièrement l'Old Bailey à la recherche du drame qui pourrait donner un sens à sa vie ? Et qu'en serait-il du reste de cette vie ? Que s'était-il passé à l'école ? Difficile de croire qu'il eût jamais été sous-directeur. Et qu'avait souffert Venetia Aldridge avec comme père un sadique dont elle était incapable d'aider les victimes, grandissant dans cet univers phobique de terreur et de honte ?

L'esprit en partie occupé par le passé, il tourna la page suivante presque machinalement. Et c'est alors qu'il vit la photo. Titre : « Queue attendant devant l'Old Bailey le procès de Matthew Price, 20 octobre 1994 ». On voyait là un groupe d'une vingtaine d'hommes et de femmes photographiés depuis le trottoir d'en face. Et près du début de cette file d'attente, Janet Carpenter. Dalgliesh sortit sa loupe et scruta l'image de plus près, mais le premier regard avait suffi. Le cliché était si net qu'on aurait pu se demander s'il n'avait pas été pris pour enregistrer le visage de la femme plutôt que les dimensions de la queue. Elle ne semblait pas avoir eu conscience d'être photographiée. Sa tête était tournée vers l'objectif, mais elle regardait par-dessus son épaule comme si quelque chose – un cri, un bruit soudain – avait attiré son attention. Habillée avec soin, elle ne cherchait apparemment pas à se dissimuler.

Cela pouvait bien sûr être une simple coïncidence. Mrs Carpenter aurait pu être prise d'une envie soudaine d'assister à un procès. Elle aurait pu avoir une raison de s'intéresser à celui-là. Dalgliesh alla à la bibliothèque et se mit à chercher parmi les carnets de notes bleus. Il trouva très vite. Venetia Aldridge avait défendu un petit truand qui s'était imprudemment aventuré dans un gang plus dangereux et avait tenté un vol à main armée dans une petite bijouterie à Stanmore. Le seul coup de feu tiré avait blessé le propriétaire, mais sans le tuer. Les témoignages étaient accablants et Venetia Aldridge n'avait pas pu faire grand-chose pour son client si ce n'est échafauder une argumentation impressionnante en faveur de circonstances atténuantes qui avait sans doute abrégé de trois ans une peine inévitablement longue. En lisant les détails, Dalgliesh ne vit aucun lien possible ni avec Janet Carpenter, ni même avec l'affaire qui l'occupait. Alors que faisait-elle là à attendre patiemment dans une queue devant l'Old Bailey ? Y avait-il eu ce même jour un autre procès qui aurait pu l'intéresser personnellement ? Ou celui-là était-il lié à l'intérêt qu'elle prenait à tout ce qui touchait Aldridge ?

Il reprit son étude attentive de l'album. Il était presque arrivé à la moitié quand, en tournant une page, il vit non plus un visage mais un nom : Dermot Beale, condamné le 7 octobre 1993 par le tribunal de Shrewsbury pour le meurtre de la petite-fille de Mrs Carpenter. Le temps d'une seconde déconcertante, le nom soigneusement imprimé sembla grandir pendant qu'il le regardait et les lettres noircirent la page. Il alla au placard et trouva le carnet bleu : même nom, un procès antérieur. Ce n'était pas la première fois que Dermot Beale était accusé du viol et de l'assassinat d'un enfant. En octobre 1992, donc juste un an plus tôt, Venetia Aldridge l'avait défendu avec succès à l'Old Bailey. Dermot Beale était ressorti libre, libre de tuer une nouvelle fois. Les deux crimes présentaient des similitudes remarquables. Beale était un représentant de quarante-trois ans. Dans les deux cas, une enfant avait été arrachée de sa bicyclette, enlevée, violée et assassinée. Dans les deux cas, le corps avait été retrouvé quelques semaines plus tard enterré dans une tombe peu profonde. Jusqu'à la découverte accidentelle qui avait été semblable : une famille avec ses chiens qui se promenait un dimanche matin, la soudaine surexcitation des animaux, la terre meuble grattée par leurs pattes, l'apparition d'un vêtement puis d'une petite main.

Assis au bureau, absolument immobile, Dalgliesh se représentait ce qui avait pu se passer, s'était probablement passé. Le prétendu accident qui n'en était pas un, l'homme qui se précipite pour consoler, la suggestion que l'enfant étourdie par le choc et réclamant sa mère monte dans la voiture pour être ramenée chez elle. Il voyait la bicyclette au bord de la route, les roues qui s'arrêtaient lentement de tourner. Lors de la première affaire, la défense avait été brillante. Dans le carnet bleu la stratégie était nettement exposée : « Identification ? Principal témoin à charge aisément démonté. L'heure ? Beale aurait-il eu le temps d'aller à Potters Lane en trente minutes depuis le moment où il avait été vu dans le parking du supermarché ? Pas d'identification formelle du véhicule. Pas de preuve établissant scientifiquement un lien entre Beale et la victime. » Mais il n'y avait aucune mention ni dans l'album de Froggett ni dans les carnets bleus de Miss Aldridge de ce deuxième procès, suivant en 1993 l'assassinat de la petite-fille de Mrs Carpenter. Celui-là avait eu lieu à Shrewsbury. Même crime, mais lieu et défenseur différents. D'ailleurs, il fallait s'y attendre : Dalgliesh avait entendu dire qu'elle ne défendait jamais une personne accusée une deuxième fois du même crime.

Mais qu'avait-elle pensé en apprenant ce deuxième assassinat ? S'était-elle senti la moindre responsabilité ? N'était-ce pas là le cauchemar intime de tout défenseur ? Avait-il été le sien ? Ou s'était-elle réconfortée en pensant qu'elle n'avait fait que son métier ?

Il remit le carnet bleu en place, puis appela la permanence. Piers n'était pas là, mais Kate répondit et il lui exposa succinctement ses découvertes.

Il y eut un silence, puis Kate dit : « C'est le mobile, patron. Et maintenant, nous avons tout : mobile, moyen, occasion. Mais c'est bizarre, j'aurais juré quand je l'ai vue pour la première fois – dans son appartement – qu'elle n'était pas au courant de l'assassinat. »

Dalgliesh dit : « Elle ne l'était peut-être pas. Mais nous approchons de la solution d'une partie au moins de l'affaire. La première chose à faire, demain matin : aller voir Janet Carpenter chez elle. Je voudrais que vous veniez avec moi, Kate.

– On n'y va pas ce soir, patron ? Elle a laissé sa place aux Chambers. Elle ne travaillera pas jusqu'à dix heures. Nous la trouverons probablement chez elle.

– Il se fait tard. Nous n'arriverions pas avant environ dix heures. Et puis, elle n'est plus jeune. Je veux qu'elle se repose. Nous la ferons venir demain à la première heure pour l'interroger. Ce sera plus facile pour elle d'avoir un avocat. Elle en aura besoin. »

Sentant l'impatience de Kate dans son silence, il ajouta sans être effleuré par la moindre appréhension, la moindre prémonition d'un désastre imminent : « Aucune urgence. Elle ne connaît pas Edmund Froggett. Et elle ne va pas se sauver. »

32

Quelques-uns des premiers mois de Dalgliesh dans la police s'étaient passés à South Kensington, et il se rappelait Sedgemoor Crescent comme une enclave assez bruyante de blocs d'appartements dans une rue surtout remarquable par la difficulté qu'on avait à la trouver dans un labyrinthe urbain compliqué entre Earls Court Road et Gloucester Road. Elle était bordée de maisons crépies très ornées, leur majesté victorienne tardive intercalée entre des immeubles modernes sans caractère, construits pour remplacer ceux qui avaient été détruits par les bombardements. L'extrémité de la rue s'honorait du clocher fin comme une aiguille de St. James's Church, immense monument de brique et de mosaïque à la gloire de la piété tractarienne très apprécié par les dévots de l'architecture victorienne de haute époque.

La rue semblait s'être élevée dans la société depuis sa dernière visite. La plupart des maisons avaient été restaurées, les crépis blancs étincelants et les portes fraîchement peintes brillaient d'une respectabilité presque agressive, tandis que d'autres, dont les murs maculés et croulants disparaissaient derrière les échafaudages, portaient des panneaux annonçant leur conversion en appartements de luxe. Les immeubles modernes eux-mêmes, qui résonnaient autrefois des cris des enfants et des appels des parents entre les balcons ornés de guirlandes de linge en train de sécher, avaient désormais un air de conformisme contraint.

Le numéro 16, dénommé Coulston Court, avait été comme la plupart des grands bâtiments converti en appartements. L'entrée comportait un tableau de dix sonnettes dont une seule portait le nom « Carpenter » sur une carte marquée « 10 » qui indiquait le dernier étage. Sachant combien certains systèmes étaient peu fiables, Dalgliesh patienta, mais après trois minutes de tentatives il dit à Kate : « Nous allons appuyer sur tous les boutons ; en général il se trouve quelqu'un pour répondre. Ils ne devraient pas nous laisser entrer sans vérifier notre identité, mais un coup de chance... Bien sûr, la plupart doivent être au travail. »

Il pressa les boutons les uns après les autres et une seule voix répondit, grave mais féminine. Un bourdonnement sourd et la porte céda sous sa main. Une lourde table en chêne était poussée contre le mur, évidemment pour recevoir le courrier. Kate dit : « Nous avions un arrangement comme ça dans mon premier appartement. Le premier descendu le matin prenait les lettres et les mettait sur la table. Les résidents méticuleux ou curieux les classaient par noms, mais en général elles restaient en tas et vous cherchiez les vôtres. Personne ne se souciait de faire suivre et les circulaires s'accumulaient. Je détestais que les autres voient mon courrier. Si vous vouliez un peu de discrétion, il fallait vous lever tôt. »

Dalgliesh regarda les quelques lettres laissées dans l'entrée. L'une d'elles, dans une enveloppe à fenêtre portant les mots « Personnel et confidentiel » dactylographiés, était adressée à Mrs Carpenter.

Il dit : « Ça a l'air d'un bordereau de banque. Elle n'a pas pris son courrier. La sonnette ne marche peut-être pas. Montons. »

Grâce à une grande lucarne, le dernier étage était étonnamment clair. Contre l'un des murs du palier carré un large placard de rangement avait quatre portes numérotées. Kate était sur le point de sonner à l'appartement 10 quand ils entendirent des pas et, en regardant dans la cage d'escalier, ils virent une jeune personne les yeux levés qui les regardait, l'air inquiet. Elle venait visiblement de s'éveiller. Sa chevelure était une sorte de paillasson emmêlé qui frangeait un visage encore brouillé par le sommeil et elle s'enveloppait dans un grand peignoir d'homme. Tandis qu'elle les dévisageait, le soulagement éclaira son visage.

« C'est vous qui avez sonné ? Mon Dieu, je m'excuse. Je dormais quand ça a sonné. J'ai cru que c'était mon copain. Il a un travail de nuit. Ils nous rabâchent tout le temps, les affreux de l'Association des résidents, qu'on doit pas laisser entrer les gens sans savoir qui c'est. Le système de sonnerie est pas bien clair et quand vous attendez quelqu'un vous réfléchissez pas. Et je suis pas la seule. La vieille Miss Kemp le fait tout le temps, enfin quand elle entend la sonnette. C'est

Mrs Carpenter que vous voulez ? Elle doit être là. Je l'ai vue hier vers six heures et demie. Elle allait poster une lettre... enfin, elle en tenait une à la main. Et puis plus tard j'ai entendu sa télé vraiment fort. »

Dalgliesh demanda : « À quelle heure ?

– La télé ? Vers sept heures et demie je suppose. Elle a pas dû rester dehors longtemps. En général je l'entends pas. Les appartements sont plutôt bien insonorisés et puis elle fait pas de bruit. Il y a quelque chose qui va pas ?

– Je ne pense pas. Nous faisons une simple visite. »

Elle hésita un instant, mais quelque chose dans la voix la rassura, ou elle se sentit congédiée. Elle dit : « Bon, alors ça va », et quelques secondes plus tard, ils entendirent sa porte se fermer.

Pas de réponse à leur coup de sonnette. Ni Dalgliesh ni Kate ne disaient mot. Leurs pensées suivaient un cours identique. Mrs Carpenter pouvait être sortie de bonne heure avant le courrier, ou après sept heures et demie, la veille au soir, peut-être pour aller chez une amie. Il était trop tôt pour envisager d'enfoncer la porte. Mais Dalgliesh savait que cette brusque pesanteur du pressentiment, si souvent éprouvée lors de précédentes affaires et apparemment intuitive, se trouvait invariablement justifiée par la réalité.

Il y avait une rangée de plantes devant le numéro 9. Il s'en approcha et trouva au milieu des feuilles d'un lis une note pliée : « Miss Kemp, ces plantes sont pour vous, pas seulement pour que vous les arrosiez à ma place. Les cannas et la fougère aiment l'humidité. J'ai constaté qu'elles se plaisaient surtout dans la salle de bains ou la cuisine. Je déposerai les clefs avant de partir en cas d'inondation ou de vol. Je serai partie une semaine environ. Mille mercis. » Et c'était signé « Janet Carpenter ».

Dalgliesh dit : « Il y a en général quelqu'un qui a les clefs. Espérons que Miss Kemp est chez elle. »

Elle y était, mais il fallut trois coups de sonnette avant qu'ils entendent grincer un verrou. La porte s'ouvrit prudemment, retenue par une chaîne, et une femme âgée passa le nez, les yeux dans les yeux de Dalgliesh.

Il dit : « Miss Kemp ? Désolés de vous déranger. Nous sommes officiers de police. Voici l'inspecteur Miskin et moi je m'appelle Dalgliesh. Nous espérions nous entretenir avec Mrs Carpenter, mais nous n'avons pas de réponse et nous voudrions nous assurer qu'il ne lui est rien arrivé. »

Kate lui montra sa plaque que Miss Kemp prit et examina de très près, en épelant silencieusement les mots. Puis pour la première fois, ses yeux tombèrent sur les plantes.

« Elle me les a donc laissées. Elle m'avait dit qu'elle le ferait. C'est bien gentil de sa part. Des officiers de police, vous avez dit ? Alors c'est bien, je suppose. Mais elle n'est pas ici. Vous ne la trouverez pas chez elle. Elle m'a dit qu'elle prenait un peu de vacances et qu'elle me laisserait les plantes. Je les arrose toujours quand elle est partie – c'est pas souvent d'ailleurs. Juste un week-end à la mer de temps en temps. Je vais les rentrer, pas la peine de les laisser là. »

Elle retira la chaîne de sa porte et prit le pot le plus proche avec des mains noueuses et tremblantes. Kate se pencha pour l'aider. « Je vois qu'il y a un mot. Pour me dire au revoir et m'expliquer pour les plantes, probable. Elle sait bien qu'elles vont dans une bonne maison. »

Dalgliesh dit : « Si nous pouvions avoir les clefs, Miss Kemp.

– Mais je vous ai dit, elle est pas là. Elle est en vacances.

– Nous aimerions en être sûrs. »

Kate tenait deux des plantes et, après l'avoir longuement regardée, Miss Kemp ouvrit sa porte. Kate et Dalgliesh la suivirent dans la minuscule entrée.

« Posez-les sur la table. Les soucoupes sont sèches en dessous, hein ? Elle n'arrosait jamais trop. Attendez là. »

Elle revint très vite avec deux clefs dans un anneau.

Tout en la remerciant, Dalgliesh se demandait comment la convaincre de rester chez elle. Mais elle ne manifesta plus aucun intérêt pour eux ni pour leurs faits et gestes, se contentant de redire : « Vous la trouverez pas. Elle est pas là. Elle est partie en vacances. »

Kate apporta les deux dernières plantes et la porte se referma avec rapidité et détermination.

Dès qu'il eut tourné la clef et poussé le battant de la porte, il sut ce qu'il allait trouver. Dans le fond de la petite entrée, la porte de la salle de séjour était ouverte. Le pressentiment du désastre ne se limite pas aux morts violentes ; il y a toujours cet éclair de lucidité, si bref soit-il, avant que le coup tombe, que la voiture heurte, que l'échelle cède. Son esprit avait été en partie prévenu de l'horreur que la vue et l'odeur confirmaient désormais. Mais pas dans une telle mesure. Jamais cela. Sa gorge avait été tranchée. Étrange que ces quelques syllabes pussent couvrir une telle effusion de sang.

Janet Carpenter était couchée sur le dos, la tête vers la porte, les jambes ouvertes en une sorte de décrépitude raidie qui semblait indécente. La jambe gauche était pliée dans une posture grotesque, le talon levé, les doigts touchant juste le sol. Près de la main droite, un couteau de cuisine, le manche et la lame couverts de sang. Elle portait une jupe en tweed brun et bleu et un chandail ras du cou bleu avec le cardigan assorti. La manche gauche de l'un et de l'autre avait été retroussée pour découvrir l'avant-bras. Là une seule coupure zébrait le poignet, surmontée à l'intérieur du bras de quelques lettres écrites avec du sang. Ils s'accroupirent à côté du corps. Le sang séché n'était plus qu'une tache brunâtre, mais les initiales étaient nettes, les chiffres plus encore : « R v Beale 1992 ».

Ce fut Kate qui traduisit l'évidence en mots, chuchotant comme à part elle : « Dermot Beale, l'assassin qu'Aldridge a défendu et fait acquitter en 1992. Un an plus tard il violait et tuait de nouveau. Cette fois, c'était Emily Carpenter. »

Comme Dalgliesh, elle faisait bien attention à ne

pas marcher dans le sang qui avait giclé partout dans la pièce, tachant le plafond, le mur, le parquet ciré et imprégnant le seul tapis, celui sur lequel gisait la victime. Son chandail en était tout raide. L'air lui-même sentait le sang.

Ce n'était peut-être pas la pire des morts violentes. Elle avait été rapide. Moins cruelle que la plupart des procédés si l'on avait la main assez ferme et la volonté de faire cette première incision. Nette et profonde. Mais peu de suicidés en étaient capables. Il y avait en général quelques coupures hésitantes à la gorge et au poignet. Mais pas là. L'estafilade préliminaire au poignet qui avait fourni le sang du message était superficielle mais décidée, un seul fil perlé de sang séché.

Il regarda Kate qui se tenait tranquille près du corps. Son visage était pâle mais calme et il ne craignait pas qu'elle pût s'évanouir. Elle était officier supérieur, et il pouvait compter qu'elle se comporterait comme tel. Mais, si ses collègues hommes avaient acquis leur sang-froid professionnel grâce à une longue expérience, une insensibilité protectrice et l'acceptation flegmatique des réalités de leur métier, il soupçonnait que pour Kate cela exigeait une discipline du cœur plus pénible. Aucun de ses officiers, homme ou femme, n'était dépourvu de sentiment. Il rejetait les cruels, les sadiques en puissance, ceux qui avaient besoin d'un humour macabre grossier pour anesthésier l'horreur. Comme les médecins, les infirmières, les agents de la circulation habitués à extraire les corps en lambeaux du métal écrasé, vous ne pouviez pas faire votre travail si vos pensées étaient centrées sur vos propres émotions. Si l'on voulait rester compétent et équilibré, il était nécessaire de se construire une carapace d'acceptation et de détachement, si fragile fût-elle. L'horreur pouvait pénétrer dans l'esprit, mais sans que jamais on lui permît de s'y installer durablement. Pourtant, il sentait bien l'effort de volonté que devait faire Kate et il se demandait parfois ce qu'il lui en coûtait.

La partie de son esprit qui avait été formée pendant

sa petite enfance souhaita, le temps d'un éclair, que la jeune femme ne fût pas là. Son père avait beaucoup respecté et aimé les femmes, désespérément souhaité avoir des filles, jugé qu'elles étaient capables de faire tout ce que faisaient les hommes hormis les activités exigeant une grande force physique. Mais il avait toujours considéré qu'elles avaient une influence civilisatrice et qu'un monde privé de leur sensibilité et de leur compassion eût été plus laid encore. Le jeune Dalgliesh avait été élevé dans la conviction que ces qualités devaient être protégées par la courtoisie chevaleresque et le respect. En cela comme en tant d'autres choses, son révérend de père aurait difficilement pu être plus politiquement correct. Maintenant, à une époque différente et plus agressive, Dalgliesh ne réussissait pas à se débarrasser de cet endoctrinement précoce, et d'ailleurs, dans le fond de son cœur, il ne le souhaitait pas vraiment.

Kate dit : « La jugulaire tranchée net. Elle devait avoir plus de force dans les mains que l'on aurait cru. Les siennes n'ont pas l'air très robustes, mais les mains paraissent toujours plus fragiles. » Elle ajouta : « Plus mortes que le reste du corps » et rougit légèrement, comme si elle avait dit une bêtise.

« Plus mortes et plus tristes aussi, peut-être parce qu'elles en sont la partie la plus active. »

Toujours accroupi et sans les toucher, il regarda chaque main de près. La droite était couverte de sang. La gauche fermée, la paume tournée vers le haut. Il appuya doucement sur la petite éminence de chair à la base des doigts, puis passa la main sur chacun d'eux. Au bout d'un moment, il se leva prestement et dit : « Jetons un coup d'œil à la cuisine. »

Si Kate fut étonnée, elle n'en montra rien. La cuisine, située à l'extrémité du salon, devait faire partie de celui-ci à l'origine. Sa haute fenêtre était assortie aux deux ouvertures de la grande pièce et découvrait la même vue sur le jardin feuillu. Elle était petite mais bien équipée et d'une propreté immaculée. Le double évier était placé sous la fenêtre et le plan de travail en imitation de bois partait de là pour s'étendre ensuite sur toute la longueur de la pièce avec des placards au-dessus et au-dessous. Une plaque en céramique était incorporée dans ce plan de travail avec, à sa gauche, une grosse planche à découper. À la gauche de celle-ci, un bloc à couteaux dont une des fentes était vide – celle du plus gros instrument.

Dalgliesh et Kate restèrent sur le seuil sans entrer.

Il demanda : « Quelque chose vous semble bizarre ?

– Pas vraiment, non, patron. » Kate s'interrompit, regarda plus attentivement, puis dit : « Tout paraît assez banal, si ce n'est que j'aurais sans doute mis le liquide à vaisselle à gauche de l'évier. Et cette grosse planche à découper et les couteaux sont placés un peu bizarrement. Pas pratique par rapport à la cuisinière à cet endroit-là. » Elle s'arrêta de nouveau, puis demanda : « Vous pensez qu'elle était gauchère, patron ? »

Sans répondre, il ouvrit trois des tiroirs, regarda à l'intérieur, puis les referma, mécontent. Ils retournèrent dans la salle de séjour.

Dalgliesh dit : « Regardez sa main gauche, Kate. Elle était femme de ménage, ne l'oubliez pas.

– Seulement trois fois par semaine, patron, et elle mettait des gants.

– Il y a un léger épaississement de la peau, presque un cal à l'intérieur de l'index. Je crois qu'elle écrivait de cette main-là. »

Kate s'accroupit et de nouveau examina soigneusement la main, mais sans la toucher. Au bout d'une seconde, elle dit : « Si elle était gauchère, qui l'aurait su ? Elle n'arrivait aux Chambers qu'une fois tout le monde ou presque parti et personne ne l'aurait vue écrire. »

Dalgliesh dit : « Probablement Mrs Watson qui travaillait avec elle. C'est Miss Elkington qui est tout indiquée pour confirmer. Mrs Carpenter a dû signer pour toucher son argent. Appelez-la depuis la voiture, voulez-vous, Kate, et si elle confirme ce que nous soupçonnons, alertez le Dr Kynaston, les photographes, l'équipe des urgences, tout le tintouin – et bien entendu Piers. En raison de la configuration des taches de sang, il ne serait pas inutile que le labo envoie un biologiste. Et puis restez en bas jusqu'à ce que des renforts arrivent. Je veux quelqu'un à la porte pour s'assurer que personne ne quitte l'immeuble. Soyez discrète. Nous ne devons pas dire que Mrs Carpenter est morte mais seulement qu'elle a été attaquée. La nouvelle s'ébruitera assez vite, écartons les charognards tant que ce sera possible. »

Kate s'en alla sans un mot. Dalgliesh alla à la fenêtre et resta là debout à regarder le jardin. Il s'était entraîné à ne pas échafauder d'hypothèses avant de connaître les faits, une attitude contraire étant toujours vaine et parfois dangereuse.

Ces quelques minutes en compagnie d'une morte qui n'exigeait rien semblaient être un peu de temps gagné, apaisé et inviolé pendant lequel rien ne lui était demandé, sinon attendre. Il pouvait se retirer, moins par un acte de volonté que par une facile relaxation du corps et de l'esprit, dans cette intimité profonde au centre de lui-même dont dépendaient sa vie et son art. Ce n'était pas la première fois qu'il se trouvait seul avec un cadavre. La sensation, familière mais toujours oubliée jusqu'à l'occasion suivante, revint et prit possession de lui. Il faisait l'expérience d'une solitude unique et absolue. Une pièce où il n'y aurait eu que lui n'aurait pas pu être plus vide. La personnalité de Janet Carpenter n'aurait pu être plus forte pendant sa vie que son absence dans la mort.

Au-dessous, l'immeuble partageait sa quiétude. Dans ces cases autonomes, les petites activités de la vie quotidienne se poursuivaient. Des rideaux étaient tirés, des thés infusés, des plantes arrosées ; les lève-tard se dirigeaient d'un pas incertain vers les bains ou les douches. Aucun ne se doutait de l'horreur au-dessus d'eux. Quand la nouvelle serait connue, les réactions seraient diverses, comme toujours : peur, pitié, fascination, suffisance, surcroît d'énergie à l'idée que l'on est vivant, plaisir de faire connaître la nouvelle au travail, aux amis, surexcitation à demi honteuse provoquée par l'effusion d'un sang qui n'est pas le sien. S'il s'agissait d'un meurtre, la maison n'échapperait certes pas à sa contamination, mais elle serait moins fortement ressentie que dans les bureaux profanés des Chambers du Middle Temple. Là-bas, c'était plus qu'une amie ou une collègue qui avait été perdue.

La sonnerie de son téléphone mobile rompit le silence, et il entendit la voix de Kate : « Janet Carpenter était gauchère. Cela ne fait aucun doute. »

Donc, c'était un crime. Mais il s'en était douté dès le début. Il demanda : « Est-ce que Miss Elkington vous a demandé pourquoi vous vouliez le savoir ?

– Non, patron, et je ne le lui ai pas dit. Le docteur Kynaston est attendu à l'hôpital ce matin, mais il n'est pas encore arrivé. J'ai laissé un message. Piers et le reste de l'équipe arrivent. Le labo ne peut envoyer personne avant cet après-midi. Des malades et deux officiers déjà sur une affaire. »

Dalgliesh dit : « On se contentera de l'après-midi. Je voudrais qu'ils examinent la configuration des taches de sang. Ne laissez personne quitter l'immeuble sans avoir été interrogé. La plupart des gens sont sans doute au travail, mais nous pourrons relever les noms sur les sonnettes. Je voudrais que vous poursuiviez les entretiens avec Piers. C'est sans doute Miss Kemp qui pourra en dire le plus sur sa voisine. Et puis il y a cette jeune femme qui nous a fait entrer. À quelle heure précise a-t-elle entendu la télévision et quand le son a-t-il été coupé ? Et puis prévenez-moi quand vous monterez, Kate. C'est une expérience que je veux faire. »

Cinq minutes s'écoulèrent avant qu'elle rappelât : « J'ai Robbins et Meadows à la porte maintenant, patron. Je monte. »

Dalgliesh sortit de l'appartement et se tint sur le palier en s'aplatissant contre le mur à côté du placard. Il entendit le pas rapide de Kate. Au moment où elle arrivait sur le palier et se dirigeait vers la porte, il se précipita derrière elle. Elle eut un haut-le-corps en sentant une main qui la prenait par la nuque et la poussait vers la porte.

Puis elle se retourna et dit : « C'est une méthode qu'il aurait pu employer pour entrer.

– Possible. Cela signifierait bien sûr qu'il savait l'heure à laquelle elle devait arriver chez elle. Elle aurait pu le faire entrer, mais se serait-elle risquée pour un étranger ? »

Kate dit : « Elle se souciait moins de sa sécurité que la plupart des personnes âgées. Deux serrures, mais pas de chaîne. »

Miles Kynaston arriva le premier sur les lieux, suivi de près par Piers et les photographes. Il avait dû arriver à son laboratoire de l'hôpital peu après l'appel de Kate et venir aussitôt. Il se tint sur le seuil, ses yeux calmes faisant le tour de la pièce, puis s'arrêtant sur la victime. Le regard était toujours le même, l'éclair de compassion, si bref qu'il aurait échappé à quiconque ne le connaissait pas, puis le questionnement intense d'un homme mis une fois encore en face de la dépravation humaine.

Dalgliesh dit : « Janet Carpenter. Une des suspectes dans le meurtre de Venetia Aldridge. Découverte par Kate et moi-même il y a quarante minutes, alors que nous venions la voir. »

Kynaston opina du chef sans répondre, puis se tint bien à l'écart du corps tandis que les photographes, tout aussi taciturnes, le dépassaient, saluaient brièvement Dalgliesh et se mettaient au travail. Dans ce charnier, la position du corps et la configuration des taches de sang étaient des indices importants. L'œil de l'appareil photo vint d'abord, fixant la réalité crue avant que Dalgliesh et Kynaston pussent se risquer à déplacer le corps, si peu que ce fût. Pour Dalgliesh, ces préliminaires de l'enquête, les évolutions précautionneuses des photographes autour du corps, les objectifs impersonnels braqués sur les yeux vitreux, sans reproche, et la brutale boucherie de la chair béante, étaient le premier pas dans le viol des morts sans défense. Mais était-ce vraiment bien pire que la routine déshumanisante qui suit les morts naturelles ? La tradition quasi superstitieuse qui veut que l'on traite les défunts révérencieusement est toujours mise en défaut en un point ou un autre, au long de l'ultime voyage si bien programmé jusqu'au crématorium ou au tombeau.

Ferris et ses acolytes des premières constatations arrivèrent, tellement silencieux dans l'escalier qu'un coup discret à la porte fut le premier signe de leur présence. Sur le seuil, sourcils froncés et regard avide, Ferris suivait des yeux les photographes autour du corps, pressé de commencer ses recherches avant que de possibles indices fussent détruits. Mais il allait être obligé d'attendre. Quand les photographes eurent remballé leur matériel avec la même efficacité économe de mouvements qui avait présidé à son déballage, Miles Kynaston posa son veston et s'accroupit pour faire son travail.

Dalgliesh dit : « Elle est gauchère, mais le suicide ne m'a jamais paru vraisemblable. Il y a des éclaboussures au plafond et sur la moitié supérieure du mur. Elle devait être debout quand elle a eu la gorge tranchée. »

Les mains gantées de Kynaston s'affairaient doucement, comme si les nerfs morts pouvaient encore avoir des sensations. Il dit : « Un seul coup de couteau de gauche à droite qui a tranché la jugulaire. Coupure superficielle au poignet gauche. Il l'a sans doute attrapée par-derrière et lui a tiré la tête en arrière. Un seul coup rapide et puis le corps qui s'affaisse doucement. Regardez la vilaine torsion de la jambe. Elle était morte quand elle a touché le sol.

– Il a dû être protégé par le corps de sa victime du principal jet de sang. Et le bras droit ?

– Difficile à dire. Le geste a été rapide et sûr. Malgré cela je crois que le bras droit aurait dû être abondamment taché. Il lui aurait fallu se laver avant de partir et s'il portait une veste, revers et bas de manche auraient été ensanglantés. Elle n'aurait pas attendu patiemment pendant qu'il se dévêtait. »

Dalgliesh dit : « Nous trouverons peut-être des traces de sang sur l'évier ou dans la salle de bains, mais c'est peu probable. Ce criminel connaissait son affaire. Il aura laissé couler l'eau. Le couteau vient du bloc de la cuisine, mais je ne crois pas que ce soit celui qu'il a utilisé. C'est un assassinat prémédité. Je pense qu'il a apporté un couteau à lui. »

Kynaston dit : « S'il n'a pas utilisé ce couteau-là, c'était un ustensile qui lui ressemblait. Donc, il l'a tuée, il a lavé le couteau, il s'est lavé, il a pris un couteau dans la cuisine, il l'a taché du sang de la victime et il a pressé la main de celle-ci autour du manche. C'est comme ça que vous voyez le scénario ?

– Disons que c'est une hypothèse de travail. Est-ce qu'il faudrait beaucoup de force ? Une femme aurait pu le faire ?

– Bien décidée et avec un couteau assez aiguisé, oui. Mais je n'ai pas l'impression que ce soit un crime de femme.

– Moi non plus.

– Comment est-il entré ?

– La porte était fermée à clef quand nous sommes arrivés. Je crois qu'il a dû se cacher dans l'ombre près du placard sur le palier et l'attendre. Quand elle a ouvert la porte, il l'a bousculée pour entrer derrière elle. Il lui aura été assez facile d'entrer dans le bâtiment. Vous appuyez sur toutes les sonnettes et vous attendez qu'on vous réponde. Il y a toujours quelqu'un qui le fait.

– Et puis il a attendu. Un homme patient.

– Patient quand il le fallait. Mais il connaissait peut-être les habitudes de la femme, les endroits où elle était allée, l'heure à laquelle elle rentrerait probablement chez elle. »

Kynaston dit : « S'il savait tout cela, c'est étonnant qu'il n'ait pas su qu'elle était gauchère. Les lettres écrites avec du sang... je suppose qu'elles veulent dire quelque chose. »

Dalgliesh le lui expliqua et ajouta : « Elle était parmi les premiers suspects dans le meurtre d'Aldridge. Elle avait les moyens et l'occasion, et l'affaire de 1992, quand l'avocate a fait acquitter Beale, lui donnait le mobile. Ce qui est arrivé ici devait passer pour un suicide, et si elle avait été droitière, je crois que nous aurions eu de la peine à prouver le contraire. Mais dès le début j'ai eu des doutes : la gorge tranchée alors qu'elle était debout, et qu'on se serait plutôt attendu à la trouver affaissée sur la baignoire ou l'évier. C'était une femme très délicate ; elle aurait reculé devant tant de saleté. Curieux comme les suicidés se préoccupent souvent de cela. Et pourquoi laisser un message écrit dans votre propre sang quand vous avez du papier et des plumes ? Et elle ne se serait pas tranché la gorge. Il y a des procédés moins brutaux. » Mais si bizarres que soient les circonstances, les soupçons ne constituent pas des preuves aux yeux de la justice. D'ailleurs, les jurés avaient tendance à croire que les suicidés, arrivés à commettre cet acte incroyable, étaient capables de toutes les excentricités.

Kynaston dit : « L'erreur fatale. Et ce sont généralement les plus intelligents qui la font. »

Ayant fini l'examen préliminaire, il essuya son thermomètre, le replaça soigneusement dans son étui et dit : « Décès entre sept et huit hier soir. D'après la température du corps et l'extension de la rigidité cadavérique. Je pourrai peut-être être plus précis après l'autopsie. Je suppose qu'elle est urgente. Avec vous, c'est en général ce qui se passe. Je pourrais la caser ce soir, mais tard, sans doute entre huit heures et huit heures et demie. Je vous passerai un coup de fil. » Il jeta un dernier coup d'œil au corps. « Pauvre femme. Mais au moins, ça a été rapide. Celui-là savait s'y prendre. J'espère que vous le pincerez, Adam. »

C'était la première fois que Dalgliesh entendait Miles Kynaston exprimer un espoir au sujet d'une affaire.

Aussitôt Kynaston parti, les spécialistes des premières constatations se mirent au travail. Dalgliesh s'écarta du corps pour laisser libre l'espace de première importance entre celui-ci et la cuisine ainsi que la salle de bains. Kate et Piers étaient toujours en train d'interroger les locataires. Ils avaient commencé par Miss Kemp, mais quarante minutes s'étaient écoulées depuis que Dalgliesh avait entendu sa porte se refermer et leurs pas descendre dans l'escalier. Ils restaient plus longtemps que prévu et cela prouvait peut-être que la corvée serait fructueuse, du moins l'espérait-il. Il tourna sa propre attention vers les détails de l'appartement.

L'élément le plus remarquable en était le bureau adossé au mur de droite. Mrs Carpenter avait certainement amené avec elle ce solide meuble en chêne ciré trop grand pour la pièce. C'était apparemment le seul qui ne fût pas neuf. Le divan à deux places contre le mur, la table ronde à abattants avec quatre chaises assorties, l'unique fauteuil devant le téléviseur installé entre les fenêtres, il semblait qu'ils venaient tous d'être livrés. Ils étaient modernes, sans caractère et irréprochables, le genre d'ameublement qu'on s'attend à trouver dans un hôtel trois étoiles. Pas de tableaux, pas de photos, pas de bibelots. La pièce d'une femme qui avait rejeté son passé, une pièce qui fournissait l'essentiel nécessaire au confort physique, laissant l'esprit libre pour occuper son propre espace dégagé de tout encombrement. La petite bibliothèque à droite du bureau ne contenait que les éditions modernes des grands poètes et des romanciers classiques, un choix très personnel soigneusement élaboré pour fournir une nourriture littéraire solide en cas de besoin.

Dalgliesh passa dans la chambre à coucher. À peine neuf mètres carrés, une seule haute fenêtre. Là, le confort minimal avait fait place à l'austérité : un lit à une personne recouvert d'une courtepointe claire, un meuble de chevet avec une étagère et une lampe, une chaise droite, une armoire encastrée. Un sac à main brun tout simple par terre à côté du lit. À l'intérieur, il était aussi en ordre que l'avait été celui de Venetia Aldridge, sans rien de superflu. Mais le policier fut néanmoins étonné de trouver deux cent cinquante livres en billets craquants de dix et vingt livres dans le portefeuille. Une robe de chambre en fin lainage à dessins était pendue à l'unique crochet sur la porte. Pas de coiffeuse. Elle se brossait les cheveux et se maquillait sans doute devant une glace dans la salle de bains, mais celle-ci était territoire interdit jusqu'à ce que Ferris ait fini de l'examiner. Mis à part le sol moquetté, la pièce aurait pu être la cellule d'une religieuse ; il se serait presque attendu à voir un crucifix au-dessus du lit.

Il retourna au bureau, l'ouvrit et s'assit pour le fouiller, sans bien savoir d'ailleurs ce qu'il cherchait. Pour lui, fourrager ainsi dans les débris d'une vie morte était un élément nécessaire de l'enquête. Une victime mourait à cause de ce qu'elle était, de l'endroit où elle se trouvait, de ce qu'elle avait fait, de ce qu'elle savait. Les clefs d'un meurtre se trouvaient toujours parmi celles d'une vie. Mais il lui semblait parfois que ses recherches étaient la présomptueuse violation d'une intimité que la victime ne pouvait plus protéger, et que ses mains gantées de latex évoluaient parmi les objets qu'elle avait possédés comme si le simple fait de les toucher pouvait permettre d'atteindre le cœur de sa personnalité.

Un meuble beaucoup plus petit aurait suffi pour ce qu'elle laissait. Sur le bureau, quatre des six casiers étaient vides. Les deux derniers contenaient une enveloppe de factures attendant leur règlement et une autre, plus grande, portait les mots « Factures acquittées » soigneusement écrits à la main. Il était évident qu'elle les réglait promptement et ne les gardait ensuite que pendant six mois. Pas de lettres personnelles. La similitude avec le bureau de Venetia Aldridge et ce qu'elle avait laissé derrière elle était presque incroyable.

Sous la rangée des casiers, deux tiroirs très plats. Celui de droite contenait des chemises noires à couverture de plastique portant le nom de sa banque, l'une avec les bordereaux de son compte courant, l'autre, plus mince, des relevés d'un compte de dépôts qui faisaient état d'un crédit de cent quarante-six mille livres. Ce dernier indiquait l'accumulation d'intérêts relativement bas produits par le compte, mais il n'y avait eu ni versement ni retrait jusqu'au 9 septembre de cette année. À cette date, cinquante mille livres avaient été transférées sur son compte courant. Il reprit les bordereaux de ce dernier et constata en effet que la somme avait été dûment créditée, après quoi, deux jours plus tard, dix mille livres en espèces avaient été retirées.

Il ouvrit ensuite, sous le bureau, le compartiment de gauche, puis les trois principaux tiroirs de droite. Le compartiment était vide. Le tiroir du haut ne contenait que trois annuaires du téléphone, et celui juste au-dessous une boîte de papier à lettres tout simple avec un assortiment d'enveloppes. Il ne trouva quelque chose d'intéressant que dans le troisième et dernier tiroir

Il en sortit un fichier et découvrit là, soigneusement classée par ordre chronologique, l'explication des cent quarante-six mille livres déposées dans le compte de dépôts. En décembre 1993 Janet Carpenter avait vendu la maison de Hereford et acheté l'appartement de Londres ; l'histoire de la transaction était retracée dans les lettres des agents immobiliers, de son notaire, dans les rapports des géomètres et les devis d'une entreprise de déménagement. Une offre pour la maison de Hereford, bien que de près de cinq mille livres au-dessous du prix initialement demandé, avait été promptement acceptée. Ameublement, tableaux et bibelots avaient été non pas mis au garde-meuble mais vendus. L'ensemble des pièces de moindre importance était allé à l'Armée du salut et la maison entièrement vidée. La copie d'une lettre envoyée à son notaire le chargeait de demander au nouveau propriétaire de faire suivre son courrier à l'étude qui le lui réexpédierait. Personne ne devait avoir son adresse à Londres. Elle s'était coupée de sa vie antérieure avec une impitoyable efficacité et le minimum d'embarras, comme si la mort de sa petite-fille et de sa bru avait tranché plus que leurs propres vies.

Mais le bureau en chêne n'était pas la seule chose qu'elle avait amenée avec elle : il y avait aussi une grosse enveloppe en papier bulle sans aucune indication, rabat collé. Faute d'un coupe-papier, Dalgliesh glissa le pouce sous le rabat, puis connut une seconde de remords et d'irritation irrationnels quand le papier se déchira irrégulièrement. Dedans, il trouva une lettre sur une seule feuille de papier pliée, un paquet de photographies et un autre de cartes d'anniversaire et de Noël retenues par un élastique. Toutes les photos étaient celles de la petite-fille, certaines posées, d'autres des instantanés d'amateurs qui couvraient la totalité de sa vie, depuis le bébé dans les bras de sa mère jusqu'à la fête donnée pour ses douze ans. Le jeune visage confiant aux yeux brillants souriait docilement aux objectifs dans le panorama joyeux des rites de passage enfantins : le jour de la rentrée en uniforme bien repassé, son sourire mêlant l'enthousiasme et l'appréhension, en demoiselle d'honneur au mariage d'une amie, ses cheveux noirs couronnés de roses, en première communiante, l'air sérieux sous le voile blanc. Les cartes de vœux étaient un assortiment complet de celles qu'elle avait envoyées à sa grand-mère depuis l'âge de quatre ans jusqu'à l'année de sa mort, mélange de soucis puérils, de petits triomphes à l'école et de messages de tendresse.

Enfin, Dalgliesh prit la lettre. Elle était manuscrite, sans date ni adresse.

Chère Janet,

Je vous en supplie, pardonnez-moi. Je sais que ce que je fais est égoïste. Ralph est mort, maintenant Emily, et vous n'avez plus que moi. Mais je ne vous serais d'aucun secours. Je sais que vous souffrez aussi, mais je ne peux pas vous aider. Je n'ai même plus d'amour à donner, je ne sens que la souffrance. J'attends la nuit avec impatience parce que je peux prendre mes pilules et parfois dormir. Le sommeil est comme une petite mort, mais il y a les rêves aussi et je l'entends qui m'appelle et je sais que je ne peux pas l'atteindre, que je ne pourrai jamais l'atteindre. Et toujours je m'éveille bien que je prie pour que cela me soit évité, et la souffrance s'abat sur moi comme un grand poids noir. Je sais qu'elle ne s'atténuera jamais et je ne peux plus vivre avec. Je pouvais me rappeler Ralph avec amour même quand le souvenir faisait le plus mal, parce que j'étais avec lui quand il est mort et je tenais sa main et il savait que je l'aimais et nous avions su ce que c'était d'être heureux. Mais je ne peux pas penser à la mort d'Emily sans remords ni angoisse atroce. Je ne peux pas vivre avec cette horreur imaginée, avec cette souffrance pendant le reste de mes jours. Pardonnez-moi. Pardonnez-moi et essayez de comprendre. Je n'aurais pas pu avoir une meilleure belle-mère. Emily vous aimait beaucoup.

Dalgliesh ne se rendit pas compte du temps qu'il était resté, comme hypnotisé, les yeux fixés sur les photos qu'il avait devant lui Puis il s'aperçut que Piers était à côté de lui et entendit sa voix :

« Kate échange un dernier mot avec Miss Kemp, au cas où elle serait plus communicative avec une autre femme, sans moi. En réalité, elle n'a pas autre chose à dire. Le fourgon mortuaire est arrivé. Ils peuvent l'emmener maintenant ? »

Sur le moment Dalgliesh ne répondit pas, mais tendit la lettre à Piers. Puis il dit : « Le corps ? Ah oui, ils peuvent l'emmener. »

La pièce se remplit soudain de grandes silhouettes masculines et de voix masculines étouffées. Piers leur fit signe, après quoi il les regarda enfermer dans un sac à fermeture éclair le corps dont la tête et les mains étaient enveloppées de plastique. Avec Dalgliesh, il entendit les pas s'éloigner dans l'escalier, tandis que les hommes manœuvraient pour négocier le tournant et qu'un rire fusait soudain, comme un aboiement très vite réprimé. Désormais, plus rien ne témoignait de l'horreur que le tapis taché de sang sous le drap de protection, le plafond et les murs éclaboussés. Ferris et ses collègues étaient encore dans la salle de bains, présence sentie plutôt qu'entendue. Dalgliesh et Piers étaient seuls.

Piers lut la lettre et puis la rendit et demanda : « Vous allez la montrer à Kate, patron ?

– Sans doute pas. »

Il y eut un silence, puis Piers dit, sur un ton soigneusement neutre : « Vous me l'avez montrée parce que je suis moins sensible, ou parce que vous pensez que c'est moi qui ai besoin d'une leçon ?

– Une leçon de quoi, Piers ?

– De ce qu'un meurtre peut faire aux innocents, je suppose. »

On était dangereusement proche d'une critique à l'égard d'un supérieur et s'il attendait une réponse directe, il ne l'eut pas.

Dalgliesh dit : « Si vous n'avez pas encore appris ça aujourd'hui, le pourrez-vous jamais ? Cette lettre n'était destinée à aucun d'entre nous. »

Il remit la feuille dans son enveloppe et se mit à rassembler photos et cartes. « Elle a raison, bien sûr, la seule immortalité pour les défunts, c'est le souvenir que nous gardons d'eux. S'il est souillé par l'horreur et le mal, alors ils sont vraiment morts. Les bordereaux de banque et le dossier sur la vente de sa propriété ont un intérêt plus immédiat. »

Il se leva et, laissant Piers les étudier, alla trouver Ferris. Ses recherches étaient achevées et d'après l'expression de son visage elles avaient été décevantes. Pas de traces de sang perceptibles laissées par le corps sur l'évier de la cuisine ou dans la salle de bains, pas de pas lourds sur le tapis à la trame serrée, pas de taches d'huile, de graisse ou de boue laissées par des souliers étrangers. Le tueur avait-il apporté un chiffon pour essuyer ses souliers pendant qu'il attendait silencieux, dans l'ombre du palier ? Avait-il pris autant de précautions ?

Alors que Ferris et son équipe s'apprêtaient à partir avec leur maigre butin, Kate apparut et referma la porte derrière eux. Ils étaient seuls tous les trois.

33

Avant que Kate et Piers fissent leur rapport sur leurs recherches, Dalgliesh dit : « Voulez-vous voir s'il y a du café dans la cuisine, Piers ? »

Il y avait du café en grains, un moulin et un percolateur. Piers s'en occupa, tandis que Dalgliesh mettait Kate au courant. Le café, quand il arriva sur un plateau dans de grosses tasses vertes de Denby, était noir et fort.

Piers dit : « Je crois qu'elle ne nous aurait pas reproché de boire son café. Il n'y a pas de whisky. S'il y en avait eu, je crois que j'aurais été tenté. »

Dalgliesh avait pris le seul fauteuil, Piers et Kate étaient sur le divan. Ils approchèrent une petite table et se détendirent, en bonne intelligence, comme si l'appartement avait été à eux. Après les allées et venues continuelles, le calme semblait hors nature. Des policiers en uniforme maintenaient une surveillance discrète sur la porte. Tous les locataires qui arrivaient seraient contrôlés et questionnés par le sergent Robbins et un agent. Mais on ne pouvait s'attendre à beaucoup d'activité avant que les gens commencent à rentrer du travail et la nouvelle du meurtre ne s'était pas encore répandue au-delà de Coulston Court. Ils avaient l'impression de vivre un court hiatus dans le temps, durant lequel il était possible de dresser un bilan entre deux accès d'activité fiévreuse.

Dalgliesh dit : « Alors, où en sommes-nous ? »

Kate était en train d'avaler une gorgée de café, ce fut donc Piers qui intervint le premier. Il avait visiblement décidé de présenter un résumé de l'affaire. « Mrs Janet Carpenter, veuve. Vit avec sa bru et sa petite-fille, tout près de Hereford. Il y a trois ans, l'enfant est violée et assassinée. Le criminel, Beale Dermot, a été condamné et purge actuellement une peine de prison à vie. Il avait été précédemment jugé, en 1992, pour un viol et un assassinat presque identiques. Les preuves étaient moins décisives et il avait été acquitté. L'avocat de la défense était Venetia Aldridge. La mère d'Emily, folle de chagrin, se tue. Après ce suicide, Janet Carpenter vend sa maison, vient s'installer à Londres sous couvert de l'anonymat et se coupe entièrement de sa vie antérieure.

« Elle s'arrange pour avoir accès aux Chambers de Venetia Aldridge en y travaillant comme femme de ménage. Pas de difficulté. Elle est respectable, visiblement compétente, peut fournir des références. Elle est obligée de commencer par d'autres Chambers, mais demande sa mutation et l'obtient. Elle se propose aussi pour aller travailler à l'occasion chez Miss Aldridge et achète un appartement à deux stations de métro de l'endroit où Miss Aldridge habite. Elle ne travaille que trois soirs par semaine, ce qui en soi est étrange. Si vous voulez gagner votre vie en faisant des ménages, vous ne pouvez pas aller bien loin en trois soirées. Mais cela suffit pour ses besoins. Tout ce qu'elle veut, c'est avoir accès aux Chambers.

« Le mercredi 9 octobre, Venetia Aldridge est assassinée. Frappée en plein cœur par un poignard qu'elle utilisait comme coupe-papier. Une perruque carrée est mise sur sa tête et du sang, entreposé dans un réfrigérateur au sous-sol, versé sur la perruque. Mrs Carpenter nettoyait le bureau de Miss Aldridge. Elle connaissait l'existence du poignard. Elle savait qu'il y avait du sang mis de côté dans le réfrigérateur de Mr Ulrick. Elle savait où était rangée la perruque carrée. Elle avait les moyens, le mobile et l'occasion. Elle devait forcément être le principal suspect dans le meurtre d'Aldridge. »

À cet instant Kate intervint : « Mais maintenant, il y a son meurtre. Ça change tout. Celui qui l'a tuée a écrit ces lettres avec son sang. C'était une tentative caractérisée pour la charger du meurtre d'Aldridge. Pourquoi prendre cette peine si elle était déjà le principal suspect ? Et elle l'était, je vous l'accorde, mais ce n'est pas aussi clair que vous voulez bien le dire. Si elle a pris ce travail aux Chambers pour avoir la possibilité de tuer Miss Aldridge, pourquoi avoir attendu plus de deux ans ? Il y a sûrement eu d'autres soirées où Mrs Watson n'était pas avec elle. D'ailleurs, elle avait une clef des Chambers. Elle pouvait y entrer à n'importe quel moment. Et pourquoi choisir un procédé qui devait, elle le savait bien, faire d'elle le premier suspect ? Il était peu sûr. Si Mrs Carpenter l'a fait, elle a agi comme une idiote et je ne crois pas qu'elle était idiote. Autre chose encore. J'ai été la première à l'interroger après le meurtre. Je jurerais qu'elle était surprise. Plus que surprise, profondément bouleversée. »

Piers dit : « Ça n'est pas une preuve. Je suis constamment stupéfié par les dons d'acteur du grand public. Vous l'avez vu assez souvent, Kate. Ils passent à la télévision, les yeux pleins de larmes, réclamant la voix brisée le retour de la bien-aimée, alors qu'ils savent bougrement bien que la bien-aimée est sous le plancher et que ce sont eux qui l'y ont mise. D'ailleurs, qu'est-ce que vous faites de l'argent ? Comment expliquez-vous le retrait de ces dix mille livres ?

– La première explication qui vient à l'esprit, c'est le chantage, mais elle a retiré la somme avant le crime et non pas après, donc ça ne tient pas. Ou alors elle aurait pu payer quelqu'un pour faire la besogne, mais ça semble peu probable. Où une femme comme elle chercherait-elle un tueur à gages ? D'ailleurs le meurtre d'Aldridge ne ressemble pas à l'exécution d'un contrat. Ceux qui font ce genre de travail se servent d'armes à feu et prévoient une voiture pour leur fuite. Ce crime-là a été commis par un proche. Et on ne peut pas nier que ce deuxième meurtre est une tentative délibérée pour charger Janet Carpenter du premier. Si elle n'avait pas été gauchère, ça aurait pu réussir. »

Le corps emporté, les experts partis une fois leur travail fini, l'appartement était devenu moins claustrophobique, mais l'air mort, pollué, était encore oppressant, comme si les vivants avaient sucé toute sa substance. Dalgliesh alla à la fenêtre et en releva la moitié inférieure. La brise du matin entra, purifiante, froidement automnale. Il croyait presque sentir l'herbe et les arbres. Assis là, ensemble, ils n'avaient pas l'impression d'être des intrus, peut-être parce qu'il y avait très peu de chose dans cet espace dépouillé, à peine meublé, qui pût ramener la morte à la vie.

Il demanda : « Du succès avec les locataires ? »

Piers laissa la parole à Kate : « Pas grand-chose, patron. Miss Kemp ne peut pas nous en dire beaucoup plus. Elle n'a rien entendu hier soir, mais elle est vraiment sourde. Elle dit qu'elle a vu Mrs Carpenter hier après-midi quand elle a frappé à sa porte pour lui dire qu'elle s'absentait et lui laisserait les plantes avec ses clefs. Elle dit qu'elle ne connaissait pas bien cette voisine. Elle n'était jamais entrée dans son appartement, par exemple, ni Mrs Carpenter dans le sien. Mais elles se rencontraient parfois dans l'escalier et bavardaient quelques instants. Et puis chacune gardait les clefs de l'autre quand elles s'absentaient. Ç'avait été convenu avec l'Association des résidents. Apparemment, l'année dernière, un robinet avait été laissé ouvert dans un appartement et personne n'avait pu entrer pour arrêter l'inondation. Miss Kemp ne s'en va que si son neveu vient la chercher pour l'emmener chez lui, ou faire une promenade en voiture. Elle laisse tout le temps un deuxième trousseau de clefs chez Mrs Carpenter. Elle va à peu près deux fois par semaine au magasin du coin et elle a peur qu'on lui arrache son sac. Ça la rassure de savoir que Mrs Carpenter a des doubles. Elle voudrait bien les récupérer, si Mrs Carpenter est à l'hôpital. Elle a l'air de se soucier plus des clefs que de l'accident. Elle n'a même pas demandé ce qui s'était passé, ni comment ça s'était passé. Elle croit, il me semble, que Mrs Carpenter est tombée. Ses deux grandes peurs sont : tomber et être agressée. Je crois qu'elle les considère, seules ou conjointement, comme plus ou moins inévitables. »

Dalgliesh demanda : « Est-ce qu'elle sait quand Mrs Carpenter a mis ses doubles de clefs dans la boîte aux lettres de la porte ?

– Elles n'y étaient pas quand elle a vérifié le verrou hier soir, mais c'était de bonne heure, avant qu'elle se soit installée devant son téléviseur à six heures comme tous les jours. Elle les a trouvées sur le paillasson ce matin quand elle a regardé si la poste était passée. Mrs Carpenter allait chercher le courrier et le glissait dans la boîte aux lettres de sa voisine. L'entrée est moquettée, donc elle n'aurait pas entendu tomber les clefs.

– Est-ce qu'en général Mrs Carpenter les laissait tomber dans la boîte sans un mot ?

– Non. Habituellement elles étaient dans une enveloppe en papier fort, le rabat collé, avec le nom de Mrs Carpenter, le numéro de l'appartement et la date à laquelle elle pensait revenir. Si on en avait besoin pour une urgence, il était plus sûr de les étiqueter. »

Piers dit : « Mais cette fois elles ne l'étaient pas. Mon Dieu, ce tueur a eu une chance inouïe. Elle avait déjà écrit le mot pour confier les plantes. Il le lit, il met les plantes dehors, ferme la porte à clef quand il s'en va, et met les clefs dans la boîte aux lettres du numéro 9. Il ne comptait sûrement pas avoir tant de chance. »

Dalgliesh demanda : « Et le reste des locataires ? »

Ce fut Piers qui répondit : « Un des deux appartements du sous-sol est vacant et dans quatre autres, aucune réponse. Je suppose qu'ils sont au travail. La fille que nous avons vue ce matin, celle qui nous a fait entrer, n'a pas été très communicative. Maintenant son petit ami est rentré et il n'aime pas beaucoup la police. D'ailleurs ils ont bien deviné que nous n'étions pas là pour un cambriolage. Elle nous avait à peine fait entrer qu'elle disait : “C'est un assassinat, n'est-ce pas ? C'est pour ça que vous êtes venus. Mrs Carpenter est morte.” Il était inutile de le nier, mais nous ne l'avons pas confirmé non plus. Après ça ils ont été tous les deux sur leurs gardes, mais je ne crois pas que ce soit parce qu'ils ont quelque chose à cacher, du moins à propos du meurtre. C'est simplement la trouille et le désir de ne pas être mêlés à l'affaire. La fille – elle s'appelle Hicks – ne veut même pas confirmer ce qu'elle nous a dit, que la télé de Mrs Carpenter marchait très fort vers sept heures et demie. Elle ne sait plus au juste maintenant si c'était la télé ou la radio, ni d'où venait le bruit. Quand nous sommes partis elle tarabustait son ami pour qu'il aille immédiatement acheter un gros verrou, tout en le suppliant de ne pas la laisser seule dans l'appartement.

– Est-ce qu'elle a fait entrer quelqu'un par la porte de la rue, hier soir ?

– Elle dit que non et là elle est assez affirmative, mais elle ment peut-être. D'autre part, nous n'avons pas pu parler avec les autres locataires qui sont au travail. Il est possible que l'un d'eux ait ouvert la porte. Le couple du sous-sol est au chômage. Elle vient de terminer une formation de professeur et elle cherche une place. Lui a été licencié d'un cabinet d'avocats. Ils étaient encore couchés et pas ravis de nous voir. Apparemment, ils sont restés à une réunion jusqu'aux petites heures ce matin. Rien d'utile à en tirer, j'en ai bien peur. Ils ont acheté l'appartement il y a deux mois seulement et disent qu'ils ne savaient même pas que Mrs Carpenter habitait l'immeuble. Ils affirment mordicus qu'ils n'ont fait entrer personne hier soir. Ils disent qu'ils sont partis pour leur réunion à huit heures et demie. »

Kate ajouta : « Nous avons tout de même obtenu quelque chose dans le dernier appartement que nous avons visité. Mrs Maud Capstick, veuve, vit seule. Elle connaissait Mrs Carpenter uniquement parce que cette dernière avait assisté à une réunion de l'Association des résidents qui discutait du coût pour faire repeindre la façade – la seule fois où elle y est allée. Elles étaient assises l'une à côté de l'autre et Mrs Capstick, qui l'avait trouvée assez agréable, pensait qu'elles avaient peut-être certaines choses en commun, mais ça n'avait rien donné. Elle l'avait bien invitée à prendre le café de temps à autre, mais Mrs Carpenter trouvait toujours une excuse. Elle ne lui en voulait pas, étant elle-même très jalouse de son intimité. D'après elle, Mrs Carpenter était toujours contente quand elles se rencontraient, mais c'était assez rare. L'appartement de Mrs Capstick est au rez-de-chaussée sur le jardin, derrière, elles ne se croisaient donc pas dans l'escalier. »

Piers intervint : « Vous devriez rencontrer Mrs Capstick, patron. C'est la spécialiste du jardinage dans une de ces revues mensuelles sur papier glacé. Ma tante l'achète et je l'ai reconnue d'après les photos parues dans la revue. Elle se considère comme l'Elizabeth David des journalistes spécialisés dans le jardinage – des conseils sûrs et une écriture aussi élégante qu'originale. Ma tante ne jure que par elle. Mrs Capstick s'étend sur les splendeurs de son jardin dans le Kent, mais elle m'a avoué qu'elle n'en avait jamais eu, ni dans le Kent ni ailleurs. C'est un jardin imaginaire. De cette façon-là, elle prétend que ses lecteurs ont de plus beaux jardins et elle aussi. »

Un auditeur invisible aurait pu être surpris de l'entendre parler avec ce détachement amusé, mais ses collègues savaient gré à Maud Capstick de l'excentricité qui les avait détendus pendant un instant.

Intrigué, Dalgliesh demanda : « Et les photos ? Ses articles ne sont pas illustrés ?

– Elle les prend elle-même en utilisant les détails de jardins qu'elle visite, des massifs de fleurs choisis dans les parcs de Londres. Elle dit que c'est au moins la moitié du plaisir de trouver le bon angle, quelque chose que personne ne reconnaîtra. Elle n'indique jamais expressément que les vues sont de son jardin. Celui qu'elle a ici, de deux mètres sur trois environ, est un grand carré d'herbe hirsute très fréquenté par les chiens, un massif de fleurs qui fournit un utile grattoir pour les chats, et quelques buissons non identifiés que les enfants ont ravagés.

– Je suis étonné qu'elle vous ait raconté tout cela. »

Kate dit, plus gentiment que Dalgliesh ne s'y fût attendu : « Il reste là, assis, avec son air de compassion juvénile. En général ça enlève le morceau.

– Eh bien, je l'ai reconnue, n'est-ce pas ? Je lui ai demandé si elle allait souvent dans le Kent. Je crois qu'elle avait gardé le secret depuis des années et qu'elle souhaitait finalement le confier à quelqu'un. C'est ça qui est fascinant dans le travail de la police. Les gens cachent leurs secrets, ou ils les déversent en vrac. J'aurais bien aimé que vous soyez là, patron. Elle a dit : "Évitez donc de trop vivre dans le monde réel, jeune homme. Cela ne mène pas au bonheur."

– J'espère qu'elle fait suffisamment partie du monde réel pour répondre aux questions de façon responsable. Quand vous n'étiez pas en train d'échanger des propos philosophiques pour jardins d'enfants ou de discuter bordures fleuries, est-ce qu'elle a eu quelque chose d'intéressant à dire ?

– Seulement qu'elle n'a fait entrer personne hier soir, elle est très affirmative. Sa sonnette a bien retenti juste après sept heures, mais elle était sous la douche et quand elle est allée à la porte pour répondre, il n'y avait personne. D'ailleurs elle n'attendait personne. Elle dit qu'elle a souvent des sonneries sans suite, comme celle-là. Parfois ce sont les gamins du coin qui appuient sur les boutons, parfois c'est quelqu'un qui se trompe de numéro. »

Kate dit : « C'était peut-être le meurtrier. Avant qu'elle arrive à la porte, quelqu'un a pu lui ouvrir. »

Dalgliesh dit : « Quelqu'un lui *a* ouvert. Si nous pouvons les amener à en convenir, nous saurons au moins quand il est arrivé – à condition bien sûr qu'il se soit introduit par ce moyen-là. Autre chose ? »

Kate répondit : « Nous avons demandé à Mrs Capstick quand elle avait vu Mrs Carpenter pour la dernière fois. C'était dimanche à trois heures et demie. Mrs Capstick rentrait chez elle après avoir déjeuné avec une amie et elle a vu Mrs Carpenter entrer dans l'église St. James, au bout de la rue. Donc elle était vivante à ce moment-là, mais ça ne nous avance pas. Nous le savions déjà. »

Dalgliesh se dit que l'information n'avait peut-être en effet pas d'importance, si ce n'était son caractère assez étonnant. Rien dans l'appartement ne laissait supposer que Mrs Carpenter allait à l'église, mais en fait rien ne jetait non plus la moindre lumière sur ses intérêts ou sa personnalité, si ce n'est qu'elle était essentiellement secrète. Aucune existence ne pouvait être aussi désencombrée que ce lieu de vie. Mais le dimanche après-midi était un moment étrange pour visiter une église, à moins qu'il n'y ait eu un service, ce qui était sûrement exceptionnel. Mais peut-être s'en servait-elle comme lieu de rendez-vous. Ce n'aurait pas été la première fois à sa connaissance qu'un de ces endroits vides et tranquilles aurait été choisi pour une rencontre ou la transmission d'un message. Si elle avait voulu parler en privé sans courir le risque d'introduire quelqu'un dans son appartement, l'église semblait s'imposer.

Kate demanda : « Est-ce que ça vaut la peine d'aller voir, patron ? Je suppose qu'il y a une chance qu'elle soit ouverte. »

Dalgliesh alla au bureau et en sortit une photo de Mrs Carpenter avec sa petite-fille. Il l'examina soigneusement pendant trente secondes, le visage impénétrable, puis la glissa dans son portefeuille.

« Une bonne chance. Elle reste en général ouverte. Je connais le desservant, le père Presteign. Si jamais il est mêlé à tout cela, nous risquons d'avoir des complications. »

Kate qui le regardait vit son sourire mi-désabusé, mi-amusé. Elle aurait bien voulu lui en demander davantage, mais se sentait sur un terrain peu sûr. Y avait-il un monde, se demandait-elle, où il ne se sentît pas chez lui ? On le disait fils de prêtre, ce qui lui valait une certaine familiarité avec un aspect de la vie aussi insolite pour elle que si St. James avait été une mosquée. La religion, que ce fût comme guide pratique pour la vie, source de légendes et de mythes, ou concept philosophique, n'était jamais entrée dans l'appartement au septième étage des Ellison Fairweather Buildings. Sa formation morale avait au moins eu l'avantage de la simplicité. Certains comportements – lire quand elle aurait dû faire le ménage, oublier une partie des achats notés sur la liste – gênaient ou horripilaient sa grand-mère, donc ils étaient mauvais. D'autres étaient tenus pour illicites et donc dangereux. Dans l'ensemble, la loi avait semblé être un guide de moralité à la fois plus sensé et plus cohérent que l'égocentrisme excentrique de son aïeule. Sa grande école communale qui essayait de concilier les affiliations religieuses de dix-sept nationalités différentes s'était contentée d'inculquer la conviction que le racisme était le plus grand sinon le seul péché impardonnable et que toutes les croyances avaient la même valeur – ou la même absence de valeur, selon votre choix. Les fêtes et les cérémonies des religions minoritaires recevaient le maximum d'attention, sans doute dans l'idée que le christianisme avait eu un avantage injuste au départ et pouvait désormais se débrouiller seul. Le code moral personnel de Kate, jamais discuté avec sa grand-mère, avait été instinctif pendant son enfance, puis élaboré pendant son adolescence sans référence à quelque puissance que ce fût en dehors d'elle. Elle le trouvait parfois bien morne, mais c'était tout ce qu'elle avait.

Elle se demandait pourquoi Mrs Carpenter était allée à l'église. Pour prier ? Il y avait probablement une grâce spéciale, donc un plus grand espoir de succès, si l'on priait dans une église. Pour se reposer un instant ? Sûrement pas, elle était à moins de cent mètres de chez elle. Pour rencontrer quelqu'un ? Possible. Une grande église pouvait être un endroit commode pour un rendez-vous. Mais elle n'attendait rien de la visite à St. James.

Le jeune agent de garde dans le hall les salua au moment où ils partaient et descendit l'escalier en courant jusqu'à la voiture. Mais Dalgliesh lui dit : « Merci,

Price, nous allons à pied. » Puis il se tourna vers Piers : « Retournez au bureau, voulez-vous, Piers, et lancez l'enquête. Ensuite, allez annoncer la nouvelle à Pawlet Court. Vous leur en direz aussi peu que vous pourrez. Ce sera dur pour Langton. »

Piers suivait son idée : « Je ne vois pas ça comme ça, patron. Ce ne sont pas des bouchers. C'est un crime très différent. »

Kate dit avec un rien d'impatience : « Pas le même doigté délicat. Mais les deux affaires sont liées. Forcément. Si nous avons raison, si le mobile était de mettre le meurtre d'Aldridge sur le dos de Carpenter, alors cela nous ramène à Pawlet Court.

– Seulement si le premier crime était le fait d'un familier et je commence à me le demander. Si nous dissocions le meurtre lui-même de la mise en scène avec la perruque et le sang... »

Kate l'interrompit : « Pour moi, c'était forcément une histoire privée avec Carpenter comme suspect numéro un. Elle avait tout : moyen, mobile, opportunité. »

Dalgliesh dit : « Nous savons déjà une chose, c'est que pour le meurtre de Carpenter trois membres des Chambers ont un alibi, Ulrick, Costello et Langton. Je me suis entretenu avec eux hier soir et aucun n'avait la moindre possibilité de se trouver à Sedgemoor Crescent à sept heures et demie. Nous allons aller à l'église, Kate et moi, puisque nous en sommes si près, vous viendrez ensuite. »

La rue était presque déserte. La nouvelle du meurtre ne s'était pas encore répandue aux alentours. Quand elle serait connue, il y aurait la petite foule habituelle de spectateurs massée à bonne distance avec une nonchalance étudiée, essayant de donner l'impression qu'ils se promenaient là par hasard.

Dalgliesh dit, presque comme s'il se parlait à lui-même : « Le père Presteign est un homme remarquable. Il est réputé connaître plus de secrets, à la fois dans le confessionnal et en dehors, que n'importe qui d'autre à Londres. Il est devenu une sorte de chapelain personnel pour certains anglicans Haute Église* – romanciers, poètes, érudits. Ils ne se jugeraient pas convenablement baptisés, mariés, confessés ou enterrés sans son assistance. Malheureusement, il ne pourra jamais écrire son autobiographie. »

L'église était ouverte. La grande porte de chêne s'ouvrit facilement sous la poussée de Dalgliesh et ils pénétrèrent dans de caverneuses ténèbres à l'odeur douceâtre, percées par le scintillement intermittent de cierges comme de lointaines étoiles. À mesure que les yeux de Kate s'habituaient à l'obscurité, la grande église prenait forme et elle s'arrêta un instant, stupéfaite. Huit piliers de marbre très minces s'élevaient jusqu'à une voûte incrustée de médaillons rouge et bleu, flanqués d'anges sculptés aux cheveux frisés, aux ailes étendues. Derrière le maître-autel, un retable doré où la lueur d'une lampe rouge lui permettait tout juste de distinguer les auréoles des saints et les mitres des évêques en rangs superposés. Le mur sud était complètement recouvert pas une fresque en rose et bleu qui ressemblait à une illustration pour *Ivanhoé* de Scott. Celui qui lui faisait face était semblablement orné, mais le travail s'était arrêté à mi-chemin, comme si l'argent avait manqué.

Dalgliesh dit : « Une des dernières créations de Butterfield, mais cette fois je me demande s'il n'est pas allé trop loin. Qu'est-ce que vous en pensez ? »

La question, inattendue, ne lui ressemblait pas et elle la déconcerta. Après un instant de réflexion, elle dit : « Je pense que c'est impressionnant, mais je ne m'y sens pas à l'aise. »

La réponse avait été honnête ; elle souhaita qu'elle ne parût pas insuffisante.

« Je me demande si Mrs Carpenter s'y sentait... à l'aise. »

La seule autre personne visible était une femme d'âge moyen au visage avenant qui cirait et frottait le

* Frange de la religion anglicane dont la liturgie est la plus proche de celle du catholicisme. *(N.d.T.)*

présentoir des livres de prières et des guides de l'église. Elle adressa aux visiteurs un bref sourire destiné, selon Kate, à les accueillir tout en leur assurant qu'ils ne seraient pas dérangés et que leurs dévotions, si dévotions il y avait, seraient ignorées avec tact. Elle se dit que visiblement les Anglais considéraient un peu la prière comme une fonction naturelle, quelque chose qu'il valait mieux faire en privé.

Dalgliesh s'excusa d'interrompre son travail: « Nous sommes des officiers de police et nous venons ici, hélas, pour une mission de police. Étiez-vous dans l'église quand Mrs Carpenter y est venue, dimanche après-midi ?

– Mrs Carpenter ? Malheureusement, je ne la connais pas. Je ne crois pas qu'elle fait partie des membres réguliers de la congrégation, n'est-ce pas ? J'étais là dimanche entre les services. Nous essayons de laisser l'église ouverte, ce qui suppose un roulement de personnes qui viennent quelques heures chaque jour. Je viens deux jours cette semaine parce que Miss Black est à l'hôpital. Je l'ai peut-être vue. Est-ce qu'elle a des ennuis... Mrs Carpenter, je veux dire ?

– Elle a été agressée, hélas.

– Et gravement blessée ? J'en suis désolée. » Le visage jovial exprimait une vraie sympathie. « Assommée, je suppose. Et peu après être sortie d'ici ? C'est terrible. »

Dalgliesh sortit la photo de Mrs Carpenter et la lui tendit. Elle réagit aussitôt: « Ah, c'est la personne dont vous me parliez. Oui, elle est venue ici dimanche après-midi. Je me la rappelle très nettement. Il n'est venu que trois personnes pour se confesser et elle en était. Les confessions sont de trois à cinq le dimanche. Le père Presteign sera terriblement affecté de savoir qu'elle a été blessée. Il est dans la sacristie en ce moment, si vous voulez le voir. »

Dalgliesh la remercia gravement et remit la photo dans son portefeuille. Tandis qu'ils remontaient tous deux le bas-côté, Kate se retourna. La femme, chiffon en main, les regardait. Rencontrant les yeux de Kate, elle se pencha de nouveau et se mit à frotter vigoureusement. Comme si elle avait été prise en flagrant délit de curiosité déplacée.

La sacristie était une grande pièce à droite du maître-autel. La porte était ouverte et, quand leur ombre se projeta sur le seuil, un homme âgé se retourna pour les accueillir. Il se tenait devant un placard, un livre pesant relié de cuir à la main. Il le replaça sur un rayon, ferma la porte du placard et dit, sans trace de surprise : « Adam Dalgliesh, n'est-ce pas ? Entrez, je vous en prie. Cela doit bien faire six ans que nous ne nous sommes pas rencontrés. Très content de vous voir. Vous allez bien, j'espère ? »

Au premier abord, l'impression produite était moins forte que Kate ne s'y était attendue. Elle pensait voir quelqu'un de plus grand avec le visage mince et ascétique d'un célibataire érudit. Le père Presteign ne devait pas mesurer plus d'un mètre soixante. Il était vieux, mais sans donner la moindre impression de faiblesse. La chevelure grise encore épaisse était taillée plutôt que modelée autour d'un visage lunaire qui eût mieux convenu à un comédien, se dit-elle, qu'à un prêtre. La bouche était grande et pleine d'humour. Mais derrière les lunettes d'écaille, le regard était aussi pénétrant qu'il était doux et quand il parla, elle se dit qu'elle n'avait jamais entendu voix humaine plus agréable.

Dalgliesh dit : « Je vais bien, je vous remercie, mon père. Puis-je vous présenter l'inspecteur Kate Miskin ? Nous sommes ici en tant que policiers hélas.

– Je le pensais bien. En quoi puis-je vous être utile ? »

Dalgliesh ressortit la photo. « Je crois savoir que cette femme, Janet Carpenter, est venue se confesser dimanche après-midi Elle habitait 16 Sedgemoor Crescent. Nous l'avons trouvée ce matin dans sa salle de séjour, la gorge ouverte. C'est presque certainement un crime. »

Le père Presteign regarda la photo sans la prendre.

Puis il se signa discrètement et resta un instant silencieux, les yeux fermés.

« Nous avons besoin de tous les renseignements que vous pourrez nous donner pour nous aider à découvrir pourquoi elle a été tuée et par qui. » Le ton était calme, inflexible, mais sans rudesse.

Le père Presteign, qui n'avait exprimé ni horreur ni surprise, dit alors : « Si je peux aider, bien entendu je le ferai. Ce serait mon devoir comme ce serait mon souhait. Mais je n'avais jamais rencontré Mrs Carpenter avant ce dimanche. Tout ce que je sais d'elle m'a été dit sous le sceau de la confession. Désolé, Adam.

– C'est à peu près ce que j'attendais et ce que je craignais. »

Il ne protesta pas. Kate se demanda si c'était tout ce qu'ils allaient obtenir. Elle essaya de dominer sa frustration et un sentiment plus proche de la colère que de la déception. Elle dit : « Vous savez évidemment que Venetia Aldridge, C. R., a été assassinée elle aussi. Les deux morts sont presque certainement liées. Vous pouvez sûrement nous dire si nous devons encore rechercher le meurtrier de Miss Aldridge ? »

Les yeux du vieil homme la fixèrent et elle y lut une pitié qui devait être autant pour elle que pour les deux mortes. Elle en fut ulcérée, tout comme de sentir cette volonté implacable que rien, elle le savait, ne pourrait briser.

Elle dit, plus rudement : « C'est un assassinat, mon père. Celui qui a tué ces deux femmes pourrait tuer encore. Vous pouvez sûrement répondre à cette seule et unique question : Mrs Carpenter a-t-elle avoué avoir tué Venetia Aldridge ? Perdons-nous notre temps à rechercher un autre coupable ? Mrs Carpenter est morte. Si vous lui manquez de parole, peut-elle s'en soucier ? Est-ce qu'elle ne voudrait pas que vous nous aidiez ? Est-ce qu'elle ne voudrait pas que son assassin soit arrêté ? »

Le père Presteign dit : « Mon enfant, ce n'est pas à Janet Carpenter que je manquerais de parole. »

Puis, se retournant vers Dalgliesh : « Où est-elle, maintenant ?

– Elle a été emmenée à la morgue. L'autopsie sera pratiquée plus tard dans la journée, mais la cause de la mort était évidente. Comme je vous l'ai dit, elle avait la gorge tranchée.

– Y a-t-il quelqu'un que je devrais voir ? Elle vivait seule, je crois.

– À notre connaissance, elle vivait seule et n'avait pas de famille. Mais vous devez en savoir plus que nous sur elle, mon père. »

Le vieux prêtre dit : « S'il n'y a personne d'autre pour en prendre la responsabilité, j'aiderai aux dispositions pour les funérailles. Je crois qu'elle aimerait un requiem. Vous garderez le contact, Adam ?

– Bien sûr. En attendant nous allons poursuivre notre enquête. »

Le père Presteign redescendit la nef avec eux. Arrivé à la porte, il se tourna vers Dalgliesh. « J'aurai peut-être un moyen de vous aider. Avant de quitter l'église, Mrs Carpenter m'a dit qu'elle allait m'écrire une lettre. Une fois que je l'aurai lue, je pourrai en faire ce que je jugerai bon, y compris la communiquer à la police. Elle a pu changer d'avis, il n'y a peut-être pas de lettre. Mais si elle l'a écrite et si, comme elle me l'avait promis, cette lettre me donne l'autorisation de vous transmettre ce qu'elle contient, alors j'envisagerai de le faire. »

Dalgliesh dit : « Elle a effectivement posté une lettre hier soir. Pour être précis, elle a été vue quittant sa maison une enveloppe à la main.

– Alors, c'est peut-être la lettre qu'elle s'était engagée à écrire. Si elle l'a envoyée par courrier urgent elle arrivera peut-être demain matin, bien qu'on ne puisse jamais être sûr. C'est assez étrange d'ailleurs, habitant si près, qu'elle ne l'ait pas glissée dans la porte de l'église. Mais elle pensait peut-être que la poste serait plus sûre. Les lettres sont en général distribuées peu après neuf heures. Je serai ici à huit heures et demie pour dire la première messe et l'église sera ouverte, si vous voulez bien revenir à ce moment-là. »

Ils le remercièrent et lui serrèrent la main. Kate eut l'impression qu'il n'y avait plus rien à dire.

34

Six heures, ce même jour. Dans son bureau des Chambers, Hubert Langton, debout devant sa fenêtre, regardait dehors la cour éclairée au gaz.

Il dit à Laud : « J'étais exactement ici, vous vous rappelez, deux jours avant la mort de Venetia, et nous avions parlé de son élection à la tête des Chambers. Il n'y a que huit jours et cela semble une éternité. Maintenant ce second meurtre, horreur sur horreur. C'était peut-être le monde de Venetia, mais ce n'est pas le mien. »

Laud dit : « Cela n'a rien à voir avec les Chambers.

– L'inspecteur Tarrant n'a pas l'air de cet avis.

– Il avait aussi l'air de croire, bien que nous ayons eu beaucoup de difficulté à le lui arracher, que Janet Carpenter était morte entre sept heures et huit heures. Dans ce cas la plupart d'entre nous ont le meilleur des alibis – Adam Dalgliesh en personne. C'est passé, maintenant, Hubert. Du moins le pire.

– Croyez-vous ?

– Bien sûr. C'est Janet Carpenter qui a tué Venetia.

– La police n'a pas l'air de le croire.

– Ça ne l'arrange peut-être pas de le croire, mais on ne prouvera jamais le contraire. Elle tient son mobile maintenant. Tarrant l'a plus ou moins admis quand il nous a dit qui était Mrs Carpenter. Je me représente exactement comment les choses se sont passées. Mrs Watson est inopinément absente. Mrs Carpenter se trouve seule dans les Chambers avec Venetia qui travaille encore. Elle ne peut pas résister à cette occasion de l'affronter, et de l'accuser d'être indirectement responsable de la mort de sa petite-fille. J'imagine la façon dont Venetia aura répondu. Elle est en train d'ouvrir des lettres, le coupe-papier là, sur son bureau. Carpenter le saisit et l'enfonce. Elle n'avait peut-être pas l'intention de tuer, mais elle a tué. Elle s'en serait presque certainement tirée avec un meurtre sans préméditation si elle était passée en jugement.

– Et ce second meurtre ?

– Est-ce que vous voyez quelqu'un aux Chambers trancher la gorge d'une femme ? Laissez la mort de Janet Carpenter à la police, Hubert. Résoudre ce genre de problème, c'est leur travail, pas le nôtre. »

Langton ne répondit pas tout de suite. Puis il dit : « Comment Simon prend-il cela ?

– Simon ? Il est soulagé, j'imagine, comme nous tous. C'était inconfortable de se savoir suspecté. Au début, l'expérience avait son intérêt, ne serait-ce que comme nouveauté, mais en se prolongeant elle devenait fastidieuse. Incidemment, Simon semble avoir pris Dalgliesh en grippe. Je me demande bien pourquoi ; il a été parfaitement correct. »

Après un moment de silence, il regarda Langton et dit, plus doucement : « Si nous mettions au point l'ordre du jour pour le 31 ? Est-ce que vous êtes d'accord sur les points principaux et les priorités ? On offre les deux places aux Chambers à Rupert et Catherine. Harry a une prolongation d'une année avec possibilité d'une seconde. Valerie est confirmée comme secrétaire et nous passons une annonce pour engager une assistante permanente qui l'aidera. Harry me dit qu'elle a été surmenée ces temps-ci. Vous annoncez que vous prendrez votre retraite à la fin de l'année et il est convenu que je vous succède. Je suggère que pour l'édification du contingent de Salisbury vous ouvriez la séance par une brève déclaration sur la mort de Venetia. Comme la police ne nous met pas précisément dans la confidence, il n'y a pas grand-chose à dire, mais les Chambers s'attendront à une déclaration. Ne vous laissez pas déborder, nous ne voulons ni questions ni suppositions. Faites court, seulement les faits. Et puis, voulez-vous annoncer votre départ au début ou à la fin de la réunion ? Avez-vous décidé ?

– À la fin. Nous n'allons pas perdre notre temps à des expressions de regret officielles, si peu sincères soient-elles.

– Ne sous-estimez pas ce que vous avez fait pour les Chambers. Mais il y aura un moment plus indiqué pour des adieux en bonne et due forme. À propos, j'ai eu un coup de fil de Salisbury. Ils pensent que nous devrions commencer la réunion par deux minutes de silence. J'en ai parlé à Desmond pour voir sa réaction. Il a dit qu'il irait jusqu'à piétiner ses principes pour se présenter convenablement accoutré à tout genre de service que nous souhaiterions organiser dans l'église du Temple, mais qu'il y avait des hypocrisies qui devraient faire reculer même les Chambers. »

Langton ne sourit pas. Il alla au bureau et prit le projet d'ordre du jour écrit de la main élégante de Laud. Il dit : « Nous n'avons pas encore réfléchi à la commémoration. Venetia n'est même pas encore incinérée et la semaine prochaine tout ce qu'elle refusait sera accepté. Rien ne reste donc de nous après notre mort ?

– Pour les plus heureux, l'amour peut-être. L'influence possiblement. Mais pas la puissance. Les morts sont impuissants. C'est vous qui allez à l'église, Hubert. Rappelez-vous l'Ecclésiaste. Quelque chose sur un chien vivant qui vaut mieux qu'un lion mort ? »

Langton poursuivit tranquillement : « "Car les vivants savent qu'ils mourront, mais les morts ne savent rien ; pour eux, il n'y a plus de rétribution, car leur mémoire est oubliée. Déjà leurs amours, leurs haines, leurs jalousies ont péri ; ils n'auront plus jamais de part à ce qui se fait sous le soleil." »

Et Laud conclut : « Ce qui inclut les décisions arrêtées aux Chambers. Si c'est votre avis, Hubert, je vais prendre l'ordre du jour, le faire dactylographier et photocopier. Je suppose qu'il s'en trouvera pour se plaindre et dire qu'il aurait dû être communiqué plus tôt, mais nous avons eu d'autres choses en tête. »

Il alla vers la porte, puis se retourna et regarda en arrière. Langton se dit : Est-ce qu'il sait ? Est-ce qu'il va m'en parler ou me questionner ? – et se rendit compte que Laud pensait exactement la même chose à son sujet. Mais ni l'un ni l'autre ne dit un mot de plus. Laud sortit et referma la porte derrière lui.

35

C'est à Kate que Dalgliesh demanda de l'accompagner à l'église le lendemain matin, laissant Piers s'occuper des enquêtes dans le Middle Temple. Il semblait à la jeune femme que ce second meurtre éclipsait pour un temps le premier, suscitant dans l'équipe l'impression d'une urgence accrue et d'un danger plus imminent que la mort de Miss Aldridge. Si le même homme était responsable – or, elle ne doutait guère que le meurtre de Mrs Carpenter eût été l'œuvre d'un homme –, alors il appartenait à cette espèce dangereuse qui est prête à tuer et tuer encore.

Arrivé à l'église avant eux, le père Presteign répondit au coup de sonnette de Kate à la porte latérale. En les conduisant le long du court passage qui menait à la sacristie, il demanda : « Voulez-vous un peu de café ?

– Si ça ne vous dérange pas, mon père. »

Il ouvrit un placard dont il sortit un gros bocal de café moulu et une boîte de sucre. Puis il remplit la bouilloire électrique, la brancha et dit : « Le lait ne va tarder à arriver, Joe Pollard l'apporte en venant. Il sert la messe le mercredi ; je le prendrai avec lui après. Ça doit être lui. Je crois que j'entends sa moto. »

Un jeune homme, rendu énorme par un accoutrement de motocycliste plus indiqué pour une traversée de l'Antarctique que pour une journée d'automne en Angleterre, fit irruption dans la sacristie en ôtant son casque.

« Bonjour, mon père. Désolé d'être si juste. C'est mon jour pour faire déjeuner les gamins et la circulation dans Ken High Street est infernale. »

En guise de présentation, le prêtre dit : « Joe se plaint toujours de la circulation, mais je n'ai jamais constaté qu'elle le gênait quand il me prend comme passager. Nous nous faufilons entre les autobus de la plus réjouissante façon, suivis, je dois le dire, par un concert d'imprécations. »

Joe, qui s'était dépouillé de ses cuirs, écharpes et chandails avec une rapidité extraordinaire, avait enfilé et boutonné une soutane puis passé un surplis sur sa tête avec l'aisance d'une longue pratique.

Le père Presteign revêtit ses ornements en silence et dit : « Je vous verrai après la messe, Adam. »

La porte se referma derrière eux. C'était un battant de chêne massif cerclé de fer et ils n'entendaient rien de ce qui se passait derrière. Kate supposa qu'une sorte d'assemblée avait dû se réunir. Elle se représentait les fidèles du petit matin : quelques vieilles femmes, des hommes moins nombreux, peut-être quelques sans-abri qui avaient trouvé la porte ouverte et cherchaient un peu de chaleur. Mrs Carpenter avait-elle été du nombre ? Sans doute pas. Le père Presteign n'avait-il pas dit qu'elle n'était pas un membre régulier de la congrégation ? Alors qu'est-ce qui l'avait amenée dans cette église pour demander l'avis du prêtre, se confesser et recevoir l'absolution ? L'absolution de quoi ? Enfin, avec un peu de chance, ils le sauraient avant de quitter les lieux. À condition, bien sûr, qu'elle eût écrit la lettre promise. Ils mettaient peut-être trop d'espoirs dans ce que le vieux prêtre avait dit. On l'avait vue quitter son appartement une lettre à la main : elle pouvait être adressée à n'importe qui.

Kate s'astreignit à rester assise patiemment. Il était

évident que Dalgliesh ne tenait pas à parler et elle avait appris très tôt la nécessité d'être sensible à ses humeurs et de rester silencieuse quand il était silencieux. En général ce n'était pas difficile. Il était de ces rares personnes parmi celles que Kate connaissait dont le silence produisait non pas une gêne, mais une impression de tranquille soulagement. Pourtant, ce jour-là, elle aurait été heureuse de parler, de savoir qu'il partageait l'impatience et l'inquiétude qu'elle éprouvait. Il restait assis là, immobile, sa tête brune penchée sur sa tasse de café noir qu'il entourait de ses doigts, comme s'il attendait qu'elle refroidisse, ou peut-être avait-il oublié qu'elle était là.

Enfin, elle se leva : « D'ici nous n'entendrons pas le facteur. Je crois que je vais attendre près de la porte. »

Il ne répondit pas. Elle sortit dans l'étroit couloir qui conduisait à la porte latérale, tasse en main. Les minutes s'écoulaient avec une lenteur exaspérante. Mais loin de Dalgliesh elle pouvait au moins calmer son impatience en faisant les cent pas avec vigueur tout en regardant continuellement sa montre. Neuf heures. Le père Presteign n'avait-il pas dit que le facteur passait vers neuf heures, ou tout de suite après ? Tout de suite après, ça pouvait vouloir dire n'importe quoi. Ils risquaient d'attendre une demi-heure. Neuf heures cinq. Neuf heures sept. Et puis, il passa. Elle n'entendit pas le bruit des pas de l'autre côté de la lourde porte, mais la boite fut ouverte et le courrier tomba dedans : deux grosses enveloppes en papier kraft, quelques factures, une volumineuse enveloppe blanche marquée « Personnel » et adressée au père Presteign. Une écriture cultivée, celle d'une personne qui écrivait d'une main sûre. Elle avait vu une enveloppe de cette dimension et marque dans l'appartement de Mrs Carpenter. C'était certainement celle qu'ils attendaient. Elle la porta à Dalgliesh en lui disant : « Elle est arrivée, patron. »

Il prit la lettre et la posa sur la table, puis mit le reste du courrier à côté, en un petit tas bien net.

« On dirait, Kate. »

Elle essaya de dissimuler son impatience. La lettre, d'une blancheur irréelle sur le bois foncé de la table, était là comme un présage.

« Elle va prendre combien de temps, patron, cette messe ?

– Une messe basse, sans sermon ni homélie, à peu près une demi-heure. »

Elle jeta un coup d'œil furtif à sa montre. Encore un quart d'heure.

Mais la demi-heure n'était pas tout à fait écoulée que la porte s'ouvrait devant le prêtre et Joe. Celui-ci se dévêtit, enfila son uniforme multicouche de motard et se métamorphosa de nouveau en un énorme insecte métallique.

Il dit : « Je ne prendrai pas de café ce matin, mon père. Oh, j'ai oublié, Mary m'a demandé de vous dire qu'elle s'occuperait des fleurs pour Notre-Dame, dimanche, puisque Miss Pritchard est à l'hôpital. Vous avez su qu'elle avait été opérée ?

– Oui, je l'ai su, Joe. J'irai la voir cet après-midi si elle est assez bien pour recevoir des visites. Remercie Mary de ma part. »

Ils sortirent ensemble tandis que Joe parlait encore. La porte extérieure se referma bruyamment et Kate eut l'impression que, avec le départ de Joe, le monde normal, celui dans lequel elle vivait et qu'elle comprenait, avait disparu, la laissant mentalement isolée et physiquement mal à l'aise. Soudain l'odeur de l'encens était devenue oppressante, la sacristie elle-même claustrophobique et bizarrement menaçante. Elle eut l'envie irrationnelle de prendre la lettre, de l'emporter dehors, au grand air, et de la lire pour ce qu'elle était, une lettre importante certes, peut-être même capitale pour leur enquête, mais enfin rien de plus qu'une lettre.

Le père Presteign était revenu. Il la prit, dit : « Je vais vous laisser un moment, Adam », et repartit dans l'église.

« Vous ne croyez pas qu'il va la détruire ? » demanda

Kate qui regretta ces mots dès qu'elle les eut prononcés.

Dalgliesh répondit : « Non, il ne la détruira pas. Mais nous la remettra-t-il ? Cela dépendra de ce qu'elle contient. »

Et l'attente recommença. Une longue attente. Kate se disait : Il faut qu'il nous la remette. C'est une pièce à conviction. Il doit y avoir un moyen de l'obliger à nous la remettre. On ne peut sceller le contenu d'une lettre par le secret du confessionnal. Et pourquoi met-il si longtemps ? Il ne doit pas lui falloir plus de dix minutes pour lire une lettre. Qu'est-ce qu'il fait là-bas ? Il est peut-être devant l'autel en train de prier son Dieu.

Il lui revenait en mémoire, sans qu'elle pût en trouver la raison, des fragments d'une conversation qu'elle avait eue avec Piers à propos du choix curieux qu'il avait fait pour son sujet de thèse. Désormais, elle s'émerveillait de la patience avec laquelle il avait supporté ses questions.

« Cette théologie, qu'est-ce qu'elle vous apporte ? Après tout, vous avez passé trois ans à l'étudier. Elle vous apprend comment vivre ? Elle répond à certaines questions ?

– Quelles questions ?

– Les grandes. Celles qu'on n'a aucune raison sensée de poser. Pourquoi sommes-nous ici ? Que se passe-t-il quand nous mourons ? Sommes-nous vraiment libres ? Dieu existe-t-il ?

– Non, elle ne répond pas aux questions comme la philosophie ; elle indique celles qu'il faut poser.

– Je sais quelles questions poser. Ce sont les réponses que je cherche. Et puis, apprendre à vivre, est-ce que ce n'est pas aussi de la philosophie ? Quelle est la vôtre ? »

La réponse était venue, facile, mais honnête à son avis : « Être aussi heureux que je le peux, ne pas faire de mal aux autres et ne pas geindre, dans cet ordre-là. »

C'était en somme une base de vie aussi raisonnable

que toutes celles qu'elle connaissait. C'était d'ailleurs la sienne. Pas besoin d'aller à Oxford pour apprendre ça. Mais qu'est-ce que cela apportait quand on se trouvait en face d'un enfant torturé et assassiné, ou de ce corps gisant comme un animal de boucherie, la gorge tranchée ? Le père Presteign croyait peut-être avoir la réponse. Si oui, pouvait-elle vraiment se trouver dans cette pénombre lourde d'encens ? Enfin, il fallait bien croire à ce que l'on faisait, que l'on fût prêtre ou policier. Il y avait quelque justification à dire : « C'est ce que j'ai choisi de croire, c'est à cela que je resterai fidèle. » Pour elle ç'avait été la police. Le père Presteign avait choisi un engagement plus mystérieux. Ce serait difficile pour l'un comme pour l'autre si leurs fidélités devaient entrer en conflit.

La porte s'ouvrit et le prêtre entra. Très pâle, il tendit la lettre à Dalgliesh en lui disant : « Elle m'a autorisé à vous la remettre. Je vous laisse la lire en paix. Il faudra que vous l'emportiez, je suppose.

– Oui, il faudra que nous l'emportions, mon père. Bien entendu, je vous donnerai un reçu. »

Le père Presteign ne l'avait pas remise dans son enveloppe.

Dalgliesh dit : « Elle est plus longue que je ne m'y attendais. Je pense que c'est la raison pour laquelle elle a manqué la levée de lundi. Il a dû lui falloir au moins une journée pour l'écrire. »

Le prêtre dit : « Elle était professeur d'anglais. Pour elle, les mots écrits étaient aussi familiers que la parole. Et je crois qu'elle avait besoin de l'écrire, de consigner la vérité, autant pour elle que pour vous. Je reviendrai avant que vous partiez. »

Il retourna dans l'église et ferma la porte.

Dalgliesh déplia la lettre sur la table, Kate tira une chaise à côté de lui et ils lurent ensemble.

36

Janet Carpenter n'avait pas perdu son temps en préliminaires, poussée qu'elle était par une nécessité qui allait bien au-delà des promesses qu'elle avait pu faire au père Presteign.

Mon père,

Cela a presque été un soulagement quand Rosie s'est tuée. Je sais que c'est une chose terrible à écrire ; c'était une vérité terrible à confesser. Mais je ne crois pas que j'aurais pu continuer à vivre avec son chagrin sans perdre la raison. Elle avait besoin de moi, je n'aurais pas pu la laisser. Nous étions rivées l'une à l'autre par le chagrin – pour mon fils, pour la mort de sa fille – mais c'est la mort d'Emily qui l'a tuée. Et si elle n'avait pas mis de côté ces tablettes de Distalgesic pour les avaler avec cette bouteille de vin rouge, elle aurait tout de même fini par mourir de chagrin, mais plus lentement. Elle errait dans la maison comme une morte vivante, les yeux vitreux, accomplissant de petites tâches ménagères comme si elle avait été programmée pour cela. Ses rares sourires étaient comme des tics de la bouche. Son silence docile, sans plainte, était presque plus terrible que les crises de sanglots frénétiques. Quand j'essayais de la réconforter en la prenant silencieusement dans mes bras, elle ne résistait ni ne réagissait. Pas de mots. Nous n'en avions plus ni l'une ni l'autre. C'était peut-être cela la difficulté. Je savais seulement qu'elle avait le cœur brisé et je sais maintenant que cette expression n'est pas une exagération sentimentale ; tout ce qui faisait qu'elle était Rosie avait été brisé. Elle vivait chaque heure éveillée dans la sombre horreur de l'assassinat d'Emily. Je suis seulement étonnée que si épuisée, si dépersonnalisée, elle ait trouvé la force et la volonté de mettre fin à cette torture et de m'écrire ce dernier mot cohérent.

Je pleurais avec elle et pour elle. Oui, bien sûr, moi aussi j'avais aimé Emily. Je pleurais l'Emily que je connaissais et tous les enfants violés. Mais pour moi, la colère avait pris le pas sur le chagrin – une colère terrible, dévorante – et dès le début, cette colère se concentra sur Venetia Aldridge.

Si Dermot Beale n'avait pas été reconnu coupable, j'aurais peut-être élaboré des plans pour le faire payer. Mais Beale était en prison, condamné à une peine minimale incompressible de vingt ans. Je serais morte avant qu'il retrouve la liberté. Au lieu de cela ma haine a trouvé son objet, son indispensable exutoire, dans la femme qui l'avait défendu lors de son premier procès. Elle l'avait fait brillamment, ce qui lui avait valu un grand triomphe d'éloquence, après un contre-interrogatoire magistral des témoins à charge, autre succès personnel. Et Dermot Beale était reparti libre de tuer encore. Cette fois, c'était Emily qui, revenant à bicyclette du village à moins de quinze cents mètres avec son panier plein de provisions, avait entendu le bruit des roues de la voiture sur cette route déserte. Et cette fois, Aldridge n'était pas là pour le défendre. J'ai entendu dire qu'elle ne représentait jamais deux fois le même client. Même elle n'aurait peut-être pas eu l'outrecuidance de le faire. Cette fois, il ne s'en est pas tiré.

Je ne crois pas que ma haine pour Aldridge était naïve. Je connaissais les arguments, je savais ce que ses confrères du barreau diraient à sa décharge. Elle faisait son métier ; un accusé, si évidente que sa culpabilité pût paraître avant que des faits fussent connus, si odieux le crime, si peu engageant son aspect ou repoussante sa personnalité, a le droit d'être défendu. Un avocat n'est pas tenu de croire à l'innocence de son client, mais seulement de tester les preuves invoquées contre lui et, s'il y a une faille dans le dossier de l'accusation, de l'élargir pour qu'il puisse ramper jusqu'à la liberté. Elle jouait un jeu lucratif selon des règles compliquées faites, du moins me semble-t-il, pour désavantager ses adversaires, un jeu parfois gagné au prix d'une vie humaine. Tout ce que je voulais, c'était qu'une fois, une seule, elle dût payer le prix de la victoire. La plupart d'entre nous doivent vivre avec le résultat de leurs actes. Ceux-ci ont des conséquences. C'est une des premières leçons que nous avons à apprendre dès l'enfance, et certains n'y parviennent jamais. Elle remportait des victoires et pour elle, c'était fini ; d'autres ont eu à vivre avec les conséquences ; d'autres ont payé le prix. Cette fois, je voulais qu'elle paie.

C'est seulement après la mort de Rosie que ressentiment et colère sont devenus ce que je dois bien accepter maintenant de considérer comme une obsession. Peut-être en partie parce que j'étais désormais délivrée de la nécessité de soigner et de réconforter Rosie ; mon esprit et mon cœur étaient libres de ressasser les événements. Peut-être aussi parce que, après la mort de Rosie, j'ai perdu la foi. Non pas la foi chrétienne, cette tradition tractarienne Haute Église, cette forme du culte sacramentelle dans laquelle j'ai été élevée et dans laquelle j'ai toujours trouvé un havre naturel. Je ne croyais plus en Dieu. Je n'étais pas en colère contre Lui, ce qui aurait au moins été compréhensible. Dieu doit être habitué aux colères humaines. Après tout, Il les provoque. Simplement je me suis éveillée un matin avec le même chagrin, les mêmes tâches quotidiennes si fastidieuses à accomplir et la certitude que Dieu était mort. C'était comme si j'avais entendu toute ma vie les battements d'un cœur invisible désormais silencieux à jamais.

Je n'avais conscience d'aucun regret, mais seulement d'une immense solitude et d'un grand isolement. J'avais l'impression que le monde vivant tout entier était mort avec Dieu. J'ai commencé à faire un rêve récurrent dont je m'éveillais non pas terrifiée et hurlante comme Rosie après avoir rêvé de la mort d'Emily, mais écrasée par une profonde tristesse. Dans ce rêve j'étais debout sur une grève déserte au coucher du soleil, avec une mer très forte qui roulait et se brisait sur mes chevilles en suçant le gravier sous mes pieds. Pas d'oiseaux et je savais que la mer était sans vie, que la terre entière était sans vie. C'est alors qu'elle commençait à sortir de l'eau et à me dépasser sans me regarder ni parler, la grande armée des morts. Je voyais Ralph et Rosie avec Emily. Eux ne me voyaient ni ne m'entendaient, et quand je les appelais ou que j'essayais de les toucher, ils n'étaient qu'une froide brume de mer dans mes mains. Je descendais quatre à quatre pour écouter l'émission internationale de la BBC, à la recherche désespérée d'une voix humaine rassurante. C'est de ce vide, de cette solitude que mon obsession s'est nourrie.

Au début, c'était aussi simple que le souhait de voir quelqu'un tuer la fille de Venetia Aldridge et puis s'en aller libre, mais cela, c'était réservé à mes fantasmes personnels. Ce n'était pas quelque chose que je pouvais manigancer ni que, dans le fond de mon cœur, je voulais vraiment. Je n'étais pas devenue un monstre. Mais de ce fantasme privé une vision plus réaliste était née. Supposons qu'un jeune homme accusé d'un crime grave – meurtre, viol, vol – soit défendu avec succès par Aldridge et se soit mis en tête après son acquittement de séduire, voire peut-être d'épouser sa fille. Je savais qu'elle avait une fille. On les avait vues toutes les deux après l'une de ses plaidoiries les plus réussies dans l'un de ces articles « mère et fille » devenus si chers aux suppléments du dimanche. La photo, nullement sentimentale mais posée avec soin, les représentait toutes deux ensemble ; Octavia, les yeux fixés sur l'objectif, ne se donnait même pas la peine de dissimuler sa répugnance gênée. Cela m'en disait plus que tout l'article, bien écrit, et visiblement approuvé par son principal sujet. Sous l'œil impitoyable de l'objectif se lisait la vieille histoire d'une mère belle et auréolée de succès en face de sa fille laide et pleine de rancœur.

S'il y avait là un plan que je pouvais mettre à exécution, j'aurais besoin d'argent. Il faudrait acheter le jeune homme et l'acheter avec une somme en espèces à laquelle il ne pourrait résister. Je devrais aller m'installer à Londres, parvenir à connaître la vie de Venetia Aldridge, son emploi du temps, l'endroit où elle habitait avec sa fille, le tribunal devant lequel elle allait plaider, assister à autant de ses procès que possible, chaque fois que le crime était grave et l'accusé un jeune homme. Tout cela paraissait possible. J'avais déjà décidé de vendre la maison où j'avais vécu avec Rosie et Emily, elle m'appartenait et l'emprunt était remboursé depuis longtemps. La vente me procurerait de quoi acheter un petit appartement commode à Londres en laissant plus qu'assez pour acheter un homme de main. J'essaierais de trouver une place de femme de ménage dans le Middle Temple avec l'espoir de passer éventuellement dans les Chambers de Venetia Aldridge. Tout cela prendrait du temps, mais je n'étais pas pressée. La fille, Octavia, n'avait que seize ans et mon plan exigeait qu'elle fût majeure. Je ne voulais pas que sa mère la mît sous tutelle judiciaire pour empêcher un mariage désassorti. Et il fallait que je choisisse bien mon homme. De lui dépendait le succès de toute l'entreprise. Je n'avais pas droit à l'erreur, mais je disposais d'un grand avantage : professeur pendant plus de trente années dont beaucoup parmi des adolescents, je pensais être capable de discerner les qualités que je recherchais : vanité, aptitude à agir, absence de scrupules, avidité. Et puis, avec une place aux Chambers, j'aurais accès aux papiers de Venetia Aldridge. J'en connaîtrais plus sur la vie et le passé de mon candidat qu'il n'en connaîtrait jamais sur les miens.

Tout se déroula comme prévu. Les détails importent peu et d'ailleurs la police doit les connaître maintenant. Je sais qu'elle s'est entretenue avec Miss Elkington. J'en étais donc arrivée là où je voulais : un appartement à Londres que je pouvais espérer discret, un travail dans les Chambers d'Aldridge, une possibilité d'accès occasionnelle à son appartement. Tout allait si bien que si j'avais été superstitieuse je me serais dit – du moins en avais-je l'impression – que ma grande vengeance était prédestinée et mon petit esquif lancé au milieu de nuages d'encens propitiatoire. Mais je n'employais pas le terme de vengeance à l'époque. Je me voyais dans un rôle plus noble, réparant une injustice, donnant une leçon. Je sais maintenant que ce que je préparais était bien une vengeance et l'assouvissement de cette vengeance, que ma haine envers Venetia Aldridge était à la fois plus personnelle et plus complexe que je ne voulais bien l'admettre. Je sais maintenant qu'elle était essentiellement mauvaise. Je sais aussi que c'est elle qui m'a empêchée de devenir folle.

Dès le début, je crois, j'ai accepté l'idée que le succès serait, dans une large mesure, une question de chance. Je pourrais ne jamais trouver le jeune homme qu'il me fallait ou, si je le trouvais, il pourrait ne pas réussir auprès d'Octavia. Paradoxalement, cette conviction que les événements n'étaient pas entièrement sous mon contrôle semblait rendre l'entreprise plus rationnelle et plus réalisable. Et puis, je ne bouleversais pas toute ma vie pour un caprice. J'avais besoin de vendre la maison, de m'en aller, de me libérer des regards curieux des étrangers et de la sympathie gênée des amis, ce mot si galvaudé qui peut commodément recouvrir n'importe quoi depuis l'amour jusqu'à la tolérance mutuelle entre voisins. Quand je leur disais : « Ne m'écrivez pas, j'ai besoin de quelques mois absolument seule, libérée du passé », je pouvais lire le soulagement dans leurs yeux. Ils s'étaient trouvés désemparés devant un chagrin écrasant. Certains amis, surtout ceux qui avaient des enfants, n'essayèrent pas et, après une seule lettre ou une seule visite, prirent leurs distances, comme si j'étais contagieuse. Il est certaines horreurs, et l'assassinat d'un enfant en est une, qui nous atteignent dans nos peurs les plus viscérales, des peurs dont nous osons à peine reconnaître l'existence, au cas où un sort funeste, pressentant les abîmes de notre horreur imaginée, frapperait triomphalement pour en faire une réalité. Ceux qui connaissent des malheurs insignes ont toujours été les lépreux de la terre.

Et puis j'ai rencontré Mr Froggett. Je ne connais toujours pas son prénom. Il sera à jamais Mr Froggett pour moi et moi Mrs Hamilton pour lui. J'utilisais mon nom de jeune fille, si familier qu'il devait à mon avis m'empêcher de me trahir. Je ne lui ai confié ni mon vrai nom, ni mon passé, ni l'adresse où je travaillais, ni celle où j'habitais. Nous nous sommes rencontrés pour la première fois dans la tribune du public, à l'Old Bailey, deuxième chambre. Il y a des habitués qui assistent aux procès importants ou intéressants, surtout à l'Old Bailey, et après cette première rencontre je l'ai revu à chacune de mes visites, petit homme très simple, à peu près de mon âge, toujours bien habillé et qui, comme moi, restait patiemment assis pendant toutes les longueurs des débats, alors que les spectateurs à la recherche de sensationnel étaient partis vers des divertissements plus corsés ; de temps en temps il prenait des notes avec ses petites mains délicates, comme s'il contrôlait les performances des principaux acteurs. Ce à quoi nous assistions était une véritable représentation, c'est cela qui était fascinant. C'était un spectacle dans lequel certains des personnages connaissaient leur texte et l'intrigue, cependant que d'autres étaient des amateurs, jouant pour la première fois sur une scène inconnue et effrayante ; mais un rôle avait été assigné à chacun dans une représentation qui apportait la satisfaction ultime au public : personne n'en connaissait le dénouement.

Après une demi-douzaine de ces rencontres, Mr Froggett a commencé à risquer un timide bonjour, mais sans me parler, jusqu'au jour où j'ai été prise d'un malaise pendant le discours d'ouverture de l'accusation dans une affaire particulièrement horrible de cruautés et de sévices sur un enfant. C'était le premier procès de ce genre auquel j'assistais. Je m'étais bien dit qu'il y aurait des moments où j'aurais du mal à tenir, mais je n'avais jamais envisagé une situation comme celle-là : le procureur en toge et perruque détaillant de sa voix calme, cultivée, sans fioritures et apparemment sans émotion, la torture et la dégradation de jeunes garçons dans un asile. Et ce procès ne me servait à rien. Je m'étais très vite rendu compte que la plupart des crimes sexuels seraient dans ce cas. Les hommes concernés étaient des êtres repoussants ou plus souvent pathétiques que je pouvais écarter comme totalement inadaptés à mon projet dès qu'ils apparaissaient devant la cour. Ce jour-là, je me mis la tête entre les jambes et le malaise se dissipa en grande partie. Je savais qu'il me fallait partir, ce que j'ai fait aussi discrètement que possible, mais j'étais au milieu d'une travée bondée et je ne pus éviter de déranger.

En arrivant dans le hall je trouvai le petit homme à mon côté qui me dit : « Pardonnez-moi mon indiscrétion, mais j'ai vu que vous étiez souffrante et que vous n'aviez personne avec vous. Puis-je vous aider ? Peut-être me permettriez-vous de vous emmener prendre une tasse de thé. Il y a tout près d'ici un petit café très convenable où je vais parfois. Il est vraiment très propre. »

Les mots, le ton, la courtoisie étudiée qui révélait une extrême timidité, tout cela était complètement démodé. Je me rappelle que je me suis représenté une image ridicule de notre couple sur le pont du *Titanic* : « Je vous en prie, permettez-moi, madame, de vous offrir ma protection et de vous aider à monter dans ce canot de sauvetage. » En le regardant dans les yeux, des yeux sincèrement soucieux derrière les verres de lunettes épais, je n'éprouvais aucune méfiance. Ma génération sait d'instinct – ce qui manque aux jeunes femmes d'aujourd'hui – quand nous pouvons faire confiance à un homme. Nous sommes donc allés au petit café très convenable, un de ces innombrables établissements destinés aux employés de bureau ou aux touristes, où l'on trouve des sandwiches tout frais aux garnitures variées disposés sur des plats sous le comptoir : œufs, sardines grillées, thon, jambon – avec du bon café et du thé bien fort. Il me conduisit dans un coin de la salle à une table carrée recouverte d'une nappe à carreaux rouges et blancs, puis alla chercher deux tasses de thé et deux éclairs au chocolat. Ensuite il m'accompagna jusqu'à la station de métro et prit congé. Nous avions échangé nos noms mais rien de plus. Il ne me demanda ni si j'avais loin à aller, ni où j'habitais et je sentis en lui une répugnance naturelle à sembler curieux, le souci que je n'aie pas l'impression d'avoir affaire à un importun, utilisant son geste pour m'imposer une intimité que je pourrais ne pas souhaiter.

Et c'est ainsi que commencèrent nos relations. Il ne pouvait s'agir d'amitié alors que je me confiais si peu, mais elles avaient certains de ses aspects réconfortants sans aucun de ses engagements. Nous avions désormais l'habitude d'aller prendre le thé après la fin de l'audience, au même café ou à un autre tout semblable. Lors de notre première rencontre, je craignais non pas qu'il devînt indiscret, mais qu'il lui parût de plus en plus étrange de me voir si peu communicative, ou plus étrange encore, assistant semaine après semaine au déballage triste et souvent prévisible des faiblesses humaines – des faiblesses et des vices. Mais il apparut que c'était bien le cadet de ses soucis. Obsédé lui-même par le droit pénal, rien ne lui semblait plus naturel que de constater le même intérêt passionné chez moi. Il me confiait beaucoup de choses sur lui et ne semblait pas remarquer que je lui en confiais si peu sur moi. À notre troisième rencontre, il me dit une chose qui commença par me terrifier jusqu'à ce que je me rende compte non seulement que cela ne présentait aucun danger, mais pourrait même être un signe de plus que mon entreprise allait réussir. Il avait enseigné dans une école privée dirigée par le père de Venetia Aldridge qu'il avait bien connue enfant. Il prétendit – et pour la première fois je sentis en lui la présence indiscutable d'une certaine vanité qui, après que je l'eus notée, me sembla faire partie de sa personnalité – que c'était lui qui lui avait donné le goût du droit et qui lui avait mis le pied à l'étrier au début de sa brillante carrière. Ma main tremblait en soulevant ma tasse de thé et je répandis un peu de liquide dans la soucoupe. Je dus attendre que la réaction se passât, après quoi je reversai tranquillement dans la tasse ce que j'avais fait déborder. Sans le regarder, je lui demandai d'un ton uni, comme si la question n'était dictée que par un intérêt assez distant : « Vous la voyez encore, maintenant ? Je pense qu'elle doit être reconnaissante que vous vous intéressiez toujours à sa carrière. Elle vous procurerait sans doute volontiers une place dans la salle d'audience.

– Non, je ne la vois pas. Je prends bien soin de ne pas me placer à un endroit où je pourrais attirer son attention – non pas qu'il y ait un grand risque, mais je pourrais avoir l'air de me mettre en avant. C'était il y a bien longtemps, elle peut m'avoir oublié. Mais j'essaie de ne manquer aucun de ses procès. C'est un hobby maintenant, suivre sa carrière. Mais bien sûr, ce n'est pas toujours facile de savoir où elle va intervenir. »

Sans réfléchir, je lui dis : « Je pourrais probablement vous aider. J'ai une amie qui travaille aux Chambers. Bien sûr elle ne demanderait pas directement, elle a une situation tout à fait subalterne, mais il doit y avoir des rôles. Je pourrais sans doute trouver pour vous quand Miss Aldridge doit intervenir et dans quelle salle. »

Mr Froggett fut sincèrement, presque pathétiquement reconnaissant. Me disant : « Il vous faudra mon adresse », il sortit son carnet de notes, écrivit l'indication de ses petites mains toutes proches l'une de l'autre comme des pattes, arracha soigneusement la page et me la donna. S'il trouva bizarre que je ne réponde pas par un geste de confiance réciproque, en lui communiquant la mienne, il n'en laissa rien paraître. Je vis qu'il habitait – sans doute y est-il toujours – un appartement à Goodmayes, Essex. Dans un de ces immeubles modernes avec des petits appartements tous semblables et sans caractère. Après cela je lui envoyai de temps en temps une carte postale, uniquement avec une date et un nom de lieu – Tribunal de Winchester, 3 octobre – que je signais de mes initiales, J.H. Je ne le voyais pas toujours à l'audience, évidemment. Si l'accusé était une femme, donc inutilisable pour mon projet, je ne me dérangeais pas.

Mais ces demi-heures partagées dans une compagnie qui n'exigeait rien de moi devinrent certains des interludes les plus heureux de ma vie hantée. « Les plus heureux » – la formule est peut-être trop positive. Le bonheur n'est pas une émotion que je ressens encore et je ne m'attends plus à la ressentir désormais. Mais il y avait là une sorte de contentement, une tranquillité et l'impression d'appartenir de nouveau au monde réel que je trouvais réconfortantes. Notre couple eût paru cocasse à qui s'y serait intéressé, mais bien entendu personne ne s'y intéressait. C'était Londres. Les employés de la ville bavardaient entre eux avant de prendre le chemin du retour, les touristes avec leurs appareils photo, leurs plans et leurs jacasseries étrangères, parfois un buveur de thé solitaire, entraient sans un regard dans notre direction. Tout cela qui est si récent semble pourtant déjà n'être qu'un lointain souvenir; le grondement rythmé de la ville déferlant sur les vitres comme le rugissement de la mer, le sifflement du percolateur, l'odeur des sandwiches grillés, le bruit des tasses et des gobelets entrechoqués. Dans ce cadre nous reparlions des détails de la journée, comparant nos points de vue sur les témoins, évaluant leur sincérité, discutant de la tactique de l'avocat, du verdict possible, de l'hostilité éventuelle d'un juge.

Une fois seulement je m'approchai, dangereusement peut-être, de ma propre obsession. Ce jour-là avait été consacré aux témoins à charge. Je dis : « Elle doit bien savoir qu'il est coupable.

– Ce n'est pas important. Son rôle c'est de le défendre, qu'elle le juge coupable ou non.

– Je sais bien. Mais cela vous aide sûrement de croire que votre client est innocent.

– Cela peut aider, mais ce n'est certainement pas une condition nécessaire pour se charger d'une affaire. » Puis il dit : « Regardez-moi. Supposez que je sois accusé – à tort – de quelque offense grave, peut-être un attentat à la pudeur sur une jeune fille. Je suis seul, je suis solitaire, je n'ai pas un physique bien avantageux. Supposez que mon avoué soit obligé d'aller implorer d'un cabinet de Chambers à un autre, en cherchant désespérément un avocat convaincu de mon innocence, avant que je puisse organiser ma défense. Notre droit repose sur la présomption d'innocence. Il y a des pays où une arrestation par la police est considérée comme un signe de culpabilité et où les procédures pénales qui suivent ne sont guère plus que l'exposé des arguments de l'accusation. Soyons reconnaissants de ne pas vivre dans un tel pays. »

Il avait parlé avec une force extraordinaire. Pour la première fois je sentais en lui une conviction personnelle, passionnée et profondément ancrée. Jusqu'alors je n'avais vu dans son obsession du droit qu'un intérêt intellectuel irrésistible. Mais là, pour la première fois, je découvrais les signes d'un engagement moral sans réserve envers un idéal.

Mr Froggett se rendait dans n'importe quel tribunal quand la présence de Venetia Aldridge était annoncée, mais il aimait surtout l'entendre à l'Old Bailey. Pour lui, aucun autre endroit n'avait l'aura romantique de la première chambre. Le qualificatif peut paraître bizarre pour un endroit dont les origines remontent à Newgate, aux horreurs de ces anciennes prisons, aux exécutions dans la cour de presse où les prisonniers, soumis à la torture, étaient pressés à mort par des poids pour sauvegarder l'héritage de leurs familles. Mr Froggett connaissait ces faits car l'histoire du droit pénal le passionnait mais sans jamais l'accabler, semblait-il. Son obsession pouvait avoir quelque chose de morbide, mais je n'ai jamais décelé le moindre vampirisme, sinon j'aurais trouvé sa compagnie désagréable. Son obsession était essentiellement intellectuelle. La mienne était très différente et pourtant, à mesure que les mois passaient, je commençai à comprendre sa passion, voire à la partager.

Parfois, si une affaire particulièrement intéressante était jugée dans la première chambre, je l'y rejoignais même si Venetia Aldridge ne plaidait pas. C'était important, car il ne devait en aucun cas soupçonner que je ne m'intéressais qu'à la défense. Donc, nombre de fois, je faisais la queue à l'entrée du public, je franchissais le contrôle de sécurité, je grimpais l'escalier apparemment interminable menant au palier de la tribune du public, prenais place et attendais Mr Froggett. Souvent il était là avant moi. Il aimait se mettre au deuxième rang et trouvait bizarre que je ne partage pas sa préférence, jusqu'au moment où je me suis rendu compte qu'il y avait peu de risque que Miss Aldridge levât les yeux et bien moins encore qu'elle me reconnût. Je portais toujours un chapeau à bord et mon plus beau manteau, alors qu'elle ne me voyait qu'en blouse de travail. Il n'y avait aucun danger réel et pourtant il me fallut des semaines avant de me sentir à l'aise assise si en avant.

La vue que j'avais sur la cour était presque aussi bonne que celle du juge. En bas à gauche, le banc des accusés dans sa cage de verre, devant nous le jury, à droite le juge et au-dessous de nous les avocats. Mr Froggett m'avait dit que c'était du premier rang de la tribune du public que la seule photo d'un accusé condamné à mort avait été prise. Il s'agissait de Crippen et de sa maîtresse Ethel Le Neve. La photo avait paru dans un quotidien et c'est à la suite de cet incident qu'une loi avait interdit de prendre des photos dans l'enceinte de la justice.

Il connaissait une foule de ces fragments d'histoire et d'anecdotes. Quand je lui faisais remarquer l'exiguïté de la barre des témoins, l'estrade surmontée d'un dais comme une minuscule chaire, il m'expliquait que c'était là un vestige du temps où les tribunaux siégeaient en plein air, d'où la nécessité de protéger les témoins. Quand je m'étonnais que le juge, si magnifique dans sa robe écarlate, ne s'assît jamais dans le fauteuil du centre, il me disait que celui-ci était réservé au lord-maire de Londres, premier magistrat de la City. Bien qu'il ne préside plus aux débats, il fait une entrée solennelle quatre fois par an, son cortège traversant le Grand Hall jusqu'à la première chambre avec à sa tête le City Marshal*, les Sherifs**, le porte-épée et le crieur public portant l'épée et la masse. Mr Froggett s'exprimait avec regret. C'était un cortège qu'il aurait bien aimé voir.

Il me dit aussi que c'était le tribunal qui avait vu certains des plus grands procès criminels du siècle. Seddon, convaincu d'avoir empoisonné à l'arsenic sa logeuse, Miss Barrow; Rouse et l'assassinat à la

* Fonctionnaire chargé de l'application des lois de la City. *(N.d.T.)*

** À peu près des préfets. *(N.d.T.)*

voiture brûlée, et Haigh qui dissolvait ses victimes dans l'acide – tous avaient été condamnés à mort là. L'escalier au-dessous de la salle avait été foulé par des hommes et des femmes dans les affres d'un espoir fou ou remplis de la terreur de la mort, certains traînés hurlants et gémissants. Je m'étais attendue à ce que l'air même du tribunal fût pollué par les faibles relents à demi imaginaires de cette terreur, mais je le respirais sans rien éprouver. Peut-être était-ce dû à la dignité très ordonnée de la salle – plus petite, plus gracieuse, plus intime que je ne me l'étais imaginée –, la somptuosité de la superbe sculpture des armes royales derrière le dais, l'épée de justice de la City datant du XVIe siècle, les robes et les perruques, la courtoisie de l'étiquette, les voix sans éclat, tout cela imposait une impression d'ordre et de raison, qui faisait croire à la possibilité d'une justice. Et pourtant c'était une arène, tout autant que si le sol avait été jonché de paille ensanglantée et que les adversaires y eussent fait leur entrée au son des trompettes, à demi nus avec leur cuirasse et leur épée, pour s'incliner devant César

Et c'est dans ce tribunal de l'Old Bailey que mes recherches se sont achevées. C'est là que j'ai vu Ashe pour la première fois. Dès le troisième jour des débats, j'ai su que j'avais trouvé mon homme. Si j'avais encore pu prier, j'aurais prié pour son acquittement. Mais je n'éprouvais aucune crainte réelle. Cela aussi était écrit. Je l'épiais, jour après jour, assis là bien droit, immobile, les yeux fixés sur le juge. Je sentais en lui la puissance, l'intelligence, la cruauté, l'avidité. Je concentrais mon attention sur lui avec une telle intensité que, à l'instant où pour la seule fois il leva les yeux vers la tribune du public et la balaya d'un regard méprisant, j'eus peur, pendant une seconde, qu'il n'eût deviné mon projet et cherché mon visage.

Je quittai le tribunal aussitôt le verdict proclamé. Mr Froggett espérait, je le sais, que nous pourrions prendre le thé ensemble et discuter des finesses de la défense. Tandis que je me frayais un chemin vers la sortie, il suivait sur mes talons en disant : « Vous savez quand elle a gagné le procès, n'est-ce pas ? Vous avez reconnu la question fatale ? »

Je lui dis qu'il fallait que je me dépêche, que j'attendais quelqu'un pour la soirée et que je devais rentrer préparer le dîner. Mais nous sommes allés ensemble à la station St. Paul, lui pour se diriger vers l'est et moi vers l'ouest. J'avais tout prévu. D'abord le train jusqu'à Notting Hill Gate, puis Earls Court par le périphérique, quelques minutes chez moi pour écrire les deux notes à Ashe, puis nouveau départ aussitôt pour les porter à son adresse. Les écrire ne me prit que quelques minutes – une pour la porte de devant, une pour la porte de derrière. J'avais arrêté depuis des semaines ce que je dirais : la flatterie subtile, l'appel à la curiosité, l'argent qui ne l'amènerait peut-être pas à coopérer, mais lui ferait certainement ouvrir sa porte. Je les écrivis avec soin, mais sans utiliser les caractères d'imprimerie. Il fallait qu'elles fussent personnelles. En les relisant je conclus que je ne pouvais faire mieux.

« Cher Mr Ashe, pardonnez-moi de vous importuner ainsi, mais j'ai une proposition à vous faire. Je ne suis pas journaliste et je n'ai aucun lien avec les milieux officiels, la police, les services sociaux, ou quelque autre redresseur de torts que ce soit. C'est un travail dont j'ai besoin qu'il soit fait et vous êtes le seul à pouvoir le mener à bien. Si vous réussissez, le paiement est de vingt-cinq mille livres en espèces. Le travail n'est ni illégal ni dangereux, mais il nécessite habileté et intelligence. Il est également confidentiel, bien entendu. Je souhaite beaucoup vous rencontrer. Si votre réponse est négative, je ne vous importunerai pas de nouveau. J'attends dehors. »

Je m'étais dit que s'il y avait de la lumière dans la maison, je mettrais la lettre dans la boîte de la porte principale, je sonnerais ou je frapperais et puis je me cacherais très vite. Il lirait forcément la note avant de me voir. S'il n'était pas chez lui, je glisserais mon mot à la fois sous la porte de devant et sous celle de derrière, puis j'attendrais son retour de préférence dans le jardin si je pouvais y pénétrer.

J'avais son adresse, mais je ne m'y rendis pas avant la fin du procès ; c'eût été vraiment tenter le sort ; mais je savais qu'il habitait dans Westway qui part de Shepherd's Bush. Ce n'était pas une route que je fréquentais habituellement. S'il y avait des autobus qui s'y rendaient, je n'avais jamais eu besoin de les prendre. Donc, pour économiser du temps et de l'énergie, je décidai de prendre un taxi en donnant au chauffeur un numéro à une vingtaine d'immeubles de celui où j'allais. Je franchirais à pied la dernière centaine de mètres, arrivant ainsi sans attirer l'attention des voisins. Et déjà le jour baissait, or j'avais besoin d'obscurité.

Mais quand le taxi quitta la rue principale pour s'engager dans une bretelle, puis s'arrêta, je crus pendant un instant qu'il avait une panne de moteur et qu'il était empêché d'aller plus loin. Sûrement personne ne pouvait encore vivre dans pareil désert ? À droite et à gauche, brutalement éclairée par la lumière crue des lampadaires, comme un plateau de cinéma, une scène de désolation urbaine s'étendait, fenêtres et portes condamnées par des planches, peintures écaillées, crépis en miettes. La maison devant laquelle je me trouvais avait perdu une partie de sa toiture, là où les démolitions avaient commencé ; à sa gauche celles-ci étaient achevées et aucun toit ne dépassait des hautes palissades sur lesquelles, outre l'avis officiel annonçant le projet d'élargissement de la rue, on avait peint les expressions violentes de la protestation contemporaine et les gribouillages obscènes d'une rage incohérente qui tous proclamaient : Regardez-moi, écoutez-moi, faites attention à moi, je suis là !

J'ai marché sous cet éclairage dur entre les maisons mortes et l'incessant rugissement de la circulation indifférente, ayant l'impression de déambuler à travers un enfer urbain.

Mais en arrivant au numéro 397, je vis que c'était l'un des seuls à porter encore des traces d'occupation. Situé à un angle, il était le dernier d'une longue file de maisons mitoyennes identiques. Les trois vitres de la baie à droite du porche étaient bouchées avec ce qui semblait être du métal brun-rouge, de même que la fenêtre plus petite à gauche, mais la porte avait l'air d'être encore utilisée et il y avait des rideaux à la fenêtre du premier. Ce qui avait été autrefois un petit jardin n'était plus qu'un carré de mauvaises herbes et de touffes indisciplinées. La barrière dont le bois était éclaté se balançait sur ses gonds rouillés. Je ne voyais pas de lumière. Tapie dans l'ombre du porche, j'ouvris la boîte aux lettres et mis mon oreille contre l'ouverture. Je n'entendis rien. Alors je glissai une de mes notes dedans et il me sembla l'entendre tomber.

J'essayai ensuite la barrière sur le côté de la maison, mais elle était verrouillée de l'intérieur et trop haute pour être escaladée. Impossible d'entrer par là. Mais je préférai attendre derrière la maison plutôt que de traîner dans la rue. Je revins donc vers l'angle et tournai à gauche dans la partie ruelle. Là, j'eus plus de chance. Une palissade bordait le jardin et, en la longeant la main étendue pour en explorer la surface, je trouvai un endroit où une planche avait été brisée. Je lui donnai un vigoureux coup de pied, en choisissant un moment où le bruit de la rue était particulièrement fort. Le bois éclata avec un craquement tel que je craignis d'avoir alerté toute la rue, mais un silence total continua de régner. Je pesai de toutes mes forces contre les planches voisines et entendis les clous qui cédaient. La palissade était vieille et les étais vacillèrent quand je m'appuyai contre eux. Je finis par pratiquer une brèche assez large pour m'y glisser. J'étais où je voulais être, dans le jardin derrière la maison.

Inutile de me dissimuler – aucun œil ne pouvait m'épier par ces fenêtres mortes que masquaient des planches. De chaque côté, les maisons étaient dans l'obscurité depuis la première attaque de l'engin chargé des démolitions. Le petit jardin était une friche où les herbes m'arrivaient presque à la taille. Pourtant, je me sentis plus à l'aise une fois cachée et m'accroupis entre le mur noir de la cabane et la fenêtre condamnée de la cuisine.

J'étais venue bien préparée : un manteau chaud, un bonnet de laine dans lequel j'avais remonté mes cheveux, une lampe électrique et des poèmes du XXe siècle en édition de poche. Je savais que l'attente pourrait être longue. Il était peut-être en train de fêter son acquittement avec des amis, même si je ne me le représentais pas comme un garçon qui avait des amis. Il pouvait aussi être en train de boire, mais j'espérais qu'il n'en était rien. Nos négociations seraient assez délicates, et j'avais besoin qu'il fût sobre. Il cherchait peut-être à faire l'amour après des mois de privation, mais je ne le pensais pas non plus. Je ne l'avais vu que pendant ces quelques semaines, mais j'avais l'impression que je le connaissais et que cette rencontre était écrite. Autrefois j'aurais rejeté cette idée, la jugeant sentimentale et irrationnelle. Mais désormais, une partie de mon esprit au moins savait que c'était le destin ou la chance qui m'avait amenée là à cet instant. Je savais qu'il finirait par rentrer chez lui. Où pourrait-il aller ailleurs ?

Je restai assise, sans lire, mais attendant et réfléchissant dans un silence et un isolement qui semblaient absolus. J'avais l'impression, toujours agréable pour moi, d'être parfaitement seule puisque personne au monde ne savait où j'étais. Mais ce silence était intérieur. Le monde autour de moi était plein de bruit. J'entendais l'incessant grondement rythmé de la circulation dans Westway, aussi proche parfois, semblait-il, qu'une mer démontée et menaçante, et parfois presque aussi rassurant que le souvenir de cet univers ordinaire et sûr dont j'avais fait partie.

Je sus quand il était rentré. La fenêtre de la cuisine avait été condamnée comme les autres, mais en partie seulement, juste assez pour assurer la sécurité et il subsistait un étroit interstice à chaque extrémité. Quand un rai de lumière filtra, je sus qu'il était dans la pièce. Lentement je me redressai, sentant les douleurs de mes muscles, et fixai la porte, l'appelant à l'ouvrir de toute la force de ma volonté. Mais j'étais sûre qu'il le ferait. La curiosité à défaut d'autre chose l'y obligerait. De fait, le battant s'ouvrit enfin et je le vis, silhouette noire cernée par la vive lumière. Il ne dit rien. Je dirigeai le faisceau de ma lampe vers le haut, sur mon visage. Il ne parlait toujours pas. Je dis :

« Je vois que vous avez eu mon mot.

– Bien sûr. Il n'était pas là pour ça ? »

J'avais déjà entendu sa voix ; ces deux mots prononcés fermement au tribunal, « Non coupable », et ses réponses lors des interrogatoires et contre-interrogatoires. Elle n'était pas désagréable, mais ne semblait pas naturelle, comme s'il l'avait acquise par la pratique et se demandait encore s'il voulait la garder.

Il dit : « Entrez donc », et s'effaça.

Je sentis la cuisine avant de la voir. C'étaient de vieilles odeurs aigres incrustées dans le bois, les murs et les coins des placards, impossibles à éliminer maintenant avant que la maison s'effondrât en gravats. Mais je vis qu'il avait déployé un certain effort pour nettoyer, ce que je trouvai déconcertant. Et puis il fit encore quelque chose qui m'étonna. Il tira un mouchoir propre de sa poche – je me rappelle toujours sa taille et sa blancheur – et il en épousseta une chaise avant de me faire signe de m'y asseoir. Il s'assit en face de moi et nous nous regardâmes par-dessus le vinyle taché et déchiré qui recouvrait la table.

J'avais pensé à tous les subterfuges dont je pourrais avoir besoin. Comment faire appel à sa vanité et à son avidité sans révéler que je le jugeais vaniteux et avide. Comment le complimenter sans faire montre d'une flagornerie suspecte. Comment lui proposer de l'argent sans suggérer qu'il était traité avec condescendance, ou trop facilement acheté. Je m'étais attendue à avoir peur : après tout, j'étais seule avec un assassin. J'avais assisté au procès de bout en bout, je savais donc qu'il avait tué sa tante et à quelques mètres de l'endroit où j'étais assise. J'avais pensé à ce que je ferais s'il devenait violent : au cas où je serais vraiment effrayée, je dirais qu'une personne de confiance savait où j'étais et préviendrait la police si je ne revenais pas dans moins d'une heure. Mais assise en face de lui, je me sentais curieusement à l'aise. Au début il ne parla pas et nous restâmes dans un silence qui n'était ni oppressant ni embarrassant. Je l'attendais plus volubile, plus retors qu'il ne semblait l'être en réalité.

Je lui présentai ma proposition, simplement et sans émotion. « Venetia Aldridge a une fille, Octavia, qui vient d'avoir dix-huit ans. Je suis prête à vous donner dix mille livres pour que vous la séduisiez et quinze mille livres de plus si elle accepte de vous épouser. Je l'ai vue. Elle n'est pas particulièrement jolie et elle n'est pas heureuse – ce qui devrait rendre la chose plus facile. Mais c'est une enfant unique et elle a de l'argent. Pour moi, c'est une affaire de vengeance. »

Il ne répondit pas, mais ses yeux qui regardaient dans les miens devinrent soudain vides, comme s'il s'était retiré dans un monde rien qu'à lui, de calcul et de supputations.

Au bout d'une minute, il se leva, remplit et brancha une bouilloire, puis prit deux tasses dans le placard ainsi qu'un bocal de café soluble. Il y avait un sac en plastique à côté de l'évier. En rentrant chez lui il s'était arrêté dans un supermarché pour prendre des provisions et un carton de lait. Quand l'eau commença à bouillir, il la versa sur une grosse cuillère de café dans chaque tasse, en mit une devant moi et poussa vers moi le sucrier avec le carton de lait.

Il me dit : « Dix mille pour la niquer et quinze mille de plus si on se fiance. Une vengeance qui revient cher ; vous pourriez faire tuer Aldridge pour moins.

– Si je savais qui engager. Si j'acceptais de courir le risque du chantage. Je ne veux pas qu'elle meure, je veux qu'elle souffre.

– Elle souffrirait si sa fille était enlevée.

– Trop compliqué et trop risqué. Comment est-ce que je m'y prendrais ? Où est-ce que je la garderais ? Je n'ai pas de contact avec les gens qui se chargent de ces choses-là. La beauté de ma vengeance, c'est que personne ne peut rien contre moi, même si on trouve des preuves. Mais on n'en trouvera pas. On ne pourra nous toucher ni l'un ni l'autre. Et puis ça lui fera plus de mal qu'un kidnapping. Un kidnapping lui vaudrait de la sympathie, une bonne publicité. Ce que je propose l'atteindra dans son orgueil. »

Je sentis, à la minute même où je prononçais ces mots, que j'avais fait une erreur. Je n'aurais pas dû suggérer que des fiançailles avec lui seraient dégradantes. Je vis l'erreur dans ses yeux, la seconde de vide, puis les pupilles qui semblaient se dilater. Je la vis dans la tension de son corps, tandis qu'il se penchait vers moi sur la table. Je sentis pour la première fois sa virilité comme j'aurais senti un animal dangereux. Je ne repris pas trop vite la parole, il ne fallait pas lui montrer que j'avais reconnu ma bévue. Je laissai mes mots tomber dans le silence comme des pierres.

« Venetia Aldridge aime être aux commandes. Elle n'aime pas sa fille, mais elle la veut conforme, lui faisant honneur, respectable. Elle aimerait qu'elle épouse un avocat à succès, quelqu'un qu'elle ait choisi et approuvé. Et puis elle tient farouchement à son intimité. Une idylle romantique entre vous et Octavia, ça fera une très bonne histoire pour les tabloïds, ils la paieront un bon prix. Vous pouvez imaginer les gros titres. Ce n'est pas le genre de publicité qu'elle appréciera. »

Ce n'était pas suffisant. Il dit très tranquillement : « Vingt-cinq mille pour des petits ennuis en société, ça ne prend pas. »

Il exigeait la vérité. Il la connaissait déjà, mais il tenait à ce que je la mette en mots. Et si je ne le faisais pas, il n'y aurait pas de marché conclu. C'est alors que je lui parlai de Dermot Beale et de ma petite-fille. Mais je ne lui donnai pas le nom d'Emily. Je ne pouvais pas le prononcer dans cette maison.

Je dis : « Aldridge pense que vous avez tué votre tante. Elle croit que vous êtes un meurtrier. C'est ça qui l'excite : défendre des gens qu'elle sait coupables. Il n'y a rien de triomphal à défendre l'innocent. Elle n'aime pas sa fille, c'est sa grande faute. Qu'est-ce que vous pensez qu'elle ressentira si Octavia se fiance à quelqu'un que sa mère tient pour un criminel, quelqu'un qu'elle a défendu ? Il faudra qu'elle vive avec cette certitude et elle ne pourra absolument rien y faire. C'est ce que je veux. C'est pour ça que je suis disposé à payer. »

Il dit : « Et vous, qu'est-ce que vous croyez ? Vous étiez au procès. Vous croyez que je l'ai fait ?

– Je n'en sais rien et je ne m'en soucie pas. »

Il se rejeta en arrière et je crus presque entendre son soupir de satisfaction.

Il dit : « Elle s'imagine que c'est grâce à elle que j'ai été acquitté. C'est aussi ce que vous pensez ? »

Et maintenant, risquer la flatterie : « Non, c'est vous qui vous êtes libéré. J'ai entendu votre déposition. Si elle vous avait tenu à l'écart de la barre des témoins, vous seriez en prison aujourd'hui.

– Au début, c'est ce qu'elle voulait faire, m'empêcher de déposer. Je lui ai dit, rien à faire.

– Vous aviez raison, mais il faut qu'elle s'approprie tout le mérite, il faut que ce soit sa victoire, son triomphe. »

De nouveau, cette pause curieusement détendue. Puis il dit : « Alors, en somme, qu'est-ce que vous achetez ? Qu'est-ce que vous voulez que je fasse ?

– Coucher avec la fille, la rendre amoureuse de vous et l'épouser.

– Et qu'est-ce que vous voulez que j'en fasse quand je l'aurai épousée ? »

C'est seulement quand il prononça ces mots que je compris à qui j'avais affaire. Il n'était ni ironique ni sarcastique. La question était parfaitement simple. Il aurait aussi bien pu parler d'un animal, d'un objet, d'un meuble. Si j'avais été capable de revenir en arrière, je l'aurais fait à ce moment-là.

Je lui dis : « Vous faites ce que vous voulez. Voler jusqu'aux Caraïbes, l'emmener en croisière, aller en Extrême-Orient et la larguer là-bas, acheter une maison et vous y installer. Vous pourriez vous séparer ou divorcer sans son consentement au bout de cinq ans. Ou sa mère paierait sans doute pour que vous la quittiez, si c'est ce que vous voulez. De toute façon vous ne serez pas perdant. Quand j'aurai fini de payer ce que je vous dois, vous n'entendrez plus jamais parler de moi. »

Je m'étais rendu compte à ce moment-là qu'il était à la fois plus intuitif et plus intelligent que je ne m'y attendais. Cela le rendait plus dangereux, mais paradoxalement facilitait aussi les transactions avec lui. Il avait pris ma mesure, il savait que je n'étais pas une sorte de vieille maboule, que l'offre était sérieuse et l'argent tout prêt à être versé. Et dès cet instant, sa décision avait été arrêtée.

Et c'est ainsi que cela fut fait, dans cette cuisine puante, autour de cette table tachée, entre deux personnes sans conscience qui marchandaient un corps et une âme. À cela près, bien sûr, que je ne croyais pas qu'Octavia eût une âme, ni qu'il y eût quoi que ce fût dans cette pièce en dehors de nous, ni aucune puissance capable de modifier ou d'influencer ce que nous disions, faisions et projetions. Le marchandage était parfaitement amical, mais je savais que j'étais obligée de le laisser gagner. Il ne fallait pas qu'il fût humilié, même par un échec minime. Cependant, il me mépriserait si je capitulais trop aisément. Finalement je lui accordai mille livres de plus pour l'avance et deux mille de plus pour le règlement final.

Il me dit : « Je vais avoir besoin de quelque chose pour démarrer. Je peux me procurer de l'argent, je peux toujours me procurer de l'argent, mais je n'en ai pas encore. Je pourrai en avoir quand j'en aurai besoin, mais il me faut un peu de temps. »

Je l'entendais de nouveau dans sa voix, la vantardise puérile, le dangereux mélange de vanité et d'insécurité profonde.

Je lui dis : « Oui, vous allez avoir besoin d'argent si vous devez sortir avec elle, l'intéresser. Elle est habituée à l'argent, elle en a eu toute sa vie. J'ai apporté deux mille livres en espèces. Vous pouvez les prendre maintenant et je les déduirai de votre avance.

– Non, ce sera en supplément. »

Je marquai une pause, puis dis : « Entendu, ce sera en supplément. »

Je ne craignais pas qu'il m'arrachât l'argent et peut-être me tuât. Pourquoi aurais-je eu peur ? Il comptait gagner beaucoup plus que deux mille livres. Je me penchai sur mon sac et sortis l'argent – en billets de vingt livres.

Je dis : « Si j'avais pris des cinquante, ça aurait été plus facile, mais ils sont un peu suspects en ce moment. Il y a eu tant de faux. Les vingt, c'est plus sûr. »

Je lui tendis, sans les compter devant lui, les quatre liasses de cinq cents livres, chacune retenue par un élastique. Il ne les compta pas non plus, et les laissa sur la table devant lui. Puis il demanda : « Comment nous organisons-nous ? Comment est-ce que je vous tiendrai au courant des progrès ? Où nous rencontrerons-nous quand je serai prêt à encaisser les premières onze mille livres ? »

Ces questions, je me les étais posées depuis le premier jour du procès. J'avais pensé à l'église St. James, à l'extrémité de Sedgemoor Crescent, qui reste ouverte pendant la plus grande partie de la journée. Ma première idée avait été que ce serait commode de se rencontrer là – mais ensuite j'y renonçai pour deux raisons. Un jeune homme entrant seul, surtout Ashe, serait aussitôt remarqué par toute personne de garde dans l'église. Et puis je constatai que tout en ayant perdu la foi je répugnais à utiliser un lieu sacré pour un dessein que, dans mon cœur, je savais mauvais. J'avais pensé ensuite à de grands espaces vides, peut-être au pied d'une statue dans Hyde Park, mais cela pouvait être incommode pour Ashe et je ne voulais pas risquer qu'il ne vînt pas. Finalement, je compris que je serais obligée de lui donner mon numéro de téléphone. Le risque semblait minime. Il ne connaîtrait toujours pas mon adresse et je pourrais changer de numéro si cela s'avérait nécessaire. Je l'écrivis donc et le lui tendis en lui disant de m'appeler à huit heures du matin chaque fois qu'il en aurait besoin, mais de commencer par le faire au moins un jour sur deux.

Il dit : « Il va falloir que je sache quelque chose sur elle, où la trouver. »

Je lui donnai l'adresse de Pelham Place et lui dis : « Elle habite avec sa mère, mais dans un appartement indépendant, au sous-sol. Il y a aussi une employée de maison, mais elle ne sera pas gênante. Octavia n'a pas de situation pour le moment à ma connaissance, donc il est probable qu'elle s'ennuie. Quand vous aurez noué des relations, quelles qu'elles soient, entre vous, j'aurai besoin de vous voir ensemble. Où l'emmènerez-vous ? Est-ce que vous avez un pub préféré ?

– Je ne vais pas dans les pubs. Je vous appellerai pour vous dire quand je quitterai la maison avec elle, sans doute sur ma moto. Vous pourrez nous voir ensemble à ce moment-là. »

Je dis : « Il faudra que je sois assez discrète. Je ne pourrai pas m'attarder. Octavia me connaît puisque je travaille chez elle à l'occasion. Combien de temps pensez-vous que cela va vous prendre ?

– Le temps qu'il faudra. Dès que j'aurai des nouvelles, je vous préviendrai. J'aurai peut-être besoin de plus d'argent pour la suite des opérations.

– Vous avez déjà ces deux mille livres. Vous pourrez avoir le reste quand vous en aurez besoin et le règlement final quand vous serez mariés. »

Il me regarda de ses yeux sombres et dit : « Supposons que je me marie et que vous refusiez de payer ? »

Je lui répliquai : « Nous ne sommes idiots ni l'un ni l'autre, Mr Ashe. Je tiens trop à ma sécurité pour envisager de faire cela. »

Sur ce, je me levai et partis. Je ne me rappelle pas s'il a dit autre chose, mais je revois sa silhouette sombre dessinée par la lumière de la cuisine tandis qu'il me regardait partir, debout sur le seuil. J'allai à pied jusqu'à Shepherd's Bush, sans avoir conscience ni de la distance, ni de ma lassitude, ni de l'éblouissement des véhicules qui passaient. Je n'avais conscience que d'une jubilation grisante, comme si j'étais de nouveau jeune et amoureuse.

Il ne perdit pas de temps, mais je ne m'attendais pas à ce qu'il le fit. Comme prévu, il m'appela deux jours plus tard à huit heures du matin pour me dire qu'il avait établi le contact. Il ne me dit pas comment et je ne le lui demandai pas. Puis il me rappela pour me dire que lui et Octavia avaient l'intention d'aller le 8 octobre à l'Old Bailey où sa mère devait plaider, et de la voir après l'audience pour lui annoncer leurs fiançailles. Si je voulais en avoir la preuve, je n'avais qu'à traîner autour du tribunal et je les verrais ensemble par moi-même. Mais je savais que ce serait trop risqué ; en outre j'avais déjà la preuve qu'il me fallait. Ashe m'avait dit la veille quand je pourrais les voir quitter Pelham Place sur sa moto. À dix heures du matin. J'étais là, je les vis. J'avais téléphoné à Mrs Buckley, sous prétexte de bavarder un peu et de prendre des nouvelles d'Octavia. Elle ne m'avait pas dit grand-chose, mais c'était suffisant. Ashe était bien installé dans la vie d'Octavia.

Et j'en arrive maintenant à la partie de cette lettre qui concerne le plus la police : la mort de Venetia Aldridge.

Dans la soirée du 9 octobre, je suis arrivée aux Chambers à l'heure habituelle. Je me trouvais seule, par pur hasard – Mrs Watson avait été appelée auprès de son fils blessé. Si elle avait été avec moi, une chose au moins aurait été différente. Je me mis au nettoyage, mais moins à fond que quand nous sommes deux. Après avoir fini les bureaux du rez-de-chaussée, je suis montée au premier. La porte extérieure de Miss Aldridge était fermée, mais pas à clef ; la porte intérieure entrebâillée avec la clef de son côté. La pièce était dans l'obscurité comme toutes celles des Chambers quand j'étais arrivée, sauf le hall. J'ai appuyé sur le bouton.

Au début, j'ai cru qu'elle était endormie dans son fauteuil. J'ai dit : « Excusez-moi », et je me suis retirée en pensant que je l'avais dérangée. Elle n'a pas répondu et c'est à ce moment-là que j'ai compris qu'il y avait quelque chose qui n'allait pas. Je me suis approchée d'elle. Elle était morte. Je l'ai su tout de suite. J'ai posé doucement un doigt sur sa joue ; elle était encore chaude, mais ses yeux grands ouverts étaient ternes comme des pierres sèches et quand je lui ai tâté le pouls, il était sans vie. Mais je n'avais pas besoin de confirmation. Je connais la différence entre la vie et la mort.

Il ne m'est jamais venu à l'esprit que cette mort

n'était pas naturelle. Pourquoi l'aurais-je pensé ? Il n'y avait ni sang, ni arme, ni trace de violence, ni même le moindre désordre dans la pièce ou dans ses vêtements. Elle était assise détendue dans son fauteuil, la tête penchée sur la poitrine, et elle avait l'air parfaitement en paix. J'ai pensé que c'était sans doute une crise cardiaque. Et puis la réalité m'a empoignée. Elle m'avait volé ma grande vengeance. Tous ces plans, toutes ces dépenses, toute cette peine et voilà qu'elle s'était échappée pour toujours. C'était une consolation, certes, de savoir qu'elle avait été au courant de la présence d'Ashe dans la vie de sa fille, mais que ce moment avait été bref et maigre la vengeance !

C'est alors que je suis allée chercher le sang et la perruque pour faire un dernier geste. Je savais bien entendu où trouver la perruque carrée – le placard de Mr Naughton n'était jamais fermé. Je n'avais pas à me soucier des empreintes puisque j'avais encore les gants de caoutchouc minces que j'enfilais toujours avant de commencer mon ménage. J'ai dû me rendre compte, certainement, que mon geste allait créer des ennuis aux Chambers, mais je ne m'en souciai pas. En fait, j'espérais que cela en ferait. Je suis ressortie en fermant à clef les deux portes du bureau derrière moi, j'ai mis mon manteau et mon chapeau, puis branché l'alarme et quitté les Chambers. J'avais pris son trousseau de clefs que j'ai jeté dans la Tamise juste en face de la station Temple en rentrant chez moi.

C'est seulement quand l'inspecteur Miskin est venue chez moi le lendemain matin pour me ramener aux Chambers que j'ai appris que la mort n'était pas naturelle. Ma première pensée a été de me protéger, et c'est seulement en rentrant chez moi ce matin-là que j'ai commencé à regarder en face pour la première fois la réalité de ce que j'avais fait. J'étais persuadée qu'Ashe était impliqué et c'est seulement après avoir téléphoné à Mrs Buckley que j'ai appris l'existence de son alibi.

Mais je savais désormais qu'il fallait mettre fin à toute cette mascarade. Quand j'avais versé ce sang sur la tête de Venetia, c'était comme si j'avais versé toute la haine qui était en moi. Ce qui avait semblé être une épouvantable profanation était devenu une libération. Venetia Aldridge m'échappait, à jamais hors d'atteinte. Je pouvais enfin me débarrasser de mon idée fixe et ce faisant je me trouvais en face de la vérité. Je m'étais liguée avec le mal pour faire le mal. Moi qui avais perdu une petite-fille assassinée, j'avais volontairement remis une autre enfant entre les mains d'un assassin. Il avait fallu la mort de sa mère pour me montrer l'énormité de la faute dans laquelle mon obsession m'avait entraînée.

C'est pourquoi je suis venue à vous, mon père, et me suis confessée. C'était le premier pas indispensable. Le second ne sera pas plus facile. Vous m'avez dit ce que j'avais à faire et je le ferai, mais à ma façon : vous m'avez dit qu'il fallait que j'aille aussitôt trouver la police. Au lieu de cela, quand Ashe me téléphonera, comme il le fera mardi matin, je lui dirai d'amener Octavia me voir ce soir-là à sept heures et demie. S'il refuse, alors c'est moi qui irai la voir. Mais je préférerais que notre entretien ait lieu ici dans mon appartement, où elle pourra ne plus jamais venir. Ainsi son intérieur à elle ne sera pas pollué par le souvenir de ma perfidie. Ensuite je partirai juste une semaine. Cette fuite est une lâcheté, je le sais, mais il faut que je sois seule.

Je vous donne l'autorisation de montrer cette lettre à la police. Je la soupçonne de savoir déjà que c'est moi la responsable de la profanation du corps de Venetia Aldridge. Je sais qu'on voudra m'interroger, mais cela peut attendre une semaine. Dans sept jours, je serai revenue. Mais pour le moment il faut que je m'éloigne de Londres pour décider de ce que je ferai du reste de ma vie.

Vous m'avez fait promettre d'avertir la police et

elle le sera. Vous m'avez dit que je devais mettre les choses au point avec Octavia et elles le seront. Mais il faut que ce soit moi qui le fasse. Je ne veux pas en charger un officier de police, si sympathique soit-il. Et ce sera difficile de le lui dire, cela fait partie de la pénitence. Peut-être sera-t-elle si profondément engagée avec Ashe que rien n'ébranlera sa confiance. Elle ne me croira peut-être même pas. Peut-être voudra-t-elle toujours l'épouser, mais si elle le fait il faut que ce soit en pleine connaissance de ce qu'il est et de ce que nous avons fait ensemble, lui et moi.

Il n'y avait rien d'autre que la signature.

Dalgliesh qui lisait un peu plus vite que Kate devait attendre quelques secondes avant qu'elle lui fit signe de tourner la page. L'écriture avait été facile à déchiffrer, énergique et droite. Quand ils eurent fini, Dalgliesh replia la lettre en silence.

37

Ce fut Kate qui rompit le silence. « Mais elle a été folle de lui fixer ce rendez-vous ! Est-ce qu'elle a vraiment cru qu'il lui amènerait Octavia ?

– Peut-être. Nous ne savons pas ce qu'ils se sont dit quand il a appelé. Il lui a peut-être même raconté qu'il serait heureux qu'Octavia connaisse la vérité. Il lui a peut-être fait croire qu'il pourrait convaincre la jeune fille que ce qui avait commencé comme une duperie de sa part s'était terminé en amour. Il y avait encore des affaires inachevées entre eux.

– Mais elle savait qu'il avait tué.

– Sa tante, pas Venetia Aldridge. Et même si elle avait vu qu'il était seul, elle l'aurait peut-être fait entrer. Ce qui expliquerait la télé montée à bloc. Il n'aurait pas eu le temps de faire cela s'il s'était précipité sur elle.

– Si c'est lui qui a monté le son. Nous ne pouvons pas en être sûrs.

– Nous ne pouvons être sûrs de rien, si ce n'est qu'elle est morte et qu'il l'a assassinée. » Et peut-être, quelque part au plus profond de son subconscient refoulé, Janet Carpenter ne s'était-elle pas souciée de savoir si ce qu'il amenait, c'était Octavia ou la mort.

Kate dit : « Il est venu au rendez-vous, il a attendu dans l'ombre du placard, sachant quand elle rentrerait. Ou peut-être a-t-il sonné avant de se jeter sur elle quand elle a ouvert la porte ? Ou alors Octavia était-elle avec lui ? Étaient-ils complices dans cette affaire ?

– Je ne crois pas. Il a intérêt à ce que le mariage ait lieu. Après tout c'est une héritière en quelque sorte. Elle se croit peut-être amoureuse, mais on peut penser qu'elle a gardé un certain instinct de préservation. Je doute qu'il se soit risqué à commettre un meurtre devant elle, et un meurtre particulièrement sanglant. Non, je crois qu'il est venu seul, mais il a sans doute compté sur elle pour lui fournir un alibi et elle est peut-être assez entichée de lui pour le faire. Je veux qu'on mette Pelham Place sous surveillance tout de suite. Mais veillez à ce que ce soit discret. Et appelez Mrs Buckley. Vérifiez qu'elles sont toutes les deux là et dites-lui que nous arriverons dans une demi-heure. Ne dites pas pourquoi.

– Nous pourrions nous tromper, patron. Est-ce que c'est lui qui a tué Miss Aldridge ? On ne peut pas faire sauter cet alibi ?

– Non, il ne l'a pas tuée. La clef de l'affaire se situe là où nous l'avons toujours pensé – dans les Chambers.

– Si ce prêtre nous avait dit tout ce qu'il savait, dimanche matin, elle serait encore en vie.

– Si nous étions allés l'interroger au début de la soirée lundi, elle serait encore en vie. J'aurais dû me rendre compte que l'assassinat de sa petite-fille avait forcément une signification. Nous avions le choix, le père Presteign ne l'avait pas. »

Il laissa Kate pour retourner à l'église. Au début, il la crut vide. Les fidèles partis, la grande porte était fermée. Après la chaleur et la lumière de la sacristie, l'air chargé d'encens paraissait froid. Les piliers de marbre montaient se perdre dans le néant. Étrange, se dit-il, comme les espaces conçus pour une assistance – théâtres, églises – conservent toujours, même vides, un air de dépossession, d'attente à combler et aussi de pathétiques regrets pour des années à jamais disparues, des voix qui se sont tues, et des pas effacés depuis longtemps. À sa droite, il vit que deux autres cierges avaient été allumés devant la statue de la Vierge et se demanda quel espoir ou quel désespoir brûlait dans leur flamme. L'effigie, malgré le bleu candide de la robe et les boucles blondes du bébé tendant une main potelée pour bénir, était moins sentimentale que la plupart des autres dans ce genre. Le visage grave exprimait à la perfection l'idéal occidental de la féminité intouchable. Il pensa que quel qu'eût été l'aspect physique de l'inconnaissable jeune fille orientale, il n'avait sûrement jamais ressemblé à cela.

Une silhouette se déplaçant dans les ombres prit la forme du père Presteign sortant de la chapelle de la Vierge. Il dit : « Si j'avais obtenu qu'elle aille vous trouver immédiatement après avoir quitté l'église, si j'avais exigé de l'accompagner, elle serait encore en vie. »

Dalgliesh dit : « Si je l'avais interrogée dès que j'ai appris le meurtre de sa petite-fille, elle serait encore en vie.

– Peut-être. Mais vous ne pouviez pas savoir qu'Ashe était le moins du monde impliqué. Vous avez décidé une ligne d'action raisonnable. J'ai commis une erreur de jugement. Il est curieux que ses conséquences puissent être plus destructrices que celles d'un péché mortel.

– C'est vous le spécialiste en la matière, mon père, mais si une erreur de jugement compte pour un péché, nous sommes tous en fâcheuse position. Il faut que je garde la lettre au moins pour le moment. Merci de me l'avoir remise. Je ferai en sorte qu'elle soit lue par aussi peu de gens que possible.

– C'est ce qu'elle aurait souhaité. Merci. » Ils commencèrent à se replier vers la sacristie

Dalgliesh s'était un peu attendu à ce que le prêtre dît qu'il prierait pour eux, mais il se rendit compte que l'intention ne s'exprimerait pas par des mots. Bien entendu le prêtre prierait pour eux ; c'était son travail.

Ils étaient presque arrivés à la porte de la sacristie quand elle s'ouvrit soudain et ils se trouvèrent face à face avec Kate. Leurs yeux se rencontrèrent et elle dit, en essayant de garder une voix unie, sans trace d'émotion : « Il n'est pas là. Il est parti tard hier soir sur sa moto sans dire où il allait. Et il a Octavia avec lui. »

À Pelham Place, Mrs Buckley les accueillit avec autant de soulagement que des amis longtemps attendus.

« Comme je suis heureuse de vous voir, commandant. J'espérais bien que vous trouveriez le temps de passer. Ça semble tout bête alors que je sais combien vous êtes occupé. Mais je n'avais pas eu de nouvelles. Octavia ne me dit rien et ça a été une semaine épouvantable.

– Quand sont-ils partis, Mrs Buckley ?

– Hier soir, vers dix heures et demie. Ça a été si soudain. Ashe a dit qu'ils voulaient être seuls pendant un moment, qu'ils avaient besoin de se débarrasser de la presse. Ma foi, je comprends ça, les deux premiers jours ont été particulièrement durs. Nous laissions la porte fermée à clef et ce gentil policier a beaucoup aidé, mais on se serait vraiment cru en état de siège. Heureusement, Miss Aldridge avait un compte chez Harrods, alors je pouvais téléphoner pour qu'on nous livre du ravitaillement et je n'étais pas obligée de sortir pour faire les courses. Mais à ce moment-là, Ashe et Octavia n'avaient pas l'air de s'en soucier et puis ça s'était nettement arrangé. Mais voilà qu'ils ont décidé tout à coup qu'il fallait partir. »

Ils avaient traversé l'entrée, descendu l'escalier jusqu'à l'appartement en sous-sol, mais Mrs Buckley ne put ouvrir la porte. Elle dit: «Ils l'ont fermée à clef de l'intérieur. Nous allons être obligés de passer par l'entrée du côté jardin. J'ai un double de la clef. Miss Aldridge tenait à ce que j'en aie un en cas d'incendie ou d'inondation dans l'appartement. Je reviens tout de suite.»

Ils attendirent en silence, Kate essayant de dominer son impatience. Avec chaque heure qui passait Ashe et Octavia pouvaient s'éloigner davantage, abandonner la moto, devenir plus difficiles à retrouver. Pourtant, elle savait que Dalgliesh avait raison de ne pas bousculer Mrs Buckley. Elle détenait des informations dont ils avaient besoin et trop d'enquêtes tournent mal parce que la police agit avant d'avoir toutes les données en main. Cela, Kate le savait bien.

L'employée de maison revint très vite, ils passèrent dans le jardin et descendirent l'escalier menant au sous-sol. Elle ouvrit la porte et les fit entrer dans un vestibule étroit. Il y faisait sombre, et quand Mrs Buckley eut allumé l'électricité, Kate vit avec surprise que la moitié du mur était recouverte par un collage d'illustrations prises dans des revues et des livres. Le brun et l'or dominaient et la présentation, bien que déconcertante au premier abord, n'était pas déplaisante.

Mrs Buckley les conduisit dans la salle de séjour à droite de l'entrée. Elle était étonnamment bien rangée, mais sinon à peu près comme Kate s'y attendait, caractéristique, pensa-t-elle, de nombreux appartements en sous-sol convertis par des parents fortunés pour l'usage de leurs enfants adolescents. Les meubles étaient confortables mais sans rien de précieux, les murs laissés nus pour que les goûts personnels pussent s'exprimer. Octavia y avait accroché une collection de posters. Le divan contre le mur gauche était probablement un lit d'appoint.

Voyant qu'elle y jetait un coup d'œil, Mrs Buckley dit simplement: «C'est là qu'il couchait. Je le sais parce que maintenant je fais le ménage ici aussi. Je pensais qu'il coucherait avec Octavia. Les jeunes le font, même s'ils ne sont pas fiancés. » Elle s'interrompit et reprit : « Désolée, je n'aurais pas dû dire ça. Ça ne me regarde pas. »

Kate pensa : C'est futé de la part d'Ashe. Il intrigue Octavia en la faisant attendre, en lui prouvant qu'il est différent.

La table au milieu de la pièce était couverte de journaux : c'était évidemment là qu'ils avaient travaillé à leur collage. Il y avait un gros pot de colle et une pile de revues, dont certaines étaient déjà mutilées et d'autres encore intactes. Des illustrations avaient aussi été arrachées à des livres, et Kate se demanda s'ils avaient été pris dans les rayons de l'étage au-dessus.

Dalgliesh demanda : « Qu'est-ce qui s'est passé mardi soir ? Ils sont partis précipitamment ?

– Oh oui, ça a été très bizarre. Ils étaient ici en train de découper des images pour les coller sur le mur et Ashe est monté à la cuisine et m'a demandé une deuxième paire de ciseaux. Il était neuf heures. Je lui ai donné une paire qui était dans le tiroir, mais il est revenu au bout de quelques minutes, très en colère, en me disant qu'il ne pouvait pas s'en servir. C'est à ce moment-là seulement que je m'en suis rendu compte : je lui avais donné la paire que Mrs Carpenter avait laissée quand elle était venue aider pendant mes vacances. Je voulais les donner à Miss Aldridge pour qu'elle les emporte aux Chambers – les ciseaux sont si difficiles à emballer et à expédier par la poste. Ça m'ennuyait de la déranger alors qu'elle avait tant de travail. En fait, j'avais oublié que nous les avions. Mais bien sur, il ne pouvait pas s'en servir, ce sont des ciseaux spéciaux. Mrs Carpenter est gauchère. »

Dalgliesh demanda, très calme : « Qu'a fait Ashe quand vous le lui avez dit ?

– C'est ça qui est extraordinaire. Il est devenu tout pâle, il est resté un instant complètement immobile et puis il a poussé un cri. Presque un cri de douleur. Il a empoigné les ciseaux et il a essayé de les disloquer. Il n'a pas pu. Ils étaient trop solides. Alors il les a refermés et il a enfoncé la pointe dans la table. Quand nous monterons, je vous montrerai la marque. Elle est très profonde. C'était extraordinaire, un peu effrayant... mais il m'effrayait toujours.

– De quelle façon, Mrs Buckley ? Il était agressif, menaçant ?

– Oh non, il était parfaitement poli. Froid, mais pas menaçant. Seulement il me surveillait sans cesse, calculant, haïssant. Et Octavia la même chose. Bien sûr, il l'influençait. On n'est pas heureux dans une maison où l'on est rejeté et détesté. Elle a vraiment besoin d'aide, de bonté, mais je ne peux pas les lui donner. On ne peut pas donner de l'amour quand on est haï. Je suis contente qu'ils soient partis.

– Et pour où ? Vous n'en avez aucune idée ? Ils ne parlaient jamais de prendre des vacances, ni d'où ils pourraient aller ?

– Non, jamais. Ashe a dit qu'ils seraient absents quelques jours. Ils n'ont pas laissé d'adresse. Je me demande s'ils savaient eux-mêmes où ils allaient. Et ils n'avaient jamais parlé de prendre des vacances, mais ils ne parlaient pas beaucoup. C'était surtout Octavia qui me donnait des ordres.

– Vous les avez vus partir ?

– Je les ai regardés par la fenêtre du salon. À dix heures ils étaient partis. Je suis descendue ici ensuite pour voir s'ils avaient laissé un mot, mais il n'y avait rien. Je crois qu'ils avaient l'intention de camper. Ils ont pris presque toutes les boîtes de conserve qu'il y avait dans mon placard de cuisine. J'ai bien vu qu'Octavia sur la selle avait son sac à dos, celui que Miss Aldridge lui avait acheté quand elle avait fait une sortie avec son école il y a quelques années. Et elle avait un sac de couchage. »

Ils montèrent dans la cuisine. Là, Dalgliesh fit asseoir Mrs Buckley et très doucement lui apprit le meurtre de Mrs Carpenter.

D'abord saisie, elle s'exclama ensuite : « Oh non ! Pas

une fois encore ! Qu'est-ce qu'il nous arrive, à nous, à notre monde ? C'était une femme si charmante, bonne, équilibrée, ordinaire. Je veux dire, pourquoi quelqu'un aurait-il voulu la tuer ? Et dans son propre appartement, donc ce n'était pas un voyou.

– Non, Mrs Buckley, pas un voyou. Nous pensons que c'était peut-être Ashe. »

Elle pencha la tête et murmura : « Et il a Octavia avec lui. » Puis elle se redressa et regarda Dalgliesh les yeux dans les yeux, cependant que Kate se disait : Elle ne pense pas d'abord à elle, et sentait son respect grandir.

Dalgliesh demanda : « Est-ce qu'il se trouvait ici lundi, en début de soirée ?

– Je ne sais pas. Ils sont sortis tous les deux avec la moto dans l'après-midi. Ils le faisaient très souvent. Et bien entendu à neuf heures ils travaillaient à leur collage, mais je ne sais pas s'ils se trouvaient au sous-sol plus tôt ce soir-là. Je crois qu'Octavia devait être là, parce que j'ai senti de la cuisine, des spaghetti bolognese, je crois. Mais ils ne faisaient pas de bruit du tout. Bien entendu, quand quelqu'un descend dans l'appartement je n'entends pas, mais en général j'entends la moto. »

Dalgliesh lui expliqua que dorénavant la maison serait surveillée par la police et qu'il prenait des mesures pour qu'une femme policier y couchât toutes les nuits. Pour la première fois, Mrs Buckley parut prendre conscience du danger possible.

Dalgliesh lui dit : « Ne vous inquiétez pas. Vous êtes son alibi pour le meurtre de Miss Aldridge. Il a besoin de vous pour assurer sa sécurité, mais je serai plus tranquille si vous n'êtes pas seule. »

Alors qu'ils s'en allaient Kate demanda : « Vous déclenchez l'alerte générale, patron ?

– Obligé, Kate. Il a déjà tué une fois, probablement deux et il semble qu'il panique, ce qui le rend doublement dangereux. Et puis il a la fille. Mais je ne crois pas qu'elle soit en danger dans l'immédiat. Elle représente encore sa meilleure chance d'un alibi pour lundi soir et il n'abandonnera pas la perspective du mariage et de son argent à moins d'y être obligé. Nous ne divulguerons pas le nom de la fille. Il suffira de dire que la police le recherche pour l'interroger et qu'il a peut-être une jeune femme avec lui. Mais s'il en vient à penser que seul il a une meilleure chance de s'en tirer, croyez-vous qu'il hésiterait à la tuer ? Il faut que nous prenions contact avec la police du Suffolk et les responsables de l'aide sociale, que nous trouvions les adresses de tous ses parents nourriciers, de tous les foyers où il est passé. S'il se cache, il retournera certainement dans un endroit qu'il connaît. Il nous faudra aussi les coordonnées du travailleur social qui a passé le plus de temps avec lui. Son nom est dans le carnet bleu de Venetia Aldridge. Il faut que nous trouvions un certain Michael Cole. Ashe l'appelait Coley. »

LIVRE IV

Les roselières

38

Ashe n'avait pas dit un mot ni marqué un arrêt jusqu'à ce qu'ils arrivent à la maison de Westway. Octavia fut étonnée qu'ils s'y arrêtent mais il ne donna aucune explication. Ils mirent pied à terre et il poussa la Kawasaki dans le jardin derrière la maison, la souleva sur sa béquille, puis déverrouilla la porte de la cuisine.

Au moment où elle descendait de son siège, il lui avait dit : « Attends dans la cuisine. Je n'en ai pas pour longtemps. » Elle ne tenait pas à le suivre. Ils n'étaient pas revenus dans la maison depuis cette première visite où il lui avait montré la photo. L'odeur de la cuisine, plus forte qu'elle ne se la rappelait mais affreusement familière, était comme une pestilence, l'obscurité au-delà laissant présager une horreur qui l'étonna par sa proximité et sa puissance. Seul un mur mince la séparait de ce divan qu'elle revoyait dans son esprit, non plus décemment recouvert, ordinaire, innocent, mais trempé de sang. Elle l'entendait goutter. Après une seconde de terreur qui la désorienta, elle identifia le lent plop-plop du robinet et le ferma avec des doigts qui tremblaient. L'image de ce corps pâle et lacéré, la bouche ouverte et les yeux morts, qu'elle était arrivée à chasser, ou à revoir avec tout au plus un frisson de terreur, s'empara d'elle à nouveau, plus vraie que le premier jour. L'épreuve en noir et blanc reprit forme sous ses yeux mais cette fois sous l'aspect d'images violemment colorées de sang écarlate et de chair pâle en décomposition Elle voulait sortir de cette maison et ne jamais y revenir. Une fois sur la route, fonçant à travers l'air pur de la nuit, toutes les images mauvaises seraient balayées. Pourquoi Ashe ne revenait-il pas ? Elle se demanda ce qu'il faisait là-haut, guettant le moindre son. Mais l'attente ne fut pas longue. Elle entendit ses pas et il se trouva de nouveau à côté d'elle.

Un grand sac à dos était jeté sur son épaule, et dans sa main droite, tenue bien haut sur son poing fermé comme un trophée, il brandissait une perruque blonde. Il la secoua doucement et les boucles tremblèrent à la lumière de l'unique ampoule sans abat-jour ; elle parut alors, pendant un instant, devenir vivante.

« Mets-la. Je ne veux pas qu'on nous reconnaisse. »

La répulsion d'Octavia fut immédiate et instinctive, mais avant même qu'elle pût parler, il ripostait : « Elle est neuve. Elle ne l'a jamais portée. Regarde toi-même.

– Mais elle a dû la mettre. Ne serait-ce qu'au moment où elle l'a achetée.

– Elle ne l'a pas achetée. C'est moi qui la lui ai donnée. Je te dis qu'elle ne l'a jamais portée. »

Octavia la prit avec un mélange de curiosité et de répugnance, puis la retourna. La doublure qui ressemblait à une résille très fine semblait être à l'état neuf. Elle était sur le point de dire : « Je ne veux rien porter qui lui ait appartenu » quand elle le regarda dans les yeux et comprit qu'il était le plus fort. Elle avait ôté et posé son casque sur la table de la cuisine. Soudain, avec un geste brusque, comme si l'urgence pouvait dominer le dégoût, elle s'enfonça la perruque sur la tête et y glissa les mèches de sa chevelure brune.

Il lui dit « Regarde », et la tenant fermement par les épaules il la tourna vers un miroir fixé à la porte du placard.

La fille qui la dévisageait était une étrangère, mais vers qui elle se serait volontiers tournée dans la rue avec un petit sursaut en la reconnaissant. Difficile de croire que ce machin de boucles blondes pouvait ainsi gommer une personnalité. Puis un éclair de peur la traversa, comme si une chose déjà précaire, nébuleuse, avait été encore affaiblie. Elle le vit reflété au-dessus de son épaule. Il souriait avec une expression critique méditative, comme si la transformation avait été sa création, née de son habileté.

Il demanda : « Ça te plaît ? »

Elle toucha les cheveux qui lui parurent plus vigoureux et plus gras que les vrais. Elle dit : « Je n'ai encore jamais porté de perruque. C'est sinistre. Ça va me tenir chaud sous ce casque.

– Pas par le temps qu'il fait. Moi j'aime bien. Elle te va. Viens, on a du chemin à faire avant minuit.

– Nous revenons ici ? » Elle s'efforça de ne pas faire entendre sa répugnance.

« Non. Nous ne reviendrons jamais ici. Jamais. Nous en avons fini avec cet endroit-là pour de bon.

– Où allons-nous ?

– Un endroit que je connais. Un endroit secret. Un endroit où nous pourrons être absolument seuls. Tu verras quand on y sera. Ça te plaira. »

Elle ne posa plus de questions et ils ne se dirent plus rien. Il prit la direction de l'ouest, puis s'engagea sur la M25. Elle ne savait pas du tout où ils allaient, si ce n'est qu'à son avis ils suivaient dorénavant une direction nord-est. Une fois Londres dépassé, Ashe emprunta des routes secondaires. Pour Octavia, ce trajet était sans pensée, sans inquiétude, voyage hors du temps pendant lequel elle n'avait conscience de rien, si ce n'est l'exaltation de la puissance et de la vitesse, du torrent d'air qui arrachait de ses épaules tout le poids de son néant. En équilibre sur la selle, ses mains gantées serrant mollement la taille du garçon, elle avait tout abandonné, sauf la sensation de l'instant ; la houle de l'air du soir, la palpitation du moteur, l'obscurité des routes de campagne où les haies semblaient se refermer sur eux, les arbres souffletés par le vent pas plus tôt aperçus que désintégrés dans des limbes noirs, les lignes blanches qui disparaissaient indéfiniment sous leurs roues.

Enfin, ils approchèrent d'une ville. Haies et champs laissèrent la place aux maisons avec terrasse, aux pubs, aux petits magasins fermés mais aux vitrines encore éclairées, à quelques maisons plus importantes en retrait derrière leurs grilles. Il s'engagea sur une route secondaire et arrêta son moteur. Pas de maisons. Ils se trouvaient à côté de ce qui semblait être un petit parc de banlieue, près d'un jardin d'enfants avec des balançoires et un toboggan. Devant eux un bâtiment commercial, peut-être une petite fabrique. Un nom qui ne dit rien à Octavia était peint sur le mur aveugle. Mettant pied à terre il retira son casque et elle en fit autant.

Elle lui demanda : « Où sommes-nous ?

– À la lisière d'Ipswich. Tu vas passer la nuit dans un hôtel que je connais. Juste au coin. Je reviendrai te chercher demain matin.

– Pourquoi est-ce que nous ne restons pas ensemble ?

– Je te l'ai dit. Je veux que personne ne nous reconnaisse. On nous cherchera tous les deux ensemble.

– Pourquoi nous chercherait-on ?

– On ne le fera peut-être pas, mais je ne veux pas prendre le risque. Tu as de l'argent ?

– Bien sûr. Tu m'avais dit de prendre beaucoup d'argent liquide. Et j'ai mes cartes de crédit.

– L'hôtel est juste au coin, à cinquante mètres d'ici. Je vais te montrer. Tu leur diras que tu veux une chambre individuelle, pour une nuit seulement. Dis que tu veux payer tout de suite parce que tu seras obligée de partir très tôt prendre le premier train pour Londres. Et paie en espèces. Donne le nom que tu veux du moment que ce n'est pas le tien. Donne une fausse adresse. Tu as compris ?

– Il est terriblement tard. Suppose qu'ils n'aient plus de chambre ?

– Ils en auront une, mais je t'attendrai ici dix minutes. Si tu reviens, il y a d'autres endroits que je connais. Quand tu te seras inscrite, tu monteras tout droit dans ta chambre. Ne mange pas à la salle à manger, ni au bar. D'ailleurs, ils seront fermés. Dis-leur de te monter des sandwiches. Et puis viens me retrouver ici demain matin à sept heures. Si je ne suis pas là, fais les cent pas jusqu'à ce que j'arrive. Je ne veux pas qu'on me voie attendre.

– Où vas-tu aller ?

– Je connais des endroits, ou alors je peux coucher à la dure. Ne t'inquiète pas pour moi.

– Je ne veux pas qu'on soit séparés. Je ne vois pas pourquoi nous ne pouvons pas être ensemble. »

Elle se rendait compte que son ton devenait pleurard. Il n'aimerait pas cela. Mais il essayait d'être patient.

Il lui dit : « Nous serons ensemble. C'est de ça qu'il s'agit dans toute cette histoire. Nous serons ensemble et il n'y aura personne pour nous ennuyer. Personne au monde ne saura où nous sommes. J'ai besoin d'être seul avec toi pendant quelques jours. Il y a des choses dont il faut que nous parlions. » Il marqua un silence, puis reprit, avec une intensité bourrue, comme si les mots lui étaient arrachés : « Je t'aime. Nous allons nous marier. Je veux faire l'amour avec toi, mais pas dans la maison de ma tante, pas dans la maison de ta mère. Il faut que nous soyons seuls. »

C'était donc cela, et rien que cela. Elle sentit jaillir en elle une source de joie et d'assurance renouvelée ; s'approchant de lui, elle l'enlaça et leva son visage vers le sien. Il ne se pencha pas pour l'embrasser, mais la serra dans une étreinte qui ressemblait plus à une violente contrainte qu'à un embrassement. Elle le sentait – son corps, son haleine – plus fort même que le cuir de sa veste.

Il dit : « C'est bien, ma chérie. À demain. »

C'était la première fois qu'il l'appelait chérie. Le mot sonnait bizarrement sur ses lèvres et elle se trouva déroutée pendant quelques secondes, comme s'il s'était adressé à une autre. Tout en marchant à côté de lui jusqu'au bout du chemin, elle lui tendit sa main dégantée. Sans la regarder il répondit par une pression qui lui écrasa les doigts. Elle avait l'impression que plus rien n'avait d'importance, elle était aimée, ils allaient être seuls ensemble, tout serait bien.

39

Ashe avait réparti différemment les bagages pour que le sac à dos d'Octavia soit moins volumineux, mais lui avait dit qu'elle devait le prendre avec elle. L'hôtel se méfierait d'un client sans bagage, même si elle payait d'avance.

Elle dit : « Et s'ils ne voulaient pas de moi ?

– Ils voudront de toi. Ils seront rassurés dès que tu ouvriras la bouche. Tu ne t'es donc jamais entendue ? »

Et de nouveau elle avait surgi, cette petite pointe de ressentiment, si légère, si fugitive qu'il était aisé de faire comme si elle n'avait pas existé.

Personne derrière le bureau quand elle entra dans le vestibule qui était petit, avec une cheminée minable remplie d'un gros vase de fleurs séchées. Au-dessus du manteau, une grande peinture à l'huile représentant une bataille navale au XVIIIe siècle était si encrassée qu'on n'y distinguait plus que les bateaux secoués par les vagues et les petits nuages de fumée crachés par leurs canons. À part cela, les quelques autres gravures – des animaux et des enfants – étaient d'une révoltante sentimentalité. Une cimaise qui courait le long de chaque mur exposait des assiettes qui semblaient être des vestiges de services cassés.

Octavia hésitait, se demandant s'il fallait appuyer sur la sonnette du bureau, quand une fille à peine plus âgée qu'elle entra par la porte marquée « Bar » et ouvrit le guichet à grand bruit. Octavia dit les mots qui lui avaient été prescrits.

« Avez-vous une chambre individuelle pour la nuit ? Si oui, j'aimerais vous payer tout de suite. Il faut que je me lève de bonne heure afin de prendre le premier train pour Londres. »

Sans répondre, la fille se tourna pour ouvrir un placard et prit une clef au tableau : « La quatre. Premier au fond.

– Il y a une salle de bains ?

– Pas dans la chambre. On n'a que trois chambres avec salle de bains attenante et elles sont prises. Ce sera quarante-cinq livres si vous voulez payer maintenant, mais il y aura quelqu'un au bureau à partir de six heures. »

Octavia dit : « Petit déjeuner compris ?

– Continental. Traditionnel, c'est en supplément

– Je pourrais avoir quelques sandwiches tout de suite dans ma chambre ? Je crois que je ne déjeunerai pas demain matin.

– Qu'est-ce que vous préférez ? Jambon, fromage, thon ou rôti de bœuf ?

– Jambon, et un verre de lait demi-écrémé, je vous prie.

– On n'a que du lait écrémé ou entier.

– Eh bien, entier alors. Je vais payer ça tout de suite avec la chambre. »

Pas plus difficile que ça. La fille ne semblait pas plus s'intéresser à l'opération qu'à Octavia. Elle lui tendit la clef, arracha un reçu à une machine, souleva de nouveau et laissa retomber le guichet, puis disparut dans le bar en laissant la porte ouverte. Les vagues bruyantes d'une cacophonie de voix mâles se répandirent aussitôt. Le bar devait être fermé à cette heure-là, mais on eût dit qu'une partie de billard était engagée. Elle entendait les boules s'entrechoquer.

La chambre était petite mais propre. Elle tâta le lit qui lui parut confortable. La lampe de chevet fonctionnait, l'armoire ne branlait pas et sa porte fermait. Sans être luxueuse, la salle de bains qu'elle trouva au fond du couloir était suffisante et quand elle tourna le robinet, elle constata qu'après quelques hoquets sans résultat l'eau coulait chaude.

Quand elle revint dans sa chambre dix minutes plus tard, elle trouva une assiette de sandwiches et un verre de lait sur la table de chevet, recouverts chacun d'une serviette en papier ; outre qu'ils étaient remarquablement bon marché, les sandwiches étaient bien frais et leur garniture généreuse. Elle fut étonnée de s'apercevoir qu'elle avait faim et eut un instant envie de descendre demander une seconde assiette, mais elle se rappela les instructions d'Ashe.

« Sois genre terre-à-terre, quelconque. Tu veux une chambre et leur métier c'est d'en fournir. Tu es majeure et tu peux payer. Ils ne te poseront pas de questions ; les hôtels s'en gardent bien. D'ailleurs ce n'est pas le genre de la maison et ça ne les regarde pas. Ne prends pas des airs furtifs, mais ne te fais pas remarquer non plus. Ne va pas dans le salon. »

Elle avait entassé un pyjama sur le dessus de son sac, mais pas de robe de chambre. Ashe avait eu besoin de toute la place disponible pour les boîtes de conserve et les bouteilles d'eau. Les placards de la cuisine et ceux de son appartement avaient été vidés et il s'était arrêté en chemin pour acheter des provisions supplémentaires dans un supermarché encore ouvert. Tout à coup la chambre lui parut froide, et elle aurait aimé allumer le radiateur à gaz, mais le compteur n'acceptait que les pièces d'une livre et elle n'avait pas la monnaie voulue. Elle se glissa avec précaution entre les draps bien tirés comme elle l'avait fait le premier soir au pensionnat, craignant que le simple fait de déranger le couchage ne risquât de provoquer le déplaisir de cette autorité mystérieuse mais omniprésente qui allait dorénavant gouverner sa vie.

La pièce, qui donnait pourtant sur le derrière de la maison, n'était pas silencieuse. Étendue toute raide entre les draps qui sentaient le détergent, elle identifiait les bruits lointains : voix tantôt douces, tantôt rauques qui éclataient en grosses bouffées de rires au moment où les clients s'en allaient, autos qui démarraient, portes qui claquaient, aboiements lointains d'un chien, bruit de fond des voitures passant à toute allure sur la route. Peu à peu, ses jambes se réchauffèrent et elle se détendit, mais son esprit travaillait trop pour qu'elle pût dormir. Elle était en proie à un mélange de surexcitation et d'inquiétude, avec l'impression déroutante d'avoir quitté son univers familier pour entrer dans des limbes de temps suspendu où rien n'était reconnaissable, rien n'était réel sauf Ashe. Elle se disait : Personne ne sait où je suis. Je ne sais pas où je suis. Et voilà qu'Ashe n'était plus avec elle. Soudain, elle se vit sortir de l'hôtel tranquille dans la lumière incertaine d'une matinée d'octobre pour s'apercevoir qu'il n'était pas là où il avait promis de l'attendre, que la moto n'était pas là, qu'elle attendait, attendait et qu'il ne venait pas.

L'idée lui tordit les entrailles et le spasme passé la laissa de nouveau glacée et un peu nauséeuse. Mais elle possédait encore un reste de bon sens et elle s'y accrocha. Elle se dit que ce ne serait pas la fin du monde. Elle avait de l'argent, elle n'était pas en danger, elle pourrait prendre le train et rentrer chez elle. Mais elle savait que ce serait la fin de son monde, qu'il n'y avait plus de sécurité qu'en lui désormais, que la maison dans laquelle elle reviendrait n'avait jamais été un foyer pour elle et ne le serait jamais sans lui. Bien sûr il serait là, il l'attendrait. Il serait là parce qu'il l'aimait, parce qu'ils s'aimaient. Il l'emmenait dans un endroit privé, un endroit spécial, un endroit que lui seul connaissait, où ils pourraient être ensemble, loin de Mrs Buckley avec ses yeux accusateurs et soucieux, loin de cet appartement en sous-sol qui n'avait jamais été vraiment le sien, toujours accordé à contrecœur, loin de la mort et du meurtre et des enquêtes publiques, des condoléances hypocrites et de son propre sentiment de culpabilité qui l'écrasait, de cette impression que tout, y compris l'assassinat de sa mère, était sa faute et l'avait toujours été.

Ils seraient obligés de revenir à Londres, sûrement ; ils ne pouvaient pas rester absents indéfiniment. Mais quand ils reviendraient tout serait différent. Elle et Ashe auraient fait l'amour, ils appartiendraient l'un à l'autre, ils se marieraient, prendraient leurs distances avec le passé, créeraient leur propre vie, leur propre foyer. Jamais plus elle ne serait sans amour.

Elle était heureuse qu'ils n'aient pas fait l'amour à Londres, qu'il ait voulu attendre. Elle ne se rappelait pas quand l'intérêt qu'elle portait à l'homme, à ses silences, à sa présence, était devenu fascination, mais elle connaissait le moment précis où la fascination s'était avivée en désir. C'était quand l'épreuve à moitié développée, flottant doucement dans le liquide comme si elle prenait vie, était devenue claire ; ils avaient alors regardé ensemble les traits de l'horreur. Elle savait maintenant pourquoi il avait pris cette photo avant même de prévenir la police. Il avait su qu'un jour il devrait de nouveau regarder cette abomination en face avant de pouvoir l'exorciser et la chasser à jamais de sa mémoire. Il l'avait choisie, elle, pour partager cet instant, de façon que la pire terreur qu'il avait connue devînt aussi la sienne. Il n'y aurait alors rien de secret entre eux. Après avoir compris cela, il était devenu difficile de ne pas le toucher ; le besoin de poser la main sur son visage, de tendre la bouche vers le baiser, si machinal, si fugace quand il était venu, s'était révélé par moments presque irrésistible. Elle l'aimait. Elle avait besoin de savoir qu'il l'aimait. Mais sûrement, il l'aimait. Elle s'accrochait à cette certitude comme si elle seule pouvait l'arracher aux années mortes du rejet pour la faire entrer dans une vie partagée. Sous les couvertures elle pressa la bague très fort contre son doigt, comme un talisman.

Désormais la chaleur revenait dans son corps, les bruits s'atténuaient, et elle sentit le long glissement dans les confins du sommeil. Quand enfin il vint, il fut sans rêves.

40

Elle s'éveilla de bonne heure, longtemps avant l'aube, et elle resta allongée, raidie, en regardant sa montre toutes les dix minutes jusqu'à six heures, moment qu'elle avait jugé raisonnable pour se lever et faire du thé. Il y avait un plateau dans sa chambre avec deux grandes tasses et soucoupes épaisses, un bol contenant des sachets de thé, de café et de sucre ainsi que quelques biscuits. Une petite bouilloire, mais pas de théière. Elle en conclut qu'elle était censée faire le thé dans la tasse. Les biscuits pourtant enveloppés avaient un goût de vieux, mais elle s'obligea à les manger, ne sachant pas quand elle aurait l'occasion de faire un repas. Ashe lui avait dit : « N'attire pas l'attention en descendant déjeuner. D'ailleurs ce sera trop tôt. Nous pourrons nous arrêter pour manger quelque chose en route. »

Elle comprenait le besoin de quitter Londres, les visages pleins de sollicitude, les yeux inquisiteurs, l'hostilité non déguisée de Mrs Buckley. Tout cela elle le comprenait. Mais ce qui lui semblait étrange, c'était le soin extrême mis par Ashe à ce qu'on ne les vît pas ensemble pendant le trajet, la crainte qu'elle fût reconnue dans ce petit hôtel insignifiant. Elle avait accroché la perruque blonde au dossier de la seule chaise dans la pièce. Elle avait l'air ridicule et l'idée de la remettre lui faisait horreur. Mais elle était arrivée blonde à l'hôtel, et blonde elle en repartirait. Une fois atteint le refuge secret d'Ashe, elle l'enlèverait pour toujours et redeviendrait elle-même.

À six heures quarante-cinq, elle était habillée et prête à partir. La méfiance d'Ashe l'avait gagnée au point qu'elle descendit l'escalier avec autant de précautions que si elle s'était éclipsée sans payer sa note. Or elle avait tout réglé la veille. Il n'y avait rien qui pût lui causer le moindre souci ni personne pour la voir partir, à l'exception d'un vieux portier dans un long tablier rayé qui traversait le hall en traînant les pieds au moment où elle se dirigeait vers la porte. Elle déposa sa clef sur le bureau et lui lança : « Je m'en vais. J'ai payé », mais il n'y prêta aucune attention et passa dans le bar par la porte battante.

Casque à la main et sac sur l'épaule, elle tourna à gauche et quitta la grand-route pour se diriger vers l'endroit où il avait dit qu'il l'attendrait. Mais le chemin était vide. Pendant une seconde son cœur parut s'arrêter et la déception lui monta aux lèvres, amère comme de la bile. Et puis elle le vit.

Il roulait lentement vers elle, surgi de l'obscurité et de la brume matinale en apportant avec lui l'afflux de surexcitation dont elle se souvenait, l'assurance que tout était sous contrôle, que cette nuit solitaire serait la seule de tout le voyage où ils ne seraient pas réunis. Il s'arrêta, l'étreignit rapidement et l'embrassa sur la joue. Sans mot dire, elle monta derrière lui.

Il demanda : « Ça allait, l'hôtel ? Tu étais bien ? »

Surprise du ton soucieux qu'elle percevait dans sa voix, elle dit : « C'était très bien.

– Ils ne t'ont pas posé de questions ? Demandé où tu allais ?

– Non, pourquoi l'auraient-ils fait ? De toute façon, je n'aurais pas pu le leur dire, puisque je ne le sais pas moi-même. »

Il remit le moteur en marche et, dominant le bruit, lui dit : « Tu vas bientôt le savoir ; ce n'est pas loin. »

Désormais, ils suivaient l'A12 en direction de la mer. L'aurore se leva, dans les rouges et les roses pâles, massive comme une chaîne de montagnes étincelantes se découpant sur le ciel à l'orient, la lumière jaune ruisselant sur les pentes, et débordant dans les crevasses. Il y avait peu de circulation et pourtant Ashe restait très en deçà de la limite autorisée. Octavia aurait beaucoup souhaité qu'il allât plus vite, se ruant comme il l'avait si souvent fait dans les South Downs au milieu de grandes ondes de bruit, si bien que l'air s'accrochait violemment à son corps et lui piquait le visage. Mais ce matin-là, il était prudent. Ils traversèrent des villages endormis et de petites villes sous le soleil qui se levait, entre des haies basses tordues par le vent et les paysages plats de l'Est-Anglie. Puis ils obliquèrent vers le sud et traversèrent une forêt dont les sentiers s'enfonçaient dans l'obscurité verte entre les grands sapins. Et puis elle aussi disparut, laissant la place à une étendue de bruyère et d'ajoncs piquetée de petits bouquets de bouleaux argentés. Là, la route était aussi étroite qu'une piste. La lumière devenait plus forte et Octavia crut sentir l'odeur iodée de la mer. Soudain, elle se rendit compte qu'elle avait faim. Ils étaient passés devant nombre de cafés brillamment éclairés, mais ou bien Ashe n'avait pas faim, ou bien il avait décidé de ne pas risquer un arrêt. Mais ils n'allaient sûrement pas tarder à arriver. Ils avaient pris pas mal de provisions. Il serait temps alors de pique-niquer.

À leur droite, la route était frangée de bois. Maintenant il allait presque au pas, en regardant de chaque côté du chemin comme s'il cherchait un repère. Au bout de dix minutes environ de cette marche d'escargot, il le trouva : un buisson de houx, du côté est du sentier et, juste en face, quelques mètres de mur en ruine.

Mettant pied à terre, il dit : « C'est ici. Nous allons être obligés de passer à travers les fourrés. »

Il poussa la Kawasaki dans les arbres, sous les branches du houx. Elle se dit qu'il avait dû y avoir là un sentier, mais depuis longtemps recouvert par la végétation, obstrué par des branches pendantes et des buissons envahissants. Ils étaient parfois obligés de se plier en deux pour passer sous les branches. De temps en temps, Ashe lui demandait de passer en tête et de retenir les rameaux élastiques pour qu'il pût pousser la moto à travers les broussailles. Mais il semblait savoir où il allait. Ils ne parlaient pas. Elle écoutait ses ordres et y obéissait, heureuse d'être protégée par ses gants et ses cuirs des épines et des ronces. Soudain, la forêt se fit moins dense, le sol plus sablonneux. Une frange de bouleaux argentés et puis, miraculeusement, plus d'arbres. Elle vit s'étendre devant eux à perte de vue une mer verte de roseaux qui sifflaient et soupiraient en faisant doucement osciller leurs frêles inflorescences. Ils s'arrêtèrent là un instant, soufflant après leurs efforts, les yeux fixés sur cet énorme désert de verdure L'isolement de l'endroit était absolu.

Très excitée, elle demanda : « C'est ici ? C'est l'endroit dont tu me parlais ?

– Pas tout à fait. Nous allons là-bas. »

Il montra un point au-delà des roselières. Environ deux cents mètres plus loin, un peu à droite, elle apercevait tout juste le sommet d'un bouquet d'arbres qui dépassait les roseaux.

Ashe dit : « Il y a une maison abandonnée là-bas, sur une sorte d'île. Personne n'en approche jamais. C'est là que nous allons. »

Il regardait dans cette direction et il sembla à Octavia que son visage rayonnait de bonheur. Elle ne se rappelait pas l'avoir jamais vu ainsi. Il ressemblait à un enfant qui sait enfin que le cadeau si longtemps désiré est à portée de la main. Elle éprouva un pincement au cœur à l'idée que c'était un lieu et non pas elle qui avait fait surgir cette joie sur le visage de son compagnon.

Elle demanda : « Comment allons-nous y parvenir ? Est-ce qu'il y a un chemin ? Et la moto, qu'est-ce qu'on en fait ? » Elle prenait bien soin de ne pas avoir l'air d'un rabat-joie, de ne pas gâcher l'instant en soulevant des objections.

« Il y a un chemin. Très étroit. Nous serons obligés de pousser la bécane pour la dernière partie du trajet. »

Il la quitta un moment pour aller à la lisière des roselières, le long des franges, à la recherche d'un endroit dont il se rappelait. Puis il revint et dit : « Elle est toujours là. Monte dessus, nous pourrons prendre la moto pour la première partie. Le sol a l'air assez ferme. »

Elle demanda : « Je ne pourrais pas enlever ma perruque maintenant ? Je la déteste.

– Pourquoi pas ? » Il la lui arracha presque de la tête et la jeta derrière lui. Elle s'accrocha à une branche d'un jeune sapin et resta pendue là, jaune vif sur le vert sombre. Il se tourna vers Octavia en souriant, le visage transformé : « C'est la dernière partie. Nous sommes presque arrivés. »

Il poussa la moto jusqu'au début du sentier et elle

monta derrière. La crête n'avait guère plus d'un mètre de large, étroite piste de sable à travers les roseaux. Des deux côtés ceux-ci étaient si hauts que leurs panicules se balançaient à deux mètres au-dessus de leur tête. C'était comme traverser lentement une impénétrable forêt de verdure murmurante et d'or pâle. Il conduisait prudemment, mais sans crainte. Octavia se demanda ce qui se passerait s'il faisait une embardée, quelle était la profondeur de l'eau des deux côtés, s'ils se débattraient au milieu des roseaux en essayant de se hisser jusqu'à l'étroite crête. De loin en loin, quand le sentier devenait trop détrempé et plus étroit encore, ou que les bords s'étaient éboulés dans l'eau, il mettait pied à terre et lui disait : « Il vaut mieux que je pousse la bécane. Marche derrière. »

Parfois le chemin devenait si étroit que les roseaux lui balayaient les deux épaules. Elle avait l'impression qu'ils se refermaient sur elle, que bientôt il n'y aurait rien devant eux qu'un mur immatériel mais impénétrable de tiges vertes et or pâle. Le sentier semblait sans fin. Impossible de croire qu'ils avançaient vers leur but, qu'ils atteindraient jamais cette île lointaine. Mais elle entendait la mer maintenant, faible grondement rythmé curieusement réconfortant. Peut-être était-ce ainsi que le voyage se terminerait : les roseaux se sépareraient soudain et elle verrait devant elle l'étendue grise et tremblante de la mer du Nord.

Juste au moment où elle se demandait si elle allait oser questionner Ashe sur le chemin qu'ils avaient encore à faire, l'île leur apparut soudain. Les roselières s'ouvrirent et elle vit les bouquets d'arbres, le sol ferme, sablonneux, et derrière les arbres une maisonnette en ruine. L'île était séparée de l'endroit où ils se trouvaient par une dizaine de mètres d'eau environ, libres de roseaux et enjambés par un pont branlant, large de deux planches que soutenait en son milieu un seul pieu de bois noir de vieillesse. Il y avait eu autrefois un garde-fou sur le côté droit, mais il avait pourri et seuls en subsistaient les montants, ainsi que trente centimètres de main courante. Il avait dû y avoir autrefois une barrière pour interdire l'accès au pont ; un des montants était intact, trois charnières rouillées encore incrustées dans son bois.

Octavia frissonna. Cette étendue d'eau immobile, vert olive et le pont démoli avaient quelque chose d'oppressant, voire de sinistre.

Elle dit : « C'est donc la fin », et les mots sonnèrent froids comme un présage.

Ashe qui avait poussé la moto la souleva sur sa béquille, et il s'avança avec précaution jusqu'au milieu du pont. Puis il le testa en sautant sur les planches qui plièrent et gémirent, mais sans casser.

Toujours sautillant, il étendit les bras et elle vit de nouveau ce sourire heureux qui le transformait. Il dit : « Nous allons porter nos affaires de l'autre côté. Ensuite je reviendrai chercher ma bécane. Le pont devrait tenir. »

On eût dit un gamin se réjouissant d'une première aventure longtemps attendue.

Il revint et détacha les paquets de la moto. Portant deux sacs de couchage et les sacoches en cuir, il lui tendit un des sacs à dos. Ainsi chargée, avec en plus son propre sac, elle le suivit sur le pont, puis sous les branches basses des arbres et vit nettement le cottage pour la première fois. Abandonné depuis longtemps, une partie du toit était encore en place, mais la porte aux gonds brisés pendait, le bas enfoncé dans le sol. Ils entrèrent dans ce qui avait été à l'origine une des deux pièces du rez-de-chaussée. Pas de vitre à l'unique fenêtre et plus de portes entre les pièces. Seul un évier taché et cassé sous un robinet arraché du mur montrait qu'il y avait eu là une cuisine. La porte du fond avait disparu aussi et Octavia se trouva devant l'étendue des roselières en direction de la mer. Mais cette dernière était toujours invisible.

Déçue, elle demanda : « Pourquoi est-ce qu'on ne voit pas la mer ? Je l'entends. Elle ne peut pas être loin.

– Quinze cents mètres à peu près. On ne la voit

nulle part depuis les roselières. Elles sont bordées par un banc de galets très haut, et puis c'est la mer du Nord. Rien de bien intéressant. Juste une grève caillouteuse. »

Elle aurait bien aimé aller là-bas, sortir de cette végétation étouffante. Mais elle se dit que c'était le domaine personnel d'Ashe, qu'il ne fallait pas lui laisser voir qu'elle était déçue. Et d'ailleurs, elle ne l'était pas. Pas vraiment. Simplement, tout était si étrange. Elle revit soudain le jardin du couvent, les grandes pelouses bien entretenues, les parterres de fleurs et, au fond du jardin, une gloriette dominant une prairie où l'on pouvait s'asseoir l'été. C'était le genre de paysage auquel elle était habituée, anglais, ordonné, familier. Mais elle se dit qu'ils n'étaient pas là pour longtemps ; sans doute jusqu'au lendemain seulement. Et il l'avait amenée là, dans cet endroit qui était le sien à lui tout seul. C'était sûrement là qu'il avait l'intention de faire l'amour.

Comme un enfant, il demanda : « Qu'est-ce que tu en penses ? Super, non ?

– C'est retiré. Comment l'as-tu trouvé ? »

Au lieu de répondre, il dit : « J'y venais quand j'étais dans un foyer près d'Ipswich. Personne n'en connaît l'existence, sauf moi. »

Elle lui demanda : « Tu étais toujours seul ? Tu n'avais pas d'ami ? »

Une fois encore, il ne répondit pas : « Je vais aller chercher la bécane. Ensuite on déballera et on se fera un petit déjeuner. »

La perspective la ragaillardit aussitôt. Elle avait oublié combien elle avait faim et soif. Depuis le bord de l'eau, elle le regarda repasser sur le pont, repousser la béquille d'un coup de pied et faire reculer la Kawasaki.

Elle cria : « Tu ne vas pas monter dessus, n'est-ce pas ?

– C'est plus facile. Écarte-toi. »

Il monta sur la moto, mit le moteur en marche et fonça vers le pont comme un furieux. La roue avant était presque sur la terre ferme quand, avec un craquement qu'Octavia perçut comme une explosion, le poteau central céda, les deux planches les plus proches volèrent en éclats et tombèrent, cependant que les montants de la main courante étaient projetés en l'air. Dès le premier craquement, Ashe avait bondi vers l'île qu'il atteignit de justesse avant de glisser sur le sol sablonneux. Elle se précipita pour l'aider à gravir la pente et ensemble ils regardèrent la Kawasaki violette disparaître lentement sous l'eau boueuse. La moitié du pont s'était effondrée. Il n'en restait plus maintenant que deux planches dont les extrémités s'enfonçaient dans l'eau.

Octavia regarda le visage d'Ashe, terrifiée à l'idée d'une explosion de rage. Elle savait que la violence était là. Il ne la lui avait jamais montrée mais elle avait toujours été consciente de ces abîmes bouillonnants de passion étroitement contrôlée. Mais au lieu de cela il poussa un grand éclat de rire, dur, presque triomphant.

Sans pouvoir masquer son désarroi, elle dit : « Mais nous voilà coupés de tout. Comment allons-nous pouvoir rentrer chez nous ? »

Chez nous. Elle avait utilisé l'expression machinalement. C'est seulement alors qu'elle s'en rendit compte : la maison où elle s'était sentie étrangère et rejetée pendant tant d'années, c'était son chez-elle.

Il dit : « Nous pourrons ôter nos vêtements et nager en les maintenant hors de l'eau. Nous nous habillerons ensuite et nous rejoindrons la route. Nous avons de l'argent. Nous ferons du stop pour rejoindre Ipswich ou Saxmundham et là nous prendrons le train. Plus besoin de la bécane. Après tout, on a la Porsche de ta mère. Elle est à toi maintenant. Tout ce qu'elle avait est à toi. Tu sais ce que ce notaire t'a dit. »

Elle répéta tristement : « Je sais ce qu'il m'a dit. »

Elle entendit sa voix, enthousiaste, celle d'un nouvel Ashe, différent. « Il y a même un vieux w.-c. dehors. Regarde, là. »

Elle s'était posé la question, n'ayant aucun goût

pour s'accroupir derrière les buissons. Il lui montra une cabane en bois noircie par l'âge, la porte presque impossible à ouvrir tant les gonds étaient rouillés. L'intérieur avait une odeur parfaitement fraîche de terre, de vieux bois et d'air parfumé d'iode marin. Derrière la cabane, un bouquet de sureaux et de buissons à moitié secs, un arbre tordu et des herbes qui arrivaient presque au genou. Octavia les dépassa et vit de nouveau le vallon miroitant de roseaux ainsi qu'une autre crête d'herbe compacte, solide.

Elle demanda : « Où est-ce que ça mène ? À la mer ?

– Nulle part. Au bout d'une centaine de mètres, il n'y a plus de sentier. J'y vais quand je veux être seul. »

Loin de moi, pensa-t-elle, mais elle ne dit rien. De nouveau elle éprouva un pincement au cœur. Elle était avec Ashe. Elle aurait dû se sentir heureuse, exubérante, partager le plaisir qu'il prenait à la paix, au silence, à la conscience que cette île isolée était leur domaine privé. Au lieu de cela, elle avait une sensation de claustrophobie. Combien de temps avait-il l'intention de rester ici ? Comment allaient-ils s'en sortir ? Bien facile de dire qu'ils franchiraient les dix mètres à la nage, mais après ?

Dans le cottage, il était en train de déballer les sacs, de secouer les couchages, de disposer les provisions sur l'unique rayonnage à droite de la cheminée. Elle alla l'aider, tout de suite plus heureuse. Il avait pensé à tout : jus de fruits, haricots, soupes, viandes en sauce et légumes en conserve, une demi-douzaine de bouteilles d'eau, du sucre, des sachets de thé et de café, du chocolat. Il y avait même un petit réchaud à pétrole avec une bouteille de carburant et deux casseroles avec manches amovibles. Il fit bouillir de l'eau pour leur café, coupa des tranches de pain, les beurra et fit deux gros sandwiches au jambon.

Ils pique-niquèrent dehors, assis l'un à côté de l'autre, le dos appuyé au mur, en regardant au loin par-dessus les roseaux. Le soleil avait pris de la force et elle en sentait la chaleur sur son visage. Jamais elle n'avait rien mangé d'aussi bon. Pas étonnant qu'elle ait eu ce moment de découragement. Il était dû à la faim et à la soif. Tout allait s'arranger. Ils étaient ensemble, cela seul comptait. Et ce soir, ils feraient l'amour, c'était pour cela qu'il l'avait amenée là.

Osant enfin poser la question, elle demanda : « Combien de temps allons-nous rester ici ?

– Un jour, peut-être deux. Pourquoi ? Tu ne te plais pas ?

– J'adore. Seulement, je me demandais... je veux dire, sans la bécane, il nous faudra plus longtemps pour rentrer chez nous. »

Il dit : « Chez nous, c'est ici. »

41

Kate avait craint que les archives des autorités locales ne fussent incomplètes et qu'ils n'eussent du mal à reconstituer les déplacements d'Ashe de foyer en foyer. Mais un certain Mr Pender des services sociaux, étonnamment jeune et prématurément marqué par l'anxiété, put exhiber un volumineux dossier assez fatigué.

Il dit : « Ce n'est pas la première fois qu'on nous demande les documents concernant Ashe. Miss Aldridge a voulu y jeter un coup d'œil quand elle le défendait. Bien évidemment nous avons d'abord demandé l'autorisation à l'intéressé, mais il a dit qu'on pouvait les lui communiquer. Je ne sais pas trop à quoi ça a servi. »

Kate dit : « Elle aimait savoir le plus de choses possible sur les gens qu'elle défendait. Et le passé du garçon était significatif. Elle a amené le jury à le prendre en pitié. »

Mr Pender regarda le dossier fermé. Il dit : « Je suppose qu'on pouvait le plaindre. Il n'a pas eu beaucoup de chance. Si votre mère vous jette dehors avant vos huit ans, les services sociaux ne peuvent pas faire grand-chose pour compenser ça. Il y a eu des tas de discussions à son sujet, mais il était difficile à placer. Personne ne voulait le garder longtemps. »

Piers demanda : « Pourquoi n'a-t-on pas essayé de le faire adopter ? Sa mère l'avait rejeté, n'est-ce pas ?

– On l'avait envisagé quand nous avions encore des contacts avec elle, mais elle n'a pas voulu. Je suppose qu'elle avait vaguement l'idée de le reprendre. Ces femmes-là sont bizarres. Elles sont incapables de s'en sortir, elles font passer leur amant avant leur enfant, mais elles refusent l'idée de le perdre définitivement. Quand sa mère est morte, Ashe était trop âgé pour être adopté.

– Il nous faudra une liste de tous les gens chez qui il a été placé. Je peux prendre le dossier ? »

Le visage de Mr Pender changea : « Je ne crois pas pouvoir aller jusque-là. Ce sont des rapports sociaux et psychiatriques confidentiels. »

Piers intervint : « Ashe est en fuite. Il a presque certainement tué une femme. Nous savons qu'il a un couteau. Il a aussi Octavia Cummins. Si vous voulez avoir la responsabilité d'un deuxième meurtre sur la conscience, libre à vous. Pas vraiment le genre de publicité que recherche la commission des Services sociaux. Nous, notre travail, c'est de retrouver Ashe et nous avons besoin de renseignements. Il nous faut parler à ceux qui pourraient connaître ses repaires favoris, là où il pourrait se cacher. »

Indécision et anxiété étaient peintes sur le visage de Mr Pender. À regret il lâcha : « Je pense que je pourrais avoir l'autorisation du juge pour vous communiquer les archives. Ça risque d'être long. »

Kate trancha : « Nous ne pouvons pas attendre. »

Elle tendit la main, mais Mr Pender ne poussait toujours pas la chemise vers eux.

Au bout d'un moment, Kate reprit : « Bon. Donnez-moi la liste de tous les noms et adresses des lieux où il a été placé, foyers et parents nourriciers. Je la veux tout de suite.

– Je ne vois pas d'objection possible. Je vais dicter ces renseignements maintenant, si vous voulez bien attendre. Un peu de café ? »

La proposition avait quelque chose de désespéré, comme s'il cherchait ce qu'il pourrait offrir sans en référer à une instance supérieure.

Ce fut Kate qui répondit : « Non, merci. Simplement les noms et adresses. Et puis il y avait quelqu'un qui s'appelait Cole ou Coley qui semble avoir consacré beaucoup de temps à Ashe. Nous avons trouvé son nom dans le carnet dont Miss Aldridge s'est servie au moment du procès. Il est important de le retrouver. Il faisait partie du personnel d'un de vos foyers d'accueil, Banyard Court. Nous allons commencer par là. Qui le dirige actuellement ? »

Mr Pender dit : « Je crains que ce soit une perte de temps. Banyard Court a été fermé il y a trois ans, après avoir brûlé. Un incendie criminel, hélas. Maintenant nous plaçons les enfants chez des parents nourriciers chaque fois que nous le pouvons. Banyard Court était réservé aux cas les plus difficiles, mais qui ne nécessitaient pas des installations de sûreté. Ça n'a malheureusement pas été une réussite. Je ne crois pas que nous sachions actuellement où se trouvent les membres du personnel, sauf pour ceux qui ont été transférés.

– Vous savez peut-être où habite Coley. Ashe l'a accusé d'agressions sexuelles. Dans ces cas-là, n'êtes-vous pas tenu d'en avertir les futurs employeurs ?

– Je vais de nouveau regarder le dossier. Si mes souvenirs sont exacts, il a été disculpé après enquête. Je pourrai peut-être vous donner son adresse, s'il y consent. C'est une affaire difficile. »

Piers trancha : « Elle le sera sûrement s'il arrive quelque chose à Octavia Cummins. »

Mr Pender resta un moment plongé dans un silence angoissé. Puis il dit : « J'ai examiné les documents après votre coup de fil. Ce n'est pas une lecture très réconfortante. Nous ne l'avons pas bien traité, mais je ne sais pas qui aurait pu faire mieux. Nous l'avons placé chez un instituteur et c'est là qu'il est resté le plus longtemps, dix-huit mois. Assez pour réussir très bien à l'école du pays. On espérait même qu'il pourrait être reçu en secondaire. Après ça, il a fait ce qu'il fallait pour être flanqué dehors. Il avait tiré ce qu'il voulait du placement, il était temps d'aller ailleurs.

– Qu'est-ce qu'il a fait ? demanda Kate.

– Agression sexuelle contre la fille de quatorze ans.

– Il a été poursuivi ?

– Non. Le père n'a pas voulu la soumettre au traumatisme d'une comparution devant le tribunal. Le viol n'avait pas été à son terme, mais l'expérience avait été très pénible. La jeune fille était extrêmement bouleversée. Naturellement il fallait qu'Ashe s'en aille. C'est à ce moment-là que nous l'avons admis à Banyard Court. »

Piers compléta : « Où il a rencontré Michael Cole.

– Probablement. Je ne crois pas qu'ils s'étaient rencontrés auparavant. Je vais téléphoner à l'ancien directeur de Banyard Court. Il est à la retraite maintenant, mais il saura peut-être où est Cole. Dans ce cas je l'appellerai et je lui demanderai si je peux vous donner son adresse. »

Arrivé à la porte, il se retourna pour dire : « La mère nourricière qui a le mieux compris Ashe, c'est une certaine Mary McBain. Elle accueille cinq enfants de tous les âges et elle a l'air de bien s'en tirer. Tout par l'amour et les câlins. Mais même elle a été obligée de laisser partir Ashe. Il la volait. D'abord de petites sommes dans la bourse du ménage, et puis systématiquement. Ensuite, il s'est mis à maltraiter les autres enfants. Mais quand il est parti, elle a dit quelque chose de très profond : selon elle, Ashe ne pouvait pas supporter que les gens deviennent proches de lui ; c'est au moment où ils commençaient à lui témoigner de l'affection qu'il commettait l'impardonnable. Je suppose que c'était le besoin de les rejeter avant d'être rejeté par eux. Si quelqu'un avait compris cela, c'était bien Mary McBain. »

La porte se referma derrière lui. Les minutes

s'écoulèrent lentement. Kate se leva et se mit à arpenter la pièce. Elle dit : « Je suppose qu'il téléphone au juge pour être sûr qu'il ne risque rien.

– Eh bien, on ne peut pas s'en étonner. Quel sacré métier ! Je n'en voudrais pas pour un million par an. Aucune gratitude si les choses vont bien et des tas d'embêtements si elles vont mal.

– Ce qui est souvent le cas. Inutile d'essayer de me faire plaindre les travailleurs sociaux. J'en ai trop vu. Je ne suis pas objective. Où est donc ce sacré Pender ? Il ne faut pas plus de dix minutes pour taper une douzaine de noms. »

Il fallut en réalité un quart d'heure avant qu'il reparût, s'excusant : « Désolé d'avoir mis si longtemps, mais j'essayais de voir si nous avions l'adresse de Michael Cole. Pas de chance, hélas. Tout cela s'est passé il y a plusieurs années et il n'a pas laissé d'adresse en quittant Banyard Court. D'ailleurs, il n'y avait pas de raison pour qu'il le fasse en réalité. Il a démissionné. Il n'a pas été renvoyé. Comme je vous l'ai dit, le foyer est fermé maintenant, mais je vous ai donné l'adresse du dernier directeur. Il pourra peut-être vous aider. »

Une fois dans la voiture, Kate dit : « Mieux vaut passer la moitié de ces noms par téléphone aux enquêteurs du Suffolk. Nous allons voir le directeur du foyer. J'ai l'impression que Cole est probablement le seul qui pourra nous aider. »

Le restant de la journée ainsi que celle du lendemain furent décevants. Ils allèrent de parents nourriciers en parents nourriciers, suivant avec un désespoir grandissant la piste de l'autodestruction parcourue par Ashe. Certains faisaient tout ce qu'ils pouvaient pour aider, d'autres, à la première mention de son nom, indiquaient clairement qu'ils voulaient voir la police déguerpir. Certains avaient déménagé et ne pouvaient être retrouvés.

L'instituteur était au travail, mais sa femme était chez elle. Elle refusa de parler d'Ashe sauf pour dire qu'il avait agressé sexuellement leur fille Angela et que son nom n'était jamais prononcé dans leur maison. Elle serait reconnaissante à la police de ne pas revenir ce soir. Angela serait là et parler d'Ashe ferait revivre tous ses souvenirs. Elle n'avait aucune idée de l'endroit où il pouvait se trouver maintenant. La famille avait fait des sorties avec lui pendant qu'il était chez eux, mais uniquement dans des endroits qui présentaient un intérêt pédagogique. Aucun d'entre eux n'aurait pu fournir une cachette. Elle n'était pas prête à en dire davantage.

L'adresse qu'on leur avait donnée pour l'ancien directeur de Banyard Court était à la lisière d'Ipswich. Lors de leur première tentative, pas de réponse à leurs coups de sonnette. Ils y revinrent tout au long de la journée, mais c'est seulement à six heures passées qu'ils parvinrent à trouver quelqu'un au logis. Sa veuve revenait d'une journée à Londres. Une femme d'âge moyen, fatiguée, l'air harassée, qui leur dit que son mari était mort d'une crise cardiaque deux ans auparavant, après quoi elle les invita à entrer – la première à le faire – et leur offrit du thé et du cake. Mais ils n'avaient pas le temps de s'arrêter. C'étaient de renseignements qu'ils avaient un besoin terrible, pas de nourriture.

Elle leur expliqua : « Je travaillais moi aussi à Banyard Court, une sorte de sous-intendante de secours. Je ne suis pas assistante sociale. J'ai connu Michael Cole bien sûr. Un homme formidable qui réussissait magnifiquement avec les garçons. Il ne nous a jamais dit qu'il sortait avec Ashe quand il avait un jour de congé, mais je ne saurais croire que ce n'était pas parfaitement innocent. Coley n'aurait jamais fait de mal à un enfant ni à un jeune. Jamais. Il était très attaché à Ashe.

– Et vous n'avez pas idée de l'endroit où ils allaient ?

– Aucune. Mais je crois que ça ne pouvait pas être bien loin de Banyard Court, parce qu'ils étaient à bicyclette et Ashe revenait toujours avant la nuit.

– Et vous ne savez pas où Michael Cole est allé en quittant Banyard Court ?

– Je ne peux pas vous donner son adresse, hélas, mais je crois que c'est chez une sœur. Il me semble qu'elle s'appelait Page... oui, j'en suis sûre. Et ce devait être une infirmière. Si elle travaille encore, vous pourrez peut-être retrouver sa trace par l'intermédiaire de l'hôpital, à condition qu'elle soit toujours dans le secteur. »

La chance semblait mince, mais ils la remercièrent et poursuivirent leur chemin. Il était alors six heures et demie.

Et cette fois la réussite leur sourit. Ils téléphonèrent à trois hôpitaux de la région. Le quatrième, un petit centre gériatrique, leur répondit qu'ils avaient en effet une Mrs Page parmi leur personnel, mais qu'elle avait pris une semaine de congé parce qu'un de ses enfants était malade. On ne fit aucune difficulté pour leur communiquer son adresse.

42

Ils trouvèrent Mrs Page dans une maison au milieu d'un lotissement de constructions en brique rouge et béton, à côté du village de Framsdown, exemple typique de l'intrusion assez répandue de la banlieue dans ce qui avait été un paysage champêtre, sinon particulièrement beau, du moins intact. À l'entrée du cul-de-sac les lampadaires criards éclairaient un petit terrain de jeux désert, avec balançoires, toboggan et espalier. Pas de garages et pourtant chaque maison et appartement semblait avoir une auto ou une caravane garée sur la route là où les jardinets avaient été recouverts de pavés. Il y avait des lumières derrière les rideaux, mais aucun signe de vie.

La sonnette du numéro onze fit jouer une petite

ritournelle et presque aussitôt la porte s'ouvrit. Silhouette dessinée par l'éclairage de l'entrée, une femme noire tenait un enfant sur sa hanche. Sans attendre que Kate ou Piers déclinent leur identité et montrent leur plaque, elle dit : « Je sais qui vous êtes. L'hôpital a téléphoné. Entrez. »

Elle s'effaça et ils entrèrent. Elle portait un pantalon noir serré avec un haut gris à manches courtes. Kate vit qu'elle était belle. Son cou gracieux soutenait une tête fièrement dressée, sommée de cheveux ras. Le nez droit était assez mince, les lèvres fortement arquées, les grands yeux aux paupières charnues voilés par l'inquiétude.

La pièce dans laquelle elle les conduisit était propre mais en désordre, les meubles neufs portant déjà les marques des déprédations faites par de petites mains poisseuses et des jeux musclés. Dans un coin, un parc enfermait une enfant plus âgée occupée à se hisser pour atteindre la rangée de clochettes colorées fixées au barreau supérieur. À leur arrivée, elle se laissa retomber sur le derrière et les dévisagea avec des yeux immenses et un large sourire de bienvenue. Kate s'approcha et lui tendit un doigt aussitôt saisi avec une force remarquable.

Les deux femmes, Mrs Page tenant toujours le plus jeune bébé, s'assirent sur le divan, Piers prit la chaise en face d'elles.

Il dit : « Nous voudrions voir votre frère, Mr Michael Cole. Vous savez, je pense, que Garry Ashe est recherché pour être interrogé. Nous espérons que Mr Cole pourrait avoir quelque idée de l'endroit où il se cache.

– Michael n'est pas là. » L'inquiétude était perceptible dans sa voix. « Il est parti de bonne heure ce matin à bicyclette – du moins elle n'est plus dans le hangar. Il n'a pas dit où il allait, mais il a laissé un mot. Il est là. »

Elle se leva, non sans peine, et prit le billet derrière un petit pot surmontant le téléviseur. « Je serai parti toute la journée, ne t'inquiète pas, je rentrerai à six heures pour dîner. Appelle le supermarché et dis-leur que je serai là pour le poste de nuit. »

Kate demanda : « À quelle heure est-il parti ? Le savez-vous ?

– Après les nouvelles de huit heures. J'étais réveillée et je les entendais de ma chambre.

– Et il n'a pas appelé ?

– Non. J'ai attendu pour le dîner jusqu'à sept heures et puis j'ai mangé toute seule. »

Piers demanda : « À quel moment avez-vous commencé à vous inquiéter ?

– Peu après six heures. Michael est si ponctuel ! Je comptais téléphoner aux hôpitaux et puis à la police s'il n'avait pas été là demain matin. Mais ça n'est pas comme si c'était un enfant. C'est un adulte. Je pensais que la police ne prendrait pas la chose au sérieux si je téléphonais trop tôt. Mais maintenant je suis vraiment inquiète. J'ai été bien contente quand l'hôpital a appelé pour dire que vous le cherchiez. »

Kate demanda : « Et vous n'avez aucune idée de l'endroit où il a pu aller ? »

Mrs Page secoua la tête.

Kate l'interrogea sur les rapports de son frère avec Ashe. « Nous savons qu'Ashe a menti au sujet de ses relations avec votre frère. Mais nous ne savons pas pourquoi. Pouvez-vous nous dire quelque chose sur cette amitié ? Où ils allaient ensemble, le genre de choses qu'ils aimaient faire ? Nous avons l'impression qu'Ashe est probablement caché dans un endroit que votre frère connaît. »

Mrs Page fit glisser le bébé sur ses genoux et pendant un instant pencha la tête sur les boucles serrées dans un geste maternel et protecteur. Puis elle dit : « Michael travaillait à Banyard Court comme assistant quand Ashe a été admis. Michael l'aimait bien. Il m'a un peu parlé du passé de ce garçon, comment il avait été rejeté par sa mère et par l'homme avec qui elle vivait. Il avait été battu et maltraité par l'un d'eux ou les deux, avant d'être mis à l'Assistance publique. La police voulait les poursuivre, mais chaque adulte rejetait le blâme sur l'autre et elle n'a pas pu réunir assez de preuves. Michael pensait qu'il pourrait aider Ashe. Il croyait tout le monde récupérable. Bien entendu, il n'a rien pu faire. Dieu peut peut-être racheter Ashe, mais un être humain, non. On ne peut pas aider les gens qui sont nés mauvais. »

Piers dit : « Je ne sais pas trop ce que signifie ce mot. »

Les grands yeux se tournèrent vers lui : « Vraiment ? Et vous êtes officier de police ! »

La voix de Kate se fit persuasive : « Réfléchissez bien, Mrs Page. Vous connaissez votre frère. Où avait-il quelque chance d'aller ? Qu'est-ce qu'ils aimaient faire tous les deux, Ashe et lui ? »

La réponse se fit un peu attendre, puis : « C'était les jours de repos de Michael. Il partait à bicyclette retrouver Ashe quelque part sur la route. Je ne sais pas où ils allaient, mais Michael revenait toujours avant la nuit. Il emportait des provisions et son réchaud à alcool. Et puis de l'eau, bien sûr. Je crois qu'ils devaient aller dans un endroit dégagé. Il n'aime pas les forêts très denses. Il aime les grands espaces et les grands ciels.

– Et il ne vous racontait rien ?

– Seulement qu'il avait passé une bonne journée. Je crois qu'il avait promis à Ashe que l'endroit serait leur secret. Il revenait heureux, plein d'espoir. Il aimait Ashe, mais pas comme on a dit. Il y a eu une enquête. Ils ont mis Michael hors de cause, parce qu'il n'y avait pas vraiment de preuves et ils savaient à quel point Ashe était menteur. Mais ces choses-là ne s'oublient pas. Il ne retrouvera pas un travail avec des enfants. D'ailleurs, je ne crois pas qu'il en voudrait un. Il a perdu confiance. Quelque chose est mort en lui, après ce que Ashe a fait, les accusations, l'enquête. Il travaille au supermarché à Ipswich maintenant, la nuit, il réapprovisionne les rayons. Avec son salaire et le mien, on s'en tire. On n'est pas malheureux. J'espère qu'il ne lui est rien arrivé. On veut tous qu'il revienne. Mon mari a été tué l'année dernière dans un accident de la route. Les enfants ont besoin de Michael. Il est formidable avec eux. »

Soudain elle se mit à pleurer. Son beau visage ne changea pas, mais deux grosses larmes jaillirent de ses yeux et roulèrent sur ses joues. Kate eut envie de glisser sur le divan pour prendre mère et enfant dans ses bras, mais résista. Le geste aurait pu déplaire, voire être repoussé. Comme il est difficile, se dit-elle, de réagir simplement à la détresse.

Elle dit : « Essayez de ne pas vous tourmenter, nous allons le retrouver.

– Mais vous pensez qu'il pourrait être avec Ashe, n'est-ce pas ? Vous pensez que c'est là qu'il est allé ?

– Nous ne savons pas. C'est possible. Mais nous le trouverons. »

Elle les accompagna jusqu'à la porte et dit : « Je ne veux pas d'Ashe ici. Je ne veux pas qu'il approche mes enfants. »

Kate lui répondit : « Il ne viendra pas. Pourquoi viendrait-il ici ? Mais laissez la chaîne sur la porte, et s'il prend contact avec vous, téléphonez-nous tout de suite. Voilà le numéro. »

Immobile sur le seuil, son enfant sur la hanche, elle regarda la voiture s'éloigner.

Piers dit : « Vous croyez que Cole est vraiment parti chercher Ashe sans rien dire à personne, sans prévenir la police ?

– Oh oui. C'est là qu'il est allé. Il a entendu parler d'Ashe aux informations de huit heures et il est parti. Parti pour essayer de nouveau une petite rédemption privée, Dieu lui vienne en aide ! »

Ils s'arrêtèrent à la sortie du village et Kate appela Dalgliesh pour le mettre au courant. Il lui dit : « Un instant » et elle entendit le froissement d'une carte qu'il dépliait. « Banyard Court était juste au nord du village d'Ottley, n'est-ce pas ? Donc lui et Ashe sont partis de là ou des environs immédiats. Supposons qu'ils aient roulé pendant trente à quarante kilomètres pour arriver à leur endroit secret. Quatre heures de route, aller et retour. Dur, mais possible.

Prenons plutôt un rayon de quarante kilomètres. Il n'y a pas beaucoup de terrains boisés, sauf les forêts de Rendlesham et Tunstall. Si sa sœur a raison et s'il n'aimait pas les endroits confinés, il se sera sans doute dirigé vers la mer. Il y a des coins assez désolés. Lancez les recherches par hélicoptère dès le lever du jour et concentrez-vous sur la côte. Je vous verrai vers dix heures ce soir à l'hôtel. »

Kate dit à Piers : « Il arrive.

– Pourquoi, Seigneur ? Le Suffolk coopère. Nous avons tout organisé.

– Je suppose qu'il veut être là pour la fin.

– S'il y en a une.

– Oh, il y en aura sûrement une. Toute la question est de savoir où et comment. »

43

Ce matin-là, ils dormirent tard, chacun lové dans son sac de couchage, côte à côte, mais sans se toucher. Ashe s'éveilla le premier, instantanément en alerte. Il entendit à côté de lui la respiration douce et régulière d'Octavia, entrecoupée de murmures presque inaudibles et de petits reniflements. Il s'imagina qu'il pouvait la sentir, son corps, son haleine. L'idée lui vint alors qu'il pourrait dégager son bras et l'étendre pour plaquer une main sur cette bouche ouverte et la réduire au silence à jamais. Il se complut à ce fantasme pendant quelques minutes, puis resta rigide à attendre le lever du jour. Il vint enfin, elle bougea et tourna le visage vers lui.

« C'est le matin ?

– Oui, c'est le matin. Je vais faire le petit déjeuner. »

Elle se tortilla pour sortir du sac de couchage et s'étira.

« J'ai faim. Est-ce que le matin n'a pas une odeur

merveilleuse, ici ? L'air ne sent jamais comme ça à Londres. Écoute, c'est moi qui vais préparer le déjeuner. Jusqu'à présent c'est toi qui as tout fait. »

Elle essaya de prendre un ton joyeux, mais il y avait quelque chose de faux dans cette gaieté exagérée.

« Non, dit-il. Je vais le faire. »

Le ton devait être assez insistant, car elle ne poursuivit pas. Il alluma deux bougies, le réchaud, puis ouvrit une boîte de tomates et une de saucisses. Il sentait les yeux d'Octavia, inquiets, interrogateurs, qui suivaient chacun de ses mouvements. Ils allaient manger et ensuite il faudrait qu'il s'éloigne d'elle. Il irait dans son endroit à lui au milieu des roseaux. Même Coley ne l'y suivait jamais. Il avait besoin d'être seul. Pour réfléchir. Ils parlèrent peu pendant le repas, après quoi elle l'aida à laver tasses et assiettes dans l'eau. Puis il dit : « Ne me suis pas. Je n'en ai pas pour longtemps », et sortit par la porte de la cuisine.

Il se fraya un chemin à travers les fourrés jusqu'au sentier familier qui conduisait vers la mer lointaine. Plus étroit encore que le précédent. Il était presque obligé de tâtonner en repoussant les roseaux raides et froids contre ses paumes. Comme il s'en souvenait, l'arête serpentait, tantôt ferme et bosselée de mottes, tantôt herbeuse et constellée de marguerites, tantôt giclant si fort sous ses pieds qu'il se demandait si elle allait supporter son poids. Mais enfin, elle s'acheva. Il y avait là une butte herbeuse dont il se souvenait. Tout juste la place pour qu'il pût s'y asseoir, les genoux repliés sur la poitrine, les bras bien serrés autour d'eux, boule inviolable. Il ferma les yeux et écouta les bruits familiers, sa propre respiration, l'éternel chuchotement des roseaux, le lointain gémissement rythmé de la mer. Pendant quelques minutes il resta absolument immobile, laissant le tumulte qui avait pris possession de son esprit et de son corps faire place à ce qu'il croyait être la paix. Mais maintenant il lui fallait réfléchir.

Il avait commis une erreur, la première depuis qu'il avait tué sa tante. Il n'aurait jamais dû quitter

Londres. Erreur grave, mais pas forcément fatale. La décision de partir, les préparatifs précipités, Octavia convaincue, le trajet lui-même – qu'est-ce que c'était tout ça sinon de la panique ? Or il n'avait encore jamais paniqué. Mais ça pouvait s'arranger. À cette heure, la police aurait trouvé le corps et saurait que c'était un crime. Quelqu'un leur aurait dit qu'elle était gauchère – ne serait-ce que cette salope de Buckley. Mais il ne pouvait pas avoir été le seul à l'ignorer. La police conclurait sûrement que son assassin avait voulu faire croire qu'elle avait tué Aldridge puis s'était suicidée par remords ou parce qu'elle ne pouvait plus vivre avec l'horreur de ce qu'elle avait fait. Et cela seul devait suffire à le mettre hors de cause. Il avait un alibi pour le meurtre d'Aldridge, il ne faisait pas partie des suspects. Donc, pourquoi aurait-il tué Carpenter ? Pas besoin d'une deuxième victime pour détourner les soupçons, puisqu'il n'était pas soupçonné. Quel que fût le meurtrier d'Aldridge, lui était tranquille.

Donc, il fallait qu'ils retournent à Londres. Ouvertement. Une fois en route, il téléphonerait à Pelham Place pour expliquer ce qui était arrivé, dire qu'ils étaient sur le chemin du retour, mais qu'ils avaient perdu la bécane et s'étaient trouvés bloqués. L'histoire était vraie, elle pourrait être vérifiée. Et il n'avait pas quitté Londres sans explication. Ils avaient dit à Buckley qu'ils avaient prévu une courte absence, pour se remettre du traumatisme de la mort d'Aldridge. Là au moins, il n'avait pas commis d'erreur. Il n'y avait pas eu de fuite inexpliquée. L'histoire se tenait.

Mais il y avait encore autre chose. Il lui fallait un alibi pour le meurtre de Carpenter. S'il pouvait obtenir d'Octavia qu'elle dise qu'ils avaient été ensemble dans l'appartement, alors rien ni personne ne pourrait l'atteindre. Et Octavia ferait ce qu'il voulait, elle dirait ce qu'il voudrait. Ce qui s'était passé entre eux la nuit précédente, cet accouplement qu'il avait redouté tout en le sachant inévitable, l'avait liée à lui pour toujours. Il aurait son alibi. Elle n'allait pas se retourner contre lui maintenant. Et il avait besoin d'elle pour plus que cela. Sans elle, il ne pouvait pas mettre la main sur l'argent. Plus que jamais le mariage était nécessaire, et le plus tôt possible. Trois quarts de million et la maison qui devait bien valoir au moins un demi-million. Est-ce que ce notaire n'avait pas parlé d'une assurance sur la vie ? Comment aurait-il pu penser la tuer ? Cela n'avait jamais été une éventualité sérieuse ; en tout cas plus maintenant et pendant encore des mois, voire des années. Mais pendant qu'ils étaient allongés côte à côte, bien que séparés, il s'était représenté sa mort, son corps lesté de vieilles boîtes de conserve remplies de pierres pour qu'il s'enfonçât sous les roseaux, perdu à jamais. Personne ne le trouverait dans cet endroit désolé. Cependant son intelligence s'était très vite avisée d'une objection : si par extraordinaire on le retrouvait, les lourdes boîtes attachées au corps établiraient le meurtre. Mieux valait la noyer tout simplement en lui tenant la tête sous l'eau, puis l'enfoncer, le visage tourné vers le bas, parmi les roseaux. Même si on la retrouvait, la police n'aurait rien d'autre qu'un corps de noyée. Cela pouvait être un accident ou un suicide. Il pouvait rentrer seul à Londres le jour même et dire qu'ils s'étaient séparés dès le premier moment, querellés, qu'elle avait pris la bécane et l'avait quitté.

Mais il savait bien que tout cela n'était que fantasmes. Il avait besoin d'elle vivante. Il avait besoin de ce mariage. Il avait besoin de l'argent, de l'argent qui pourrait faire de l'argent, de l'argent qui pourrait effacer toutes les humiliations du passé et le rendre libre. Ils allaient rentrer le jour même.

Et puis il vit les mains. Tel un banc de poissons pâles, elles glissaient vers lui entre les roseaux. Mais ceux-ci les empêtraient et les retenaient. Il y avait des mains oubliées et des mains dont il se souvenait trop bien. Des mains qui frappaient et cognaient et enroulaient avec amour des lanières autour de leurs doigts, des mains trop affairées qui essayaient d'être tendres et lui crispaient les nerfs, des mains fureteuses –

douces, moites ou dures comme des baguettes – qui se glissaient sous les draps la nuit, des mains sur sa bouche, des mains qui palpaient son corps rigide, des mains de médecins, des mains de travailleurs sociaux, les mains de l'instituteur avec leurs ongles blancs taillés au carré et les poils comme des fils de soie sur les doigts. C'est ainsi qu'il pensait à lui, « l'instituteur », sans nom, celui chez qui il était resté le plus longtemps.

« Signe ici, mon garçon, c'est ton livret de caisse d'épargne. Il faut y verser la moitié de l'argent de poche que t'alloue la municipalité, ne pas le gaspiller. » Écrire soigneusement son nom en caractères d'imprimerie, conscient de ces yeux qui critiquaient tout. « Garry ? Ça n'est pas un prénom. Il s'écrit avec un seul *r* – abréviation de Gareth.

– Il est écrit comme ça sur mon acte de naissance. »

Son acte de naissance. Très court. Pas de nom de père. Une petite feuille dans le dossier officiel qui grossissait d'année en année, seule preuve de son existence. Il avait dit : « J'aime bien qu'on m'appelle Ashe. » Il s'appelait Ashe. C'était son nom. Pas besoin d'en avoir un autre.

Et avec les noms revenaient les voix. L'oncle Mackie qui n'était pas un oncle hurlant à sa mère pendant que lui écoutait, tapi dans un coin, attendant les coups :

« Ou c'est ce foutu morveux qui s'en va ou c'est moi. Tu choisis. Ou lui ou moi. »

Il s'était débattu avec l'oncle Mackie comme un chat sauvage, griffant, ruant, crachant, lui arrachant les cheveux. Il l'avait marqué, le salaud.

Et maintenant les voix emplissaient l'air, étouffant même le froissement des roseaux. Les voix soucieuses des travailleurs sociaux. La voix résolument joviale d'un père nourricier de plus, espérant qu'il allait s'en tirer. L'instituteur avait cru qu'il pourrait s'en tirer. Il y avait eu des choses qu'Ashe attendait de lui : copier la façon dont la famille parlait, regarder la façon dont ils mangeaient, dont ils vivaient. Il se rappelait l'odeur du linge fraîchement lavé quand il entrait dans le lit, ou enfilait une chemise propre. Un jour il serait riche et puissant. Il y avait des choses qu'il importait de savoir. Il aurait peut-être dû rester plus longtemps avec l'instituteur et passer ces examens réputés essentiels. Ils n'auraient pas été difficiles, rien du travail à l'école n'était difficile. Il entendait de nouveau la voix de l'instituteur: «Ce garçon est visiblement intelligent. Un Q.I. très au-dessus de la normale. Il a besoin de discipline, bien sûr, mais je crois que je pourrai en faire quelque chose.» Mais cette maison avait presque été la pire de toutes ses prisons. À la fin il avait eu besoin de s'en aller et cela n'avait pas été difficile. Il ne sourit pas, mais intérieurement il jouissait au souvenir des cris poussés par Angela, du visage catastrophé de la mère. Est-ce qu'ils croyaient vraiment qu'il avait eu envie de la niquer, leur idiote de fille avec sa tronche en pot de chambre? Il avait fallu qu'il avale une lampée de xérès dans la salle à manger avant de pouvoir tirer son coup. Il avait eu besoin de l'alcool à ce moment-là, mais plus maintenant. Cet épisode lui avait appris que boire était dangereux. Avoir besoin d'alcool était aussi catastrophique que d'avoir besoin des gens. Il se rappelait les coups de téléphone frénétiques, les travailleurs sociaux qui lui demandaient pourquoi il avait fait cela, les séances avec le psychiatre, la mère d'Angela en pleurs.

Et puis il y avait eu Banyard Court et Coley. C'était Coley qui lui avait montré les roselières, Coley qui parlait peu et qui au début n'exigeait rien, qui pouvait parcourir quarante kilomètres à bicyclette sans être fatigué, qui savait faire du feu et préparer un repas pris dans des boîtes. Mais il avait fini comme les autres. Il se rappelait leur conversation, assis devant le cottage et regardant au-delà des roseaux en direction de la mer.

«Dans trois mois tu auras seize ans et tu ne dépendras plus de l'Assistance publique. Je me disais que je pourrais chercher un appartement à louer, peut-être près d'Ipswich. Ou je pourrais peut-être trouver un cottage à la campagne. Tu pourrais chercher un travail et on vivrait tous les deux en amis, exactement comme maintenant. Et tu pourrais faire ta vie. »

Mais une vie, il en avait une. Il avait été obligé de se débarrasser de Coley. Et Coley aussi était parti. Soudain, il fut emporté par une vague de pitié sur son propre sort. Si seulement on l'avait laissé tranquille. Rien de ce qu'il avait fait n'aurait été nécessaire si seulement on l'avait laissé tranquille.

Il était temps de retourner au cottage, à Octavia, à Londres. Elle lui fournirait un alibi pour le meurtre de Carpenter, ils se marieraient, il serait riche. Avec deux millions – et ça devait sûrement faire ça – tout était possible.

Et c'est alors qu'il l'entendit, la dernière voix, celle de sa tante qui hurlait au milieu du désert de roseaux

« T'en aller ? Qu'est-ce que ça veut dire ? Tu veux t'en aller ? Pour aller où, grands dieux ? Qui est-ce qui te gardera, si c'est pas moi ? Tu es fou. Complètement cinglé. Tu le sais pas encore ? C'est pour ça qu'ils t'ont tous foutu dehors au bout de quelques semaines. Et puis qu'est-ce que tu lui reproches, à ta crèche ? Tu as la bouffe, les fringues, un toit. Des cadeaux aussi, l'appareil photo, cette putain de Kawasaki. Elle a coûté la peau des fesses celle-là. Et tout ce que je te demande, c'est ce que n'importe quel homme qui serait seulement la moitié d'un homme serait content de donner. Y en a des tonnes qui le font et ils paient pour ça. »

La voix continuait, cajolante, insinuante, hurlante. Il se mit les mains sur les oreilles et se recroquevilla, boule encore plus serrée. Au bout de quelques minutes, elle s'arrêta, coupée comme il avait cru la couper à jamais d'un coup de couteau définitif. Mais la colère demeurait. Pensant à elle, s'obligeant à se rappeler, il l'alimenta si bien que, quand il se leva pour partir, il l'emporta jusqu'au cottage comme un charbon brûlant dans sa poitrine.

44

Octavia le suivit des yeux jusqu'à ce qu'il eût disparu, englouti par les roseaux, puis traversa le cottage et resta là à regarder au-delà des dix mètres d'eau le sentier menant au bois. Elle apercevait le bouquet d'arbres au loin et quand le soleil fit soudain irruption, elle crut distinguer l'or de la perruque pendue à une branche comme un oiseau exotique. Les arbres semblaient très éloignés et pour la première fois elle éprouva le désir ardent de sentir la force de leurs rameaux au-dessus et autour d'elle, d'être libérée de cette jungle de verdure sifflante. Le vent se levait par bouffées capricieuses et elle voyait la surface torpide de l'eau qui commençait à se plisser. La moto avait dû laisser fuir un peu d'huile ou d'essence qui dessinait des taches de couleurs iridescentes. Le vent se renforçait. Les froissements sibilants des roseaux allaient crescendo et, tandis qu'elle regardait, les hautes tiges se pliaient et ondoyaient, décrivant de grands cercles de lumière changeante. Elle restait là et repensait à la nuit passée, à la matinée si froide.

Était-ce donc tout ? Est-ce que cela avait vraiment été de l'amour ? Elle ne savait trop comment elle s'était représenté leur première étreinte, si ce n'est qu'ils auraient été enlacés l'un à l'autre, chaque centimètre de peau désirant passionnément le contact avec le corps de l'autre. Au lieu de cela, tout avait été impersonnel, comme un examen médical. Il avait dit : « Il fait trop froid pour se déshabiller » et ils avaient ôté un minimum de vêtements sans s'aider ni se regarder, sans tendre rituel amoureux. Et pas une fois pendant qu'il la prenait, très vite, presque brutalement, il ne l'avait embrassée. On eût dit qu'il ne pouvait pas supporter le contact de ses lèvres ; n'importe quelle intimité, n'importe quelle impudicité était possible, mais pas ça. Enfin, ce serait mieux la prochaine fois. Il était préoccupé, ils avaient froid. Elle ne pouvait pas cesser de l'aimer parce que la première nuit avait été moins merveilleuse qu'elle ne se l'était imaginée. Et la journée avait été heureuse, passée à explorer le cottage ensemble, à ranger les provisions sur les rayons, à jouer au maître et à la maîtresse de maison. Elle l'aimait. Bien sûr qu'elle l'aimait. Si elle l'abandonnait maintenant – et pour la première fois elle considérait cela comme une désertion – qu'est-ce qu'elle deviendrait ?

Et puis elle l'entendit, malgré les froissements des roseaux. Quelqu'un s'approchait d'elle en suivant le sentier. Ses oreilles n'eurent pas plus tôt perçu ce premier pas si doux qu'il émergea des roseaux telle une apparition, noir, grand et mince, plus vraiment jeune mais pas encore d'âge moyen. Il portait une veste à ceinture assez ouverte au cou pour laisser voir un chandail à col roulé. Elle le dévisagea, mais sans peur, sentant tout de suite qu'il venait sans mauvaises intentions.

Il lui lança doucement : « Où est-il ? Où est Ashe ?

– Dans son endroit à lui, au milieu des roseaux. » D'un mouvement de tête, elle indiqua la direction de la mer.

« Quand est-il parti ? Depuis combien de temps ?

– Une dizaine de minutes. Qui êtes-vous ?

– Je m'appelle Cole. Écoutez-moi, il faut que vous partiez maintenant. Avant qu'il revienne. Il ne faut pas que vous restiez avec lui. Vous savez qu'il est recherché par la police, recherché pour meurtre ?

– Si c'est au sujet de ma mère, nous avons déjà vu la police. Il n'a rien fait. D'ailleurs nous allons rentrer dès qu'il sera prêt. »

Soudain, il arracha sa veste, se passa le chandail par-dessus la tête et plongea dans l'eau. Elle le regarda avec stupeur qui nageait vigoureusement vers elle sans la quitter des yeux. Essoufflé, il grimpa sur la berge, titubant, et instinctivement, elle courut à son aide, la main tendue.

Il lui dit : « Maintenant, traversez avec moi à la

nage. Vous pouvez le faire. Ça n'est rien, une dizaine de mètres. Je vous aiderai. N'ayez pas peur. J'ai une bicyclette cachée au bord de la route. Vous vous assiérez sur le guidon et nous serons arrivés au village le plus proche avant qu'il se lance à notre poursuite. Vous aurez froid et vous serez trempée pendant un petit moment, mais tout vaut mieux que de rester ici. »

Elle s'écria : « Vous êtes fou ! Pourquoi est-ce que je devrais venir ? Pourquoi ? »

Il s'était approché d'elle comme pour la contraindre par la seule force de sa présence. L'eau ruisselait de ses cheveux sur son visage. Il frissonnait violemment ; son tricot blanc était plaqué contre son corps, si bien qu'elle voyait les battements de son cœur. Ils sifflaient plutôt qu'ils ne parlaient.

Il dit : « Janet Carpenter est morte. Assassinée. C'est Ashe qui l'a fait. Je vous en supplie, partez. Maintenant. Je vous en supplie, il est dangereux.

– Vous mentez. Ce n'est pas vrai. C'est la police qui vous a envoyé pour nous attirer dans un piège.

– La police ne sait pas que je suis ici. Personne ne le sait.

– Et vous, comment avez-vous su où nous trouver ?

– C'est moi qui l'ai amené ici. Il y a longtemps. C'était notre coin à nous. »

Elle dit : « Vous êtes Coley.

– Oui. Mais ça n'a pas d'importance. Nous pourrons parler plus tard. Maintenant, il faut que vous veniez. Vous ne pouvez pas rester avec lui. Il a besoin d'aide, mais vous ne pouvez pas la lui apporter. Ni moi. »

Elle cria presque : « Non, non », mais c'était elle qu'elle essayait de convaincre et non pas lui. La puissance qu'il avait, l'impatiente urgence de ce corps ruisselant, la supplication dans ses yeux la forçaient à aller vers lui.

Et puis ils entendirent la voix d'Ashe : « Tu as entendu ce qu'elle a dit. Elle reste ici. »

Il était arrivé sans bruit. Mais quand il s'avança vers eux, passant de la pénombre du cottage au grand soleil, elle vit dans sa main l'éclair d'un couteau.

Après cela, ce fut la confusion dans l'horreur. Coley fit un geste pour la protéger, puis se précipita sur Ashe. Mais sa réaction venait une seconde trop tard. La main d'Ashe jaillit en avant et le couteau s'enfonça dans le ventre de Coley. Les yeux fous, paralysée par l'horreur, Octavia entendit son cri grave, tremblé, entre grognement et gémissement. Puis, tandis qu'elle le regardait, la tache rouge s'agrandit sur le maillot et il s'affaissa presque gracieusement sur les genoux avant de basculer. Ashe se pencha sur lui et lui passa le couteau sur le cou. Elle vit le puissant flux de sang et il lui sembla que les yeux noirs, toujours avec cet air suppliant, regardaient dans les siens et se ternissaient lentement, tandis que la vie s'écoulait dans le sable du sol.

Impossible de crier. Quelque chose lui nouait la gorge. Au lieu de cela, elle entendit une plainte aiguë et comprit que c'était sa voix. Elle rentra en titubant dans le cottage et se jeta sur son sac de couchage, se tournant et se retournant en arrachant la ouate. Elle ne pouvait pas respirer, la poitrine déchirée par de gros sanglots qui ne lui apportaient pas d'air. Puis, épuisée, elle resta prostrée, haletante et sanglotante. Elle entendit la voix d'Ashe et sentit qu'il se tenait à côté d'elle.

« C'est sa faute. Il n'aurait pas dû venir. Il aurait dû me laisser tranquille. Viens m'aider à le déplacer. Il est plus lourd que je ne croyais.

– Non, non. Je ne peux pas. Je ne veux pas », dit-elle entre deux halètements.

Elle l'entendit aller et venir dans la pièce et, tournant la tête, vit qu'il réunissait quelques boîtes de conserve.

Il dit : « Je vais en avoir besoin pour le lester. Je prends les plus lourdes. Je vais l'emmener loin d'ici par le sentier dans les roseaux. Je prendrai ses vêtements ensuite. Ne t'inquiète pas. Nous avons assez de provisions pour aller jusqu'au bout. »

Il traîna le corps à travers le cottage. Elle ferma les yeux, mais entendit chaque souffle rauque que lui arrachait l'effort et le frottement du cadavre sur le sol. C'est alors qu'elle retrouva assez de force pour agir. Elle se remit sur pied, courut vers l'eau et y pénétra en pataugeant. Avant qu'elle ait pu se remettre de la morsure du froid sur ses jambes, il avait tendu le bras pour la tirer en arrière. Sans force pour lui résister, elle se laissa ramener sur la rive et traîner dans le cottage en marchant dans le sang de Coley. Il la porta à demi évanouie jusqu'au mur où il l'adossa et retira sa ceinture pour lui lier les bras derrière le dos. Ensuite il se pencha sur le corps de Coley, retira la ceinture de son pantalon et lui ligota les chevilles.

D'une voix curieusement douce, presque triste, il dit : « Tu n'aurais pas dû faire ça. »

À ce moment-là, Octavia pleurait comme un enfant. Elle entendit sa respiration pénible tandis qu'il traînait le corps en dehors du cottage puis, plus loin, vers le sentier dans les roseaux. Ensuite, ce fut le silence.

Elle se disait : Il va revenir et me tuer. J'ai essayé de me sauver. Il ne me le pardonnera jamais. Je ne peux pas faire appel à sa pitié, à son amour. Il n'y a pas d'amour. Il n'y en a jamais eu.

Il lui avait attaché le poignet gauche sur le droit, très serré, mais elle pouvait néanmoins bouger les doigts. Alors, toujours sanglotante, elle se mit à faire jouer le petit doigt et le médius de la main droite autour de la bague et arriva finalement à avoir assez de prise pour la faire glisser. Étrange que la chute d'un si petit objet pût libérer un tel torrent de soulagement. Elle s'était affranchie de bien plus que d'une bague.

La peur était comme une douleur. Elle l'envahissait, reculait pendant quelques minutes d'une paix bienheureuse, puis revenait, plus forte et plus terrible qu'auparavant. Elle essaya de réfléchir, de prévoir, de combiner. Pourrait-elle le persuader que ce mouvement de fuite avait été instinctif, qu'elle n'avait jamais pensé le quitter, qu'elle l'aimait, qu'elle ne le trahirait jamais ? Elle savait que c'était sans espoir. Ce qu'elle avait vu avait tué l'amour à jamais. Elle avait vécu dans un univers de fantasmes et d'illusions. La réalité était là. Impossible de feindre, et il le savait.

Elle se dit : Je ne serai même pas capable de mourir bravement. Je hurlerai, je supplierai, mais ça ne servira à rien. Il me tuera comme il a tué Coley. Il poussera mon corps loin dans les roseaux, comme le sien, et personne ne nous trouvera jamais. Je resterai là, jusqu'à ce que je sois toute gonflée et puante, et personne ne viendra, personne ne se souciera de moi. Je n'existerai plus. Je n'ai jamais vraiment existé. C'est pourquoi il a pu me tromper.

De temps en temps elle sombrait dans de courts moments d'inconscience. Puis elle l'entendit revenir. Il était là qui la dominait, la regardait, sans mot dire.

Elle demanda : « S'il te plaît, Ashe, laisse-moi me glisser dans le sac de couchage. J'ai si froid. »

Toujours sans un mot, il la prit dans ses bras, la posa près de l'âtre vide et tira le sac de couchage sur elle. Puis il la quitta de nouveau. Elle se dit : Il ne peut pas supporter d'être ici avec moi. Ou est-ce qu'il est en train de décider ce qu'il va faire, me tuer ou me laisser vivre ?

Elle essaya de prier, mais les mots appris au couvent n'étaient plus qu'un galimatias dépourvu de sens. Cependant, elle pria pour Coley : « Accorde-lui le repos éternel, ô Seigneur, et que la lumière éternelle brille sur lui. » Cela sonnait bien. Oui, mais Coley n'avait pas souhaité le repos éternel. Coley voulait vivre, et elle aussi.

Elle ne sut jamais combien de temps elle était restée ainsi. Les heures passèrent. L'obscurité tomba et Ashe revint. Il entra sans bruit, elle avait les yeux fermés, mais elle sut qu'il était là, près d'elle. Il alluma trois bougies puis le réchaud, fit du café et réchauffa des haricots. Il vint vers elle, l'assit dos au mur et les lui mit un à un dans la bouche. Elle essaya de dire qu'elle n'avait pas faim, mais elle les avala. Peut-être, si elle le laissait la nourrir ainsi, éprouverait-il quelque pitié. Mais il ne parlait toujours pas. Quand les bougies furent consumées, il se glissa dans son propre sac de couchage et peu après elle entendit sa respiration régulière. Pendant la première heure, il s'agita, marmonna et poussa même un cri, un seul. De temps en temps pendant cette nuit apparemment interminable, elle s'endormait un peu. Mais bientôt le froid et la douleur dans ses bras la réveillaient et elle se mettait à sangloter sans bruit. Elle avait de nouveau huit ans, couchée dans son lit pendant sa première nuit en pension, pleurant parce que sa mère n'était pas là. Les sanglots étaient curieusement réconfortants.

La première lueur du jour la réveilla. Elle prit d'abord conscience du froid terrible, des compresses glacées de son pantalon trempé, de la douleur dans ses bras tordus. Elle vit qu'il était déjà levé. Il alluma une bougie, mais c'est seulement quand il se pencha sur elle qu'elle vit son visage. Le même, sévère et résolu, celui qu'elle avait cru aimer. Peut-être fut-ce la lumière si douce de cette bougie qui, pendant une seconde, lui donna un air d'affreuse tristesse. Il ne parlait toujours pas.

Sa voix à elle résonna, supplication à mi-chemin entre sanglot et bredouillis : « Je t'en supplie, Ashe, allume le feu. Je t'en supplie, j'ai si froid. »

Il ne répondit pas. Au lieu de cela, il alluma une autre bougie, puis une troisième et resta ainsi adossé contre le mur, à regarder les flammes. Les minutes passèrent.

Elle dit encore : « Je t'en prie, Ashe. J'ai si froid », et entendit les larmes dans sa voix.

Alors il bougea. Et elle le vit se diriger vers l'étagère et se mettre à déchirer les étiquettes des boîtes de conserve. Il les réduisit en boulettes entre ses mains, les déposa dans la grille et sortit. Elle l'entendit se déplacer au milieu des roseaux, puis il revint au bout de quelques minutes avec une brassée de brindilles, d'herbes sèches et de bouts d'écorce. Il alla vers ce qui avait été la fenêtre et s'attaqua au bois pourrissant dont il arracha un gros éclat. Après cela, il se mit à préparer le feu méthodiquement, amoureusement, comme il avait dû le faire quand il était venu pour la première fois avec Coley : les plus petites brindilles autour du papier, puis une pyramide avec l'écorce et les plus gros morceaux de bois mort. Enfin, il craqua une allumette, le papier s'enflamma et le feu gagna les brindilles. Des nuages de fumée emplirent la pièce de leur odeur automnale, puis s'élevèrent dans la cheminée comme un être vivant qui a trouvé une issue pour se sauver. La pièce était pleine des craquements et sifflements du bois en train de brûler. Il disposa le débris de fenêtre en travers de la grille et lui aussi prit feu. La magnifique chaleur vint à elle comme une promesse de vie et elle se traîna douloureusement vers elle pour en sentir la bénédiction sur ses joues.

Ashe retourna vers la fenêtre et arracha encore des morceaux du linteau, puis retourna vers le feu et s'accroupit, l'entourant d'autant de soins que s'il se fût agi de quelque flamme sacrée, se dit-elle. Une partie du bois était mouillée et la fumée lui piquait les yeux. Mais à mesure que le feu se renforçait, la petite pièce se réchauffait. Et elle restait là, pleurant de soulagement en silence. Elle était sauvée. Il avait allumé le feu pour elle. Sûrement cela signifiait qu'il ne voulait pas la tuer ? Elle perdit toute notion du temps. Couchée là, avec le reflet du feu sur le visage, tandis que dehors le vent soufflait par rafales et que le capricieux soleil d'automne déposait des gerbes de lumière sur le sol pavé.

Et puis elle l'entendit, faible d'abord, puis approchant dans un bruit de ferraille tandis qu'il tournait en rond au-dessus d'eux, comme pour secouer le cottage : un hélicoptère.

45

Il les entendit venir avant elle. Il la mit sur ses pieds et debout derrière elle lui ordonna : « Saute jusqu'à la porte. »

Elle essaya, mais impossible de bouger. La chaleur du feu n'avait pas encore gagné ses pieds et le garrot les avait engourdis. Elle s'affaissa contre lui, les muscles vidés, sans force. Le couteau dans la main droite, il lui empoigna le corps de la gauche et la souleva devant lui pour sortir du cottage dans l'air étincelant du matin.

À cet instant, elle entendit et elle vit. Elle était trop perturbée pour compter mais il y en avait beaucoup, beaucoup : des hommes en cuissardes, des hommes en grosses vestes et bonnets de laine, un homme grand, tête nue, ses cheveux noirs ébouriffés par la brise, et une femme. Ces deux-là étaient différents de ses souvenirs, mais elle les reconnut : le commandant Dalgliesh et l'inspecteur Miskin. Ils attendaient là, à quelque distance l'un de l'autre, comme si chacun avait décidé très exactement de l'endroit où il devait être, et ils regardaient Ashe. D'une secousse, celui-ci la serra davantage contre lui en la tenant par la ceinture qui lui liait les poignets. Elle sentait contre son dos les battements du cœur de l'homme qui la tenait. Elle avait dépassé la terreur ou le soulagement. Ce qui se passait était entre Ashe et ces yeux aux aguets, ces silhouettes silencieuses qui attendaient. Elle n'y avait point de part. Elle sentait la lame froide du couteau pressée contre son menton. Elle ferma les yeux. Et puis elle entendit une voix d'homme – Dalgliesh sûrement –, claire et pleine d'autorité

« Jetez ce couteau, Ashe. Trop c'est trop. Ça ne va pas vous aider. »

La voix d'Ashe dans son oreille, la voix douce qu'il utilisait si rarement mais qu'elle avait aimée.

« N'aie pas peur. Je ferai vite et tu n'auras pas mal. »

Comme s'il avait surpris les mots, Dalgliesh s'écria : « En somme, Ashe, qu'est-ce que vous voulez ? »

Sa réponse fut un grand cri de défi : « Rien que vous puissiez donner. »

Elle ouvrit les yeux, comme si elle avait besoin de voir une dernière fois l'éclat du jour. Elle éprouva un instant de terreur inexprimable, le froid de l'acier, une douleur brûlante et puis le monde autour d'elle explosa : le cottage, les roselières, la terre tachée de sang, tout cela se désintégra dans un tumulte d'ailes qui battaient follement. Les échos de la détonation encore dans ses oreilles, elle tomba en avant, entraînant le corps d'Ashe qui l'écrasa, et sentit sur sa nuque un flux chaud de sang qui jaillissait par saccades.

Et puis l'air s'emplit de voix masculines. Des mains soulevèrent le poids du corps qui pesait sur elle. Elle put respirer. Un visage de femme était près du sien, une voix de femme dans son oreille : « Ne vous en faites pas, Octavia. Ne vous en faites pas. C'est fini maintenant. »

Quelqu'un lui appliquait une compresse contre la gorge. Quelqu'un lui disait : « Vous allez vous en tirer. » Et puis voilà qu'on la mettait sur un brancard, on étendait une couverture sur elle, on l'attachait. Elle prit vaguement conscience qu'il y avait un petit bateau. Elle entendit des commandements, des avertissements et sentit le bateau se balancer doucement entre les roseaux. Au-dessus d'elle, leurs panicules tremblantes dessinaient des arabesques vertes qui se modifiaient continuellement, mais au travers de leur lacis, elle apercevait les nuages qui couraient sur le bleu clair du ciel.

46

Trois jours plus tard. Dalgliesh lisait à son bureau quand Kate entra. Il se leva à moitié, ce qui la déconcertait toujours, et elle resta plantée devant lui comme si elle avait été convoquée.

Elle dit : « J'ai reçu un message de l'hôpital, patron. C'est Octavia. Elle dit qu'elle veut me voir. Pas comme officier de police.

– Kate, vos seuls rapports avec elle sont ceux d'un officier de police. »

Elle pensa : Oui, je sais tout ça. Je connais le principe. On nous l'a enseigné en classe préparatoire. Vous n'êtes ni prêtre, ni psychiatre, ni assistante sociale – surtout pas assistante sociale. Ne vous laissez pas influencer par les sentiments. Elle se disait aussi : Si Piers peut dire ce qu'il pense, moi aussi. Elle reprit : « Patron, je vous ai entendu parler à des gens, à des innocents qui s'étaient trouvés compromis dans un meurtre. Je vous ai entendu leur dire des choses qui les aidaient, qu'ils avaient besoin d'entendre. Vous ne parliez pas en officier de police, à ces moments-là. »

Elle faillit dire, mais s'arrêta à temps : Vous l'avez fait une fois pour moi, et elle revit avec une étonnante netteté cet instant où après la mort de sa grand-mère, sanglotant à perdre haleine, elle avait enfoui son visage dans la veste de Dalgliesh, la tachant de ses mains ensanglantées, et où il l'avait serrée dans ses bras robustes au milieu des voix qui criaient des ordres, des bruits de toute sorte. Mais cela, c'était du passé.

Il reprit alors, et elle crut déceler une certaine froideur dans sa voix : « Dire les mots de réconfort qu'ils veulent entendre, c'est facile. C'est la persévérance dans l'engagement qui est difficile et c'est cela que nous ne pouvons pas donner. »

Kate aurait voulu demander : Est-ce que vous seriez capable de la donner, même si nous pouvions le faire ? mais elle savait que c'était une question que Piers lui-même n'aurait pas eu le courage de poser. Au lieu de cela, elle dit : « Je m'en souviendrai, patron. »

Elle était arrivée à la porte quand soudain, sans réfléchir, elle se retourna. Il fallait qu'elle sût. Consciente que sa voix était dure, elle demanda : « Pourquoi est-ce que vous avez dit à Piers de tirer ?

– À votre place ? » Il la regarda, les yeux sombres, sans sourire. « Voyons, Kate, est-ce que vous êtes vraiment en train de me dire que vous vouliez tuer un homme ?

– Non, mais je pensais que j'aurais pu le stopper sans le tuer.

– Pas depuis l'endroit où vous étiez placée, pas avec cette ligne de tir. C'était déjà assez difficile pour lui. Il a réussi un coup remarquable.

– Mais vous ne me défendez pas d'aller voir Octavia ?

– Non, Kate, je ne vous le défends pas. »

L'hôpital où la jeune fille avait été transférée après le service des urgences à Ipswich était l'un des plus récents de Londres et semblait avoir été conçu à l'origine pour être un hôtel. Dans l'immense hall d'entrée, un arbre à tronc argenté, qui avait l'air artificiel avec sa verdure brillante, étendait de vastes branches vers le plafond. Il y avait une boutique de fleurs et de fruits, un marchand de journaux, et un grand café où les clients, qui ne paraissaient ni particulièrement anxieux ni malades, bavardaient en prenant café et sandwiches. Les deux jeunes femmes qui présidaient à la réception n'auraient pas été déplacées dans les mêmes fonctions au Ritz.

Kate passa sans s'arrêter. Elle connaissait le nom de la salle où elle allait et faisait confiance aux panneaux indicateurs. Des escaliers mécaniques, de chaque côté des larges ascenseurs, la firent monter avec d'autres visiteurs et des membres du personnel. Soudain, elle sentit pour la première fois l'odeur caractéristique de l'hôpital, à base de désinfectant.

Sans y avoir jamais été soignée, elle avait veillé auprès de trop nombreux chevets – suspects et victimes attendant d'être interrogés, prisonniers en traitement – pour se sentir intimidée ou mal à l'aise. Jusqu'à l'ambiance des salles qui lui était familière : l'air d'activité calmement efficace, combiné avec une soumission résignée, le cliquetis discret des rideaux de lit, les rites mystérieux qui se déroulaient derrière eux. Octavia était dans une petite chambre à l'extrémité du service et le personnel vérifia minutieusement l'identité de Kate avant de la laisser entrer.

Bien entendu l'histoire s'était répandue. Même les efforts du service des relations publiques à la police métropolitaine n'avaient pu empêcher la presse de présenter le drame sous son jour le plus sensationnel. « La police abat un suspect » était un genre de publicité dont la police se passait volontiers. Et l'affaire avait éclaté à un mauvais moment. Aucun scandale public, aucune rumeur récente au sujet de la famille royale n'avait détourné l'attention du public de la traque et de ses conséquences. Et puis pas d'arrestation dans l'affaire Venetia Aldridge. Jusqu'à ce que ce dossier fût bouclé, ou classé et oublié, Octavia resterait plus ou moins dans le collimateur. Kate savait que la révérende mère du couvent où la jeune fille avait été autrefois pensionnaire avait écrit pour lui offrir l'hospitalité, dès que l'enquête sur la mort d'Ashe serait terminée. Cela semblait être une solution de bon sens, si Octavia voulait bien l'accepter. Là-bas, elle serait au moins à l'abri des journalistes les plus avides.

Sa petite chambre était un parterre de fleurs : placard bas, appui de fenêtre et table de chevet en étaient surchargés. Il y avait même un bouquet spectaculaire dans un grand vase qui occupait un angle de la pièce. Une guirlande de cartes de vœux enfilées sur une longue cordelette ornait le mur en face du lit. Octavia regardait la télévision, mais elle la coupa avec sa télécommande au moment où Kate entra. Assise dans son lit, elle avait l'air aussi fragile et vulnérable qu'une enfant malade ; le bandage autour de son cou avait été remplacé par une gaze que fixaient des bandes adhésives.

Kate avança une chaise et s'assit à côté du lit. Il y eut un instant de silence, puis Octavia dit : « Merci d'être venue. Je pensais qu'on vous en avait peut-être empêchée.

– Non, pas du tout. Comment vous sentez-vous ?

– Mieux. On me renvoie demain Ça aurait dû être aujourd'hui, mais ils veulent que je voie un conseiller. Est-ce que je suis obligée ?

– Non, si vous ne le voulez pas. Parfois c'est utile. Je suppose que ça dépend de la personne sur qui vous tombez

– Eh bien, ça ne sera sûrement pas quelqu'un qui sache ce que c'est qu'un meurtre. Ça ne sera pas quelqu'un qui a vu tuer son amant. Et dans ce cas-là, je ne vois pas quelle utilité ils peuvent avoir.

– C'est toujours l'impression que j'ai eue, mais nous pouvons nous tromper. C'est à vous de décider. »

Il y eut un silence, puis Octavia dit : « Est-ce que cet enquêteur, l'inspecteur Tarrant, aura des ennuis pour avoir tiré sur Ashe ?

– Je ne pense pas. Il y aura une enquête, mais il agissait sur ordre. Je pense que tout ça s'arrangera

– Pour lui. Pas pour Ashe. »

Kate dit doucement : « Peut-être que si. L'avenir était terrible pour lui, de longues, longues années en prison. Est-ce qu'il aurait pu supporter cela ? Est-ce qu'il aurait souhaité cela en échange de sa vie ?

– Il n'a pas eu le choix, n'est-ce pas ? Et puis, il ne m'aurait pas tuée.

– Nous ne pouvions pas prendre ce risque.

– Je croyais qu'il m'aimait. C'était aussi bête que de croire que maman m'aimait. Ou papa ; il est venu me voir, mais ça n'a servi à rien. Rien n'a changé. Rien ne change, n'est-ce pas ? Il est venu me voir, et de lui-même encore, mais il ne me veut pas vraiment. Il aime cette femme et Marie. »

L'amour, toujours l'amour, se dit Kate. C'est peut-être ce que nous cherchons tous. Et si nous ne l'avons pas assez tôt, nous paniquons à l'idée que nous ne l'aurons peut-être jamais. Facile de dire à Octavia : Arrêtez de bêler à l'amour, aimez-vous vous-même, prenez votre vie en main. Si vous recevez de l'amour, c'est toujours un bonus. Vous avez jeunesse, santé, argent, maison, cessez de geindre sur votre sort. Cessez de demander amour et affection aux autres. Guérissez-vous vous-même. Mais cette enfant avait quelque droit de se plaindre. Peut-être y avait-il des choses qu'elle pourrait dire et qui aideraient. Dans ce cas il fallait les dire. Octavia méritait l'honnêteté.

Elle dit : « Ma mère est morte en me mettant au monde et je n'ai jamais su qui était mon père. J'ai été élevée par ma grand-mère. J'ai pensé qu'elle ne m'aimait pas, mais par la suite, quand il était trop tard, j'ai compris que si, que nous nous aimions toutes les deux. Simplement, nous ne savions pas très bien le dire. Mais j'ai compris après sa mort que j'étais responsable de ma vie, que nous le sommes tous. Ne laissez pas ce qui vient d'arriver gâcher votre vie. Ce n'est pas insurmontable. Si de l'aide vous est offerte, acceptez-la au cas où vous en auriez besoin. Mais en fin de compte, trouvez la force de prendre votre vie en main et d'en faire ce que vous voulez. Même les mauvais rêves s'effacent avec le temps. »

Elle pensa : J'ai dit ce qu'il ne fallait pas. Elle n'a peut-être pas ce genre de force et ne l'aura jamais. Est-ce que je ne lui impose pas un fardeau qu'elle ne pourra jamais porter ?

Elles restèrent un moment silencieuses, puis Octavia parla : « Mrs Buckley a été vraiment bonne depuis que je suis malade. Elle est venue me voir plusieurs fois. Je m'étais dit qu'elle pourrait peut-être se réinstaller dans l'appartement au sous-sol, ça lui plairait. Je suppose que c'est pour ça qu'elle vient me voir, parce qu'elle a envie de l'appartement. »

Kate dit : « C'est peut-être une partie de la raison, mais pas toute. C'est une femme bien. Et puis elle a l'air capable. Il vous faut quelqu'un de confiance pour surveiller la maison quand vous n'êtes pas là. Elle a besoin d'un logement, vous avez besoin d'une personne sûre. L'arrangement semble équilibré.

– Je ne serais peut-être pas là tout le temps. Il faut que je pense à trouver un travail. Je sais que j'aurai l'argent de maman, mais je ne peux pas vivre là-dessus pendant toute mon existence. Je n'ai aucune qualification, alors j'ai pensé que je devrais passer les examens d'entrée pour l'université. Ce serait un début. »

Kate dit, prudente : « Je crois que c'est une bonne idée, mais vous n'êtes pas obligée de prendre une décision à la hâte. Il y a beaucoup d'établissements sérieux à Londres où vous pourriez préparer ça. Il faut d'abord choisir les matières qui vous intéressent. Je pense qu'on pourra vous renseigner là-dessus pendant que vous serez au couvent. Vous y allez en sortant d'ici, n'est-ce pas ?

– Juste pendant quelque temps. La mère supérieure a écrit pour m'inviter. Elle me dit : "Revenez, vous êtes chez vous et vous resterez un moment avec vos amies." J'aurai peut-être cette impression-là quand j'arriverai là-bas.

– Oui, dit Kate. Peut-être. »

Elle se disait : On vous offrira une certaine sorte d'amour, l'amour que dispense le père Presteign, et si l'amour est ce que vous souhaitez plus que n'importe quoi d'autre, mieux vaut pour vous le chercher là où vous pouvez être sûre qu'il ne vous fera pas défaut.

Comme elle se levait pour partir, Octavia lui dit : « Si je veux encore vous parler, est-ce que vous pourrez venir ? Je ne voudrais pas être importune. J'ai été malhonnête quand nous nous sommes rencontrées pour la première fois et je m'en excuse. »

Kate dit, prudemment : « Je viendrai si je peux. Les officiers de police ne savent jamais très bien quand ils seront libres, alors vous pourrez souhaiter me voir à un moment où je serai de service et je ne pourrai pas venir. Mais si je peux, je viendrai. »

Elle était arrivée à la porte quand soudain Octavia reprit la parole.

« Et maman ? »

Quand Octavia appelait ainsi Venetia Aldridge, elle avait l'air toute jeune. Kate revint vers le lit.

Octavia poursuivit : « Ce sera plus facile d'arrêter le meurtrier maintenant que vous savez que c'est Mrs Carpenter qui a mis cette perruque et versé le sang. Vous le trouverez, n'est-ce pas ? »

Kate se dit qu'elle avait droit à la vérité, ou du moins à une partie de la vérité. Après tout, c'était sa mère. « Nous pouvons dissocier le crime de ce qui est arrivé au corps de votre mère ensuite. C'est un progrès, mais en réalité le champ des suspects s'en trouve élargi. N'importe qui ayant une clef des Chambers a pu tuer votre mère, n'importe quelle personne qu'elle a cru pouvoir faire entrer sans crainte.

– Mais vous n'allez pas abandonner vos recherches ?

– Non, nous n'abandonnons jamais quand il s'agit d'un meurtre.

– Et vous soupçonnez bien quelqu'un, n'est-ce pas ? »

Kate dit avec précaution : « Le soupçon ne suffit pas. Il nous faut des preuves et des preuves qui résisteront devant un tribunal. La police n'intente pas de procès, la décision est prise par la direction des procès publics, et elle doit être convaincue qu'il y a au moins cinquante pour cent de chances d'obtenir une condamnation. Présenter à un tribunal des causes sans espoir est une perte de temps et d'argent.

– Donc, la police peut parfois être sûre d'avoir mis la main sur le coupable, et pourtant ne pas être en mesure de le faire passer en jugement ?

– Cela arrive assez souvent et c'est frustrant bien sûr. Mais ce n'est pas à la police, c'est à la cour de décider qui est innocent et qui est coupable.

– Et si vous l'arrêtez, il y aura quelqu'un comme maman pour le défendre ?

– Bien sûr. Il y aurait droit. Et si son avocat est aussi habile que votre mère, il sera peut-être acquitté. »

Il y eut un silence, puis Octavia reprit : « C'est un drôle de système, non ? Maman a essayé de me l'expliquer, mais ça ne m'intéressait pas. Je ne suis jamais allée l'entendre plaider, sauf une seule fois avec Ashe. Elle ne m'a jamais rien dit, mais je crois qu'elle l'a regretté. J'ai presque tout le temps été horrible avec elle. Elle a cru que je fréquentais Ashe uniquement pour l'ennuyer. Mais non. Je croyais que je l'aimais. ».

Ashe et Octavia. Ashe et Venetia Aldridge. Octavia et sa mère. Champ de mines passionnel. Terrain dangereux où Kate n'avait pas la moindre intention de se laisser entraîner. Elle revint à ce qu'Octavia avait dit en premier et à ce qu'elle connaissait.

« C'est un système un peu drôle, mais c'est le meilleur que nous ayons. Nous ne pouvons espérer une justice parfaite. Nous avons un système qui laisse parfois échapper les coupables, pour que les innocents puissent vivre en sécurité sous la protection de la loi.

– Je pensais que vous teniez tant à attraper Ashe que vous aviez oublié maman.

– Nous ne l'avions pas oubliée. Des officiers travaillaient sur l'affaire pendant que nous essayions de vous trouver. »

Octavia tendit ses mains frêles et se mit à déchiqueter les fleurs sur sa table de chevet. Les pétales tombaient comme des gouttes de sang. Elle dit tranquillement : « Je sais maintenant qu'il ne m'aimait pas, mais il tenait quand même un peu à moi. Il a allumé ce feu. J'avais terriblement froid et je l'ai supplié de l'allumer. Il savait que c'était dangereux, que la fumée pourrait être vue. Mais il l'a allumé quand même. C'était pour moi. »

Si c'est ce qu'elle veut croire, pourquoi la détromper ? Pourquoi l'obliger à regarder la réalité en face ? Ashe avait allumé le feu parce qu'il savait que pour lui tout était fini. Il était mort exactement comme il l'avait prévu, programmé. Il savait que les policiers ne viendraient pas sans armes. La seule question était de savoir s'il avait eu l'intention d'entraîner Octavia avec lui. Mais y avait-il vraiment le moindre doute ? Cette première entaille avait été assez profonde. Comme si elle avait deviné la pensée de Kate, Octavia dit : « Il ne m'aurait pas tuée. Il ne m'aurait pas coupé la gorge.

– Il l'a pourtant fait. Si l'inspecteur Tarrant n'avait pas tiré vous seriez morte.

– Vous n'en savez rien en fait. Vous ne le connaissez pas. Il n'a jamais eu sa chance. »

Kate eut envie de crier : Grand Dieu, Octavia, il avait la santé, la force, l'intelligence et le ventre plein. Il avait plus que ce que les trois quarts du monde peuvent espérer. Il l'a eue sa chance.

Mais ce n'était pas si facile et elle le savait. Comment appliquer les raisonnements de la logique à un psychopathe, ce terme si commode inventé pour expliquer, catégoriser et définir en termes de lois statutaires le mystère inintelligible du mal dans l'homme ? Elle se rappela soudain une visite qu'elle avait faite un an auparavant au musée des Horreurs à Scotland Yard. Le rayonnage du haut portait des rangées de masques mortuaires, ceux de criminels exécutés – la noirceur des crânes, la marque circulaire de la corde avec la trace plus profondément creusée de la rondelle de cuir derrière l'oreille. On avait pris les masques pour tester l'idée de Cesare Lombroso qui prétendait déceler le type du criminel d'après l'étude de la physionomie. Cette théorie du XIXe siècle avait été discréditée, mais étions-nous plus près de connaître la réponse ? Peut-être pour certains se trouvait-elle dans l'air chargé d'encens de St. James. Dans ce cas, elle n'y avait jamais eu accès. L'autel n'était après tout qu'une table ordinaire recouverte d'étoffes somptueuses. Les cierges étaient des bougies de cire. La statue de la Vierge avait été façonnée par des mains humaines, peinte, achetée et fixée en place. Sous sa soutane et ses ornements, le père Presteign n'était qu'un homme. Ce qu'il proposait faisait-il partie de quelque système de croyances compliqué, richement orné, embelli par le rituel, la musique, les peintures et les vitraux, un système destiné, comme le droit lui-même, à faire croire aux hommes et aux femmes – illusion réconfortante – qu'il existe une justice ultime et qu'ils ont le choix?

Elle s'aperçut qu'Octavia parlait encore: «Vous ne savez pas où il est né. Il m'en a parlé. Il n'en a parlé qu'à moi. Dans une de ces cités au nord-ouest de Londres. Un endroit terrible. Pas d'arbres, pas de verdure, rien que des tours de béton, des cris, de la laideur, des appartements puants, des fenêtres cassées. Ça s'appelle Ellison Fairweather Buildings.»

Il sembla à Kate que son cœur faisait un violent soubresaut, puis se mettait à tambouriner de façon telle que même Octavia pouvait sûrement l'entendre. Pendant un moment, elle ne put parler; seul son esprit semblait avoir gardé quelque pouvoir. Était-ce délibéré? Est-ce qu'Octavia savait? Bien sûr que non. Les mots avaient été dits sans mauvaise intention. Octavia ne la regardait même pas, elle froissait son drap. Mais Dalgliesh, lui, savait; il n'y avait pas grand-chose qu'il n'eût appris sur Garry Ashe dans les carnets de Venetia Aldridge. Mais il ne les lui avait pas montrés; il ne lui avait pas dit qu'elle et Ashe avaient un passé commun, séparé par les années, mais enraciné dans les mêmes souvenirs d'enfance. Qu'est-ce qu'il essayait de faire? Lui épargner une situation embarrassante? Était-ce aussi simple que cela? Ou avait-il craint de faire revivre un souvenir qu'il savait pénible et, en le faisant revivre, de le charger d'un traumatisme supplémentaire? Et puis, elle se rappela. À coup sûr cette résolution prise tandis qu'elle regardait la Tamise ne pouvait être si vite oubliée. Le passé avait existé. Il faisait partie d'elle, maintenant et à jamais. D'ailleurs avait-il été pire que celui de millions d'autres enfants? Elle avait la santé, elle avait l'intelligence, elle avait le ventre plein. Elle avait eu sa chance.

Elles se serrèrent la main. Séparation curieusement protocolaire. Kate se demanda un instant si ce dont Octavia avait vraiment besoin n'était pas qu'elle la prît dans ses bras, mais c'était quelque chose qu'elle ne pouvait donner. En descendant avec l'escalator, elle fut secouée par un accès de colère, mais était-ce contre elle, ou bien, illogiquement, contre Dalgliesh ? Elle ne put en décider.

47

Le lendemain, Dalgliesh se rendit pour la dernière fois au 8 Pawlet Court. Il entra dans le Temple par la porte des quais. L'après-midi finissait et déjà le jour baissait. Un faible vent venu presque en catimini du fleuve apportait la première haleine froide de l'hiver.

Au moment où il atteignait la porte des Chambers, Simon Costello et Drysdale Laud en sortaient.

Costello lui lança un long regard durci par une hostilité non déguisée et dit : « Beaucoup de sang dans cette histoire, commandant. J'aurais pensé qu'un escadron de policiers pouvait arrêter un homme sans lui faire sauter la cervelle. Mais je suppose que nous devons vous en être reconnaissants. Vous avez épargné au pays les dépenses d'une détention qui aurait bien duré vingt ans. »

Dalgliesh répliqua : « Et à vous ou à l'un de vos collègues la tâche de le défendre. C'eût été à coup sûr un client ingrat et peu rémunérateur à tous égards. »

Laud sourit comme s'il jouissait en secret d'un antagonisme auquel il ne prenait point de part. Il demanda : « Quelles nouvelles ? Vous n'êtes pas venu opérer une arrestation, je pense. Bien sûr que non. Vous auriez dû être au moins deux. Il y a sûrement une formule latine pour la circonstance. "*Vigiles non timendi sunt nisi complures adveniunt.*" Je vous laisse le soin de traduire. »

Dalgliesh dit : « Non, je ne suis pas venu opérer une arrestation », et s'effaça pour les laisser passer.

À l'intérieur, Valerie Caldwell était à son bureau, cependant que Harry Naughton, penché sur elle, tenait un dossier ouvert Tous deux avaient l'air plus heureux que le jour où Dalgliesh les avait vus pour la dernière fois. La jeune femme lui sourit. Il les salua, puis demanda des nouvelles du frère de Valerie.

« Il s'habitue beaucoup mieux, je vous remercie. C'est une façon un peu bizarre de parler de la prison, mais vous me comprenez. Il ne pense qu'à mériter sa remise de peine et à sortir. Ce ne sera pas long maintenant. Et puis grand-mère sait ce qu'il en est, ce qui facilite bien les visites. Je n'ai pas besoin de raconter des histoires. »

Harry Naughton dit : « Miss Caldwell a eu de l'avancement. Elle est la secrétaire des Chambers maintenant. »

Dalgliesh la félicita et demanda si Mr Langton et Mr Ulrick étaient là.

« Oui, ils sont là tous les deux, mais Mr Langton a dit qu'il partirait de bonne heure.

– Voulez-vous dire à Mr Ulrick que je suis ici, je vous prie ? »

Il attendit qu'elle eût téléphoné, puis descendit l'escalier qui menait au sous-sol. La pièce était tout aussi claustrophobique et surchauffée que lors de sa première visite, mais l'après-midi était plus frais et le radiateur plus supportable. Assis à son bureau, Ulrick ne se leva pas mais fit signe à Dalgliesh de prendre place dans le même fauteuil où de nouveau il sentit la tiédeur poisseuse du cuir. Au milieu du vieux mobilier, des livres et des papiers empilés sur toutes les surfaces, du radiateur à gaz archaïque, le réfrigérateur blanc cru poussé contre le mur apparaissait comme une intrusion gênante du modernisme. Ulrick fit pivoter son siège et regarda gravement son visiteur.

Dalgliesh dit : « La dernière fois où nous nous sommes entretenus dans cette pièce, nous avons parlé de la mort de votre frère et vous m'avez dit que quelqu'un portait une lourde responsabilité, mais que ce n'était pas Venetia Aldridge. J'ai pensé par la suite que vous vouliez peut-être parler de vous.

– C'est de la télépathie, commandant.

– Vous aviez onze ans de plus que lui. Vous étiez à Oxford, à quelques kilomètres. Un frère aîné, surtout quand la différence d'âge est si grande, est souvent considéré comme un héros ou du moins un modèle. Vos parents étaient loin. Est-ce que Marcus vous avait écrit au sujet de ce qui se passait à l'école ? »

Il y eut un silence avant qu'Ulrick répondît, mais quand il le fit, sa voix était calme, sans précipitation : « Oui, il a écrit. J'aurais dû aller à l'école tout de suite, mais la lettre est arrivée à un mauvais moment. Je jouais au cricket dans l'équipe de mon collège. Il y avait un match ce jour-là et une fête à Londres ensuite. Et puis trois jours ont passé très vite, comme c'est le cas lorsqu'on est jeune, heureux, très occupé. J'avais l'intention d'aller le voir. Le quatrième jour, mon oncle m'a téléphoné pour m'annoncer que Marcus s'était tué.

– Et vous avez détruit la lettre ?

– C'est ce que vous auriez fait ? Nous ne sommes peut-être pas si différents. Je me suis dit qu'il était peu probable que quelqu'un à l'école eût connaissance de cette lettre et je l'ai brûlée, plus je crois dans un moment de panique qu'après mûres réflexions. Après tout, il y avait assez de charges contre le directeur sans elle. Une fois que la digue est rompue, rien ne peut plus arrêter les eaux. »

De nouveau un silence, non pas gêné mais curieusement détendu au contraire. Puis Ulrick demanda : « Pourquoi êtes-vous ici, commandant ?

– Parce que je crois savoir comment et pourquoi Venetia Aldridge est morte.

– Vous savez, mais vous ne pouvez pas prouver et vous ne le pourrez jamais. Ce que je vous dis maintenant, commandant, c'est un peu pour votre satisfaction, mais peut-être surtout pour la mienne. Considérez cela comme de la fiction. Imaginez dans le rôle du protagoniste un homme qui a réussi sa carrière, raisonnablement satisfait sinon heureux, mais qui n'a jamais aimé que deux personnes dans sa vie : son frère et sa nièce. Avez-vous jamais connu l'amour-obsession, commandant ? »

Après un moment, Dalgliesh répondit : « Non. J'en ai été tout près autrefois, assez près peut-être pour le comprendre un peu.

– Assez près pour sentir sa puissance et battre en retraite. Vous êtes armé, bien sûr, par l'écharde de glace que tout artiste créateur a dans le cœur. Je n'avais pas une telle défense. Cette obsession-là est la plus effroyable, la plus destructrice de toutes les tyrannies de l'amour. C'est aussi la plus humiliante. Notre protagoniste – utilisons mon prénom et appelons-le Desmond – savait bien que sa nièce, malgré sa beauté, était égoïste, avide, voire un peu sotte. Rien n'y faisait. Mais peut-être voulez-vous continuer l'histoire, maintenant que vous connaissez les personnages et le début de l'intrigue. »

Dalgliesh enchaîna : « Je crois bien, sans en avoir la preuve, que la nièce a téléphoné à son oncle pour lui dire que la carrière de son mari était menacée, que Venetia Aldridge avait des renseignements qui pourraient l'empêcher de devenir C. R., voire le couler comme avocat. Elle a supplié son oncle de mettre fin à cette menace, d'user de son influence pour que cela ne se produise pas. Après tout, elle avait l'habitude de faire appel à son oncle pour des conseils, de l'argent, de l'aide – pour tout ce qu'elle voulait. Toujours, il le lui avait apporté. Donc, je le vois monter pour essayer de raisonner Venetia Aldridge. Certainement pas facile pour lui. Je me le représente comme un homme fier et réservé. Venetia Aldridge et lui sont seuls dans l'immeuble. Elle était au téléphone quand il est entré et rien qu'à sa voix il s'était rendu compte qu'il arrivait à un mauvais moment. Elle venait d'apprendre la liaison de sa fille avec un homme qu'elle avait défendu, mais qu'elle savait être un assassin particulièrement brutal. Elle avait demandé conseil et appui à des hommes qu'on aurait pu croire disposés à les lui apporter, et n'en avait trouvé aucun. Bien entendu, je ne sais pas ce qui s'est dit, mais j'imagine que ce fut un rejet amer de la supplique de notre protagoniste demandant clémence ou du moins modération. Et puis il y avait une arme qu'elle pouvait utiliser, quelque chose qu'elle pouvait lui jeter au visage. Je crois que c'est elle qui a posté la lettre de Marcus Ulrick. Dans ce genre d'établissement la correspondance est immanquablement censurée. Comment aurait-il pu faire sortir sa lettre sinon en la donnant à Venetia pour qu'elle la poste en allant à l'école. »

Ulrick dit : « Nous sommes évidemment en plein roman, en train d'inventer une intrigue. Il ne s'agit pas d'une confession. Il n'y en aura pas, ni la reconnaissance de quoi que nous disions entre nous. C'est un ingénieux raffinement de notre intrigue. Supposons qu'il soit vrai. Et après ? »

Dalgliesh dit : « Je pense que c'est votre tour maintenant.

– Mon tour de continuer cette intéressante invention. Supposons donc que toutes les émotions refoulées d'un homme essentiellement réservé se trouvent concentrées. De longues années de remords, de dégoût de soi, de colère en constatant que cette femme dont la famille avait déjà causé un tort irréparable à la sienne préparait de nouveaux méfaits. Le coupe-papier était sur la table. Elle s'était avancée vers la porte, un dossier à la main pour le remettre dans le placard. C'était une façon de dire qu'elle avait du travail, que l'entretien était terminé. Il a saisi le poignard, s'est précipité sur elle et a frappé. Il a été stupéfait, je crois, de constater qu'il était capable de faire ce geste, que le poignard s'enfonçait si facilement, qu'il avait tué un être humain. L'étonnement plutôt que l'horreur a dû être sa première réaction.

« Après ça, je crois qu'il a dû agir très vite, tirer le corps de l'autre côté de la pièce et l'installer dans le fauteuil tournant. Je me rappelle avoir lu quelque part que cette tentative pour donner un aspect normal, voire confortable au corps est typique des tueurs qui n'avaient pas l'intention de tuer. Il décida de laisser la porte ouverte, la clef encore dans la serrure, de façon à faire croire que l'assassinat était l'œuvre d'un intrus. Qui pourrait prouver le contraire ? À son grand soulagement, la blessure n'avait pas saigné et le poignard quand il le retira était propre. Mais même lui savait qu'on rechercherait des empreintes. Il prit donc avec soin les feuilles intérieures du journal du soir pour envelopper l'arme, la descendit dans les toilettes au sous-sol, la lava soigneusement puis enroula du papier hygiénique autour du manche. Il déchira ensuite le journal et en jeta les morceaux dans les w.-c. Ensuite il retourna chez lui et éteignit le radiateur à gaz. Est-ce que ce récit vous semble jusqu'ici être une hypothèse convaincante, commandant ?

– Je crois que c'est ce qui est arrivé, oui.

– Notre Desmond fictif ignore sereinement les subtilités du droit pénal, mais il sait que les malfaiteurs trouvent commode de fournir un alibi à la police. Pour un homme sans complice et vivant seul, cela présentait une difficulté. Il décide donc d'aller tout de suite chez Rules, dans Maiden Lane, une petite promenade à pied, en laissant sa serviette dans son bureau. Mrs Carpenter qui fait en général le ménage de la pièce ne doit à aucun prix la voir, il la fourre donc dans le tiroir du bas de son bureau. Il prévoyait de dire qu'il était parti des Chambers non pas juste après huit heures mais à sept heures et quart et qu'il était d'abord passé chez lui pour faire un brin de toilette et déposer sa serviette. Il se rendait compte qu'il y aurait une difficulté le lendemain matin, mais grâce à un imperméable sur le bras et une arrivée un peu plus précipitée qu'à l'accoutumée, il pensait l'avoir surmontée. Je crois qu'il était assez satisfait de son alibi. Il était évidemment important de s'assurer que Pawlet Court était vide avant de quitter l'abri assuré par le seuil du 8. Le fait qu'il ne soit arrivé chez lui qu'après le dîner ne posait pas de problème. Questionné, un voisin pourrait témoigner qu'il était rentré chez lui à l'heure habituelle, mais non pas le contraire. Il jeta le poignard dans le fichier de Valerie Caldwell en chiffonnant le papier hygiénique dans sa poche pour s'en débarrasser dans la première boîte à ordures venue, puis songea à ne pas brancher le système d'alarme. Mais il fit une erreur, une seule. C'est le cas de tous les criminels, je crois. Quand on est stressé, il est difficile de penser à tout. En partant, du fait d'une longue habitude peut-être, il ferma la porte du devant à double tour. Il aurait été plus judicieux, bien sûr, de la laisser ouverte, faisant ainsi porter les soupçons sur quelqu'un de l'extérieur plutôt que sur les membres des Chambers. Cependant, le hourvari qui s'en est suivi n'était pas sans intérêt pour quelqu'un qui étudie la nature humaine. Sa propre indignation et son dégoût en voyant le corps le lendemain matin étaient sincères et, je présume, convaincants. Il n'a ni mis la perruque carrée sur la tête du cadavre ni gaspillé son propre sang. »

Dalgliesh dit : « C'est Janet Carpenter.

– Je m'en doutais un peu. Donc, commandant, nous avons élaboré une solution plausible pour votre problème. Bien dommage pour vous qu'il soit impossible de démontrer quoi que ce soit. Il n'y a pas un seul élément de preuve pour établir un lien entre votre protagoniste et le crime. Il est bien plus vraisemblable que ce soit Janet Carpenter qui ait poignardé Miss Aldridge avant de la décorer de la perruque, symbole de sa profession et du sang que métaphoriquement elle avait versé. On me dit qu'elle n'a avoué que la profanation, mais est-ce qu'une femme comme elle aurait jamais pu avouer un meurtre ? Et si ce n'est pas Carpenter, pourquoi Desmond ? Il est tellement plus vraisemblable que ce soit quelqu'un d'extérieur aux Chambers qui s'y soit introduit pour tuer par vengeance ou par haine. Plus probable encore que ce soit Ashe. Ashe avait un alibi, mais ils sont faits pour être démolis. Et Ashe, comme Carpenter, est mort. Vous n'avez rien à vous reprocher, commandant. Consolez-vous avec l'idée que la justice humaine est nécessairement imparfaite et qu'il vaut mieux qu'un homme utile continue à l'être, plutôt que de passer des années en prison. Mais cela n'arrivera pas, n'est-ce pas ? Jamais la direction des procès publics ne permettrait qu'un dossier aussi peu solide soit présenté à la cour. Et s'il l'était, il faudrait une Venetia Aldridge pour le plaider avec succès. Le succès vous y êtes habitué, bien sûr, et l'échec, même partiel, doit être cruel. Cruel, mais peut-être salutaire. Il est bon qu'on nous rappelle parfois que notre système judiciaire, étant humain, est faillible et que nous pouvons tout au plus espérer parvenir à une certaine justice. Et maintenant, si vous voulez bien m'excuser, j'ai une consultation à rédiger. »

Ils se quittèrent sans un mot de plus. En montant, Dalgliesh remit les clefs des Chambers à Harry Naughton, venu pour le raccompagner jusqu'à la porte. En traversant la cour, il vit Hubert Langton juste devant lui. Le directeur des Chambers marchait sans canne, mais traînait les pieds comme un vieillard Il entendit le pas de Dalgliesh, s'arrêta et parut sur le point de regarder derrière lui. Puis, pressant l'allure, il poursuivit résolument son chemin. Dalgliesh se dit : Il ne veut pas me parler. Il ne veut même pas me voir. Est-ce qu'il sait ? Il ralentit pour laisser Langton prendre de l'avance, puis le suivit lentement. Ainsi, à distance calculée, ils traversèrent tous deux la cour éclairée au gaz, puis descendirent Middle Temple Lane en direction des quais.

Table

Composition réalisée par INTERLIGNE

Achevé d'imprimer en Europe (Allemagne)
par Elsnerdruck à Berlin
LIBRAIRIE GÉNÉRALE FRANÇAISE - 43, quai de Grenelle - 75015 Paris.
Dépôt légal Édit. : 1234-04/2000

ISBN : 2-253-14862-8 31/4862/4